KiWi

1602

Das Buch

Die Kommissarinnen Ingrid Nyström und Stina Forss stolpern über die Ungereimtheiten in einem alten Fall, dem Suizid eines jungen Manns. Der vermeintliche Selbstmörder war zu Beginn der Neunzigerjahre der Hauptverdächtige eines der grausamsten Verbrechen Schwedens, bei dem sechs junge Menschen, Mitglieder einer Band, ums Leben kamen. Die komplexe Ermittlung führt die beiden ungleichen Frauen in die Tiefen einer düsteren Subkultur, an die Grenze zwischen Glauben und fanatischer Religiosität, vom verschneiten Småland an die zerklüftete Westküste bis in die dunklen Schächte der Eisenerzmine im nordschwedischen Kiruna. Erst als rund um Växjö mittelalterliche Kirchen in Flammen stehen und ein Kollege schwer verletzt wird, müssen Nyström und Forss schmerzhaft einsehen, dass dieser Fall noch längst nicht gelöst, sondern brandaktuell und lebensgefährlich ist.

Die Autoren

Roman Voosen, Jahrgang 1973, aufgewachsen in Papenburg, studierte und arbeitete in Bremen, Växjö und Göteborg.
Kerstin Signe Danielsson, Jahrgang 1983, geboren und aufgewachsen in Växjö, studierte und arbeitete in Deutschland und Schweden. Sie leben und schreiben gemeinsam im schwedischen Småland.

Weitere Titel bei Kiepenheuer & Witsch

»Später Frost« (KiWi 1290), »Rotwild« (KiWi 1338), »Aus eisiger Tiefe« (1404), »In stürmischer Nacht« (1489), »Der unerbittliche Gegner« (KiWi 1515)

Roman Voosen
Kerstin Signe Danielsson

ERZENGEL

EIN FALL FÜR INGRID NYSTRÖM
UND STINA FORSS

Kiepenheuer & Witsch

MIX
Papier aus verantwortungsvollen Quellen
FSC® C083411
Verlag Kiepenheuer & Witsch, FSC®-N001512

2. Auflage 2018

Umschlaggestaltung: Barbara Thoben, Köln
Umschlagmotiv: © Colourbox.de /
Patrimonio Designs Limited (Motte); © keller / Fotolia.com
Gesetzt aus der Dante und Kabel
Satz: Felder KölnBerlin
Druck und Bindung: CPI books GmbH, Leck
ISBN 978-3-462-05137-7

Für Fabian

»Ibsen, Grieg, Munch und MAYHEM«

JØRN »NECROBUTCHER« STUBBERUD

»Cannot the kingdom of salvation take me home?«

METALLICA, »TO LIVE IS TO DIE«

PROLOG

Es war ein kalter, klarer Novembernachmittag. Der Mann registrierte mit Genugtuung, dass alles demselben Muster folgte wie an den Tagen zuvor. Derselbe Rhythmus, dieselben Routinen. Er saß in seinem Wagen und beobachtete aus sicherer Entfernung, wie der altersschwache Transporter auf den Parkplatz hinter dem Schulzentrum rollte und zum Stehen kam. Die Türen des auf dilettantische Weise mattschwarz lackierten Wagens öffneten sich und heraus stolperte eine Handvoll Jugendlicher: schulterlanges Haar, Jeansjacken, in den Händen Gitarrenkoffer, Zigaretten und Dosenbier. Sie nannten sich FLAMETHROWER, wie der Schriftzug auf dem Transporter verriet, Flammenwerfer, aber natürlich wusste dies der Mann längst, er war vorbereitet, er folgte der Band, seit sie vor fünf Tagen zu einer kurzen Tournee aufgebrochen war.

Eslöv, Nässjö, Ulricehamn, Sölvesborg und an diesem Tag Hallsberg.

Allesamt Kleinstädte, die Auftrittsorte waren Jugendzentren, Schulaulen und Turnhallen. Der Mann unterdrückte ein Gähnen. Die Musiker begannen damit, ihr Equipment in den hell erleuchteten Zweckbau zu schleppen. Gegen 19 Uhr tauchten 20 bis 30 junge Leute vor der Schule auf. Wie an den anderen Abenden auch war das Publikum äußerlich kaum von den Musikern zu unterscheiden. Teenager, überwiegend Jungen, 14 bis 18 Jahre alt. Der Mann stellte seinen Feldstecher scharf. Im gelben Licht der Außenbeleuchtung war ziemlich oft das Wort DEATH auf den Aufnähern der Jeansjacken zu lesen, Tod.

Um halb acht öffneten sich die Türen und die Konzertbesucher drängelten zum Eingang. Der Mann schaute auf seine Uhr. Anderthalb Stunden etwa, dann würde der Spuk vorbei sein. Er schaltete die Standheizung seines Wagens eine Stufe höher, lehnte sich in den Fahrersitz zurück, schenkte sich aus einer Thermoskanne Kaffee ein und aß ein Butterbrot. Er war vorbereitet, der Abend konnte lang werden.

Um kurz vor zehn verließen die letzten zerzausten Gestalten das Gebäude. Der Hausmeister schloss die Türen ab, vertrieb einige Nachzügler vom Schulhof und stellte die Außenbeleuchtung ab, dann stieg er in einen senfgelben Golf und fuhr davon. Nur in dem Transporter auf dem Parkplatz, in dem die Band übernachtete, brannte noch Licht. Auch dieses Ritual gehörte zum allabendlichen Ablauf: eine kreisende Wodkaflasche, viele Zigaretten, ein scheppernder Kassettenrekorder. Der Mann war jetzt konzentriert. Gespannt wartete er darauf, ob einer der Insassen wie an den Abenden zuvor eines der Fenster öffnete, weil die Luft in dem Wagen selbst für feierwütige Jugendliche zu verraucht geworden war. Für seinen Plan war dieses Detail nicht entscheidend, aber es würde den Ablauf leichter machen, eleganter. Und tatsächlich: Um Punkt 0.22 Uhr wurde eine der

Scheiben eine Handbreit heruntergelassen. Der austretende Zigarettenqualm waberte in langen Schwaden durch die kalte Herbstluft, am Himmel stand ein bläulicher Dreiviertelmond, ein fast poetischer Moment, dachte der Mann. Auch er kurbelte das Fenster der Fahrertür ein Stück weit herunter und lauschte in die Nacht. Nach einer Weile ging die Schiebetür des provisorischen Bandbusses auf, drei der Langhaarigen sprangen heraus und pinkelten an den nächsten Baum. Jemand rülpste lautstark, es folgte ein mehrstimmiges Lachen, bevor das Trio wieder einstieg. Um kurz nach eins öffnete sich die Wagentür erneut, zwei Mädchen stiegen aus dem Transporter und verschwanden kichernd und einander untergehakt in der Nacht. Nicht lange darauf verstummte die Musik und das Licht erlosch. Geduldig wartete der Mann eine weitere Stunde. Doch in dem Wagen schien sich nichts mehr zu rühren. Vollrausch und Tiefschlaf, dachte er zufrieden und stieg bedächtig aus dem Auto. Seine weichen Sohlen machten auf dem asphaltierten Untergrund so gut wie keine Geräusche. Als er den Transporter erreichte, betrachtete er für einen Augenblick den Gegenstand in seiner Hand, der metallisch im Mondlicht schimmerte.

Wie die eiserne Miniatur einer Ananas.

Er zog den Sicherheitsstift und ließ das kleine, schwere Ding durch das offene Autofenster fallen.

Dann rannte er, so schnell er konnte, davon.

SCHWEDEN, HEUTE

1

Hauptkommissarin Ingrid Nyström war von Anfang an dagegen gewesen. Es gab wenig, das ihr so viel Unbehagen bereitete, wie im Mittelpunkt der Aufmerksamkeit zu stehen. Und dann auch noch einen ganzen Abend lang! Aber was hätte sie schon für Einwände anführen können? Jeder Protest wäre in dem lautstark orchestrierten Trubel untergegangen, den ihre drei erwachsenen Töchter seit Wochen veranstalteten, und Anders, ihr meistens sehr wunderbarer Ehemann, war in diesem Fall auch keine Hilfe gewesen, im Gegenteil, er schien in vielerlei Hinsicht sogar der eigentliche, wenn auch mehr oder weniger heimliche Dirigent dieses ihrer Meinung nach völlig überdimensionierten Werks zu sein. Die ganz große Oper statt eines romantischen Nachtlieds in *pianissimo,* was ihr zweifelsohne mehr behagt hätte. Doch nun stand sie hier, in einem zu tief ausgeschnittenen Kleid, das an den Hüften spannte – wie hatte sie ernsthaft den Ratschlägen der viel zu jungen Verkäuferin in der Boutique folgen können? –, blickte in siebenundfünfzig erwartungsvolle Gesichter und versuchte, sich ein Lächeln abzuringen, während die Band hinter ihr das obligatorische *Hoch soll sie leben* ausklingen ließ. Siebenundfünfzig geladene Gäste, die vielen umhertollenden Kinder nicht mitgerechnet, einen Gast für jedes ihrer Lebensjahre. Wie originell, dachte sie, wie sinnbildlich, besser hätte man mein biblisches Alter kaum visualisieren können. Vielen Dank auch! Eigentlich hätte dieses große Fest bereits vor zwei Jahren stattfinden sollen, fünfundfünfzig war wenigstens eine Schnapszahl, etwas, auf das man im großen Stil anstoßen konnte, aber damals hatte sie gerade eine Krebserkrankung überstanden, und eine rauschende Party war das Letzte gewesen, auf das sie Lust verspürt hatte.

»Eine Rede!«, rief jemand von einem der hinteren Tische. Nyström meinte, ihren Großcousin Bertil auszumachen, aber sicher war sie sich nicht. Vielleicht brauchte sie wirklich bald eine Brille. Und in fünf Jahren dann wahrscheinlich ein neues Hüftgelenk. Und von da aus war es ja wohl kaum mehr weit bis ins Grab.

»Eine Rede, eine Rede!«, forderte nun die gesamte Menge.

Der Bandleader drückte ihr mit einem süffisanten Lächeln das Mikrofon in die Hand.

Es wurde still im Saal des Lokals, sogar die vielen Kinder hielten für einen Moment in ihrem Toben inne. Nyström stand der Schweiß auf der Stirn. Sie versuchte das unangenehme Kribbeln unter der Haut zu kontrollieren, indem sie sich wahllos auf die merkwürdige Tischdekoration konzentrierte, die schon seit Beginn des Abends unterschwellig ihre Aggression fütterte: Arrangements aus Kastanienmännchen, Rosen und neongelbem Tüll.

»Wie wunderbar, dass wir heute an diesem unglaublich schönen Ort versammelt sind!«, hob sie an.

2

Kommissarin Stina Forss steuerte ihren mehr als dreißig Jahre alten BMW durch den Schneeregen. Die Seitenfenster waren beschlagen, irgendetwas stimmte mit der Lüftung nicht, auch einer der Scheibenwischer arbeitete nicht mehr einwandfrei und zog Schlieren über die Windschutzscheibe. Die Sicht auf den Verkehr war daher alles andere als gut und der Umstand, dass sie vor etwas mehr als einem Jahr ihr linkes Auge verloren hatte, machte die Situation nicht besser. Das andere, das heile Auge war von der viereinhalbstündigen Autofahrt unter schlechten Sichtbedingungen überanstrengt, sie merkte, dass sie Kopfschmerzen bekam. Das Navigationsgerät leitete sie durch endlos erscheinende Stockholmer Vororte. Was für eine Reihenhaushölle das hier ist, dachte sie und musterte misstrauisch die winzigen Vorgärten, in denen Kindertrampoline oder auf Anhänger gebockte und mit Persenningen geschützte Segelboote unter ihren Schneehauben sichtbare Versprechen von Familienleben und Sommerurlauben darstellten. Das Glück im Kleinen, dachte sie, na dann, und gab Gas. Eine Viertelstunde später hatte sie endlich ihr Ziel erreicht.

Der erste Grund, warum sie hier war.

Sie parkte den Wagen, überprüfte im Spiegel den Lippenstift, rückte die Augenklappe zurecht, stieg aus und öffnete den Kofferraum. Zu ihrem Verdruss stellte sie fest, dass sie keinen Regenschirm dabeihatte. Dann musste es eben ohne gehen. Entschlossen klappte sie den Mantelkragen hoch und schob die Hände tief in die Taschen. Der Wind, der aus Richtung der nahen Schärenküste wehte, trieb ihr das eisige Nass nahezu waagerecht entgegen und ließ die Kiefern, die den Kiesweg säumten, in einem eigenwilligen Takt wiegen. Ihre Stämme hatten die Farbe von Bronze.

Der weitläufige Friedhof war menschenleer, außer ihr schien niemand dem unwirtlichen Wetter zu trotzen. Sie brauchte eine Weile, um sich zu orientieren. Die Position des Grabs hatte sie auf einem Notizzettel skizziert, es lag am nordöstlichen Rand des Friedhofs. Sie spürte, wie ihr Gang mit jedem Schritt unsicherer wurde. Das hatte nichts mit dem böigen Wind zu tun. Sie wusste, dass sie längst hätte hierherkommen sollen, um ihm die letzte Ehre zu erweisen. Doch wie hätte das gehen sollen? Wie trauerte man um einen Mann, der sein eigenes Leben gegeben hatte, um ihres zu retten? Und das von über sechstausend anderen Menschen noch dazu? Wie trauerte man um einen Helden? Um jemanden, den man viel zu wenig gekannt hatte, um ihn zu lieben, aber dennoch oft so schmerzlich vermisste, dass es einem die Luft zum Atmen nahm?

Sie kannte auf diese Fragen keine Antwort, sie wusste noch nicht einmal, wie sie die kommenden fünfzehn Minuten überstehen sollte. Als sie endlich das Grab erreicht hatte, vor der schmucklosen Betoneinfassung stand und die schlichte Steintafel mit seinem Namen betrachtete, fand sie in sich keine Tränen. Dass ihre Wangen feucht waren, hatte sie ausschließlich dem Regen zu verdanken. Sie stand dort eine Zeit lang, fröstelnd und ratlos dem Wind lauschend.

»Danke«, flüsterte sie schließlich heiser. »Danke, Kent Vargen.«

3

Zwei Stunden und zweieinhalb Gläser Weißwein später war Ingrid Nyström um einiges milder gestimmt. Das viergängige Menü war wirklich hervorragend gewesen und die meisten Gäste waren so taktvoll und hinterlegten ihre Präsente dezent auf einem Gabentisch und ersparten ihr so einen öffentlichen Auspackmarathon voller übertriebener Ahs und Ohs. Man hatte mittlerweile die Tische mitsamt der grotesken Dekoration beiseitegestellt und der Band gelang es tatsächlich, das Gros der Gäste zum Tanzen zu animieren. Nach drei Runden *Bug* war Nyström verschwitzt, aber deutlich entspannter. Zum Takt des Gassenhauers *Guld och gröna skogar* wiegte sie Albert, den vier Monate alten Sohn ihrer jüngsten Tochter Anna, im Arm. Anschließend drehte sie eine Runde durch den Saal, um sich bei allen Anwesenden noch einmal persönlich für ihr Kommen zu bedanken. Diejenigen, die nicht tanzten, hatten sich zu kleinen Gruppen zusammengefunden, plauderten, lachten und stießen miteinander an.

»Tolle Party!«, lobte ihr langjähriger Mitarbeiter Lars »Lasse« Knutsson und klopfte ihr mit einer seiner Pranken auf die Schulter. »Das Essen war fantastisch!«

Neben dem bärtigen, bärenhaften Kollegen saßen in der kleinen Runde der Kriminalpolizei Kronoberg noch Hugo Delgado, der Computerexperte der Abteilung, und Anette Hultin, die sich seit über einem Jahr in Elternzeit befand. Aus Nyströms Team fehlte nur Stina Forss – aus irgendeinem nichtigen, wahrscheinlich vorgeschobenen Grund, was allerdings keine große Überraschung darstellte. Forss hatte mit menschlichem Miteinander so ihre Probleme, und nachdem sie vor einem Jahr während eines Einsatzes schwer verletzt worden war, war sie nicht gerade umgänglicher geworden. Im Gegenteil. Stattdessen hatte sich Nyströms Freundin Ann-Vivika Kimsel, eine alleinstehende, attraktive Frau ihres Alters, zu den Kollegen gestellt. Als Rechtsmedizinerin des Bezirks Kronoberg hatte Kimsel häufig mit Nyströms Team zu tun. Man kannte und schätzte sich.

»Schön, dass ihr gekommen seid«, sagte Nyström. »Ich hoffe, ihr langweilt euch nicht zu Tode.«

»Quatsch!«, protestierte Knutsson.

»Eine klasse Band!«, lobte Hultin.

»Und erst die Tischdekoration!«, scherzte Delgado.

Nyström verdrehte demonstrativ die Augen.

»Anders hat ein Händchen für vieles«, sagte sie. »Aber Blumengestecke?«

Die Runde lachte. Nach einigen Minuten Smalltalk nahm Kimsel Nyström zur Seite.

»Es gibt da etwas, über das wir beide uns dringend unterhalten müssten.«

»Das klingt ja vielversprechend.«

»Die Sache ist etwas … pikant.«

»Sollte ich rot werden?

»Nein, das Ganze ist eher beruflicher Natur.«

»Puh. Jetzt und hier?«

»Um Gottes willen! Ich dachte an Montagmorgen.«

»Dein Büro ist weitaus gemütlicher als meins. Sagen wir um acht?«

»Ich werde einen Tee aufsetzen. Darf ich deinen Anders nun auf einen Tanz entführen?«

»Unbedingt!«

4

Stina Forss fuhr vom Friedhof aus zu dem Motel, das sie im Vorhinein gebucht hatte, ein gesichtsloser, dreigeschossiger Bau, der eingeklemmt zwischen zwei Autobahnausfahrten lag. Auf dem Zimmer duschte sie heiß und zog sich anschließend trockene Sachen an. Nachdem sie sich die Haare geföhnt hatte, setzte sie sich auf das Bett und nahm ein altmodisches Brillenetui aus ihrer Kulturtasche, das sie vorsichtig aufklappte. Darin lagen gebettet auf einem gefalteten Stofftaschentuch zwei Gegenstände: ein großer Schlüssel mit einem komplizierten Bart sowie ein prachtvoller militärischer Orden. Es war ihr zum täglichen Ritual geworden, diese beiden Dinge anzuschauen, in die Hand zu nehmen, an sich zu drücken. Auch wenn sie nicht einmal annäherungsweise ihre Bedeutung verstand, versuchte Forss sie wortwörtlich zu begreifen. Denn es war ein Rätsel: Kent Vargen hatte ihr die beiden Gegenstände in die Manteltasche gesteckt, Sekunden bevor er sie und ein Fußballstadion voller Menschen vor dem Tod bewahrt hatte. Stattdessen hatte er sich selbst geopfert. Das Bombenattentat einer rechtsextremen Terroristenzelle auf ein Fußballspiel zweier Einwanderermannschaften in Södertälje hatte weltweit Schlagzeilen gemacht. Neben Kent Vargen, dem es gelungen war, den mit einem Zeitzünder versehenen Sprengstoff im letzten Moment aus dem Stadion zu schaffen und damit die Auswirkung der Explosion drastisch einzudämmen, waren fünf Terroristen und siebzehn Unbeteiligte zu Tode gekommen, fast hundertfünfzig Menschen waren schwer verletzt worden, darunter Stina Forss. Das Justizministerium hatte eine Untersuchungskommission eingesetzt, es hatte Verhaftungen gegeben und die umfangreichen Ermittlungen der Polizei und des Staatsschutzes dauerten bis heute an. Forss, die den Terroristen auf die Spur gekommen war und die Attentatspläne aufgedeckt hatte, war von der Landespolizeiführung persönlich belobigt worden. Das Angebot, eine leitende Ermittlerstelle in Stockholm anzunehmen, hatte sie jedoch abgelehnt, ohne lange darüber nachzudenken. In den ersten Monaten nach dem Koma und den Operationen, bei denen ein Metallsplitter aus ihrem Kopf entfernt und vergeblich versucht worden war, ihr linkes Auge zu retten, hatte sie viel über ihre Situation nachgedacht. Es war einige Jahre her, seit sie aus Berlin nach Schweden, in das Land ihrer Kindheit, zurückgekehrt war. Sie hatte damals ihr deutsches Leben einschließlich einer Karriere bei der Mordkommission des Landeskriminalamts hinter sich zurückgelassen, weil ihr todkranker Vater sie hier gebraucht hatte; zumindest hatte sie sich das eingeredet, ungeachtet der Tatsache, dass ihre Beziehung kaum existent war, seit er sie und ihre Mutter in ihrer Jugend schwer misshandelt hatte. Wunden, die nie verheilt, Dinge, die nie zur Sprache gekommen waren. Der zweite, ehrlichere Grund war daher, dass sie sich endlich eine offene Aussprache erhofft hatte. Ein Gespräch, das ihr Antworten auf die Frage geben konnte, warum ihr eigenes Leben so verkorkst war, warum eine gescheiterte Liebesbeziehung auf die nächste gefolgt war, warum sie gegenüber ihren Lebensabschnittspartnern so jähzornig gewesen war, so unkontrolliert und gewalttätig. Nun war Kjell Forss seit mehr als zwei Jahren tot, das klärende Gespräch hatte es nie gegeben, doch sie war immer noch hier. Es fiel ihr selbst schwer zu verstehen, warum. Sie war in Växjö gestrandet, in der småländischen Provinz, bewohnte das ehemalige Ferienhaus ihres Vaters, das weit außerhalb der Kreisstadt im Nirgendwo lag, hatte, ausgenommen von ihren Kollegen und vielleicht noch der Familie ihrer Cousine, keine nennenswerten zwischenmenschlichen Kontakte, keine Freunde, keine Wurzeln.

Andererseits: Was zog sie zurück nach Berlin? Dort war das Leben auch ohne sie weitergegangen. Ihre ehemalige Stelle war längst wieder besetzt worden, ihr Exfreund Sebastian hatte vor Kurzem geheiratet, und nach dem, was man so hörte, waren die Wohnungspreise und Mieten in den vergangenen Jahren explodiert. Was sollte sie in Stockholm, leitende Position hin oder her? Oder gar im Sauerland, wo ihre Mutter lebte? Forss war keine Träumerin. Ein Leben, das man führte, gleich wie blass und eindimensional es von außen betrachtet wirken mochte, war immer noch besser als eins, das man herbeifantasierte. Vielleicht bin ich für Utopien auch einfach zu kaputt, dachte sie oft in letzter Zeit. Immerhin hatte sie ihren Job bei der Kripo Kronoberg. Auch wenn ihr Leben ansonsten ein Trümmerfeld sein mochte, war sie wenigstens eine gute Polizistin. Für diese Gewissheit brauchte sie nicht das Lob des Landespolizeichefs.

Forss nahm den Orden aus dem Etui. Er war kühl und schwer, ein goldenes Andreaskreuz besonderer Machart. Seine vier gezackten Enden liefen auf einen Kreis zu, der mit drei Kronen geschmückt war. Längs durch die Mitte führte ein Schwert, dessen Spitze eine große, filigran gearbeitete Krone zierte. Die Krone wiederum war an der Spitze mit einer feingliedrigen Öse an einem geklöppelten gelben Ordensband befestigt, auf das blaue Streifen und ein weiteres goldenes Schwert gestickt waren. Auf der Rückseite waren die Worte PRO PATRIA, für das Vaterland, eingeprägt, sowie das Emblem des Königshauses. Natürlich hatte sie recherchiert, was es mit diesem Orden auf sich hatte, und war nach langem Suchen schließlich in der Stadtbibliothek in einem Heraldikführer fündig geworden. Das, was sie gerade in der Hand hielt, war das *Kriegskreuz ersten Grades in*

Gold des Königlichen Schwertordens, dem Fachbuch zufolge die bedeutendste Tapferkeitsauszeichnung, die es in Schweden gab. Merkwürdigerweise stand dort ebenfalls, dass dieser Orden noch nie verliehen worden war. Wie auch, wenn die in den Fünfzigerjahren gestiftete Auszeichnung ausschließlich zu Kriegszeiten vergeben wurde und sich das Land seit mehr als zweihundert Jahren nicht mehr im Krieg befunden hatte?

Das führte unweigerlich zu der Frage, wie eine derart exklusive Medaille in Kent Vargens Besitz gekommen war. Und warum hatte er, seinen unmittelbaren Tod vor Augen, den Orden an sie weitergereicht? Welche Bedeutung hatte der Schlüssel? Gab es womöglich einen Zusammenhang zwischen den beiden Gegenständen? Was wollte ihr Kent mit seiner letzten Geste sagen? Barg sein *Erbe*, wie sie die beiden Dinge nannte, eine Aufforderung? Einen Auftrag?

Die Fragen trieben sie seit den Tagen um, die sie nach dem Unglück im Krankenhaus verbracht hatte; und dafür, dass die wenigen positiven Aspekte ihres Selbstbilds im Grunde einzig und allein auf dem Umstand fußten, eine gute Ermittlerin zu sein, hatte sie im vergangenen Jahr bemerkenswert wenige Antworten gefunden, wie sie nicht ohne Bitterkeit immer wieder feststellte.

Eine Tapferkeitsmedaille, die nie vergeben worden war.

Ein Schlüssel, der sich nicht zuordnen ließ.

Beides unter den denkbar dramatischsten Umständen überreicht von ihrem … *Geliebten* – ihr fiel kein passenderes Wort ein –, einem Mann, den es eigentlich gar nicht gab. Sie wiederholte die Worte, sprach sie laut vor sich hin, wie um sich dadurch ihrer Wahrhaftigkeit zu versichern:

Einem Mann, den es eigentlich gar nicht gab.

Denn das war die größte und beunruhigendste Entdeckung ihrer monatelangen, heimlichen Recherche gewesen: Kent Vargen war ein Phantom. Der Mann, mit dem sie das Bett geteilt, der Kollege, der ein halbes Jahr lang ihre Abteilung verstärkt, mit dem sie täglich zusammengearbeitet hatte, schien außerhalb dieser sechsmonatigen Zeitblase nicht zu existieren. Sie fand ihn in keinem Archiv und in keinem Register. Seine Personalnummer war keiner Steuerakte zuzuordnen. Es gab keine Angehörigen und offenbar keine Freunde. Zu seiner Beerdigung, die stattgefunden hatte, während Forss noch mit einem Metallsplitter im Kopf im Koma gelegen hatte, war außer ihrer Chefin Ingrid Nyström niemand erschienen. Die Personalverwaltung in Stockholm, die Kent der Kripo in Kronoberg zugeteilt hatte, ließ ihre Anfragen unbeantwortet, angeblich fehlte der zuständige Sachbearbeiter seit Monaten krankheitsbedingt. Sicher, sie hätte ihre Chefin in die Sache einweihen und auf offiziellen Wegen mehr Druck machen können. Sie hätte sich an den Växjöer Polizeichef Edman oder gleich direkt an die Landespolizeiführung wenden können, nun, wo sie eine belobigte Toppolizistin war, der sogar der Innenminister persönlich die Hand geschüttelt hatte. Doch das Letzte, was sie wollte, war, in der Sache Staub aufzuwirbeln und unnötige Aufmerksamkeit zu erregen. Nicht, bevor sie wenigstens ansatzweise ahnte, was es mit Kents Nichtexistenz auf sich hatte. Das Einzige, was sie fand, waren dürftige Spuren im Internet, ein Facebook- und ein Twitteraccount, beide genau eine Woche vor dem Zeitpunkt erstellt, an dem Kent in Växjö aufgetaucht war, offenbar aus dem Nirgendwo.

Wer warst du, Kent?

Wer warst du wirklich?

Mehr als auffällig war ebenfalls, dass Kent Vargen in der Berichterstattung über das Attentat im Gegensatz zu ihr selbst überhaupt nicht auftauchte. Immer wieder war überall dasselbe fürchterliche Archivbild von ihr abgedruckt worden, sie hatte Interview- und Talkshowanfragen abwimmeln müssen, ein Verlag hatte ihr gar einen Buchvertrag angeboten. Sie war die Heldin der Stunde gewesen, das Gesicht der halbwegs vereitelten Stadiontragödie. Angesichts des Umstands, dass sie zwar den Sprengstoff entdeckt, es aber Kent gewesen war, der die Zeitbombe aus dem Stadion geschafft hatte, während sie hilflos und gefesselt am Boden gelegen hatte, waren die Zeitungsberichte schwammig. Kents Rolle blieb in der medialen Darstellung die eines Geists.

Als sie nach Wochen endlich aus dem Krankenhaus entlassen wurde, war seine Wohnung bereits leer geräumt worden. Wenige Tage nach seiner Beerdigung. Wer das getan oder veranlasst hatte, war vollkommen unklar. Nyström wusste von nichts. Forss' Befragung der Nachbarn blieb bis auf die zeitliche Eingrenzung ergebnislos. Stockholm blieb stumm.

Weitergeholfen hatte ihr schließlich ein Zufallstreffer. Vor gut einem Monat war sie in der Lokalzeitung auf einen Artikel über eine Langzeitverkehrsstudie in Växjö gestoßen. Über ein Jahr hinweg war die Verkehrsdichte und Abgasbelastung an den viel befahrenen Ausfallstraßen der Stadt aufgezeichnet, gemessen und ausgewertet worden. Unter dem Vorwand, in einem wichtigen Fall von Drogenkriminalität zu ermitteln, wandte sie sich an die Forschungsgruppe der Universität, die die Studie im Auftrag der Kommune erstellt hatte. Tatsächlich war das aufgezeichnete Videomaterial noch immer gespeichert. *Vollumfänglich*, wie der freundliche, ältere Verkehrswissenschaftler mit Bauchansatz lächelnd betonte. Der unerwartete Damenbesuch in seinem engen Büro schien ihn überaus zu erfreuen. Geduldig setzte er sich zusammen mit ihr vor den Monitor seines Rechners, sichtete stundenlang das Material im Schnelldurchlauf und servierte dazu Unmengen kaum genießbaren Kaffees. Kent

Vargen hatte auf Teleborg gewohnt, unweit der südlichen Hauptverkehrsstraße, an der eine von insgesamt fünf Kameras installiert gewesen war. Forss hatte unverschämtes Glück. Auf der Plane des Lkw, der direkt vor der roten Ampel in der Videoaufnahme zum Stehen kam, stand in großen Lettern *Umzug, Entrümpelung, Einlagerung.* Das Nummernschild war zu entziffern. Das Unternehmen war in Stockholm ansässig, wie ihre spätere Nachforschung ergeben hatte.

Das war der zweite Grund, warum sie an diesem regnerischen Samstagabend in der Hauptstadt war. Sie legte den Orden vorsichtig zurück in das Etui neben den Schlüssel, stand auf, zog sich den noch immer feuchten Mantel über und machte sich auf den Weg.

Die Lagerhalle des Self-Storage-Unternehmens lag eine Dreiviertelstunde Autofahrt entfernt in einem der südlichen Industriegebiete. Hinter dem Empfangstresen saß ein gelangweilt aussehender junger Mann und wischte auf einem Smartphone herum. Forss wedelte mit ihrem Dienstausweis und erklärte ihr Anliegen. Der Angestellte tippte etwas in den Computer, der vor ihm stand.

»Kent Vargen haben wir hier nicht. Überhaupt keinen Vargen.«

Damit hatte Forss durchaus gerechnet.

»Kannst du gezielt nach einem Datum suchen? Es geht um eine Lieferung aus Växjö.«

Der Mann nickte und tippte entsprechend ihren Anweisungen.

»Oh«, sagte er dann und zog eine Grimasse.

»Was, oh?«

»Es gab tatsächlich etwas, was an dem Tag aus Växjö gekommen ist.«

Sie spürte ihr Herz pochen.

»Gab?«

»Tja, es sieht so aus, als ob du zwei Wochen zu spät kommst.«

»Hat die Lieferung bereits jemand abgeholt?«

Wieder eine Grimasse, diesmal eine andere.

»Nicht direkt.«

»Was soll das heißen?«

Dem jungen Mann war nun offensichtlich unwohl zumute. Er wand sich auf seinem Schreibtischstuhl, kaute auf seiner Unterlippe herum. Forss spürte, dass er ein wenig moralische Unterstützung brauchte.

»Ich arbeite an einer landesweiten Morduntersuchung«, sagte sie. »Weißt du, welches Strafmaß für die Behinderung einer so wichtigen Ermittlung vorgesehen ist?«

Mit aufgerissenen Augen schüttelte er langsam den Kopf.

»Das glaube ich nämlich auch nicht«, sagte Forss und lächelte schmal.

Der junge Mann zögerte noch einen Augenblick, dann drehte er sich demonstrativ nach links und rechts um, als seien irgendwo versteckte Kameras montiert. Es hatte etwas Slapstickhaftes.

»Eigentlich dürfen wir gar nicht darüber sprechen«, begann er. »Aber, nun ja, wenn es um eine landesweite Mordermittlung geht.«

Forss nickte und setzte ihr ernstes Gesicht auf. Vielleicht schüchtert ihn auch die Augenklappe ein wenig ein, dachte sie zufrieden.

»Gegen einen gewissen Aufpreis bieten wir unter der Hand die *Entsorgungsvariante K* an.«

»K?«

»*K* steht für Krematorium.«

»Das heißt konkret?«

Wieder sah der Junge nach links und nach rechts, bevor er antwortete.

»Na, wir verbrennen den Scheiß! Nur dass wir hier gar kein Krematorium haben, natürlich auch keine Müllverbrennungsanlage, das wäre alles viel zu teuer.«

»Also?«

»Wir fackeln das Zeug in einem Container hinter der Halle ab. Ein bisschen Benzin darauf und los.«

Forss schluckte.

»Und diese *Variante K*, wann hat es die zuletzt gegeben?«

Der Junge griff unter den Tresen, zog einen Kalender heraus und begann, darin zu blättern.

»Das muss vor vierzehn Tagen gewesen sein. Lagernummer 34.788, die Fuhre aus Växjö.«

»Wo genau steht dieser Container?«

»Ich zeige es dir.«

Er kam hinter dem Tresen hervor und Forss folgte ihm durch ein Labyrinth aus Gängen und Türen. Sie passierten eine Unzahl an heruntergelassenen Rollgittern. Das Unternehmen warb damit, über 15.000 Quadratmeter Stellflächen zu haben. Durch eine Metalltür traten sie schließlich nach draußen. Der Regen hatte aufgehört, aber die Luft war weiterhin feucht und kalt und Forss nahm das Aroma des nahen Meeres wahr. Vor einem etwa zwei mal sechs Meter großen, offenen Metallcontainer blieb der junge Mann stehen.

»Unser sogenanntes Krematorium.«

Forss knipste ihre Mini-Maglite an und erklomm die Sprossen der in die Containerwand eingelassenen Leiter. Sie leuchtete in das verrußte Innere. Asche, Schlacke, schwarz verfärbte Metallreste. Forss kletterte über den Rand. Auf ihren hellen Mantel konnte sie jetzt keine Rücksicht nehmen. Es roch penetrant nach Lagerfeuer. Ab und an bückte sie sich. Drähte, ein rostiges Scharnier, ein Kleiderbügel. Das Gehäuse einer Fotokamera. Glassplitter. Der Schirm einer Schreibtischlampe. Die Aluminiumschale eines Laptops.

Dann trat sie unvermittelt auf etwas Hartes. Mit dem Stiefel schob sie Asche beiseite, dann ging sie in die Knie und hob den Gegenstand auf. Eine kompakte Metallkassette, von der Hitze bläulich angelaufen. Sie schüttelte sie, innen klapperte etwas. Sie hatte keine Ahnung, ob der Kasten jemals Kent gehört hatte, aber sie nahm ihn mit, denn ansonsten war in diesem Container nichts zu holen.

»Bekommt mein Chef jetzt Schwierigkeiten?«, fragte der Junge, als sie wieder herauskletterte.

»Am besten erfährt niemand, dass ich überhaupt hier gewesen bin«, entgegnete Forss. »Die ganze Ermittlung ist nämlich äußerst heikel und delikat, wenn du verstehst, was ich meine.«

»Sind etwa Prominente in den Fall verwickelt?«

Forss nickte vielsagend.

»Ich wünschte, ich dürfte Namen nennen, aber leider …«

Sie hob entschuldigend die Schultern.

Seine Lippen formten ein lautloses »Wow«.

MONTAG

1

Der Tee, den Ann-Vivika Kimsel in ihrem geschmackvoll eingerichteten Büro zu servieren pflegte, war ausgezeichnet. Nyström musste an ihren eigenen Schreibtisch denken, der Jahrzehnte auf dem Buckel hatte, an die abgewetzten Besucherstühle und die durchhängenden Regale. Offenbar hatte die Pathologie ein anderes Budget als die Kripo Kronoberg, oder Kimsel hatte die Einrichtung aus eigener Tasche bezahlt. Der dampfende Tee hatte einen ostasiatischen Namen, den Nyström sich nicht merken konnte, und bewirkte angeblich wahre Wunder für den Stoffwechsel. Sie nahm sich jedes Mal aufs Neue vor, ihre Freundin darum zu bitten, ihr die genaue Sorte zu notieren, vergaß es aber immer wieder, und wenn sie dann beim nächsten Einkauf vor den Regalen im Delikatessenladen stand, war sie sich jedes Mal aufs

Neue unsicher. Irgendetwas mit *Oolong*. Aber war es der *Kwai Flower*, der *Formosa* oder doch der *Tin Kwan Yin*?

»Wichtig ist die richtige Kombination aus Temperatur und Ziehzeit«, dozierte Kimsel. »Ich stelle den Wasserkocher exakt auf 83 Grad ein und lasse den Tee nie länger als zwei Minuten und 20 Sekunden ziehen. Den ersten Aufguss schütte ich gleich wieder weg. Am besten schmeckt mir der dritte und der vierte. Auch die Auswahl der Teekanne ist nicht zu vernachlässigen. Viele schwören ja auf emailliertes Gusseisen, zugegeben, es hat seine Vorteile, man muss allerdings auch bedenken, ob man weißen, grünen oder schwarzen Tee zubereitet ...«

»Tja«, seufzte Nyström. Und dann noch einmal: »Tja.«

Ihr Wasserkocher hatte keine Temperatureinstellung. Das Einzige, was der konnte, war, Wasser zum Kochen zu bringen. Zum Aufgießen benutzte sie eine seit Ewigkeiten bewährte Thermoskanne. Handgestoppte Ziehzeiten? Mehrere Aufgüsse? Wer hatte schon so viel Zeit und Geduld? Sie jedenfalls nicht. Vielleicht war sie bei ihrem Roibuschtee doch ganz gut aufgehoben.

»Doch, du hast natürlich recht, Ingrid«, sagte Kimsel, Nyströms Gesichtsausdruck richtig deutend, »am Ende des Tages ist und bleibt es heißes Wasser mit Geschmack.«

»Eine Wissenschaft für sich«, lächelte Nyström. »Aber den Wissenschaften warst du ja immer schon zugeneigt.«

»Andernfalls wäre ich wohl auch eine miserable Pathologin.«

»Was uns zum Thema führt.«

Kimsel seufzte.

»Was uns zum Thema führt«, echote sie und legte die schmalen Hände aufeinander. Die Fingernägel waren sorgfältig in einem Rot lackiert, das perfekt auf ihre dunkle Seidenbluse und vielleicht sogar auf den gerahmten Miró-

Druck an der Wand hinter ihr abgestimmt war. Nyström selbst war wahrscheinlich vierzehn oder fünfzehn Jahre alt gewesen, als sie sich das letzte Mal die Nägel lackiert hatte. Ihr lag kaum etwas an solchen Dingen, weder an Kosmetik noch an Mode – hätte sie jemand gebeten, ihren eigenen Stil zu beschreiben, wäre sie wohl nach einigem Nachsinnen am ehesten auf den Begriff *pragmatisch* gekommen – dennoch kam sie nicht umhin, immer wieder die Eleganz ihrer Freundin zu bewundern. »Wie ich bereits andeutete, entbehrt der Sachverhalt nicht einer gewissen Pikanterie.«

»Ich bin gespannt.«

»Du hast sicherlich mitbekommen, dass Carl Theorin im vergangenen Jahr verstorben ist?«

»Der ehemalige Professor für Rechtsmedizin.«

»Er ist stattliche 85 Jahre alt geworden. Darmkrebs, am Ende ging es sehr schnell. Er war, wie du weißt, mein Vorvorgänger hier.«

»In meinen ersten Berufsjahren bei der Kriminalpolizei bin ich ihm mehrmals begegnet. Sein Jähzorn war legendär. Angeblich hat er einmal einen menschlichen Schädel quer durch die Pathologie geschleudert, weil ihm ein junger Assistent widersprochen hat.«

Kimsel lachte.

»Das kann ich mir gut vorstellen. Die Geschichten über ihn geistern hier noch heute durch die Flure«, sagte sie. »Theorin war Mediziner vom alten Schlag. Er hatte seine Macken, aber fachlich war er eine Kapazität. Seine Habilitationsschrift über Einblutungen im Bindegewebe ist ein Standardwerk. Niemand hat wirklich verstanden, warum er das renommierte Karolinska-Institut verlassen hat, um hierher in die Provinz zu kommen. Mir gegenüber hat er einmal erwähnt, ihm bekomme unsere småländische Waldluft so gut.«

»Womöglich war das der Grund, warum er immer bis in den Winter hinein mit seinem italienischen Cabrio und offenem Verdeck herumgefahren ist.«

Kimsel lächelte.

»Ich glaube, das hatte eher andere Gründe. Theorin war ein Aufreißer vor dem Herrn, aber wenigstens einer der charmanteren Sorte. Einige Monate nach seinem Ableben hat sich die verwitwete Ehefrau an mich gewandt, es muss seine vierte gewesen sein, wenn ich richtig gezählt habe. Auch wenn das eigentlich nichts zur Sache tut. Die gute Frau hatte den Kofferraum voller alter Obduktionsakten, auf die sie beim Aufräumen und Aussortieren in Theorins Arbeitszimmer gestoßen war. Fallakten, die er offenbar im Laufe der Jahre mit nach Hause genommen, aber nie wieder zurückgebracht hatte. Er hat es wohl mit der Trennung von Beruflichem und Privatem nicht so genau genommen. Und anscheinend ist damals niemandem das Fehlen der Unterlagen aufgefallen oder es hat sich schlicht und ergreifend keiner getraut, sich über die Marotten des Chefs zu beschweren.«

»Wann ist Theorin in Pension gegangen?«

»1996. Dementsprechend stammen die meisten dieser Unterlagen aus den Neunzigerjahren, einige sind sogar noch aus den Achtzigern.«

»Richtig altes Zeug also.«

»Das im Grunde niemanden mehr interessiert.«

»Ich höre da ein *Aber* heraus.«

Kimsel warf ihr einen intensiven Blick zu.

»Denk doch mal nach, Ingrid. Natürlich verschwindet das meiste davon in irgendwelchen verstaubten Archiven. *Normalerweise*. Aber es kommt natürlich immer mal wieder vor, dass die Originalberichte gebraucht werden. Alte Gerichtsfälle, die neu aufgerollt werden. Rechtsurteile, die nach Jahren zur Revision stehen. Außerdem geht es hier ums Prinzip. Die Akten gehören an ihren Platz. Punkt!«

»Aber wo ist das Problem? Wieso kannst du die Berichte nicht einfach diskret einsortieren?«

»Weil es nicht so simpel ist, wie es sich anhört. Die meisten der von Theorin verschlampten Akten sind noch nicht einmal digitalisiert. Die systematische Umstellung auf EDV begann erst Mitte der Neunzigerjahre. Das muss also als Erstes nachgeholt werden. Das ist zwar zeitaufwendig, doch unkompliziert. Der wahre Spaß geht dann jedoch erst los. Die Originale kommen ja schließlich nicht in ein zentrales Archiv, sondern sind in den meisten Fällen irgendwelchen polizeilichen Ermittlungen zugeordnet. Die Toten, die auf Theorins Obduktionstisch gelandet sind, kamen zwar meistens aus der Region Kronoberg, aber halt nicht immer, das heißt, einige der Akten müssen quer durchs Land geschickt werden: Jönköping, Kalmar, Malmö, sogar Hudiksvall ist dabei, weil irgendein durchgeknallter Norrländer 1989 auf einer Familienfeier in Älmhult volltrunken seinen Cousin erschlagen hat.«

»Klingt nach viel Arbeit«, sagte Nyström und machte ein mitfühlendes Gesicht. »Aber ich sehe noch immer nicht das Heikle daran. Theorin hat geschludert und es mit den Vorschriften nicht so genau genommen, ja. Aber das Ganze ist mehr als zwanzig Jahre her, und es ist vor allem nicht deine Schuld, auch wenn du nun Ordnung in seine Sachen bringen musst, unangenehmerweise.«

»Sicher. Aber ich erzähle dir das alles nicht, weil ich um Mitleid buhle, Ingrid, ich will auf etwas anderes hinaus.« Sie seufzte erneut. »Wie du vielleicht schon herausgehört hast, habe ich mich ein wenig in die Akten eingelesen. Es waren insgesamt siebzehn Obduktionsberichte. Du kennst meine Sorgfalt. Wenn ich etwas mache, mache ich es richtig. Bevor ich sie also digitalisiere, zuordne, einsortiere und quer durch die Weltgeschichte schicke, wollte ich mir ein Bild machen. Das meiste waren Routineangelegenheiten: der bereits erwähnte Todschlag in Älmhult, ein Waldarbeiter mit Sepsis, eine Ertrunkene. Allerweltsfälle. Dasselbe dachte ich zunächst auch bei diesem Bericht hier.«

Kimsel schob einen altmodischen, beigefarbenen Pappordner über den Tisch. Nyström griff danach und schlug ihn auf. Als Erstes fielen ihr die drastischen Fotos ins Auge. Natürlich war sie allerhand gewohnt, aber die Bilder berührten sie unmittelbar.

»Fredrik Sidenvall hieß der junge Mann, ich weiß, ein sehr hässlicher Suizid«, erläuterte Kimsel. »Eine fatale Schussverletzung mit einer Schrottflinte im Unterbauch. Von den Organen ist buchstäblich nichts übrig geblieben.«

»Was für ein furchtbarer Tod«, flüsterte Nyström.

»Vor allem durchaus unkonventionell. Die meisten Selbstmörder, die sich mit einer Schusswaffe das Leben nehmen, schießen sich in den Kopf. Auch die Wahl der Waffe überrascht, etwas Unhandlicheres als eine lange Bockflinte mit Kipplaufverschluss lässt sich kaum finden, wenn man sich selbst das Licht ausknipsen will.« Nyström warf ihr einen Blick zu. »Entschuldige bitte den Ausdruck. Jedenfalls beides Details, die mich ein wenig irritiert haben. Daraufhin habe ich mir die Sache genauer angesehen. Ich habe Theorins damalige Untersuchungen akribisch nachvollzogen, seine Berechnungen, die Rekonstruktion der Tat. Dabei bin ich zunächst zu demselben Schluss gekommen wie er. Es war dem Mann durchaus möglich, sich in der Sitzposition, in der er am Tatort aufgefunden wurde, mit der *Antonio-Zoli*-Doppelbockbüchse in den Unterbauch zu schießen. Der Lauf dieser Waffe ist 65 Zentimeter lang, man muss sich sehr strecken und verrenken, den Abzug mit dem Daumen der rechten

Hand statt wie üblich mit dem Zeigefinger durchziehen, aber dennoch war das Selbstmordopfer aufgrund seiner Körpergröße und der daraus folgenden Länge seiner Gliedmaßen dazu theoretisch in der Lage. Der Einschusskanal, der Winkel, in der die Flinte von der rechten Hand gehalten worden ist, all das stimmte. Es gab nichts, was gegen einen Suizid spräche.«

Nyström spürte, wie aufkommende Neugier und ein diffuses Unbehagen miteinander rangen.

»Aber?«

»Nun ja, du kennst mich. Nenn es manisch, nenn es Pedanterie: Ich konnte es dennoch nicht darauf beruhen lassen. Vielleicht war auch der Umstand nicht ganz unschuldig, dass Theorin mir vor dreißig Jahren bei einer Dienstbesprechung mal eine Spur zu vertraut die Hand auf den Oberschenkel gelegt hat, vielleicht wollte ich es dem alten Chauvi *post mortem* einmal so richtig zeigen. Ich war gewillt, einen Schritt weiter zu gehen als er. Ich wollte sorgfältiger sein als er. Ich gebe es zu: Ich wollte *besser* sein als er.« Kimsel schmunzelte. »Über eine ehemalige Studienkollegin, die mittlerweile in der Regionalverwaltung arbeitet, bin ich an die alten Krankenakten von Fredrik Sidenvall gelangt.«

»Du hättest doch den offiziellen Weg …«

»Wie denn das? Eine 56-jährige Ärztin, die aus verletztem Stolz ihrem ehemaligen Vorgesetzten einen fachlichen Fehler nachweisen will?«

»Trotzdem …«

»Mit Vorbildern und Mentoren ist es so eine Sache, Ingrid.«

»Wie meinst du das?«

»Wart's ab«, sagte Kimsel mit einem kryptischen Unterton. »Jedenfalls: Ich hatte Glück, beziehungsweise: Ich hatte recht. *Möglicherweise*. Schau mal auf Seite vier des Anhangs von Sidenvalls Patientenakte, dort sind Kopien seiner gesammelten medizinischen Berichte. Den Umstand, dass er trotz seines jungen Alters bereits an Rheuma litt, kannst du ignorieren, der spielt für das, worauf ich hinauswill, keine Rolle. Lies das Ende, sein letzter Arztbesuch.«

Nyström blätterte. Die Diagnose war mit Textmarker hervorgehoben. Fredrik Sidenvall war mit einer gebrochenen rechten Hand in einer Praxis in Lessebo vorstellig geworden. Arbeitsunfall stand da. *Tastbefund.*

»Das war fünf Tage, bevor er sich erschossen hat«, sagte Kimsel.

»Du willst damit sagen …«

»Wenn seine Hand tatsächlich auf die Art und Weise gebrochen war, wie es hier steht, kann er damit unmöglich den Abzug der Flinte betätigt haben. Multiple Frakturen der Finger- und Mittelhandknochen.«

»Und wenn er die linke Hand …?«

Kimsel schüttelte den Kopf.

»Das passt nicht zur Körperhaltung, in der der Leichnam entdeckt wurde.«

Nyström dachte angestrengt nach.

»Und wenn er mit dem Fuß …?«

»Unmöglich. Außerdem trug er Schuhe, als er aufgefunden wurde. Es gibt haufenweise wissenschaftliche Abhandlungen zu dem Thema Selbsterschießungen. Außerdem hat Theorin den Toten akribisch vermessen. Streck mal probeweise deinen rechten Arm aus. Wenn die Mündung des Gewehrs auf dich zeigt, muss der Abzug logischerweise in die andere Richtung, also von dir weg, durchgezogen werden. Natürlich kann man mit dem Zeige- oder Mittelfinger eine Bewegung in die Richtung machen, aber es gelingt kaum, genügend Kraft auf den Durchzug auszuüben. Es geht eigentlich nur mit dem Daumen. Und auf keinen Fall, wenn Hand, Daumen und Finger mehrere Frakturen aufweisen.

Es ist rein mechanisch unmöglich, abgesehen davon, dass die Schmerzen nicht zu überwinden wären.«

»In dem Arztbericht aus Lessebo steht etwas von einem Tastbefund.«

»Das ist das Problem«, gab Kimsel zu. »Der Schwachpunkt meiner Theorie.«

»Wird man bei einem Knochenbruch denn nicht geröntgt?«

»Normalerweise schon. Ich habe mich schlaugemacht. In der Praxis in Lessebo hatte man damals noch kein Röntgengerät. Sidenvall wurde mit seiner Hand ins Krankenhaus nach Växjö überwiesen, aber diese Anschlussuntersuchung hat nie stattgefunden.«

»Kann sich der Arzt damals womöglich geirrt haben?«

»Sicher. Ärzte können sich irren.«

»Was ist mit den Röntgenaufnahmen der Obduktion?«

»Theorin hat diesbezüglich offenbar ebenfalls geschlampt. Die Todesursache schien ihm so klar, dass er sich nur auf den Oberkörper des Mannes konzentriert hat. Davon gibt es Röntgenbilder und die Schäden, die der Schuss verursacht hat, sind mustergültig dokumentiert. Die Extremitäten, Beine, Arme, Füße und Hände, hat der Professor dagegen ignoriert. Ein klassischer Kunstfehler und eine Abweichung vom Protokoll. Vielleicht meinte er es am Ende einer langen, erfolgreichen Karriere nicht mehr so genau nehmen zu müssen und hat sich zu sehr auf seinen Instinkt und seine Erfahrung verlassen.«

»Aber wie sollen wir dann darüber Gewissheit erlangen, Ann-Vivika? War die Hand nun gebrochen oder nicht? Hier geht es womöglich um einen übersehenen Mord!«

Kimsel lächelte schmal. »Ich fürchte, da gibt es nur einen einzigen Weg.«

Nyström spürte, wie ihr das Blut aus dem Gesicht wich.

»Sag mir bitte, dass ich das hier nur träume.«

»Ich sehe keine andere Möglichkeit, als das Grab zu öffnen, Ingrid.«

»Aber ...«

Nyström wollte protestieren, doch ihr fiel wenig ein.

»Was ist denn mit der polizeilichen Ermittlung des Falls?«, fragte sie schließlich. »Zu welchem Schluss sind die damaligen Kollegen gekommen?«

Kimsels Lächeln wurde noch schmaler.

»An der Stelle wird es erst richtig interessant. Ich habe vor zwei Wochen die alten Ermittlungsunterlagen offiziell angefragt. Sie sind nicht aufzufinden. Es gibt ein entsprechendes Aktenzeichen, aber die Akte selbst ist verschwunden, und zwar sowohl die digitalisierte Fassung als auch ihr analoges Pendant.«

»Weißt du, wer die Ermittlung geleitet hat?«

»Theorins Bericht zufolge war Hauptkommissar Gunnar Berg bei der Obduktion anwesend.«

»Gunnar Berg?«

Berg war Nyströms Ausbilder und Mentor gewesen. Von ihm hatte sie alles gelernt, was sie über Polizeiarbeit wusste. Hätte Berg nicht einen schweren Verkehrsunfall erlitten und gesundheitsbedingt in den Vorruhestand gehen müssen, wäre sie niemals so schnell auf ihrem Posten gelandet. Mit dem warmherzigen, klugen Mann verband sie viel.

»Wie gesagt, mit Vorbildern ist das so eine Sache, Ingrid.«

2

»Ich verstehe nicht, was meine Rolle bei diesem Treffen sein soll. Wo ihr doch seit Ewigkeiten miteinander befreundet seid. Oder sehe ich das falsch?«

Stina Forss schob sich ein Hustenbonbon in den Mund. Ihr Hals kratzte und wenn sie sprach, tat es besonders weh. Das Wochenende im Stockholmer Regen hatte ihr eine ausgewachsene Erkältung beschert. Nyström warf ihr vom Fahrersitz aus einen Seitenblick zu, einen sehr distanziert wirkenden Seitenblick, fand Forss, wahrscheinlich war die Chefin noch sauer, weil sie nicht an der dämlichen Geburtstagsfeier teilgenommen hatte.

»Das ist es ja gerade«, insistierte Nyström, »dass Gunnar Berg und ich uns seit Langem kennen und schätzen. Dass er jahrelang mein Kollege war, mein Ausbilder und Mentor. Ich habe überhaupt keine Ahnung, wozu sich die Sache auswächst, auf die Ann-Vivika da gestoßen ist, wahrscheinlich zu gar nichts, wahrscheinlich verläuft alles wie so oft im Sande, aber wenn doch ... Stina – ich möchte einfach, dass der Verdacht von Mauschelei gar nicht erst aufkommt. Alles soll seinen geordneten, richtigen Weg gehen.«

»Ich bin also so eine Art Anstandsdame.«

»Gewissermaßen.«

Nyström setzte den Blinker und bog scharf links ab, in das teure Wohngebiet Öjaby, das nordwestlich der Stadtmitte an einem südlichen Ausläufer des Helgasees lag. Gunnar Berg lebte gemeinsam mit seiner Frau in einem großzügig geschnittenen Einfamilienhaus, die erwachsenen Kinder waren längst ausgezogen, der preisgekrönte Garten war bereits mehrmals in Fachzeitschriften abgebildet worden, lag nun aber größtenteils unter einer Schneedecke verborgen. Obwohl es seit Wochen immer wieder taute, hielt sich hartnäckig eine weiße Kruste auf Häuserdächern und Gärten, Wäldern und Weiden.

Barbro Berg führte die beiden Kommissarinnen ins Wohnzimmer, wo der ehemalige Chef der Kriminalpolizei Kronoberg auf sie wartete. Gunnar Berg saß seit dem schweren Unfall, der seine Karriere beendet hatte, im Rollstuhl. Noch so ein Versehrter, dachte Forss und rückte ihre Augenklappe zurecht, ein nervöser Tick, den sie sich nicht abgewöhnen konnte. Sie war Berg vor einigen Jahren bereits einmal im Zusammenhang mit einem anderen Fall begegnet, auch damals hatte er Nyström und sie bei sich zu Hause empfangen. Er sah inzwischen älter und eingefallener aus, dachte sie, aber er schien seinen kindlichen Sinn für Humor nicht verloren zu haben, jedenfalls deutete sie die Fleecedecke mit Garfield-Motiv dahin gehend, die sich Berg über die Beine gelegt hatte. Wenn sie sich richtig erinnerte, war es bei ihrer letzten Begegnung eine Snoopy-Decke gewesen.

Nyström beugte sich zu Berg hinunter und umarmte ihn herzlich, Forss gab ihm förmlich die Hand.

»Unsere Heldin aus Södertälje!«, wurde sie begrüßt. Solche Sprüche hörte sie dauernd. Sie mochte sie nicht.

»Unter den Blinden ist die Einäugige Königin«, versuchte sie sich an einem Scherz. Bevor es hier zu sentimental wird, dachte sie.

Berg zwinkerte ihr zu.

»Jedenfalls gute Arbeit, es ist mir wichtig, meine Hochachtung vor dieser hervorragenden polizeilichen Leistung persönlich zum Ausdruck zu bringen.«

»Danke.«

Was sollte man auch sonst auf so einen Satz entgegnen? Ihr war das Lob unangenehm, vor allem vor ihrer Chefin.

»Wir sind sehr dankbar, dass wir Stina im Team haben«, sagte Nyström steif.

Barbro Berg brachte ein Tablett mit Kaffee und Gebäck an den Wohnzimmertisch und löste damit die merkwürdig aufgeladene Situation auf.

»Bitte setzt euch doch«, sagte sie. Es gab Kaffee, selbst gebackene Schokoladenkekse und Scones. Sie wünschte einen guten Appetit und entschwebte wieder Richtung Küche. Wie eine gute Fee, dachte Forss, oder eine deutsche Hausfrau vor fünfzig Jahren. Nyström nippte am ausgezeichneten Kaffee, würdigte das Feingebäck und die Fotos von Bergs opulenten Rhododendronbüschen in der Herbstausgabe der *Gartenfreude*. Forss verdrehte innerlich die Augen. Nach der zweiten Tasse Kaffee gab Berg das Signal, zum ernsten Teil des Gesprächs überzugehen.

»Aber wegen des Rhododendrons seid ihr natürlich nicht hier.«

Seine Augen hatten diesen gewissen Glanz, stellte Forss fest, den sie als Neugier identifizierte. Nyström hatte ihren Besuch telefonisch angekündigt, dabei aber nicht erwähnt, worum es überhaupt ging.

»Was sagt dir der Name Fredrik Sidenvall?«, fragte Nyström.

Berg überlegte einen Moment.

»Da klingelt etwas«, sagte er und nickte bedächtig. »Ende der Achtzigerjahre? Anfang der Neunziger?«

»1992«, präzisierte Forss.

»Richtig«, sagte Berg. »Ein Selbstmord. In Lessebo, wenn ich mich nicht irre. Unschöne Sache. Er hat ein Schrotgewehr benutzt, oder?«

»Ganz genau«, sagte Nyström. »Du hast immer noch ein hervorragendes Gedächtnis, Gunnar.«

»Schmeichlerin«, lächelte er, dann wurde er wieder ernst.

»Wie kommt ihr auf diese alte Geschichte?«

Nyström berichtete ausführlich von ihrem Gespräch mit Kimsel. Berg kratzte sich nachdenklich an der Nasenspitze.

»Das ist merkwürdig«, sagte er schließlich, »und zwar gleich in mehrfacher Hinsicht. Die Sache, auf die Ann-Vivika da in dem alten Obduktionsbericht beziehungsweise in den Krankenakten gestoßen ist, erscheint mir durchaus ernst zu nehmend. Mit gebrochenen Fingern kann man keinen Gewehrabzug durchziehen, das könnt ihr mir glauben. Bei der verdammten Kollision mit der Wildsau hat es ja nicht nur meine Beine und Niere erwischt, sondern auch die rechte Hand. In drei Fingern Trümmerbrüche und das Handgelenk hat ebenfalls etwas abbekommen. Das sind Schmerzen, da geht man die Decke hoch. Selbst als die Fixierung weg war: Die kleinste falsche Bewegung und man könnte im Dreieck springen, so weh tut das. Der Umstand, dass Sidenvalls Ermittlungsakte nicht aufzufinden ist, ist natürlich ärgerlich und macht das Ganze nicht unverdächtiger. Es kann natürlich aber auch sein, dass irgendein Depp sie einfach falsch einsortiert oder verlegt hat.« Berg sah von Nyström zu Forss und wieder zurück. Forss musterte den ehemaligen Chefermittler. Nichts deutete darauf hin, dass er ihnen nicht die Wahrheit erzählte. Entweder stimmte, was er sagte, und er hatte nichts mit dem Fehlen der Akte zu tun, oder er war ein sehr guter Lügner.

»Was ist mit dem Verschwinden der digitalen Version?«, fragte sie.

Berg zuckte mit den schmalen Schultern. »Die Umstellung auf EDV steckte damals noch in den Kinderschuhen. Ein schlecht geschulter Mitarbeiter, eine versehentliche Löschung der Daten, eine verlegte Diskette? Möglich ist einiges. Aber das wirklich Seltsame ist, dass es sich bei dem

Toten ausgerechnet um Fredrik Sidenvall handelt.« Berg machte eine wirkungsvolle Pause. »Ihr wisst, wer das war, oder?« In beiden Gesichtern Ratlosigkeit. »Mmh, richtig, ihr habt die Akte ja gar nicht, und die Geschichte ist so lange her, damals warst du noch bei den Uniformierten und bist Streife gefahren, Ingrid. Außerdem hat sich das Ganze einige Hundert Kilometer nördlich von hier abgespielt, in Hallsberg, im Zuständigkeitsbereich der Kripo Örebro.«

»Moment mal«, unterbrach Forss, »ich denke, wir reden hier von Lessebo?«

Die Kleinstadt lag 35 Kilometer südöstlich von Växjö.

»Der Selbstmord war in Lessebo, ja. Aber ich spreche von der Exekution sechs Jugendlicher.«

Jetzt waren es Nyström und Forss, die sich ansahen.

»*Das Massaker von Hallsberg* haben es die Boulevardzeitungen genannt. Nie etwas davon gehört?«

Forss schüttelte ihren Lockenkopf.

»Ich erinnere mich schwach«, sagte Nyström schließlich zögerlich. »Es lief damals in den überregionalen Nachrichten. Aber was haben diese sechs ermordeten jungen Leute mit dem Selbstmord von Sidenvall zu tun?«

»Fredrik Sidenvall«, antwortete Berg und strich die Garfielddecke über seinen Beinen glatt, »war der Hauptverdächtige im Hallsberger Fall. Alles deutete darauf hin, dass er der Täter war. Durch seinen Suizid hat er sich der Verhaftung entzogen.«

3

In der Dienstbesprechung am späten Vormittag packte Lasse Knutsson in Ruhe sein zweites Frühstück aus. Das aktuelle Ernährungskonzept, mit dem er sein beträchtliches Übergewicht in Angriff nehmen wollte, hieß *mindfullness,* Achtsamkeit. Als er beim zufälligen Blättern in einer der Zeitschriften seiner Frau darauf gestoßen war, hatte es ihm gleich so sehr eingeleuchtet, dass er seine enervierende *Low-Carb*-Diät auf der Stelle über den Haufen geworfen hatte. Wie naiv war er eigentlich gewesen, dass er wochenlang versucht hatte, systematisch die Kohlenhydrate aus seinem Speiseplan zu verbannen? Kein Mensch hielt es aus, andauernd zu verzichten, andauernd Hunger zu haben! Achtsam zu sein, bedeutete dagegen etwas vollkommen anderes. Es bedeutete, in sich hineinzulauschen, auf seinen Körper zu hören, seine Bedürfnisse wahrzunehmen und bewusst und wertfrei zu genießen. Allein diese Formulierung machte einem doch schon Lust auf das Leben: *bewusst und wertfrei zu genießen.* Nichts leichter als das! Also hatte er heute Morgen achtsam in sich hineingehört und die Signale, die ihm sein Körper gesendet hatte, gefielen ihm ungemein: Er verlangte nach einer Doppelscheibe süßem Schwarzbrot mit Frischkäse, gehacktem Schnittlauch und *Bresaola alla Valtellinese.* Einem Vollkornweizenbrötchen mit gesalzener Butter, altem Cheddar und selbst gemachtem Feigen-Mirabelle-Senf. Einer Tupperdose mit eingelegten Birnen. Dazu aus der Kantine ein dreifacher Espresso mit aufgeschäumter Milch und Karamellsirup. Knutsson breitete seine Schätze auf dem riesigen ovalen Tisch vor sich aus und registrierte mit Genugtuung, wie Hugo Delgado Stielaugen bekam.

»Vielleicht bin ich voreingenommen«, nahm Nyström den

Faden wieder auf, den sie durch Knutssons Geraschel mit dem Butterbrotpapier für einen Moment verloren zu haben schien. »Aber ich hatte den Eindruck, dass Gunnar Berg mit dem Verschwinden der Akte Sidenvall nichts zu tun hat.«

»Wieso sollte er so etwas auch machen?«, fragte Knutsson kauend.

»Mit vollem Mund spricht man nicht«, rügte ihn Delgado.

»Es kann viele Gründe geben, Akten verschwinden zu lassen«, zählte Forss auf. »Man möchte jemanden schützen, der in eine Ermittlung verwickelt ist, vielleicht sogar sich selbst. Man will handwerkliche Fehler vertuschen, die man gemacht hat. Man will auf diese Weise Beweise unterschlagen, um einer Ermittlung aus bestimmten Gründen eine andere Richtung zu geben ... Aber ich gebe Ingrid recht, ich glaube ebenfalls nicht, dass Berg uns die Unwahrheit erzählt hat.«

»Die Frage bleibt natürlich trotzdem bestehen«, sagte Delgado. »Wie gehen wir mit Ann-Vivikas Hypothese um?«

»Ich sehe kaum eine andere Möglichkeit, als der Sache auf den Grund zu gehen«, antwortete Nyström. »Aber bevor ich ein fünfundzwanzig Jahre altes Grab öffne, um Hand- und Fingerknochen untersuchen zu lassen, möchte ich wissen, mit wem wir es zu tun haben. Wer war dieser Fredrik Sidenvall? Ganz gleich, ob das Fehlen seiner Akte nun einfach Zufall ist oder ob mehr dahintersteckt, es behindert unsere Arbeit natürlich ungemein. Gunnar Berg hat dankenswerterweise zugesagt, ein Gedächtnisprotokoll über die damaligen Geschehnisse anzufertigen und mit dem mittlerweile ebenfalls pensionierten Kollegen zu reden, der 1992 gemeinsam mit ihm den Fall bearbeitet hat. Mehr verspreche ich mir allerdings von den polizeilichen Unterlagen aus Örebro. In den Ermittlungen um die sechs ermordeten jungen Leute in Hallsberg war Fredrik Sidenvall offenbar die zentrale Figur und der einzige Verdächtige. Der Kommissar, der damals in Örebro mit dem Fall betraut war, ist dort heute noch im Dienst. Stina hat zugesagt, raufzufahren und mit ihm zu sprechen.«

Knutsson signalisierte Forss seine Wertschätzung, indem er ostentativ beide Daumen emporreckte. Seiner Einschätzung nach konnte die Deutschschwedin nach ihrer schweren Verletzung und den so offensichtlich bleibenden Schäden ein paar zusätzliche seelische Streicheleinheiten gebrauchen.

»Hugo, von dir brauche ich eine umfangreiche Recherche zu Sidenvall«, fuhr Nyström fort. »Auch wenn seine Akte nicht aufzufinden ist, muss es ja irgendwo Informationen über ihn geben. Such nach Verwandten, Bekannten, ehemaligen Kollegen. Menschen, die uns etwas über ihn erzählen können. Das Internet wird uns in diesem Fall wohl kaum weiterhelfen, das alles ist schließlich ein Vierteljahrhundert her, aber alte Zeitungsberichte könnten interessant sein.«

»*Yes, Ma'am.*«

»Danke. Und Lasse?«

»Ja?«

»Ich wäre dir sehr dankbar, wenn du deine Festmahlzeiten demnächst auf die Pausen verlegst.«

Knutsson dachte einen Augenblick nach, bevor er etwas entgegnete.

»Ich glaube, du hast das Prinzip der Achtsamkeit noch nicht verstanden, Ingrid.«

4

Viel mehr als die biografischen Eckdaten von Fredrik Sidenvalls kurzem Leben konnte Delgado nicht aus den Archiven der Sozialversicherungskasse, des Finanzamts und anderer Behörden herausfiltern. Der junge Mann war am 4. Oktober 1970 als erstes Kind des Ehepaars Stefan und Astrid Sidenvall geboren und starb am 26. November 1992. Zu diesem Zeitpunkt war sein Vater bereits knapp zwei Jahre tot; die Todesursache Leberzirrhose und mehrere Anzeigen gegen Stefan Sidenvall wegen Trunkenheit und Misshandlung ließen Delgado vermuten, dass der Sohn in problematischen Verhältnissen aufgewachsen war. Fredrik hatte eine drei Jahre jüngere Schwester, Belinda, die mittlerweile verheiratet war und in einer kleinen Ortschaft in Blekinge lebte. Die Mutter war 2009 an den Folgen einer jahrzehntelangen Alkoholkrankheit in einem Pflegeheim in Högsby gestorben. Fredrik Sidenvall hatte nach seinem Schulabschluss 1988 drei Jahre lang als Minenarbeiter in Kiruna gejobbt, 1500 Kilometer von seiner Heimat entfernt. So weit weg von zu Hause wie innerhalb der Landesgrenzen nur möglich, dachte Delgado – bei dem Elternhaus wäre ich wahrscheinlich auch bis über den Polarkreis hinaus abgehauen. Etwa anderthalb Jahre vor seinem Tod hatte Sidenvall die Arbeit in Nordschweden jedoch aufgegeben und war nach Småland zurückgekehrt, wo er für eine Spedition als Lkw-Fahrer arbeitete. Die Firma hatte ihren Sitz in Sidenvalls Heimatort Lessebo und sie existierte heute noch, wie eine schnelle Internetrecherche ergab. Über den jungen Mann selbst fand sich im Netz wenig. Delgado trieb ein Schulfoto des Abschlussjahrgangs auf, das jemand anlässlich eines Jubiläumstreffens hochgeladen hatte. Sidenvall war ein großer, dünner Junge mit ernstem Gesichtsausdruck. Auf einer Website mit archivierten Sportresultaten war Sidenvall als Sieger eines Jugendtischtennisturniers in Växjö 1987 verzeichnet. Der dritte Treffer war Delgados Meinung nach der interessanteste: Der junge Mann hatte sich 1990 in einer kleinen, freikirchlichen Gemeinde in Kiruna taufen lassen. Das Foto zum kurzen Bericht im Online-Archiv der nordschwedischen Lokalzeitung zeigte fünf junge Menschen in weißen Roben, darunter Sidenvall, die gemeinsam in einen Fluss stiegen. Delgado, selbst katholisch erzogen, fiel ein, irgendwo einmal gelesen zu haben, dass die meisten Freikirchen und Pfingstler die Kindstaufe ablehnten und das Sakrament erst mündigen Gläubigen zukommen ließen. In Ewigkeit, Amen, dachte er, druckte die neu gewonnenen Informationen aus und fuhr den Rechner herunter, um Mittagspause zu machen. Der Anblick von Knutssons zweitem Frühstück hatte ihn hungrig gemacht.

5

Erik Edman sah Ingrid Nyström nachdenklich an. Jedenfalls war es der Blick, den ihr Vorgesetzter aufzusetzen pflegte, wenn er besonders gedankenversunken, geistreich oder kritisch wirken wollte. Das Kinn auf Daumen und Mittelfinger abgestützt, den Zeigefinger an die Wange gelehnt, Pokerface und um Blickkontakt bemüht: Erik »Halbvier« Edman – seinen Spitzname verdankte er der Uhrzeit, zu der er normalerweise das Präsidium Richtung Golfplatz verließ – schien in Gestik und Mimik einem Schriftsteller nachzueifern, der für ein Autorenfoto posierte, oder gleich dem jungen Robert Kennedy, was Nyström nicht verwunderte, sagten doch viele dem Polizeichef politische Ambitionen nach.

»Wie wird die Presse darüber berichten?«, fragte er schließlich. »Und ...«, er hob den Zeigefinger seiner freien Hand, »ein nicht unerheblicher Gedanke: Was wird die Kirche dazu sagen?«

Nyström stöhnte innerlich auf. Natürlich hatte sie damit gerechnet, dass Edman bei der Aussicht auf eine Graböffnung nicht begeistert sein würde, und selbstverständlich galt seine erste Sorge dabei wie immer der Außendarstellung der polizeilichen Arbeit, sprich seiner eigenen Reputation und seinen weiteren Karriereaussichten. Neu war dagegen, dass ihn die religiösen Implikationen eines dienstlichen Sachverhalts interessierten.

»Ich habe bereits mit der Pressestelle gesprochen. Rosanna Lukasson ist der Auffassung, dass in diesem Fall eine kurze Mitteilung ausreicht, wohlgemerkt nachdem die Exhumierung durchgeführt worden ist. Videoaufnahmen von Baggerarbeiten auf dem Friedhof oder Skelettfotos wollen wir schließlich vermeiden.«

»Um Gottes willen, ja!« Von Kennedy war nun von einem Moment auf den nächsten nichts mehr zu sehen, Edman fuchtelte mit den Armen in der Luft herum. »Nichts wäre unvorteilhafter als das!«

»Sicher«, Nyström nickte beflissen, »wir müssen schließlich auch an die Außendarstellung denken.«

»Meine Rede!«

»Was die Rücksprache mit der Kirche angeht ...«

»Dein Mann ist doch Pastor, Ingrid. Kannst du ihn nicht einfach beim Abendessen ...«

»Ich habe bereits mit Fredrik Sidenvalls Angehörigen Kontakt aufgenommen, mit seiner Schwester, um genau zu sein.

Sidenvall ist nicht kirchlich beerdigt worden, falls dich das beruhigt.«

»Das beruhigt mich ungemein.«

Edman zeigte seine porzellanweißen Zähne. Das sollte wohl ein Lächeln darstellen. Nyström deutete es als ein Signal, endlich aufstehen zu dürfen. Es gab wirklich viele Orte, an denen sie lieber Arbeitszeit verbrachte, als vor Edmans Schreibtisch. Sie hegte den Verdacht, dass ihr Chef mit voller Absicht Besuchersessel mit kurzen Beinen und tiefen Polstern ausgesucht hatte. Typische Politikerpsychologie, man sollte wie ein Dreijähriger zu ihm aufschauen müssen.

»Ich werde also alles in die Wege leiten«, sagte sie, als sie ihren Körper aus dem niedrigen Sessel gestemmt hatte. »Wenn Staatsanwalt Börjlind keine Einwände hat, kann es gleich morgen früh losgehen.«

»Je dunkler es dabei draußen ist, desto besser«, erklärte Edman.

6

Das Präsidium in Örebro war ein postmoderner, kantiger Bau mit weißer Fassade. Stina Forss, die dreieinhalb Stunden ohne Pause durchgefahren war, parkte ihren BMW davor im Halteverbot und legte das Schild *Polizei im Einsatz* hinter die Windschutzscheibe. Sie musste zu dringend auf die Toilette, um lange nach einem freien Parkplatz zu suchen, außerdem hatte sie Hunger und Kopfschmerzen. Sie ging so schnell ins Gebäude, wie es die hohen Absätze der Schuhe zuließen, und fand zu ihrer Erleichterung schnell, wonach sie suchte.

Nachdem sie sich ein wenig frisch gemacht und eine Tablette genommen hatte, erstand sie am Automaten im Foyer einen Kaffee und einen Schokoriegel. Bereits im Fahrstuhl spürte sie den Energiekick von Koffein und Zucker. Als sie an die Bürotür von Kommissar Holger Rydahl klopfte, fühlte sie sich bereits wieder einigermaßen hergestellt.

Für einen Moment hatte Forss das Gefühl, die Höhle eines Reptils zu betreten. Rydahl, ein kahler, faltiger Mann Mitte sechzig, taxierte sie mit der kühlen Neugier eines Alligators. Sie vergaß immer wieder, dass sie seit einem Jahr eine Art nationale Berühmtheit war, vor allem in Polizeikreisen, und ihre Augenklappe sowie ihre rotbraune Lockenmähne trugen nicht gerade dazu bei, dass sie unerkannt ihre Arbeit machen konnte.

»Das ist also die berühmte Stina Forss.«

Sie verdrehte innerlich die Augen. Diesen Typus echsenhafter Dinosaurier im Polizeicorps kannte sie gut. Meistens alleinstehend oder geschieden, verkalkte Macker, chronisch erfolglos, in dunklen, ungemütlichen Büros geparkt, wie diesem, das sie gerade betreten hatte. Was kann ich dafür, dass du in den vergangenen dreißig Jahren nicht befördert worden bist, dachte sie. Natürlich können wir das Spiel so spielen, *Daddy.* Aber dann nach meinen Regeln.

Sie setzte ihr Kleinmädchenlächeln auf.

»Stets zu Diensten«, sagte sie so keck wie möglich und streckte Rydahl ihre Hand entgegen. Ihr angedeuteter Knicks brachte ihn sichtlich in Verlegenheit. Während Forss seine Hand absichtlich einen Moment zu lange festhielt, stand er gezwungenermaßen halb aus seinem Schreibtischstuhl auf und brachte eine Art großväterliches Nicken zustande. Nachdem er seine Hand befreit hatte und wieder in den ächzenden Stuhl zurückgeplumpst war, nahm auch Forss Platz. Sie rückte als Erstes einen Meter näher zu Rydahl hin, legte die Hände in den Schoß und blickte ihn treuherzig an. So treuherzig man mit nur einem Auge blicken konnte.

»Um ehrlich zu sein, bin ich wirklich auf deine Hilfe angewiesen«, begann sie.

Rydahl brummte etwas. Es klang entfernt wie: »Lange her, diese Geschichte in Hallsberg.«

Forss klimperte mit dem rechten Auge. Sie hatte keine Ahnung, ob die Nummer bei Rydahl zog, aber ihr fiel nichts Besseres ein.

»Ich wäre dankbar, wenn ich deine Version der Geschichte hören dürfte«, flötete sie. Mehr aufgesetzte Unterwürfigkeitssignale konnte sie sich wirklich nicht abringen, ohne loslachen zu müssen.

»Rauchst du?«, fragte Rydahl.

War das eine Art Charaktertest? Sie hatte seine nikotinfleckigen Finger bereits beim Betreten des Zimmers bemerkt.

»Wie ein Räuchermännchen«, log Forss beflissen. Sie hatte eigentlich vor Jahren aufgehört.

»Wir müssten allerdings auf die Dachterrasse. Hier ist das Qualmen nämlich neuerdings untersagt.«

Neuerdings. Das Rauchverbot in öffentlichen Gebäuden war uralt. Das sagte eigentlich alles darüber, in welchen Zeiten der Kerl lebte. Wirklich ein Dinosaurier.

Auf dem Dach steckte sich Rydahl sofort eine Zigarette an und hielt ihr dann seine Schachtel hin. Camel *ohne* Filter.

»Es gibt zum Glück noch echte Männer«, sagte Forss, ohne rot zu werden, und griff nach der Zigarette. Bestimmt Balsam für meine Erkältung, dachte sie. »Aber sie sterben leider aus.«

Rydahl knurrte etwas, gab ihr Feuer, dann lehnte er sich auf das Geländer und blickte lange wortlos in die Dämmerung hinaus.

»Es war ein Massaker«, sagte er schließlich. »Nichts weniger als das. Ein gottverfluchtes Massaker. Damals muss ich Anfang vierzig gewesen sein und bereits mehr als zehn Jahre bei der Kripo. Ich hatte schon einiges gesehen, Schätzchen, das kannst du mir glauben. Aber der Tatort in Hallsberg?«

Forss wertete das *Schätzchen* als Zeichen dafür, dass ihre Strategie aufging. Rydahl kam ins Reden. Er zog methodisch an seiner Zigarette.

»Es war eine klare Novembernacht mit Bodenfrost. Das Team, zu dem ich gehörte, hatte Bereitschaftsdienst. Ein ruhiger Abend mitten in der Woche, bis dahin ohne besondere Vorkommnisse. Wir haben im Bereitschaftsraum Karten gespielt und im Fernsehen lief ein Eishockeyspiel, Umeå gegen Hammarby, ich weiß es noch wie heute. Der Anruf kam um zwanzig nach zwei. Wir brauchten vierzehn Minuten bis zum Einsatzort, einem Parkplatz vor einer Schulturnhalle. Feuerwehr und Notarzt waren bereits da, aber es gab nichts mehr, was noch zu tun gewesen wäre. Der Täter hatte ganze Arbeit geleistet. Weißt du, was Sprengstoff anrichten kann? Die Explosion ist derart …« Er hielt inne und blickte Forss an. Ihr gelang es, den Rauch der viel zu starken Zigaretten zu inhalieren, ohne zu husten. » … aber wem sage ich das?«

»Schon okay«, entgegnete sie.

Rydahl drückte seinen Zigarettenstummel am Metalllauf des Geländers aus und zündete sich gleich eine neue an.

»Es war grauenhaft«, sagte er. »Die Bombe ist in dem Wagen detoniert. Die Leichenteile waren in einem Umkreis von zwanzig, dreißig Metern überall verteilt. Arme, Beine, ein Kopf. In einer Eiche hing ein ganzer Unterleib. Ich bin auf einen abgerissenen Fuß getreten. Der Hausmeister der Schule hat drei Wochen später eine Hand in der Dachrinne der Turnhalle gefunden. Es war buchstäblich die Hölle, die Hölle auf Erden.«

Forss nahm wahr, dass Rydahls Hände zitterten. Es fröstelte sie, obwohl sie einen Daunenmantel trug.

»Wer waren die Toten?«, fragte sie.

»Junge Menschen, halbe Kinder. Der jüngste, Daniel Thulin, war gerade einmal 17 Jahre alt, ein Schüler. Eine Hobby-Rockband aus Göteborg, die sich selbst eine kleine Tournee organisiert hatte. Heavy-Metal-Musik. *Flamethrower* nannten sie sich. An dem Abend haben sie in der Turnhalle ein Konzert gegeben und anschließend in dem Transporter übernachtet. Es war eine Art Bandbus, in dem sie mit Schlafsäcken auf dem Boden und auf den Sitzen geschlafen haben, fünf Jungen und ein Mädchen.«

»Ein Mädchen war auch dabei?«

»Ika Villman, 20 Jahre alt, Krankenschwester. Die Freundin von Tomas Sjöö, ebenfalls 20, dem Sänger und Gitarristen, einem Studenten. Sie hat bei den Konzerten T-Shirts und Kassetten verkauft.«

»Wie kam Fredrik Sidenvall ins Spiel?«

Rydahl schnippte die erst halb gerauchte Zigarette über die Balustrade. Die Glut malte einen orangefarbenen Bogen in die Luft.

»Es war einer dieser Fälle«, sagte er. »Keine Zeugen, keine Anhaltspunkte, kein Motiv. Irgendein Irrer sprengt einen Kleinbus voller junger Leute. Vollkommen sinnlos. Wir hatten nichts, abgesehen vielleicht von der Tatsache, dass eine Bombe benutzt worden war. Sprengstoff kauft man ja nicht mal eben so auf der Straße. Das war unser einziger Anhaltspunkt. Aber wir waren gerade einmal so weit gekommen, die entsprechenden Proben in das kriminaltechnische Labor nach Linköping zu schicken, als fünf Tage nach der Tat Fredrik Sidenvall aufgefunden wurde.«

»In Lessebo.«

»Beziehungsweise in der Nähe von Lessebo. Sidenvall lebte

in einem abseits gelegenen Haus im Wald. Ein Kumpel hat ihn gefunden, er hatte sich gefragt, warum Sidenvall nicht zum gemeinsamen Tischtennistraining erschienen war. Zu dem Zeitpunkt war der Junge bereits vier Tage tot.«

»Aber was brachte ihn mit dem Attentat in Hallsberg in Verbindung?«

»Bevor er sich selbst erschossen hat, hat er einen Abschiedsbrief geschrieben. Ein Geständnis.«

»Sein Motiv?«

Rydahl lachte auf, ein bitteres Lachen.

»Er war ein religiöser Spinner, ein Fanatiker. In seiner Wahrnehmung waren die Jugendlichen Teufelsanbeter. Sein Abschiedsbrief war voll von diesem kruden Zeug. Sidenvall meinte, er sei ein Soldat Gottes, der dazu berufen sei, das Flammenschwert der Rache gegen die dunklen Mächte zu erheben und die Menschheit ins Licht zu führen.«

»Oha. Mit einem Flammenschwert gegen die Flammenwerfer.«

»Ziemlich schwerer Tobak, kaum zu ertragen.«

»Wie kam er darauf, dass die Jugendlichen Teufelsanbeter seien?«

»Na, die Musik, die sie gemacht haben. Sogenannter Death Metal. Fürchterlicher Krach, ehrlich gesagt. Wir hatten damals natürlich überhaupt keine Ahnung von solchen Dingen. Jedenfalls geht es in dieser Spielart von Heavy-Metal-Musik viel um Tod, Krieg und Folter, bisweilen auch um Satanismus. Death Metal war Anfang der Neunzigerjahre die große, jugendliche Subkultur. Die Bands, auch *Flamethrower,* gaben sich sehr martialisch. Umgedrehte Kreuze, Pentagramme, 666, das volle Programm.«

Forss nickte.

»Wie ist Sidenvall an den Sprengstoff gekommen?«

Rydahl zögerte einen Moment, bevor er antwortete.

»Das konnten wir nie vollständig ermitteln. Er hat einige Jahre in der großen Erzmine in Kiruna gearbeitet. Dort wird täglich gesprengt. Wir vermuteten stark, dass er da oben im Norden entsprechende Kontakte geknüpft hatte, aber beweisen konnten wir das nicht.«

»Gab es noch andere Verdächtige?«

»Wie gesagt, wir hatten wenig bis gar nichts in der Hand. Und bevor der Fall überhaupt Fahrt aufgenommen hatte, hat sich Sidenvall selbst als Täter auf dem Silbertablett präsentiert. Als dann noch einige Tage später ein Gebetbuch mit seinem Namen darin in einem Gebüsch auf dem Schulhof gefunden worden ist, war die Sache endgültig klar. Anschließend war der Staatsanwalt sehr daran interessiert, alles möglichst schnell zu den Akten zu legen. Die Eltern wollten ihre ermordeten Kinder in Würde bestatten, wer würde ihnen das verdenken wollen? Der Täter war gefunden, niemand hatte Interesse an langen Nachermittlungen.«

»Aber?«, fragte Forss.

Rydahl zuckte mit den schweren Schultern. Er sah alt und müde aus, als er mit den Armen auf das Geländer gelegt auf das abendliche Örebro hinaussah.

»Nichts aber. Ich träume nur manchmal immer noch davon. Von einer verkohlten Hand, die in einer Dachrinne liegt.«

»Bekomme ich noch eine Zigarette?«, fragte Forss nach einer Weile. Rydahl hielt ihr die Schachtel hin und gab ihr Feuer. Forss inhalierte den beißenden Rauch und ließ den Blick über die Dächer der Stadt streifen. Sie sinnierte über Rydahls Worte. Überraschend war die Erkenntnis, dass Dinosaurier träumten.

Lügen, Lügen, nichts als Lügen. Aber Sixten durchschaute sie, er durchschaute die Lügen schon lange, auch wenn die anderen nichts von seiner Cleverness ahnten. Das hatten sie schließlich bei Anders Breivik oder Charles Manson auch nicht, oder? Vierzehn Stufen, es waren vierzehn Stufen hinauf zu seinem Zimmer, vierzehn, nicht fünfzehn, wie ihm die Stimme in seinem Kopf glauben machen wollte. An diesem Tag, in diesem Augenblick klang sie nach Sven, dem Aufseher, dem Boss, aber das war nur eine weitere Lüge, denn natürlich war Sven in Wirklichkeit kein Boss, er war nichts anderes als ein verfluchter Sozialarbeiter, auch wenn er sich Gruppenleiter nennen ließ oder gleich Obersturmbannführer und sich noch so viel darauf einbildete, diesem dreckigen Loch, das sich Wohngruppe nannte, dieser traurigen Ansammlung aus Maden und Ratten, vorzustehen. Sixtens eigentlicher Boss war dagegen wirklich mächtig, sein eigentlicher Boss war der Mächtigste überhaupt!

Dennoch ließ ihm die Zahl keine Ruhe. Es waren vierzehn Stufen, verdammt noch mal, vierzehn, nicht fünfzehn. Er stand von seinem Bett auf, auf das er sich geworfen hatte, berührte wie immer dreimal die rechte Schläfe mit dem kleinen Finger, bevor er über die Türschwelle der engen Dachkammer trat, stapfte die Treppe hinunter, warf unten, im Flur angekommen, Erik, dieser dürren, bebrillten Made, der am Telefon stand und seiner Hure von Mutter irgendetwas vorheulte, den bösen Blick zu, machte auf den Hacken kehrt und stieg die Treppe wieder hinauf.

… zwölf, dreizehn, vierzehn Stufen, zählte er triumphierend. Er hatte es doch gewusst, vierzehn, nicht fünfzehn! Er schlug sich mit der flachen Hand sechsmal fest auf die Stirn. Sven sollte da drinnen gefälligst seine Schnauze halten und es nicht noch einmal wagen, ihm falsche Zahlen einzuflüstern, denn die Zahlen waren wichtig, sie waren existenziell, ohne die Zahlen funktionierte gar nichts. Aber natürlich würde Sven nicht aufhören,

mit ihm Schabernack zu treiben, weder Sven noch die anderen, noch Mutter, der Jugendrichter, die Werkstattleiter, der Therapeut, besonders der Therapeut, sie würden ihn weiterhin foppen, ihn mit ihren Stimmen verwirren und nicht aufhören, ihn zu quälen, zumindest nicht bis zu dem Tag, an dem er sie alle bestrafen würde. Bei dem Gedanken musste er kichern, während er sich in der Nase bohrte, die Vorstellung, wie er diesem verfickten Therapeuten mit einer Armbrust … Seine Digitaluhr piepste. Genau sechs Uhr. Beziehungsweise achtzehnnullnull, wie die Militärs sagten. Es war Zeit für den Drill. Er ließ sich vom Bett auf den Boden rollen.

Hundert Liegestütze, hundert Sit-ups, hundert Rumpfbeugen.

Zahlen waren wichtig.

Allein schon sein Name.

Sixten.

Die Symbolik war vollkommen offensichtlich, so viel Englisch verstand jawohl jeder. Sixten, der Sechste. Da konnte seine Mutter behaupten, was sie wollte, Sixten würde angeblich vom nordischen Sigsteinn, also den Worten Sieg und Stein, abstammen, und vielleicht stimmte das sogar, umso besser, aber vor allem bedeutete sein Name natürlich: der Sechste. Die Sechs war eine gute, sogar eine sehr gute Zahl. Sie war magisch. Eins plus zwei plus drei ergab sechs, gleichzeitig war sechs durch eins, zwei und drei teilbar. Ein Hexagramm, das Siegel Salomons, hatte sechs Ecken, eins der wirkungsvollsten Zeichen, um sich vor Dämonen zu schützen. Die Sechs war die Zahl der Lebenskraft, des Lebendigen, der Sexualität. Wieder musste er kichern. Sexualität. Und dann, und das war das Wichtigste, war da natürlich noch die Beziehung zu IHM. Seine Zahl, die Zahl des großen Tiers, war dreimal die Sechs. So stand es sogar in der Bibel und auch wenn er dieses Buch der Maden und Ratten verachtete, enthielt es doch einige Wahrheiten. Sixten tippte sich dreimal an die Schläfe, die Gedanken an IHN verschafften ihm jedes

Mal ein aufgeregtes Kribbeln. Seine Muskeln zitterten von der Anstrengung seines Trainings. Sie waren hart und zeichneten sich definiert unter seiner Haut ab. Sanft streichelte er sich. Er war vorbereitet.

Er wartete nur noch auf SEINEN Befehl.

Er wartete auf das Zeichen.

DIENSTAG

1

Als Ingrid Nyström am Morgen auf dem Parkplatz des Waldfriedhofs Hovshaga aus ihrem Wagen stieg, fiel ein leichter Nieselregen. Es war Viertel nach sieben, sie war spät dran, eine Baustelle auf der nördlichen Umgehungsstraße hatte für Stau gesorgt. Sie orientierte sich anhand einer Übersichtskarte am Eingang. Hovshaga war der größte und jüngste der drei Växjöer Friedhöfe, was sich nicht nur in der modernistischen Kapelle mit angeschlossenem Krematorium widerspiegelte, sondern auch an den verschiedenen Sektionen; obwohl der Friedhof von der evangelischen Kirche verwaltet und betrieben wurde, gab es Abteilungen für katholische, muslimische, jüdische und sogar bahaitische Gräber, wie Nyström der Karte entnahm, wobei sie nicht wusste, in welche Richtung die theologische Kompassnadel des

Bahaitum ausschlug; mit einem Pfarrer verheiratet zu sein, machte einen noch lange nicht zu einem Religionsexperten, dachte sie flüchtig, während sie der Beschilderung und den Pfaden zwischen den hohen, noch immer schneebedeckten Kiefern folgte. Fredrik Sidenvalls Grab lag in einem ungeweihten Teil des Friedhofs. Seine Schwester, die einzige Angehörige, hatte ungeachtet seiner späten Taufe und des freikirchlichen Engagements eine säkulare Bestattung verfügt. Nyström hatte am Vortag kurz mit ihr telefoniert. Belinda Davidsson hatte sich entschieden, der Exhumierung ihres Bruders nicht beizuwohnen, Nyström würde sie allerdings am Nachmittag treffen, um sie über das Ergebnis der Untersuchung persönlich zu unterrichten.

An Sidenvalls Grab hatte sich bereits eine kleine Gruppe versammelt. Bo Örkenrud, der Chef der Spurensicherung, war mit zwei Kollegen da, ebenso Lasse Knutsson, Stina Forss, Ann-Vivika Kimsel, Staatsanwalt Börjlind und zwei Arbeiter, die die Friedhofsverwaltung mitsamt einem Minibagger zur Verfügung gestellt hatte. Nyström begrüßte alle.

»Von mir aus kann es losgehen«, sagte Börjlind, der teuer aussehende Schuhe trug und einen abgerundeten, kurzkrempigen Hut aufhatte. War das eine Melone? Im Präsidium wurde gemunkelt, dass der Staatsanwalt seit seiner Scheidung zu exzessiven Shoppingtrips nach London neigte.

»Verdammtes englisches Wetter«, lächelte Kimsel, aber Börjlind verstand die scherzhafte Bemerkung nicht oder ging darüber hinweg.

Nyström gab dem Mann in dem Bagger ein Zeichen. Die Schaufel setzte neben dem schlichten Grabstein an und fraß sich in die Erde. Die Friedhofsarbeiter hatten bereits eine halbe Stunde zuvor damit begonnen, den teilweise noch gefrorenen Boden mit Gasbrennern anzutauen, was sich nun bezahlt machte; der Bagger hatte mit dem Bodenfrost keine Probleme und hob Schaufel um Schaufel aus dem Erdreich. Nyström merkte, wie ihre Anspannung stieg. Es war ihre erste Exhumierung und es ging um viel. Hatte ihre Freundin Gespenster gesehen und unnötig die Pferde scheu gemacht? Oder hatte Professor Theorin vor fünfundzwanzig Jahren wirklich einen Fehler begangen und ein Kapitalverbrechen übersehen? Stand hinter dem Suizid Fredrik Sidenvalls in Wirklichkeit ein perfide ausgeführter Mord? Und was würde das in Hinblick auf das grausame Attentat bedeuten, das Sidenvall zur Last gelegt worden war? Ließen sich diese Fragen am Ende tatsächlich anhand des Zustand einiger dünner Knochen beantworten? War zum Beispiel der *Phallanx proximalis* des *Pollex*, wie Kimsel es formuliert hatte, heil oder gebrochen?

Als die schwere Schaufel nach einigen Minuten auf Holz stieß, gab es einen dumpfen, hohlen Ton. Der Baggerführer stellte die Maschine ab. Der Rest war Handarbeit. Örkenrud und seine Männer stiegen in die ausgehobene Grube.

»Merkwürdig, dass das Holz nach all den Jahren noch hält«, wunderte sich Knutsson.

»Das ist nicht ungewöhnlich«, erklärte einer der Arbeiter. »Gerade bei lackiertem Fichten- oder Eichenholz. Außerdem sind die meisten Särge von innen mit Metall verstärkt, das sorgt zusätzlich für Stabilität.«

Die Männer von der Spurensicherung hatten den Sarg mittlerweile mit Handschaufeln weitestgehend freigelegt. Das Holzgehäuse wirkte mitgenommen und war verzogen, aber es schien immer noch intakt. Örkenrud fegte mit einem Handbesen die letzten Erdkrümel beiseite, dann zog er einen Mundschutz über. Nyström spürte ihre Halsschlagader pochen. Aus den Augenwinkeln sah sie, dass Knutsson sein Handy gezückt hatte und fotografierte oder filmte. Vielleicht war es gar keine schlechte Idee, alles Weitere zu dokumentieren, dachte sie. Örkenrud setzte ein Stemmeisen an den Sargdeckel an. Das verrottende Material brach ohne Widerstand, die Konsistenz erinnerte eher an feuchte Pappe als an Holz. Die Männer in den violetten Overalls beugten sich über den Sarg und hoben den Deckel an. Nyström fasste unwillkürlich nach Knutssons Arm.

Es war deutlich zu erkennen.

Der Sarg war leer.

2

Im Besprechungsraum herrschten annähernd tropische Verhältnisse. Die Klimaanlage im Präsidium war seit Jahren defekt und die technischen Probleme schienen vom zuständigen Gebäudemanagement nicht in den Griff zu bekommen zu sein, vielleicht scherte sich auch längst niemand mehr um die andauernden Beschwerden, jedenfalls glich das monoton vor sich hinbrummende Heiz- und Belüftungssystem einer Lotterie: Das Binnenklima war jeden Tag aufs Neue eine Überraschung. Angesichts der absurd hohen Temperatur und Luftfeuchtigkeit wurden die ersten Minuten der Dienstbesprechung zu einer Art zeitverzögertem Wettkampf im Ausziehen überflüssiger Kleidungsstücke, was der Situation eine subtile Komik verlieh, wie Stina Forss fand. Außer ihr schien das jedoch niemand wahrzunehmen. Knutsson – die symmetrischen Schweißflecken auf seinem T-Shirt erinnerten Forss an einen Rorschachtest – sprach aus, was alle dachten.

»Und was nun?«

»Was soll ich sagen?«, fragte Nyström in die Runde. »Ich bin genauso ratlos wie ihr wahrscheinlich auch.«

»Unglaublich.« Delgado schüttelte den Kopf. »Wirklich nicht zu fassen.«

»So wie ich das sehe«, sagte Forss, »gibt es genau zwei Möglichkeiten. Entweder wurde damals ein leerer Sarg begraben oder jemand hat im Laufe der vergangenen fünfundzwanzig Jahre das Grab geöffnet und den Leichnam Sidenvalls entfernt.«

»Warum sollte man einen leeren Sarg beerdigen?«, fragte Delgado. »Wie soll das überhaupt gehen? Das müsste doch auffallen, allein schon wegen des fehlenden Gewichts.«

Nyström nickte.

»Ich halte das Szenario auch nicht für besonders realistisch«, sagte Forss.

»Bliebe die zweite Möglichkeit«, brummte Knutsson. »Jemand war schneller als wir.«

»Ein ganzes Stück schneller«, sagte Nyström. »Ich habe anschließend mit Bo Örkenrud und den Friedhofsarbeitern diskutiert. Die Beschaffenheit der Erde, der Zustand des Sarges: Ihrer Einschätzung nach muss es lange her sein, dass das Grab geöffnet worden ist. Viele, viele Jahre.«

»Die entscheidende Frage ist doch: Warum?«, sagte Forss. »Warum hatte jemand ein Interesse, Sidenvalls sterbliche Überreste zu bergen und wegzuschaffen?«

»Liegt das nicht auf der Hand?«, fragte Delgado. »Nach dem, was Ann-Vivika herausgefunden hat, kann es doch nur um die Vertuschung eines Verbrechens gehen. Die offenbar gebrochenen Finger- und Handknochen mussten verschwinden und damit der einzige Beweis, dass Sidenvall sich nicht selbst getötet haben kann, sondern allem Anschein nach ermordet wurde.«

Nyström hob ihre Hände.

»Moment, Moment. Die Schlussfolgerung geht mir ein bisschen zu schnell. Sie setzt zwei Dinge voraus, die mir nicht auf Anhieb einleuchten. Erstens: Der Täter – falls es denn einen gibt – müsste erkannt haben, dass er einen Fehler gemacht hat. Er müsste zunächst Sidenvalls vermeintlichen Handbruch übersehen und dann im Nachhinein davon erfahren haben. Wie und warum sollte dies geschehen sein? Zweitens: Der Täter müsste einen konkreten Anlass zu der Sorge gehabt haben, dass Sidenvall irgendwann exhumiert und noch einmal sorgfältig obduziert wird, dabei sind solche Prozeduren extrem selten. Ich habe mich informiert: Im vergangenen Jahr gab es landesweit gerade einmal zwei Obduktionen im Zusammenhang mit exhumierten Toten. Davor drei Jahre lang überhaupt keine. Beachtet man die durchschnittliche jährliche Todesrate, beträgt die Chance, dass ein Grab geöffnet und der Leichnam untersucht wird, also weniger als 1:100.000. Warum also einen riesigen Aufwand betreiben, wenn die Wahrscheinlichkeit, dass der Hand- und Fingerbruch irgendwann einmal entdeckt wird, nahezu bei null liegt?«

»Vielleicht hatte der Mörder einen siebten Sinn«, sagte Knutsson und biss in ein üppig belegtes Brot.

»Wir sollten in unsere Überlegungen miteinbeziehen, dass der Tod Sidenvalls, ob Suizid oder nicht, kaum für sich allein steht, sondern im Kontext mit dem sechsfachen Mord in Hallsberg betrachtet werden muss.«

»Danke für das Stichwort, Stina«, sagte Nyström. »Was ist dein Eindruck, nachdem du mit dem Kollegen in Örebro gesprochen hast?«

Forss musste an den faltigen Nacken und die letzten Worte Rydahls denken. Ein trauriger Dinosaurier. Sie zuckte mit den Schultern.

»Resignation, Frust, der Fall hat Spuren hinterlassen, das spürt man bis heute. Sechs grausam ermordete junge Menschen und ein Täter, der nie wirklich überführt worden ist. Rydahl zufolge waren es allein Sidenvalls Abschiedsbrief, in dem er die Tat gesteht, sowie sein auf dem Schulhof zurückgelassenes Gebetbuch, was ihn mit dem mehrfachen Mord in Hallsberg verknüpft hat. Ich habe ein wenig in den Fallakten geblättert. Sein Geständnis war mit einer Schreibmaschine verfasst.«

»Du willst andeuten, dass er es unter Umständen gar nicht selbst geschrieben hat?«, fragte Nyström.

Forss zuckte mit den Schultern.

»Ich weiß es nicht. Ein anderer plausibler Grund könnte seine gebrochene Hand gewesen sein. Eine Schreibmaschine kann man zur Not auch mit einem Finger der anderen Hand bedienen. Ich denke, es führt jedenfalls kein Weg daran vorbei, dass wir uns intensiv mit den umfangreichen Ermittlungsunterlagen befassen. Rydahl und sein Team haben trotz der kurzen Zeit und einschließlich der Nachermittlungen gut vierhundert Seiten zusammengetragen, trotzdem sind damals viele Fragen offengeblieben.«

»Puh.« Knutsson schnaufte. Forss, die ihm gegenübersaß, bildete sich ein, von einem Brotkrümel an der Schläfe getroffen worden zu sein. »Wer soll das denn alles lesen?«

»Irgendwo müssen wir ja beginnen«, sagte Nyström und wischte sich Schweiß von der Stirn. »Der Staatsanwalt ist jedenfalls einverstanden: Wir ermitteln nun offiziell wegen Mordverdacht an Fredrik Sidenvall.«

»Schade, dass wir nicht in den USA leben«, sinnierte Knutsson.

»Warum das denn?«, wollte Delgado wissen.

»Dann hätten wir weniger Arbeit. Wie heißt es in den amerikanischen Fernsehkrimis immer? Keine Leiche, kein Verbrechen!«

3

Als Lasse Knutsson nach der Mittagspause aus der Kantine zurück in die Abteilung kam, war er mit dem bisherigen Tagesverlauf mehr als zufrieden. Die spektakulären Ereignisse auf dem Friedhof Hovshaga waren eine willkommene Abwechslung von seiner eigentlichen Beschäftigung gewesen, einem zähen Fall von Geldwäsche, dessen Bearbeitung sich bereits über Monate hinzog, und in den nicht nur organisierte Kriminelle, sondern auch mehrere Zahnärzte und Mitarbeiter der staatlichen Krankenkasse verwickelt zu sein schienen. Nach der Dienstbesprechung hatte er darüber hinaus in seinem Postfach die Mitteilung gefunden, dass sein Urlaubsantrag für den Sommer ohne Änderungen akzeptiert worden war, was bedeutete, dass dem geplanten vierwöchigen Wohnmobil- und Angelurlaub in Irland nichts mehr im Wege stand – bis auf den Umstand vielleicht, dass er seiner Frau noch nichts von dem Vorhaben erzählt hatte.

Als wäre das alles noch nicht befriedigend genug gewesen, hatte es an diesem Tag auch noch eines seiner Leib- und Magengerichte in der Kantine gegeben, Rinderfrikadellen mit Kartoffelpüree und Erbsen. Der Achtsamkeit verpflichtet, hatte er dabei bewusst auf die Vorspeise, einen Salat aus jungen Spinatblättern, verzichtet, und war nun bereit, sich wieder voller Elan seinen Zahnärzten zu widmen. Er öffnete die Tür zu seinem Büro – und erschrak, denn er hatte nicht damit gerechnet, dass sich jemand in dem Raum befand. Seine Chefin hatte offenbar auf ihn gewartet. Ein Blick auf Nyströms Gesicht sagte ihm sofort, dass etwas ganz und gar nicht in Ordnung war.

»Ingrid?«

Nyström räusperte sich.

»Setz dich bitte.«

Er zwängte sich auf seinen ächzenden Bürostuhl.

»Was kann ich denn für dich tun?«

Wortlos schob Nyström ihr Smartphone über den Schreibtisch, der zwischen ihnen stand. Ein Blick auf den Bildschirm reichte, um zu erkennen, worum es hier ging.

Das Foto, das er am Vormittag geschossen hatte, zeigte das offene Grab und den leeren Sarg. Bildunterschrift: *Leichnam verschwunden? #polizei, #växjö, #kripokronoberg, #friedhof, #superbulle*

»Das ist Twitter«, erklärte Knutsson.

In seiner Stimme schwang Unsicherheit mit, wie er selbst bemerkte.

»Ich weiß, was Twitter ist.«

Nyströms Mund war ein bebender Strich.

»Ich …«

Er spürte, wie ihm das Blut in den Kopf schoss.

Er sah seiner Chefin an, dass er etwas falsch gemacht hatte.

Er hatte doch bloß ein guter, ein moderner, ein zeitgemäßer Polizist sein wollen.

»Was hast du dir nur dabei gedacht, Lasse?«

Gab es ein schlimmeres, ein furchtbareres Gefühl, als Ingrid Nyström enttäuscht zu haben?

»Ich …«

Nicht in der Welt von Lasse Knutsson. Er wollte so viel sagen. Er wollte alles erklären. Von der neuen Broschüre, die Halb-Vier-Erik hatte verteilen lassen. Dort war doch von Eigeninitiative die Rede gewesen! Von Verantwortung, die jeder Einzelne im umstrukturierten Polizeiapparat zu übernehmen hatte! Von Sinn und Zweck der Neuen Medien! Dem Nutzen der sozialen Netzwerke! Aber er schwieg.

»Hugo ist darauf gestoßen«, sagte sie tonlos. »Es ist in der Lokalzeitung bereits einer der Online-Aufmacher.«

Sie nahm das Handy wieder an sich, stand auf und ging ohne jeden weiteren Kommentar aus dem Zimmer.

4

Um das umfangreiche Ermittlungsmaterial aus Örebro möglichst schnell und effektiv zu sichten, hatten Nyström, Forss und Delgado die Akten untereinander aufgeteilt, wobei Delgado die Aufgabe zukam, die wichtigsten Informationen zu den sechs jungen Toten übersichtlich zusammenzustellen. Er ließ das Mittagessen ausfallen, holte sich stattdessen einen Energydrink aus dem Automaten und machte sich an die Arbeit. Das jüngste Opfer war der siebzehnjährige Daniel Thulin gewesen, Sohn eines Lehrerehepaars aus dem Göteborger Stadtteil Majorna. Daniel hatte eine jüngere und eine ältere Schwester gehabt, Ann, fünfzehn, und Kristina, neunzehn Jahre alt. Den Aussagen der Familie und seinen Schulfreunden zufolge war Daniel ein freundlicher, zurückhaltender Junge, der sich früh für Musik interessiert hatte. Mit sechs Jahren begeisterte ihn seine Mutter für das Klavier, mit elf wechselte er zum Schlagzeug. Sein Musiklehrer beschrieb ihn als extrem talentiert. Neben

Flamethrower war Daniel in zwei weiteren Bands aktiv, einer Bluesrockformation und einem Jazztrio, außerdem spielte er regelmäßig Basketball und war kurioserweise Mitglied der schwedischen Ufo-Gesellschaft. Delgado machte sich entsprechende Notizen.

Daniels engster Freund seit Kindheitstagen war Håkan Cajander, achtzehn Jahre alt, der Tür an Tür mit ihm wohnte. Håkans junge Eltern, Bert und Bian Cajander, waren Feuerwehrmann und Versicherungsangestellte, Geschwister hatte es nicht gegeben. Håkan wurde als eigenständig und aufgeweckt beschrieben. Er hatte im Vorjahr die Schule abgeschlossen und arbeitete als Koch in einem Restaurant in der Innenstadt. Gitarre spielen hatte er mit fünzehn Jahren begonnen. Im selben Alter war er polizeilich auffällig geworden, weil er mit einem frisierten Moped angehalten worden war. Ein Jugendrichter verurteilte ihn daraufhin zu dreißig Stunden gemeinnütziger Arbeit. Ein Jahr später wurde er wegen einer Schulhofschlägerei für mehrere Tage vom Unterricht ausgeschlossen. Håkan hielt südamerikanische Zierfische.

Jacob Nilsson, einundzwanzig Jahre alt, war der Bassist der Band. Er war der Sohn von Ulf und Mona Nilsson, Architekt und Einrichtungsberaterin. Die Familie hatte außer Jacob zwei jüngere Kinder, Marita, siebzehn, und Måns, fünfzehn, und lebte in der Göteborger Innenstadt in dem exklusiven Stadtteil Vasastan. Jacob hatte sich während eines einjährigen USA-Aufenthalts für harte Musik begeistert und mit dem Bassspielen begonnen. Er studierte seit zwei Jahren Literaturwissenschaft und Geschichte. Außer seinen Bandkollegen schien Jacob keinen großen Freundeskreis gehabt zu haben. Ehemalige Kommilitonen beschrieben ihn als »schwarz gekleideten Typen mit schrägem Humor«. Angeblich war er einmal zu einem Geschichtsseminar über den

Zweiten Weltkrieg mit einer Gasmaske und einem Wehrmachtshelm erschienen.

Tomas Sjöö, zwanzig Jahre alt, der Sänger und zweite Gitarrist, war Jurastudent. Seine Eltern, Sten-Åke und Lotta, Maschinenschlosser und Frisörin, lebten mit Tomas' jüngerer Schwester Anna auf Hissingen. Tomas galt als kreativ und umtriebig, er war der Gründer und Kopf der Band, der die anderen Mitglieder durch Aushänge in Plattenläden rekrutiert hatte. Er litt seit seiner Geburt an einem schweren Herzfehler. Seinen Eltern zufolge womöglich ein Grund, warum er sich zu einem sogenannten *metalhead* entwickelt hatte.

Ika Villman, zwanzig Jahre alt, eine Krankenschwester aus Frölunda, war die Freundin von Tomas Sjöö und hatte die kleine Tournee von *Flamethrower* als eine Art Tourmanagerin begleitet. Ihre Mutter Lilian war ebenfalls Krankenschwester und hatte Ika allein aufgezogen, ihr Vater hatte die Familie früh verlassen. Ikas Freundinnen beschrieben die junge Frau als herzlich, patent und feierlustig.

Der sechste und letzte Tote war Marcus Engström, zweiundzwanzig Jahre, jüngster Sohn von Jan und Elvie Engström aus Biskopsgården, Hausmeister und Kindergärtnerin. Marcus ließ drei erwachsene Brüder zurück, Matti, Lucas und Johan. Marcus war ein Jugendfreund von Tomas Sjöö und arbeitete als Spediteur. Er war glühender Heavy-Metal-Fan und hatte die Tournee als Roadie und Fahrer begleitet. Eine ehemalige Lehrerin beschrieb Marcus als freundlich, aber hundsfaul.

Delgado betrachtete seine knappen Notizen. War das alles Wissenswerte, was vom Leben sechs junger Menschen übrig geblieben war? Er spürte Beklommenheit. Ein paar biografische Angaben, einige allgemeine charakterliche Zuschreibungen ... das konnte es doch wohl nicht sein. Aber dennoch hilft es uns, sagte eine andere Stimme in ihm, dennoch ist das Verknappen und Systematisieren notwendig. Jede Ermittlung lebt davon, von der Einordnung, dem Katalogisieren, der Systematik. Trotzdem wurde er das Gefühl nicht los, dass ihm die Menschen hinter den kurzen Beschreibungen überhaupt nicht näher gekommen waren. Sollte er die Akten noch einmal durchgehen und umfassendere Dossiers erstellen? Sicher, das wäre bestimmt hilfreich. Als er anfangen wollte, kam ihm eine andere Idee. Er fand nach längerem Suchen im Internet tatsächlich ein kurzes Album von *Flamethrower*, das man herunterladen konnte, eine semiprofessionelle Aufnahme von 1991 mit dem vielsagenden Titel *Bonecrusher*, Knochenbrecher, das vier Stücke enthielt. Das Cover war, soweit Delgado das beurteilen konnte, eine Schwarz-Weiß-Aufnahme von Tomas, Jacob, Håkan und Daniel. Die vier Jungen in schwarzen Leder- beziehungsweise Jeansjacken hatten ihre schulterlangen Haare ins Gesicht gestrichen, sodass ihre Züge kaum zu erkennen waren. Sie standen inmitten einer zerklüfteten Küstenlandschaft, wobei Wasser und Wolken nicht ganz die Dramatik entfalteten, die wahrscheinlich erwünscht worden war. Ein Filter vor der Linse oder eine entsprechende Nachbearbeitung hätten die Aufnahme professioneller wirken lassen, aber vielleicht war es auch gerade das Dilettantische, was Delgado das Bild sympathisch machte.

Er suchte die In-Ear-Kopfhörer aus der Brusttasche seiner Winterjacke, stöpselte sie ein und stellte das Album an. Einst ein überzeugter Brit-Pop-Apologet, hatte sich sein Musikgeschmack mit den Jahren liberalisiert. Er war zwar kein ausgemachter Metal-Fan, aber er hörte sofort, dass *Flamethrower* wirklich gut waren. Das atemberaubende Tempo, die Dynamik, die präzisen Rhythmuswechsel. Das Schlagzeugspiel von Daniel Thulin war druckvoll und treibend. Es bildete die Grundlage für den energiegeladenen, düsteren Sound. Die Gitarren von Håkan Cajander und Tomas Sjöö waren merklich heruntergestimmt, Tomas' tiefer Gesang gab dem Ganzen eine unheimliche Atmosphäre. Das, dachte Delgado, ist also Death Metal.

5

Ingrid Nyström kochte innerlich vor Wut. Das Telefon klingelte, es klingelte seit einer Stunde mehr oder weniger ununterbrochen. In ihrem Postfach ploppten im Fünfminutentakt E-Mails hoch. *Smålandsposten, Svenska Dagbladet, Kvällsposten.* Nach den Zeitungen dann auch noch das Radio und sogar das Lokalfernsehen. Lasse Knutssons Gedankenlosigkeit bescherte dem gerade wiederaufgenommenen Fall genau die Aufmerksamkeit, die sie um jeden Preis hatte vermeiden wollen. Erik Edman würde an die Decke gehen und sie konnte es ihm nicht einmal verübeln. Wenn es wenigstens das erste Mal gewesen wäre, dass Knutsson die Abteilung in Schwierigkeiten gebracht hätte, aber das war es nicht, nicht im Geringsten, es war vielmehr der aktuelle Höhepunkt einer langen Reihe von Missgeschicken, Tölpelei und, auch wenn es hart klang, Inkompetenz. Sie hatte die Nase gestrichen voll. Dieses Mal würde sie die nötigen Konsequenzen ziehen müssen, dieses Mal würde sie kein Auge mehr zudrücken können, auch wenn es sich um einen langjährigen Kollegen handelte, den sie eigentlich schätzte und mochte. Aber es ging hier auch um ihre Glaubwürdigkeit als Führungskraft, um ihre Integrität als Hauptkommissarin.

Natürlich steckte die Abteilung bis zum Hals in Arbeit, die letzte Strukturreform hatte alles noch schlimmer gemacht, aber darauf durfte sie jetzt keine Rücksicht nehmen. Ihr Entschluss stand fest. Sie würde dafür sorgen, dass Knutsson eine Zeit lang die Abteilung wechselte. Sollte er sich doch einmal für drei Monate mit Ladendiebstählen und geklauten Fahrrädern herumschlagen. Vielleicht würde er dabei etwas lernen. Sie griff nach dem klingelnden Telefon, drückte den Anrufer weg und wartete auf ein Freizeichen. Dann rief sie Rosanna Lukasson von der Pressestelle an. Es gab einiges geradezurücken und wilde Gerüchte einzufangen. Doch sie machte sich keine Illusionen, es war nur eine Frage der Zeit, bis ein findiger Journalist den Namen Fredrik Sidenvall mit dem Mord an den sechs Jugendlichen 1992 in Hallsberg in Verbindung bringen würde. Spätestens dann würde hier endgültig die Hölle los sein.

Nach dem Telefonat fühlte sie sich bereits etwas gelassener. Rosanna Lukassons ruhige und sachliche Art hatte der Situation ein ganzes Stück weit die Dramatik genommen. Eine zurückhaltend formulierte Pressemitteilung würde die Journalisten hoffentlich fürs Erste beruhigen. Sie aß einen Apfel und die geschälten Möhren, die sie von zu Hause mitgebracht hatte, dazu eine Handvoll Studentenfutter aus einem Vorrat in ihrer Schreibtischschublade. Anschließend fühlte sie sich für das Treffen mit Sidenvalls Schwester ausreichend gerüstet. Belinda Davidsson lebte in Bergkvara, an der Küste Blekinges, hatte aber beruflich in Emmaboda zu tun, was Nyström eine gute Stunde Fahrzeit ersparte. Die Strecke führte nach Südwesten, durch Lessebo, wo Fredrik Sidenvall gelebt hatte und erschossen aufgefunden worden war. Nyström gingen die grausamen Bilder aus dem Obduktionsbericht durch den Kopf. Das Wohnzimmer hatte ausgesehen wie das sprichwörtliche Horrorkabinett. Sie zwang sich, sich wieder auf die Straße zu konzentrieren, ein Tunnel zwischen hohen Fichten, die das kraftlose Märzlicht abschirmten. Es gab kaum Gegenverkehr, die Gegend, die wegen der vielen ehemaligen Glasbläsereien *das Glasreich* genannt wurde, war dünn besiedelt, der Glanz der alten Tage längst verblasst.

Nyström und Davidsson waren in der Konditorei *Fenix* verabredet. Das Café, das im Stil der Fünfzigerjahre eingerichtet war, ließ Nyström an ihre längst verstorbene Großtante Kerstin denken, die zum Kaffee zeitlebens Handschuhe getragen hatte. Sie bestellte sich einen Tee und setzte sich an einen der Tische. Kurze Zeit später betrat eine groß gewachsene Frau Anfang vierzig das Café und sah sich suchend um. Nyström meinte, eine vage Ähnlichkeit mit dem Porträtbild Sidenvalls auszumachen, und gab der Frau ein Zeichen. Sie stellten einander vor. Belinda Davidsson hatte eine Kurzhaarfrisur, ein Nasenpiercing und trug aufwendig gestaltete Fingerringe, von denen einer einen Drachen und ein anderer einen Totenkopf darstellte. Sie zog ihre Allwetterjacke aus und hängte sie über die Stuhllehne. Auf ihrem Fleecepullover war ein Werbedruck, *Davidssons Hundeschule.* Sie hatte einen Gesichtsausdruck, den Nyström nicht deuten konnte. Die Hauptkommissarin suchte in den hellen Augen der Frau nach Neugier. Sie musste sich doch fragen, was die Exhumierung des Leichnams ihres Bruders ergeben hatte, dachte Nyström, sie musste doch wissen wollen, ob sich hinter dem vermeintlichen Suizid ihres Bruders womöglich etwas anderes verbarg. Hatte sie vielleicht bereits aus den Medien von dem leeren Grab erfahren? Nachdem sie ein paar Worte über das Wetter gewechselt hatten, stand Davidsson auf, um sich einen Kaffee zu holen. Die Tätowierung in ihrem Nacken war deutlich zu lesen.

Whatever it takes

Was auch immer nötig ist.

Davidsson schleuderte der Welt ein nicht zu übersehendes Signal der Entschlossenheit entgegen.

Wozu auch immer das nötig war.

Vielleicht hatte es mit den schwierigen Familienverhältnissen zu tun, in denen die Frau aufgewachsen war, dachte Nyström.

Als Davidsson sich schließlich wieder an den Tisch gesetzt und an ihrem Kaffee genippt hatte, war sie es, die das Gespräch eröffnete.

»Fünfundzwanzig Jahre sind eine sehr lange Zeit«, sagte sie.

»Ein Vierteljahrhundert«, nickte Nyström.

»Es ist leicht, die Toten zu vergessen. Viel leichter, als die meisten meinen. Darin liegt die eigentliche Gefahr. Nicht im Schmerz, sondern im Vergessen.«

Wieder hatte Nyström Schwierigkeiten, Davidssons Gesichtsausdruck zu deuten.

»Es tut mir leid, dass unsere Arbeit es erfordert, alte Wunden aufzureißen«, sagte sie. »Dass wir deine Erinnerung an Fredrik stören.«

»Seit deinem Anruf gestern wird so vieles wieder wach«, entgegnete Davidsson. »Er wird mit einem Mal wieder so lebendig. Die Zeit damals wird wieder lebendig.« Sie trank von ihrem Kaffee, dann stellte sie sorgfältig die Tasse auf der Untertasse ab und justierte den Henkel so, dass er in einem präzisen 90-Grad-Winkel zur Tischkante ausgerichtet war. »Was hat die Untersuchung ergeben?«

Nyström gab sich einen Ruck, berichtete ausführlich und entschuldigte sich dafür, dass Informationen über die Exhumierung durch das Fehlverhalten eines Kollegen an die Öffentlichkeit gekommen waren. Wenn die haarsträubende Tatsache, dass das Grab ihres Bruders leer war, starke

Gefühle in Belinda Davidsson auslöste, so war nichts davon in ihrem Gesicht ablesbar. Sie schwieg und schaute ins Leere. Vielleicht betrachtete sie auch die alten Werbeschilder an den Wänden. Nyström schwieg ebenfalls. Manchmal brauchten Worte Zeit, um zu wirken.

»Wir hatten es damals nicht leicht zu Hause«, sagte Davidsson schließlich. »Unsere Eltern waren Trinker, ihr Leben lang. Schwere Alkoholiker, die sich beide konsequent und systematisch zu Tode gesoffen haben. Dazu Vaters Prügelei, die Wutausbrüche, nächtelanges Gezeter und Geschrei. Fredrik war drei Jahre älter als ich, mein großer, tapferer Bruder, er hat das meiste abbekommen. Einmal, als Vater volltrunken ausgerastet ist, weil die Tischdecke angeblich zu knitterig war, hat er mich mit dem heißen Bügeleisen durch die Wohnung gejagt. Freddy hat sich zwischen uns gestellt. Den Abdruck des Bügeleisens hatte er sein Leben lang auf dem linken Arm, ein Brandzeichen, das nie wieder weggegangen ist. Sein ganzes Ich war am Ende so. Ein einziges Brandzeichen.« Davidsson verschob den Henkel ihrer Tasse um einige Millimeter. »Natürlich ist er von zu Hause abgehauen, sobald er konnte. Wie sollte ich ihm das übel nehmen?«

Ihre hellen Augen blickten Nyström ausdruckslos an.

»Du bist allein zurückgeblieben.«

»Ja, ich habe mich von ihm im Stich gelassen gefühlt. Nun gab es niemanden mehr, der sich schützend vor mich stellen konnte. Die zwei Jahre darauf waren die Hölle. Bis Vater endlich starb. Dann wurde es besser.«

»Fredrik ist damals nach seinem Schulabschluss direkt nach Kiruna gezogen.«

»Nenn es Flucht oder auch Sicherheitsabstand. Er wollte wohl so viel Raum wie irgend möglich zwischen sich und die Familie bringen. Wenn sein Englisch nicht so grauenhaft gewesen wäre, wäre er wahrscheinlich bis nach Alaska oder Neuseeland geflohen.«

Ein schwaches Lächeln huschte über ihr Gesicht.

»Dein Bruder hat dort oben im Norden zum Glauben gefunden.«

»Ach ja? Hat er das?«

Davidssons Worte klangen höhnisch, wie Nyström nicht ohne Verwunderung feststellte.

»Nach unseren Informationen hat er sich in einer freikirchlichen Gemeinde in Kiruna taufen lassen.«

»Sicher. Sie hat ihn einer Gehirnwäsche unterzogen, meinst du wohl. Mit ihrem verfluchten *Gottesscheiß.*«

Nyström zuckte bei dem Wort innerlich zusammen. Aber die entscheidende Information lag in einem anderen Wort.

»Wer ist *sie*?«

Davidsson hob ihre Schultern.

»Anita.« Mehr Abfälligkeit ließ sich kaum in ein einzelnes Wort legen. »Eine *Gläubige.* Sie hat Fredrik in diesen *Jesuskram* hineingezogen. Fredrik und *Erlösung,* dass ich nicht lache.«

»Diese Anita, war sie zu der Zeit die Lebensgefährtin deines Bruders?«

Davidsson schüttelte bestimmt den Kopf.

»Nichts für ungut, aber erstens war die gute Frau mehr als doppelt so alt wie er und zweitens bin ich davon überzeugt, dass Freddy diesbezüglich ganz andere Interessen hatte.«

»Andere Interessen?«

»Er war schwul.«

»Aha.«

»Er hat es nicht nach außen gekehrt und, soweit ich weiß, auch nie in einer Beziehung gelebt, aber ich bin mir dennoch sicher, dass er homosexuell war. Obwohl er nie darüber gesprochen hat. Aber als Schwester weiß man so etwas einfach.« Eine Erinnerung ließ sie erneut lächeln. »Kennst du *21 Jump Street?* Eine amerikanische Fernsehserie, die damals lief. Wir standen als Teenager beide auf Johnny Depp. Auch wenn Fredrik es nicht zugeben wollte.«

Nyström überlegte einen Augenblick.

»Warum ist er aus Kiruna zurückgekehrt?«, fragte sie.

»Er hatte gerade die Diagnose bekommen, Rheuma. Für einen Jungen in seinem Alter eine niederschmetternde Nachricht. Es hat sich bei ihm vor allem in Form von Fieber, Hautausschlägen und Gelenkschmerzen geäußert. Nach den ersten Schüben sind die Symptome zum Glück immer wieder zu großen Teilen zurückgegangen, was wohl auch an den Medikamenten lag, die er bekommen hat. Fredrik war damals ein sehr sportbegeisterter Typ. Beim Tischtennis hat es ihn kaum eingeschränkt, soviel ich weiß. Wir haben nie darüber geredet, aber ich kann mir vorstellen, dass er auch wegen der Krankheit näher bei Mutter und mir sein wollte. Außerdem glaube ich, seine Rückkehr fiel ihm leichter, weil Vater endlich tot war. Vielleicht hatte er auch Schuldgefühle und wollte nach mir und Mutter sehen. Oder es lag an seiner neuen Mission.«

»Eine Mission?«

»Wie du eben gesagt hast. Er hatte da oben seinen sogenannten Glauben gefunden. Freddy kam als ein anderer Mensch zurück. Er war wie ausgewechselt, und damit meine ich nicht seine Erkrankung. Sprach dauernd vom Heil Gottes und von der Erbsünde der Menschheit. *Bibelzeug.* Zweimal die Woche ist er in die Kirche gerannt. Ausgerechnet zu diesen freichristlichen Fundamentalisten. Und das als Schwuler. Ich fand es unerträglich. Ich wollte meinen Bruder zurückhaben. Aber den gab es nicht mehr, dafür hatte diese Anita gesorgt. Sie haben sogar zusammen am Telefon *gebetet.* Einmal hat er mir erzählt, dass sie ihm geholfen habe, das Böse in ihm mit Stumpf und Stiel auszurotten.«

»Meinte er damit etwa seine Homosexualität?«

»Ich weiß es nicht. Die Frau war für mich ein rotes Tuch. Nach seinem Tod habe ich ihr wortwörtlich am Telefon damit gedroht, ihr die Visage einzuschlagen, wenn sie sich hier blicken lässt. Dann habe ich dafür gesorgt, dass Freddy ein würdevolles Begräbnis erhält, eins ohne *Priester* und *Gott* und dieses heuchlerische *Jenseitsgetue.* Ein Begräbnis, wie es sich Freddy eigentlich gewünscht hätte.«

»Die Zeit vor seinem Tod, die letzten Tage, Wochen, Monate: Wie war er da?«

»Ganz ehrlich? Ich bin ihm, so gut es ging, aus dem Weg gegangen. Was nicht schwer war, weil ich zu meinem damaligen Freund gezogen war. Fredrik ging mir mit seinem religiösen Geschwafel auf den Geist. Ich hatte das Gefühl, dass er langsam, aber sicher in eine Art Wahn abdriftete.«

»Eine Psychose? Waren das Wahrnehmungsstörungen, die durch seine Krankheit bedingt waren?«

»Ich glaube kaum, dass Rheuma so etwas auslösen kann. Aber ich bin weder Psychiaterin noch Ärztin. Ich war damals achtzehn Jahre alt, verdammt wütend und musste mich um unsere hilflose Säufermutter kümmern, die in einem Heim vor sich hinvegetierte. So wie ich die Dinge damals sah, hatte Freddy mich zweimal im Stich gelassen. Zuerst war er weggezogen und hatte mich allein zurückgelassen, dann hatte er mich gegen Jesus eingetauscht, das nahm ich ihm übel. Als Freddy sich dann plötzlich erschossen hat und anschließend von der Ermordung der sechs jungen Leute in Hallsberg die Rede war, ist meine Welt endgültig zusammengebrochen.«

»Das kann ich mir vorstellen.« Nyström fühlte mit der

Frau mit. Sie zögerte einen Moment, bevor sie die entscheidende Frage stellte. »Hast du ihm die Tat zugetraut?«

Davidsson helle Augen fixierten sie.

»Ich weiß es nicht.« Der Henkel der Kaffeetasse änderte seine Ausrichtung um 180 Grad. »Er hat diese sogenannten Black-Metal-Bands gehasst. Es war genau die Zeit, in der in Norwegen die Kirchen angezündet wurden und es sogar Morde in der Szene gab. In seinen Augen waren das alles Satanisten, Teufelsanbeter. Freddy hat diese furchtbaren Pamphlete auf Mutters alter Schreibmaschine geschrieben. *Der Krieg des Lichts gegen die Dunkelheit.* Krudes Zeug. Er war wie gesagt auf einem regelrechten Trip.«

Davidsson lehnte sich in ihrem Stuhl zurück. Endlich gelang es Nyström, den Gesichtsausdruck der Frau zu deuten. Es war Resignation.

»Hast du irgendeine Erklärung für das leere Grab?«, fragte Nyström.

Davidsson rümpfte die Nase.

»Vielleicht ist er ja von den Toten auferstanden und in den Himmel aufgefahren«, antwortete sie verbittert. »Genau wie sein geliebter Jesus.«

6

Erik Albinzon arbeitete als Verkäufer in einem Schuhladen im Outlet-Center in Kosta. Stina Forss war mit dem ehemaligen Tischtennispartner von Fredrik Sidenvall in der trostlosen Cafeteria des mehrstöckigen Einkaufszentrums verabredet. Mit einem Espresso und einem Stück Tiefkühltorte, das zu ihrem Ärger nicht richtig aufgetaut war, versuchte sie ihre Müdigkeit und ihren Hunger in den Griff zu bekommen. Einige Minuten verspätet traf Erik Albinzon ein. Er war ein fleischiger Mann um die vierzig, dessen aufwendig gestylte Frisur Forss einen Tick zu jugendlich vorkam, Ähnliches galt für seine betont engen Jeans und spitzen Stiefeletten. Forss mochte Affektiertheit bei Männern noch weniger als bei Frauen, andererseits musste ja nicht jeder Schuhverkäufer einen Al Bundy zum Vorbild haben. Pflichtschuldig warf Albinzon, nachdem er ihr die Hand gegeben hatte, einen Blick auf ihre Fußbekleidung.

»Wow«, lobte er, »Prada?«

»Second hand«, wiegelte Forss ab, »und schon dreimal neu besohlt.«

»Ich mag Frauen mit Geschmack«, lächelte Albinzon.

»Ich mag Männer mit gutem Erinnerungsvermögen«, sagte Forss, nahm eine weitere Gabel der noch halb gefrorenen Torte und musterte ihr Gegenüber eingehender. Gockel mit Weste und Fliege dagegen eher nicht, dachte sie. Aber vielleicht täuschte der erste Eindruck ja auch. »Reden wir doch über Fredrik Sidenvall.«

»Freddy«, sagte Albinzon und kraulte einen nicht vorhandenen Bart. Und dann noch einmal: »Freddy. Wie lange das her ist.«

»Fünfundzwanzig Jahre«, half Forss aus.

»Eine halbe Ewigkeit. So viel verlorene Zeit.« Albinzons Gesichtsausdruck bekam etwas beinahe Versonnenes. »Verlorene Zeit«, wiederholte er, bevor sein Blick wieder zum Hier und Jetzt zurückkehrte, zu der Profanität einer abgenutzten Tischplatte voller Kaffeeflecken. »Entschuldigung«, sagte er. »Ich habe zu Prousts Hauptwerk promoviert.«

»Aha«, sagte Forss. Du bist ja ein ganz schlauer Schuhverkäufer. »Ich habe mal eine Verfilmung eines seiner Bücher angefangen, bin aber ziemlich schnell dabei eingeschlafen.«

»Bücher und ihre Verfilmungen.«

»Tja«, sagte Forss. »Fredrik Sidenvall und seine Schrotflinte.«

»Richtig«, sagte Albinzon. »Freddy.« Er nestelte an seiner Fliege, als sei sie ihm auf einmal zu eng am Hals.

»Der 1. Dezember 1992«, assistierte Forss.

Albizon räusperte sich.

»Es war kalt an dem Tag, daran erinnere ich mich noch gut, saukalt, selbst für Anfang Dezember. Ich war achtzehn Jahre alt, es war mein letztes Jahr in der Schule. Zu der Zeit war ich auf einem richtigen Sporttrip. Ich wollte abnehmen, meinen Babyspeck wegtrainieren, muskulöser werden. Wegen des schönen Geschlechts und so.«

»Hat Proust für die Mädels nicht gereicht?«, lächelte Forss.

»Damals hatte ich es noch nicht so mit französischer Literatur. Jedenfalls habe ich wie ein Wahnsinniger Sport getrieben: Laufen, Radfahren, Schwimmen, Unihockey und Tischtennis. Im Tischtennis waren wir richtig gut, das beste Doppel von Lessebo. Freddys Vorhandbälle waren spektakulär, vor allem, weil er so lange Arme hatte. Meine angeschnittenen Aufschläge waren allerdings auch nicht zu verachten. Wir beiden waren ein Superteam an der Platte, für die Regionalmeisterschaften hatten wir uns eine Menge vorgenommen. Ich meine, klar, privat war er ein echt schräger Typ, diese ganze Jesusnummer konnte einem schon richtig auf den Zeiger gehen, aber sportlich hatte er es echt drauf! Er war wirklich ehrgeizig. Deshalb war ich ja auch so verwundert, dass er nicht zum Training erschienen war. So etwas ist einfach nie vorgekommen, er war extrem zuverlässig. Das Einzige, das ich mir vorstellen konnte, war, dass er mit einer schweren Grippe oder einem seiner Rheumaschübe im Bett lag und es nicht einmal bis zum Telefon schaffte. Deshalb bin ich am nächsten Tag nach der Schule dann bei ihm vorbeigefahren. Er wohnte einige Kilometer außerhalb, ein furchtbar heruntergekommenes Haus ziemlich tief im Wald. Ich habe mich aufs Rad geschwungen und meine übliche Trainingsrunde ein wenig verlegt, sodass mein Weg bei ihm vorbeiführte. Es war gegen halb sechs und bereits ziemlich dunkel. Ich hatte natürlich Licht an meinem Fahrrad, aber das hat auf den letzten drei- oder vierhundert Metern auch nicht viel genützt, weil der Weg zu seinem Haus so sandig war, dass ich absteigen und schieben musste. Das Haus selbst war dunkel, nur in einem der Fenster glomm eine dieser vorweihnachtlichen Lichtpyramiden, das war mein einziger Orientierungspunkt da draußen. Als ich endlich das Haus erreicht und das Rad abgestellt hatte, passierte etwas Merkwürdiges.«

»Ach ja?«

»Ja. So als hätte ich schon da gespürt, dass etwas nicht in Ordnung war. Eine plötzliche Panik überkam mich, eine Angst, die so tief und intensiv war, dass es mich schauderte. Ganz objektiv betrachtet gab es dafür ja gar keinen Anlass. Ich war ein junger, durchtrainierter Kerl, der seinem kranken Sportkameraden einen Besuch abstattete. Sicher, es war dunkel und es war weit draußen im Wald, aber was sollte dort Böses auf mich warten? Ich bin sonst niemand, der schreckhaft ist, aber dort, in diesem Moment vor Freddys Haus, fühlte ich mich, als würde sich unter mir ein Abgrund auftun, in dem eine namenlose Bestie lauert. Vielleicht habe ich unbewusst auf etwas reagiert, habe ich später gedacht, womöglich auf den Geruch des Leichnams. Er war ja zu dem Zeitpunkt bereits seit vier Tagen tot.«

»Was hast du dann gemacht?«

»Ich habe mich zusammengerissen und an der Tür geklingelt. Zweimal, dreimal, aber es kam keine Reaktion. Ich habe geklopft und seinen Namen gerufen. Wieder keine Reaktion. Ich wollte bereits gehen, aber dann habe ich doch die Klinke nach unten gedrückt und die Tür geöffnet. Es roch seltsam. Das war der Moment, in dem mein Körper endgültig begriffen hat, dass etwas ganz und gar nicht in Ordnung war. Ich musste mich dazu überreden, hineinzugehen, ich musste meine Muskeln zwingen zu gehorchen, es war, als leistete mein Körper physischen Widerstand gegen meinen Willen. Im Flur war es stockdunkel. Immer wieder rief ich Freddys Namen. Ich tastete nach einem Lichtschalter, fand aber keinen. Ich stolperte vorwärts. Irgendwann war da ein weiterer Türgriff. Auch diese Tür öffnete ich. Ein bestialischer Gestank schlug mir entgegen. Verwesung, Metall, sich zersetzendes Fleisch. Mir wurde flau. Dann traf meine Hand irgendwie den Lichtschalter. Ich sah ihn. Das, was von ihm übrig war. Ich musste mich übergeben, ich konnte nichts dagegen tun. Die Typen von der Polizei warfen mir später vor, ich hätte den Tatort verunreinigt, aber du kannst mir glauben: In dem Wohnzimmer war nichts mehr, was es noch zu verunreinigen gegeben hätte. Ich meine, sein Blut, seine zerfetzten Organe, sein Fleisch. Es war buchstäblich überall. An den Wänden, an der Decke, auf den Fensterscheiben, an der verfluchten Deckenlampe …«

»Nicht schön«, sagte Forss.

»Nein«, sagte Albinzon, »ganz und gar nicht schön.« Die eindrückliche Erinnerung zeichnete Falten in sein sonst so glattes Gesicht. »Posttraumatische Belastungsstörung. Ich bin danach über ein halbes Jahr lang zu einem Therapeuten gegangen, bis die Krankenkasse es nicht weiter bezahlt hat.«

»Dann hat dir Proust geholfen?«

»So ähnlich.« Albinzon hob in einer Geste der Hilflosigkeit die Schultern. »Und heute verkaufe ich Schuhe und habe Übergewicht. Seit dem Tag, an dem ich Freddy gefunden habe, konnte ich keine Sekunde Sport mehr treiben. Mein Körper verweigert sich mir.«

So haben wir alle unser Joch zu tragen, dachte Forss und rückte ihre Augenklappe zurecht. Sie sah auf ihre Notizen und dachte einen Augenblick nach.

»Hatte Fredrik außer dir irgendwelche Freunde?«, fragte sie.

»Ich würde nicht gerade behaupten, dass wir befreundet waren. Dazu war Freddy viel zu seltsam. Er war mein Tischtennispartner, mehr war da nicht.«

»Du hast ihn auch nie mit anderen zusammen gesehen?«

Albinzon schüttelte bestimmt den Kopf.

»Wie gesagt, er hatte in vielerlei Hinsicht echt einen Schaden. Einmal, bei einem Match gegen ein Team aus Alvesta, ist er vollkommen ausgerastet, weil einer der Spieler der gegnerischen Mannschaft das T-Shirt einer Heavy-Metal-Band getragen hat.«

Forss wurde hellhörig.

»Heavy Metal?«

»Ja, *Iron Maiden,* ich weiß es noch wie heute. Völlig harmlose Band, eigentlich fast schon *Mainstream*, aber Freddy ist die Wand hochgegangen, hätte dem unschuldigen Kerl beinahe seinen Schläger an den Kopf geworfen. Und was hatte Freddy für eine linke Vorhand! Für ihn war solche Musik reines Teufelswerk.« Albinzon schüttelte den Kopf. »Wie sollte man mit so jemandem befreundet sein? Nach dem Vorfall hatte er jedenfalls seinen Spitznamen weg. Kennst du das Maskottchen von *Iron Maiden?* Diese Figur, die auf all ihren Plattencovern abgebildet ist, halb Zombie, halb Mumie?«

»Klar«, sagte Forss. »Eddie.«

Albinzon nickte.

»Eddie-Freddy war unter den Tischtennisspielern Kronobergs berüchtigt.«

»Also keine Freunde, keine Bekannten, von denen du weißt?«

»Ich habe mir später selbst jahrelang Vorwürfe gemacht. Man kann den Menschen natürlich nicht in den Kopf blicken, aber wer weiß? Vielleicht hätte man seinen Selbstmord verhindern können, wenn man sich ein bisschen mehr um ihn gekümmert hätte. Alle im Ort wussten natürlich, dass er aus einer schwierigen Familie kam. Mit ein bisschen mehr Hilfe und Mitmenschlichkeit ...«

»Das heißt, du hast Fredriks Abschiedsbrief nicht gelesen, als du ihn gefunden hast?«

»Nein, habe ich nicht. Ich weiß, dass es später Gerüchte gab, er sei in etwas Schlimmes verwickelt, aber ob da etwas dran war, weiß ich nicht.«

»Okay«, sagte Forss und machte Anstalten aufzustehen. »Vielen Dank für deine Zeit und Auskunftsfreude. Wenn ich das nächste Mal neue Schuhe brauche und in der Nähe bin, komme ich vielleicht wieder vorbei.«

»Prada führen wir allerdings nicht.« Albinzon versuchte sich an einem Lächeln und griff nach der Hand, die Forss ihm zum Abschied hinhielt. »Da ist noch eine Sache, die mir gerade einfällt. Du hast doch nach Freunden und Bekannten von Freddy gefragt?«

»Ja?«

»Also, einmal, es muss einige Wochen vor seinem Tod gewesen sein, im Herbst, glaube ich, da habe ich vor dem Tischtennistraining draußen vor der Halle gewartet, weil die Volleyballer, die immer vor uns dran waren, noch nicht fertig waren und es in der Umkleidekabine sowieso immer so eng war. Jedenfalls erinnere ich mich daran, dass ein dunkler Jaguar auf dem Parkplatz hielt. So ein großes, schickes Ding sieht man in einem Nest wie Lessebo nicht jeden Tag, musst du wissen. Am Steuer saß ein Mann, den ich noch nie gesehen hatte. Dann ging die Beifahrertür auf und wer stieg aus?«

Forss zog eine Grimasse.

»Lass mich raten«, sagte sie. »Eddie-Freddy?«

»Genau!«, antwortete Albinzon. »Einen schönen Tag noch.«

»Ebenso.«

Forss drehte sich um.

Und machte nach drei Schritten auf den Absätzen ihrer Prada-Schuhe kehrt.

»Moment noch! Sagtest du vorhin, Sidenvall habe eine *linke* Vorhand?«

Albinzon nickte.

»Dass er Linkshänder war, machte ihn an der Tischtennisplatte ja gerade so unberechenbar.«

7

Als Ingrid Nyström endlich Feierabend machte, war es bereits sieben Uhr. Als sie in ihrem Büro die Sachen zusammenräumte, warf sie einen Blick aus dem Fenster. Der Parkplatz zwischen Präsidium, Kino, Hotel und dem Eingang zur Fußgängerzone hatte sich bereits geleert. Auf dem schneebedeckten Dachfirst des Imbisses *Oxgrillen* hockte eine Schar Krähen mit aufgeplustertem Gefieder in der Kälte. Die schwarzen Vögel bevölkerten den Parkplatz und seine Umgebung, solange sie sich erinnern konnte. Nach dem langen Gespräch mit Belinda Davidsson war sie aus Emmaboda zurück nach Växjö gefahren. Auf dem Weg hatte sie kurz in Lessebo haltgemacht und war zu der ehemaligen Adresse der Sidenvalls gefahren. Das einst bestimmt sehr malerische, rot gestrichene Holzhaus, in dem vor langer Zeit ein tödlicher Schuss abgegeben worden war, war in sich zusammengesunken. Das Dach war eingedrückt, die Wände windschief und verzogen. Vermutlich hatte sich nach dem Drama um Fredrik Sidenvall kein neuer Besitzer für das abgelegene Haus gefunden. Nyström empfand ein plötzlich aufkommendes Bedauern. Leerstand war wie in so vielen ländlichen Gegenden ein Problem, während die Städte aus allen Nähten platzten. Auf der jährlichen Liste, in der eine große Wochenzeitschrift die Lebensqualität der schwedischen Landkreise bewertete, lag das seit Jahren prosperierende Växjö auf einem guten 15. Platz, während die angrenzende Kommune Lessebo abgeschlagen auf Rang 213 landete.

Zurück im Präsidium hatte Nyström gemeinsam mit Lukasson an der Pressemitteilung für den nächsten Tag gefeilt und anschließend ein unangenehmes Gespräch mit Edman geführt, in dem es um Knutssons Tweet und die disziplinarischen Konsequenzen gegangen war. Wie sie es erwartet hatte, war der Polizeichef regelrecht explodiert. In seinen Augen gehörte Knutsson ohne Bezüge suspendiert und er machte kein Hehl daraus, dass er Nyström eine Mitschuld an den ärgerlichen Ereignissen gab, da sie sich viel zu lange schützend vor ihren Mitarbeiter gestellt hätte. Es hatte sie eine geschlagene Stunde und all ihre Überzeugungskraft gekostet, um Edman die Suspendierung Knutssons auszureden und stattdessen die von ihr vorgeschlagene Versetzung in die Abteilung II der Kripo, die seit der Verhaftung von Frank Jodenius im Vorjahr von Kommissar Olsson geleitet wurde, durchzusetzen.

Nachdem sie anschließend Forss' Protokoll vom Gespräch mit Sidenvalls ehemaligem Tischtennispartner und Delgados Dossier über die sechs Toten von Hallsberg gelesen hatte, war sie zu müde gewesen, um noch weiterzuarbeiten, obwohl sich auf ihrem Schreibtisch weitere Mitteilungen und Berichte stapelten. Bemerkenswert an Forss' Gesprächsprotokoll war der Umstand, dass Fredrik Sidenvall offenbar Linkshänder gewesen war. Dennoch sollte er bei seinem Suizid mit dem Daumen seiner gebrochenen rechten Hand den Abzug durchgedrückt haben.

Unten auf dem Parkplatz hörte sie wieder die Krähen krächzen. Sie stieg in ihren Wagen und fuhr über die Storgatan aus der Stadt hinaus, vorbei an den neu entstandenen stahl- und glasglänzenden Bürogebäuden, die gerade erst neben dem Fußballstadion in die Höhe geschossen waren. Überhaupt hatte sich das Stadtbild in den vergangenen Jahren stark verändert, vor allem in der Gegend um den Bahnhof. Växjö hatte nun sogar sein eigenes *World Trade Center.* Hinter dem Namen verbarg sich ein postmoderner siebengeschossiger Bürokomplex, eingerahmt von ebenso hohen Wohngebäuden. Die Pläne der Stadtväter sahen sogar ein sechzehnstöckiges Hochhaus vor, eine Höhe, die den beiden markanten Türmen der Domkirche, dem Wahrzeichen der Stadt, Konkurrenz machte. *Växjö wächst*, zitierte Nyström das bekannte Immobilienmaklermotto, notfalls bis in den Himmel.

Das Dorf Ör, in dem sie lebte, lag zwanzig Kilometer nördlich der Stadt, eine lose Anordnung von Häusern und Höfen, die sich um eine kleine weiß getünchte Kirche gruppierten. Darüber hinaus gab es eine Grundschule mit angeschlossenem Kindergarten, eine Tankstelle, ein Café, einen Süßigkeiten- und einen Antikladen sowie eine Gärtnerei. Für einen Ort dieser Größe war das sensationell. Nachdem sie in ihre Einfahrt eingebogen war und den Wagen geparkt hatte, ging sie zum Haus und öffnete die Eingangstür. Am intensiven Minzduft, der ihr entgegenschlug, erkannte sie, dass Healey dabei war, das Abendessen zuzubereiten. Lammbraten mit Minzsoße war eine Spezialität der passionierten Hobbyköchin. Healey war Engländerin und Nyströms …, sie überlegte einen Moment, nun ja, am ehesten passte wohl der Begriff *Schwiegertochter.* Healey war die *Lebensgefährtin*, nein, noch so ein dummes Wort, sie war die *Ehefrau* ihrer jüngsten Tochter Anna, die Mutter ihres jüngsten Enkels Albert. Anna, Healey und der kleine Albert lebten in Brighton, wo Anna ihr Studium der Wirtschaftswissenschaften absolvierte und Healey eine Boutique besaß. Sie waren zum großen Familienfest am Wochenende gekommen und würden zu Nyströms Freude sechs weitere Wochen bleiben, da die Eigentumswohnung in Brighton gerade saniert wurde. Anna arbeitete in dieser Zeit an einer Semesterarbeit und Healey hatte eine Vertretung eingestellt und sich Elternzeit genommen.

Nyström hatte sich lange schwergetan mit der sexuellen Orientierung ihrer Tochter. Warum, konnte sie selbst nicht genau benennen. Wahrscheinlich war der ihr anerzogene Konservatismus daran schuld, über den sie sich mehr und mehr ärgerte, je älter sie wurde, und den sie wie unnötigen Ballast abzuwerfen versuchte. Obwohl das nicht einfach war. Trotzdem: Entgegen der Entwicklung der meisten anderen Menschen wurde sie mit zunehmendem Alter immer liberaler und offener. Sie genoss den Besuch Annas ungemein und Healey in ihrer unkomplizierten Art gehörte zu den angenehmsten Menschen, die sie kannte. Außerdem war jedes Tischgespräch eine gute Gelegenheit, ihr eingerostetes Englisch ein wenig aufzufrischen.

Nyström begrüßte ihre Familie, machte sich frisch und

setzte sich pünktlich zum Abendessen an den liebevoll gedeckten Tisch. Wie erwartet war Healeys Gericht großartig. Sie merkte erst beim Essen, wie wenig sie den Tag über zu sich genommen hatte, und aß, bis der Bauch drückte. Obwohl es mitten in der Woche war, gönnte sie sich entgegen ihren Gepflogenheiten sogar ein halbes Glas Wein. Trotz des neuen Falls und der unangenehmen Geschehnisse am Vormittag, trotz des leeren Grabs und Knutssons folgenreicher Unbedachtheit, war ihre Stimmung gelöst. Alle am Tisch, einschließlich ihrer alten Mutter, die von der überwiegend auf Englisch geführten Konversation kaum ein Wort verstand, hatten ein Lächeln auf den Lippen. Sogar Albert gluckste in seiner Wiege vergnügt vor sich hin. Als sich Anders in einer Gesprächspause vernehmlich räusperte und dieses spezielle Pastorengesicht aufsetzte, das er für besonders festliche Momente wie Taufen oder Trauungen bereithielt, hielt Nyström beim Löffeln des Nachtischs verwundert inne. Was hatte ihr Mann der Familie Wichtiges mitzuteilen?

Er sah sie eindringlich an.

»Eigentlich wollte ich es ja mit dir unter vier Augen besprechen, Ingrid. Aber die Sache hat sich sehr kurzfristig ergeben, ich musste mich schnell entscheiden und die vergangenen Tage waren mit deinem Geburtstagsfest und den vielen Gästen einfach so voll und es gab von morgens bis abends so viel zu tun, dass wir gar nicht die Zeit gefunden haben, in Ruhe darüber …«

»Aber was ist denn um Himmels willen los?«, fragte sie leise. Sein Ausdruck und die Stimmlage alarmierten sie. Ihr Magen krampfte. Sie ließ den Löffel selbst gemachten Vanilleeises sinken.

Anders seufzte.

Alle Augen waren auf ihn gerichtet.

»Ich habe mich entschieden …«, hob er an. Dann seufzte er noch einmal. »Ich werde für ein Jahr nach Afrika gehen«, sagte er. »Es gibt da dieses spannende Entwicklungshilfeprojekt in einem Dorf im Westen Tansanias. Eine Schule soll gebaut werden und ein neuer Brunnen. Ein alter Freund aus dem Priesterseminar, der seit Jahren vor Ort aktiv ist, hat sich vergangene Woche bei mir gemeldet. Dort sind krankheitsbedingt mehrere Kräfte ausgefallen und er sucht händeringend nach Ersatz. Ich habe bereits mit dem Bistum gesprochen. Sie sind dort nicht gerade begeistert, aber sie würden mich für das Jahr freistellen. Es geht schließlich um die gute Sache.« Er strahlte. »Was denkt ihr?«

»Mensch, Papa«, lachte Anna, »ich wusste gar nicht, wie cool du bist. Das klingt ja fantastisch! Wann soll es denn losgehen?«

Anders verzog das Gesicht.

»Wie gesagt, es kam alles sehr kurzfristig. Nächsten Monat wäre ich dann bereits unterwegs.«

Nyström wusste nicht, was sie sagen wollte, deshalb sagte sie gar nichts. In ihrem Kopf war nur ein weißes Rauschen. Stattdessen schob sie die Dessertschale betont langsam von sich weg, stand vom Tisch auf und ging mit aufeinandergepressten Lippen die Treppe hinauf in das Schlafzimmer.

8

Als Stina Forss nach dem langen Arbeitstag in ihrem kleinen, abseits gelegenen Haus am See ankam, war sie erschöpft und verfroren. Am Vortag war sie erst nachts aus Örebro zurückgekehrt und hatte weniger als vier Stunden geschlafen, um am Morgen pünktlich der Graböffnung beizuwohnen, außerdem steckte ihr die Erkältung, die sie sich am Wochenende in Stockholm eingefangen hatte, noch in den Knochen. Sie machte sich ein einfaches Abendessen, anschließend nahm sie sich ihren hellen Mantel vor, der in dem verrußten Container der Einlagerungsfirma Flecken bekommen hatte. Sie behandelte den Stoff mit Gallseife, dann steckte sie den Mantel in die Waschmaschine. Die von der Hitze angelaufene Metallkassette, die sie vorher aus der Manteltasche genommen hatte, stand nun auf der Waschmaschine. Seit sie am Sonntagabend aus Stockholm zurückgekehrt war, hatte sie weder die Zeit noch die Kraft gehabt, sich dem Fund zu widmen. Natürlich hatte das Ding ihre Fantasie angeregt, auch wenn es überhaupt nicht sicher war, dass es einmal Kent Vargen gehört hatte. Genauso gut konnte es das Überbleibsel einer früheren Verbrennungsaktion sein. Noch im Stockholmer Motelzimmer war ihr die Idee gekommen, den Schlüssel auszuprobieren, den ihr Kent vermacht hatte. Schlüssel – Schloss, es war verführerisch naheliegend. Sie hatte beides zur Hand genommen und im selben Augenblick erkannt, dass die Gegenstände nicht zusammengehörten. Der Schlüssel war zu groß, er ließ sich nicht einmal in das Schlüsselloch einführen. Daraufhin hatte sie ihn wieder zurück in das Brillenetui zu dem Orden gelegt und versucht, das Schloss der Kassette mit einer Nagelschere zu öffnen. Vergeblich. Ihr Set an Dietrichen hatte sie dummerweise zu Hause gelassen.

Nun nahm sie es zur Hand. Normalerweise war sie im Umgang mit dem feinen Präzisionswerkzeug sehr geschickt, doch dieses Mal wollte es nicht gelingen. Nach zehn Minuten gab sie entnervt auf. Der Mechanismus klemmte, wahrscheinlich war er durch die immense Hitzeentwicklung verzogen. Hier hilft nur noch schiere Gewalt, dachte sie. Im ehemaligen Bastelschuppen ihres Vaters gab es eine Werkbank mit Schraubstock. Sie schlüpfte in ihre gefütterten Gummistiefel, warf sich eine Winterjacke über und nahm die Kassette mit nach draußen in den Schuppen. Dort spannte sie die Kassette in den Schraubstock, setzte einen Schraubenzieher als Meißel an und schlug mit einem Gummihammer fest zu. Beim fünften Schlag hatte Forss das Schloss gesprengt. Sie legte das Werkzeug beiseite, nahm die Kassette aus dem Schraubstock und klappte sie auf. Darin befanden sich angelaufene Medaillen, verkohlte Stoffreste, Anstecknadeln. Sie verstand. Es handelte sich um eine Sammlung von Orden, die sich in der Hitze so gut wie aufgelöst hatten.

Orden.

So wie der, den sie von Kent bekommen hatte.

Sie wühlte zwischen den Metallkreuzen und Plaketten herum. Ein Anhänger an einer Kette weckte ihr Interesse. Sie hatte so etwas bereits in Filmen gesehen. Es war eine blecherne Erkennungsmarke, wie sie Soldaten im Einsatz tragen, um im Fall der Fälle identifiziert werden zu können. Sie hob den Anhänger hoch. Der in das Blech geprägte Name war ganz deutlich zu erkennen.

Kjell Forss

Die Orden in der Kassette gehörten ihrem Vater.

Er war bereits auf dem Weg zur Arbeit angespannt. Wobei mit »Arbeit« natürlich keine richtige Arbeit gemeint war. Leute wie er arbeiteten nicht wirklich, Leute wie er, die gravierende psychische Probleme hatten, gingen jeden Tag in eine betreute Einrichtung, in der sie unter Anleitung dämliche Dinge herstellen mussten: klobiges Holzspielzeug, unförmige geflochtene Körbe und sogenannte »Insektenhotels«, in die sich freiwillig kein Insekt der Welt verkriechen würde, so hässlich sahen die aus, vielleicht mal abgesehen von den beiden Maden Göran und Ivar, die in der muffigen Scheißwerkstatt die Aufsicht führten. Sixten selbst produzierte Vogelhäuschen, gezwungenermaßen wohlgemerkt, denn wenn es nach ihm ginge, würde er Rattenfallen herstellen, aber darauf wollten sich weder Göran noch Ivar einlassen – etwas, dass sie eines Tages noch bereuen würden, so viel war klar, denn sie standen längst auf seiner sorgfältig geführten roten Liste der vom Aussterben bedrohten Arten. Maden und Ratten, mieses Geschmeiß, allerorten. Auch der ganze verfluchte Bus, in dem er saß, war voll von ihnen, wobei das Schlimmste war, dass auch Platz Nummer sechs, dass SEIN Platz besetzt war, und zwar von einer fetten, dummen Tussi mit rosafarbenen Kopfhörern. Sie saß auf seinem verdammten Platz, obwohl er extra jeden Morgen zweieinhalb Kilometer in die von seiner »Arbeit« entgegengesetzte Richtung joggte, um an der ersten Haltestelle der Linie in den noch leeren Bus steigen und seinen Platz einnehmen zu können. Doch an diesem Tag war er spät dran gewesen und hatte nicht verhindern können, dass sich die dicke Kuh den Platz geschnappt hatte. Notgedrungen hatte er sich daraufhin auf Platz Nummer dreizehn gesetzt, was ebenfalls eine akzeptable Zahl war, aber trotzdem nicht mit der Sechs zu vergleichen. Sein inneres Gleichgewicht war empfindlich gestört. Er klammerte sich mit verschwitzter Hand an der Haltestange vor ihm fest und betete.

Vater unser in der Hölle

Geheiligt werde dein Name
Dein Reich komme
Dein Wille geschehe
Wie in der Hölle so auf Erden
Unseren täglichen Hass gib uns heute
Und belade uns mit Schuld
Denn auch wir vergeben niemanden
Führe uns oft in Versuchung
Und erlöse uns mit dem Bösen
Denn dein ist das Reich
Und die Kraft und die Herrlichkeit
In Ewigkeit, Amen

Nach sechs solchen »Vaterunser« ging es ihm ein wenig besser. In der Werkstatt roch es wie an den meisten Tagen nach Holz, Maschinenöl und menschlicher Kacke. Wahrscheinlich hatte sich Gustav wieder in die Hose geschissen. Er behauptete jedes Mal, es liege an den Medikamenten, aber Sixten glaubte ihm das keine Sekunde. Er selbst hatte so ziemlich jedes gängige Psychopharmakon probiert, aber unkontrollierten Stuhlgang hatte er von keinem Präparat bekommen. Mit zweiundzwanzig Schritten, so wie es vorgesehen war, durchmaß er den Arbeitsraum, ohne die anderen zu begrüßen, und verzog sich in seine Ecke zu den Vogelhäuschen. Er stellte die Schleifmaschine an, zog die Ohrenschützer über, schnappte sich eine Illustrierte und einen Kugelschreiber und begann damit, irgendwelchen Prominenten schwarze Augen und Vampirzähne zu kritzeln. Wenn er Glück hatte, waren Göran und Ivar so lange mit Gustavs Malheur beschäftigt, dass er wenigstens eine halbe Stunde seine Ruhe hatte. Angelina Jolie bekam Pickel aufs Dekolleté, Prinzessin Victoria wuchsen Fledermausflügel und Königin Sylvia verpasste er einen dicken, steifen Schwanz in den Mund. Sixten grinste angesichts seines künstlerischen Wagemuts, schaltete die Schleifmaschine wieder aus, nahm die Ohrenschützer ab und ging einen Kaffee holen. Wie es vorgesehen war, erreichte er die Küchennische mit einunddreißig Schritten. Weil die Zahl stimmte, klopfte er sich dreimal auf die Schläfe und zeichnete sich flüchtig mit dem Zeigefinger ein umgedrehtes Kreuz auf die Stirn. Von der Werkbank mit der Bohrmaschine aus glotzte ihn der zwergenhafte Rasmus an, Sixten zeigte ihm wie jedes Mal, wenn er ihn sah, was täglich etwa zwanzigmal geschah, den Mittelfinger. Als er sich der Kaffeemaschine zuwandte, traute er seinen Augen kaum. Göran, dessen Gezeter mit Gustav von den Toiletten aus bis hierhin zu hören war, hatte seinen Tabletrechner, mit dem er seit Wochen pausenlos angab, auf der Arbeitsplatte liegen lassen. Der Internetbrowser war geöffnet, der Passwortschutz nicht aktiviert. Wie bescheuert konnte man sein? Das ganze Internet stand ihm offen! Er griff nach dem Ding und wollte gerade in die Suchzeile »Titten« eingeben, als er stutzte. Göran hatte eine Nachrichtenseite geöffnet. Das Foto von dem offenen Grab und dem leeren Sarg interessierte ihn. Alles, was mit Tod zu tun hatte, interessierte ihn. Er entzifferte ungeduldig die Bildunterschrift. Als er den Namen gelesen hatte, als er ihn wahrgenommen und verstanden hatte, war es, als würde eine große Glocke in ihm angeschlagen. Ein Ton, so tief und rein und klar, vibrierte in seinem Verstand, in seinem ganzen Körper, in seinem ganzen Selbst. Er wusste unmittelbar, dass es nun so weit war. Der Tag, auf den er sich vorbereitet hatte, war endlich gekommen.

Der dunkle Herr hatte ihm ein Zeichen gegeben.

MITTWOCH

1

Über Nacht war das feuchte Tauwetter der vergangenen Tage umgeschlagen. Es war trocken und kalt, als Stina Forss am frühen Morgen Richtung Westküste aufbrach. Das rostige, alte Thermometer an der Außenwand der Garage zeigte minus acht Grad und Forss brauchte einige Minuten, um das Eis von der Windschutzscheibe des BMW zu kratzen. Sie war dankbar, dass der alte Wagen auf Anhieb ansprang. Ihr erstes Tagesziel war Borås, wo Arne Thulin, der Vater von Daniel, dem jüngsten Bandmitglied der *Flamethrowers*, inzwischen lebte. Die Ehe der Thulins hatte den Tod des siebzehnjährigen Sohns nicht überstanden. Arne Thulin war von seiner damaligen Frau seit mehr als zwanzig Jahren geschieden und hatte später noch einmal geheiratet. Er war mittlerweile Rektor eines Gymnasiums. Während der eintönigen Autofahrt, die sie zunächst mehr als hundert Kilometer über die einspurige Landstraße 30 Richtung Jönköping führte, dachte sie über die Metallkassette und ihren Inhalt nach. Offenbar war Kent Vargen im Besitz der gesammelten militärischen Rangabzeichen ihres Vaters gewesen. Sie hatte am Vorabend lange Zeit vor dem Computer recherchiert und ihr war es gelungen, einige der von der Hitze deformierten Metallfragmente zuzuordnen. Sie wusste, dass ihr Vater Oberstleutnant bei der Militärpolizei gewesen war. Das stimmte mit den Rangabzeichen, die sie identifizieren konnte, überein. Daraus leiteten sich natürlich unangenehme, aber drängende Fragen ab: Wie war Kent in den Besitz der Orden gekommen? Hatte er sie etwa gestohlen, während er Zeit in ihrem Haus verbracht hatte? Ihr fiel ein, dass er an mindestens einem Abend, an dem sie mit einer Observation beschäftigt gewesen war, allein bei ihr zu Hause gewesen war, allerdings hatte er mit hohem Fieber im Bett gelegen. Hatte er trotzdem die Gelegenheit genutzt? Es hatte zu dieser Zeit auch zwei unaufgeklärte Einbrüche bei ihr gegeben, bei beiden war jedoch nichts entwendet worden. Zumindest nichts, was sie bemerkt hätte. War es wirklich denkbar, dass Kent bei ihr eingebrochen war, um die militärischen Rangabzeichen ihres Vaters zu stehlen? Aber was hatte er mit diesem wertlosen, alten Zeug gewollt? So etwas gab es in jedem Online-Militaria-Shop für ein paar Kronen zu kaufen, das hatte sie überprüft. Andererseits: Das *Kriegskreuz ersten Grades in Gold des Königlichen Schwertordens,* das Kent ihr zusammen mit dem Schlüssel in den dramatischen Sekunden vor seinem Tod zugesteckt hatte, war mit Sicherheit alles andere als wertlos. War es möglich, dass sich der exklusive Prachtorden ursprünglich ebenfalls in der Metallkassette befunden hatte? War es möglich, dass ihr Vater der eigentliche Träger dieses seltenen Kriegskreuzes,

Schwedens höchster Tapferkeitsmedaille, war? Aber wie konnte das sein, wenn dieser Orden offiziell nie vergeben worden war?

Die Einsicht, dass Kent sie offenbar hintergangen hatte, dass er sie belogen und bestohlen hatte, schmerzte. Aber wenn sie ehrlich zu sich war, passte es natürlich ins Bild. Kent Vargen war eine Chimäre. Seine ganze Existenz war eine einzige Lüge. Den Mann, mit dem sie ihr Bett geteilt hatte, hatte es nie gegeben. Trotzdem hatte er sein Leben geopfert, um ihres zu retten. Es war ein Widerspruch, den sie nicht auflösen konnte, nicht solange sie sich im Unklaren darüber befand, wer Kent Vargen in Wirklichkeit gewesen war und warum er unter falscher Identität bei der Kriminalpolizei Kronoberg gearbeitet hatte.

Arne Thulin empfing sie im Büro seiner Schule. Er war ein hochgewachsener, schlanker Mann Mitte sechzig mit einem verbindlichen Händedruck. Unwillkürlich suchte Forss in seinem Gesicht nach Spuren von Trauer, nach Anzeichen des Verlusts, den er vor langer Zeit erlitten hatte. Sicher, da waren Falten und Furchen, tiefe Linien und Schatten – ein Antlitz wie eine Käthe-Kollwitz-Zeichnung. Womöglich waren es aber auch nur die Spuren vierzigjährigen Schuldienstes. Nachdem sie auf einem der Besucherstühle vor seinem Schreibtisch Platz genommen hatte, bot er ihr einen Kaffee an und machte sich an einer modernen Kapselmaschine zu schaffen, die auf einer Fensterbank stand.

»Ich weiß«, sagte er, während er sich zu ihr umdrehte, »diese Dinger sind nicht besonders gut für die Umwelt. Auch wenn ich hier an der Schule eine Vorbildfunktion habe: Diese Aluminiumkapseln sind so ungemein praktisch. Man kann schließlich nicht in allem ein Engel sein. Wenigstens fahre ich ein Elektroauto. Auch wenn sich die Schüler hinter meinem Rücken darüber lustig machen.« Er hielt einen

Moment inne, als dächte er über etwas nach. »Nein«, sagte er dann, »eigentlich machen sie sich ganz offen darüber lustig.«

»Bringen wir nicht alle unsere Opfer?«

Thulin lächelte dünn.

»Wie wäre es mit einem schönen *African Queen*?«

»Hauptsache, heiß und stark.«

Thulin betätigte einen Hebel, die Maschine ratterte, dann reichte der Rektor ihr einen dampfenden Kaffeebecher entgegen und nahm wieder Platz.

Forss bedankte sich und pustete auf das heiße Getränk.

Thulin setzte die Ellbogen auf die Schreibtischplatte und verschränkte die Finger ineinander.

»Ich will ehrlich sein und gleich zum Punkt kommen«, sagte er. »Dein Anruf gestern hat eine Menge ausgelöst. Viel mehr, als mir lieb ist. Die Dinge, die damals geschehen sind … Daniels Tod … das alles ist sehr lange her.« Er stockte. Hielt den Atem an. Suchte nach den richtigen Worten. »Es hat mich einen sehr großen Teil meines Lebens gekostet, damit fertigzuwerden.« Wieder hielt er inne, als sann er über das Gesagte nach. »Nein, das klingt furchtbar«, entschied er dann. »Es ist auch nicht wahr. Ich bin damit überhaupt nicht fertiggeworden, ich werde wahrscheinlich nie damit fertigwerden. Es ist wie eine offene … Nein, das ist ebenfalls ein abgenutztes Klischee. Es ist vielmehr …, der Verlust … er ist wie ein schlagendes Herz. Es pocht immer weiter, es hört nicht auf, bis zu meinem Tod. Es ist in mir drin, es pulsiert, es ist der Kern von allem, mein Lebensquell. Aber *im Schlechten.* Als eine Negation, als ein Schmerz. Mein Leidensquell.« Er klopfte sich auf die Brust. Seine Stimme scherte plötzlich um zwei Oktaven nach oben aus. »Es ist hier drin, verdammt noch mal, *er* ist hier drin!« Thurin zog die Nase hoch, wischte sich schnell mit dem Fingerknöchel den Augenwinkel aus.

»Was ich sagen will:«, er hatte sein Stimme jetzt wieder im Griff. »Es hat so unendlich lange gedauert, wieder ein Leben zu haben, ein anderes, neues Leben, in dem ich nicht jede Sekunde an Daniel denken muss. Warum soll ich nun wieder zurückschauen?« Er fixierte sie. »Weshalb bist du hier?«

Forss stellte den Kaffeebecher ab.

»Fredrik Sidenvalls Grab wurde gestern Morgen geöffnet, weil es forensische Zweifel an seinem Suizid gibt. Dabei mussten wir feststellen, dass seine sterblichen Überreste verschwunden sind. Sein Sarg ist leer.«

Etwas in dem Gesicht von Thulin verhärtete sich. Noch mehr Furchen, ein noch gröberer Kohlestrich.

»Es interessiert mich einen Dreck, was mit dem Leichnam des Mörders meines Sohnes geschehen ist.«

»Das kann ich verstehen.« Forss holte tief Luft. »Niemand will unnötig alte Wunden aufreißen. Wir sind dabei, das gesamte alte Ermittlungsmaterial durchzugehen. Damals sind sehr schnell belastende Dinge gegen Fredrik Sidenvall aufgetaucht. Harte Beweise, von denen jeder Ermittler nur träumen kann. Aber das weißt du sicherlich alles. Der Fall wurde im Grunde innerhalb von Tagen abgeschlossen und auch die Nachermittlungen hielten sich in Grenzen. Die Staatsanwaltschaft hat eine Schleife darum gebunden und das Ganze wurde zu den Akten gelegt.«

»Was willst du damit andeuten?«

»Dass alles ganz wunderbar zusammenpasste.«

»Was ist daran falsch?«

»Daran ist grundsätzlich nichts falsch. Es gibt diese einfachen Fälle. Ein Mann erwürgt seine Frau, er gesteht, fertig. Menschen töten einander seit Jahrtausenden. Wut, Hass, Eifersucht, die ganze Klaviatur der negativen Gefühle.«

»Aber?«

»Aber dieser Fall ist anders. Daniels Tod und der seiner Freunde ist anders.«

»Wie meinst du das? Es ist doch alles offensichtlich. Sie sind einem religiösen Eiferer zum Opfer gefallen, einem Fanatiker, der stolz auf seine Tat war, aber danach zu feige, sich den Konsequenzen zu stellen. Deshalb hat er sich eine Ladung Schrot in den Kopf gejagt.«

»Er hat sich nicht in den Kopf geschossen, sondern in den Oberkörper. Ungewöhnlich für Selbstmörder. Und das ist nur eine von mehreren Ungereimtheiten.« Forss erzählte von Ann-Vivika Kimsels Untersuchungen. Thulin hörte mit unbewegter Miene zu. Als sie fertig war, sagte er:

»Ein verschwundener Leichnam, möglicherweise gebrochene Finger, die falsche Hand ... für mich ändert das alles nichts. Selbst wenn die Obduktion damals tatsächlich mangelhaft durchgeführt worden ist und irgendwelche Verrückten die sterblichen Überreste dieses Irren ausgescharrt haben sollten: Für mich ist und bleibt Sidenvall der Mörder meines Kindes und ich bin in keiner Weise bereit, daran zu rütteln. Tut mir leid, wenn du etwas anderes erwartet haben solltest. Hast du schon einmal den Verlust eines geliebten Menschen erleben müssen? Weißt du, was es heißt, jemanden für immer zu verlieren?«

Thulin atmete schwer.

Forss zögerte einen Augenblick, betrachtete aus dem Fenster die Schüler, die auf dem Schulhof herumstanden. Alle Mädchen haben heutzutage lange Haare, fiel ihr auf. Dann sah sie Thulin an und schüttelte den Kopf.

2

Als Ingrid Nyström an diesem kalten Morgen zum zweiten Mal innerhalb weniger Tage zu ihrem ehemaligen Vorgesetzten hinausfuhr, hatte sie weder Augen für den spektakulären Sonnenaufgang über dem Helgasee noch für die skulptural beschnittenen Rhododendren unter ihren Schneehauben im Garten der Bergs. Sie wusste, sie sollte sich auf das bevorstehende Gespräch und ihren Fall konzentrieren, aber sie fühlte sich dazu eigentlich viel zu aufgelöst. Sie konnte noch immer nicht fassen, was am Vorabend passiert war. Ihr Mann hatte ganz nonchalant verkündet, mal eben so für ein Jahr in die Entwicklungshilfe nach Afrika zu gehen. Sich aus dem Staub zu machen. Sie für ein Jahr allein zu lassen.

Ohne vorher auch nur eine Andeutung gemacht zu haben.

Ohne sich vorher mit ihr zu besprechen.

Ohne vorher ihr Einverständnis einzuholen.

Er hatte sich einfach entschieden. *Ex cathedra,* wie der Papst, dabei war Anders ja nicht einmal katholisch. Bitte schön, den Zölibat konnte er haben, wenn er es unbedingt darauf anlegte! Sie hatte sich nach dem desaströsen Abendessen im Schlafzimmer eingeschlossen und Anders damit auf die Wohnzimmercouch verbannt. Ja, das war zugegebenermaßen ein wenig kleinmädchenhaft gewesen, und es war ihr unangenehm, dass Hailey und Anna dieses unwürdige Schauspiel hatten miterleben müssen, aber es war schließlich Anders, der sich für die große Bühne entschieden hatte, nicht sie.

Als sie bei Gunnar Berg ins Wohnzimmer trat, saß dessen ehemaliger Kollege Leif Skarsgård bereits auf der Couch. Skarsgård hatte 1992 gemeinsam mit Berg am Fall vom Suizid Sidenvalls gearbeitet. Nyström hatte Skarsgård uralten Saab bereits in der Auffahrt bemerkt. Der auf die Achtzig zugehende Veteran des Kronoberger Polizeikorps war ähnlich klapperig wie sein Auto: einige Roststellen, ein keuchender Motor, aber immer noch eine alles in allem zuverlässige Konstruktion. Nyström selbst kannte Skarsgård aus ihren Anfangstagen bei der Polizei noch vom Sehen, hatte aber nie zusammen mit ihm in einer Abteilung gearbeitet. Nyström begrüßte die beiden Männer.

»Leif war so freundlich, sich persönlich von Simrishamn hierher zu uns auf den Weg zu machen«, sagte Berg.

»Meine Enkel wohnen da unten in der Nähe und mir bekommt die Seeluft so gut, deshalb habe ich mich im Süden an der Küste zur Ruhe gesetzt. Das Meer, die Wolken, der Himmel, ganz fantastisch«, erklärte Skarsgård. »Als Gunnar mich vor zwei Tagen nach eurem Gespräch angerufen hat, dachte ich, ich schaue einmal, ob ich meine alten Aufzeichnungen zu dem Fall wiederfinden kann. Ich habe einen Umzugskarton voller alter Taschenkalender und Aufzeichnungen in der Garage. Meine Frau nennt den Inhalt der Kiste salbungsvoll *die Memoiren.* Natürlich übertreibt sie maßlos.« Er klopfte auf ein Notizbuch in einem speckigen Ledereinband, das auf seinem Schoß lag. »Aber ich bin tatsächlich fündig geworden. *Wer schreibt, der bleibt*, hat mir meine Mutter, sie war Volksschullehrerin, immer eingebläut.«

»Wir waren so frei und haben vor deinem Eintreffen schon mal ein paar alte Erinnerungen aufgefrischt«, sagte Berg. »Das waren noch andere Zeiten damals. Nichts mit E-Mails oder Internet.«

»Das hatte auch sein Gutes«, seufzte Nyström, die an Knutssons gedankenlosen Tweet denken musste. Sie hatte sich mittlerweile neben Skarsgård auf das Sofa gesetzt und sich von dem Kaffee eingeschenkt, der dank Bergs Frau in einer verchromten Thermoskanne bereitstand.

»Jedenfalls konnten wir einiges rekonstruieren, woran ich mich allein niemals erinnert hätte«, sagte Berg.

Skarsgård fummelte umständlich eine Lesebrille aus der Brusttasche des Hemds, das er unter einem Pullunder trug, setzte sie auf die schnabelförmige Nase und trug aus seinen Notizen vor.

»Gefunden wurde Fredrik Sidenvall am späten Abend des 1. Dezember 1992 von einem Sportkameraden, Erik Albinzon. Zu diesem Zeitpunkt war Sidenvall bereits vier Tage tot, wie die Gerichtsmedizin später festgestellt hat. Der Tatort war eine einzige Sauerei, es sah aus wie in einem Schlachthaus.«

Nyström nickte.

»Ich habe die Fotos des Obduktionsberichts gesehen.«

»Es ist nicht schön, was ein so großkalibriges Schrotgewehr auf so kurze Distanz anzurichten vermag«, merkte Berg an.

»Apropos Gewehr«, fragte Nyström. »Konntet ihr eigentlich feststellen, wie Sidenvall an die Waffe gelangt ist?«

»Die *Antonio-Zoli* stammte höchstwahrscheinlich aus dem Besitz seines Vaters«, antwortete Skarsgård. »Der alte Sidenvall war Jäger, bevor er sich zu Tode gesoffen hat. Nachdem mehrere Anzeigen wegen Gewalttätigkeit unter Alkoholeinfluss gegen ihn vorlagen, bekam er Auflagen, seine Jagdwaffen abzugeben, aber der Aufforderung ist er offenbar nicht nachgekommen, jedenfalls nicht vollständig.«

»Stefan Sidenvall war in den Siebziger- und Achtzigerjahren in Lessebo als Schläger und Querulant bekannt«, ergänzte Berg. »Die Kollegen vor Ort konnten sich damals mit Sicherheit Angenehmeres vorstellen, als dem alten Suffkopp seine geliebten Büchsen wegzunehmen.«

»Was habt ihr als Erstes gedacht, als ihr den Tatort betreten habt?«, fragte Nyström. »Immerhin war doch einiges auffällig. Mit einer langen Bockflinte ist es schon schwer genug, sich in den Kopf zu schießen, aber richtig kompliziert wird es, wenn man damit den Oberkörper treffen will. Hat euch das nicht stutzig gemacht?«

»Natürlich.« Skarsgård nickte. »Einerseits war es unüblich, die meisten Selbstmörder schießen sich in den Kopf. Andererseits passte sein Herzschuss, oder was auch immer er da versucht hat, in den Gesamtzusammenhang. Es gab schließlich den Abschiedsbrief. Es ist eine Schande, dass wir die Akte nicht zu Verfügung haben, und leider habe ich auch keine wörtliche Abschrift gemacht, aber meinen Notizen zufolge, war Sidenvalls schriftliches Geständnis voll von pathetischen Ausdrücken.« Skarsgård hielt seine alte Kladde armlang von der Nase, bevor er vorlas: »*Racheengel, Schwert der Erleuchtung, Kampf gegen den Lord der Finsternis.* Sidenvall schrieb wortwörtlich etwas von seinem *lichtdurchfluteten Herz.*« Er sah auf. »Herz und Herz. Irgendwie passend, oder nicht?«

»Was war mit seiner rechten Hand?«, fragte Nyström. »Ist euch irgendetwas daran aufgefallen? War sie womöglich bandagiert?«

»Gunnar hat mir von den aktuellen Untersuchungen und der Hypothese Ann-Vivika Kimsels berichtet. Tolle Rechtsmedizinerin, übrigens, sie war damals unter Theorins Fuchtel schon der heimliche Star der Pathologie.« Skarsgård schmunzelte. »Und ein ziemlich heißer Feger noch dazu.«

»Na, na!«, mahnte Berg und drohte spielerisch mit erhobenem Zeigefinger. »Wir wollen doch die Contenance bewahren!«

»Als alter Narr darf man so etwas doch wohl ungestraft sagen«, protestierte Skarsgård. »Irgendwelche Vorteile sollte es schließlich haben, ein Tattergreis zu sein.«

Nyström musste lächeln.

»Attraktiv ist Ann-Vivika immer noch«, sagte sie. »Aber trotzdem wäre ich dankbar, wenn wir zum Thema zurückkehren könnten.«

»Wir haben vorhin darüber diskutiert«, sagte Berg. »Wie du ja selbst gesehen hast: Auf den Tatortfotos aus dem Obduktionsbericht ist die rechte Hand Sidenvalls jeweils verdeckt und nicht zu sehen. Auf den Bildern von der eigentlichen Obduktion gibt es keinen Verband an der Hand, was jedoch nicht unbedingt etwas heißen muss, denn er kann vor der Untersuchung von Theorin abgenommen worden sein. Andererseits: Wenn Theorin einen Verband gesehen hätte, dann hätte er sich mit Sicherheit auch die Hand und die Finger genauer angeschaut.«

»Denkbar ist auch die Möglichkeit, dass einer der Hilfskräfte in der Pathologie vor der Obduktion den Verband zusammen mit der Kleidung entfernt hat. Wir dürfen nicht vergessen, dass alles fürchterlich ausgesehen hat, die Kleidung war durch die immense Wirkung der Schrotladung größtenteils zerfetzt und blutdurchtränkt. Der Leichnam musste vor der Untersuchung sorgfältig gewaschen werden. Vielleicht ist der Verband zusammen mit anderen Stofffetzen in irgendeinem Mülleimer verschwunden.«

»Zwei andere Varianten, die Ann-Vivika ins Spiel gebracht hat, sind zum einen die Möglichkeit, dass die Hand von dem untersuchenden Arzt in Lessebo überhaupt nicht verbunden oder geschient worden ist, weil der vermeintliche Bruch ja eigentlich so bald wie möglich im Krankenhaus in Växjö geröntgt und weiterbehandelt werden sollte«, sagte Nyström. »Die medizinischen Unterlagen sind in diesem Punkt unklar. Zum anderen ist es natürlich auch vorstellbar, dass sich Sidenvall den Verband selbst entfernt hat.«

»Warum sollte er so etwas getan haben?«, fragte Skarsgård.

»Weil zum Beispiel die Mullbinde schmutzig geworden ist. Oder unerträglich gejuckt hat. Oder, oder, oder. Wir werden es wahrscheinlich nie erfahren.«

»Benutztes oder auch neues Verbandszeug haben wir jedenfalls bei der Durchsuchung der Wohnung nicht gefunden«, sagte Skarsgård, der wieder in seinen Notizen blätterte. »Aber wir haben natürlich auch nicht explizit danach gesucht. Auffällig war allerdings die Menge an Medikamenten, die Sidenvall auf seinem Nachttisch hatte.«

»Er war an Rheuma erkrankt«, erklärte Nyström. »Er hatte phasenweise erhebliche Schmerzen und litt unter Fieber, Krämpfen und Hautausschlag, aber er war trotzdem noch sehr sportlich. Ein richtiges Tischtennis-Ass, wie man hört.«

»Ich erinnere mich an das Rheuma«, sagte Berg. »Wir hatten auch kurz die Krankheit als Grund für seinen Suizid diskutiert, aber sein Abschiedsbrief spricht schließlich ganz entschieden eine andere Sprache.«

»Was er da mit dieser Rockmusik hatte …«, sagte Skarsgård kopfschüttelnd. »Wir haben eine Musikkassette der Göteborger Band in Sidenvalls Stereoanlage gefunden. Der Verstärker und das Kassettendeck waren noch angeschaltet, das Band war zu Ende gelaufen; es spricht viel dafür, dass Sidenvall die Musik abgespielt hat, während er sich erschossen hat.«

»Oder erschossen wurde«, sagte Nyström leise.

»Wir waren ja vollkommene Laien, was diese Musik betraf«, sagte Berg. »Aber da war dieser Junge, der sich ziemlich gut damit auskannte, ein alter Schulfreund von Sidenvall.«

»Ach?«, sagte Nyström

Skarsgård blätterte in seinen Unterlagen. Die filigrane Lesebrille wirkte wie ein Spielzeug auf seinem mächtigen Schnabel.

»Hier habe ich es«, sagte er. »Er hieß Francesco Alessandrini. Seinem Vater gehörte die Pizzeria im Ort, in der wir damals öfter zu Mittag gegessen haben.«

3

Mit der Scham ist es so eine Sache. Sie kann einen Menschen erniedrigen und in einem Maße klein machen, dass er kaum wiederzuerkennen ist, auch wenn er einen Meter achtundachtzig misst und mehr als hundertvierzig Kilo auf die Waage bringt. Die Erkenntnis war Lasse Knutsson im Morgengrauen, nach einer fürchterlichen, durchwachten Nacht gekommen, in der er sich unruhig von einer Seite auf die andere gewälzt hatte. Klein und unsicher hatte er sich in diesen Stunden gefühlt, mehr Maus als Mann. Zurechtgestutzt, ins zweite Glied zurückgestuft, abgestraft; und das, wie er zugeben musste, vollkommen zu Recht. Ausgerechnet von der Frau, zu der er wie zu keinem anderen Menschen aufsah, ausgerechnet von Ingrid Nyström, die er ob ihrer Professionalität, Kompetenz und Großherzigkeit bewunderte. Als Chefin *und* als Mensch. Und vielleicht sogar ein bisschen als Frau, auch wenn er das niemals zugegeben hätte, war er doch seit Jahrzehnten glücklich verheiratet. Stunde um Stunde hatte sein aufgewühltes Herz um Antworten gerungen. Welcher Teufel hatte ihn nur zu dieser gedankenlosen Hornochsigkeit getrieben? Hatte er mit dem im Internet geposteten Foto des leeren Sargs dem Bild des modernen Polizisten entsprechen wollen, das Edman in seinen Memos und Broschüren heraufbeschwor? Hatte er seinen Kollegen, allen voran Hugo Delgado, beweisen wollen, dass er noch nicht zum alten Eisen gehörte, sondern souverän den Umgang mit den neuen Medien und den sozialen Netzwerken beherrschte? Oder ging es in Wahrheit um etwas anderes? Um seine Eitelkeit, um seine Selbstinszenierung als begnadeter Ermittler, der sich mitten in einem rätselhaften Fall befand? *Sherlock »Lasse« Holmes und das Geheimnis des leeren Grabs.* Oder so ähnlich. Anders war sein Hashtag *#superbulle* ja wohl kaum zu erklären. Wahrscheinlich war es von allem etwas. Eine ungesunde Mischung aus überbordendem Diensteifer, Behauptungswillen und falschem Geltungsdrang. Ja, er hatte allen Grund, sich zu schämen. Und doch – auch das erkannte er, als er gegen halb fünf einsah, dass diese Nacht für ihn keinen Schlaf mehr bereithielt, und aufstand, um sich einen Kaffee zu machen – hatte Scham auch eine andere Seite, bot sie die Chance auf Besinnung, Buße, ja, Sühne. Knutsson war kein über die Maßen gläubiger Mann, aber das uralte Konzept der Wiedergutmachung, das die großen Weltreligionen der Menschheit geschenkt hatten, leuchtete ihm ein. Diese profunde Einsicht, die ihm mit der ersten Tasse des ausgezeichneten guatemaltekischen Hochlandkaffees kam, beruhigte ihn ungemein. Er würde den Schaden wiedergutmachen. Er würde ohne ein Wort des Murrens in Olssons Abteilung Dienst tun und ausgezeichnete Arbeit ableisten. Er würde sich engagieren und sich die Hacken wundlaufen, unabhängig davon wie klein und nichtig die von ihm zu bearbeitenden Fälle auch sein mochten. Er würde eine Art *heimlicher* Superbulle sein, nicht auf Twitter, Instagram oder Facebook, sondern in Wirklichkeit, im echten Leben.

Diese Gedanken beseelten ihn dergestalt, dass sie sein Schlafdefizit beinahe aufwogen. Bis in die Haarspitzen motiviert, war er nach dem zeitigen Frühstück in seinen riesigen amerikanischen Pick-up gestiegen und von Åby, am nördlichen Ufer des Helgasees, wo er lebte, Richtung Präsidium gefahren. Als er an der Stelle, an der die L30 für einen kurzen Teilabschnitt zweispurig wurde, zufällig Ingrid Nyström überholt hatte, die teilweise denselben Arbeitsweg hatte wie er, hatte er mehrmals gehupt und ihr gut gelaunt zugewinkt, bevor er an ihr und ihrem japanischen Kleinwagen vorbeigebraust war. Einen Lasse Knutsson brachte nichts und niemand so schnell aus der Fassung.

Nun saß er mit Olsson und zwei jungen Kollegen bei der Einsatzbesprechung und alle ließen sich die Krabbenbrote schmecken, die Knutsson zum Einstand spendiert hatte. Es ging doch nichts über eine gute Moral in der Truppe! Olsson sortierte seine Papiere.

»Dich schickt der Himmel, Lasse«, kommentierte er kauend. »Ehrlich gesagt wissen wir gerade nicht, wohin mit all der Arbeit. Ich habe hier eine Anzeige wegen angeblicher Erpressung, eine andere wegen Stalkings und von heute Nacht gleich zwei Autodiebstähle, einer in der Innenstadt, ein anderer in Rottne, darüber hinaus den Verdacht auf Brandstiftung in Dädesjö. Weil heute dein erster Tag bei uns ist, hast du die freie Auswahl.«

Knutsson wollte eigentlich etwas einwenden, von seinem alten Fall erzählen, von Geldwäsche, Versicherungsbetrug und Zahnärzten, um die er sich zu kümmern hatte. Aber dann dachte er an seine guten Vorsätze. Es galt Teamgeist zu beweisen und dies hier, Olsson und die beiden Frischlinge, waren nun sein neues Team.

»Wie wäre es, wenn ich raus nach Rottne fahre und mit dem Besitzer des gestohlenen Autos spreche? Von da aus sind es nur ein paar Kilometer bis Dädesjö, zwei Fliegen mit einer Klappe.«

»Das nenne ich mal Einsatzwillen«, lobte Olsson. »Aber

bitte dieses Mal nichts twittern oder posten, abgemacht, Lasse?«

Er zwinkerte Knutsson zu.

4

Hugo Delgado legte das ausgedruckte Protokoll des Gesprächs beiseite, das Ingrid Nyström mit Belinda Davidsson geführt hatte. Ein Name war mehrmals gefallen und Delgado hatte ihn mit Bleistift umkreist: Anita. An den Nachnamen hatte sich Fredrik Sidenvalls Schwester leider nicht erinnern können, vielleicht war er auch nie gefallen. Deshalb nur: Anita. Eine Frau, die Sidenvall in seiner Zeit in Kiruna kennengelernt und die ihn offenbar in freikirchliche Kreise geführt hatte. Auf seinem Rechner klickte sich Delgado zu dem Foto der Mehrfachtaufe im Fluss durch, das er vor zwei Tagen zusammen mit dem dazugehörigen Zeitungsbericht gespeichert hatte. Die Namen der fünf Täuflinge, darunter Sidenvall, wurden in dem kurzen Artikel genannt, eine Anita war nicht dabei, was Delgado auch verwundert hätte, denn sie schien ja eine Art religiöse Mentorin für den jungen Mann und keine Neugläubige gewesen zu sein. Er entschied sich, es auf die einfachste und direkteste Art zu versuchen, die ihm einfiel. Es dauerte keine fünf Sekunden, bis er die Telefonnummern der freikirchlichen Gemeinden Kirunas gegoogelt hatte. Er fand zwei. Die erste nannte sich Missionskirche und eine halbe Minute später sprach er bereits mit einer sehr freundlichen Frau, die sich als Mona Nyvall vorstellte. Delgado erklärte sein Anliegen. Nyvall erzählte, dass sie seit acht Jahren als Pastorin vor Ort tätig und sich sehr sicher sei, dass es im Umfeld der kleinen Gemeinde nirgends eine Anita gebe. Aber sie könne sich natürlich umhören, vor allem bei den älteren Gemeindemitgliedern, siebenundzwanzig Jahre seien ein langer Zeitraum, aber vielleicht erinnere sich trotzdem jemand an eine Anita. Delgado bedankte sich, und sie verabredeten, in ein paar Tagen nochmals zu telefonieren. In der zweiten Gemeinde erreichte er einen Diakon, der Tomas Asplund hieß und deutlich steifer als seine muntere Amtskollegin klang. Nachdem Delgado den Grund seines Anrufs erläutert hatte, war es für einen Moment am anderen Ende der Leitung still. Dann erklärte Diakon Asplund, dass er auf die Frage keine Antwort zu geben gedenke.

»Der Einzige, dem gegenüber ich Rechenschaft ablegen muss, ist Jesus Christus, unserem Herrn«, sagte er, bevor er auflegte.

5

Von Borås bis Göteborg dauerte es mit dem Auto weniger als eine Stunde. Die Landschaft veränderte sich, wurde felsiger, irgendwann führte die zweispurige Schnellstraße sogar durch einen Tunnel, später folgten aneinandergereihte Industriegebiete, immer ein sicheres Zeichen für eine sich nähernde Großstadt. Das Navigationsgerät lotste Stina Forss durch den unübersichtlichen Stadtverkehr in ein Parkhaus, das nicht weit von Julia Grankvists Wohnung im Viertel Majorna entfernt lag. Forss stieg aus, ging durch ein Treppenhaus und trat ins Freie. Draußen spürte sie die Nähe der Ostsee. Nicht weit von hier war der Anleger der Fähre nach Kiel. Vor Jahren hatte sie ein verzwickter Fall auf das große Schiff geführt. Damals war ein alter, alleinstehender Schmetterlingszüchter getötet und dem Leichnam ein Finger abgeschnitten worden. Diesmal fehlt uns die ganze Leiche, dachte Forss, und Finger spielen womöglich ebenfalls eine entscheidende Rolle.

Julia Grankvist hätte ohne Zweifel eine schöne Frau sein können, konstatierte Forss, als die Mutter von Daniel Thulin sie in ihre Wohnung gebeten hatte: große dunkelblaue Augen, gerader Rücken, stolzes Kinn. Dennoch war nicht zu übersehen, dass Grankvist ihre Körperpflege vernachlässigte. Die langen graublonden Haare waren stumpf und ungekämmt, die Fingernägel schmutzig und im rechten Mundwinkel entdeckte Forss etwas Weißes, Krümeliges, wahrscheinlich einen Rest Zahnpasta. Auch der Geruch der Wohnung, die aus anderthalb sehr vollgestellten Zimmern bestand, deutete auf seltenes Lüften hin. Wie ein Dachboden, dachte Forss, auf dem seit Jahrzehnten Zeitungsstapel lagern und Mäuse leben. Grankvist, die nach der Scheidung von ihrem Mann wieder ihren Mädchennamen angenommen hatte, schien sich der geringen Größe der Wohnung bewusster zu sein als des ungepflegten Zustands, jedenfalls erklärte sie mit entschuldigender Geste:

»Es ist klein, aber es ist meins.«

»Tja, die Preise in den Großstädten«, sagte Forss.

»Ganz genau, Göteborg frisst einem die Haare vom Kopf. Ich habe mich mit jedem Umzug hier im Viertel Majorna verkleinert. Erst die Trennung, dann der Auszug der Mädchen … dennoch zahle ich für die knapp dreißig Quadratmeter hier jetzt mehr Miete als für unsere Fünfzimmerwohnung in den Achtzigerjahren, und die lag zwei Straßen von hier.«

»Verdammte Gentrifizierung«, kommentierte Forss und versuchte empathisch auszusehen.

»Nicht wahr? Erst haben wir Künstler und Kreativen den Stadtteil lebenswert gemacht, jetzt kommen die Yuppies und Spekulanten und überfluten alles mit ihrem Geld!«

Forss nickte beflissen. Grankvist sah sich also als Kreative.

»Kann man damit eigentlich Geld verdienen«, fragte sie, »mit Kunst?«

»Keine Ahnung«, entgegnete Grankvist und sah mit einem Mal sehr müde aus. »Ich war ja genau genommen eher Kunstlehrerin. Aber das ist lange her … Ich hatte einfach keinen Bock mehr auf das System. Diese ganze angepasste Einheitssoße.«

Sie breitete kraftlos die Arme aus und ließ sie wieder fallen.

»Ganz genau«, bekräftigte Forss, die nicht die geringste Ahnung hatte, ob sich Grankvist auf ihre gebrochene Biografie oder das Schulsystem oder die Gesellschaft als Ganzes bezog, »schlimm ist das.«

»Nicht wahr?«, seufzte die Frau. »Zum Glück gibt es noch andere Wege, seine Brötchen zu verdienen. Momentan lebe ich von Algen.«

»Algen?«

»Algen. Ich habe ein winziges Boot mit Außenbordmotor, ich sammle sie damit im Schärengarten draußen vor der Stadt, trockne sie und verarbeite sie weiter zu Pulver. Ich habe einen festen Abnehmer, der daraus Naturkosmetik macht. Die Pflanzen sind voll mit Proteinen, Vitaminen, Mineralien. Der Kilopreis ist viel höher, als man denkt. Aber um Gottes willen nichts davon weitersagen!«

Grankvist sah sie erschrocken an, als habe sie plötzlich Angst um die Exklusivität ihrer Geschäftsidee.

»Um Gottes willen, nein«, sagte Forss. Innerlich stöhnte sie auf. Sie wusste beim besten Willen nicht, wie sie von Algen auf die Ermordung von Grankvists Sohn kommen sollte. Dabei hatte das eine ganz offensichtlich mit dem anderen zu tun. Der Bruch in Julia Grankvists Leben wirkte so tief und düster wie der Marianengraben. Da unten wuchs nichts mehr, nicht mal irgendwelche Wasserpflanzen. Gleichzeitig spürte Forss ein eigentümliches Unbehagen. Etwas an der Gebrochenheit der Frau erinnerte sie an ihre eigene Mutter, die, nachdem ihr Mann gewalttätig geworden war, völlig zurückgezogen in Deutschland lebte. Forss stand noch immer in ihrem Mantel in der winzigen Wohnung und sah sich nach einer Sitzgelegenheit um. Außer dem Bett gab es noch einen Schemel, auf dem sich allerdings Gratiszeitungen und Werbebeilagen stapelten. Eine Garderobe gab es nicht.

»Darf ich?«

Sie nickte Richtung Schemel.

Grankvist antwortete nicht, sondern blickte aus dem Fenster. Sie schien bereits mit den Gedanken woanders zu sein. Forss räumte den Zeitungsstapel beiseite, zog den Mantel aus, nahm Platz und legte sich den Mantel auf den Schoß. Sie wartete.

»Ich war dagegen«, sagte Grankvist schließlich. »Ich war dagegen, dass Daniel auf diese Tour fährt. Er war doch noch so jung, ein halbes Kind. Ich wusste von Anfang an, dass es falsch war, dass es noch zu früh war, dass die böse Welt da draußen …« Sie stockte, ging zwei Schritte auf das Fenster zu, legte ihre Hände auf das Fensterbrett und bekam etwas zu fassen, einen Stein oder ein Stückchen Treibholz, Forss konnte es nicht genau erkennen. »Arne hatte es ihm verboten. Daniel war ja noch keine Achtzehn. Es war doch klar: Sie würden Alkohol trinken, rauchen, vielleicht sogar Drogen nehmen. Wir wussten das natürlich, wir lebten ja nicht hinter dem Mond, Arne und ich hatten als Lehrer den ganzen Tag über mit Jugendlichen zu tun. Das kam ja noch dazu: dass keine Ferien waren, Daniel musste wie alle anderen in seinem Alter zur Schule.« Sie zögerte. »Ja, Arne hat es kategorisch verboten.« Sie legte den Stein oder das Holzstück, oder was es war, zurück auf die Fensterbank. Ihr Blick war immer noch aus dem Fenster gerichtet, durch das es außer der Putzfassade des Nachbarhauses nichts zu sehen gab.

»Er hat euch nicht gehorcht?«, fragte Forss. »Er ist gegen euren Willen losgefahren?

»Nein, so war er nicht.« Grankvist drehte sich zu Forss um und sah ihr in die Augen. »Ich war diejenige, die es ihm am Ende erlaubt hat.«

6

»Ich muss damals sechzehn oder siebzehn gewesen sein«, erinnerte sich Francesco Alessandrini, »jedenfalls einige Jahre jünger als Fredrik.«

Nyström und Alessandrini saßen im Foyer der Växjöer Softwarefirma, für die der Mann mit dem Bartschatten und den markanten Augenbrauen arbeitete. Auch wenn Nyström keine Expertin für Einrichtung und Innenarchitektur war, ahnte sie doch, dass die eiförmigen Ledersessel, in denen sie Platz genommen hatten, ordentliches Geld gekostet hatten, ebenso wie das gegenstandslose Gemälde über dem chromglänzenden Empfangstresen. Wenn sie Alessandrinis Erläuterung richtig verstanden hatte, entwickelte das Unternehmen Lernprogramme für den Schulunterricht.

»Fredrik Sidenvall war einundzwanzig, als er aus Kiruna nach Lessebo zurückkehrte«, bestätigte sie, »gestorben ist er zwei Monate nach seinem zweiundzwanzigsten Geburtstag.«

»Für einen Teenager, wie ich es damals war, war das natürlich ein beträchtlicher Altersunterschied. Hätten meine Eltern nicht die Pizzeria geführt, wäre ich wahrscheinlich gar nicht mit ihm in Kontakt gekommen, aber in einem Kaff wie Lessebo war unser kleines Restaurant so eine Art Dorfplatz. Vielleicht lag es daran, dass meine Mutter immer so viel geredet hat.« Alessandrini lächelte sympathisch, wie Nyström fand. »Kürzlich hab ich gehört, dass das Königspaar auf seinem Weg nach Öland in der Pizzeria spontan Rast gemacht hat. Angeblich haben sie beide eine *Capricciosa* gegessen.«

»Wie spannend für deine Eltern!«

Der Mann lachte.

»Nein, sie haben das Restaurant bereits vor langer Zeit verkauft und verbringen ihren Lebensabend in Umbrien, wo mein Vater herstammt. Die langen, dunklen schwedischen Winter haben ihnen immer zu schaffen gemacht. Nach ihnen haben Libanesen den Laden betrieben, danach Iraker, nun sind es Syrer, soweit ich weiß. Die Pizzerien Schwedens spiegeln wahrscheinlich ganz gut die Einwandererwellen wider.«

Nun musste Nyström lächeln. Alessandrinis Gedanke hatte etwas für sich, anders waren kulinarische Neuschöpfungen wie Kebap- oder Falafelpizza wohl nicht zu erklären.

»Jedenfalls war Fredrik damals wie viele Lkw-Fahrer Stammgast bei uns. Ich war zu der Zeit, soweit es die Schule zuließ, dauernd im Laden und habe mitgeholfen und mir nebenbei ein Taschengeld verdient. Aufgefallen sind Fredrik und ich einander wegen unserer T-Shirts und Aufnäher.«

»Was für Aufnäher?«

Nyström musste ihre Sitzposition in dem schicken, aber unbequemen Lederei ändern.

»Bandaufnäher. Wir waren beide echte *metalheads*.«

»Moment mal«, unterbrach ihn Nyström. »Fredrik Sidenvall war deiner Meinung nach ein Heavy-Metal-Fan? Das passt überhaupt nicht zu dem Bild, das wir uns bisher von ihm gemacht haben. Im Gegenteil: Sein ehemaliger Tischtennispartner hat uns eindrücklich beschrieben, wie Sidenvall wegen irgendeines Metal-Band-T-Shirts regelrecht ausgeflippt und beinahe gewalttätig geworden ist.«

Wieder lächelte Alessandrini.

»Auch wenn es für Außenstehende verwirrend klingt, muss es sich nicht zwangsläufig widersprechen. Du musst wisssen, dass Fredrik und ich auf sogenannten White Metal standen. Damit ist christlicher Heavy Metal gemeint. Harte Musik, aber mit christlichen, manchmal sogar missionarischen Texten. Es geht meistens um die Größe und Gnade Gottes und die Botschaften Jesu Christi. Bands wie *Stryper* haben sogar Bibeln auf ihren Konzerten verteilt.«

»Was es nicht alles gibt«, wunderte sich Nyström. Sie war mehr als dreißig Jahre mit einem Pastor verheiratet, ohne je davon gehört zu haben.

»Von heute aus betrachtet, waren das ziemlich plakative Texte«, fuhr Alessandrini fort, »aber als streng katholisch erzogener Jugendlicher bin ich damals ziemlich auf das Zeug abgefahren. Fredrik wie gesagt ebenso. White Metal war unser Ding. Ganz im Gegensatz zum Black Metal.«

»Das waren die Bösen?«

»Ganz genau. Am schlimmsten waren die wirklich verrückten Bands aus Norwegen. Echte Satanisten. Sagt dir der Name *Mayhem* etwas?«

Nyström meinte sich vage an blutrünstige Schlagzeilen zu erinnern. Aber das war lange her.

»Haben Fredrik und du euch über *Mayhem* und andere Bands aus dieser Szene unterhalten?«

»Ja, sicher. Wir haben die ganze Black-Metal-Bewegung selbstverständlich als unseren Feind angesehen. Ich war damals noch ein sehr überzeugter Christ und Fredrik, wenn auch kein Katholik, war mit Sicherheit in seinem Glauben noch extremer als ich. Als sich Bands der Black-Metal-Szene mit ihren menschenverachtenden und teilweise rechtsextremen Ansichten in Interviews öffentlich gegen die Kirche gestellt, christliche Bands bedroht und sich mit den Brandstiftungen jahrhundertealter Kirchen gebrüstet haben, sind wir wahnsinnig wütend gewesen. Ich erinnere mich an mehrere Anti-*Mayhem*-Graffiti, die wir an diversen Bushaltestellen in Lessebo hinterlassen haben.«

Wieder huschte ein Lächeln über Alessandrinis Gesicht.

»Könntest du dir vorstellen, dass Fredrik Sidenvalls Protest auch noch andere, radikalere Ausdrucksformen gefunden hat?«

»Ich weiß, worauf du anspielst. Auch wenn davon Gott sei Dank nichts in der Presse gelandet ist, haben die Gerüchte um seine Verwicklung in den Tod der Göteborger Band natürlich im Dorf die Runde gemacht.«

»Und was denkst du darüber?«

Francesco Alessandrini rieb seinen markanten Dreitagebart.

»Ich weiß nicht«, sagte er schließlich. »Auch wenn wir eine Zeit lang miteinander abgehangen, Musik gehört und Tapes getauscht haben: So gut kannte ich ihn nun auch wieder nicht. Ich war ein- oder zweimal in seinem deprimierenden Zuhause, er war öfter bei mir. Über wirklich Privates haben wir dabei eigentlich kaum gesprochen. Ich meine, ich wusste, dass er schwul war, obwohl er ja sonst sehr konservative Ansichten hatte, um es mal vorsichtig auszudrücken, und auch, dass er einen Freund hatte, von dem keiner wissen sollte. Aber sonst?«

Nyström beugte sich vor.

»Wie hieß dieser Freund?«

»Tut mir leid, das weiß ich nicht mehr. Es hat mich auch nicht besonders interessiert. Nicht dass ich etwas gegen seine Homosexualität gehabt hätte, so traditionell katholisch war ich nun auch wieder nicht. Was das anging, war er sich selbst wohl am wenigsten geheuer, wo er doch so ein evangelikaler Hardliner war.« Alessandrini überlegte einen Moment. »Aber etwas anderes ist mir damals, nach seinem Tod, als die ganzen Gerüchte um ihn aufkamen, lange durch den Kopf gegangen.« Wieder rieb er mit den Handflächen seinen Bart. Wie eine Wunderlampe, dachte Nyström, aus der der Geist der Erkenntnis entweichen soll. »Die Göteborger Band, die er angeblich ermordet haben soll, *Flamethrower,* das war überhaupt keine Black-Metal-Band.«

»Sondern?«

»Die haben Death Metal gemacht. Hart, obskur, auch sehr makaber und düster, aber nicht explizit satanistisch.«

»Ist der Unterschied denn so groß?«, fragte Nyström.

»Wir haben diese endlosen Listen geführt«, antwortete Alessandrini. »Ich weiß, das war albern, sehr pubertär, aber trotzdem: Es gab Bands wie *Jerusalem* oder *Vengeance Rising*, die unserer Meinung nach zu der guten Seite gehört haben, White Metal. Und auf der anderen Seite die Bands des Bösen, Black Metal. *Mayhem* und Konsorten. *Flamethrower* tauchte auf unseren Listen gar nicht auf. Ehrlich gesagt bin ich mir nicht einmal sicher, ob Fredrik die überhaupt gekannt hat.«

7

Bevor Lasse Knutsson in Rottne die Besitzerin des Autos traf, das in der Nacht gestohlen worden war, hielt er an einer der beiden örtlichen Tankstellen, betankte den Wagen, gönnte sich einen Becher Kaffee und bewunderte den Fuhrpark an Oldtimern, der auf dem angrenzenden Parkplatz ausgestellt war, darunter ein Mercedes mit Heckflossen und mehrere Modellvarianten des legendären Oldtimers Citroën DS. Auf den Fußballen wippend schlürfte er den Kaffee und vertiefte sich in den Anblick der in seinen Augen sehr sinnlich geformten Automobile. Vielleicht war das Leben doch gar nicht so schlecht, dachte er.

Die Besitzerin des als gestohlen gemeldeten Fahrzeugs hieß Linda Johansson und wirkte der Verzweiflung nahe, als sie Knutsson die Haustür öffnete. Sie hatte verweinte Augen, eine Haarsträhne stand unvorteilhaft von ihrem Hinterkopf ab und im Hintergrund vernahm Knutsson Kindergeschrei.

»Wie soll ich denn jetzt zur Arbeit kommen?«, fuhr sie Knutsson nach einer sehr knapp ausgefallenen Begrüßung an. »Und wie kommen die Kleinen in den Kindergarten?«

»Vielleicht zu Fuß?«, schlug er ins Blaue hinein vor.

»Ha!«, machte die Frau, »zu Fuß!«

In einem Tonfall, als habe er vorgeschlagen, dass die lieben Kleinen Rattengift zu Mittag essen sollten. Was wusste er denn, wo der Kindergarten lag?

»Vielleicht setzen wir uns erst einmal irgendwohin, und du erzählst mir in Ruhe, was überhaupt genau passiert ist«, schlug er in seiner gelassensten Tonlage vor.

»*Was überhaupt genau passiert ist, was überhaupt genau passiert ist*«, seufzte Linda Johansson. Äffte sie ihn nach? Ihr

Gesicht hatte jedenfalls einen ungesunden Rotton angenommen. »Der Wagen ist weg! Das nagelneue Auto ist aus der Garage geklaut worden, das ist überhaupt passiert!«

Zwischen dem rechten Bein der Frau und dem Türrahmen quetschte sich ein rothaariger Kinderkopf hervor, dann der Rest eines etwa vierjährigen Mädchens.

»Bist du der Polizist?«, fragte das Mädchen.

Ich bin sogar von der Mordkommission, hätte Knutsson am liebsten geantwortet. Vielleicht hätte die Mutter der Kleinen dann endlich aufgehört, vor Wut zu zittern. Aber einerseits wollte er dem Mädchen keine Angst machen und andererseits stimmte das ja auch gar nicht mehr. Er war seit heute Teil der sogenannten *Olssonbande,* wie die Abteilung II der Kripo Kronoberg, die sich mit den minderschweren Verbrechen beschäftigte, intern hieß.

Zwanzig Minuten später hatte er endlich eine Kopie des Kaufvertrags des vermissten Wagens sowie die Zulassungspapiere in der Tasche, die Frau einigermaßen beruhigt und ihr ein Taxi bestellt sowie die kleine Tochter und ihren noch jüngeren Bruder zum Kindergarten gebracht. Kein aufgeklärter Mord, aber ehrliche, bürgernahe Polizeiarbeit, dachte er zufrieden. Als Nächstes kam die Brandstiftung an die Reihe.

Im Gemeindehaus der kleinen Ortschaft Dädesjö empfing ihn ein etwa siebzig Jahre alter, sehr aufgedreht wirkender Kirchenmitarbeiter, der sich als Clas Lund vorstellte.

»Der Pastor nimmt die Sache nicht richtig ernst, der hat nur einen Blick darauf geworfen und ist dann gleich wieder weiter. Voller Terminkalender und ich weiß nicht, was. Heutzutage hat ein Pastor ja nicht mehr nur eine Gemeinde, sondern gleich drei oder vier. Wo das noch alles hinführen soll?«

»Und die Feuerwehr?«

Knutsson ahnte bereits nach den ersten Sätzen, dass hier einer eine Mücke zum Elefanten machte.

»Pah«, winkte der Alte ab. »Die sind gar nicht erst gekommen, eine Unverfrorenheit sondergleichen!«

»Moment mal, ich dachte, hier hat es gebrannt?«

Dass die Kollegen von der Feuerwehr einen Brand ignorierten, konnte sich Knutsson beim besten Willen nicht vorstellen.

»Hier hat es auch gebrannt!«, ereiferte sich der Alte. »Die Spuren sind ja nicht zu übersehen. Nur weil das Feuer glücklicherweise von allein wieder ausgegangen ist, heißt das doch aber nicht, dass die Feuerwehr …«

»Vielleicht ist es das Beste, du zeigst mir den Raum einfach, damit ich mir ein Bild von der Lage machen kann«, unterbrach Knutsson Lund, der in seiner Erregung begonnen hatte, mit den Armen herumzufuchteln. »Und ein schöner Kaffee würde uns beiden sicherlich auch ganz gut tun.« Mit Ruhe und Sachlichkeit kam man doch noch immer am Weitesten im Leben.

»Wer sagt denn etwas von einem Raum?« Lund schien die Bitte um den Kaffee zu ignorieren. »Der Brand war doch draußen.«

»In der Anzeige war aber vom Gemeindezentrum die Rede«, meinte sich Knutsson zu erinnern.

»Nein, nein.« Lund schüttelte vehement den Kopf. »Draußen, bei der alten Kirche. Ich zeige es dir.«

Knutsson folgte Lund. Schade um den Kaffee, dachte er. Die durchwachte Nacht spürte er jetzt sehr deutlich in seinen Knochen, und die letzte Koffeindosis war wieder mehr als eine Stunde her. Sie traten aus dem Gemeindehaus, folgten einem Kiesweg unter Buchen entlang einer verwitterten Steinmauer. Lund wandte sich nach links, wo ein Tor in der niedrigen Mauer auf einen Friedhof führte.

»Sagtest du nicht etwas von der Kirche?«, fragte Knutsson verwundert. »Die ist doch drüben.« Er zeigte nach rechts, auf die andere Seite des Weges, wo etwa hundert Meter entfernt die weiß getünchte Kirche der Ortschaft stand. Das Gebäude mit Turm und grün oxidierter Kupferhaube war typisch für die im 18. und 19. Jahrhundert entstandenen Gotteshäuser der Region.

»Das ist die *neue* Kirche«, erklärte Lund. »Ich meine die *alte*.«

Er wies mit dem Arm nach links auf den Friedhof, wo zwischen den Gräbern ein kastenförmiger und turmloser Bau mit Schieferdach stand. Lund öffnete das Tor in der Mauer und sie gingen auf das alte Gemäuer zu.

»Als die neue Kirche fertig war, hat man die alte als Materiallager benutzt, dabei stammt der Bau aus dem späten Mittelalter. Steht natürlich unter Denkmalschutz. Die imposanten Deckenmalereien sind alle noch erhalten. Ganz tolle Arbeiten!«

»Klingt spannend«, log Knutsson, der endlich den Schaden der vermeintlichen Brandstiftung sehen wollte.

»Hier wären wir also«, sagte Lund.

Er war vor einer verwitterten Steinplatte an der Stirnseite des schmucklosen Baus stehen geblieben. Auf dem von Flechten überzogenen grauen Stein waren verwitterte Buchstaben oder Runen zu erkennen sowie die Reste eines kleinen Feuers. Einige angekohlte abgebrochene Äste, etwas Ruß, etwas Asche.

»Das ist alles?«, fragte Knutsson. Meinte der Alte das ernst? Dafür war er hier herausgefahren? Kein Wunder, dass die Feuerwehr nicht gekommen war und dass sich der Pastor nicht weiter über die sogenannte Brandstiftung aufgeregt hatte.

»Das waren mit Sicherheit die verdammten Jugendlichen!«,

echauffierte sich Lund. »Halloween haben die hier mit Toilettenpapier und Rasierschaum den halben Friedhof verunstaltet!«

Knutsson verdrehte innerlich die Augen. Solche Bagatellen gehörten wohl notgedrungen zum Aufgabengebiet der Olssonbande. Aber er wollte nicht klagen, hatte er sich schließlich selbst versprochen.

»Ich informiere sofort die Spurensicherung«, lachte er, »oder gleich die Spezialeinheit!«, klopfte Lund jovial auf die Schulter und machte sich auf den Weg zurück zu seinem Wagen.

8

Das Bild, das sich Hugo Delgado von Kiruna machte, ging zum größten Teil auf zwei Quellen zurück. Die erste war das Geografiebuch, das er in der siebten Klasse benutzt hatte, um ein Referat über das Leben jenseits des Polarkreises vorzubereiten, die zweite war eine aktuelle TV-Serie, in der ziemlich viele Einstellungen der kargen, eindringlichen Landschaft aus einem Hubschrauber heraus gedreht worden waren, was ihn allerdings mehr gefesselt hatte als die eigentliche Handlung, war er als angehender Hobbypilot von Segelflugzeugen doch für die Vogelperspektive mehr als empfänglich. Trotz dieser im Grunde recht dürftigen Quellenlage erinnerte er sich doch eines Umstands sehr genau: In der nördlichsten Stadt des Landes lebten nicht besonders viele Menschen. 18.249 um genau zu sein, wie ihm das digitale Melderegister verriet. Was sollte man dort oben auch schon machen, außer Erz zu fördern? Die Mine war für die Ökonomie der Stadt so existenziell, dass sie im Volksmund *die Mutter* genannt wurde; ohne Eisenerz kein Kiruna, so einfach war die Rechnung, weshalb die Entscheidung der örtlichen Behörden, die wegen des Untertagebaus einsturzgefährdeten Teile der Stadt um einige Kilometer zu versetzen, anscheinend alternativlos war. Abriss und Wiederaufbau. Das milliardenteure Projekt wurde vom staatlichen Grubenkonzern LKAB finanziert, dessen weit überdurchschnittlich hohe Löhne seit vielen Jahrzehnten arbeitswillige Glückssucher in den hohen Norden lockten. Wie Fredrik Sidenvall einer gewesen war, ging es Delgado durch den Kopf. Ein Gedanke verhakte sich: Wenn man in der Mine wirklich so gut verdiente, wie es immer hieß, was hatte der junge Mann dann eigentlich mit seinem ganzen Geld angestellt? Besonders viele Möglichkeiten, in Kiruna mal so richtig auf den Putz zu hauen, gab es mit Sicherheit nicht. Außerdem hatte Sidenvall als frisch getaufter Freikirchler wahrscheinlich nicht gerade ein Leben in Saus und Braus im Sinn gehabt. Delgado machte sich eine Notiz, die Ermittlungsunterlagen aus Örebro auch auf diesen Aspekt hin noch einmal durchzusehen. Nun aber war er auf der Jagd nach etwas anderem. Seine Finger tanzten auf der Tastatur.

18.249 Einwohner im Register des Einwohnermeldeamts.

Sechs von ihnen mit dem Namen Anita.

Vier von ihnen zahlten Kirchensteuern.

Sie war mehr als doppelt so alt wie Fredrik, hatte Belinda Davidsson zu Protokoll gegeben. Das hieß, Anita musste Anfang der Neunzigerjahre mindestens vierzig gewesen sein. Delgado rechnete.

Zwei der vier waren älter als fünfundsechzig Jahre.

Anita Fyrkholm, 73, und Anita Birkebo, 68.

Anita Fyrkholm erreichte er am Telefon. Er erklärte sein Anliegen.

»Ehrlich gesagt gehe ich nur zu Beerdigungen in die Kirche«, sagte Fyrkholm. »Taufen und Hochzeiten wären mir lieber, aber in meinem Bekanntenkreis sterben die Leute nur noch. Und mit Freikirchlern oder Pfingstlern hatte ich mein ganzes Leben nichts zu tun.«

»Das tut mir leid«, sagte Delgado. »Aber warum bezahlst du Kirchensteuer, wenn dir so wenig an der Kirche liegt?«

»Tue ich das?«, fragte die alte Frau verwundert. »Dann ist es schade um das gute Geld.« Sie legte mit einem Seufzen auf.

Kopfschüttelnd suchte Delgado nach der Telefonnummer von Anita Birkebo. Doch er fand außer Straßennamen und Hausnummer nirgendwo eine Kontaktmöglichkeit, auch keine E-Mail-Adresse. Manche Menschen lebten anscheinend noch im letzten Jahrhundert, dachte er. Dann korrigierte er sich. Im vorletzten Jahrhundert.

9

Das Café, in dem Stina Forss auf Ann und Kristina Thulin wartete, lag in der Nähe des Järntorget. Die *Andra Långgatan,* die von dem bekannten, zentral gelegenen Platz abging, war eine der wenigen Straßen der insgesamt sehr aufgeräumt wirkenden Göteborger Innenstadt, die einen Hauch von Berlin umgab. Es gab dort einige Sexshops, wie Forss registriert hatte, Trödelläden, mehrere Bars und hippe Cafés. Da sie früh dran gewesen war, hatte sie in einem alten

Plattenladen, der gebrauchte Vinylscheiben verkaufte, eine rare *Talk-Talk*-LP erstanden. Nun hatte sie es sich auf einem Hocker an dem langen Fenstertresen bequem gemacht und nippte an einer Cola. Die Schwestern von Daniel Thulin hatten sich erst nach der Arbeit Zeit nehmen können. Beide lebten und arbeiteten in Göteborg, die eine als Unternehmensberaterin, die andere als Bankkauffrau. So etwas kommt vielleicht dabei raus, wenn die Eltern beide Lehrer sind oder waren, dachte Forss, die sich in ihrem ganzen Leben weder besonders für Geld noch für die Schule interessiert hatte. Vielleicht tat sie der Familie auch unrecht. Es gab schließlich auch haufenweise gute Lehrer und sympathische Bankangestellte. Aufopferungsvolle Unternehmensberater und tolle Algensammler. Sie trank von ihrer Cola und blickte durch die Panoramascheibe in die Dämmerung. Im Hintergrund perlte aus den Boxen das Remix eines Miles-Davis-Stücks, das mit einem Techno-Rhythmus unterlegt war. Draußen fuhren Männer mit adretten Bärten auf schicken Fahrrädern vorbei. Eine ältere Dame in einem Kostüm schleifte einen winzigen Hund an der Leine hinter sich her. In dem Ford Galaxy älteren Baujahrs, der an der anderen Straßenseite parkte, wartete am Lenkrad ein Mann auf bessere Zeiten. Auf dem Gehweg vor dem *Publik* kämpften mehrere Tauben um die Reste einer achtlos fortgeworfenen Kebab-Rolle. Die Alufolienfetzen, die die Tauben beiseitezupften, um an die Teigrolle zu kommen, hob der Wind an und ließ sie in Kreisen tanzen.

Großstadtsymphonie.

Und doch vermisste sie Berlin kein bisschen, wie ihr in diesem Moment bewusst wurde.

Ann und Kristina Thulin betraten das Café gemeinsam. Zwei Frauen, wie ihr Vater schlank und hochgewachsen, die von ihrer Mutter die großen Augen und das stolze Kinn mitbekommen hatten. Obwohl beide verheiratet waren, hatten sie ihren Mädchennamen behalten. Forss erinnerte sich, in den Akten gelesen zu haben, dass Daniel Thulin über einen Meter neunzig groß gewesen war und in seiner Freizeit Basketball gespielt hatte. Ann Thulin, die jüngere der beiden Schwestern, trug ihr Haar lang und offen, Kristina hatte eine Hochsteckfrisur. Beide bestellten am Tresen Mineralwasser. Forss setzte sich mit den Frauen an einen Tisch. Sie hatte bereits am Vorabend kurz mit ihnen telefoniert und die aktuellen Ereignisse in Växjö skizziert. Nun bat sie die Schwestern, von Daniel zu erzählen. Kristina Thulin machte zögerlich den Anfang.

»Ich habe seit deinem Anruf gestern natürlich viel darüber nachgedacht. Über Daniel und alles, was danach passiert ist. Dabei meine ich gar nicht diesen Sidenvall, der Selbstmord begangen hat, sondern uns als Familie. Wir vier, die übrig geblieben sind.« Sie machte eine Pause und blickte, wie um sich abzusichern, zu ihrer Schwester. »Ich weiß nicht, wie du es empfunden hast, Ann, du warst ja noch viel jünger als ich, mitten in der Pubertät, aber mir kam es vor, als wären wir am Tag von Daniels Tod auseinandergebrochen. Alle vier. Schon lange vor Papas und Mamas Scheidung. Weißt du, was ich meine?«

Ann Thulin nickte mit einem betretenen Gesichtsausdruck. Kristina fuhr fort, nun wieder an Forss gewandt.

»Ich meine, natürlich hatte auch vorher bereits jeder sein Ding gemacht. Unsere Eltern haben viel gearbeitet, waren lange Tage in der Schule. Ann hatte ihren Violinenunterricht und ich Jazzdance und meine Clique. Daniel lebte für seine drei Bands, Basketball und diesen schrägen Ufo-Club, in dem er Mitglied war.« Sie musste lächeln und berührte das Knie ihrer Schwester. »Erinnerst du dich an die ewigen Streitgespräche zwischen Daniel und Papa, ob es außer uns noch anderes Leben irgendwo im All gibt? Zwei Wissenschaftler und Philosophen unter sich.«

Ann lächelte jetzt ebenfalls.

»Ich glaube, das war seine Taktik, Papa dazu zu bringen, ihm dieses wahnsinnig teure Teleskop zu kaufen«, sagte sie.

»Hat funktioniert«, sagte Kristina. »Und ich war stinksauer, weil deshalb das Geld für meine Englandreise fehlte.«

»Gefahren bist du trotzdem.«

»Weil ich den ganzen Sommer über Fleischprodukte in einem Supermarkt eingeräumt habe. Als Vegetarierin wohlgemerkt.«

Die beiden Schwestern lachten. Dann wurde es still am Tisch.

»Dein Anhänger dort?«

Forss zeigte auf die feingliedrige Halskette, die im Ausschnitt von Kristinas Bluse zu sehen war.

»Ja, das ist ein Ufo. Eine Freundin, die Goldschmiedin ist, hat es mir nach der Beerdigung gemacht und geschenkt. Es ist mein einziges Erinnerungsstück an ihn. Fotos von Daniel anzusehen, das halte ich nicht aus.«

»Mir ging es ähnlich«, sagte Ann. »Ich konnte mich immer nur über Umwege bewusst an ihn erinnern. In den Jahren nach seinem Tod war diese US-Fernsehserie sehr angesagt. *Akte X*. Da ging es dauernd um Ufos und Außerirdische und solches Zeug. Eigentlich grusele ich mich viel zu sehr vor Filmen, die unheimliche und übersinnliche Phänomene zeigen, aber diese Serie *musste* ich sehen. Es war zwanghaft. Da waren diese zwei Hauptfiguren, Agent Mulder und Agent Scully. Auf die Namen der Schauspieler komme ich gerade nicht. Scully war jedenfalls die skeptische Naturwissenschaftlerin, Mulder derjenige, der an das Paranormale geglaubt hat. Warum? Weil er Zeuge geworden war, wie seine Schwester von Außerirdischen entführt worden ist. In der

Serie ging es im Grunde um einen unvorstellbaren familiären Verlust und dem, was er aus Menschen macht. Das war es wahrscheinlich, was mich so an der Serie gefesselt hat. Den Zusammenhang habe ich allerdings erst viele Jahre später begriffen. Dieser FBI-Agent hatte ein Poster über seinem Schreibtisch, das eine verschwommene Aufnahme eines Ufos gezeigt hat. *I want to believe*, stand darüber, ich will daran glauben.« Sie krempelte den Ärmel ihrer Bluse ein Stück weit hoch. Der Spruch stand in verschnörkelten Buchstaben auf ihrem Unterarm tätowiert. »Nein«, erklärte sie. »Ich glaube natürlich nicht, dass Daniel noch lebt. Dass er irgendwo *da draußen* ist, in einer anderen Dimension, in einem Leben nach dem Tod, als Engel, der auf uns herabsieht, oder wie man es auch immer ausdrücken will. Das alles ist Quatsch. Doch ich würde es so gerne glauben!«

Sie schob den Ärmel wieder herunter und verdeckte so das Tattoo.

»Was ich vorhin über unsere Familie sagen wollte«, hob Kristina an, »wir haben alle nach unserem eigenen Weg gesucht, um damit fertigzuwerden. Wir haben es nicht geschafft, es gemeinsam zu bewältigen, am wenigsten unsere Eltern. Da waren diese unausgesprochenen Vorwürfe, die alles, was wir als Familie hatten, kaputtgemacht haben.« Ihre Stimme nahm eine andere Tonlage an. »*Du hättest ihm niemals erlauben dürfen, mit auf diese Tour zu fahren. Du hättest ihm kein Schlagzeug kaufen dürfen. Du hättest …, du hättest …*«

»Hätte, hätte, Fahrradkette«, sagte Ann tonlos.

»Genau. Vom Tag seines Todes an hat unsere Familie genau genommen nur noch im Konjunktiv weitergelebt«, sagte Kristina. »Kurz darauf bin ich ausgezogen und habe mich nach Stockholm zum Studieren verdrückt. Papa und Mama sind auseinandergegangen und die arme Ann hatte die psychische Unterstützung unserer Mutter übernehmen müssen, die unter ihren Schuldvorwürfen zusammengebrochen ist.«

»Stichwort Algen«, sagte Ann. »Du hast sie ja heute bereits kennengelernt. Vor den Algen waren es Heilkräuter und davor Energiekristalle.«

Forss musste an die energetischen Armbänder ihrer Mutter denken.

»Mama *Mulder* sozusagen. Unser Vater war dagegen schlauer. Er hat sich einfach eine neue Familie angeschafft. Mit einem neuen Sohn, der lebt und gedeiht. «

Kristinas Worte klangen bitter.

»Und ihr beide?«, fragte Forss.

Die Schwestern warfen sich Blicke zu.

Ann übernahm das Wort.

»Na, was wohl? Sieh uns doch an. Wir spielen die meiste Zeit über heile Welt. Gute Jobs, nette Männer, goldige Kinder, schick eingerichtete Wohnungen mit guter Verkehrsanbindung in die Innenstadt.«

»An den meisten Tagen *läuft es bei uns*, wie man so sagt«, fügte Kristina an. »Und an den anderen Tagen gucke ich alte Folgen von *Akte X*.«

»Die Schauspieler hießen übrigens David Duchovny und Gillian Anderson«, sagte Forss leise. »Das Ufo-Poster habe ich immer noch über meinem Bett hängen.«

10

Die Spedition, für die Fredrik Sidenvall in Lessebo gearbeitete hatte, hieß Pärssons Åkeri und der Fuhrpark und die Verwaltung der Firma lagen in einer Straße, die zwar *Industrigatan* hieß, aber eher einem Wohngebiet als einem Gewerbepark glich. Ingrid Nyström parkte zwischen zwei Trucks, neben denen ihr Kleinwagen wie ein Spielzeugauto wirkte. Ludvig Pärsson, ein stämmiger Mann im Anzug, etwa in ihrem Alter, empfing sie in einem modern wirkenden Büro, in dem vier Frauen und ein Mann an Schreibtischen vor Computermonitoren saßen und mit gedämpften Stimmen Kundengespräche über Headsets führten.

Nyström musste sich eingestehen, dass sie sich eher einen Container voller grober Lkw-Fahrer vorgestellt hatte, einschließlich Pin-up-Kalender an der Wand und dem Geruch alter Socken in der Luft. Eine dämliche Fantasie, wie sie nun einsah, vielleicht der unterschwellig pochenden Aggression geschuldet, die sie Anders gegenüber empfand. Übertragung nannte man das wohl, aber Küchenpsychologie überließ sie im Allgemeinen ihrer Freundin Ann-Vivika. Die hatte wenigstens ein Medizinstudium.

Pärsson führte sie in ein Einzelbüro, das mit Glaswänden vom Rest des Raums abgetrennt war, und bot ihr an, Platz zu nehmen. Sie setzte sich in einen eleganten Freischwingerstuhl vor Pärssons Schreibtisch und dann entdeckte sie ihn doch, den Pin-up-Kalender, allerdings eine ganz andere Version als die, die sie sich vorgestellt hatte, war es doch ein knackiger Jeans-Kerl, der sich da lasziv mit freiem Oberkörper auf der Motorhaube eines Sportwagens lümmelte. Pärsson war ihrem Blick gefolgt.

»Tja«, sagte er und lächelte, »warum ein Geheimnis draus machen, wenn es doch gar keinen Grund dazu gibt?«

»Sicher, sicher«, murmelte Nyström. »Meine eigene Tochter ist ebenfalls …«

Der Satz verhungerte, weil sie bemerkte, wie überflüssig

ihre Anmerkung war. Sie versteckte ihre Unsicherheit hinter einem Hüsteln und wechselte so schnell wie möglich das Thema.

»Ich bin wie gesagt hier, um über Fredrik Sidenvall zu sprechen.«

Pärsson, der sich mittlerweile ebenfalls gesetzt hatte, legte den Zeigefinger auf seine Lippen.

»Fredrik«, sagte er. Und dann noch einmal: »Fredrik. Ich habe mich natürlich sofort an ihn erinnert, als gestern die Sache mit dem leeren Grab in den Medien auftauchte. Ich war damals der Juniorchef hier, für das Personal zuständig, wenn ich das überhaupt so sagen darf, denn damals waren wir eigentlich noch eine ziemlich kleine Klitsche. Drei, vier fest angestellte Fahrer und ein, zwei Springer. Die Logistik haben meine Eltern mit einem Telefon und einer Sammlung Straßenkarten übernommen, heute unvorstellbar.«

Er wies mit einer Geste auf die Mitarbeiter hinter der Glaswand.

»Du warst also derjenige, der ihn eingestellt hat?«

»Genau. Er kam ja aus der Gegend hier, hatte gute Referenzen, war mit dem Lkw sogar unter Tage in der Mine Kirunas unterwegs gewesen, hatte für sein Alter schon was von der Welt gesehen. Außerdem sah er ganz gut aus.« Pärsson lächelte versonnen. »Nicht dass das wirklich eine Rolle gespielt hatte. Er hat hier solide Arbeit abgeliefert, den Kollegen die undankbaren Touren abgenommen und ist immer eingesprungen, wenn Not am Mann war. Ein guter Typ, eigentlich.«

»Eigentlich?«

»Bis die Geschichte mit dem Kreuz losging.«

»Ein Kreuz?«

»Falls du auf der Straße die Augen aufmachst, wenn dir

ein Truck entgegenkommt, hast du Ähnliches bestimmt schon oft gesehen. Blinkende Herzen, Namensschriftzüge, Eishockeyteams, was weiß ich? Seit es die LED-Technik gibt, ist es noch schlimmer geworden mit diesem leuchtenden Firlefanz. Der TÜV sieht es nicht gern, aber winkt es meistens durch, solange nicht übertrieben wird. Was soll ich als Chef also dagegen sagen? Es gehört zur klassischen Fernfahrerkultur dazu. Mit irgendetwas müssen sich die Kollegen schließlich identifizieren. Die Löhne, die ich ihnen zahlen kann, sind deutlich niedriger, als ich es gern hätte und es moralisch eigentlich richtig wäre.« Pärsson seufzte. »Damals, bei Fredrik, war es ein riesiges, blinkendes Neonkreuz, das er sich hinter die Windschutzscheibe montiert hatte. Wäre uns in Dreiteufelsnamen ja auch völlig egal gewesen, wenn Fredrik damals nicht regelmäßig die sogenannte Halal-Route gefahren wäre.«

»Was ist damit gemeint?«, fragte Nyström, die aber bereits ahnte, worauf die Geschichte hinauslief.

»So haben wir intern die Lammtransporte aus der Region zu den großen muslimischen Schlachtbetrieben in Malmö genannt. Ein lukratives Geschäft, die Nachfrage nach Lammfleisch war und ist in der Einwanderermetropole groß. Natürlich wollten wir unsere muslimischen Kunden nicht wegen eines Jesusfreaks verlieren, der die Lämmchen unter dem rosa und grün blinkenden Zeichen Christi nach Schonen fährt. Wir wollten eine unnötige Provokation vermeiden und haben Fredrik zu verstehen gegeben, dass er für die Halal-Route bitte ein anderes Fahrzeug nehmen soll, eins ohne Jesus am Kreuz.«

»Wie hat er reagiert?«

»Zeter und Mordio. Vater und er sind sich beinahe an die Gurgel gegangen. Mein Alter ging so weit und wollte Fredriks Neonkreuz aus der Fahrerkabine reißen. Es war ein lautstarkes Hin und Her, ein richtiges Handgemenge. Dabei ist es dann passiert.«

»Was passiert?«

»Der Alte ist zum Schluss fluchend aus der Fahrerkabine rausgeklettert und hat in seiner Wut hinter sich die Tür zugeschlagen. Dummerweise hatte Fredrik seine Hand im Türrahmen. Seine Finger waren hin, alle fünf gebrochen, hat der Arzt gesagt. Fredrik hat sich daraufhin krankgemeldet und danach haben wir ihn nie wieder gesehen, denn einige Tage später war er tot.«

»So ist das also mit seiner Hand passiert«, murmelte Nyström. Sie dachte angestrengt nach. Dann fiel ihr etwas ein. Auch wenn es ihr unangenehm war, danach zu fragen.

»Könnte es sein … ist dir unter Umständen aufgefallen, dass Fredrik möglicherweise ebenfalls …«

»Dass er schwul war? Aber klar. Vom Moment an, als er zur Tür hereinkam. Einer von der verklemmten Sorte. Ich habe nie etwas in der Richtung unternommen, Arbeit und Privates sollte man besser auseinanderhalten, außerdem hatte ich zu der Zeit einen festen Freund und so richtig nach meinem Geschmack war Fredrik auch nicht, auch wenn er ein hübscher Kerl war, von seiner Jesusmacke mal ganz abgesehen. Er war der Typ Schwuler, der sich nicht so richtig traut. Traurig, dass das vor 25 Jahren noch vorkam, und das tut es ja selbst heute noch.«

»Wenn du dich in der Schwulenszene von Lessebo auskennst …«

Pärssons schallendes Lachen unterbrach sie.

»Schwulenszene?«, fragte er. »Was ist das überhaupt für ein Ausdruck? Und dann auch noch in Lessebo. Ich bitte dich! Klar, gibt es hier einen ganzen Haufen Homos, die gibt es überall auf der Welt, aber eine Szene? Was stellst du dir vor? Lederkerle? Tanzende Transen?«

»Entschuldigung«, sagte Nyström, die fühlte, wie ihr das Blut in den Kopf geschossen war. »Was ich eigentlich fragen wollte, war, ob du weißt, ob Fredrik damals einen Freund oder einen Liebhaber gehabt hat?«

Pärsson schüttelte vehement den Kopf.

»Das kann ich mir beim besten Willen nicht vorstellen.«

Vater unser in der Hölle
Geheiligt werde dein Name
Dein Reich komme
Dein Wille geschehe
Wie in der Hölle so auf Erden
Unseren täglichen Hass gib uns heute
Und belade uns mit Schuld
Denn auch wir vergeben niemanden
Führe uns oft in Versuchung
Und erlöse uns mit dem Bösen
Denn dein ist das Reich
Und die Kraft und die Herrlichkeit
In Ewigkeit, Amen

Sixten sprach sechs Vaterunser, denn sechs war eine gute Zahl, sechs war eine heilige Zahl, sechs war seine Zahl und die des DUNKLEN HERRN. *Sixten brauchte dringend gute Zahlen, je mehr, desto besser, denn vielleicht halfen sie ihm gegen den Hunger und die Kälte. Vor allem gegen die Kälte. Er hatte nicht damit gerechnet, wie verflucht kalt es nachts in einem Auto werden konnte. Warum hatte Ivar, diese Made, diese Ratte, dieser Trottel von Sozialpädagoge, auch keine Decke im Kofferraum seines Autos? Wenn er schon so dämlich war, den Autoschlüssel in der Tasche seiner Jacke aufzubewahren, die er an die Garderobe der Werkstatt gehängt hatte, anstatt sie in seinen Spind einzuschließen. Es war ein Kinderspiel gewesen, den Schlüssel in der Mittagspause herauszuholen, während Ivar und Göran mit einem von Mats' epischen epileptischen Anfällen beschäftigt gewesen waren. Und Auto fahren, das konnte Sixten. Das hatte ihm Mutter beigebracht, damals, als alle noch voller Hoffnung gewesen waren, dass er vielleicht doch in seinem Leben »die Kurve kriegen« könnte, wie sie es nannten, dass er vielleicht doch »gesund« und »erwachsen« werden und »auf eigenen Beinen stehen« könnte.*

Nun, sie hatte sich geirrt, Sixten kicherte bei der Erinnerung daran, denn wie sollte er auch »normal« werden und die Stimmen in seinem Kopf abstellen, wenn er seit Jahren systematisch seine Medizin im Klo herunterspülte, anstatt sie zu nehmen?

Ivars Skoda Octavia mit Automatikgetriebe fuhr beinahe wie von selbst. Obwohl Sixten den so dringenden Ruf des DUNKLEN HERRN vernommen hatte, war er klug und geduldig genug gewesen, an seinem geheimen Lager vorbeizufahren und die Ausrüstung zu holen. Das Depot befand sich in einem ausgetrockneten Brunnenschacht auf dem Gelände eines Ferienhauses auf Tjörn. Er hatte seinen Überlebensrucksack mit einem Seil in den Brunnen herabgelassen, ein einfaches, ein gutes Versteck, auch wenn er sich beim Verschieben des zentnerschweren Brunnendeckels aus Beton beinahe jedes Mal den Rücken zerrte. Die böse Überraschung war gewesen, dass der Rucksack ziemlich nass geworden war. Anscheinend war den Winter über viel mehr Wasser in den Brunnen gelaufen, als er gedacht hatte. Den meisten Sachen im Rucksack konnte die Feuchtigkeit nichts anhaben: eine Axt, ein Messer, ein Campingkocher mit zwei Ersatzkartuschen Gas, Konserven, eine Taschenlampe, zehn Tafeln Schokolade. Richtig dumm war nur, dass der Schlafsack fürs Erste nicht zu gebrauchen war. Daher sein Ärger darüber, dass Ivar keine Decke im Kofferraum aufbewahrt hatte. Sei's drum, dachte er und berührte dreimal seine Stirn, er würde aus dieser ersten Frostnacht lernen und sich irgendwo eine verdammte Decke besorgen. Vielleicht würde bis zum nächsten Abend auch endlich der Schlafsack getrocknet sein, wenn er nur die Heizung im Auto hoch genug stellte. Was er aber noch dringender benötigte als eine Decke, waren Streichhölzer oder, noch besser, ein Feuerzeug. Dann würde er endlich den verfluchten Gaskocher in Gang und etwas Warmes in den Bauch bekommen können, anstatt den ganzen Tag Schokolade zu essen, bis er Bauchschmerzen bekam. Und, was viel wichtiger war: Er würde heute Nacht ein richtiges Feuer hinbekommen. Mit den aufgeweichten, feuchten Streichhölzern aus dem Rucksack hatte das einfach nicht klappen wollen. Außerdem brauchte er etwas, dass richtig gut brannte. Am besten Benzin.

Benzin, ein Feuerzeug und eine Decke.

Benzin, ein Feuerzeug und eine Decke.

Benzin, ein Feuerzeug und eine Decke.

Er zog mit dem Zeigefinger ein umgekehrtes Kreuz auf seine Stirn. Einmal, zweimal, dreimal.

Zahlen waren wichtig.

Die Dinge, die er brauchte, konnte man in Geschäften in der Stadt kaufen. Geld und eine Kreditkarte hatte er. Aus Ivars Portemonnaie. So ein Trottel. Das Problem waren die Menschen, die man dabei zwangsläufig traf. Mit denen man reden musste. Maden und Ratten, Ratten und Maden. Aber da musste er durch. Er würde es schaffen, er fühlte sich stark. Das Ungeziefer würde den Preis bezahlen, es würde verstehen, vielleicht schon heute Nacht. Oh ja, das würde es.

Er brauchte viel, viel Benzin, ein Feuerzeug und es würde so warm, so heiß werden, dass er gar keine Decke mehr brauchte.

So heiß wie die Hölle.

DONNERSTAG

1

Stina Forss hatte in dem einfachen, aber nicht ungemütlichen Göteborger Hotel einigermaßen gut geschlafen. Kein Zähneknirschen, keine Albträume, keine morgendlichen Kopfschmerzen, das war doch schon mal was. Beim Frühstück schaute sie sich auf ihrem Smartphone ein wenig auf verschiedenen Immobilienportalen um. Die Eltern von Jacob Nilsson, dem Bassisten von *Flamethrower*, waren vor mehr als zehn Jahren aus der Innenstadt in den Vorort Hjuvik gezogen. Das ehemalige Fischerdorf an der felsigen Küste gehörte offenbar zu den exklusivsten Wohnlagen Göteborgs: Es gab nur ein einziges Einfamilienhaus, das dort der Immobilienseite zufolge auf dem Markt war, und es sollte mehr als vierzehn Millionen Kronen kosten, etwa so viel Geld, wie Forss in ihrem gesamten Berufsleben verdienen würde.

Der Weg hinaus nach Hjuvik führte Forss über die beeindruckende, einen Kilometer lange Hängebrücke, die sich hoch über den Göta Älv spannte und an die berühmte Golden Gate Bridge in San Francisco erinnerte, orientierte sich dann westwärts, an Raffinerien und riesigen Öltanks vorbei in Richtung Torslanda, wo das Volvo-Stammwerk lag. Nur einige Kilometer weiter änderte sich die industriell geprägte Umgebung abrupt, der raue Hafencharme blieb zurück, die Landschaft öffnete sich. Rötlicher Fels, Kiefernwälder, silberweiße Reflexe der tief stehenden Märzsonne auf der Meeresoberfläche, die hier und da zwischen den Bäumen aufblitzte. Naturidylle. Hjuvik selbst wirkte dagegen enger und dichter bebaut, als Forss angesichts der horrenden Immobilienpreise erwartet hatte. Als habe man auf jeden Felsvorsprung, in jede Senke, noch irgendwie ein schickes Haus gequetscht. Das war wohl die Kehrseite der attraktiven Wohnlage in Küstennähe. Die Einfahrt der Nilssons war eine der wenigen, in der zu dieser Uhrzeit ein Auto stand, ein auberginefarbener, grotesk großer Stadtjeep; die meisten anderen Anwohner Hjuviks waren Forss wahrscheinlich als Teile des Berufsverkehr-Lindwurms entgegengekommen, der sich im Stopp-and-go-Tempo in Richtung Innenstadt gewunden hatte. Das viele Geld, das die Eintrittskarte für Orte wie Hjuvik kostete, wollte ja auch auf die eine oder andere Weise verdient werden.

Forss wusste aus den alten Ermittlungsunterlagen, dass Mona Nilsson mittlerweile 68 Jahre alt sein musste, aber die ehemalige Einrichtungsberaterin sah mindestens zehn Jahre jünger aus. Üppiges brünettes Haar, ein straffer, kleiner, kompakter Körper, der in weit fallende, japanisch anmutende Designerkleidung gehüllt war, ein makelloses Lächeln, das weniger Falten warf als ihr kimonoartiger Umhang. Nilsson führte sie in ein geräumiges Wohnzimmer, dessen unangestrengte Aufgeräumtheit und gleichzeitige Gemütlichkeit mit Sicherheit das Ergebnis von präziser Planung, Feingefühl und entsprechenden finanziellen Möglichkeiten waren, dachte Forss, ja, Mona Nilsson verstand zweifelsohne etwas von ihrem Beruf.

Die Frau, die Forss' durchaus bewundernden Blicken aufmerksam gefolgt war, nahm im Schneidersitz auf einem hellen Sofa Platz.

»Viele treten hier intuitiv als Erstes ans Fenster und suchen den Meerblick«, sagte sie lächelnd. »Du nicht, du hast es auf Anhieb verstanden: Gute Einrichtung öffnet den Blick nach innen statt nach außen.«

»Und dennoch seid ihr hier an die Küste herausgezogen.«

Nilsson zuckte mit den Schultern.

»Mein Mann Ulf segelt, er braucht die Nähe zum Meer, sagt er. Er war schon immer ein richtiger Westküstenjunge. Ganz Salzwasser und Wind. Außerdem ist er Architekt. Dies hier«, Nilsson beschrieb mit dem linken Arm einen Bogen durch die Luft, »ist wohl so etwas wie die Erfüllung seines Kindheitstraums. Man könnte auch sagen, er habe sich selbst ein Denkmal gesetzt. Mir dagegen ist es relativ egal, wo ich lebe. Mein Motto ist, dass man aus allem etwas machen kann.«

»Auch aus einer Zweizimmerwohnung in einer der Hochhaussiedlungen in Biskopsgården?«

»Warum denn nicht?« Wieder lächelte Nilsson so offen und warmherzig, dass Forss ihr die entwaffnende Naivität beinahe abnahm. »Man kann aus wenig doch so viel erschaffen.«

»Aber wenn man von Beginn an viel hat, hilft es der Sache doch ungemein.«

Nilsson lächelte die Spitze in Forss' Bemerkung einfach weg.

»Setz dich doch bitte«, sagte sie. »Ich mache uns schnell zwei Smoothies.«

»Für mich, wenn möglich, irgendetwas ohne Vitamine«, entgegnete Forss.

»Kaffee?«

»Gern schwarz.«

Während Nilsson sich in der Küche zu schaffen machte, stellte sich Forss demonstrativ ans Fenster. Die Aussicht auf das Meer war berauschend. Von wegen Blick nach innen, dachte sie.

»Sprechen wir über Jacob«, sagte Forss, nachdem Nilsson mit den Getränken wiedergekommen war und beide einander gegenüber Platz genommen hatten.

Nilsson kaute auf einer Selleriestange, die wie eine Art Rührstab in ihrem dickflüssigen Obst- und Gemüsesaft gesteckt hatte. Wenn der Name ihres verstorbenen Sohnes etwas in ihr auslöste, so spiegelte es sich nicht in ihrem Gesicht wieder.

»Ach, Jacob«, sagte sie, es klang eher nachdenklich als emotional, so als würde sie auf eine Frage antworten, die man ihr vor langer Zeit gestellt, auf die sie aber noch keine Antwort gefunden hatte. »Jacob«, wiederholte sie kauend, dann stellte sie die angebissene Selleriestange wieder zurück in das Glas. »Mit seinen beiden jüngeren Geschwistern war alles immer so einfach. Freundschaften, die Schule, auch später im Beruf. Marita ist Analystin für ein amerikanisches Unternehmen in Schanghai, Måns Abteilungsleiter bei Volvo, er wohnt hier gleich um die Ecke. Bezaubernde Familien haben die beiden, wirklich bezaubernd. Mein Enkel Josef wächst dreisprachig auf, das muss man sich einmal vorstellen! Er ist noch keine sechs Jahre alt und spricht bereits ein ordentliches Chinesisch. Nur mit dem furchtbaren Smog haben sie drüben Probleme.«

Nilsson nippte an ihrem Glas. Der dunkle Saft färbte ihre Lippen tiefrot. »Jedes Fenster in ihrer Wohnung dort hat einen eigenen Luftreiniger.«

»Und Jacob?«

»Ach, Jacob.« Wie bei einer Katze schleckte ihre Zungenspitze über die Lippen. »Wie sagt man das am besten, wie drückt man es am besten aus? Er war ein kleiner Träumer, immer mit den Gedanken woanders. Andere Kinder, Freunde, die Schule – das war nicht so seins. Aus diesem Grund haben wir ihn schließlich auch für ein Jahr in die USA geschickt. Uns ging es um seine Reife. Ulf war immer der Meinung, der Junge sei zu weich und gedanklich zu abgehoben. Daher die Idee mit dem Militärinternat.«

»Ein Militärinternat?«

»Das klingt viel härter, als es eigentlich war. Es ging dort ja nicht darum, ihn zu einem Soldaten auszubilden. Aber es war eine internationale Schule mit gewisser Regelstrenge. Ich bin die Letzte, die für pure Zucht und Ordnung wäre, aber die Standards dort, das Tragen von Schuluniform, der morgendliche Drill – Jacob hat das ungemein gutgetan. Er kam tatsächlich als ein reiferer Mensch zurück, was uns sehr gefreut hat. Dort hatte er sogar mit dem Musizieren begonnen. Sicher, es war nicht gerade die Art von Musik, bei der Eltern verzückt die Augen schließen und mitsummen, aber es war doch immerhin etwas, schließlich hat er hier durch sein Bass- und Gitarrenspielen endlich Anschluss an Gleichaltrige gefunden.«

»*Flamethrower.*«

»Nette junge Leute waren das, alle miteinander ganz bezaubernd.«

Ganz bezaubernd.

»Warum ausgerechnet eine Death-Metal-Band?«, fragte

Forss. »Woher kam Jacobs Vorliebe für das Dunkle, Morbide?«

Nilsson betrachtete eine Zeit lang ihren Sellerie.

»Nun«, sagte sie schließlich, »wir suchen uns unsere Kinder nicht aus, nicht wahr? Jacob hatte schon als kleiner Junge etwas Verschlossenes, In-sich-Gewandtes. Eine ganze Weile waren wir davon überzeugt, er sei Autist oder so etwas in der Art. Gott sei Dank hat uns das der Kinderarzt wieder ausgeredet. Jacob war einfach gern für sich, glaube ich. Der Tod war etwas, das ihn sehr fasziniert hat, schon als Sechs- oder Siebenjährigen. Oft hat er sich einen ganzen Nachmittag lang mit geschlossenen Augen und aufeinandergepressten Lippen in seinen Bettkasten gelegt. Seine Geschwister haben richtig Angst bekommen. Er sagte mir später einmal, es habe ihn interessiert, wie es sich anfühlte, eine Leiche zu sein. Mit dreizehn Jahren hat er angefangen, Tolstoi zu lesen und Bücher über Nahtoderfahrungen. Ich fand das eigentlich relativ harmlos damals. Später dann, nach seinem … nach dem Unglück, hat meine Therapeutin die Vermutung geäußert, es könne sich auch um eine Art Hilfeschrei gehandelt haben, um ein Buhlen nach Aufmerksamkeit. Ich bin mir bis heute unsicher. Es stimmt schon, Ulf und ich waren damals nicht unbedingt die präsentesten Eltern. Unsere Arbeit war fordernd. Andererseits, wie gesagt, Marita und Måns waren einfache Kinder und ihre Familien sind ganz wundervoll.«

Nun war es Nilssons Blick, der in die Ferne schweifte, nach draußen, aufs Meer hinaus. Die silbernen Reflexe waren verschwunden, das Wasser war eine graue stumpfe Fläche, in die der Wind hier und da weiße Bögen ritzte. Auch die Temperatur in dem so geschmackvoll eingerichteten Raum hatte sich verändert; vielleicht war es auch Nilssons Ausstrahlung, dachte Forss, denn die elegante Frau hatte mit einem Mal alle Wärme verloren.

2

Auf dem Sofa der besten Freundin übernachten. Mit einer wollenen Decke über den Schultern und eine Tasse Tee umklammernd auf eine leere Wand starren. Alle Anrufe und SMS ignorieren, aber trotzdem im Fünf-Minuten-Takt nervös aufs Handy gucken. Solche Dinge geschahen in Kinofilmen, in Liebeskomödien oder Melodramen, aber doch nicht in ihrem Leben, dachte Ingrid Nyström, als sie sich die geliehene Unterwäsche und ihre Kleidung vom Vortag anzog. Es war starrsinnig. Es war kindisch. Es war im Grunde vollkommen lächerlich. Und doch hatte sie nicht anders gekonnt. Es war ihr am Vorabend nicht gelungen, nach Hause zu fahren und Anders zu begegnen. Ihre Fassungslosigkeit, ihre Verletztheit waren zu groß und zu mächtig. Sie hatte Angst zu explodieren. Und gleichzeitig in sich zusammenzufallen. Deshalb wich sie aus. Deshalb verkroch sie sich. Deshalb übernachtete sie nach über dreißig Jahren Ehe zum ersten Mal unabgesprochen außer Haus. Anders *sollte* sich Sorgen machen. Er sollte über das nachdenken, was er getan hatte, und über das, was er zu tun im Begriff war.

Ja, er sollte sich schlecht fühlen.

Sie ließ das Frühstück, das Ann-Vivika Kimsel ihr in der Küche bereitgestellt hatte, unangerührt. Sie hatte keinen Appetit und war viel zu spät dran.

Der lange, ellipsenförmige Tisch im Besprechungszimmer im Präsidium war bis auf Hugo Delgado leer. Das ist also aus meiner Abteilung geworden, dachte sie, nicht ohne einen Anflug von Melancholie. Sicher, es war sinnvoll, dass Stina Forss momentan in Göteborg ermittelte, und die zeitweilige Versetzung von Lasse Knutsson war alternativlos. Dumm nur, dass sich Anette Hultin noch immer in Elternzeit befand. Und tragisch, dass Kent Vargen vor etwas mehr als einem Jahr ums Leben gekommen war. Die Versetzung des talentierten Ermittlers Göran Lindholm nach Umeå war dagegen bereits so lange her, dass sie sich kaum noch an das Gesicht des jungen Manns erinnerte. Er hatte eine auffällige Brille getragen und viel gelacht, das wusste sie noch, aber sonst? Natürlich hatte sie bei jedem einzelnen Abgang bei Edman und der Landespolizeiführung auf Ersatz gepocht, aber bisher waren ihre Bitten nicht erhört worden.

»Wir zwei also«, sagte sie.

»Hier war früher einmal mehr los.«

»Wen willst du eigentlich aufs Korn nehmen, wenn alle weg sind?«, fragte sie. Delgados beißender Humor war berüchtigt.

»Du bist schließlich noch da.«

»Wage es ja nicht«, drohte sie mit einem schmalen Lächeln, während sie ihre Unterlagen sortierte. »Lass uns lieber mit der Arbeit beginnen.«

»Die Frage, die mir seit Tagen keine Ruhe lässt«, begann Delgado, während er Zucker in seinen Kaffee löffelte und umrührte, »ist die nach dem Motiv. Wenn wir wirklich einmal davon ausgehen, dass Fredrik Sidenvall sich nicht selbst das Leben genommen hat, sondern der Suizid fingiert war: Wer wollte ihn tot sehen? Wer hatte einen Grund, ihn zu töten?« Er führte die dampfende Kaffeetasse zum Mund und blies auf das heiße Getränk. »Mir fällt dazu nur eine einzige plausible Erklärung ein.«

»Du willst auf die Angehörigen der ermordeten sechs jungen Menschen von Hallsberg hinaus.«

Delgado nickte und nippte an seinem Kaffee.

»Ganz genau. Rache ist eine ungemein starke Motivation. Und eine andere sehe ich einfach nicht. Nach allem, was wir bisher über Sidenvall wissen, war er ein ziemlich einsamer, ziemlich verwirrter junger Mann aus schwierigen Verhältnissen, wie man so sagt. Der zugegebenermaßen gut Tischtennis gespielt hat.« Delgado lächelte kurz. »Das Einzige, was ihm darüber hinaus Halt gegeben hat, war sein spät gefundener Glaube. Allerdings hat auch das bald eine ungesunde Wendung genommen. Anstatt ihn zu stärken und zu schützen, hat seine Religiösität beinahe wahnhafte Züge angenommen. Ein Prediger, ein selbst ernannter Gotteskrieger, der allen mit seinem reaktionären, pseudotheologischen Geschwafel vor den Kopf stößt. Eine Einstellung, die tragischerweise auch noch mit seiner sexuellen Orientierung über Kreuz liegt, die er dadurch mehr oder weniger zu verleugnen gezwungen ist. Falls er seine Homosexualität ausgelebt hat, geschah das heimlich. Fredrik Sidenvall war ein durch und durch verunsicherter Mensch, mit teilweise fanatischen Zügen und wenigen sozialen Bindungen, der seinen Platz im Leben offenbar noch nicht gefunden hatte. Um es salopp zu formulieren: Er war ein richtig armer Tropf. Wer tötet einen solchen Mann? So wie ich das sehe, waren die Einzigen, die dazu einen Grund hatten, die Angehörigen der ermordeten Jugendlichen.«

Nyström kratzte das Grübchen in ihrem Kinn.

»Deine Theorie hat nur einen Haken. Bevor Sidenvall erschossen aufgefunden wurde, wusste niemand, dass er der Täter war. Erst sein Abschiedsbrief hat ihn doch überhaupt erst mit den grausamen Geschehnissen in Hallsberg verknüpft.«

»Was ist mit Sidenvalls Gebetbuch, das später auf dem Schulhof gefunden wurde? Darin stand immerhin sein Name. Was, wenn dieses Beweisstück in Wirklichkeit schon vorher entdeckt worden ist und jemand daraufhin die Verbindung zu Sidenvall hergestellt hat?«

»Wer sollte dieser Jemand denn sein, Hugo? Meinst du, ein

zu Tode bekümmerter, aufgelöster Elternteil ist nach der Benachrichtigung von der Ermordung seines Kindes die beinahe 300 Kilometer nach Hallsberg gefahren und hat den Schulhof abgesucht, Sidenvalls Buch gefunden, hat die Adresse des jungen Manns ermittelt, ist daraufhin wiederum fast 300 Kilometer nach Lessebo geeilt, hat ihn getötet und das Ganze wie einen Selbstmord aussehen lassen, bevor es dann wieder zurück nach Göteborg gefahren ist? Für mich klingt das weit hergeholt.«

Delgado zuckte mit den Schultern.

»Zumindest ist es eine Möglichkeit. Zwischen der Explosion in Hallsberg und Sidenvalls Tod liegen zwischen vierundzwanzig und sechsunddreißig Stunden, genauer konnte sein Todeszeitpunkt nicht ermittelt werden, da sein Leichnam schließlich erst nach einigen Tagen gefunden worden ist. In sechsunddreißig Stunden kann alles Mögliche passieren, Ingrid.«

»Soweit es aus den damaligen Ermittlungsakten hervorgeht, waren die Angehörigen überhaupt nicht in Hallsberg vor Ort. Man wollte den armen Eltern verständlicherweise den furchtbaren Anblick ersparen.«

»Und wenn sie Hilfe bekommen haben?«

»Wie meinst du das?«

»Mal angenommen, das Gebetbuch wurde noch in der Nacht von den Ermittlern entdeckt und jemand aus den Reihen der Polizei hat den Eltern etwas gesteckt. Irgendeinem aufgewühlten, verzweifelten Vater, der in seiner Trauer zu allem bereit war.«

»Nun gehst du aber wirklich zu weit, Hugo. Meinst du wirklich, einer der Kollegen aus Örebro würde …«

»Pah!«, Delgado machte eine abfällige Handbewegung. »Als ob wir Bullen alle Heilige wären! Denk doch nur mal an Frank Jodenius!«

Der Treffer saß.

Jodenius, Olssons Vorgänger, lange Zeit Nyströms erbitterter Rivale im Präsidium, der eifersüchtig auf ihren Posten als Hauptkommissarin geschielt hatte, war im Vorjahr wegen Verwicklungen in schwere kriminelle Machenschaften verhaftet worden und saß eine langjährige Gefängnisstrafe ab.

»Wer weiß?«, fuhr Delgado fort. »Vielleicht war es womöglich sogar einer der Polizisten selbst. Ein frustrierter, selbst ernannter Rächer, der das Gesetz in die eigenen Hände genommen hat, weil ihm die Justiz zu lasch und zu hilflos erschienen ist.«

»Das ist doch nichts als Spekulation.«

»Sicher. Aber was haben wir darüber hinaus bisher in der Hand? Solange wir nichts Handfestes finden, sind wir zum Spekulieren gezwungen.«

Nyström dachte einen Augenblick lang nach. Sie nahm an sich den Geruch eines ungewohnten Waschmittels wahr. Das musste an dem Unterhemd liegen, das sie von Ann-Vivika geliehen hatte. »Wir müssen unbedingt diese Anita aus Kiruna finden«, sagte sie. »Und Sidenvalls heimlichen Freund oder Liebhaber. Falls es ihn denn wirklich gegeben hat.«

3

Ulf Nilsson war gerade dabei, ein kleines, aber schnittiges Segelboot am Steg zu vertäuen. Es war eins der wenigen Boote, die in dem weitläufigen Jachthafen lagen; die allermeisten Liegeplätze waren angesichts der Jahreszeit verwaist und würden erst im Frühsommer wieder benutzt werden. Ulf Nilsson war ein schlanker Mann, der einen wasserfesten Overall in Signalfarben trug.

»Die meisten hier sind Schönwettersegler«, sagte er, als habe er Forss' Gedanken erraten. »Mich dagegen interessiert die sportliche Herausforderung. An manchen Wintertagen sind die Windverhältnisse hier in der Bucht durchaus reizvoll. Heute hielt sich der Spaß allerdings in Grenzen, es war ziemlich ruhig da draußen.« Er stieg aus der Jolle und reichte Forss die Hand. Für einen passionierten Segler war Nilsson recht blass, dachte sie, aber vielleicht war das Bild vom wettergegerbten Skipper auch nur ein Klischee und längst von Sunblockern und der Angst vor Hautkrebs überholt. »Ich muss noch schnell abtakeln, dann können wir uns drüben im Bootshaus unterhalten.«

Forss wartete, während Nilsson die Segel abnahm und auf einem Rollwagen verstaute. Sie blickte auf das bleifarbene Meer hinaus und dachte an die Algen, die dort unter der Wasseroberfläche wuchsen und sich in der kalten Strömung wanden. Der ganze Fall erschien ihr mittlerweile so. Eine graue, undurchsichtige Oberfläche, unter der sich die Gefühle wie lichtscheue Gewächse bewegten. Der Wind, der von Südwesten kam, war überraschend mild. Bis zum Bootshaus, in dem Nilsson seine Segel ablud, gingen sie wortlos nebeneinanderher. Es war schließlich der blasse Mann, der das Schweigen brach.

»Ich bin niemand, der um den heißen Brei herumredet. Ehrlich gesagt, habe ich in Jacob nur sehr wenig von mir selbst wiedergefunden. Vielleicht ist das auch nicht die Aufgabe von Eltern und nicht das, worauf es ankommt, mir jedoch hat es die Sache schwer gemacht. Viel schwerer als bei Marita und Måns, obwohl Jacob der Erstgeborene war. Ihn anzunehmen. Ihn so zu akzeptieren, wie er war.«

»Wie war er denn?«

Nilsson seufzte.

»Zu weich, zu entrückt. Immer mit den Gedanken woanders. Ich wollte mich ja um ihn kümmern. Ein guter Vater sein. Wie oft habe ich ihn mit hinaus aufs Wasser genommen, versucht, ihm das Segeln beizubringen, ihm etwas von meiner Leidenschaft zu vermitteln. Aber es kam so wenig bei ihm an. Die einfachsten Handgriffe missglückten ihm. Er schlug sich dauernd den Kopf. Er begriff die simpelsten Manöver nicht. Alles war so langsam, so zäh.« Er seufzte. »Es hat mit Jacob schlicht und ergreifend keinen Spaß gemacht. Mir nicht und ihm sicherlich auch nicht. Weder das Segeln noch andere familiäre Aktivitäten. Ich glaube, nein, ich weiß, dass es Mona ähnlich ging wie mir. Als Jacob dann als Jugendlicher in die USA ging, war es für uns alle eine Erleichterung, am meisten wahrscheinlich für ihn selbst.«

»Und als er starb?«

Nilsson starrte Forss an.

Die Provokation stand zwischen ihnen in der kühlen Luft des Bootshauses. Wie ein konkreter Gegenstand. Wie etwas, das man anfassen konnte.

»Schmerz«, antwortete Nilssan schließlich. »Oder eher eine Art dumpfer, pochender Taubheit. Wie ein Backenzahn, der bereits so lange entzündet ist, dass man sich mit dem Schmerz eingerichtet hat. Das Hirn nimmt ihn kaum mehr war. Es blendet den Teil des Körpers, des Kopfes einfach aus. Eine kognitive Amputation, von außen nicht zu sehen. Doch innen drin fault der Zahn immer weiter. Auch wenn es bitter klingt: Als Toter ist Jacob mir näher, als er es im Leben war.«

Nilsson setzte sich auf eine grob gezimmerte Bank und begann, sich aus seinem Ölzeug zu schälen. Forss zupfte gedankenverloren an ihrer Augenklappe. Kein Wunder, dass der Junge sich von allen Musikrichtungen ausgerechnet für Death Metal begeistert hat, dachte sie.

Nilsson saß nun in Thermounterwäsche vor ihr auf der Bank. Sie konnte sehen, wie mager der Mann war. Nur seine Arme wirkten muskulös.

»Ich war vor fünfundzwanzig Jahren in Växjö«, sagte er, während er nach seiner Hose griff. »Ich habe mir die Beerdigung von Fredrik Sidenvall aus der Entfernung angesehen.«

»Weshalb?«

»Ich musste einfach Zeuge werden, wie dieser Unmensch verscharrt wird. Es tat gut zu sehen, wie wenig Menschen dort waren, um ihm die letzte Ehre zu erweisen. Eine knappe Handvoll. Es gab wohl niemanden, der diesen jungen Mann geliebt hat. Ehrlich gesagt, tat es gut, genau dies zu spüren, weil es meine Gefühle Jacob gegenüber größer wirken ließ. Weißt du, ich war bestimmt kein guter Vater, aber ich habe es wenigstens versucht.«

Natürlich musste Forss bei diesen Worten an ihren eigenen Vater denken. Etwas Bitteres lief ihren Rachen hinab.

»Na, dann«, sagte sie.

4

Der Anruf der uniformierten Kollegen aus Ljungby traf ein, während Ingrid Nyström in der Besprechung mit Hugo Delgado saß. Ein Rentnerehepaar hatte bei einem Stopp auf einem ehemaligen Rastplatz in der Nähe der viel befahrenen E 4 einen Toten entdeckt, der äußere Anzeichen von Gewalteinwirkung aufwies. Nyström informierte die Spurensicherung sowie Ann-Vivika als Rechtsmedizinerin und machte sich zusammen mit Delgado auf den Weg. Sie nahmen die L 25 westwärts, die über Alvesta nach Ljungby führte, dann für weitere fünfzehn Kilometer die mehrspurige E 4 Richtung Stockholm. Der ehemalige Rastplatz *Gyllene Rasten* lag einige Kilometer von der Autobahn entfernt am Ufer des Lagan. Ein Streifenwagen mit eingeschaltetem Blaulicht wartete auf dem lang gestreckten Parkplatz auf sie. Ein etwa fünfzig Meter breiter Streifen blattloser Laubbäume verstellte links den ungehinderten Blick auf den Fluss, der sich an dieser Stelle seeartig aufgestaut hatte, rechts, auf der anderen Seite der schmalen Landstraße, lagen weitläufige Äcker und Wiesen unter den Resten der Schneedecke. Die Gegend wirkte verlassen, außer der seit Jahren geschlossenen Gaststätte des ehemaligen Rasthofs, dessen Konturen sich hinter Eichen und Buchen abzeichneten, war kein Gebäude in der Nähe zu sehen. Sie hielten neben dem Streifenwagen, stiegen aus und begrüßten die Kollegen, die den Fundort der Leiche bereits mit blau-weißem Kunststoffband abgesperrt hatten. Der Tote lag mit dem Rücken auf dem grasbewachsenen Randstreifen des Parkplatzes vor einer aus Stein gefertigten Sitzgruppe, acht grob geschlagene Granitklötze, die um eine Tischplatte mit Sockel platziert waren. Das ausgeblichene Wintergras und ein Stück Schneekruste unter seinem Kopf waren rot gefärbt; er musste viel Blut verloren haben, dachte Nyström, mindestens zwei Liter, schätzte sie, obwohl sie nirgendwo eine Wunde ausmachen konnte.

»Wir warten damit, ihn umzudrehen, bis Ann-Vivika hier ist«, wies sie die Kollegen an.

»Er trägt keine Jacke«, stellte Delgado fest. »Dabei ist es nur knapp über null Grad. Ein Auto steht hier auch nirgends.«

Nyström nickte. Sie betrachtete den Toten genauer. Er war etwa sechzig Jahre alt, groß, muskulös, hatte schütteres rotblondes Haar und verblichene Sommersprossen. Seine Körperhaltung wirkte, als habe er sich zum Schlafen hingelegt, doch sein Gesichtsausdruck hatte etwas Verkrampftes, Verspanntes, so als habe er gegen seinen Tod angekämpft.

»Der Leichnam war bereits völlig ausgekühlt, als wir hier ankamen«, sagte einer der Uniformierten. »Das war vor einer guten Stunde. Das Ehepaar, das ihn entdeckt hat, haben wir vorläufig weiterfahren lassen. Die Personalien haben wir natürlich aufgenommen. Sie leben in Ängelholm und waren auf dem Weg nach Linköping zu einer Hochzeit.«

»Die werden den Tag heute bestimmt genießen«, murmelte Delgado.

»Was hat sie ausgerechnet an diesen Ort hier verschlagen?«, fragte Nyström. »Es gibt doch auch genügend Parkplätze, die direkt an der E 4 liegen.«

»Die Frau musste angeblich dringend auf die Toilette«, antwortete der andere Uniformierte. »In ihrem veralteten Navigationsgerät war *Gyllene Rasten* noch als Rastplatz aufgeführt. Wahrscheinlich haben sie in den vergangenen Jahren die Software nicht aktualisiert.«

»Klingt plausibel«, kommentierte Delgado.

Nyström, die sich dünne Latexhandschuhe übergezogen hatte, kniete sich hin und tastete vorsichtig die Kleidung des Toten ab. Er trug eine Bundfaltenhose, Hemd und einen Feinstrickpullover. Die schwarzen Lederschuhe waren neu und elegant. Sie hoffte, eine Brieftasche oder ein Handy zu finden, oder etwas anderes, das die Identifizierung des Mannes ermöglichen würde. Erfolglos. Als sie sich wieder aufrichtete, trafen der Van der Spurensicherung und Ann-Vivika in ihrem kleinen, schnittigen Mercedes ein.

»Da kommt die Kavallerie«, sagte Delgado.

Bo Örkenrud und seine Kollegen sowie Ann-Vivika Kimsel machten sich an die Arbeit, Nyström und Delgado zogen sich hinter das Absperrband zurück, sie wollten nicht im Weg stehen. Immer wieder flammte der Blitz einer Fotokamera auf. Schließlich drehten Örkenrud und die Pathologin den Leichnam um. Auf dem Hinterkopf klaffte eine offene Wunde.

»Sieh mal einer an«, sagte Kimsel. Sie befühlte die Wunde, dann sah sie sich um. »Womöglich ist er rücklings gestürzt und hat sich den Kopf angeschlagen. Die Tischplatte oder einer der Granitklötze, ist mein Verdacht.«

»Hier ist was«, sagte Örkenrud, der nun vor dem steinernen Hocker kniete, der dem Toten am nächsten stand. »Blut und Haare. Vielleicht handelt es sich also um eine ganz natürliche Todesursache.«

»Aber wieso sollte er hier ausgerechnet an dieser Stelle nach hinten stürzen?«, fragte Nyström zweifelnd.

»Ausgerutscht?«, schlug Örkenrud vor.

»Ein Herzinfarkt oder Schlaganfall sind ebenfalls denkbare Möglichkeiten«, sagte Kimsel, »nach einer Obduktion wissen wir mehr.«

»Wie lange mag er hier schon liegen?«, fragte Nyström.

Kimsel sah auf ihr digitales Thermometer.

»Etliche Stunden, würde ich sagen, womöglich die Nacht über.«

»Hier in der Gegend herrscht nicht besonders viel Verkehr«, merkte einer der Uniformierten an. »Die meisten Autofahrer bleiben auf der E 4. Das nächste Dorf liegt einige Kilometer die Straße hinunter, heißt Dörarp und ist winzig, eigentlich kaum mehr als ein paar Häuser und Höfe. Ab und an kommt vielleicht mal einer zum Angeln hier an das Ufer. Aber sonst?«

Delgado, der etwa fünfzig Meter weiter den Randstreifen

des Parkplatzes entlang gegangen war, rief Nyström etwas zu und winkte.

»Das hier solltest du dir einmal anschauen, Ingrid!«

Nyström riss sich von dem Anblick des Toten los und ging auf Delgado zu. Der blickte auf den Boden vor sich. Waren das Grablichter, die dort standen? Kerzenstummel? Ein verblichener Blumenstrauß und leere Bierdosen? Nun war sie nah genug dran, um zu erkennen, worum es sich handelte. Ein schlichtes Holzkreuz, etwa fünfzig Zentimeter hoch. Davor war in den Boden eine schwarze steinerne Gedenktafel eingelassen, einer Grabplatte nicht unähnlich. Darauf lagen unzählige bunte Plektrons, wie man sie zum Spielen von E-Gitarren benutzte. Mehrere Schlagzeugsticks. Mit Filzstift beschriebene Steine. Durchweichte Briefe. Eine Schatulle. Ein Stück Stoff, das wie eine zusammengefaltete Fahne aussah. Um das Holzkreuz waren Freundschaftsarmbänder geknüpft und Gitarrensaiten geflochten. Auf mehreren Kerzen prangten Totenköpfe.

»Was um alles in der Welt ist das hier?«, fragte sie.

»Lies«, forderte Delgado sie auf.

Sie las die eingravierten Worte auf der schwarzen Steintafel.

In loving memory of
Clifford Lee Burton
»Cannot the kingdom of salvation
take me home«
February 10 1962
September 27 1986

»Wer ist das schon wieder?«, fragte sie. »Das wirkt ja wie ein Grab.«

Delgado schüttelte den Kopf, während er auf seinem Smartphone etwas nachsah.

»Hier liegt niemand begraben, aber hier ist jemand gestorben.«

»Wer ist das?«, wiederholte Nyström ihre Frage. »Irgendeine Berühmtheit?«

Delgados braune Augen fixierten sie.

»Cliff Burton war der Bassist von *Metallica.*«

Nyström zuckte mit den Schultern.

»Muss mir das etwas sagen?«

»*Metallica* ist die wohl bekannteste und erfolgreichste Metal-Band der Welt. *Nothing Else Matters* hast bestimmt sogar du schon einmal gehört.«

Er summte eine Melodie an, die Nyström vage bekannt vorkam. Manchmal hatte sie im Autoradio einen Pop- und Rocksender eingestellt.

»Und der ist hier gestorben?«

»*Wikipedia* zufolge bei einem Busunglück. Wie es auf der Gedenktafel da steht: im September 1986. Die Band war auf dem Weg von Stockholm nach Kopenhagen. Das war, bevor es die Autobahn gab. Der Bus der Band ist nachts auf vereister Straße ins Schleudern gekommen, Burton wurde aus seiner Schlafkoje heraus durch die Scheibe geschleudert und unter dem umkippenden Bus zerquetscht.«

»Und die Kerzen hier, die Blumen und der ganze Rest?«, fragte Nyström und bückte sich nach der Holzschatulle.

»Offenbar *Metallica*-Fans, die hierher gepilgert sind.«

Nyström war wieder aufgestanden und öffnete die Schatulle. Darin war eine kleine Ampulle, die etwas Rotes, Dickflüssiges enthielt. Darauf geklebt, auf einem winzigen Zettel, stand: »Wenn ich könnte, würde ich dir mein Blut spenden, Cliff.«

»Er scheint jedenfalls bis heute glühende Verehrer zu haben.«

»Der Mann hat Rockgeschichte geschrieben«, sagte Delgado. Er hatte nach dem Stoffstück gegriffen und es entfaltet. Es war eine Art bedruckter Fahne, wie man sie an Jahrmarktständen kaufen konnte. »Dies ist das Coverbild ihres vielleicht legendärsten Albums.« Es war in Weiß-Schwarz-Rot gehalten und zeigte die groben Umrisse einer Hand, die mit einem Hammer auf den Kopf einer menschlichen Silhouette einschlug, die aus einer Blutlache geformt war.

Kill 'em all, las Nyström laut vor.

Töte sie alle.

»Nach meinem Geschmack tauchen in letzter Zeit entschieden zu viele tote Metal-Musiker auf«, sagte sie und spürte, wie trocken ihr Hals war.

5

Sten-Åke und Lotta Sjöö, die Eltern von Tomas, dem Sänger und Gitarristen von *Flamethrower*, hatten sich wirklich Mühe gegeben, das empfand Stina Forss ab dem Moment, in dem sie zur Tür hineinkam. Das Rentnerehepaar führte sie in ein Wohnzimmer. Der Esstisch war mit Kaffeegeschirr eingedeckt, Teelichte in dekorativen Gläsern waren angezündet worden, und es duftete nach frisch gebackenem Kuchen. Die Sjöös bedienten sie wie aufmerksame Kellner in einem erstklassigen Café. Kaffee? Oder lieber Espresso? Mit aufgeschäumter Milch? Laktosefrei oder normal? Apfelkuchen? Mit oder ohne Sahne? Dazu vielleicht ein Glas Wasser? Mit oder ohne Kohlensäure? Es dauerte keine Minute, bis Forss die Einsamkeit hinter der Freundlichkeit zu ahnen begann. Die Sjöös waren keine Menschen, die oft Besuch bekamen, das spürte sie. Ihre Befangenheit, die sich in kleinen, unbewussten Gesten versteckte. Das Unbeholfene in der Konversation. Die Angespanntheit, dem Gast womöglich nicht gerecht zu werden. Vielleicht war es die Angst vor dem bisher Unausgesprochenen, überlegte sie, vor dem, weshalb sie hier war. Vor der Anwesenheit ihres vor fünfundzwanzig Jahren verstorbenen Sohns beziehungsweise viel eher vor der Erinnerung an seine Abwesenheit. Forss entdeckte die gerahmten Porträtfotos an der Wand. Ein hübscher, lebensfroher Junge. Im Alter von drei oder vier Jahren ein Lamm streichelnd. Etwas älter mit Zahnlücke in die Kamera lächelnd. Mit Pudelmütze auf Langlaufskiern. Als Teenager mit der Andeutung eines Oberlippenbarts. Schließlich langhaarig mit umgehängter E-Gitarre, lachend, die rechte Hand zur Heavy-Metal-Geste schlechthin erhoben: geballte Faust mit ausgestrecktem Zeige- und kleinem Finger, der oft augenzwinkernd gemeinte Tribut an *den Gehörnten,* bisweilen auch selbstironisch *Pommesgabel* genannt. Von Tomas' Schwester Anna gab es dagegen nur ein Foto: ein kleines Mädchen, Arm in Arm mit dem älteren Bruder. Die Wand war ein Schrein, verstand Forss.

»Wir beten für ihn«, sagte Lotta Sjöö, »wir beten jeden Tag für ihn.«

»Und auch für die arme Seele, die Tomas und seinen Freunden das angetan hat«, ergänzte ihr Mann.

Das offensive Glaubensbekenntnis machte Forss hellhörig. Die Sjöös hatten auf eine der denkbar grausamsten Weisen eines ihrer zwei Kinder verloren. Vermeintlich durch die Hand eines evangelikalen Fanatikers. Und doch hatte es ihren Gottesglauben offenbar nicht erschüttert.

Entweder spiegelten sich Forss' Gedanken in ihrer Mimik wieder, oder das Ehepaar war es gewohnt, sich zu erklären, jedenfalls führte Lotta Sjöö aus:

»Das mag verwundern. Aber es ist nicht an uns Erdenbürgern zu richten.«

An wem denn sonst, dachte Forss.

»Was Fredrik Sidenvall getan hat, ist natürlich furchtbar«, sagte ihr Mann. »Es ist unerklärlich und wider die menschliche Natur. Aber indem wir uns über diesen fehlgeleiteten jungen Mann erheben, indem wir dem Zorn und dem Hass in unseren Herzen Raum geben, entfernen wir uns von Jesus, entfernen wir uns auch von Tomas.«

War das ein Grund, fragte sich Forss, war das eine Erklärung? Hatte sich Tomas Sjöö in die düstere, provokante Subkultur des Death Metal vertieft, da seine Eltern religiöse Spinner waren, die ihre Gefühle unterdrückten, weil ihr Wertesystem keine negativen Emotionen zuließ? Oder verhielt es sich umgekehrt? War der kompromisslose Glaube der letzte Halt, der einem übrig blieb, wenn einem sonst alles genommen wurde? War es Tomas' viel zu früher Tod gewesen, der die Sjöös in die Arme eines versöhnenden, alles verzeihenden Gottes getrieben hatte? Forss schluckte. Der Gedanke war ihr nie gekommen. War es vorstellbar, dass die Sjöss dem Mann, der ihren Sohn getötet hatte, verziehen? War es also ebenfalls möglich, dass sie selbst den Menschen, die Kent Vargen ermordet hatten, verzeihen konnte?

Nein.

Niemals, nie.

Der Schmerz, die Wut, der Hass waren der Antrieb, der sie jeden Morgen aufs Neue aufstehen ließ.

»Was ist mit dem leeren Grab Fredrik Sidenvalls?«, fragte sie. »Ein neuer Lazarus?«

Die Sjöös schwiegen betreten ob der Provokation. Forss musterte sie. Lotta Sjöö hatte ein freundliches, rundes Apfelgesicht, ihr Mann wirkte ernster, dabei aber auch weich, feinfühlig. Forss stöhnte innerlich auf. Gab es denn gar nichts, womit sich das Ehepaar aus der Reserve locken ließ? Waren sie in ihrem gütigen Glauben so sehr gefestigt, dass sie jeden Stich, jeden Angriff, jeden Schicksalsschlag einfach so wegstecken konnten?

»Wir haben das Grab öffnen müssen, weil es fundierte forensische Zweifel an Sidenvalls Selbstmord gibt. Die Frage, die wir uns nun stellen, lautet natürlich: Wenn sich Sidenvall nicht selbst das Leben genommen hat, wenn sein Tod in Wirklichkeit ein fingierter Suizid war, wer ist dann sein Mörder? Und vor allem: Warum das Ganze, wozu diese Inszenierung? Diese Fragen werfen selbstverständlich auch ein ganz anderes Licht auf den Tod von Tomas und seinen Bandkollegen. Das ist der Grund, warum ich heute hier bin, das ist der Anlass, nach einem Vierteljahrhundert alte Wunden aufzureißen und mit euch über den Mord an eurem Sohn zu sprechen.«

Und erzählt mir jetzt bitte nichts von Gott und Schicksal, fügte sie in Gedanken hinzu.

Es blieb lange still.

Sten-Åke schenkte ihnen allen unaufgefordert Kaffee nach, löffelte anschließend sorgfältig Milchschaum aus einer separaten Metallkanne in die Tassen. Als er nach dem Streuer mit dem Kakaopulver greifen wollte, räusperte sich seine Frau vernehmlich.

»Als wir uns kennengelernt haben, waren wir eigentlich beide nicht besonders gläubig«, sagte sie. »Sicher, Weihnachten sind wir gemeinsam zum Gottesdienst gegangen, zum Luciafest und bei der ein oder anderen weiteren Gelegenheit. Wir haben aus Konvention kirchlich geheiratet, aber wir wären zum Beispiel nie auf die Idee gekommen, vor dem Essen zu beten. Geändert hat sich das erst, als Tomas auf die Welt gekommen ist. Die Sorge um ihn hat uns die Augen geöffnet und den Weg zu Gott gewiesen.«

»Was war mit ihm?«

»Er hatte einen angeborenen Herzfehler, eine sogenannte Mitralklappeninsuffizienz. Das bedeutet, dass eine der Herzklappen nicht richtig schließt. Im Laufe seines Aufwachsens waren immer wieder aufwendige Operationen nötig. Jedes mal aufs Neue diese unglaubliche Angst, dass etwas schiefgehen kann. Das hat etwas mit uns gemacht. Es hat uns verändert. Es hat uns auf eine Art auch bewusster leben lassen. Mit Gott. Unter seinem Schutz. Tomas war ein toller Junge. Er hat gekämpft. Oft kam es uns vor, als hätte er mehr Kraft als wir. Er hat nie aufgegeben. Und als sich gegen Ende der Pubertät sein Zustand endlich stabilisiert hatte, kam wie aus heiterem Himmel die neue Diagnose: multiple Sklerose. Zunächst war es nicht besonders ausgeprägt, aber die Krankheit ist heimtückisch, es wurde schubweise schlimmer. Starke Schmerzen, steife Glieder, plötzliche Müdigkeit.«

»Fredrik Sidenvall hatte Rheuma«, sagte Forss, mehr zu sich selbst. Vielleicht hatte Heavy-Metal in allen seinen verschiedenen Varianten etwas an sich, das ernsthaft erkrankte Menschen anzog. Eine musikalische Entsprechung des Schmerzes? Ein kraftvoller Ausdruck der Wut und Verzweiflung über die eigene Lebenssituation? Sie versuchte, sich für einen Moment vorzustellen, unheilbar erkrankt zu sein und nur noch einige Monate zu leben zu haben. Wahrscheinlich würde sie dann ebenfalls lieber *Slayer* als Lounge-Musik hören.

Lotta Sjöö nickte.

»Beide Krankheiten sind bei jungen Menschen viel verbreiteter, als man meinen sollte. Durch die Polizei haben wir damals von Sidenvalls Erkrankung erfahren. Sie haben herausgefunden, dass er eine Zeit lang hier in Göteborg behandelt worden ist, vom selben Spezialisten für Autoimmunkrankheiten, bei dem auch Tomas regelmäßig war. Die

Theorie der Ermittler war, dass Sidenvall im Hospital überhaupt erst auf *Flamethrower* aufmerksam geworden ist, dass er Tomas dort getroffen hat. Denn warum sollte er sich sonst von allen Amateur-Death-Metal-Bands Schwedens, von denen es damals Hunderte gab, ausgerechnet diese aussuchen? Die Band der Jungs war doch außerhalb einer kleinen Szene, die selbst vertriebene Demo-Kassetten und selbst produzierte Alben sammelte, vollkommen unbekannt. Wenn diese verirrte Seele tatsächlich auf der Suche nach einer Band war, auf die er seinen Hass und seine verdrehte Vorstellung des Christentums projizieren konnte, dann musste er zwangsläufig bei Tomas' Anblick aufmerksam werden, denn unser Sohn hat aus seiner Leidenschaft für Death Metal keinen Hehl gemacht. Er hat diese Subkultur mit Haut und Haaren gelebt. Und das meine ich wortwörtlich. Schulterlanges Haar, manchmal – vor allem bei Auftritten – blass geschminkte Haut, sogenanntes *Corpse painting,* wie er uns erklärt hat, Jeans- und Lederkleidung und überall Aufnäher ähnlicher Bands. Die Symbolik hat uns natürlich beunruhigt: überall Skelette, Leichen, Totenköpfe, Fledermäuse, umgedrehte Kreuze. Tod und Morbidität, wohin man sah. Aber andererseits fanden wir es auch verständlich. Er ist im Wissen um eine potenziell tödliche Krankheit aufgewachsen. Jede Operation hätte die letzte sein können. Und dann die multiple Sklerose. Natürlich hat er sich mit dem Tod auseinandergesetzt, auf seine spezielle Art und Weise.«

Lotta Sjöö standen Tränen in den Augen. Ihr Mann legte einen Arm um sie.

»Er hat es jetzt besser«, flüsterte er. »Er ist jetzt an einem besseren Ort.«

»Ich weiß«, schluchzte sie leise. »Ich möchte es jedenfalls glauben.«

Forss kaute auf ihrer Lippe. Mit den Gefühlen anderer Menschen war das so eine Sache.

Lotta Sjöö wischte sich mit einer der schweren Stoffservietten über die Augen. Sie sah Forss an. Der Ausdruck von Entsetzen verzerrte ihr eigentlich so freundliches Gesicht.

»Aber wenn Fredrik Sidenvall gar nicht der Mörder von Tomas und den anderen gewesen ist«, fragte sie mit bebender Stimme, »wer war es dann?«

Das, dachte Forss, ist eine verdammt gute Frage.

6

»Ob es nun ein Unfall war oder nicht – wir müssen so bald wie möglich die Identität des Mannes feststellen«, sagte Ingrid Nyström zu Hugo Delgado. Sie saßen mittlerweile wieder im Besprechungszimmer des Präsidiums. »Mich irritiert vor allem der Umstand, dass er dort ohne Jacke, Geld und Papiere unterwegs war. Ohne Auto und Autoschlüssel. So wie er gekleidet und frisiert war, tippe ich auf zwei Dinge: Geschäftsmann und Großstadt. Jedenfalls mit ziemlicher Sicherheit kein Anwohner aus einem Kaff wie Dörarp, der sich ohne Jacke bei Minustemperaturen auf einen Abendspaziergang zu einer ehemaligen Raststätte aufgemacht hat.«

»Und wie der typische *Metallica*-Fan sah er ebenfalls nicht aus.«

Nyström schüttelte mit Bestimmtheit den Kopf.

»Was auch immer er dort gewollt hat, er muss mit einem Auto gekommen sein«, sagte sie. »Was natürlich bedeuten würde, dass noch mindestens eine andere Person in die Geschehnisse auf dem Parkplatz involviert ist. Jemand, der mit ihm zusammen dorthin gekommen und ohne ihn wieder weggefahren ist.«

»Jemand, der einen toten Mann zurücklässt.«

»Klingt für mich am ehesten nach einem klassischen Streit.«

»Womöglich ein Ehedrama?«, schlug Delgado vor.

Sofort schossen Gedanken an Anders durch Nyströms Kopf. Sie fühlte Wut in sich aufsteigen.

»Das halte ich für sehr gut möglich«, sagte sie. »Man schreit einander an, ein Wort führt zum anderen, dann wird es körperlich, man schubst oder tritt um sich, der Ehemann rutscht schließlich aus und schlägt sich dummerweise den Kopf an einem dieser Granithocker auf. Klappe zu, Affe tot!«

»In diesem Fall müssten wir nach Schwedens zornigster Ehefrau suchen.«

Wenn du wüsstest, dachte Nyström. Wenn du nur wüsstest.

7

Anna Sjöö war eine Frau, die zupackte, dachte Stina Forss, als sie auf dem Bauernhof, der etwa vierzig Kilomter außerhalb Göteborgs lag, aus ihrem Auto stieg. Und das war durchaus wörtlich zu nehmen, denn die sportliche Frau mit dem kurzen dunklen Haar und dem runden, offenen Gesicht, das dem ihrer Mutter ähnelte, hielt in jeder ihrer Hände ein zappelndes, flatterndes, wild gackerndes Huhn, und es schien ein nicht unerhebliches Maß an Kraft und Bestimmtheit zu verlangen, die um ihr Leben kämpfenden Tiere festzuhalten.

»Ich bin gleich bei dir«, rief Sjöö, bevor sie in einer falunrot getünchten Scheune verschwand. Die Blutspritzer, die Forss auf der Gummischürze der Frau entdeckt hatte, ließen wenig Interpretationsspielraum über das Schicksal der beiden Hühner, und in der Tat vernahm Forss aus dem Inneren der Scheune in kurzem Abstand voneinander zwei dumpfe Schläge, woraufhin das panische Gackern verstummte. Kurz darauf trat Sjöö aus der Scheunentür, auf ihrer verschwitzten Stirn klebte eine winzige weiße Feder. Sie streifte ihre Arbeitshandschuhe ab und gab Forss die Hand.

»Schlachten ist Schwerstarbeit und gehört auch auf einem winzigen Hof wie dem unseren dazu.« Sie lächelte. »Mein Mann übernimmt da drinnen den Rest.«

»Von allein zerteilen sich die Hühner wohl kaum.«

»Ich sag's nur, weil sich die meisten Menschen ein viel zu idyllisches Bild von der Arbeit auf einem Bauernhof machen. Bio hin oder her – wenn die Legehennen zu alt werden, kommen sie in den Suppentopf oder werden zu Tierfutter weiterverarbeitet. Gehen wir ins Haus? Ich setze einen Tee auf.«

Die Küche war eine der schicksten und modernsten, die Forss je betreten hatte. Edelstahl, geseifte Eiche, polierter Granit. Sjöö machte sich an einer Arbeitsinsel zu schaffen, Forss nahm auf einem hohen Hocker Platz.

»Nicht schlecht«, lobte sie die beeindruckende Einrichtung.

»Danke. Das meiste habe ich selbst entworfen und gebaut.« Sie setzte den Wasserkocher in Gang. »Aber ist es nicht auch ein wenig seltsam? Wir haben hier in Schweden wahrscheinlich mit die edelsten und am besten ausgestatteten Küchen der Welt. Und was bereiten wir darin zu? Schau dir die Regalreihen im Supermarkt an. Fertiggerichte, Tiefkühlkost und vor Antibiotika strotzendes dänisches Schweinefilet zu Schleuderpreisen. Gemüse, das Wochen alt ist, bevor es hier auf den Tisch kommt. Mango und Papaya vom anderen Ende der Welt. Erdbeeren zu jeder Jahreszeit.« Sie verzog das Gesicht. »Sorry, das ist die Moralistin in mir. Ist wahrscheinlich berufsbedingt.« Sie seufzte. »Ich habe ein paar Jahre in Italien gelebt und auf einem *agriturismo* in den Abruzzen gearbeitet. Eine Art Bauernhof mit angegliederter Pension. Dort habe ich auch meinen Mann Bruno kennengelernt. Jedenfalls waren die Küchen dort, na ja, das Gegenteil von dem hier. Simpel. Klein. Unmodern. Aber wie dort gekocht wurde! Das Essen! Die Frische! Tomaten mit einem Geschmack, den man sich hier noch nicht einmal vorstellen kann! *Ottimo!*«

Forss nickte anerkennend.

»Ich liebe die italienische Küche«, sagte sie.

Ihre letzte selbst zubereitete Mahlzeit hatte aus einer Tiefkühlpizza bestanden, die sie mit Kapern und Sardellenfilets aufgepeppt hatte. Immerhin.

Sjöö goss in einer Kanne Tee auf.

Die winzige Feder klebte noch immer auf der Stirn, wie Forss bemerkte.

»Aber du bist schließlich nicht hierhergefahren, um über Essen, Moral und Kücheneinrichtungen zu sprechen, sondern über Tomas.«

»Ich komme gerade von deinen Eltern«, bestätigte Forss indirekt.

»Und? Haben sie dich bekehrt?« Sjöö lächelte. »Versteh das bitte nicht falsch. Ich will mich gar nicht über sie lustig machen. Sie haben halt einen Weg gefunden, mit …«, sie stockte für einen Moment, »… mit der Sache umzugehen. Ihren Weg. Aber bisweilen sind sie in ihrem Glauben doch ein wenig übergriffig, zumindest kommt es mir manchmal so vor. Bruno sieht das naturgemäß anders.« Sie verdrehte die Augen. »Italiener! Natürlich durch und durch katholisch. Er kann mit dieser Spiritualität meiner Eltern irgendwie besser umgehen als ich. Meine Mutter und mein Vater haben halt dieses Hiob-Ding am Laufen.«

Sjöö goss Forss und sich selbst eine Tasse Tee ein.

»Hiob? Entfernt klingelt da was. Aber ich bin ehrlich gesagt nicht besonders bibelfest.«

»Altes Testament: Hiob ist ein gottesfürchtiger Mann, gesegnet mit zehn Kindern, Tausenden Tieren und vielen anderen irdischen Reichtümern. Dann taucht Satan bei Gott auf und stellt Hiobs Frömmigkeit infrage. Hiob, so Satan, sei nur deshalb so gläubig, weil Gott ihn mit einem reichen, glücklichen Leben belohne. Daraufhin erlaubt Gott Satan, Hiob auf die Probe zu stellen. Hiob wird vom Teufel nach und nach alles genommen: seine Kinder, sein gesamter Besitz, am Ende sogar seine Gesundheit. Doch Hiob klagt nicht, sondern hält unerschütterlich an seinem Glauben fest. Satan verliert seine Wette, Gott offenbart sich Hiob und belohnt ihn, indem er ihm alles zurückgibt, was er vorher verloren hat, sogar zehn neue Kinder bekommt der standhafte Kerl.«

»Die haben deine Eltern aber nicht bekommen.«

Sjöö lächelte schmal.

»Nein, das stimmt. Ihr Haus ist ebenso wenig eingestürzt, wie Hiobs Tiere verendet sind, und Geschwüre sind ihnen auch keine gewachsen, soweit ich weiß. Aber Tomas war von Geburt an schwerkrank. Sein Herzfehler schwebte wie ein Damoklesschwert über unserer Familie. Dann noch die MS-Diagnose und schließlich sein sinnloser Tod. Du verstehst, worauf ich mit diesem Bibelgleichnis hinauswill?«

»Tomas' Ermordung hat ihren Glauben nicht erschüttert, sondern gestärkt.«

Sjöö nickte und nippte an ihrem Tee.

»Die Hagebutten wachsen draußen in der Hecke«, erklärte sie.

»Lecker«, log Forss. Der Geschmack katapultierte sie direkt in ihre Teenagerjahre zurück. Klassenfahrt, Hagebuttentee aus riesigen Blechkannen in unterkühlten Jugendherbergen, strenge Lehrer, Petting mit einem pickligen Klassenkameraden.

»Und wie war es für dich, plötzlich ohne den großen Bruder aufzuwachsen?«, fragte sie.

»Wie soll das schon gewesen sein?« Sjöö blickte von ihrem Tee auf. »Eine verdammte Scheiße war das natürlich! Tomas war drei Jahre älter als ich, er war mein Held gewesen, mein *superhero,* immer schon. Ein älterer Bruder wie aus dem Bilderbuch. Geduldig, herzensgut, gönnerhaft. Er hat mich überallhin mitgeschleppt, schon als ich ein kleines Mädchen war, später dann auf die Metal-Konzerte in den Jugendclub bei uns um die Ecke. Er hat immer so gelebt, als wäre jeder Tag sein letzter. Von ihm habe ich mein erstes Bier bekommen, meine erste Zigarette. Wegen Tomas hingen die ganze Zeit diese coolen Typen bei uns ab. Einer seiner Kumpel war mein erster Freund.« Ein Lächeln huschte über ihr Gesicht. »Tomas war ein Mensch, der andere sah, der andere wahrnahm. Er brachte Menschen zusammen. *Flamethrower* war seine Band, sein *Baby.* Als er dann plötzlich nicht mehr da war, hat sich alles verändert. Ich war damals siebzehn. Wie still es geworden ist, nach seinem Tod, in dieser beschissenen, kleinen Dreizimmerwohnung auf Hissingen. Wir waren *working class,* mein Vater war Maschinenschlosser, meine Mutter Friseurin in Teilzeit, nur habe ich das vor Tomas' Tod nie wahrgenommen, weil er unsere winzige Wohnung, unser kleines Leben zu einem so lebendigen Ort gemacht hat. *Trotz* seiner Krankheit. Er war ein *fighter,* er war ein verdammter Sonnenschein.«

Sjöö presste die Augen zusammen, biss in die zur Faust geballte rechte Hand. Die kleine Feder löste sich von der in Furchen liegenden Stirn und schwebte, getrieben von den Atemzügen, die den tiefen Schluchzern folgten, durch die Küche davon. Wie eine Schneeflocke, dachte Forss, weiß und rein und bar jeden Bewusstseins ihrer eigenen Existenz.

8

»Das solltest du dir anschauen«, sagte Ann-Vivika Kimsel zu Ingrid Nyström und deutete auf eine rot geschwollene, runde Stelle auf der rechten Seite des Halses des Leichnams, der unbekleidet vor ihnen auf einem Seziertisch aus Edelstahl lag.

»Das sieht aus wie ein Insektenstich«, befand Nyström. Sie nahm die beleuchtete Lupe zur Hilfe, die Kimsel ihr reichte. »Was ist das dort unter der Haut? Ein Stachel? Ein Splitter?«

»Das, meine liebe Ingrid, was da in seiner Halsvene steckt«, lächelte Kimsel grimmig, »ist die abgebrochene Kanüle einer Spritze. Beim vorläufigen Schnelltest des Bluts bin ich auf Propofol und Fentanyl gestoßen, zwei sehr starke, schnell wirkende Narkosemittel. Unser Freund hier ist nicht gestolpert, bevor er sich auf fatale Weise den Kopf gestoßen hat, er hatte auch weder einen Herzinfarkt noch einen Schlaganfall, sondern er wurde medikamentös *abgeschossen,* wie wir Ärzte sagen.«

»Ein Tötungsversuch?«

»Dazu war die Dosis sehr wahrscheinlich zu gering. Beide Wirkstoffe bauen sich sehr schnell im Körper ab und bevor ich den Todeszeitpunkt nicht genauer ermittelt habe, kann ich deine Frage nicht endgültig beantworten. Mein Eindruck bisher: Jemand mit einem gewissen medizinischen Sachverstand wollte unseren Mann außer Gefecht setzen und eine Zeit lang betäuben. Die verwendeten Präparate werden üblicherweise zusammen mit weiteren Wirkstoffen zur Einleitung der Narkose bei Operationen eingesetzt. Dass der schwere Kerl dann ausgerechnet mit dem Hinterkopf auf diesen Granithocker gefallen ist, war möglicherweise nicht geplant.«

»Oder es sollte zumindest wie ein Unfall aussehen«, überlegte Nyström.

»Der Sturz war jedenfalls das, was ihn das Leben gekostet hat. Das Opfer hat einen Schädelbruch mit massiven Einblutungen ins Gehirn erlitten. Der Mann war auf der Stelle tot.«

»Wer hat denn Zugang zu solchen Narkosemitteln?«

Kimsel zuckte mit den Schultern.

»Apotheker, Ärzte, Krankenhausangestellte, Kriminelle. Fentanyl und ähnliche Präparate sind in den letzten Jahren auch auf dem Drogenmarkt ein neuer Trend. Für Laien extrem schwer zu dosieren. Michael Jackson und Prince sind zum Beispiel beide an Fentanyl-Überdosen gestorben. Das Zeug wird nicht gerade auf der Straße gedealt, aber im Darknet findet man für das entsprechende Kleingeld so ziemlich alles. Mal abgesehen von Atomsprengköpfen vielleicht.«

»Selbst dabei wäre ich mir heutzutage nicht mehr allzu sicher.« Nyström seufzte. »Gibt es darüber hinaus noch etwas, was ich über den Mann wissen muss?«

»Ich tippe auf Anfang sechzig. Durchtrainierter Kerl, gesundheitlich völlig unauffällig, wenn man einmal von der operierten Prostata absieht, was allerdings bei Männern in dem Alter nicht ungewöhnlich ist.«

»Irgendetwas, das uns die Identifikation erleichtern kann?«

»Zwei Dinge: Dort, auf dem linken Unterschenkel, ist eine alte Narbe zu erkennen. Und nun schau einmal hier.«

Kimsel war einen Schritt nach vorn gegangen und hob das Bein des Leichnams an.

»Auf der Rückseite des Unterschenkels ebenso«, stellte Nyström fest. »Ein Durchschuss?«

»Für mich sieht es jedenfalls nach einer klassischen Schussverletzung aus«, sagte Kimsel. »Das Röntgenbild zeigt, dass ein winziger Teil des Schienbeins abgesplittert ist. Aber sonst ist alles gut verheilt und viele Jahre her.«

»Sieht man hierzulande selten«, befand Nyström. »Ein ehemaliger Soldat oder Polizist? Ein Berufskrimineller?«

»Das zweite ist eine Tätowierung.« Kimsel legte das Bein wieder ab und griff nach dem rechten Handgelenk des Toten. »Hier, auf der Innenseite des Unterarms.«

Nyström justierte eine der medizinischen Lampen über ihr, um besser sehen zu können. Die Tätowierung war zweifarbig. Eine schwarze stilisierte Tiertatze in einem roten Oval.

»Sieht beinahe aus wie das Emblem dieser bekannten Outdoor-Marke.«

»Du meinst *Jack Wolfskin*?«

Nyström nickte.

»Vielleicht haben wir es ja mit einem Jäger zu tun, der sich selbst ins Bein geschossen hat.«

»Das glaubst du doch nicht wirklich?«, fragte Kimsel mit Zweifel in der Stimme.

»Nein«, gab ihr Nyström recht. »Das glaube ich leider keine Sekunde lang.«

Kimsel streifte ihre Latexhandschuhe ab.

»Themawechsel«, sagte sie. »Hast du heute endlich mit Anders gesprochen?«

Nyström verneinte.

»Du kannst natürlich auf meinem Sofa übernachten, solange du möchtest. Das weißt du hoffentlich. Aber ob das für deine Ehe gut ist, ist eine andere Frage.«

»Rät mir die geschiedene Frau.«

»Rät dir die geschiedene, sexuell frustrierte, bisweilen sehr einsame Frau.«

»Ich ruf ihn später an, okay?«

»Wann genau ist später?«

In hundert Jahren, dachte Nyström. Oder nach der nächsten Eiszeit.

9

Lasse Knutsson hatte gute Laune, nein, er hatte *ausgezeichnete* Laune. Die Stimmung in Olssons Abteilung war viel besser, als er sich hatte träumen lassen. Vielleicht liegt es daran, dass wir vier Männer sind, überlegte er, dass wir uns alle für die Elchjagd und Eishockey interessieren, dass wir über dieselben Witze lachen können und bis auf Pelle große amerikanische Autos fahren. Pelle fuhr einen winzigen Kia, na ja, aber dafür hatte er zur Einsatzbesprechung am Morgen *smörgåstårta* spendiert, eine Spezialität, die hauptsächlich aus Weißbrot, Mayonnaise, hart gekochten Eiern, Krabben und Leberwurst bestand. Achtsam, wie er war, hatte Knutsson sich zurückgehalten und nicht mehr als zwei Stücke verputzt, vielleicht würde er sich später am Nachmittag zum Kaffee ein drittes gönnen, nachdem er sorgsam in sich hineingehört und seine innere Stimme ihm grünes Licht gegeben hatte, wohlgemerkt. Er drehte das Autoradio ein Stück lauter und summte mit. *Smoke on the water! And fire in the sky!*

Die Anzeige, der er nachging, war durchaus kryptisch gewesen. Der Mitarbeiter des Friedhofs Hovshaga hatte sich am Telefon derart echauffiert, dass Knutsson kaum ein Wort verstanden hatte. Jedenfalls war von Grabschändung die Rede gewesen und irgendeinem toten Tier. Natürlich hatte er an das denken müssen, was ihm der alte Gemeindemitarbeiter gestern über den Friedhof in Dädesjö erzählt hatte. Dass Jugendliche die Ruhestätte mit Rasierschaum und Toilettenpapier verunstaltet hatten. Aber das war Halloween gewesen und nicht Anfang März. Er bog auf den Parkplatz ein und stellte seinen Pick-up ab, der aufgrund seiner Größe anderthalb Haltebuchten in Anspruch nahm. Doch das machte wenig, dachte er, es war kaum etwas los, das Wetter war ungemütlich; drei, vier andere Autos standen auf dem Besucherparkplatz, wahrscheinlich irgendwelche Rentner, die die Gräber ihrer verstorbenen Angehörigen pflegten. Der Angestellte erwartete ihn bereits am Eingangstor. Unruhig trat der Mann von einem Bein aufs andere, vielleicht war daran aber auch nur die feuchte Kälte schuld, die in der Luft des trüben Wintertages lag.

»Gut, dass du hier bist. Es ist drüben, auf dem sogenannten Schandacker.«

Knutsson brummte. Ein vager Verdacht stieg in ihm auf. Genau diesen Weg durch den weitläufigen Waldfriedhof, den sie nun entlang schritten, war er bereits vor zwei Tagen gegangen.

»Es handelt sich nicht zufällig um das Grab von Fredrik

Sidenvall?«, fragte er. »Die Exhumination, die vorgestern stattgefunden hat?«

Der Schnurrbart warf ihm einen verwunderten Blick zu.

»Doch«, sagte er, »genau um das Grab geht es. Aber wie kannst du das wissen?«

»Langjährige Erfahrung.« Er tippte sich an sein Riechorgan. »Und das richtige Näschen.« Sie erreichten die grasbewachsene Lichtung, die sich zwischen hohen Kiefern und dunklen Tannen vor ihnen auftat. Das ausgehobene Grab von Fredrik Sidenvall war mittlerweile wieder mit Erde aufgefüllt. Der Grabstein war allerdings noch nicht wieder aufgestellt, sondern lag traurig daneben im feuchten Schnee.

»Dort«, sagte der Schnäuzer und streckte den Arm aus.

Es war nicht zu übersehen.

Auf der von einer Baggerschaufel platt gedrückten Graberde thronte ein Haufen menschlicher Exkremente.

»So eine Scheiße«, murmelte Knutsson.

Dann entdeckte er die tote Ratte. Sie war mit ausgestreckten Vorderbeinen auf ein kleines Holzkreuz genagelt worden, das im Boden steckte.

»Das ist Blasphemie!«, ereiferte sich der Friedhofsangestellte. »Grabschändung und Gotteslästerung der schlimmsten Art!«

»Na, na«, versuchte Knutsson zu beruhigen. »Versuchen wir mal sachlich zu bleiben und die Kirche im Dorf zu lassen.«

»Apropos Kirche.« Der Mann schnappte nach Luft. »Das ist noch etwas, das du dir dringend ansehen solltest. Komm mit, es ist hier gleich um die Ecke.«

Knutsson folgte dem Mann. Nach etwa hundert Metern zeichnete sich die Silhouette der modernistischen Friedhofskapelle zwischen den Bäumen ab.

»Sollen wir etwa eine Kerze für den Kerl anzünden?«, versuchte sich Knutsson an einem Scherz, der ihm allerdings nur einen irritierten Blick einbrachte.

Sie blieben vor der luftigen Konstruktion aus Holzpfeilern, hellem Stein und Glas stehen.

»Riechst du das?«, fragte der Oberlippenbart.

Knutsson schnüffelte in die Luft.

»Benzin?«, fragte er. »Flüssiger Grillanzünder?«

»Schau mal hinter das Gebüsch dort.«

Knutsson trat drei Schritte nach vorn. Dort lag ein Benzinkanister ohne Deckel auf der Seite. Er hob ihn an. Der Kanister war leer. Der Geruch nach dem Treibstoff war intensiv. Im Gebüsch, an den seitlichen Holzpfeilern, auf dem Boden.

»Es fehlte nur noch ein brennendes Streichholz«, sagte der Mann, »und unsere schöne Kapelle wäre in Flammen aufgegangen.«

10

Bian Cajander lebte in einem Mehrfamilienhaus in Landvetter, einer Vorstadt östlich von Göteborg, unweit des Flughafens. Die Mutter von Håkan Cajander, dem Gitarristen von *Flamethrower,* war seit Jahren verwitwet, wie Forss den Unterlagen entnahm, die ihr Delgado zusammengestellt hatte. Die kleine Frau Anfang sechzig, die ihr die Tür öffnete, hatte nicht zu übersehende ostasiatische Wurzeln. Nachdem Forss aus den Schuhen geschlüpft war und den Mantel aufgehängt hatte, bat Cajander sie in ihr Wohnzimmer, das von einem wandfüllenden Bücherregal dominiert wurde.

Forss' Blick schweifte über die Buchrücken. Gebundene Comics, Weltliteratur, Ratgeber: Eine *Spiderman*-Anthologie, *Der große Gatsby, Ich und mein psychisch auffälliges Kind.* Sie erinnerte sich an Håkan Cajanders Akte. Ein frisiertes Moped, eine Schulhofschlägerei, richterlich verhängte Sozialstunden. Es gab Schlimmeres, dachte sie. Die Wohnung wirkte klein, war aber mit Bedacht und gutem Auge eingerichtet. Forss meinte, einen schwachen Geruch von Zitronengras und Koriander wahrzunehmen, vielleicht ist das aber auch nur Projektion, dachte sie, ein albernes Vorurteil. Sie nahmen auf zwei einander gegenüberstehenden Sesseln Platz. Forss erläuterte zum wiederholten Mal ihr Anliegen, eine ausführliche Version dessen, was sie Cajander bereits am Telefon auseinandergesetzt hatte.

»Die Nachricht von der Exhumierung Sidenvalls war ehrlich gesagt ein Schock für mich«, erzählte Cajander, nachdem Forss zu Ende gesprochen hatte. »Plötzlich drängt alles wieder an die Oberfläche, all die Gefühle, die ich tief in mir vergraben geglaubt hatte. Der Schmerz, das Vermissen, die Wut. Seit ihr sein Grab geöffnet habt, ist das alles wieder da.« Sie sah Forss mit ihren dunklen, schmalen Augen an. »Das ist die schlechte Seite daran.«

»Gibt es denn auch eine gute?«

»Nun ja«, Cajander hatte ein Kissen auf den Schoß genommen und streichelte über die gewebte Struktur des Überzugs. »Es kommen auch die schönen Erinnerungen an Håkan zurück. Wie lebendig er war. Wie impulsiv. Wie großherzig. Wie sorgsam er mit seinen Zierfischen umgegangen ist. Wunderbare Bilder sind das, in warmen, sommerlichen Farben. Wie Polaroidfotos in meinem Herzen. Das gibt mir ein gutes Gefühl, bringt mich ihm nahe. Wenigstens für kurze Momente. Gestern habe ich mich sogar getraut ..., obwohl, das klingt so albern.«

»Nein«, protestierte Forss. »Erzähl bitte, gar nichts ist albern.«

»Nun«, begann Cajander zögernd, »gestern habe ich mich getraut, seine Musik anzuhören. Zum ersten Mal nach seinem Tod. Nachdem ein Vierteljahrhundert vergangen ist. Das ist doch lächerlich. Warum habe ich so lange gebraucht, um Kraft dafür zu finden?«

»Wir trauern alle individuell«, antwortete Forss vorsichtig.

»Das ist möglich. Jedenfalls habe ich seine Musik angestellt und es ist etwas ganz Sonderbares dabei mit mir geschehen. So roh und laut und primitiv die Musik auch zunächst zu sein scheint, so heilend und trostspendend ist sie auch. Etwas in diesen Melodien, in Håkans Gitarrenspiel, hat mich gepackt und mitgenommen. Ich konnte auf einmal so viel zulassen. Meine Wut, meine Zerrissenheit. Den Schmerz über den Verlust meines Sohns und auch meines Manns. Den Schmerz über diese Welt. Diesen merkwürdigen, ewigen Kreislauf aus Geburt, Leben und Tod, dessen Bedeutung uns so oft so schwer zu greifen gelingt. Diese Musik, seine Musik hat mir Kraft gegeben. Es war ein Geschenk für mich und ich bin traurig, dass ich es erst so spät entdeckt habe.«

Sie schwieg eine Weile, zupfte an dem Kissen herum.

»Ich war ein junges Mädchen, als ich Mitte der Siebzigerjahre aus Vietnam in dieses Land kam. *Boatpeople* nannte man uns, Schiffsmenschen, und glaub mir, auf diesen Schiffen sind zum Teil furchtbare Dinge geschehen. Ich war sechzehn Jahre alt und schwanger, als ich hier gestrandet bin. Bert hat sich meiner angenommen, er war mir ein guter Mann und für Håkan ein guter Vater, obwohl es schließlich nicht sein leiblicher Sohn war, hat er ihn wahnsinnig geliebt. Håkans Tod hat ihm das Herz gebrochen. Vielleicht war es von Anfang an ein Fehler, aber wir haben es danach noch einmal versucht. Nach Håkans Tod.«

»Was versucht?«

»Ein Kind zu bekommen. Ich war ja noch relativ jung, Ende dreißig. Und es hat geklappt, Håkan hat ein Brüderchen bekommen, auch wenn er davon nichts mehr mitbekommen hat. Aber es war seltsam, wie wenig Bert den Kleinen annehmen konnte, obwohl es ja diesmal sein eigen Fleisch und Blut war, wie man so sagt. Für Bert war Håkan nicht zu ersetzen. Mein Mann ist in eine schwere Depression abgeglitten und er hat es nicht zugelassen, dass ihm jemand hilft. Er hat sich das Leben genommen, sich im Keller erhängt und unser armer Sohn hat ihn gefunden. Damals war er vierzehn Jahre alt.«

»Das tut mir sehr leid«, sagte Forss. Hinter ihrer Augenklappe juckte es, aber sie zwang sich, sich nicht zu kratzen. Nicht jetzt, nicht in diesem Augenblick.

»Es waren sehr einsame Jahre«, fuhr Cajander fort. »Vor der großen Katastrophe waren wir sehr eng mit den Thulins befreundet. Wir haben Tür an Tür gewohnt, damals, als Majorna noch ein Arbeiterstadtteil war. Håkan und Daniel hingen seit Kindergartentagen aneinander wie Kletten und das hat sich nie geändert. Irgendwann sind wir dann mit unseren zwei Familien regelmäßig gemeinsam in den Urlaub gefahren, die Thulins hatten damals ein wunderbares Sommerhaus. Vielleicht habe ich auf der Insel die glücklichste Zeit meines Lebens verbracht. Alle haben sich miteinander verstanden, alles schien so leicht zu sein, so frei.« Etwas huschte über ihr Gesicht, vielleicht eine schöne Erinnerung. »Und dann, nach dem Tod der Jungen … wir haben die Thulins nach einigen Jahren aus den Augen verloren. Ich glaube, wir konnten einander nicht mehr ertragen. Wir waren einander wahrscheinlich wie Spiegel, und wir mochten nicht, was wir sahen. Der Anblick war zu schmerzhaft.« Cajander betrachtete gedankenverloren einen Faden, den sie aus dem Kissenbezug gezupft hatte. »Was wohl aus ihnen geworden ist?«

Forss räusperte sich.

»Ihre Ehe hat nicht mehr lange gehalten. Arne ist wieder verheiratet und Schulrektor in Borås, Julia wohnt weiterhin in Majorna und, nun ja, sie lebt davon, Algen zu sammeln und zu verkaufen. Daniels Schwestern haben Karriere gemacht.«

»Vielleicht müsste man sich mal wieder treffen«, überlegte Cajander. »Nach all der vergangenen Zeit eine gemeinsame Gedenkveranstaltung organisieren.«

Forss dachte an die Gespräche zurück, die sie in den vergangenen zwei Tagen geführt hatte. An die versehrten Herzen und geflickten Biografien. Vielleicht ist das keine so gute Idee, dachte sie.

»Das ist eine sehr schöne Idee«, sagte sie sanft.

11

Hugo Delgado hatte das Foto, das Ingrid Nyström nach der Obduktion von der Tätowierung des Toten gemacht hatte, ausgedruckt neben sich auf dem Schreibtisch liegen. Eine fünfgliedrige Tiertatze, grafisch etwas vereinfacht dargestellt. Klauen, wie bei einem Raubtier. Ein Bär? Ein Wolf? Ein Vielfraß? Umgeben von einem roten Oval, das von einem senkrechten und waagerechten Strich durchbrochen wurde. Wie die Andeutung eines Fadenkreuzes. Keine Frage, es handelte sich um ein sehr martialisches Symbol. Delgado verschränkte seine Finger ineinander und ließ die Gelenke knacken. Alle seine Kollegen hassten dieses Geräusch, aber heute störte sich niemand daran, er saß allein am Computer im Büro. Die Internetsuche nach Bildern von einer Tatze brachte erwartungsgemäß unzählige Treffer. Er versuchte es mit dem Zusatz *Grafik*. Damit hatte er zumindest schon mal die Fotografien von Tiertatzen aussortiert. Er scrollte in der Ergebnisliste nach unten.

Tatzenlogo über Tatzenlogo.

Eine Outdoor-Bekleidungsmarke

Werbung für Hundefutter

Eine Naturschutzorganisation

Dekotapeten

Autoaufkleber

Mehrere Hundeschulen

Ein Halsanhänger für Katzenfreunde

Ein Kanuverleih in Kanada

Eine andere Naturschutzorganisation

Eine Kampagne gegen das Tragen von Tierpelzen

Und dann entdeckte er die schwarze Tatze in dem ovalen roten Fadenkreuz.

Er klickte auf das Bild und wurde auf die Seite eines Internetlexikons geleitet. Das Emblem, erklärte die Webseite, gehörte zu *Blackwater USA*, dem weltweit größten Anbieter privater Sicherheits- und Militärdienstleistungen. Die Firma benutzte das Logo bis 2007, danach ging das Unternehmen mit leicht verändertem Emblem in *Blackwater Worldwide*, 2011 in *Xe Services LLC* und 2014 schließlich in *Academi* auf. Heute sah das Logo der Firma völlig anders aus. Delgado überflog die Info-Seite und merkte, dass sich sein Puls beschleunigte. Den Namen *Blackwater* hatte er schon mehrmals gehört. Richtig, 2010 hatte das Unternehmen unfreiwillig weltweit Schlagzeilen gemacht, weil es in dem von der Enthüllungsplattform *WikiLeaks* veröffentlichten Kriegstagebuch des Irakkriegs der US-Regierung auftauchte. In den geheimen Dokumenten, die das zum Teil völkerrechtswidrige und oft rücksichtslose Vorgehen gegen die irakische Zivilbevölkerung belegten, wurde auch das Ausmaß der Kooperation zwischen der US-Regierung, dem Militär und privaten Dienstleistern wie unter anderem *Blackwater* offenbar. Videomitschnitte, in denen *Blackwater*-Angestellte im Irak aus einem Hubschrauber heraus in eine Menschenmenge aus Zivilisten schossen, gingen um die Welt. Delgado musste schlucken. Je mehr er las, desto größer wurde der Kloß in seinem Hals. Die Liste der Rechtsbrüche und unmenschlichen Vergehen, die dem Unternehmen vorgeworfen wurde, war lang. Waffenschmuggel, wahllose Erschießungen, Hinrichtungen. *Blackwater* war nicht nur im Irak aktiv gewesen, sondern auch bei militärischen Konflikten oder geheimdienstlichen Aktionen in Somalia, Pakistan und Afghanistan. Nicht nur Regierungen wie die der USA hatten die Dienste *Blackwaters* in Anspruch genommen, sondern auch global agierende Konzerne wie *Monsanto, Chevron Oil* oder die *Deutsche Bank*. Sogar *Walt Disney,* verdammt noch mal. Beklommen zupfte Delgado an seinem Micky-Maus-Sweatshirt. Wer um alles in der Welt war der Mann, dessen Leichnam sie auf dem ehemaligen Rastplatz bei Dörarp gefunden hatten?

12

Ratlos legte Anette Hultin ihr Handy zurück auf den Küchentisch. Der Anruf ihrer Chefin war wie aus dem Nichts gekommen. Ihre erste Reaktion war Abwehr. Sicher, ihre Elternzeit näherte sich langsam dem Ende, genauer gesagt waren es nur noch gut zwei Wochen, bis sie wieder in ihren alten Arbeitsalltag würde zurückkehren müssen, siebzehn Tage um genau zu sein, eine genau bemessene Zeitspanne, die sich trotzdem seltsam abstrakt und unwirklich anfühlte, ein vager Punkt irgendwo weit in der Zukunft. Ihr Arbeitsplatz, der tägliche Dienst, die Kollegen, allen voran Hugo Delgado – das fühlte sich alles sehr weit weg an. Ihr Hier und Jetzt, ihr ganzes Sein, das bestand seit nunmehr einem Jahr und drei Monaten aus etwas vollkommen anderem. Aus einem kleinen, bezaubernden Wesen namens Wilma. Einzig und allein aus den Bedürfnissen dieses wunderbaren, winzigen Menschen. Wie die Kleine sie ansah, wenn sie sie in die Arme schloss! Wie sie sich schutzsuchend an sie klammerte! Wilma und sie, das war eine Einheit, eine Symbiose, eine Welt für sich, die mit der Realität vor der Haustür, die mit dem ganzen kaputten Mist da draußen nichts, aber auch gar nichts gemein hatte. Wilma, das war ihr Glück, ihre Bestimmung. Ihr Schützling und ihr Schutzbunker zugleich, in einem Maße, das sie sich nicht hatte vorstellen können. Sie, die ehemalige Unteroffizierin. Sie, die Sportskanone. Sie, die taffe Polizistin.

Und doch, und doch …

Nicht dass es Risse in der innigen Beziehung zwischen Wilma und ihr gegeben hätte. Das nicht. Aber Veränderungen. Die Kleine wuchs, entwickelte sich ständig weiter, wurde selbstständiger. Das war natürlich gut so, das war der Lauf der Dinge. Aber dieser Loslösungsprozess tat auch ein bisschen weh, wenn sie ehrlich zu sich selbst war. Einzusehen, dass die enge Zweisamkeit mehr und mehr gelockert wurde. Dass Wilma sich auch ihrem Vater, der Großmutter und anderen Menschen gegenüber zu öffnen und sich allmählich für andere Kinder zu interessieren begann. Deshalb war sich Hultin auch sicher, dass es Wilma guttun würde, ein paar Stunden in der Woche im Kindergarten zu verbringen und mit Gleichaltrigen zu spielen. Mit der Eingewöhnungsphase würde ihre Elternzeit ausklingen und Victor wäre endlich an der Reihe zu übernehmen. Geplant war, dass er zwei Tage die Woche mit Wilma zu Hause verbringen sollte, denn zu viel Zeit ohne ein vertrautes Elternteil wollten sie der Kleinen am Anfang nicht zumuten. Hultin nippte an ihrem Kaffee. Aus dem Wohnzimmer drangen Wilmas zufriedenes Plappern und das Poltern von Bauklötzen. Wie lange sich die Kleine mittlerweile selbst beschäftigen konnte! Sicher, Hultin konnte sich vorstellen, dass das alles noch zwei Wochen so weiterging: die morgendlichen Spaziergänge mit dem Kinderwagen, die gemütliche Zeit zusammen in der kleinen Wohnung, die Reime und Bilderbücher. Aber andererseits stand nun diese Bitte ihrer Chefin im Raum. Halbe Arbeitstage, am besten gleich ab morgen. Statt eines sanften Abschieds ein harter Schnitt. Ermittlungsarbeit statt Ringelreihen, Klinken putzen statt Kuchen backen. Seltsam, dass ihr der Gedanke erst jetzt kam: Nicht nur Wilma hatte sich in den vergangenen Monaten verändert, sondern sie sich ebenfalls. Sich einzig und allein auf die Mutterrolle zu beschränken, reichte vielleicht nicht mehr aus. Sie war kein Mensch, der gut mit Langeweile umgehen konnte. Und wenn sie wirklich ehrlich war, dann war genau dies das Wort, das ihren momentanen Gefühlszustand am treffendsten beschrieb: Langeweile. Sie griff nach dem Handy und rief ihren Mann an. Es gab einiges zu planen und zu bereden.

13

Ingrid Nyström musterte nachdenklich die schriftliche Zusammenfassung, die Delgado ihr gereicht hatte.

»Es muss ja nicht zwangsläufig bedeuten, dass der Mann ein Söldner war«, erläuterte Delgado. »*Blackwater* beziehungsweise *Academi,* wie sie heute heißen, bietet auch viele andere Dienstleistungen an. Sicherheitskonzepte, Personen- und Werksschutz, Personaltraining, Logistik in Krisengebieten oder auch Drohnenüberwachung. Such dir etwas aus. Die haben Tausende Mitarbeiter und sind weltweit aktiv.«

»Auch in Schweden?«

»Davon ist auszugehen.«

»Die verheilte Schussverletzung deutet allerdings darauf hin, dass der Mann nicht unbedingt zum Wachpersonal für den *Astrid-Lindgren-Park* in Vimmerby gehört hat.«

Delgado lächelte.

»Ich glaube kaum, dass der Freizeitpark zu ihrem Kundenkreis gehört.«

»Wie auch immer«, befand Nyström. »Zumindest haben wir jetzt einen konkreten Anhaltspunkt, was die Identität des Mannes angeht. Das war bis hierhin gute Arbeit, Hugo. Setz dich bitte mit *Academis* Personalabteilung in Kontakt und schicke Fotos des Toten. Ich kann mir vorstellen, dass der Konzern eine eher diskrete Informationspolitik betreibt, aber hier geht es schließlich nicht um Kleinigkeiten, sondern um einen ungeklärten Todesfall. Wenn sie sich querstellen, müssen wir notfalls über den Landespolizeichef Druck aufbauen.« Nyström seufzte. »Darüber hinaus sollten wir hier unsere Kapazitäten bündeln und möglichst schlagkräftig einsetzen. Ich habe Erik Edman bereits mitgeteilt, dass wir nach dem Fund der abgebrochenen Kanüle und dem Nachweis von Betäubungsmitteln im Körper des Toten nun offiziell wegen Mord beziehungsweise schwerer Körperverletzung mit Todesfolge ermitteln. Stina habe ich aus Göteborg zurückbeordert. Die Spurensicherung erweitert morgen ihren Suchradius vor Ort und ich habe zusätzlich einen Fährtenhund angefordert. Außerdem hat sich Anette Hultin vorhin zurückgemeldet. Wie es aussieht, konnte ich sie überreden, zwei Wochen früher als geplant aus ihrer Elternzeit zurückzukommen. Wenigstens für halbe Tage. Aber ehrlich gesagt, bin ich gerade für jede Unterstützung dankbar, die wir bekommen können.«

»Was ist mit Lasse?«, fragte Delgado, um schnell das Thema zu wechseln. Anette Hultin und er waren lange Zeit über immer mal wieder ein Paar gewesen, bevor seine Kollegin sich endgültig von ihm getrennt, wenig später einen deutlich älteren Mann geheiratet hatte und bald darauf schwanger geworden war. Der Gedanke an sie schmerzte bisweilen noch immer, obwohl er selbst mittlerweile schon über ein Jahr in einer neuen Beziehung lebte.

Nyström kaute auf ihrer Unterlippe, bevor sie antwortete. »Der bleibt bis auf Weiteres, wo er ist.«

14

Nach dem Telefonat mit ihrer Chefin hatte Stina Forss das Gefühl, dass ihr die Zeit davonlief. Es war bereits später Nachmittag, am Abend würde sie zurück nach Växjö fahren müssen und sie hatte noch nicht mit den Angehörigen von Ika Villman und Marcus Engström gesprochen. Lilian Villman, Ikas alleinerziehende Mutter, hatte Forss als Einzige weder telefonisch noch per E-Mail erreicht. Sie hatte nur eine Adresse in Frölunda, von der sie hoffte, dass sie noch aktuell war. Der Name des Göteborger Stadtteils war eng mit dem gleichnamigen Eishockeyteam verbunden, das zu den landesweit erfolgreichsten gehörte, und mit ihrem Logo, dem comichaft stilisierten Kopf eines Indianerhäuptlings. Obwohl Frölunda ebenfalls nahe an der Küste lag, hatte die Hochhaussiedlung rein gar nichts mit dem exklusiven, nur einige Kilometer weiter nördlich gelegenen Hjuvik gemein, in dem sich die Nilssons niedergelassen hatten. Forss parkte vor einem Haus, das zehn Stockwerke hatte und von dem der sprichwörtliche Putz bröckelte. Sie schellte mehrmals. Nichts regte sich. Forss wartete eine Weile, dann drückte sie auf sämtliche Klingeln. In der Gegensprechanlage knackte es, mehrere Stimmen redeten gleichzeitig, und Forss wiederholte so lange monoton »Aufmachen! Polizei!«, bis jemand den Türöffner drückte und sie ins Treppenhaus treten konnte. Der Anordnung der Klingeln zufolge wohnte Villman im achten Stock. Zum Glück funktioniert der Fahrstuhl, dachte Forss, während sie in der vibrierenden, zerkratzten Stahlbox nach oben fuhr. Im achten Stockwerk angelangt, zählte sie vier Wohungen auf der Etage. Villmans Name stand über dem altmodischen Briefschlitz in der Tür. Die Zeiten, in denen der Postbote Stockwerk für Stockwerk abgearbeitet hatte, waren lange vorbei. Längst waren alle Briefkästen im Eingangsbereich des Erdgeschosses montiert. Forss klopfte. Es tat sich nichts. Sie kniete sich hin, öffnete den Briefschlitz und versuchte etwas im Halbdunkel der Wohnung zu erkennen. Außer den vagen Konturen einer Garderobe sah sie nichts. Aber sie vernahm etwas anderes. Sie hörte jemanden atmen. Ganz nah. Ihr war, als säße Lilian Villman auf der anderen Seite der Tür auf dem Fußboden. Da war dieser Geruch, schwach, aber doch spürbar. Alkohol. Lilian Villman saß in ihrer Wohnung auf dem Fußboden und dünstete Alkoholgeruch aus.

»Hallo?«, flüsterte Forss durch den Schlitz in der Tür. Sie erklärte, wer sie war und worüber sie sprechen wollte. Auf der anderen Seite regte sich nichts. Nur das gleichmäßige Atmen und der unterschwellige Schnapsgeruch. Forss wartete eine Minute. Zwei. Drei. Dann stand sie auf, stieg in den Fahrstuhl, fuhr die acht Stockwerke nach unten, ging aus dem Haus zu ihrem Wagen und suchte das nächste Einkaufszentrum in ihrem Smartphone. Es lag nur Minuten entfernt. Sie fuhr dorthin, marschierte in den staatlichen Alkoholladen und kaufte eine flache 0,2-Liter-Flasche Wodka. Dann fuhr sie zurück zu dem Hochhaus, nahm ein Pflaster aus dem Verbandskasten im Kofferraum, schnitt zwei Streifen ab und befestigte mit ihnen ihre Visitenkarte auf dem Flachmann. Anschließend klingelte sie erneut so lange am Klingelbrett Sturm, bis jemand entnervt den Türöffner betätigte, fuhr wieder in den achten Stock, öffnete die Klappe am Briefschlitz von Villmans Wohnung und ließ die Flasche vorsichtig hindurchplumpsen. Anschließend verließ sie das deprimierende Gebäude und ging zurück zu ihrem betagten BMW. Die Dämmerung hatte bereits alle Farben aus der Welt gesaugt, nur die Straßen- und Parkplatzbeleuchtung warf gelbe Lichtkegel auf den Boden. Als sie gerade die

Tür ihres Autos öffnen wollte und durch die Scheiben der Fahrer- und Beifahrertür blickte, bemerkte sie auf der gegenüberliegenden Seite in einem der anderen abgestellten Wagen, der etwa zwanzig Meter von ihr entfernt stand, eine Gestalt im Schatten sitzen. Etwas in ihr reagierte. War es das Auto, das ihr bekannt vorkam, ein dunkelblauer Ford Galaxy älteren Baujahrs? Die Umrisse der kauernden, abwartenden Figur? Die Kombination aus beidem? Am wahrscheinlichsten war Letzteres. Sie hatte das Gefühl, den Mann und den Wagen in den vergangenen Tagen schon einmal gesehen zu haben. Wurde sie etwa beschattet? Wahrscheinlich bildete sie sich das nur ein. *Posttraumatische Belastungsstörung* lautete eine ihre Diagnosen. Siedend heiß fiel ihr ein, dass sie heute ihre wöchentliche Therapiesitzung hatte, zu der sie von Edman verdammt worden war. Nun, daraus würde nichts werden. Sie war zweihundertfünfzig Kilometer von zu Hause entfernt und hatte noch einen wichtigen Termin.

15

Eigentlich hatte sich Delgado vorgenommen, weiter nach der Frau namens Anita in Kiruna zu suchen und sich eine Strategie zu überlegen, den ehemaligen Freund und Liebhaber von Fredrik Sidenvall ausfindig zu machen, so er denn überhaupt existiert hatte. Stattdessen klebte er seit mehr als einer Stunde vor seinem Bildschirm und recherchierte über den Konzern *Blackwater* beziehungsweise *Academi*. Obwohl das Unternehmen international tätig war, fand Delgado keine nennenswerten Geschäftsverbindungen nach Schweden, zumindest gab es keine diesbezüglichen Pressemitteilungen oder Berichte, was natürlich nichts bedeuten musste. *Academi* gehörte zu den Firmen, die ihre Geschäfte am liebsten weit unter dem Radar der Öffentlichkeit abwickelten. Gegründet worden war der Konzern 1997 von Eric Dean Prince, einem ehemaligen Elitesoldaten der US-Streitkräfte und milliardenschweren Spross einer Unternehmerfamilie. Prince, der *Blackwater* 2010 verkaufte, galt als Fürsprecher einer radikal marktliberalen Politik und in Interviews verglich er die Gründung seiner privatwirtschaftlichen Armee und Sicherheitsfirma mit dem Verhältnis von *FedEx* oder *UPS* zur staatlichen Postbehörde: »Eine effiziente, privatisierte Lösung für erstarrte und zeitaufwendige Regierungsbürokratie.« *Blackwater* erhielt nach offiziellen Angaben in den frühen 2000er-Jahren von den Bush- und Obama-Regierungen sowie von der CIA Aufträge in Milliardenhöhe. Wie seine Eltern war Prince ein finanzieller und ideologischer Förderer der christlich-fundamentalistischen Rechten und unterstützte mit hohen Spenden konservative christliche Organisationen wie zum Beispiel *Family Research Council, Focus On Family* oder *Alliance Defense Fund*, die gegen die gleichgeschlechtliche Ehe und das Recht auf Abtreibung eintraten. Außerdem galt Prince als Mitglied des exklusiven Bunds *Council for National Policy,* in dem sich regelmäßig führende US-Konservative trafen, um darüber zu diskutieren, wie sie ihre Anliegen am besten durchsetzen können. Interessant fand Delgado den Umstand, dass Prince spät zum Katholizismus konvertiert war. Im Zuge der Untersuchungen zu den Tötungen von Zivilisten im Irak durch *Blackwater*-Söldner wurden aus den eigenen Reihen Vorwürfe gegen Prince und enge Mitarbeiter erhoben, die Führungsebene des Unternehmens würde sich Symbole eines christlichen-fundamentalen Templerordens zu eigen machen und die militärischen Einsätze im Nahen Osten als eine Art modernen Kreuzzug begreifen. Delgado konnte nur mit dem Kopf schütteln. Nach seinem Geschmack war ihm in den vergangenen Tagen entschieden zu viel Religiosität begegnet. Während er sich weiter durch die Unternehmens- und Familiengeschichte der schwerreichen Dynastie klickte, stieß er auf die Meldung, dass Princes Schwester, Betsy DeVos, langjährige Vorsitzende der Republikanischen Partei in Michigan, frisch gebackene Bildungsministerin der Trump-Regierung war. Eines ihrer erklärten Ziele: die Privatisierung des Schulsystems. Was waren das nur für Menschen, fragte sich Delgado, die sich selbst so nachdrücklich Christen nannten, deren politische Agenda jedoch gleichzeitig darin bestand, jede staatliche Aufgabe zu einer be- und abrechenbaren Dienstleistung umzudeuten, die die Besitzenden immer reicher und die Allgemeinheit immer ärmer machte? Gewinne privatisieren, Verluste verstaatlichen. Als hätte es Jesus' Bergpredigt nie gegeben, dachte er, dabei war er selbst nicht einmal ansatzweise gläubig. Aber wenn man sich schon lautstark auf eine übergeordnete Idee oder ein Welterklärungsmodell berief, dann sollte man es auch bitte schön beim Wort nehmen. Alles andere war Bigotterie. Frustriert fuhr er den Computer herunter, schaltete den Monitor aus, suchte seine Sachen zusammen und setzte sich, bevor er das Büro verließ, Kopfhörer auf. Vielleicht war jetzt der richtige Augenblick, um ein bisschen Death Metal zu hören.

16

Die Eltern von Marcus Engström lebten noch immer in Biskopsgården, ein von Hochhaussiedlungen geprägter, sogenannter Problemstadtteil, der in den vergangenen Monaten wegen tödlich verlaufener Schießereien zwischen verfeindeten kriminellen Gangs in die landesweiten Schlagzeilen gekommen war. Jan und Elvie Engström waren Anfang siebzig, schätzte Forss, ein verrenteter Hausmeister und eine pensionierte Kindergärtnerin. Der Flur der engen, überheizten Wohnung, in die sie gebeten wurde, erinnerte nicht nur wegen der hohen Temperatur und des eindringlichen Geruchs nach orientalischen Gewürzen an einen marokkanischen Basar, sondern vor allem wegen der Einrichtung aus farbenprächtigen Wandteppichen und Batiktüchern. Eine ornamentverzierte Lichterkette tauchte den Raum in ein unwirkliches, rötlich-orangefarbenes Licht, an das sich Forss' Auge erst einmal gewöhnen musste.

»Willkommen in Klein-Tunis«, begrüßte sie Jan Engström, der ihre Verblüffung richtig deutete. »Wie wäre es mit einem frisch gebrühten Pfefferminztee?«

»Zwei unserer Söhne sind mit Algerierinnen verheiratet, Nadira und Anisia. Seitdem sind wir Nordafrika-Fans«, fügte Elvie Engström erklärend an.

»Na ja, geboren sind die beiden ja eigentlich hier um die Ecke«, korrigierte sie ihr Mann.

»Aber ihre jeweiligen Eltern …, du weißt bestimmt, was ich meine«, sagte sie zu Forss gewandt, »Neuschweden.«

»Neuschweden seit den Siebzigerjahren wohlgemerkt«, schmunzelte Jan Engström und nahm Forss den Mantel ab, um ihn an der Garderobe aufzuhängen.

»Zum Pfefferminztee sage ich jedenfalls nicht Nein«, nahm Forss das Angebot an. »Bitte mit viel Zucker.«

»Dann setzen wir uns doch am besten ins Wohnzimmer«, schlug Elvie Engström vor.

Das Wohnzimmer war noch großzügiger beheizt als der Flur. Bestickte Sitzkissen, noch mehr Ornamentik, noch mehr Tücher und Teppiche an der Wand. Hier lebt aber jemand das Klischee bis zum Maximum, dachte Forss und bewunderte die Fotos der vielen Enkelkinder, die in goldfarbenen Plastikrahmen auf einer nüchternen Ikea-Anrichte aufgereiht waren, die in einem auffälligen Gegensatz zum Rest der Einrichtung stand.

»Biskopsgården ist reines Multikulti«, erklärte der rüstige Rentner. »Mit allen Vor- und Nachteilen, da muss man sich nichts vormachen. Ich habe hier in den Hochhäusern fast vierzig Jahre als Hausmeister gearbeitet. Es gibt wenig, was ich nicht gesehen oder erlebt habe. Zwangsehen, Kinderehen, salafistische Hirnwäscher. Verelendung und Einsamkeit, gestrandete Seelen aus aller Welt, die auf verarmte Altschweden treffen. Zum Teil krachend gescheiterte Integration. Aber eben auch Solidarität, Zusammenhalt und unbändige Lebensfreude. Bei der Hochzeit von Lucas und Nadira haben die Leute auf der Straße getanzt, und das meine ich wortwörtlich. Auch wenn im Moment die Polizei die Gewalt auf den Straßen nicht in den Griff bekommt, bringen Elvie und mich hier keine zehn Pferde weg. Wir sind Biskopsgårdener, durch und durch, nicht wahr, mein Schatz?«

Seine Frau, die gerade zurück in den Raum trat, brachte ein Tablett mit drei bauchigen, dampfenden Gläsern an den niedrigen Tisch.

»Was auch immer, Jan, ich bin natürlich deiner Meinung«, lächelte sie.

Forss bedankte sich für den Tee, nahm das Glas entgegen und blies auf das Heißgetränk.

So viel Harmonie, dachte sie, ein altes Ehepaar, das sich gut zu verstehen scheint und heiter miteinander umgeht, eine Schaar schwarzhaariger Enkelkinder, ein fröhlich adaptierter neuer Kulturkreis. Ein offenbar glückliches Rentnerdasein in einem der angeblich problematischsten Stadtviertel Schwedens. Und doch hatte die Familie einen großen Verlust erlitten. Wo war hier der Schmerz, fragte sie sich, wo der Abgrund, den sie bei allen anderen Familien der Opfer gespürt oder doch zumindest erahnt hatte?

Sie ließ die Engströms noch eine Weile über ihren Stadtteil und die Verzweigungen der Familie plaudern, bevor sie auf die Ermordung des Sohns zu sprechen kam. Lange war es still im stickigen Wohnzimmer. Die Gläser wurden nicht mehr angerührt, der Tee wurde kalt.

Schließlich war es Elvie Engström, die das Wort ergriff.

»Es heißt immer, Zeit heile alle Wunden. Was für ein dummer Satz! Die Zeit heilt überhaupt nichts. Ich denke noch immer jeden Tag an ihn. Wir denken noch immer jeden Tag an ihn. Fahren zweimal die Woche hinaus zum Friedhof und pflegen das Grab. Frische Blumen, ein neues Grablicht, es gibt immer etwas zu tun. Sicher, wir sind dankbar, dass wir drei unserer Kinder großgezogen haben, dass sie ihren Platz im Leben gefunden haben, geheiratet und uns wunderbare Enkel geschenkt haben. Dafür sind wir dankbar. Aber dennoch ... Marcus ... er war mein Jüngster. Er war unser jüngster Sohn. Vielleicht nicht der Begabteste. Vielleicht nicht das hellste Kerlchen unter der Sonne. Aber sein Lachen. Seine Heiterkeit und Treue. Dass er die Jungs aus der Band damals begleitet hat, aus reinem Enthusiasmus und Loyalität. Er war ja Lastwagenfahrer. Er konnte ja mit dem Transporter umgehen. Er war das Fahren langer Strecken ja gewohnt.

»Ich bin ihr *Roadie*, Mama«, hat er mir gesagt und gelacht und er war stolz darauf. Er hat sich gern in diese Rolle gefügt. Er hat sich damit wohlgefühlt. Erst ein Roadie macht eine Band zu einer richtigen Band, hat er mir erklärt. Er hat sich klein gemacht, damit die anderen groß sein konnten. Er hat ihren Bandbus gefahren, wenn man diesen klapprigen Transporter denn so nennen will, ihre Instrumente getragen und die Kabel auf der Bühne verlegt. Er war der Unsichtbare, der Kerl im Hintergrund. Und doch hätte ohne ihn nichts funktioniert. Das war Marcus. Das war mein Sohn. Und ich vermisse ihn jeden Tag.«

Sie schluchzte. Ihr Mann rückte an sie heran und umarmte sie.

»Ist ja gut«, sagte er, »ist ja alles gut.«

Überhaupt nichts ist gut, dachte Forss. Wie sollte es das auch sein. Aber plötzlich verstand sie die Einrichtung um sich herum. Das Abbild einer Märchenwelt aus tausendundeiner Nacht. Ein Ort geschaffen, um sich wegzuträumen.

Einfach so, Simsalabim.

»Die ersten Wochen nach seinem Tod war ich wie betäubt«, sagte Jan Engström. »An die Identifizierung oder an die Beerdigung habe ich so gut wie keine Erinnerungen. Alles liegt wie hinter einem Schleier. Der Tag, an dem mir erst richtig bewusst wurde, was geschehen war, war ein Mittwoch im Februar. Monate später also. Ein ähnliches Wetter wie heute, diesig und kühl. Ich kam von der Arbeit nach Hause, müde und zerschlagen. Elvie war damals …« Er warf seiner Frau einen fragenden, um Erlaubnis bittenden Blick zu. Sie nickte unmerklich. »Sie war damals für eine Zeit in einer Einrichtung. Es ging ihr nicht gut, überhaupt nicht gut. Uns beiden nicht. Aber dann kam dieser Abend im Februar. Ich bin an die Tiefkühltruhe gegangen, um mir irgendetwas warm zu machen, eine Pizza oder eine Lasagne, ich weiß es nicht mehr. Plötzlich hatte ich diesen Gefrierbeutel in der Hand. Der Blick auf das Klebeetikett hat mir buchstäblich das Herz gebrochen. Es war Marcus' Schrift. Er hatte den Eintopf gekocht, irgendwann im Herbst vor seinem … vor dem Unglück. Er hatte ja noch bei uns gewohnt. Kochen konnte er gut. Das war seine Art, sich hier im Haushalt einzubringen. Da stand ich also, mit seinem tiefgefrorenen Erbseneintopf in der Hand. Der Herzinfarkt hat mich von den Beinen geholt. Ich konnte mit letzter Kraft zum Telefon kriechen und den Notruf wählen. Die Ärzte sagten später, es sei knapp gewesen, eine Frage von Leben und Tod.« Er unterbrach sich für einen Moment, nippte an dem kalt gewordenen Tee. »Und doch, und doch: Wenn ich gekonnt hätte, würde ich mit ihm tauschen, mein Leben gegen seins.«

Nun war es Elvie Engström, die ihren Mann an sich drückte. Ihnen ist offenbar gelungen, was den Thulins versagt geblieben war, dachte Forss, sie haben sich in ihrem Schmerz gegenseitig gestärkt, anstatt als Paar und Familie auseinanderzubrechen. Wenigstens das.

»Wir haben diesen verfluchten Eintopf schließlich noch jahrelang in der Tiefkühltruhe aufbewahrt«, lachte Jan Engström unter Tränen. »Auch eine Art der Erinnerung. Ich glaube, Erbsen habe ich seitdem nie wieder gegessen.«

»Und dann gibt es unsere Kiste«, sagte seine Frau vorsichtig. Nun war es ihr Tonfall, der um Erlaubnis bat. Sollen wir, fragte dieser Tonfall, sollen wir es wagen, uns zu erinnern? »Seine Kiste.«

»Ich hole sie«, sagte Jan Engström und stand auf. Vielleicht kam ihm der Vorschlag entgegen, ein Vorwand, den Raum für einen Moment zu verlassen und sich die Tränen aus dem Gesicht zu wischen.

Zurück kam er mit einem hellblauen Schuhkarton unter

dem Arm. *Adidas Top Ten Hi,* las Forss. Die knöchelhohen Basketballschuhe mit den markanten drei Streifen waren zu ihrer Schulzeit der letzte Schrei gewesen. Engström stellte den Karton auf den Tisch und öffnete den Pappdeckel. Behutsam, als halte er Reliquien in den Händen, legte er die verschiedenen Gegenstände, die sich in dem Karton befanden, auf die Tischplatte. Handbeschriftete, selbst aufgenommene Audiokassetten. *Slayer* entzifferte Forss die krakelige Jungenschrift. *Entombed. Metallica. Flamethrower.* Einen zusammengerollten Nietengürtel. Nietenarmbänder. Eine Kunststofffigur aus dem Horrorfilmklassiker *A Nightmare On Elmstreet.* Eine Eishockeytorwartmaske. Eine digitale Armbanduhr. Ein Walkman mit Kopfhörer, dessen orangefarbene Schaumstoffpolster in Auflösung begriffen waren und zerbröselten, als Engström sie anfasste. Einige gräulich schimmernde Metallkugeln.

»Was ist das?«, fragte Forss neugierig.

»Das sind Eisenerzpellets«, erklärte Engström. Er lächelte matt. »Marcus mochte das Wortspiel. Metall und Metal. Wo er doch so auf Heavy-Metal stand.«

»Die hat er als Andenken mitgebracht«, ergänzte Elvie Engström. »Seine Lkw-Touren führten ja meistens weit in den Norden.«

»Bis in die Mine von Kiruna«, sagte ihr Mann und barg eines der kleinen, kugeligen Erzstücke wie einen Schatz in der Hand.

17

Ingrid Nyström hatte den Rat ihrer besten Freundin ignoriert. Sie hatte Anders nicht angerufen. Das, was zwischen ihnen stand, das, was so dringend besprochen werden musste, nein, vielmehr das, was sie ihm lautstark vorhalten, was sie ihm um die Ohren pfeffern würde, bedurfte nicht eines Telefonats, sondern einer persönlichen Konfrontation.

Auge um Auge.

Zahn um Zahn.

So fühlte sie sich zumindest im Moment an, ihre Wut: gewaltig.

Wie hatte er nur allen Ernstes eine so weitreichende Entscheidung treffen können, ohne sie in seine Überlegungen einzubeziehen? Wie hatte er seinen spontanen Entschluss so lapidar und ganz nebenbei der Welt mitteilen können? *Ihr* mitteilen können? Wie konnte Anders derart auf ihren Gefühlen herumtrampeln? Zählte ihre Meinung denn gar nichts? Hatte er sich noch nicht einmal anhören wollen, wie sie die Sache sah? Es betraf doch ihr gemeinsames Leben! Ein Jahr! Ein ganzes Jahr ihrer Ehe!

Der Zorn machte sie kurzatmig. Sie achtete nicht auf den Verkehr, merkte kaum, dass sie viel zu schnell fuhr, ihr Wagen fand den Weg nach Hause wie von selbst. Vor der Abzweigung in die Straße, an deren Ende ihr Haus lag, bremste sie ab. Sie nahm den Gang heraus, zog die Handbremse an und ließ den kleinen Toyota im Leerlauf vor sich hinbrummen. Einen Moment noch, einen Moment, um sich zu sammeln. Sich die Argumente zurechtzulegen. Nein, eher, um die Anschuldigungen auszuformulieren. Die richtigen Worte für das Unrecht zu finden, das ihr widerfuhr. Das Anders ihr antat. Selbstmitleid stieg ihr wie Sodbrennen in der Brust auf.

Wie konnte er nur?

Sie saß hier, mit einem zweifelhaften Selbstmord, einem leeren Grab und sechs ermordeten Jugendlichen. Einem toten Söldner, der eine abgebrochene Kanüle im Hals stecken hatte. Ihrem tölpelhaften Lieblingskollegen, den sie hatte zwangsversetzen lassen müssen. Ihrer alten, pflegebedürftigen Mutter. Ihrer überstandenen Krebserkrankung. Und in einer solchen Situation ließ er sie einfach so für ein Jahr sitzen?

Du kannst mich mal, dachte sie.

Sie löste die Handbremse, legte den Rückwärtsgang ein und machte sich auf den Weg zu Ann-Vivika Kimsel. Jedes Sofa war ihr willkommener als ein solcher Ehemann.

Verflixt und zugenäht.

Verfickt und zugedröhnt.

Vernäht und zugefixt.

Er fuhr mit dem Zeigefinger über seine kalte Stirn und zeichnete fünf Pentagramme. Zahlen waren wichtig. Fünf Pentagramme und sechs »Vaterunser in der Hölle«. Sixten kicherte. Das Gebet hatte er sich selbst ausgedacht. Es half ihm. Es stabilisierte ihn. Es tat ihm gut. Das konnte er gebrauchen, denn in der Nacht war schon wieder etwas schiefgelaufen.

Er hatte es nicht getan. Er hatte es nicht gebracht. Er war ein Versager, eine jämmerliche Made, wie alle anderen auch. Dabei war er doch ein Berufener! Ein wahrer Diener des DUNKLEN HERRN!

Sicher, zu Beginn war alles nach Plan gelaufen. Er hatte sich tagsüber Benzin beschafft, ein Feuerzeug, Essen und Trinken, sogar eine Decke, um im Auto schlafen zu können. Niemand in dem weitläufigen Einkaufszentrum hatte Verdacht geschöpft. Er hatte so getan, als sei er ein ganz normaler Bürger, ein ganz normaler Mensch beim Einkaufen. Er hatte eine unsichtbare Maske aufgesetzt und niemand hatte gemerkt, wer sich in Wirklichkeit darunter befand. Er hatte in der Shopping-Mall Kaffee getrunken, ein Eis gegessen und einen Cheeseburger. Dann war er durch Geschäfte gelaufen und hatte so getan, als würde er sich für die dämlichen Waren interessieren, Schuhe, Kleidung und elektronische Geräte, typisches Madenzeug und Rattengedöns. Weltliche Dinge. Im Einkaufszentrum war es immerhin warm und trocken gewesen und es gab eine öffentliche Toilette, die nichts kostete. Er hatte die Schritte zwischen den Läden gezählt und die Zeit verstreichen lassen. Auf dem riesigen Parkplatz hatte er in einer Pfütze aus Tauwasser die tote Ratte gefunden. Eine richtige Ratte, keine menschliche. Eine Rattenratte. Da war ihm die Idee mit dem Kreuz gekommen. Später war er mit dem Auto durch die Gegend gefahren und hatte den Friedhof ausgekundschaftet. Zur Sicherheit hatte er bis Mitternacht abgewartet. Eine gute Uhrzeit, eine gute Zahl. Er konnte sich im Dunkeln wie eine Katze orientieren, er war ein Wesen der Nacht, eins mit den Schatten der hohen Bäume im Mondschein. Das Grab des Mörders war leicht aufzuspüren gewesen. Eine notdürftig zugeschaufelte Grube auf dem sogenannten Schandacker. Ungeweihte Erde. Er hatte sie noch weiter entweiht. Oh ja, das hatte er! Er hatte auf das Grab des Mörders geschissen. Er hatte ein Zeichen gesetzt. Auch wenn das Grab leer war. Auch wenn der Mörder noch irgendwo dort draußen als Untoter herumlief. Dann war er mit seinem Benzinkanister zur Friedhofskapelle geschlichen. Er hatte den Brandbeschleuniger verteilt … und im entscheidenden Augenblick hatten ihm die Nerven gefehlt. Er hatte Angst bekommen und sich einfach nicht getraut. Er hatte versagt.

Aber heute Nacht würde er alles wiedergutmachen. Es gab bessere Kirchen als die neumodische Friedhofskapelle, alte Kirchen, vorreformatorische Kirchen. Kirchen des wahren Gottes. Kirchen des wahren Feinds. Heute Nacht würde die erste brennen.

Und das wäre erst der Anfang.

Der Gedanke an das Feuer erregte ihn.

Er sah aus dem Wagen in die Dunkelheit des abgelegenen Hohlwegs. Um ihn herum war nichts, nur Nadelbäume, kilometerweit. Es gab niemanden, der ihn beobachtete. Also konnte er es wagen, der Stimme in seinem Kopf zu gehorchen. Obwohl … eigentlich saß sie dieses Mal anderswo. Er öffnete seinen Hosenschlitz und tat dann das, was er »dem DUNKLEN HERRN ein kleines, feuchtes Opfer darbringen« nannte.

FREITAG

1

Stina Forss konnte vor Müdigkeit kaum geradeaus laufen. Der eisige, feuchte Wind, der ihr vom Ufer des Lagan her ins Gesicht wehte, tat das Seinige, um ihre Laune noch zu verschlechtern. Aus der Morgendämmerung schälten sich Gestalten, die ihre Chefin zu dem abgelegenen Rastplatz bestellt hatte: die Spurensicherung, ein uniformierter Suchtrupp inklusive Hund, Hugo Delgado, Ingrid Nyström selbst sowie Anette Hultin, die eine neue Frisur trug und innerhalb des vergangenen Jahres ein runderes Gesicht bekommen hatte. Sie begrüßte die Kollegin mit einer angedeuteten Umarmung und erkundigte sich halbherzig nach dem Wohl der kleinen Tochter. Ihre Beziehung zu Hultin war schon früh auf dem Niveau von Small Talk stehen geblieben, richtig warm geworden waren sie miteinander nie.

Aber das galt schließlich für die meisten Menschen, denen Forss begegnete.

Auf dem Weg von ihrem Wagen zum Fundort der Leiche war sie an dem einfachen Holzkreuz und der in den Boden eingelassenen, von *Metallica*-Fans geschmückten Gedenktafel stehen geblieben, von der ihr Delgado am Telefon erzählt hatte. Sie selbst war nicht gerade der weltgrößte Metal-Enthusiast, aber ein paar der frühen *Metallica*-Alben hatte sie in ihrer CD-Sammlung. Die Geschichte von Cliff Burtons Tod kannte sie, seit sie Teenager war. Wie sich damals auf dem Schulhof die Musikfreaks zuraunten, hatte Burton den Platz in der Schlafkabine im Bus erst kurz vorher bei einem Kartenspiel gegen seinen Bandkollegen Kirk Hammett gewonnen. Dem Mythos zufolge hatten beide aus einem Stapel eine Karte gezogen und Burtons Pik-Ass hatte Hammetts Karte ausgestochen, ausgerechnet das Pik-Ass, dem *Ace Of Spades,* der symbolbeladenen *dunklen* Spielkarte, der die Band *Motörhead* einige Jahre zuvor in ihrem gleichnamigen und bekanntesten Song ein musikalisches Denkmal gesetzt hatte, ein dreiminütiges, brachiales Meisterwerk, das in seiner Mischung aus Heavy Metal und Punkrock-Elementen überhaupt erst die Grundlage für spätere Speed- oder Thrashmetalbands wie *Metallica* gelegt hatte. So viel zur Ironie in der Musikgeschichte, hatte sie gedacht.

»Ein toter Söldner also?«, wandte sie sich an Delgado, der einen merkwürdigen Glanz in den Augen hatte. Ach, richtig: Hugo und Anette – da war mal was, erinnerte sie sich.

»Möglicherweise. Nichts Genaues weiß man nicht. *Academi,* das Unternehmen, das aus *Blackwater* hervorgegangen ist, hat noch nichts von sich hören lassen.«

Hultin räusperte sich. Bevor die ehemalige Leistungssportlerin zur Polizei gewechselt war, hatte sie einige Jahre in der schwedischen Armee gedient.

»Glaubt mir«, sagte sie, »es gibt dort draußen viele Möchtegern-Rambos und Fantasie-Elitesoldaten. Nur weil der Kerl eine *Blackwater*-Tätowierung hatte, heißt es nicht, dass er in dem Verein auch wirklich seine Brötchen verdient hat. Ich kenne Typen, die haben Navy-Seal- oder sogar Wehrmachts-Tattoos, dabei haben die nie auch nur eine echte Knarre aus der Nähe gesehen, geschweige denn in den Händen gehalten.«

»Was du für Leute kennst«, stichelte Delgado. »Aber du wählst ja auch die *Schwedendemokraten*.«

Hultin hatte aus ihrer Sympathie für die rechtspopulistische, einwanderungsfeindliche Partei nie einen Hehl gemacht. Vielleicht war das der Grund, warum es zwischen Delgado und der ehemaligen Berufssoldatin nie richtig funktioniert hatte, dachte Forss.

»Und du angeblich ja die *Feministische Initiative*«, entgegnete Hultin und verdrehte die Augen.

»Das war ein Scherz gewesen«, verteidigte sich Delgado, wobei für Forss offen blieb, ob der vermeintliche Witz in der reinen Behauptung bestanden oder er die feministische Splitterpartei bei der letzten Reichstagswahl tatsächlich gewählt hatte, womöglich in dem Bestreben, seine damalige Partnerin zu provozieren. Schließlich war Delgado, obschon er sich selbst wahrscheinlich als eher linksliberal bezeichnete, in Forss' Augen ansonsten nie als besonderer Verteidiger von Gleichberechtigung oder Frauenrechten hervorgetreten.

»Deine neue Frisur steht dir übrigens richtig gut, Anette«, intervenierte sie, weil ihr das Gezanke der beiden auf die Nerven ging.

»Danke«, lächelte Hultin und fasste sich geschmeichelt ins Haar. »Mein eigentlicher Friseur ist gerade im Urlaub, da habe ich …«

Weiter kam sie nicht.

Aus dem schmalen Baumstreifen, der den Rastplatz vom Seeufer trennte, ertönten laute Rufe.

»Der Hund … !«

»… hat was!«

»… Spur?«

Die drei Ermittler trabten zu der Gruppe Kollegen, die sich vor einer mächtigen Buche versammelt hatte. Im Zentrum der Aufregung stand der Fährtenhund, der vor Erregung winselnd im weichen Waldboden wühlte. Der Hundeführer sprach beruhigend auf das Tier ein.

»Was kann das denn sein?«, fragte jemand in die Runde.

»Die Jacke des Toten?«

»Seine Brieftasche?«

»Da!«

»Da ist was!«

»Was hat er denn da?«

Stina Forss sprach aus, was nun auch die anderen erkannten.

»Das ist ein menschlicher Kiefer«, sagte sie.

2

Es war eine stundenlange Puzzlearbeit, die den Charakter einer archäologischen Ausgrabung hatte, dachte Ingrid Nyström, der in dem zugigen Waldstreifen von Minute zu Minute kälter wurde. Fröstelnd trat sie von einem Bein aufs andere, während auf der ausgelegten Kunststoffplane vor ihr nach und nach menschliche Knochen zu einem mehr oder weniger vollständigen Skelett zusammengelegt wurden. Schädel, Schulterknochen, Rippenbögen, Wirbelsäule, Becken-, Arm- und Beinknochen wurden vorsichtig aus dem gefrorenen Waldboden befreit. Dunkel angelaufen, erdverkrustet, alt.

»Wie alt?«, fragte Nyström.

»Ziemlich alt«, antwortete Kimsel, »aber auch nicht gerade ein Neandertaler. Ich tippe eher auf Jahrzehnte als Jahrhunderte. Nach ersten Labortests wissen wir mehr.«

»Was ist nur mit diesem ehemaligen Rastplatz los?«, fragte Hultin in die Runde. »Als würde ein Fluch auf dem Ort liegen. Zuerst dieser Verkehrsunfall in den Achtzigerjahren, bei dem der *Metallica*-Bassist ums Leben kommt, dann gestern der narkotisierte Tote mit dem Söldner-Tattoo und jetzt finden wir auch noch die Überreste einer weiteren Leiche. Es wird sich bei dem verscharrten Skelett ja wohl kaum um Cliff Burton handeln.«

»Nein, Burton wurde eingeäschert und seine Asche wurde an seinem Lieblingsplatz verstreut, ich glaube, irgendwo in der Wüste von New Mexico«, sagte Forss.

»Hast du das gegoogelt?«, fragte Delgado.

Forss schüttelte den Kopf.

»Ich habe meine Schulpausen bei den Jeanswestenträgern in der Raucherecke verbracht.«

»Wir können wohl davon ausgehen, dass wir es hier mit einem Zufall zu tun haben«, sagte Nyström mit Bestimmtheit, auch wenn sie wegen des Funds der jahrzehntealten Leiche irritiert war. Sie hatte bei der morgendlichen Suchaktion auf etwas völlig anderes gehofft. Spuren im Fall des namenlosen Toten. Eine Jacke samt Brieftasche. Die Spritze, von der die Kanüle abgebrochen war, vorzugsweise voller registrierter Fingerabdrücke. Irgendetwas, das die Ermittlung nach vorn brachte. Stattdessen standen sie hier vor einem skelettierten Leichnam, der alles verkomplizierte. »Erstens: Der Rastplatz hier lag bis zum Bau der E4 an einer viel befahrenen Überlandstraße. Parkplätze, Raststätten, Sackgassen: alles ganz typische Orte, an denen panische Mörder oder Todschläger ihre Opfer verscharren. Die Täter stehen unter Stress, wollen den Leichnam schnell loswerden und suchen Orte, die anonym und mit dem Auto gut zu erreichen sind. Ich kann mich an einen solchen Fall vor einigen Jahren an der L 30 nördlich von Lammhult erinnern und vor ein paar Tagen wurde etwas ganz Ähnliches von unserem beliebten Kriminalistikprofessor Leif G.W. Persson im Fernsehen besprochen. Im *Verbrechen der Woche* geschah es am Autobahnring um Malmö. Nichts Ungewöhnliches also. Wer weiß? Wenn es Ann-Vivika oder den Forensikkollegen in Linköping gelingt, den Tatzeitpunkt beziehungsweise das Alter des Skeletts genauer einzugrenzen, finden wir womöglich eine alte Vermisstenanzeige, die auf unseren Knochenmann hier passt.«

»Oder Knochenfrau«, sagte Delgado leise.

»Also doch *Feministische Initiative*«, flüsterte Hultin zurück.

Nyström ignorierte die Bemerkungen, da ihr das ewige Gekabbel zwischen den beiden schon nach einer Stunde wieder auf den Geist ging.

»Zweitens«, fuhr sie fort. »Tragödien wie dieser Busunfall in den Achtzigerjahren passieren einfach. Vereiste Straßen im September sind ungewöhnlich, wahrscheinlich hatte der Busfahrer nicht damit gerechnet, er war womöglich übermüdet und Winterreifen hatte er zu dieser Jahreszeit bestimmt auch nicht aufgezogen.«

»*Shit happens*«, kommentierte Forss lapidar. »Einem Gerücht zufolge war auch Alkohol im Spiel. James Hetfield zufolge hatte der Fahrer eine Fahne.«

»James Hetfield?«, fragte Nyström. »Wer ist das jetzt schon wieder?«

»Der Sänger von *Metallica.*«

»Drittens«, nahm die Hauptkommissarin den Faden wieder auf, »gibt es diesen alten Parkplatz dem Gemeinderatsvorsitzenden von Dörarp zufolge überhaupt nur noch, weil hier die Gedenkstätte dieses verunglückten Rockstars liegt. Deshalb wird der Ort hier in Schuss gehalten, der Rasen gemäht, die Mülleimer geleert und darauf geachtet, dass hier nicht alles einfach überwuchert und verfällt. Es ist eine Touristenattraktion, wenn auch eine sehr spezielle, aber was hat Dörarp der Welt sonst schon zu bieten? Der Busunfall hat übrigens in Wirklichkeit einen Kilometer weiter nördlich stattgefunden, aber man brauchte schließlich für den Gedenkstein einen Ort, an dem die Leute parken, aussteigen und verweilen können. Gäb es diesen abgelegenen, aber zugänglichen Platz nicht, wäre hier auch nicht geschehen, was auch immer sich vorgestern Nacht hier zugetragen hat.«

»Worauf willst du eigentlich hinaus, Ingrid?«, fragte Hultin.

Nyström seufzte.

»Ist es denn so schwer zu verstehen?«, fragte sie. »Die drei Toten hängen natürlich zusammen, jedoch durch reinen Zufall. Die gemeinsame Klammer ist der verlassene Rastplatz. Das vermoderte Skelett lag hier vergraben, weil Mörder ihre Leichen oft an solchen Orten vergraben. Die Gedenktafel dieser Heavy-Metal-Legende befindet sich hier, weil in der Nähe der Unfall passiert ist. Und ohne diesen …, na ja, ich nenne es mal *Pilgerort*, gäbe es den abgelegenen Parkplatz gar nicht mehr, den sich, wer auch immer, als passenden Ort auserkoren hat, um einem vermeintlichen Söldner eine Narkosespritze in die Halsvene zu jagen. Und der Rest, meine lieben Kollegen, ist Geschichte. Die drei Tode hängen zusammen, ja, allerdings nur äußerlich. Einen inneren Zusammenhang sehe ich dagegen nicht.«

Delgados Handyklingeln unterbrach ihren Vortrag. Er blickte aufs Display, sagte überrascht »*Academi*« und nahm das Gespräch an, sich von den anderen abwendend. Nyström betrachtete gedankenverloren das braunschwarze Skelett. Bis auf die Knochen des linken Arms und der Hand schien es fast vollständig zu sein. Aus Delgados Richtung vernahm sie englischsprachige Wortfetzen.

Yes.

... no doubt?

Thank you very much.

Schließlich drehte sich Delgado wieder zu ihnen um und sagte:

»Wir haben einen Namen.«

3

Die Luft im Besprechungsraum war staubig und stickig, weshalb sich Stina Forss bereits zum dritten Mal Wasser in ihr Glas einschenkte. Wie immer, die Klimaanlage. Vielleicht lag es daran, dass der Gebäudekomplex von einem privaten Dienstleister gemanagt wurde – so viel also zu den vermeintlichen Vorteilen von *Public Private Partnerships,* dachte Forss und zog mit einem Stift Balsam auf ihre trockenen Lippen.

»*Academi* hat unseren Mann anhand des Fotos und ihrer Personalakten als Joakim Vestergård identifiziert«, referierte Hugo Delgado. »Er war von 2007 bis 2010 bei dem Vorgängerunternehmen *Blackwater Worldwide* angestellt. Über Art und Zweck dieser Anstellung schweigt sich der Konzern aus. Wichtig für uns ist jedoch erst einmal, dass wir einen Namen und ein Geburtsdatum bekommen haben. Das hilft uns natürlich ungemein weiter. Ich habe die Daten durch unsere Archive laufen lassen, und siehe da, Vestergård ist alles andere als ein unbeschriebenes Blatt. Er ist 1954 in Gävle geboren und schwedischer Staatsbürger. Polizeilich hat er sich das erste Mal in den späten Siebzigerjahren einen Namen gemacht, als er in der Stockholmer Türsteherszene aktiv war.«

»Damals hießen Türsteher noch Rausschmeißer«, kommentierte Nyström.

Forss dachte, dass dies eine typische Lasse-Knutsson-Bemerkung war. Vielleicht versuchte ihre Chefin die Lücke zu füllen, die sie selbst gerissen hatte. Forss tat Knutsson leid. Sicher, sein Tweet von der Exhumierung war nicht gerade ein Geniestreich gewesen und auch sonst stellte sich Lasse bisweilen ein wenig unbeholfen an, aber ihn deswegen gleich aus der Abteilung zu verbannen? Ihr fehlte ihr Lieblingskollege jedenfalls jetzt schon.

»Von mir aus auch Rausschmeißer«, fuhr Delgado fort. »Mit besten Kontakten in die damalige Rockerszene der Hauptstadt. In den Achtzigerjahren hat er sich selbstständig gemacht und ein Security-Unternehmen gegründet.« Er warf einen Seitenblick auf Nyström. »Auch wenn das damals wahrscheinlich noch Sicherheitsfirma hieß. Türsteher, Nachtwächter, Werksicherheit, Personenschutz. Er war landesweit einer der Ersten, die das so umfassend im großen Stil aufgezogen haben, und dementsprechend erfolgreich. Es gab Filialen in Malmö, Uppsala und Göteborg. Und immer wieder Konflikte mit dem Rechtsstaat. Viele Aktivitäten der *Vestergårds Säkerhet AB*, wie das Unternehmen hieß, bewegten sich in einer rechtlichen Grauzone. Mehrmals gab es Anzeigen wegen Schlägereien vor Nachtclubs, unerlaubten Waffenbesitzes, einmal ging es gar um Freiheitsberaubung, weil Mitarbeiter seiner Firma, die das Betriebsgelände eines Chemieunternehmens bewachten, einen vermeintlichen Einbrecher sechsunddreißig Stunden lang festgehalten und mit ruppigen Methoden verhört hatten, bevor sie ihn wieder laufen ließen.«

»Wann war das?«, fragte Nyström.

»1996«, antwortete Delgado. »Joakim Vestergård selbst wurde allerdings nie ernsthaft belangt. 2002 hat er sein Unternehmen verkauft, den Informationen zufolge, die ich in einer Wirtschaftszeitung gefunden habe, für über 100 Millionen Kronen. Anschließend hat er sich wohl mehr oder weniger zur Ruhe gesetzt und nur noch sporadisch als Berater gearbeitet. Sein ehemaliges Unternehmen wird seit mehr als zehn Jahren unter dem Namen *ALW* weitergeführt und ist immer noch ein Schwergewicht der Branche. *ALW* steht dabei für die Anteilseigner Asmussen, Lund und Wellington.«

»100 Millionen Kronen!« Hultin schnalzte mit der Zunge. »Damit würde ich auch in den vorzeitigen Ruhestand gehen. Aber warum dann seine Anstellung bei *Blackwater*? Eine *Midlife-Crisis*? Schiere Abenteuerlust?«

»Eine Erklärung könnte sein, dass er trotz des lukrativen Firmenverkaufs schlicht und ergreifend Geld gebraucht hat«, sagte Delgado. »2005, also zwei Jahre, bevor er bei *Blackwater* angeheuert hat, hat er sich scheiden lassen. Es muss den Wirtschaftsteilen der Zeitungen zufolge ein ziemlicher Rosenkrieg gewesen sein, denn seine Exfrau hat ihn anscheinend bei den Steuerbehörden angeschwärzt und die anschließenden Ermittlungen des Finanzamts haben zu millionenschweren Nachforderungen geführt. Ich habe etwas von einer beschlagnahmten Jacht und einem gepfändeten Ferienhaus in Südfrankreich gelesen. Vestergård war offenbar pleite. Ein Unternehmen wie *Blackwater* hat einem Mann mit seiner Erfahrung und Expertise bestimmt eine lukrative zweite Karriere anbieten können. Einen Neustart.«

»Und nach seiner Zeit bei *Blackwater?*«, fragte Nyström. »Was hat er nach 2010 getrieben?«

»Gemeldet ist er seit Anfang der 2000er-Jahre unter einer Adresse in Stockholm, auf Östermalm, ziemlich exklusiv. Seinen Steuererklärungen zufolge hat er sich weiterhin als Berater verdingt, mit einem ordentlichen Einkommen. Leben wir nicht in einem tollen Land, indem dank des Öffentlichkeitsprinzips jede Steuererklärung für jeden Bürger einsehbar ist?«

»Da kann man drüber streiten«, sagte Hultin, »das klingt insgesamt jedenfalls nicht unbedingt nach einem Mann, der sich in seinem Leben nur Freunde gemacht hat.«

»Wenn so jemand überhaupt Freunde hatte«, fügte Forss an.

»Wer auch immer mit ihm auf dem Parkplatz bei Dörarp war, gehörte jedenfalls nicht dazu«, stellte Nyström fest. »Angesichts seiner Biografie spuckt meine Fantasie eine ganze Horde potenzieller Feinde aus. Ehemalige Partner aus dem Milieu, die Konkurrenz und dann ist da noch die Zeit bei *Blackwater,* über die wir keine Informationen haben. Wer weiß, was Vestergård alles auf dem Kerbholz hatte?«

»Eine abgebrochene Kanüle, Betäubungsmittel, das fehlende Auto: Für mich klingt das fast nach Hollywoodthriller, nach irgendwelchen wilden geheimdienstlichen Aktivitäten der Marke *Jason Bourne*, aber nicht nach einem öden Flussufer in Småland«, sagte Hultin.

»Einem Gewässer, an dem wohlgemerkt noch eine zweite Leiche gefunden wurde«, sagte Forss.

Der bohrende Blick, den Nyström ihr zuwarf, mündete in einem lautlosen Kräftemessen zwischen den beiden Frauen.

Forss hatte zwar nur ein Auge zur Verfügung.

Aber das musste noch lange kein Handikap sein.

»Soll ich den Sermon wirklich noch einmal herunterbeten?«, fragte Nyström nach einem angespannten, endlos wirkenden Moment. »Wir sollten wirklich nicht in die Falle tappen und uns von dem unerwarteten Fund heute Morgen die Sicht auf Joakim Vestergård trüben lassen. Was die alten Knochen angeht: Ich schlage vor, wir lassen Ann-Vivika, Bo und gegebenenfalls das kriminaltechnische Labor in Linköping erst mal in Ruhe ihre Arbeit machen. Wenn der Todeszeitpunkt genauer eingegrenzt ist und mit ein bisschen Glück sogar irgendetwas zu den Umständen gefunden wird, schauen wir uns die Sache genauer an. Wie gesagt, vielleicht führen alte Vermisstenanzeigen ans Ziel, womöglich gelingt uns über das Zahnregistrat sogar eine Identifizierung wie zum Beispiel in dem Estoniafall vor einigen Jahren, falls ihr euch daran erinnert.« Hultin und Delgado nickten. Forss betrachtete dagegen ostentativ gelangweilt die Reste des grünen Nagellacks auf ihren angeknabberten Fingernägeln. Die können dringend eine Maniküre gebrauchen, dachte sie. »Angesichts unserer angespannten Personallage«, fuhr Nyström fort, »spiele ich mit dem Gedanken, den Skelettfund und alles, was daran hängt, bis auf Weiteres an Olssons Abteilung weiterzuleiten. Ich denke, mit Sidenvall und Vestergård sind wir mehr als genug gefordert.«

»Hier ein leeres Grab, dort eine Leiche zu viel«, murmelte Delgado.

»Wie gehen wir also weiter vor?«, fragte Hultin.

»Ich erwarte am späten Nachmittag Verstergårds Frau in der Pathologie. Ich habe sie telefonisch bereits informiert und sie hat sich umgehend von Stockholm aus auf den Weg gemacht. Zum letzten Mal gesehen und gesprochen hat sie ihren Mann angeblich vor zwei Tagen beim gemeinsamen Frühstück. Ihren Aussagen nach ist er zu einer mehrtägigen Geschäftsreise aufgebrochen. Mit seinem Auto, einem Mercedes-SUV. Die Fahndung nach dem Wagen habe ich natürlich bereits veranlasst.«

»Du hattest also recht, als du gestern auf Geschäftsmann und Großstadt getippt hast«, sagte Delgado.

Nyström deutete ein Lächeln an, bevor sie fortfuhr.

»Nach der hoffentlich erfolgreichen Identifizierung durch seine Frau müssen wir uns weiter vorantasten. Ein längeres Gespräch mit ihr hilft uns mit Sicherheit, ein schärferes Bild von dem Mann zu bekommen: Womit hat er sich gerade beruflich befasst? Befand er sich in irgendwelchen geschäftlichen oder persönlichen Auseinandersetzungen? Gab es gar offene Drohungen? Hatte er tatsächlich Feinde? Womöglich kann sie auch sein Engagement bei *Blackwater* genauer beleuchten.«

»Wobei wir sie keinesfalls vorschnell als Verdächtige aussortieren sollten«, gab Hultin zu bedenken. »Sie wäre nicht die erste unzufriedene Ehefrau, die ihren Mann über die Klinge springen lässt.«

»Nein«, sagte Nyström mit merkwürdiger Betonung, »das wäre sie sicher nicht.«

Forss konnte den Gesichtsausdruck ihrer Chefin nicht deuten.

»Und wie machen wir mit Sidenvall weiter?«, fragte Delgado. »Es gibt so viele lose Enden. Die unbekannte Anita aus Kiruna, der namenlose Liebhaber, der womöglich Jaguar fährt ...«

»Das hängt unter anderem davon ab, ob Stina uns etwas Interessantes aus Göteborg mitgebracht hat«, sagte Nyström spitz.

Forss nippte an ihrem Wasserglas und räusperte sich.

»Ich habe mit allen Hinterbliebenen Gespräche geführt, die dazu bereit waren.« Sie musste an die verschlossene Wohnungstür in dem Hochhaus in Frölunda denken und hielt einen Moment inne. An die Stille und den Briefschlitz, aus dem der Alkoholatem von Lilian Villman gedrungen war. »Wie ihr euch denken könnt, eine Menge Trauer und Schmerz – in vielen Schattierungen. Einigen ist der Weg zurück in ein halbwegs erfülltes Leben offenbar gelungen, anderen weniger.« Sie musste an Algen denken, die sich unter der Wasseroberfläche wanden. An den Rumpf eines Segelbootes, das über sie hinwegglitt. An einen Beutel tiefgefrorenen Erbseneintopf. Eine Sammlung von Spiderman-Comics. Nietenarmbänder und Erzpellets. »Was dagegen neue kriminalistische Erkenntnisse angeht, sind meine Ergebnisse eher bescheiden. Ob einer der Angehörigen als Mörder von Fredrik Sidenvall infrage kommt?« Sie hob die schmalen Schultern und ließ sie wieder fallen. »Ich weiß es nicht. Durch besondere Aggression hervorgetan hat sich niemand. Was natürlich nichts heißen muss. Wenn ihr nach meinem Gefühl fragt, lautet die Antwort Nein. Aber auch das muss natürlich nichts heißen.« Forss griff nach ihrem Wasserglas und nahm einen Schluck. »Eine mögliche Verbindung zwischen Fredrik Sidenvall und der Band ist in einem Krankenhaus in Göteborg zustandegekommen.«

»Wie das?«, fragte Nyström.

»Tomas Sjöö, der Sänger, Gitarrist und Kopf von *Flamethrower,* war an multipler Sklerose erkrankt, Fredrik Sidenvall an Rheuma. Beide hatten eine Zeit lang denselben Arzt, einen Spezialisten, der für die erfolgreiche Behandlung junger Patienten mit Autoimmunkrankheiten landesweit bekannt war. Daher ist Sidenvall häufig den weiten Weg aus Lessebo angereist. Die zuständigen Ermittler gingen damals davon aus, dass er und Sjöö dort im Krankenhaus während der Behandlung aufeinandergetroffen sind. Tomas Sjöö sah man den Death-Metal-Freak seinen Eltern zufolge schon von Weitem an, gut möglich, dass Fredrik Sidenvall überhaupt nur so auf ihn und seine Band aufmerksam wurde.«

»Das klingt plausibel«, befand Nyström. »Es würde zudem zu der Ansicht Francesco Alessandrinis passen, Sidenvalls altem Musikkumpel, der ausgesagt hat, dass *Flamethrower* im Grunde gar nicht so sehr Sidenvalls Feindbild der sogenannten Black-Metal-Bands entsprochen hätte. Außerdem waren sie ziemlich unbekannt. Eine persönliche Begegnung dagegen kann natürlich durchaus sehr prägend gewesen sein. Wer weiß, was zwischen den beiden jungen Männern im Krankenhaus vorgefallen ist? Es wäre ja nicht das erste Mal gewesen, dass Sidenvall aggressive Ausbrüche gehabt hätte, wie uns sein ehemaliger Tischtennispartner eindrücklich berichtet hat. Stichwort *Eddie-Freddy*. Womöglich sind sie sich im Wartezimmer oder auf dem Krankenhausflur ernsthaft in die Haare geraten.«

»Davon hatten jedenfalls beide eine ganze Menge«, sagte Delgado. Und auf Nyströms fragenden Blick hin: »Haare, meine ich. Sie hatten wie die meisten *metalheads* beide eine Menge Haare.«

Sein müder Versuch eines Scherzes kenterte unkommentiert.

»Oder es ist gar nichts zwischen ihnen passiert, und alles hat sich allein in Sidenvalls verdrehtem Oberstübchen abgespielt«, sagte Hultin trocken.

»Dann bin ich auf eine zweite mögliche Verbindung gestoßen«, fuhr Forss fort, »eine, die den Ermittlern aus Örebro damals offenbar entgangen ist, jedenfalls habe ich dazu nichts in den Akten gefunden. Marcus Engström, der Roadie von *Flamethrower*, war hauptberuflich Fernfahrer. Seine feste Route hat eine Zeit lang regelmäßig nach Kiruna geführt. Er hat Ersatzteile für Spezialwerkzeug in die Mine geliefert. Die Daten stimmen über mehrere Monate hinweg mit Sidenvalls Arbeitsverhältnis in der Grube überein. Das allein muss natürlich noch nichts heißen.«

»Aber?«, fragte Delgado, der Forss' Unterton richtig interpretierte.

»Als ich Marcus Engströms Eltern nach Mädchen in seinem Leben gefragt habe, nach einer festen Freundin oder Verlobten, wurde es sehr still im Raum.«

»Was willst du damit andeuten?«, fragte Hultin.

»Sehr, sehr still«, betonte Forss.

»Marcus Engström war homosexuell«, sagte Nyström leise.

4

Der Weg nach Granhult führte Lasse Knutsson nordöstlich von Växjö die L 23 hinauf, vorbei an den Seen Tofta, Innaren und Are. Der spätwinterliche Nadelwald entlang der Landstraße verschwand hier und dort hinter eisigem Nebel. Es war stellenweise sehr glatt, trotzdem trat Knutsson aufs Gas. Die Einsatzmeldung hatte ihn beunruhigt. Während der Fahrt wurde ihm zunehmend mulmig zumute und gleichzeitig zum ersten Mal bewusst, dass auch die Arbeit in der Olssonbande nicht nur aus Schwätzchen mit besorgten Bürgern, Kindergartentransporten und *Smörgåstårta* bestand. Es hatte sich um die dritte Meldung von Brandstiftung innerhalb von drei Tagen gehandelt. Und diesmal war es anscheinend ernst, zumindest hatte ihm sein Kumpel Wiman, der Chef der Feuerwehr, am Telefon unmissverständlich klargemacht, dass es nicht um ein Bagatelldelikt ging. Oder wie sollte man den Satz »Beweg sofort deinen fetten Hintern hierher, Lasse, hier ist die Kacke am Dampfen!« sonst deuten?

Er bog von der L 23 auf die L 31, folgte der Straße ein Stück südwärts, bevor ihn das Navi scharf links in einen unscheinbaren Hohlweg einscheren ließ. Er war froh, auf dem holperigen, teils gefrorenen, teils glitschigen Untergrund mit seinem großen Geländewagen unterwegs zu sein. Nach einigen Hundert Metern öffnete sich der schmale Weg abrupt. Der dichte Wald gab die Sicht auf schneebedeckte Wiesen und Felder frei. Dann sah Knutsson, wovon Wiman gesprochen hatte. Eingefriedet von einer verwitterten Steinmauer, umgeben von Grabsteinen, einzelnen Birken und einem frei stehenden, hölzernen Glockenturm, der mit spitzem Dach auf vier gespreizten Pfeilern ruhte, rauchten die letzten Reste der historischen Kirche von Granhult vor sich hin. Zwei Löschzüge flankierten hilflos das Geschehen. Hier gab es nichts mehr, was noch zu löschen gewesen wäre. Von der vorreformatorischen Holzkirche war nur mehr ein qualmender Haufen Asche übrig. Ja, er musste Wiman recht geben, hier war tatsächlich die Kacke am Dampfen.

Er parkte seinen Wagen vor der wuchtigen Steinmauer und ging auf die Pastorin und die Feuerwehrmänner zu, die erkennbar ratlos vor den schwelenden Trümmern standen.

»Geisteskranke.« Wiman schüttelte den behelmten Kopf. »Das müssen Geisteskranke gewesen sein. Anders kann man das nicht erklären.«

»Bist du dir sicher, dass es sich um Brandstiftung handelt?«, fragte Knutsson, obwohl er die Antwort eigentlich längst kannte. Drei Kirchen in drei Tagen, das konnte kein Zufall mehr sein.

»Wer auch immer das gewesen ist, hat sich noch nicht einmal die Mühe gemacht, sein Treiben zu vertuschen. Wir haben die leeren Benzinkanister überall hier verstreut gefunden. Insgesamt waren es sechs oder sieben.«

»Da hat jemand ganze Arbeit geleistet«, fügte einer von Wimans Kollegen an. »So ein dreister Fall von Brandstiftung ist mir in dreißig Dienstjahren noch nicht untergekommen.«

Knutsson brummte etwas in seinen Bart, dann stellte er sich der Pastorin vor, deren Bäffchen unter dem offenen Kragen ihrer Daunenjacke zu erkennen war.

»Wer macht so etwas?«, fragte sie, ohne wirklich eine Antwort zu erwarten, »wer macht so etwas nur?«

Geisteskranke, gab Knutsson Wiman recht, aber er sah ein, dass es für einen ermittelnden Polizisten vielleicht nicht unbedingt angebracht war, dies auch auszusprechen. Nein, hier waren Sachlichkeit und Sachverstand gefragt; gute, handfeste Polizeiarbeit, und dafür war er genau der richtige Mann. Beruhigend tätschelte er den Arm der Pastorin.

»Das kriegen wir schon wieder hin.«

»Ach ja?«, entgegnete sie aufgebracht. »Tun wir das? Hier ist gerade achthundert Jahre altes, unersetzliches Kulturgut verbrannt. Eine romanische Holzkirche aus dem Mittelalter, wie es landesweit vielleicht noch gerade einmal zehn Stück gibt. Wertvolle Deckenmalereien, ein perfekt erhaltenes Innendekor im Bauernbarock, eine spätgotische Madonnenfigur. Zauberst du das etwa alles wieder herbei?«

5

Ingrid Nyström schätzte Amanda Vestergård auf höchstens halb so alt wie den verstorbenen Ehemann. Die zweite Überraschung bestand darin, dass die elegante Frau, die schwarze Designerkleidung und ungeachtet des diesigen Wetters und der hereinbrechenden Dämmerung eine Sonnenbrille trug, die ihr halbes Gesicht verdeckte, beim Eintreten in das Empfangszimmer der Pathologie in jeder Armbeuge eine Babyschale baumeln hatte, aus denen der Hauptkommissarin jeweils ein dick eingepacktes, pausbackiges Engelsgesicht entgegenlächelte, was Nyström unweigerlich an ihren Enkel Albert denken ließ, an Anna und Healey und damit gezwungenermaßen auch an zu Hause und ihren vermaledeiten Ehemann, dem sie seit Tagen aus dem Weg ging. Sie zwang sich, die Gedanken an Anders und den damit verbundenen Zorn beiseitezuschieben. Die Tragik des Hier und Jetzt forderte ihre ganze Aufmerksamkeit. Wenn sie die Situation richtig erfasste, standen ihr nicht nur eine junge Witwe gegenüber, sondern auch noch zwei winzige Wesen, die ihren Vater verloren hatten, freilich ohne dass sie diesen Verlust auch nur ansatzweise begreifen konnten. Spüren würden sie ihn früh genug. Ihr taten die Kinder und ihre Mutter auf eine schmerzhafte Weise leid. Obwohl die Konfrontation mit trauernden Angehörigen zu ihrem Berufsalltag gehörte, empfand sie starkes Mitgefühl sowie Ohnmacht angesichts des Unabänderlichen: Joakim Vestergård war tot und würde es auch immer bleiben. Nyström nahm die junge Frau in Empfang und stellte sich vor. Sie hatte sich einige Worte zurechtgelegt, dennoch kamen sie ihr nur schwer über die Lippen. *Bedauern, Beileid* und das *Versprechen, alles Nötige zu tun*, um den oder die Verantwortlichen zur *Rechenschaft* zu ziehen. Als würde das irgendetwas an der furchtbaren Situation ändern, in die die junge Mutter schlagartig hineinkatapultiert worden war, dachte Nyström nicht ohne Bitterkeit. Wenn ihre Worte, die sie selbst in diesem Moment als so hohl empfand, bei Amanda Vestergård Reaktionen auslösten, so wurden sie von der überdimensionierten Sonnenbrille verborgen. Nyström suchte Augenkontakt, sah aber nur ihr eigenes doppeltes Spiegelbild, von der Wölbung der getönten Gläser verzerrt.

»Wenn du dich bereit fühlst, könnten wir nun hineingehen.«

Als wäre man für so etwas jemals wirklich bereit.

Vestergård nickte knapp und machte Anstalten, Nyström zu folgen.

»Die Kinder …?«, fragte Nyström verunsichert. Vestergård hatte noch immer beide Babyschalen in den Armbeugen. »Soll ich jemanden rufen, der sie unterdessen beaufsichtigt? Wir werden kaum länger als eine Minute brauchen.«

»Die bleiben bei mir«, sagte Vestergård ohne jeden Ausdruck in der Stimme.

Nyström wollte etwas einwenden. Die beiden Säuglinge und der kalte, leblose Leichnam ihres Vaters, aufgebahrt auf einem Edelstahltisch – in ihrem Kopf ging das nicht zusammen.

»Ich weiß nicht, ob dies der richtige Ort ist …«, hob sie an.

»Die bleiben bei mir«, wiederholte Vestergård. Ihr Gesicht hinter der Sonnenbrille wirkte wie eine Maske.

Dann soll es so sein, dachte Nyström. Im Magen verspürte sie ein ungutes Gefühl. Sie ging voran und hielt der jungen Frau die Tür auf. Als sie einen Flur durchquert und den entsprechenden Raum erreicht hatten, zögerte Nyström ein letztes Mal, bevor sie eintrat. Vestergård folgte ihr, die Babyschalen an die Seiten ihres schlanken Körpers gepresst. Eins der Kinder gluckste vergnügt. Nyström musste schlucken. Sie trat einen Schritt zur Seite. Amanda Vestergård hatte nun freie Sicht auf den Leichnam ihres Manns. Endlich stellte sie die Babyschalen auf den Boden. Sie betrachtete den Toten lange und konzentriert, so kam es Nyström wenigstens vor.

»Da liegt er also«, sagte die junge Frau schließlich. Diesmal war ihre Stimme kaum mehr als ein vorsichtiges Kratzen. »Da liegt er und ist tot.«

Sie wendete Nyström das Gesicht zu und schob langsam, ja vorsichtig die Sonnenbrille ins Haar. Unter ihrem rechten Auge klaffte ein geschwollenes Hämatom. Blauviolett schimmernd, zwinkerte es Nyström bösartig zu.

6

Hugo Delgado war gerade dabei, die wirtschaftliche Situation und das berufliche Treiben Joakim Vestergårds genauer zu beleuchten, indem er Kontakt mit dem zuständigen Finanzamt, der Handelskammer sowie sicherheitshalber auch mit der Abteilung Wirtschaftskriminalität der Stockholmer Kollegen und – wegen Vestergårds undurchsichtiger Anstellung bei *Blackwater* – dem auswärtigen Amt aufnahm, als sein Telefon klingelte. Er war über die Störung verärgert. Es fiel ihm auch so schwer genug, sich auf die Formulierungen in seiner E-Mail zu konzentrieren. Das lag nicht etwa an der Aufgabe, eine eloquente Dienstanfrage zu verfassen, dazu war er in seinem Job nun wirklich routiniert genug, und er beherrschte das entsprechende Amtskauderwelsch wie eine vertraute Zweitsprache. Nein, es lag an der verwirrenden Präsenz von Anette Hultin, die ihm gegenüber an ihrem Schreibtisch saß und sich am Telefon seit nunmehr einer halben Stunde mit renitenten Mitarbeitern *Academis* herumschlug. Wenn man einmal von Nyströms Geburtstagsfeier vor einigen Tagen absah, war es lange her, dass er Anette getroffen, noch länger, dass sie wirklich Zeit miteinander verbracht hatten. Das letzte Mal musste vor ihrer Babypause im Dienst gewesen sein. Nachdem sie sich vor etwa zweieinhalb Jahren endgültig voneinander getrennt hatten, war alles so wahnsinnig schnell gegangen, Anettes neuer Lebenspartner, die Schwangerschaft und seine eigene neue Beziehung mit Linda. Ihm wurde plötzlich bewusst, dass er sich nie die Zeit genommen hatte, einmal in Ruhe auf alles zurückzublicken, Bilanz zu ziehen und zu analysieren, warum die Sache mit Anette damals nicht richtig funktioniert hatte. Hatte es wirklich nur an ihm gelegen, wie sie ihm unaufhörlich vorgeworfen hatte, an seiner Unreife, an seinem Unwillen, im Leben den nächsten Schritt zu machen, sprich, sesshaft zu werden und eine Familie zu gründen? Sicher, das atemberaubende Tempo, in dem sie sich von Victor hatte schwängern lassen, sprach dafür. Andererseits spürte er seit geraumer Zeit bei Linda, dass ihm die Vorstellung, ein Kind zu bekommen, überhaupt nicht fremd war, im Gegenteil, versuchten sie doch aktiv seit einigen Monaten schwanger zu werden. Nur an ihm konnte es also nicht liegen, es musste etwas mit der Konstellation zu tun haben, Anette und er, sie schienen einfach nicht füreinander gemacht. Allein schon ihre furchtbare politische Einstellung, ihr lächerlicher Wertkonservatismus, die grauenhaften Hollywoodkomödien, die sie so lustig fand, ihr nichtssagender Musikgeschmack – die Liste nahm kein Ende. Er warf ihr einen schnellen Blick zu. Wenn, ja, wenn nur diese unerklärliche körperliche Anziehung nicht wäre ... Nach dem fünften Klingeln nahm er verärgert den Hörer ab.

»Ja?«, bellte er.

»Hallo, hier ist Mona Nyvall«, trällerte eine fröhliche Stimme.

»Bitte wer?«

»Die Pastorin der Missionskirche in Kiruna. Wir hatten vor einigen Tagen telefoniert.«

Schlagartig war Delgado wieder im Bilde.

»Sicher, sicher«, sagte er betont freundlich, »ich erinnere mich natürlich. Wir haben hier im Süden bereits sehnsüchtig auf deinen Anruf gewartet.«

Jetzt war es Hultin, die ihm mit gerunzelter Stirn über die zwei Schreibtische hinweg einen Blick zuwarf. Wahrscheinlich befand sie sich gerade wieder einmal in einer Warteschleife und hörte mit, was er sagte.

»Du hattest dich ja nach einer Anita in unserer Gemeinde erkundigt.«

»Genau, genau.«

»Wie gesagt, mir selbst war niemand mit diesem Namen bekannt, aber ich habe mich ein wenig bei den älteren Gemeindemitgliedern umgehört.«

»Und?«

Delgado fiel es schwer, seine Ungeduld zu zügeln.

»Nun ja«, Mona Nyvall lachte am anderen Ende der Leitung ein glockenhelles Lachen, »bei Kaffee und Kuchen kommen die Leute ins Plaudern. Es scheint, als wäre ich tatsächlich fündig geworden. Zwei ältere Damen konnten sich jedenfalls an eine gewisse Anita Birkebo erinnern. Früher ein sehr aktives Gemeindemitglied, auch wenn sie seit Jahren niemand mehr in der Kirche gesehen hat.«

Delgado klemmte den Hörer zwischen Schulter und Wange und begann hektisch in seinen Schreibtischunterlagen zu wühlen. Da war die Notiz, die er sich vor einigen Tagen gemacht hatte.

Anita Birkebo, 69 Jahre.

Der Name stimmte überein.

Die Frau ohne Telefonanschluss.

Delgado bedankte sich sehr höflich, dann legte er lächelnd auf.

»Was?«, fragte Hultin, immer noch den Hörer am Ohr.

»Irgendjemand von uns hat demnächst eine Verabredung in Kiruna.«

»Solange Wilma noch nicht vollständig abgestillt ist, reise ich da mit Sicherheit nicht hinauf. Und hast du eine Vorstellung davon, wie kalt es da um diese Jahreszeit ist?«

Delgado zog sein Smartphone hervor und wischte darauf herum.

»Heute Nacht beträgt die erwartete Tiefsttemperatur minus 23 Grad.«

»Na, herzlichen Glückwunsch, Hugo. Klingt, als hättest du das große Los gezogen.«

»Ich habe noch nicht einmal gefütterte Stiefel«, protestierte Delgado.

7

Nun saß Anette Hultin also hier, Schreibtisch an Schreibtisch mit ihrem Exfreund, und war mitten in den Ermittlungen zweier merkwürdiger Fälle gelandet. Das Ergebnis einer Entscheidung, die sie am Vortag aus dem Bauch heraus getroffen hatte. Ihr Mann hatte zwar überrascht reagiert, aber dann schnell eingewilligt. Was war ihm auch anderes übrig geblieben, hatte sie doch das Gros der Erziehungsarbeit in den vergangenen fünfzehn Monaten allein geschultert. Da war es wohl kaum zu viel verlangt, wenn Victor ein bisschen Flexibilität in Bezug auf seine Arbeitszeiten bewies, vor allem, da sich die Zahl seiner Vorlesungen in diesem Semester in sehr überschaubaren Grenzen hielt. Natürlich war es ein seltsames Gefühl, von einem Tag auf den anderen zurück in ihr altes Berufsleben katapultiert worden zu sein, allerdings wäre das zwei Wochen später wohl ähnlich gewesen, auch wenn sie die Abwesenheit Wilmas fast körperlich spürte.

Die Fälle also: ein möglicherweise fingierter Suizid eines mutmaßlichen Massenmörders, der fünfundzwanzig Jahre zurücklag, sowie der Tod mit Fremdeinwirkung eines erfolgreichen Geschäftsmanns im Sicherheitswesen, der eine unrühmliche Vergangenheit im mindestens halb kriminellen Milieu hatte. Mit Elan stürzte sie sich in die Aufgaben, die Nyström ihr zugewiesen hatte. Als ehemalige Berufssoldatin war sie für die Kooperation mit *Academi* prädestiniert. Es ging unter Umständen darum, den richtigen Ton zu treffen, hatte Nyström erklärt, und was das anging, traute sie Hultin einem Unternehmen gegenüber, das von einem Elitesoldaten gegründet worden war und zu einem Großteil aus ehemaligen Militärs bestand, doch mehr zu als dem pazifistisch eingestellten Delgado. »Sie hält dich für ein Weichei«, hatte sie Hugo nach der Dienstbesprechung zugeflüstert und ihn dabei spöttisch mit dem Ellenbogen angestubst. Merkwürdig war gewesen, wie vertraut ihr der körperliche Umgang mit ihm vorkam. Es kam ihr vor, als hätte ihr Ellenbogen sogar ein bisschen bei der Berührung gekribbelt, oder bildete sie sich das bloß ein? Vermutlich nichts weiter als ein seltsamer Reflex, eine Erinnerung ihres Körpers an längst vergangene Tage oder eher längst vergangene Nächte. Während sie so dasaß, den Hörer am Ohr, der Musik der Warteschleife lauschend, in die sie arrogante *Academi*-Angestellte unverschämterweise wieder und wieder verbannten – es war tatsächlich eine Fahrstuhl-Jazzversion von John Lennons *Imagine*, das der weltgrößte private Militärdienstleister da abspielte –, beobachtete sie aus den Augenwinkeln Hugo, der gedankenverloren auf seinen Bildschirm zu starren schien. Wie so oft, wenn er sich unbeobachtet fühlte, roch er an seinen Fingern, eine nicht besonders attraktive Angewohnheit, wie sie fand, auf die sie ihn bestimmt Hunderte Male tadelnd hingewiesen hatte. Nun stand ihr das nicht mehr zu. Und, was irritierend war, es machte ihr auch nichts mehr aus. Es sah beinahe irgendwie süß aus. Unschuldig und kleinjungenhaft. Was sie an Wilma denken ließ. Sofort stellte sich ein schlechtes Gewissen ein, denn ihr wurde klar, dass sie seit mindestens einer halben Stunde *nicht* an ihre Tochter gedacht hatte. Dabei hatte sie Victor doch versprochen anzurufen, um sich zu erkundigen, wie die Stunden in der Kita verlaufen waren. Wie hatte sie das vergessen können? Statt mit ihrem Mann zu telefonieren, war sie mit Nyström, Forss und Delgado in der Kantine gewesen und hatte hitzköpfig die Fälle diskutiert. Anschließend war sie auf einen Kaffee an Lasse Knutssons Tisch hängen geblieben, der »eine Strafrunde in Olssons Abteilung absolvierte«, wie er sich ausdrückte. Wilma und Victor waren ihr irgendwie durchgerutscht, wie sie zugeben musste. Am anderen Ende der Leitung verstummte die weichgespülte Friedensmelodie abrupt, es knackte, dann sagte eine Stimme in breitem Südstaaten-Englisch:

»*Secretary Of Chief Information Security Officer,* mein Name ist James Rourke, was kann ich für Sie tun?«

Hultin räusperte sich. Sie hatte nicht den Hauch einer Ahnung, in welche Abteilung man sie nun wieder durchgestellt hatte und mit wem sie da gerade sprach. Aber das würde sich klären lassen. Sie spürte etwas, das sie sehr lange nicht mehr gefühlt hatte, etwas, das nicht weiter von Wilma und Victor und den vergangenen fünfzehn Monaten ihres Lebens hätte entfernt sein können.

Etwas Aufregendes.

Jagdfieber.

8

Stina Forss schritt die Reihen mit Schuhen in ihrer Größe ab. Erik Albinzon war in ein Verkaufsgespräch vertieft, weshalb sie gezwungen war, sich einige Minuten in dem Schuhgeschäft in Kosta die Zeit zu vertreiben. Ein Paar hochhackige Winterstiefel erregten ihre flüchtige Aufmerksamkeit. Der Preis war okay, aber bei genauerer Betrachtung kam sie zu dem Urteil, dass die Stiefel haarscharf an ihrem Geschmack vorbeischrammten. Außerdem war der Winter hoffentlich bald vorüber und sie war nicht unbedingt der Typ Mensch, der Dinge auf Vorrat kaufte. Sie wandte sich von dem Regal ab und beobachtete stattdessen Albinzon. Dem leicht übergewichtigen Verkäufer mit der jugendlichen Frisur stand der Schweiß auf der Stirn. Er kniete vor einem lauthals heulenden Fünfjährigen, der ganz offenbar mit der Schuhauswahl seiner Mutter nicht einverstanden war, anders war es kaum zu deuten, dass sie den Jungen, der vor ihr saß, in einer Art Klammergriff hielt, während Albinzon den störrischen, umherzappelnden Fuß des Kleinen in einen Turnschuh zu zwängen versuchte. Der arme Literaturwissenschaftler, dachte Forss, bestimmt sehnte Albinzon sich in solchen

Augenblicken besonders innig zu seinen Proust-Wälzern zurück. Sie gab den Schuhen eine zweite Chance und fand ein Paar *Clarks,* deren Preis heruntergesetzt war. Desert Boots gingen immer. Sie probierte die Schuhe an. Hellgrau war zwar eigentlich nicht ihre Farbe, aber die klassischen Wildlederschuhe passten wie angegossen. Sie ging zur Kasse, an der sich mittlerweile auch Albinzon samt der Mutter und dem Kind eingefunden hatte. Der Junge weinte noch immer. Die Mutter zahlte, griff nach der Tüte, die Albinzon ihr entgegenreichte, und zog ihren schniefenden Sohn am Arm hinter sich her aus dem Laden.

»Puh«, machte Albinzon und wischte sich mit seinem Einstecktuch über die Stirn. Seine Fliege saß schief. »Heute ist einer dieser Tage.«

Er scannte den Schuhkarton, den Forss ihm reichte.

»Diesmal also kein Prada«, sagte er.

»Ich bin auch eigentlich nicht zum Shoppen hier.«

»Sondern?«

Albinzon lächelte sie schief an. Sollte das etwa ein Flirtversuch sein?

Sie schob das Foto von Marcus Engström auf den Verkaufstresen.

»Ach so«, sagte Albinzon. Er klang enttäuscht. »Beruflich.«

Er griff nach dem Foto.

»Hast du den jungen Mann damals vielleicht einmal zusammen mit Fredrik gesehen?«

Albinzon betrachtete das Bild konzentriert. Forss sah, dass er sich Mühe gab. Braver, verkannter Schuhverkäufer, dachte sie.

»Nein«, sagte er schließlich. »Leider nicht.« Er reichte ihr das Foto zurück. »Zumindest kann ich mich nicht an das Gesicht erinnern. Es ist alles so verdammt lange her.«

»Schade«, sagte Forss und steckte das Bild wieder ein. »Aber wenigstens habe ich jetzt neue Schuhe.«

»Wie wäre es mit einem Wildlederpflegemittel?«

Jetzt war es Forss, die schief lächelte.

»Danke, aber davon habe ich bereits mindestens drei zu Hause.«

»Und deine Telefonnummer?«

Bevor sie antwortete, musterte sie ihn noch einmal eingehend. Die Fliege, das Einstecktuch, die unmögliche Frisur.

»Nein«, sagte sie schließlich. »Kein Anschluss unter dieser Nummer.«

9

Ingrid Nyström hatte Amanda Vestergård nach der Identifizierung des Leichnams dazu überreden können, in einem nahe gelegenen Café gemeinsam etwas zu essen und zu trinken. Ein offenes Gespräch war natürlich in Hinblick auf die Ermittlung wichtig, aber noch viel mehr befürchtete sie, dass sich die augenscheinlich völlig erschöpfte und unter Schock stehende Frau ansonsten auf der Stelle wieder in ihr Auto gesetzt und auf die fünfstündige Fahrt zurück nach Stockholm gemacht hätte. Bei unsicheren Straßen- und Witterungsverhältnissen. Mit zwei Säuglingen an Bord.

»Hast du in Erwägung gezogen, über Nacht in Växjö zu bleiben?«, fragte sie, nachdem sie für sie beide schwarzen Tee und belegte Brötchen bestellt hatte.

Vestergård schüttelte kraftlos den Kopf.

»Die Zwillinge brauchen doch heute Nacht ihr Bettchen«,

sagte sie und streichelte einem der Babys, das schlafend auf ihrem Schoß lag, den Kopf. Das andere Kind schlief in seiner Trageschale.

Nyström betrachtete Vestergård genauer. Ohne die Sonnenbrille sah sie noch schöner aus. Daran konnte selbst das geschwollene Auge nichts ändern.

»Ich könnte hier alles Nötige arrangieren«, sagte sie. »Das wäre kein Aufwand.« Dann, nach einer Pause: »Das mit deinem Gesicht, war er das?«

Vestergård antwortete nicht, sah nicht mal auf. Sie schien ganz in die Betrachtung ihres schlafenden Babys versunken.

Keine Antwort ist auch eine Antwort, dachte Nyström.

»Gab es Streit?«

Endlich hob Vestergård ihren Blick. Das schwarze seidige Haar betonte das intensive Grün ihrer Augen. Sie sah Nyström an, aber sie sagte nichts.

Keine Antwort ist auch eine Antwort.

»Hatte es mit Joakims beruflichen Dingen zu tun? Mit seiner anstehenden Geschäftsreise? Weißt du, wen er treffen wollte? Worum es dabei ging?«

Nyström erkannte, dass es in der Frau arbeitete. Sie kämpft, dachte sie, sie kämpft mit ihrer Loyalität, ihrer Treue und Ergebenheit einem Mann gegenüber, der sie geschlagen hatte. Einen aufgeladenen Moment lang sah es so aus, als würde Amanda Vestergård etwas sagen. Doch dann wandte sie den Blick ab. Der Säugling auf ihrem Schoß begann sich zu regen.

»Ich stille ihn jetzt«, sagte sie schließlich. »Sein Brüderchen auch, wenn er aufwacht. Danach mache ich mich besser gleich auf den Weg.«

10

Stina Forss wartete nun bereits eine geschlagene halbe Stunde im Foyer des IT-Unternehmens. Gelangweilt strapazierte sie den quietschenden Drehmechanismus des Designer-Sessels, bis die Barbiepuppe hinter dem Empfangstresen ihr vorwurfsvolle Blicke zuwarf. Konnte die Schnepfe ihr nicht wenigstens die Wartezeit mit einem vernünftigen Kaffee versüßen? Irgendwo in diesem schicken Firmengebäude stand doch mit Sicherheit ein entsprechender Vollautomat. Als hätte er ihre Gedanken lesen können, kam Francesco Alessandrini schließlich mit einem kleinen Tablett in der Hand, darauf zwei perfekt aussehende Tassen *Espresso macchiato* und ein Tellerchen *Cantuccini*. Ein Hoch auf Italien, dachte Forss, und nahm den Kaffee dankbar entgegen.

»Entschuldigung«, sagte Alessandrini, als er ihr gegenüber Platz nahm. »Eine dieser endlosen Konferenzen. Mandelgebäck?« Er hielt ihr den Teller entgegen und Forss griff beherzt zu. »Geht es noch einmal um Fredrik?«

Forss bejahte, erklärte die Situation und zeigte ihm dann das Porträtfoto von Marcus Engström, das ihr seine Eltern überlassen hatten. Langes, gelocktes blondes Haar. Ein Flaum auf der Oberlippe. Naives Lächeln. Ein pausbäckiger Rauschgoldengel mit Schnurrbart. Wenn es so etwas überhaupt gab.

Alessandrini nahm sich Zeit und betrachtete das Foto eingehend, während er gleichzeitig an seinem Espresso nippte. Forss tat es ihm nach. Der Kaffee war wirklich ausgezeichnet. Sie schob sich ein weiteres Stück Mandelgebäck in den Mund.

Alessandrini sah auf.

»Ich kann nicht behaupten, dass mir der Mann bekannt vorkommt. Aber ich bin mir ziemlich sicher, dass ich ihn nie zusammen mit Fredrik gesehen habe.«

»Schade«, sagte Forss. »Einen Versuch war es wert.«

Alessandrini stellte seine Espressotasse ab.

»Dass der Kerl hier Fredriks Freund oder Liebhaber gewesen ist, kann ich mir nicht vorstellen.«

»War das nicht sein Typ?«

Alessandrini lachte.

»Keine Ahnung. Was weiß ich, auf welche Typen Fredrik stand? Über so etwas haben wir nie gesprochen. Aber ich meine etwas anderes.« Er reichte Forss das Foto zurück. »Sieh dir mal den Ohrstecker an, den der Mann trägt.«

Forss betrachtete die Aufnahme genauer.

»Ein christliches Kreuz«, sagte sie.

»Eben nicht. Das Gegenteil ist gemeint. Das Kreuz ist umgedreht.«

»Meinst du nicht, dass das Zufall ist und sich der Stecker einfach ein bisschen gedreht hat?«, fragte Forss, obwohl sie ahnte, dass Alessandrini recht hatte. Schließlich handelte es sich um den Roadie von *Flamethrower.*

»Auf einem Porträtbild?« Alessandrini lächelte. »Glaub mir, ich erkenne einen Death- oder Black-Metal-Fan, wenn ich einen sehe. Und den da …«, er deutete mit dem Gebäckstück, das er zwischen Daumen und Zeigefinger hielt, in Richtung des Fotos, » … hätte Fredrik unabhängig von seinem Männergeschmack nicht mit der Kneifzange angefasst.«

11

Dumpfe Ernüchterung und schwelende Wut. Beide Gefühlsregungen hielten sich in einer ungesunden, weil lähmenden Balance. Ingrid Nyström saß in ihrem Büro am Schreibtisch und fühlte sich außerstande, irgendetwas zu tun. Amanda Vestergård war von ihrem Mann geschlagen worden, dennoch schwieg sie. Aus falsch verstandener Loyalität schützte sie ihren toten Ehemann. Dabei war sie der mögliche Schlüssel zu dem Fall, davon war Nyström überzeugt. Amanda Vestergård wusste, wohin ihr Mann aufgebrochen war, sie wusste, wen er treffen wollte und worum es bei diesem Treffen ging. Amanda Vestergård kannte den Mörder ihres Mannes, aber sie blieb trotzdem stumm. Nyström kannte diese psychischen Mechanismen zur Genüge. Misshandelte Frauen, die ihre gewalttätigen Männer in Schutz nahmen, die immer wieder neue Ausreden fanden, um die Gewalt, die ihnen widerfuhr, zu rechtfertigen. So lange, bis es irgendwann zu spät war. So lange, bis sie irgendwann krankenhausreif oder sogar totgeschlagen worden waren. Dieses Muster hatte Nyström in ihrer Berufslaufbahn viel zu oft erkennen müssen. Das Gefühl von Ohnmacht und Frustration ließ sie ihre Lippen aufeinanderpressen. Sicher, im Fall Vestergård lagen die Dinge etwas anders. Es war Joakim, der nun tot war, nicht die Frau, die er geschlagen hatte. Aber das änderte nichts am Prinzip.

Lustlos starrte sie auf den Berg aus Unterlagen, die sich auf ihrem Schreibtisch stapelten. Ihr E-Mail-Postfach zu öffnen, traute sie sich kaum. Es gab so vieles, das zu tun war. Sie massierte sich die Schläfen. Dass das Telefon klingelte, nahm sie erst nach dem dritten oder vierten Signal wahr. Widerwillig nahm sie den Hörer ab. Es dauerte etwa zwanzig Sekunden, bis der Anrufer ihre volle Aufmerksamkeit hatte. Ein Kollege aus Värnamo berichtete, dass auf einem Supermarktparkplatz der Wagen von Joakim Vestergård sichergestellt worden war.

12

Belinda Davidsson roch nach Hund. Aber das war vielleicht nicht weiter verwunderlich, wenn man eine Hundeschule leitete, dachte Stina Forss. Bemerkenswerter war dagegen die Kollektion aufwendig gestalteter Motivringe, die Fredrik Sidenvalls Schwester auf ihren sorgfältig manikürten Fingern zur Schau stellte. Totenköpfe, Drachen, Fledermäuse. Gut, dass das ihr Bruder nicht mehr miterleben muss, ging es Forss durch den Kopf. Die beiden Frauen gaben einander die Hand. Sie hatten sich in demselben Café in Emmaboda verabredet, in dem bereits Nyström und Davidsson einige Tage zuvor gewesen waren.

»Mir wäre es recht, wenn es nicht so lange dauert«, Davidsson sah demonstrativ auf ihre mit Strasssteinen verzierte weiße Uhr. »Es war ein langer Arbeitstag und ich habe noch eine Stunde Autofahrt vor mir, bevor ich endlich mit dem Zubereiten des Abendessens anfangen kann.«

»Es wird schnell gehen. Sagt dir der Name Marcus Engström etwas?«

Forss schob das Foto über den Tisch.

Davidsson griff danach und nickte.

»Der Fahrer dieser Metal-Musiker aus der Schülerband, die Fredrik angeblich …«

Der Satz verhungerte in der nach Kuchen duftenden Caféhausluft.

»*Flamethrower,* genau. Kannst du dir vorstellen, dass Engström Fredriks Liebhaber gewesen ist?«

Ein schnaubendes Auflachen.

»Nun ja, dieses blonde Pummelchen mit Oberlippenbart sieht nun nicht gerade aus wie Johnny Depp.«

»Geschmäcker sind verschieden.«

»Fredrik stand auf Johnny Depp.«

»Taten wir das nicht alle?«

In Davidssons verhärmtem Gesicht regte sich ein Lächeln.

»Wo du recht hast, hast du recht. Kinostars und das echte Leben sind zwei verschiedene Dinge.« Sie sah wieder auf das Foto. »Gut möglich, dass er …« Sie hob eine Hand ein Stück weit über die Tischplatte und ließ sie wieder fallen. »Ehrlich gesagt weiß ich es nicht. Fredrik war früher sehr verschlossen, was diese Seite von ihm anging. Eigentlich kein Wunder, welcher Jugendliche spricht schon mit seiner kleinen Schwester über Sex? Und als wir dann älter waren und er aus Kiruna zurückkehrte, hatte er dieses radikale Christending am Laufen. Das war einem Outing mit Sicherheit nicht gerade förderlich, um es mal vorsichtig zu formulieren.«

»Okay«, sagte Forss, nachdem Davidsson ihren Worten nichts mehr hinzufügte. »Ich schätze, das war es schon. Danke, dass du dir noch einmal Zeit genommen hast.«

Sie nahm das Foto wieder an sich und machte Anstalten aufzustehen. Unvermittelt griff Davidsson nach ihrem Arm. Der Blick ihrer blassen Augen fixierte Forss.

»Glaubst du, er war es? Glaubst du, Fredrik hat diese jungen Leute getötet?«

Forss erkannte das Flehende in ihrem Blick. Eine unerwartete Zärtlichkeit ihrem Bruder gegenüber, Gefühle, die fünfundzwanzig Jahre lang hinuntergeschluckt worden waren.

»Was ich glaube«, sagte sie vorsichtig, »ist erst relevant, wenn ich es auch beweisen kann.«

13

Es war weit nach zwanzig Uhr, die Flure des Präsidiums hatten sich längst geleert, als Ingrid Nyström noch immer an ihrem Schreibtisch saß. Sie hatte sich nach dem Telefonat aus ihrer Agonie gelöst und den Stapel an zu erledigenden Aufgaben abgetragen, während Bo Örkenrud nach Värnamo ausgerückt war, um den sichergestellten Wagen zu untersuchen. Endlich ging es vorwärts, hatte sie gedacht und sich einen Ruck gegeben. Sie hatte Gespräche mit Edman, der Staatsanwaltschaft und der Pressestelle geführt. Sie hatte Notizen und Protokolle zusammengefasst und die Akten auf den neuesten Stand gebracht. Sie hatte mit den Kollegen in Stockholm telefoniert und sich über die Familie Vestergård informieren lassen. Von häuslichen Auseinandersetzungen war der Polizei nichts bekannt, auch darüber hinaus erfuhr Nyström wenig, was Delgado nicht bereits am Vormittag referiert hatte. Die örtlichen Kollegen hatten sich verschlossen gegeben. Es musste also über Amanda Vestergård gehen, dachte Nyström. Vielleicht würde die junge Frau, nachdem der erste Schock verdaut war, gesprächiger. Nyström würde sie erneut nach Växjö bitten müssen oder besser selbst nach Stockholm fahren. Vermutlich fühlte sich die Witwe in den eigenen vier Wänden wohler.

Delgado und Hultin erstatteten Bericht. Dass die ominöse Anita endlich einen Nachnamen bekommen hatte, war immerhin ein Fortschritt. Forss erklärte sich bereit, am nächsten Tag nach Kiruna zu fliegen. Das musste Nyström ihrer so oft so widerspenstigen Mitarbeiterin zugestehen: Der Deutschschwedin war kein Weg zu weit, keine Anstrengung zu groß, wenn es darum ging, Ermittlungsergebnisse zu erzielen. Erschöpfung war ein Fremdwort für Forss; sie ging bis an ihre Grenzen und darüber hinaus.

Die ungeklärte Rolle von Anita Birkebo und die vermeintliche Verbindung zwischen Fredrik Sidenvall und Marcus Engström waren eine derart weite Reise wert, hatte Nyström befunden. Hultin war bei *Academi* ebenfalls ein Stück weiter gekommen. Nyström hatte schon immer die Hartnäckigkeit der ehemaligen Leistungssportlerin geschätzt. Ein Verantwortlicher des Konzerns hatte zugesagt, ein Dossier über Joakim Vestergård und dessen Aufgabenfeld bei *Blackwater* zu schicken. Wann das allerdings geschah und wie aussagekräftig ein firmeneigener Rapport sein würde, war eine ganz andere Frage. Mit Sicherheit hatte das Unternehmen kein Interesse daran, kompromittierende Interna preiszugeben. Nun wartete Nyström ungeduldig auf Örkenruds Rückkehr. Als sie endlich seine schweren Schritte auf dem Flur hörte, war es kurz vor neun. Örkenrud sah abgekämpft aus. Die Arbeitsbelastung der vergangenen Tage war für alle immens gewesen, das war Nyström bewusst.

»Danke«, sagte sie, als er sich auf ihrem Besucherstuhl niederließ.

»Wofür?«

»Dafür, dass ich mich auf dich verlassen kann. Zu jeder Tag- und Nachtzeit. Wenn es sein muss, 365 Tage im Jahr. Immer.«

Sie lächelte.

Örkenrud winkte ab.

»Das ist mein Beruf, Ingrid. Dafür werde ich bezahlt.«

»Trotzdem danke ich dir.«

Sie suchte in seinem müden Gesicht nach einem Hinweis darauf, ob die Untersuchung von Vestergårds Wagen erfolgreich gewesen war.

»Viel gibt es nicht zu berichten«, sagte Örkenrud und fuhr sich durch sein verstrubbeltes Haar. »Dem Geschäftsführer des Supermarkts ist das Auto aufgefallen, weil es zwei Nächte hintereinander auf dem Kundenparkplatz stand, obwohl das Parken dort nur tagsüber gestattet ist. Ein unangenehmer, pedantischer Rechthaber, der Knilch. Ist die ganze Zeit um mich herumgewuselt und hat mich durch sein dauerndes Plappern bei der Arbeit gestört. Aber natürlich war es Glück, dass er so schnell die Polizei gerufen hat.«

»Und im Wagen selbst?«

»Die Spurenlage ist dünn. Kein einziger verwertbarer Fingerabdruck. Da hat jemand ganze Arbeit geleistet. Alle Oberflächen sind sorgfältig abgewischt worden. Ich konnte eine Menge Fasern, Schmutz und einige Haare sicherstellen. Aber ob uns das irgendwohin führt, bleibt abzuwarten. Das ist Arbeit fürs kriminaltechnische Labor.«

Nyström verzog das Gesicht. Auch wenn es zu erwarten gewesen war, war das nicht das Ergebnis, auf das sie gehofft hatte.

»Portemonnaie, Autoschlüssel, irgendwelche persönliche Unterlagen?«

»Fehlanzeige.«

»Mist!«

»Wenigstens unterstützen die Umstände die These, dass der vermeintliche Täter Vestergårds Wagen vom Tatort weggefahren hat, um die Identifizierung des Leichnams zu erschweren. Ohne Vestergårds komprimierende Tätowierung würden wir wahrscheinlich immer noch im Dunkeln tappen.«

Nyström hatte einen Finger an die Nase gelegt und nickte nachdenklich.

»Sie müssen zu zweit gewesen sein«, überlegte sie. »Mindestens. Anders kann das Auto nicht nach Värnamo gelangt sein. Der Täter wird wohl kaum getrampt oder mit einem Fahrrad die 30 Kilometer zu dem ehemaligen Rastplatz geradelt sein, um seinen eigenen Wagen abzuholen.«

»Nur wenn du davon ausgehst, dass der Rastplatz ein Treffpunkt war. Was, wenn Vestergård gemeinsam mit dem Täter in seinem oder dessen Auto zu *Gyllene Rasten* hinausgefahren ist. Sie können sich ja in Värnamo getroffen haben. Oder sonst wo.«

»Aber was sollten sie dort draußen gewollt haben? Sie wollten wohl kaum zur Gedenkstätte dieses Musikers pilgern, um zusammen andachtsvoll eine Kerze anzuzünden.«

»Sich in Ruhe unterhalten?«, schlug Örkenrud vor.

»Das kann man auch auf einem nächtlichen Supermarktparkplatz in Värnamo. Dafür liegt *Gyllene Rasten* zu abgelegen.«

»Wer weiß, was dort über die Bühne gegangen ist, Ingrid? Waffen? Drogen? Schwarzgeld? Für solche Geschäfte sucht man sich gerne ein ruhiges Plätzchen, wo einen mit Sicherheit niemand stört. Auf mich wirkt es wie ein illegaler Deal, bei dem etwas aus dem Ruder gelaufen ist.«

»Oder Vestergård ist in eine Falle gelockt worden«, überlegte Nyström. »Die Spritze, die starken Narkosemittel … da war jemand gut vorbereitet und wusste, was er wollte. Wenn nicht Vestergårds Tod, dann doch mindestens, dass er außer Gefecht gesetzt wurde.«

Örkenrud schlug sich mit den Handflächen lautstark auf die Oberschenkel und stand auf.

»Wie auch immer«, sagte er. »Für mich ist jetzt jedenfalls erst mal Feierabend.«

»Den hast du dir verdient.«

»Du dir auch. Mach nicht mehr zu lange, du hast schließlich auch noch ein Familienleben«, sagte Örkenrud, bevor er die Tür hinter sich schloss.

Wenn du wüsstest, dachte Nyström.

14

Ludvig Pärsson, Sidenvalls ehemaliger Arbeitgeber, und sein Lebensgefährte lümmelten in Jogginghosen jeweils auf einem Sofa, zwischen ihnen ein Couchtisch voller Chipstüten, voller und leerer Bierflaschen und eine Schale Wasabi-Erdnüsse. Der Spielfilm, den sie geschaut hatten, als Stina Forss bei ihnen geklingelt hatte, war auf Pause gestellt. *Fredagsmys,* die sogenannte Freitagabendgemütlichkeit, war vielen Schweden heilig, wie sich Forss immer wieder bewusst machen musste.

»Ich hätte nicht gestört, wenn es nicht wichtig wäre«, entschuldigte sie sich.

»Der Film ist eh nicht besonders spannend«, sagte der gut aussehende Mann, der sich als Olav vorgestellt hatte. »*Batman* gegen *Superman*, so ein Quatsch.«

»Ich finde, allein schon für Ben Afflecks Oberkörper lohnt sich der Streifen«, grinste Pärsson und griff nach dem Foto, das Forss ihm entgegenhielt.

»Blödmann«, sagte Olav und warf mit einer Wasabinuss nach seinem Freund.

»Oha«, kommentierte der, als er die Aufnahme betrachtete. »Nicht gerade Ben Affleck.« Und auch nicht Johnny Depp, dachte Forss. »Und das soll Fredriks heimlicher Lover gewesen sein?«

Er hielt das Bild so, dass auch Olav es sehen konnte.

»Wo die Liebe hinfällt«, sagte der nach einem knappen Blick und nuckelte an seiner Bierflasche.

»Tut mir leid«, sagte Pärsson, »aber da klingelt bei mir nichts. Ich glaube nicht, dass ich diesen jungen, geschmacksverirrten Mann schon einmal gesehen habe. Diese Frisur, der Oberlippenbart … furchtbar!«

»Da kann man nichts machen«, entgegnete Forss. »Noch mal *sorry* wegen der Störung.«

»Kein Problem.«

Forss wandte sich zum Gehen.

Dann fiel ihr etwas ein.

»Wo würden sich Schwule in Kiruna treffen?«

»Im Bett?«, schlug Olav vor.

Forss musste lächeln.

»Schau mal im *Swedish Gay Guide* nach, da wirst du fündig«, sagte Pärsson. »Clubs, Treffpunkte, *Cruising Areas.* Da steht alles drin.«

»Gab es diesen *Gay Guide* schon in den Neunzigerjahren?«, fragte sie.

»Den gibt es schon ewig«, sagte Pärsson. Er stand auf. »Wird jedes Jahr neu aufgelegt. Wenn du Glück hast, habe ich noch einige alte, zerfledderte Exemplare im Arbeitszimmer.«

15

Natürlich war ihr klar, dass es so nicht weitergehen konnte, dazu brauchte es weder Ann-Vivika Kimsels mahnende Worte noch die flehenden Anrufe ihrer Tochter Anna. Probleme lösten sich nicht in Luft auf, indem man ihnen aus dem Weg ging. Anders löste sich nicht in Luft auf, indem sie ihm aus dem Weg ging. Ingrid Nyström kontrollierte ihr Handy. Es fiel ihr erst jetzt auf, aber er hatte an diesem Tag noch keinen Versuch unternommen, sie zu kontaktieren. Das stand in einem auffälligen Gegensatz zu den siebzehn SMS und acht Anrufversuchen vom Vortag, die sie selbstverständlich samt und sonders ignoriert hatte. Was war los? Gab er so schnell auf? Erschien sie ihm so wenig Mühe wert? Lohnte es sich nicht, um sie zu kämpfen? Ein neuer Schwall Wut wallte in ihr. Sie warf sich die Winterjacke über, griff nach ihrem Lederbeutel und verließ das Büro. Es war Freitagabend um kurz vor zehn, höchste Zeit, nach Hause zu fahren und die Sache ein für alle Mal zu klären. Die seit Tagen angestauten Gefühle drohten ihren Brustkorb zu sprengen. Zorn, Enttäuschung, Verletztheit, Traurigkeit. All das musste raus, alles musste auf den Tisch. Es ging längst nicht mehr um das Jahr in Afrika, das sie Anders ja im Grunde gönnte, wie ihr klar geworden war, es ging um Vertrauen, um das große Ganze, um den Fortbestand ihrer Ehe. Denn wie sollte sie, Herrgott noch mal, mit einem Mann zusammenleben, der sie nicht ins Vertrauen zog?

Sie fuhr viel zu schnell, ohne sich darum zu kümmern. Kurz vor Ör musste sie scharf bremsen, beinahe hätte sie einen Fuchs überfahren, der vor ihr die Straße überquert hatte. Das Tier war wie aus dem Nichts aufgetaucht. Mit pochendem Herzen bog sie in die Einfahrt ihres Zuhauses ein. Im den Wohnzimmerfenstern brannte Licht und es flackerte bläulich, ein gutes Zeichen dafür, dass Anders noch wach war, wahrscheinlich hatte er es sich vor seinem obligatorischen Freitagabendkrimi bequem gemacht. Bei dem Gedanken wurde sie von einer neuen Woge Wut gepackt. Da stand ihre ganze Beziehung auf der Kippe und ihrem werten Ehemann fiel nicht anderes ein, als sich von einem bescheuerten Film unterhalten zu lassen! Sie stellte den Wagen ab, griff ihren Beutel und stürmte ins Haus. Sie machte sich nicht einmal die Mühe, die Schuhe auszuziehen, Türen flogen auf, dann stand sie endlich schwer atmend im Wohnzimmer. Anna und Healey sahen sie verwundert an, der kleine Albert gurrte im Schlaf. Von Anders keine Spur.

»Papa ist seit gestern in Stockholm«, sagte Anna schließlich. »Er muss persönlich zur Botschaft von Tansania, um so kurzfristig noch ein Visum zu bekommen. Er übernachtet bei seinem alten Freund Clas und ist erst morgen wieder zurück.«

16

Auf dem Weg von Lessebo nach Hause grübelte Stina Forss über Fredrik Sidenvall und Marcus Engström nach. Beide waren homosexuell gewesen, beide hatten im selben Zeitraum in der Mine in Kiruna gearbeitet. Aber bisher hatte sie keinen Hinweis darauf gefunden, dass die jungen Männer sich gekannt oder gar ein Verhältnis miteinander gehabt hatten. Die Minengesellschaft hatte mehrere Tausend Angestellte, dazu Hunderte von Zulieferern, es war also sehr gut möglich, dass sich Sidenvall und Engström nie begegnet waren, sich nie kennengelernt oder füreinander interessiert hatten. Was Forss zunächst wie eine heiße Spur vorgekommen war, entbehrte bei genauerer Betrachtung jeder Grundlage. Schwul und schwul gehört zusammen: So simpel funktionierte Projektion, so simpel funktionierten Vorurteile. Das war einer sorgfältigen Ermittlerin nicht würdig, musste sie zerknirscht feststellen. Pärssons angejahrten *Gay Guide* hatte sie trotzdem mitgenommen. Man wusste schließlich nie.

Sie spürte beim Fahren ihre Müdigkeit. In den vergangenen Tagen hatte sie viel zu wenig Schlaf bekommen. Sie kurbelte das Autofenster herunter und ließ sich vom kalten Luftzug wachpusten. Der letzte Kilometer bis zu ihrem abgelegenen Haus erforderte eine gewisse Konzentration, erst recht, wenn der Untergrund vereist war. In drei Kurven des sich windenden Waldwegs lagen felsige Steilhänge, an denen es abrupt nach unten ging. Sie hatte Routine, meisterte den Parcours ohne Probleme, ließ den BMW die letzten Meter ausrollen und stellte den Motor ab. Im selben Augenblick fiel ihr ein, dass sie vergessen hatte, einkaufen zu gehen. Sie war in den vergangenen Tagen wenig zu Hause gewesen und hatte jeden Überblick über ihre Vorräte verloren. Üppig war ihr Tiefkühlfach nicht gefüllt, so viel stand fest. Mit ein wenig Glück findet sich unter den Mengen an Stachelbeeren, die sie im Spätsommer geerntet und eingefroren hatte, noch eine Fertiglasagne, dachte sie. Bevor sie die Haustür aufschloss, fischte sie aus dem Briefkasten die übliche Reklame. Dazu einen Briefumschlag ihres Energieversorgers, wahrscheinlich eine Rechnung. Dann war da noch eine Postkarte. Das Motiv zeigte ein Fußballstadion, das ihr sehr bekannt vorkam. Sofort versteifte sich etwas in ihr. Sie drehte die Karte um. Außer ihrer Adresse stand dort nur ein einziger Satz geschrieben. Genau genommen war es eine Frage.

Reden wir über Kent Vargen?

Sixtens Hand pochte vor Schmerz. Er hatte sich in der Nacht beim Hantieren mit dem Benzin übel verbrannt. Die Haut auf seinem Handrücken war rot und warf Blasen. Es tat verdammt weh, aber es war nur ein äußerer Schmerz, dachte er, etwas, das er von sich abkapseln konnte, wenn er sich nur genügend konzentrierte, etwas, das nicht wirklich ihn betraf, etwas, das ihn eigentlich gar nichts anging. Es gab Wichtigeres zu tun, als sich um die dumme Hand zu kümmern. Mehr Kirchen, es gab noch mehr alte Kirchen, die brennen mussten! Was war das in der Nacht für ein berauschendes Gefühl gewesen! Rußverschmiert im Dunkeln zwischen den Bäumen zu stehen und in die lodernde Flammenpracht zu starren, in der gluttrunken Dämonen mit Engeln gerungen hatten, in der Gott schmerzerfüllt geseufzt und der DUNKLE HERR ihm zugeraunt und zugezischt hatte. Diese Euphorie, dieses Hochgefühl! Das ist mein Werk, hatte er gedacht, das ist mein Opfer für dich, oh, mein Herr und Gebieter! Sixten hatte sich mächtig gefühlt und berauscht. Er hatte sich aus dem Heer der Maden und Ratten erhoben und war zu einem wahren Diener des schwarzen Lords geworden. Dieses Gefühl wollte er wieder erleben, wieder und wieder. Er klopfte sechsmal auf den Rücken des Buchs, das seinem Bruder gehört hatte. »Die vorreformatorischen Kirchen des Nordens.« Es war Sixtens Nachlass, sein Schatz, sein Erbe. Es war ihm Landkarte und Kompass zugleich. Vor allem war es ein Auftrag und endlich, endlich hatte er die Kraft und den Tatendrang, ihn umzusetzen. Endlich trat er in die Fußstapfen von MAYHEM, seinem Idol Varg Vikerness und seinem Bruder. Was zählte da schon eine verbrannte Hand? Zufrieden griff er mit der unversehrten Hand nach dem Zapfhahn und tankte den nächsten Kanister voll. Hier in der Gegend gab es noch einige Kirchen, die auf ihn warteten. Und anschließend, wenn der Weg bereitet war, würde er die Rache nehmen, auf die er bereits so lange wartete. Es war an der Zeit, dass endlich Blut floss.

SAMSTAG

1

Ingrid Nyström hatte annähernd zehn Stunden traumlosen Schlaf hinter sich, dennoch fühlte sie sich wie erschlagen, als sie am Morgen durch die verwaisten Flure ihrer Abteilung ging. Der Platz neben ihr in dem großen Doppelbett war auch nach dem Aufwachen leer gewesen, natürlich war er das, Anders war in Stockholm, um seine Visumsangelegenheiten zu klären. Er meinte es also wirklich ernst, selbst ihr tagelanges, entwürdigendes Versteckspiel hatte ihn nicht zum Umdenken gebracht. Die Hälfte des Doppelbetts würde für ein Jahr lang leer bleiben. Wenn – ja – wenn ihre Ehe dieses Jahr überhaupt überstand. Sie stellte sich vor, wie es wäre, wenn Anders nie wieder neben ihr in diesem Bett liegen würde. Das plötzliche Gefühl von Einsamkeit hatte sie in den Minuten nach dem Aufwachen übermannt und wollte nicht weichen. Sie hatte sich in ihrem gesamten Erwachsenenleben noch nie wirklich allein gefühlt, nicht mal in den schwierigsten Zeiten ihrer Krebserkrankung. Anders war immer da gewesen, immer an ihrer Seite, immer bereit, sie zu stützen und aufzufangen. Und nun ging er fort und ließ sie zurück. Das war eine Tatsache und sie musste damit beginnen, ihr ins Auge zu sehen.

Matt ließ sie sich in ihrem Büro in den Schreibtischstuhl sinken, fuhr den Rechner hoch und versuchte sich auf die Arbeit zu konzentrieren.

Als sie ihre E-Mails überflog, registrierte sie mit einer gewissen Erleichterung, dass keine einzige neue Anfrage wegen Fredrik Sidenvalls Exhumination und des leeren Grabs gekommen war. Das mediale Interesse hatte von Tag zu Tag abgenommen und Gott sei Dank hatte offenbar kein einziger Journalist die Verbindung zu dem Fall der sechs ermordeten Jugendlichen in Hallsberg gezogen. Rosanna Lukasson hatte recht behalten. Unsere Mediengesellschaft dreht sich in einem so atemberaubenden Tempo um sich selbst, dachte Nyström, dass immer nur die neuesten Meldungen und heißesten News von Belang sind. Niemand schien sich für Dinge zu interessieren, die gestern oder vor einer Woche noch aktuell gewesen waren. Der weltweite Mahlstrom aus immer neuen Informationen, jederzeit und überall verfügbar, verschlang und begrub alles gerade erst Vergangene unter sich. Dinge, die sich wie die Geschehnisse in Hallsberg gar vor dem Internetzeitalter abgespielt hatten, gehörten einer längst vergessenen Epoche an. Die junge Pressesprecherin hatte aber nicht nur mit ihrer Prognose richtiggelegen, sondern auch das Kunststück vollbracht, den Todesfall auf dem Rastplatz in der Außendarstellung vollkommen unspektakulär wirken zu lassen, ohne dabei die Fakten zu verdrehen. *Stockholmer Geschäftsmann verunglückt auf einem*

Parkplatz zwischen Ljungby und Värnamo. Der Presse gewisse Einzelheiten vorzuenthalten, war schließlich ein völlig legitimes Mittel, um die gerade erst angelaufene Untersuchung nicht zu gefährden, dachte sie. Den Fund der menschlichen Überreste am Seeufer hatte Lukasson in Absprache mit Nyström und Edman vorerst zurückgehalten. »Sicher haben wir eine Informationspflicht gegenüber der Öffentlichkeit«, hatte Lukasson argumentiert und dabei verschwörerisch gezwinkert. »Solange wir jedoch nicht zu hundert Prozent ausschließen können, dass dieses alte Skelett mit dem aktuellen Todesfall in Verbindung steht, können wir verständlicherweise nicht riskieren, möglicherweise entscheidende Details einer laufenden Ermittlung auszuplaudern.«

»Doch genau das schließe ich aus«, hatte Nyström, wie sie im Rückblick zugeben musste, etwas begriffsstutzig eingewendet.

»Aber eben nicht mit hundertprozentiger Sicherheit«, hatte Edman festgestellt und zufrieden gegrinst.

Bei der weiteren Sichtung ihres Postfachs nahm Nyström überrascht zur Kenntnis, dass *Academi* die Personalakte von Joakim Vestergård tatsächlich bereits geschickt hatte. Mit einer so prompten Reaktion des Unternehmens hatte sie nicht gerechnet. Umgehend druckte sie das zwanzig Seiten umfassende Dossier aus und begann zu lesen. Die Enttäuschung folgte auf dem Fuße: Alles, was Vestergårds Arbeit für *Blackwater* anging, war in dem Dokument geschwärzt worden. Über die Art und den Charakter seiner Tätigkeit, seinen Einsatzort oder seine Bezahlung war nichts zu erfahren. Übrig blieben allein seine Bewerbung und eine sehr allgemein formulierte Beurteilung durch einen Vorgesetzten. Die führen uns an der Nase herum, dachte Nyström, die halten uns für naive Provinzpolizisten aus einem kleinen, putzigen Land im Norden. Ihr gingen Bilder von *Kling* und *Klang* durch den Kopf, den trotteligen Dorfbütteln aus Pipi Langstrumpf. Es war an der Zeit, schwereres Geschütz aufzufahren, immerhin ging es hier nicht um irgendein Bagatelldelikt, sondern um eine Mordermittlung. Sie informierte Edman und den Staatsanwalt, dann schrieb sie dem Polizeichef der Region Süd, dem ein guter Draht ins Innenministerium nachgesagt wurde, und schilderte den Sachverhalt ausführlich. Mit politischem Druck konnte man bei Unternehmen wie *Academi* womöglich etwas bewirken, schließlich wollten sie sicherlich auch in Zukunft in Schweden gute Geschäfte machen. Anschließend raffte Nyström die umherliegenden Papiere des Vestergård-Dossiers zusammen und machte Anstalten, sie in den Papierkorb zu werfen. Eine Personalakte, in der alle relevanten Informationen geschwärzt waren, war für die Ermittlung wertlos und blockierte nur unnötig Platz auf ihrem Schreibtisch.

Sie hielt mitten in der Bewegung inne.

Nein, dachte sie, stopp! Die Unterlagen, mit denen sich Vestergård bei *Blackwater* beworben hatte, waren keinesfalls wertlos. Sie blätterte nun aufgeregt in dem Stapel, bis sie die entsprechende Seite gefunden hatte. Vestergårds *Curriculum Vitae*, sein Lebenslauf, der nicht nur seine eher bescheidene schulische Laufbahn und die wenigen beruflichen Stationen vor seiner Selbstständigkeit aufführte, sondern auch alle nennenswerten Kunden seiner ab Ende der Achtzigerjahre erfolgreichen Firma *Vestergårds Säkerhet AB* und späteren Consultingtätigkeit. Nyström überflog die detaillierte Auflistung. Es leuchtete ein, dass der Security-Spezialist in seiner Bewerbung mit großen Namen um sich warf, natürlich wollte er sich gut verkaufen. Unter Vestergårds ehemaligen Kunden befanden sich zwei der größten Rüstungskonzerne des Landes, ein international agierendes Softwareunternehmen, eine bekannte Chemiefabrik, eines der wichtigsten europäischen Nahrungsmittelunternehmen, Autohäuser, eine Supermarktkette, ein Büroartikelhersteller, die Stadtwerke mehrerer mittelgroßer Kommunen. Nyström wurde mulmig im Magen. Sicher, Delgado hatte angedeutet, dass Vestergård kein kleiner Fisch in seiner Branche gewesen war, aber dies hier war weit mehr, als sie sich vorgestellt hatte, dies hier war ein Geschäfts- und Beziehungsnetz, das sich weit in die schwedische Wirtschaft und Politik erstreckte. Natürlich war es beim jetzigen Ermittlungsstand schwer abzuschätzen, ob einer dieser zum Teil jahrzehntealten Kontakte etwas mit seinem Tod zu tun hatte. Erfahrungsgemäß eher nicht, erfahrungsgemäß galt es nach einem aktuellen Konflikt im unmittelbaren Umfeld des Opfers zu suchen, aber allein die Menge bedeutender Geschäftspartner machte Nyström beklommen. Sie nahm den Lebenslauf und befestigte ihn mithilfe von Magneten an ihrem geliebten Whiteboard und dachte an *Academi*. Sich mit einem einzelnen großen Unternehmen anzulegen, war eine Sache. Aber dies hier war eine ganze Armada an wirtschaftlichen Schwergewichten, umgeben von gut bezahlten Topanwälten, ausgestattet mit besten Kontakten in Politik und Behörden. In diesen Kreisen an möglicherweise sensible Informationen zu kommen, würde ein Kraftakt, wenn nicht ein aussichtsloses Unterfangen werden. Sie stöhnte innerlich auf. Hoffentlich hatte Vestergårds Tod nichts mit diesen Geschäftskontakten zu tun, hoffentlich war die Sache viel banaler. Am besten wäre es, der Täter wäre ein eifersüchtiger Liebhaber von Vestergårds Ehefrau, dachte sie in einem ungewohnten Anflug von Zynismus. Oder der Gärtner.

2

Das Flugzeug, das Stina Forss von Växjö nach Stockholm brachte, wo sie den Anschlussflug nach Kiruna nehmen würde, befand sich bereits hoch über den Wolken, als sie die Postkarte, die eine Luftaufnahme des Stadions von Södertälje zeigte, aus ihrer Handtasche nahm.

Reden wir über Kent Vargen?

Ein einziger Satz hatte gereicht, um sie völlig aus dem Gleichgewicht zu bringen. Aber was hieß das schon? Als wäre sie jemals in einem Gleichgewicht gewesen. Als wäre sie jemals rund gelaufen. Als hätte sie jemals ein austariertes Leben geführt. Stichwort *Work-Life-Balance.* Stichwort *Happiness.* Stichwort *Zufriedenheit.* Dass ich nicht lache, dachte sie. Dennoch: Seit sie die Postkarte aus ihrem Briefkasten genommen hatte, war etwas mit ihr passiert. Bis zu diesem Augenblick hatte sie wenigstens funktioniert. Geschlafen, gegessen, ihren Job gemacht. Doch dieser eine Satz hatte genügt, um ihr für die ganze Nacht den Schlaf zu rauben. Ihr jeden Appetit zu nehmen. Sie keinen klaren Gedanken fassen zu lassen.

Reden wir über Kent Vargen?

Sie hatte ihre letzten Kraftreserven mobilisieren müssen, um ein paar Kleidungsstücke in eine Reisetasche zu werfen und rechtzeitig das Haus zu verlassen, damit sie den Flug nicht verpasste. Der dünne Kaffee, den ihr die Stewardess aufnötigte, war das Erste, was sie seit über zwölf Stunden zu sich nahm. Sie zwang ihn mitsamt einem Butterkeks hinunter, den sie kaum aus der eingeschweißten Verpackung herausgeschält bekam. Es musste ja irgendwie weitergehen. Sie musste funktionieren. Die Kontrolle zurückerlangen.

Reden wir über Kent Vargen?

Reden wir also über Kent Vargen, dachte sie. Reden wir über den Mann, der ihre Kollegen und sie, aber vor allem sie mehrere Monate lang hinters Licht geführt hatte. Reden wir über den Mann, der sie von vorn bis hinten belogen hatte, beruflich, aber vor allem privat. Reden wir über diesen verdammten Mann, den es nicht gab und den es nie gegeben hatte.

Trotzdem hatte er ihr das Leben gerettet, ihr und einem Fußballstadion voller Menschen.

Trotzdem vermisste sie ihn jeden Tag.

Nun saß sie hier, zehntausend Meter über den endlos erscheinenden Wäldern dieses endlos erscheinenden Lands, das auf irgendeine verquere Weise, die sie selbst nicht verstand, wieder ihre Heimat geworden war. Sie betrachtete das Foto des Fußballstadions bestimmt zum hundertsten Mal. Dort war Kent gestorben, dort hatte sie durch ein Schrapnell ihr linkes Auge verloren. Die Postkarte war ein Fanartikel des Fußballclubs *Assyriska FF*, der in dem Stadion seine Heimspiele austrug. Der Aufdruck feierte den Aufstieg der Mannschaft in die *Allsvenskan,* die erste Liga. Die Karte musste demnach aus besseren Zeiten stammen, denn der Club, der von Einwanderern in den Siebzigerjahren gegründet worden war, spielte längst wieder unterklassig. Forss drehte sie um.

Reden wir über Kent Vargen?

Die Frage hinter der Frage war natürlich, wer sich hinter dem *Wir* verbarg. Wer wollte mit ihr über Kent sprechen? Wer, außer ihren Kollegen, hatte Kent überhaupt unter diesem offenbar falschen Namen gekannt? Was versprach sich derjenige von einem Gespräch mit ihr? Warum hatte derjenige eine Postkarte mit dem Stadionmotiv ausgewählt, um mit ihr Kontakt aufzunehmen? Ein Augenwink, dass dem anonymen Absender Kents Rolle bei der Verhinderung der schlimmsten Auswirkungen des Attentats bekannt war? Oder eine plumpe Drohung? Wozu überhaupt die Anonymität?

Sollte das einschüchternd wirken? Hatte der Absender Angst? Auf jeden Fall war ihr so jede Möglichkeit der Kontaktaufnahme genommen. Sie war dazu gezwungen abzuwarten, ob sich der- oder diejenige noch einmal bei ihr meldete. Natürlich wollte sie über Kent sprechen, aber die passive Rolle gefiel ihr ganz und gar nicht. Sie war es gewohnt, diejenige zu sein, die die Initiative ergriff. Die Durchsage der Flugbegleiterin forderte alle Passagiere auf, sich anzuschnallen. Der Airbus begann bereits mit dem Sinkflug auf Stockholm. Irgendwo unter ihr lag das Stadion von Södertälje. Ihr war flau im Magen, und das lag weder an dem Landeanflug noch an dem Kaffee oder dem Butterkeks.

3

Obwohl Samstag war, hatte sich die gesamte Olssonbande im Büro versammelt: der Chef selbst, Lasse Knutsson und die jungen Kollegen Hampus Haage und Pelle Svensson. Auf dem Tisch, um den sie saßen und der nur halb so groß war wie der in Nyströms Besprechungsraum, befanden sich Kaffeebecher, Teller voller Roggenkringel, die der Hauptkommissar spendiert hatte, eine aufgeklappte Landkarte der Region sowie eine aktuelle Ausgabe der Lokalzeitung. Olsson tippte mit dem Zeigefinger auf die Titelseite der *Smålandsposten*.

»Nicht gut«, sagte er und biss in eines der krümeligen Gebäckstücke, »überhaupt nicht gut!« Der Kirchenbrand in Granhult war der große Aufmacher. Er blätterte mit seiner freien Hand zwei Seiten weiter. »Und was ist das hier, Lasse?«, fragte er kauend, tippte wieder aufs Papier und sah Knutsson vorwurfsvoll an. »Hier werden ein Angestellter der Gemeinde in Dädesjö und ein Friedhofsmitarbeiter in Hovshaga interviewt«, gab Olsson selbst die Antwort und zeichnete mit dem angebissenen Roggenkringel Ausrufezeichen in die Luft. »Beide haben in den vergangenen Tagen Anzeigen wegen versuchter Brandstiftung gestellt, Brandstiftungen an Kirchen wohlgemerkt! Beide haben mit einem gewissen Mitarbeiter der Kriminalpolizei Kronoberg gesprochen, Lasse! Beide erklären hier in der Zeitung dem interessierten Reporter ausführlich, dass sie das Gefühl hatten, von ebenjenem Polizisten nicht ernst genommen worden zu sein!«

Knutsson brummte etwas Unverständliches in seinen Bart und blickte geknickt auf seinen leeren Teller.

»Teamwork, Lasse, Teamwork!«, insistierte Olsson. »Vertrauen, Kommunikation, Zusammenarbeit!«, zählte er auf.

Haage und Svensson nickten zustimmend.

»Ich wollte ja …«, hob Knutsson an. Natürlich hatte er am Vortag, in dem Moment, in dem er vor den rauchenden Trümmern der mittelalterlichen Kirche gestanden hatte, begriffen, dass die Vorfälle der vergangenen Tage zusammenhingen, er war schließlich kein Idiot, sondern ein gewiefter Polizist, ausgestattet mit dem richtigen Riecher und jahrzehntelanger Erfahrung. Die dilettantische Zündelei in Dädesjö und die ausgeschütteten Benzinkanister an der Friedhofskapelle in Hovshaga waren Warnschüsse gewesen, bevor der Pyromane in Granhult richtig zugeschlagen hatte. Das sah er nun auch. Aber eben erst im Nachhinein. Da war man immer schlauer. Vor dem Kirchenbrand in Granhult hatte er die Vorkommnisse in Dädesjö und Hovshaga als Lappalien eingestuft, als mehr oder weniger ärgerliche Nichtigkeiten. Das Feuerchen auf der verwitterten Steinplatte, die Exkremente auf dem leeren Grab, die gekreuzigte Ratte – in seinen Augen waren das schlechte Scherze gelangweilter Jugendlicher gewesen. Friedhofsvandalismus war schließlich nichts Ungewöhnliches, der Gemeindemitarbeiter in Dädesjö hatte ja selbst davon gesprochen, und meistens steckten harmlose Halbwüchsige dahinter. Sicher, er hätte mit Olsson über das alles sprechen, seinem Chef Bericht erstatten und das weitere Vorgehen koordinieren sollen. Das wäre wahrscheinlich das Richtige gewesen. Aber Knutsson hatte gerade wegen des Rauswurfs aus seiner Abteilung einen gewissen Ehrgeiz verspürt, die Dinge in die eigene Hand zu nehmen und die Fälle allein zu lösen. Es Nyström, Olsson und den anderen zu beweisen. Zu zeigen, dass er eben doch ein *#superbulle* war. Deshalb war er mit den Benzinkanistern aus Hovshaga und Granhult in den *Katakomben* vorstellig geworden, wie die von Bo Örkenrud geleitete Spurensicherung, die im Keller des Präsidiums angesiedelt war, bisweilen genannt wurde. Tatsächlich waren auf den Kanistern übereinstimmende Fingerabdrücke festgestellt worden. Am Abend des Vortags hatte Knutsson sie durch alle Register laufen lassen, um Olsson den Brandstifter anschließend auf dem sprichwörtlichen Silbertablett servieren zu können. Das Problem hatte allein darin bestanden, dass die Fingerabdrücke nicht registriert und damit nicht zuzuordnen gewesen waren. Pech. Aber nicht seine Schuld, fand Knutsson.

Am Tisch entstand ein unbehagliches Schweigen, da er nichts weiter zu seiner Verteidigung anbrachte. Was nützte es, das alles zu erklären? Sich für Dinge zu rechtfertigen, die er eigentlich richtig fand.

»Noch jemand Kaffee oder Kringel?«, fragte der junge Haage schließlich. Alle bejahten, und die Anspannung löste sich auf.

»Das nächste Mal bitte mehr Teamwork«, sagte der Chef versöhnlich und klopfte Knutsson jovial auf die mächtigen Schulterblätter. »Schließlich sind wir die Olssonbande, eine verschworene Gemeinschaft!« Er hob seinen Kaffeebecher und prostete seinen Mitarbeitern scherzhaft zu. »Darauf ein *Skål*!« Dann lächelte er schelmisch Svensson zu. »Ob du mit deinem popeligen Kia allerdings wirklich dazugehörst, Pelle, weiß ich beim besten Willen nicht.«

Alle lachten, einschließlich Svensson selbst.

»Also«, sagte Olsson, als der Ernst wieder eingekehrt war, »da uns die Fingerabdrücke dieses Feuerteufels im Moment nicht weiterführen, brauchen wir einen neuen Ermittlungsansatz, eine Strategie. Hat jemand eine Idee, womit wir es hier überhaupt zu tun haben? Warum zündet jemand zum Teufel noch mal eine Kirche an?«

Zum Teufel noch mal.

Knutsson räusperte sich. Er wollte etwas sagen. Etwas Fundiertes, das ihn in Olssons Augen und denen der beiden Frischlinge rehabilitierte. Doch Haage war schneller. Er warf Svensson einen kurzen Blick zu, bevor er sagte:

»Pelle und ich haben vor der Besprechung ein bisschen recherchiert. Es ist nicht das erste Mal, dass alte vorreformatorische Kirchen brennen. Vor fünfundzwanzig Jahren wurde im norwegischen Bergen eine sehr alte Holzkirche in Brand gesetzt. Dahinter steckten selbst ernannte Satanisten, beziehungsweise sogenannte *Neuheiden*, allesamt Mitglieder einer Musik-Subkulturszene, die sich Black Metal nannte. Das Bergener Gotteshaus aus dem späten Mittelalter war der Auftakt einer ganzen Serie von Brandstiftungen.«

»Daraufhin brannten viele weitere Kirchen nieder«, fügte

Svensson mit belegter Stimme an. »Aber nicht nur das. Das Ganze mündete am Ende sogar in Mord und Todschlag.«

4

Hugo Delgado ging es zum Kotzen. Und das war durchaus wörtlich zu verstehen. Seit dem Aufwachen musste er sich im Halbstundentakt übergeben, was daran lag, dass er am Vorabend richtig über die Stränge geschlagen hatte. Er hatte sich volllaufen lassen. Warum, das konnte er selbst nicht beantworten. Eigentlich hatte der Abend ganz zivil begonnen. Linda und er waren bei gemeinsamen Freunden zum Essen eingeladen gewesen. Pilzsuppe, *Boeuf bourguignon,* anschließend eine Käseplatte und selbst gemachte Pralinen. Natürlich zwei, drei gepflegte Gläser Wein dazu. Na gut, vielleicht waren es auch vier oder fünf gewesen. Zum Espresso hatte der aufmerksame Gastgeber zwei exklusive Single Malts aufgetischt, Errungenschaften seines letzten Schottlandurlaubs. Da gebot es allein schon die Höflichkeit, beide zu probieren und die zugegeben sehr feinen Tröpfchen über den grünen Klee zu loben. Ab dem Zeitpunkt hatte Linda angefangen, ihm schiefe Blicke zuzuwerfen. Doch was konnte er dafür, dass ihm so großzügig nachgeschenkt worden war? So einen Achthundertkronen-Whisky ließ man doch nicht im Glas stehen! Wie dann das Gespräch auf die Unterschiede einzelner Grappasorten und die Renaissance von Gin als Modedrink gekommen war, konnte er nicht mehr genauer rekonstruieren. Überhaupt wurde ab dann alles ein wenig unscharf. Hatte er tatsächlich darauf bestanden, den Abwasch zu übernehmen und dabei das Tablett mit den wertvollen Orrefors-Weingläsern fallen lassen? Hatte er dann versucht, die Scherben mit bloßen Händen zusammenzukehren? Rührten daher die Schnitte und Pflaster an seinen Fingern? Sein blutverkrustetes Bettzeug sah jedenfalls aus, als habe man eine Sau darin abgeschlachtet. Vage erinnerte er sich ebenfalls an einen lautstarken Streit mit Linda auf offener Straße. Hatte er nach der Verabschiedung des befreundeten Paars wirklich noch darauf bestanden, auf einen letzten Drink ins *de Luxe* zu gehen? Schemenhaft sah er die Szene vor sich, in der sich Linda wutentbrannt abgewendet hatte und durch den frisch gefallenen Schnee nach Hause gestapft war. Und er? Ja, er war definitiv noch in dem Club gewesen, davon zeugte der verschmierte Eintrittsstempel auf seinem Handrücken. Verschwommen erinnerte er sich daran, mehrere Gläser Gin Tonic getrunken zu haben, sein penetranter Wacholderatem zeugte noch jetzt davon. Zu alten Hits von *The Smith* und *Blur* getanzt zu haben. Irgendwelchen Bekannten ausführlich und *en detail* erörtert zu haben, mit welcher Transferstrategie und taktischen Ausrichtung seine Lieblingsfußballmannschaft *Östers IF* in spätestens drei Jahren die Meisterschaft holen könnte. Und dann, ja, dann war da noch dieses diffuse Schuldgefühl, das irgendwo in seinem Kopf begann und sich von dort aus bis tief in seine Eingeweide erstreckte. Es war, und das wusste er trotz seiner Gedächtnislücken genau, der dumpfen Gewissheit geschuldet, dass er mit einer Frau geknutscht hatte, die definitiv nicht Linda gewesen war. Jemand Fremdes, den er vorher noch nie getroffen hatte. Auch wenn er sich ansonsten weder an ein Gesicht noch an einen Namen erinnerte. Kurz gesagt, er hatte so richtig Mist gebaut und war in einer erbärmlichen Verfassung. Irgendwie gelang es ihm, seinen geschundenen Körper samt gequälter Seele und vernebeltem

Verstand ins Präsidium zu schleppen, während die rasenden Kopfschmerzen gegen sein fragiles Pflichtgefühl anhämmerten. Ja, Nyström hatte ihn gebeten zu kommen. Aber es war verdammt noch mal Wochenende und eigentlich hatte er jedes Recht der Welt, zu Hause zu bleiben, wehleidig seinen Kater zu pflegen und der Frage nachzuhängen, was ihn am Vorabend in Dreiteufelsnamen geritten hatte.

Er war gerade dabei, mehrere Aspirin in einer Literflasche Energydrink aufzulösen, als die Chefin in sein Büro kam und ihm eine Liste mit Firmennamen auf den Schreibtisch legte.

»Das sind Unternehmen, mit denen Vestergård vor seiner Tätigkeit bei *Blackwater* zusammengearbeitet hat. Wir müssen herausfinden, ob eine oder mehrere dieser Geschäftsbeziehungen noch aktuell ist oder sind. Es wäre schön, wenn du dich dahinterklemmen könntest!«

»Wäre es nicht viel effektiver, seine aktuelle Kundendatei zu sichten?«, muffelte Delgado.

»Da bin ich natürlich dran. Die Stockholmer Kollegen kümmern sich darum.«

»Etwas Neues von der Witwe?«

»Hüllt sich in Schweigen.«

»Also dann«, sagte Delgado, beugte sich über die Liste und versuchte nicht an seinen rebellierenden Magen zu denken.

»Hugo?«, fragte Nyström, die Türklinke bereits in der Hand. Sie machte ein Gesicht, das sie immer aufsetzte, wenn sie etwas Unangenehmes zu sagen hatte. »Kann es sein, dass du gestern etwas zu tief ins Glas ... ? Die Luft hier drin ist ehrlich gesagt ...«

»Das darf ja wohl nicht wahr sein!«, echauffierte er sich, »da trinkt man an einem Freitagabend mal ein Gläschen Wein zu einem guten Essen und gleich wird man als Alkoholiker beschimpft!«

5

Erik »Halbvier« Edman befand sich natürlich nicht im Präsidium. Nicht an einem Samstag. Als Ingrid Nyström ihn endlich auf dem Handy erreichte, seufzte er theatralisch, als wäre er bei etwas unglaublich Wichtigem unterbrochen worden, dabei deuteten die Hintergrundgeräusche – gedämpfte Gespräche, leises Gläserklirren, dezente Klaviermusik – darauf hin, dass sich der Polizeichef in einem Restaurant befand, und zwar in einem der schickeren Sorte, hatte Edman doch stets diverse Gastronomieführer auf seinem Schreibtisch liegen, um seinen erlesenen kulinarischen Geschmack zu demonstrieren.

»Ich fasse mich kurz, Ingrid: Ich habe noch einmal mit dem Regionalchef Süd sowie den Stockholmern gesprochen. Wir sind uns alle einig. Es gibt genau zwei Möglichkeiten. Entweder übernehmen die Kollegen vor Ort mit Hinblick auf Vestergårds Wohnort, seinem dortigen Lebensmittelpunkt und beruflicher Vergangenheit den Fall vollständig, was mir ehrlich gesagt am liebsten wäre, nicht zuletzt, weil wir mit dieser Sidenvall-Geschichte und dem verrotteten Skelett bereits mehr als genug um die Ohren haben. Oder, wenn du *unbedingt* einen Fuß in der Tür behalten willst, wovon ich strikt abrate, schicken wir einen unserer Mitarbeiter für ein paar Tage hinauf in die Hauptstadt. Die Witwe, Vestergårds gesamtes Umfeld ..., glaub mir, von hier aus reißen wir keine Bäume aus.«

Nyström spürte, dass Edman ausnahmsweise einmal recht hatte. Die abgebrochene Kanüle in der Halsschlagader des Manns, seine namhaften beruflichen Kontakte, *Blackwater*, das alles sah nicht nach einem Fall aus, der aus der Perspektive eines verlassenen Rastplatzes in Småland gelöst werden konnte. Bei den Kollegen in Stockholm wäre die Ermittlung aus naheliegenden Gründen besser aufgehoben. Dazu kam, dass ihnen ganz andere Ressourcen zur Verfügung standen, von der Erfahrung und Expertise einer eingespielten Mordkommission ganz zu schweigen. Und wie sollte sie einen ihrer Mitarbeiter schicken, jetzt, wo die Abteilung nach den Abgängen von Göran Lindholm und Kent Vargen sowie Lasse Knutssons Abstellung völlig ausgeblutet war? Sicher, Hultin war spontan auf Stundenbasis zurückgekehrt, aber Stina Forss würde für einige Tage in Kiruna sein. Im Grund blieben also nur Hugo Delgado und sie übrig. Sollte sie diese Notbemannung etwa halbieren, damit jemand den großen Jungs in Stockholm ein wenig über die Schulter schauen durfte? Das aufgeblasene Selbstbewusstsein und die Hochnäsigkeit der dortigen Mordkommissionen waren legendär. Die hielten sie hier in Växjö doch für primitive Provinzbullen. Zum zweiten Mal an diesem Tag musste sie an *Kling* und *Klang* denken, die trotteligen Polizisten aus dem Kinderbuch. Nein, Delgado zu schicken, war keine Option. Sosehr sie von vielen Fähigkeiten ihres Mitarbeiters überzeugt war, so sicher war sie sich, dass er nicht der Richtige war, um sich im rauen Klima des Stockholmer Kommissariats durchzuboxen. Dazu war er trotz seiner neckenden Art viel zu sanftmütig und konfliktscheu. Also blieb als einzige Alternative sie selbst. Sie dachte an Anders, der Anna zufolge am Abend nach Hause zurückkehren würde. Wie wichtig es wäre, dass sie sich endlich aussprachen.

»Ich fahre noch heute«, sagte sie zu Edman und legte auf.

6

Lasse Knutsson hatte den letzten Roggenkringel ergattert und schenkte sich zufrieden Kaffee nach. Der Vortrag, den Haage und Svensson über die norwegische Black-Metal-Bewegung der Neunzigerjahre hielten, war durchaus interessant. Eine ihm völlig fremde, aber in ihrer Abgründigkeit auch faszinierend düstere Welt. Eine zentrale Figur dieser Subkultur war Øystein Aarseth, Gitarrist und Gründungsmitglied der wohl berüchtigtsten Band des Genres: *Mayhem*. Aarseth, der sich selbst den Künstlernamen *Euronymous* gab, führte zudem ein Musiklabel und den Osloer Plattenladen *Helvete*, Hölle, der zu einem Treffpunkt der Szene wurde. Der entscheidende Unterschied zwischen Black Metal und anderen Spielarten harter Musik, wie zum Beispiel Thrash, Speed, Death oder schlicht Heavy Metal, zu Hardcore oder Punkrock lag in der ideologischen Aufgeladenheit. Echte Black-Metal-Anhänger waren überzeugte Satanisten, mehrheitlich im Sinne eines radikalen Antichristentums. Die inhaltlichen Konzepte waren jedoch keineswegs einheitlich. Teilweise wurde Satanismus als wortwörtliche Teufelsanbetung verstanden, als Abwendung von Gott und dem Menschen, als hasserfüllte Misanthropie, teilweise, wenn auch viel seltener, jedoch auch als Metapher für Aufklärung und Selbstbestimmung. In der Mehrzahl war die Black-Metal-Szene um *Euronymous* und Konsorten stark antichristlich ausgeprägt, weshalb sich ihnen gerade urchristliche, also vorreformatorische Kirchen als zu zerstörende Symbole anboten. Im Christentum sahen sie eine heuchlerische und totalitäre Ideologie, die das Individuum durch Moralismus und Obrigkeitshörigkeit unterdrückte. Stattdessen wandten sich viele Black-Metal-Anhänger der vorchristlichen nordischen Mythologie zu und hingen einer verklärten Naturromantik nach. Von Heidentum und nationalromantischer Naturverehrung war der gedankliche Schritt zu einem elitären Sozialdarwinismus und rechtsradikalem, nationalistischem und rassistischem Gedankengut nicht mehr weit. Prägnant formuliert: Nur ein böser Mensch ist ein freier Mensch, weil er sich von nichts und niemandem einschränken lässt. Was in der Szene um den Plattenladen *Helvete* und die Band *Mayhem* Mitte der Achtzigerjahre als jugendliche Subkultur begann, endete schließlich mit elf Kirchenbränden und mehreren Todesfällen und ging als das vielleicht dunkelste Kapitel der Rockmusik in die Kulturgeschichte ein. Der erste Tod war ein Suizid. Im April 1991 schoss sich der Sänger von *Mayhem*, Per Yngve Ohlin, genannt *Dead,* mit einer Schrottflinte in den Kopf. *Euronymous,* der seinen toten Freund auffand, machte zunächst Fotos der Leiche und des blutbespritzten Appartements, bevor er die Polizei rief, um die Aufnahmen später für ein Plattencover zu verwenden. Außerdem sammelte er gerüchteweise Knochensplitter von Ohlins Schädel ein und fertigte daraus Amulette, die er an Bekannte verschenkte.

An dieser Stelle wurde Knutsson stutzig. Natürlich musste er an Fredrik Sidenvalls Tod denken. Und hatte der junge Mann aus Lessebo nicht auch irgendetwas mit einer obskuren Metalband zu tun gehabt? Genaueres wusste er nicht, denn Nyström hatte ihn ja gerade in dem Moment strafversetzt, als es in der Ermittlung richtig spannend wurde. Doch schnell forderte der fesselnde Vortrag wieder seine ganze Konzentration.

Ein Jahr nach *Dead* Ohlsons Suizid wurde in Lillehammer ein Homosexueller von einem anderen Mitglied der Szene ermordet, und ein weiteres Jahr und etliche bis auf die Grundfesten abgebrannte Kirchen später wurde *Euronymous* selbst am 10. August 1993 von seinem Bandkollegen Varg Vikerness durch dreiundzwanzig Messerstiche getötet. Vikerness, der sich in neueren Interviews gern als faschistoider Menschenfeind gerierte und aus seiner Bewunderung des norwegischen Massenmörders Anders Breivik keinen Hehl machte, behauptete, in Notwehr gehandelt zu haben. Dreiundzwanzig Messerstiche in Notwehr? Tatsächlich ging es bei der Tat jedoch wohl eher um eine Mischung aus ungeklärten Geldforderungen, Neid, Eifersucht und einen Kampf um die ideologische Vormachtstellung in dem kleinen Kreis von Fanatikern, der sich der *Innere Zirkel* nannte. Vikerness wurde gefasst, 1994 zu einer einundzwanzigjährigen Haftstrafe verurteilt und kam 2009 auf Bewährung frei. Mehrere andere Mitglieder des sogenannten *Inneren Zirkels* saßen ebenfalls Freiheitsstrafen wegen Mord, Brandstiftungen und Grabschändungen ab. Die Band *Mayhem* gab es heute immer noch, wenn auch in anderer Besetzung, und der verpönte Black Metal gehörte mittlerweile ironischerweise zum anerkannten norwegischen Kulturgut. Diplomaten wurden in seiner Geschichte geschult und Tourismusunternehmen boten gut gebuchte Bustouren zu den Originalschauplätzen des damaligen Geschehens an.

»Das ist wohl die Faszination des Bösen«, schloss Svensson seinen Vortrag.

»Sachen gibt's, die gibt's gar nicht«, kommentierte Knutsson kopfschüttelnd.

»Die Frage ist, wie wir weiter vorgehen«, sagte Haage. »Wenn irgendwelche Irren meinen, sie müssten hier im Småland die Ereignisse von damals in Norwegen nachspielen.«

»Wer weiß, wie das alles endet?«, fragte Svensson »Womöglich gibt es hier dann auch irgendwann Tote.«

»Malen wir den Teufel nicht an die Wand«, mahnte Olsson mit erhobenem Zeigefinger spielerisch.

Knutsson lächelte. Ob unfreiwillig oder gewollt, das Wortspiel war nicht schlecht. In dem Moment ging die Tür auf. Es war Ingrid Nyström. Ausgerechnet. In einem verlegenen Reflex wischte sich Knutsson Roggenmehlkrümel aus dem Bart. Dann nahm er Haltung an, soweit das in den bequemen Stühlen aus Olssons Abteilung überhaupt ging. Sollte die Chefin ruhig zur Kenntnis nehmen, dass er an einem Samstagmittag arbeitete. Sie warf ihm einen kurzen Blick zu, den er nicht deuten konnte, dann wandte sie sich an Olsson.

»Ihr habt sicher einiges zu tun?«

Olsson klopfte auf die Titelseite der Lokalzeitung.

»Eine üble Serie von Brandstiftungen.«

Nyström nickte.

»Ich habe schon davon gehört.« Wieder warf sie Knutsson einen Blick zu. »Mit Sicherheit kein einfacher Ermittlungsansatz.«

»Immerhin haben wir Fingerabdrücke sichergestellt«, posaunte Knutsson hinaus.

»Die uns bis jetzt allerdings in eine Sackgasse führen«, fügte Olsson an. »Leider.«

»Nun«, sagte Nyström und verzog den Mund zu einer Art Lächeln, »wie dem auch sei. Ich fürchte, ich habe neue Arbeit für euch. Etwas, das momentan meine Kapazitäten übersteigt. Ein ungeklärter Todesfall. Edman ist damit einverstanden, dass ihr euch der Sache annehmt.«

Knutsson registrierte den Glanz in den Augen seiner beiden jungen Kollegen. Ein ungeklärter Todesfall. In den Ohren der Frischlinge klang das wie Weihnachten und Geburtstag am selben Tag. Selbst der routinierte Olsson gab sich kaum Mühe, seinen Eifer zu verbergen.

»Um wen geht es denn?«, fragte er beflissen. Keine besonders durchdachte Frage angesichts Nyströms Einleitung, fiel

Knutsson auf. Es fehlt nur noch, dass Olsson sich die Lippen leckte. Etwas Ungewohntes regte sich in Knutsson. Ein Gefühl von Rebellion.

Das fehlte gerade noch, dass wir unbesehen nach jedem Knochen schnappen, den die Chefin uns hinwirft, dachte er. Außerdem war da dieser Gedanke, der sich vorhin irgendwo in seinem Hirn festgebissen hatte. Metal-Musik, der Selbstmord des *Mayhem*-Sängers mit einer Schrotflinte, die Exkremente und die gekreuzigte Ratte auf Sidenvalls leerem Grab sowie brennende vorreformatorische Kirchen. Vielleicht gab es da doch irgendwie einen größeren Zusammenhang. Auch wenn er ihn noch nicht ganz verstand, wäre es ja vielleicht keine dumme Idee, Nyström auf diese Details hinzuweisen. Er räusperte sich vernehmlich.

»Mir ist bei diesen Brandanschlägen aufgefallen, dass …«

Weiter kam er nicht, denn Nyström fiel ihm ins Wort, indem sie sich Olsson zuwandte.

»Wenn wir das wüssten, wären wir schon ein ganzes Stück weiter. Die menschlichen Überreste, um die es geht, sind wahrscheinlich jahrzehntealt. Aber dazu kann euch Ann-Vivika Kimsel mit Sicherheit mehr erzählen.« Sie sah flüchtig auf ihre Armbanduhr. »Sie erwartet euch in einer halben Stunde in der Pathologie.« Erneut lächelte sie gequält. »Vielen Dank für euren Einsatz, Jungs, ich weiß das zu schätzen!«

Und bevor Knutsson oder sonst jemand noch etwas sagen konnte, war sie bereits wieder zur Tür hinaus.

7

Forss nahm von Stockholm-Bromma, wo sie gelandet war, einen Shuttlebus zum zweiten, größeren Flughafen der Hauptstadt, Arlanda. Die Fahrt dauerte eine gute halbe Stunde. Zum Glück ist Wochenende, dachte sie, und es gibt keinen Berufsverkehr. Gedankenverloren starrte sie aus dem Fenster. Als der Bus auf die Autobahn fuhr, erkannte sie das Motel, in dem sie vor genau einer Woche für eine Nacht abgestiegen war. Es fühlte sich an, als wäre es schon Ewigkeiten her, dass sie Kents Grab besucht und in einem ausgebrannten Container eine Metallbox mit den militärischen Auszeichnungen ihres Vaters gefunden hatte. Sie musste an den Prachtorden und an den Schlüssel denken, an Kents Vermächtnis, das in Wirklichkeit, zumindest was die Tapferkeitsauszeichnung anging, das Vermächtnis ihres Vaters war. Plötzlich fragte sie sich, ob es ein Fehler gewesen war, die beiden Gegenstände nicht mitgenommen, sondern in der Schublade ihres Nachttischs zurückgelassen zu haben.

Am Flughafen Arlanda wartete eine böse Überraschung auf sie. Ungläubig ließ sie sich am Schalter erklären, warum an diesem Tag alle Flüge nach Kiruna ersatzlos gestrichen worden waren.

»Defekte Enteisungsanlage«, sagte die überschminkte Tussi hinter dem Tresen lapidar. »Keine Chance, die bekommen da oben die Piste bei der Wetterlage einfach nicht geräumt.«

»Und jetzt?«, fragte Forss gereizt.

»Warten, bis die ihre technischen Probleme wieder im Griff haben. Das kann allerdings im schlimmsten Fall einige Tage dauern. Es soll aber auch Leute geben, die freiwillig den Nachtzug nehmen.«

8

Delgado erledigte Nyströms Auftrag im Schneckentempo. Zu mehr fühlte er sich aufgrund seines desolaten Zustands nicht in der Lage, trotz Aspirin und Energydrink. Es kostete ihn beinahe zwei Stunden, ein Anschreiben samt Fragenkatalog an die Firmen aufzusetzen, mit denen Joakim Vestergård vor seiner Zeit bei *Blackwater* beruflich zu tun hatte. Ihm fehlte es an Konzentration ebenso wie an Motivation. Er glaubte nicht daran, dass diese Geschäftskontakte, die mindestens zehn Jahre zurücklagen, irgendetwas mit Vestergårds Tod zu tun hatten. Um weiterzukommen, brauchten sie dringend aktuellere Informationen. Vestergårds Handy wäre hilfreich beziehungsweise dessen Back-up in irgendeiner Cloud, falls das Mobiltelefon für immer verschwunden bleiben sollte, der Laptop oder Computer aus seinem Büro, die E-Mails und Telefonverbindungen, sogar ein verdammtes Adressbuch und ein analoger Kalender, wenn Vestergård ein Mann der altmodischen Sorte gewesen sein sollte. Alles das stand Delgado jedoch nicht zur Verfügung, denn es war von den Stockholmer Kollegen sichergestellt worden. Daher war es durchaus folgerichtig, dass Nyström sich persönlich auf den Weg in die Hauptstadt machte, um den Informationsfluss Richtung Växjö zu leiten. Andernfalls konnten sie die Ermittlung genauso gut gleich vollständig abtreten.

Als er endlich mit dem Schreiben fertig geworden war, klingelte sein Handy. Er hatte bereits seit dem Aufwachen mit Lindas Anruf gerechnet. Seit sie in der Nacht im Streit auseinandergegangen waren und Linda in ihrer eigenen Wohnung übernachtet hatte, stand ein klärendes Gespräch aus. Und dann war da schließlich noch die Knutscherei mit der fremden Frau. Das schlechte Gewissen ließ sein Herz schneller schlagen. Sollte er Linda seinen Komplettausfall beichten, oder wäre es besser, den Mund zu halten und für immer den Mantel des Schweigens über die Sache zu breiten? Das Display überraschte ihn. Es war nicht Linda, die anrief, sondern Anette Hultin.

»Auch das noch«, murmelte er und sein Herz schlug noch ein wenig schneller.

9

Anette Hultin hatte als Treffpunkt das Bistro des *PM & Vänner* vorgeschlagen, zum einen weil es dort hervorragendes Essen gab und es in der Nähe ihrer Wohnung in der Innenstadt lag, zum anderen, da sie Delgado ein wenig ärgern wollte. Auch Hugo aß gern in guten Restaurants, aber er hatte, als sie ein Paar gewesen waren, das im Retro-Charme eingerichtete *Gräddhyllan* dem schickeren *PM* immer vorgezogen. Im Rückblick war es völlig lächerlich, mit welcher Dickköpfigkeit und Inbrunst sie in ihrer Beziehung immer wieder solche an sich bedeutungslosen Kämpfe ausgefochten hatten. Nun, mit Victor, war so vieles einfacher. Die Dinge gingen reibungslos ihren Gang. Sie konnte sich an keinen einzigen wirklichen Streit mit ihrem neuen Lebenspartner erinnern. Alles lief glatt, alles war harmonisch. Andererseits … sie überlegte auf dem Weg in das Restaurant, wann Victor und sie zum letzten Mal miteinander intim gewesen waren. Sicher, ganz am Anfang ihrer jungen Beziehung hatte es diese stürmische Phase gegeben. Aber dann war sie ziemlich schnell schwanger geworden, und seitdem … In ihren Ratgebern, die sich auf ihrem Nachttisch häuften, stand, dass es ganz normal sei, wenn während der Schwangerschaft und in den ersten Monaten nach der Geburt das Liebesleben mehr oder weniger zum Erliegen kommen würde. Allerdings war Wilma nun bereits seit mehr als einem Jahr auf der Welt. Vielleicht wäre es langsam wieder an der Zeit. Natürlich hatte sie in sich hineingehorcht, versucht dem vielstimmigen Geflüster ihres sich verändernden Körpers aufmerksam zu lauschen. Und sie hatte darauf gehofft, dass Victor irgendwann die Initiative ergreifen würde. Natürlich wünschte sie sich, dass alles wieder ein bisschen, nun ja, romantischer werden würde zwischen ihnen. Aber womöglich brauchte es einfach noch ein wenig mehr Geduld. Kommt Zeit, kommt Rat, dachte sie und schließlich entschädigte sie die bloße Existenz der bezaubernden, kleinen Wilma für alles, worauf sie momentan verzichtete.

Dennoch hatte es am Vortag gutgetan, nach über einem Jahr Pause wieder im Büro zu sein. Die Kollegen zu treffen, sich in einen Fall hineinzufuchsen, eine Fährte aufzunehmen. Das war der Grund, warum sie sich samstagsmittags mit Hugo in einem Restaurant traf, anstatt mit Victor und Kinderwagen um den Växjösee zu flanieren und die Pläne für das neu zu erwerbende Haus am Stadtrand zu konkretisieren. Mit dem feuchten Traum, aus dem sie am Morgen erwacht war und in dem Hugo und seine junge Freundin eine beängstigende Rolle gespielt hatten, hatte es jedenfalls ganz bestimmt nichts zu tun.

Als sie das Bistro des *PM* betrat, saß Delgado bereits an einem der Tische. Sie setzte sich zu ihm. Er hatte die Ellbogen auf der Tischplatte und stützte seinen Kopf mit den Händen ab, sein ansonsten olivfarbener Teint – eines der äußerlichen Attribute, die sie immer an ihm gemocht hatte – war eine Nuance blasser als die beigefarbene Tischdecke.

»Aha«, sagte sie statt einer Begrüßung. »Lass mich raten: *Östers* hat mal wieder verloren.«

»Die Saison beginnt erst im April«, entgegnete er. »Mein Absturz gestern hatte damit nichts zu tun.«

»Sondern?«

Er sah mürrisch zu ihr auf.

»Braucht man neuerdings einen staatlich anerkannten Grund, um sich mal richtig zu besaufen?«

»Ich wollte nur höflich sein.« Delgados Launenhaftigkeit war zum Glück nicht mehr ihr Problem. »Seit wann trinkst du eigentlich Tomatensaft?«

Sie wies auf das Glas, das vor ihm stand.

»Das ist eine *Bloody Mary.*« Delagdo nahm demonstrativ einen Schluck. »Hilft angeblich gegen Kater.«

»Wodka zum Mittagessen«, schalt ihn Hultin. »Und das im Dienst.«

Delgado wedelte mit seinem Zeigefinger vor ihrem Gesicht herum.

»Nichts da«, sagte er. »Das hier wird unter konspirativem Treffen verbucht. Oder hattest du die Absicht, eine Spesenrechnung einzureichen?«

Dass Delgado sie mit ihrer vermeintlichen Knauserigkeit aufzog, hatte Tradition.

»Mit der *Bloody Mary* auf der Rechnung hat sich das ja bereits erledigt.«

»Ehrlich gesagt, ist es schon die zweite Runde. Du hast ganz schön auf dich warten lassen, dafür, dass du früher als *Miss Pünktlichkeit* in die Geschichte eingehen wolltest.«

Ein Wirkungstreffer. Hultin bildete sich tatsächlich einiges darauf ein, unter keinen Umständen zu spät zu kommen; zu Recht, wie sie fand, war es doch in ihren Augen ein Unding, andere Menschen auf sich warten zu lassen. Allerdings musste sie zugeben, dass sich ihr Anspruch in den vergangenen Monaten deutlich relativiert hatte. Aber wie sollte das mit einem Kleinkind auch anders sein?

»Wilma musste im letzten Moment noch neu gewickelt werden und Victor war gerade dabei …«

Delgado hob abwehrend seine Hand.

»Bitte keine Details aus dem Baby-La-La-Land. Mir ist jetzt schon flau zumute. Erzähl mir lieber, warum wir hier sind.«

»Jedenfalls nicht, um dein Besäufnis zu finanzieren.«

»Du hast das Wort *Einladung* in den Mund genommen, nicht ich.«

»Damit war allerdings nicht die Cocktailkarte gemeint.«

»Prost!«, sagte Delgado grinsend und hob sein Glas.

Hultin seufzte. Ihre Überlegungen mit einem Angetrunkenen zu besprechen, war vielleicht keine so gute Idee. Andererseits vertraute sie ihm, trotz allem, was im Laufe der Zeit zwischen ihnen passiert war. Außerdem waren Nyström und Forss, wie es schien, bis frühestens Montag oder Dienstag unterwegs, und wenn sie nicht warten oder ganz auf eigene Faust handeln wollte, war Hugo ihr einziger möglicher Verbündeter. Und zu warten kam nicht infrage. Das Jagdfieber hatte sie längst ergriffen, ein ungemein gutes Gefühl.

»Ich habe nachgedacht«, begann sie, nachdem eine Kellnerin ihre Bestellung aufgenommen hatte. »Ich kenne da einen Kerl, Alex Thörn, ein ehemaliger Kamerad aus der Armee, Zeitsoldat, wie ich es auch war. Wir waren gemeinsam in Afghanistan stationiert, dort haben wir uns angefreundet.« Delgado zog eine Augenbraue hoch. »Nicht so, wie du denkst, das war rein kumpelhaft, mehr nicht. Ist aber auch egal. Als ich 2004 zur Polizei gewechselt bin, haben wir uns aus den Augen verloren und erst vor einigen Monaten bin ich ihm wieder über den Weg gelaufen, zumindest virtuell. Seit Wilma da ist, bin ich nämlich auf Facebook ziemlich aktiv.«

»Das ist nicht an mir vorbeigegangen.«

»Alex Thörn jedenfalls. Wir haben ein wenig hin- und hergeschrieben. Alex hat seinen Dienst 2006 quittiert. Er war Führungsoffizier, hatte Kampferfahrung, galt als übersichtlicher Aufklärer. Eloquent, intelligent, strategisch denkend. Die freie Wirtschaft hat sich die Finger nach ihm geleckt und seine Bezüge verdreifacht.«

»Blackwater?«

Mit einem Mal schien Delgado hellwach und nüchtern.

Hultin nickte.

»Er war für die Amerikaner noch dreimal drüben. Später auch in anderen Ländern, aber darüber wollte er nicht so gerne sprechen.«

»Du denkst an Vestergård.«

»Die Wahrscheinlichkeit, dass sich die beiden begegnet sind, ist nicht besonders groß. Auch wenn beide Schweden sind – das Unternehmen ist riesig, die einzelnen Tätigkeitsfelder sind verzweigt. Aber: Thörn kennt den Konzern von innen. Womöglich kann er sich in unserem Sinne ein bisschen umhören. Er war schon immer gut vernetzt, ich würde mich nicht wundern, wenn er Informationen über Vestergård auftreiben kann.«

»Aber warum sollte er das tun?«, fragte Delgado, dessen Gesichtsfarbe bereits wieder ein wenig gesünder aussah. »Mit Sicherheit hat er dort zentimeterdicke Stapel Verschwiegenheitserklärungen unterschreiben müssen. Wieso sollte er für die Polizei seine Karriere aufs Spiel setzten?«

Hultin lächelte.

»Wie gesagt, für mich war die Beziehung zu Thörn immer nur auf freundschaftlicher Basis. Aber umgekehrt galt das nicht.«

»Er war in dich verliebt.«

»Er war in mich verliebt.«

Die Kellnerin erschien am Tisch, Teller balancierend.

»Kommt in den besten Familien vor«, sagte Delgado und leerte seinen Drink mit einem langen Zug.

10

Knutsson trottete seinen Kollegen gedankenverloren hinterher. Vom Präsidium in die Pathologie war es ein knapp zehnminütiger Spaziergang, der parallel zur Fußgängerzone am Zentralfriedhof und Bahnhof vorbeiführte. Auf einer Fußgängerbrücke überquerten sie die Bahnlinie und gingen zwischen dem neugebauten *World Trade Center* und dem Museumspark in Richtung Krankenhaus. Während Knutsson noch immer über die möglichen Zusammenhänge von Sidenvalls Tod, dessen leerem, geschändetem Grab, den aktuellen Kirchenbränden und der norwegischen Black-Metal-Bewegung der Neunzigerjahre nachsann, benahmen sich Haage und Svensson wie zwei aufgedrehte Teenager. Sie kicherten und lachten und stießen sich spielerisch in die Seiten. Selbst der diensterfahrene Olsson, sonst die Ruhe in Person, schien angespannt. Das musste an der Obduktion liegen, der sie beiwohnen würden. Wenn man die Ansammlung eines Haufens Knochen überhaupt so nennen sollte. Die Begutachtung von Leichnamen gehörte normalerweise nicht ins Aufgabenprofil der Olssonbande.

Ann-Vivika Kimsel empfing die vier im Eingangsbereich der pathologischen Abteilung und verteilte Kittel, Haarhauben und Mundschutz. Knutsson gab sich betont gelassen, für ihn war so etwas Routine, das durften die anderen gerne spüren. Kimsel führte sie in den Untersuchungsraum. Die Einzelteile des Skelettes waren so auf dem Edelstahltisch sortiert, wie es dem menschlichen Körperbau entsprach. Bis auf die linke Hand, die fehlte, was Knutsson sofort ins Auge sprang, wirkte das Skelett vollständig.

»Wir haben es hier mit den sterblichen Überresten eines Manns zu tun«, sagte Kimsel und wies auf verschiedene Knochen. »Das Becken, die Struktur des Kreuzbeins, die Anzahl der Rückenwirbel, das längere Brustbein sowie die Krümmung der Schlüsselbeine sprechen eine deutliche Sprache. Gleichzeitig verraten uns die allgemeine Dicke der Knochen und die Entwicklung des Schultergurts, dass es sich um einen jungen Menschen handeln muss.«

»Wie jung?«, fragte Knutsson, der eine qualifizierte Frage stellen wollte.

»Unter dreißig Jahren, würde ich sagen. Die Pubertät war allerdings bereits abgeschlossen. Ein junger Mann also.«

»Fredrik Sidenvall!«, platzte es aus Knutsson heraus. »Die fehlende Hand! Jemand hat sie entfernt, damit der Beweis seines vermeintlichen Selbstmords für immer verschwunden ist!«

»Du bist nicht der Erste, der auf den Gedanken kommt, Lasse. Es liegt ja schließlich auch nahe. Hier verschwindet ein Leichnam, dort taucht unvermittelt einer auf. Dazu die fehlende Hand. Aber leider gibt es forensische Fakten, die diese Möglichkeit ausschließen. Ich habe die Knochen akribisch vermessen. Der Mann hier war zwischen 1,72 und 1,75 Meter groß. Ein gewisses Marginal gibt es immer. Fredrik Sidenvall war im Vergleich dazu jedoch ein Riese von 1,91 Meter. Vielleicht wäre er beim Basketball noch erfolgreicher gewesen als beim Tischtennis. Und was die linke Hand angeht: Bei ihm war die rechte gebrochen, bei dem Skelett hier fehlt dagegen die linke.«

»Wie lange ist der Tote verscharrt gewesen?«, fragte Olsson.

»Die Testergebnisse aus Linköping sind noch nicht da. Nach meinen Erfahrungswerten den Zustand der Knochen betreffend, würde ich sagen zwanzig bis vierzig Jahre. Aber das hängt von vielen Faktoren ab, nicht zuletzt den besonderen Bodenverhältnissen am Fundort. Es ist vorläufig ein Schätzwert, mehr nicht.«

»Wenn es aber definitiv nicht dieser Sidenvall ist, wer dann?«, fragte Knutsson. »Hast du irgendwelche anderen Anhaltspunkte für uns?«

»Das Zahnregistrat womöglich?«

Haage, der sich offenbar auch irgendwie einbringen wollte, wirkte hinter seinem Mundschutz ebenso blass wie Svensson.

Auch wenn Knutsson Kimsels Mund nicht sah, erkannte er an den Fältchen um ihre Augen, dass sie lächelte.

»Natürlich habe ich ein Zahnregistrat genommen. Viel Spaß dabei, in den Archiven irgendeines Dentisten einen Treffer zu landen.«

»Dass es dafür noch immer kein zentrales Register gibt, ist eigentlich unverantwortlich«, sagte Olsson kopfschüttelnd. »Aber versuchen können wir's.«

Die Fältchen um Kimsels Augenpartie waren noch immer nicht verschwunden.

»Ich habe etwas viel Besseres«, sagte sie triumphierend.

Aus der Tasche ihres Kittels fischte sie einen durchsichtigen Beutel, wie er zur Beweissicherung verwendet wurde. Darin befand sich eine Art Kunststoffring mit Membran, der entfernt an ein aufgerolltes Kondom erinnerte.

»Was ist das?«, fragte Olsson.

»Das, mein Lieber, ist eine künstliche Herzklappe, die Bo Örkenrud gemeinsam mit den Knochen ausgegraben hat. Das Ding hatte sich in einem Erdklumpen versteckt, aber zum Glück arbeitet Örkenruds Team sorgfältig und hat den Fundort von rechts auf links gekrempelt und alles doppelt und dreifach durchsiebt.«

»Das heißt, wir suchen nach einem jungen Mann mit Herzfehler und amputierter linker Hand, der vor circa zwanzig bis vierzig Jahren gestorben ist«, fasste Olsson zusammen. »Das engt die Suche ziemlich ein. Wie toll, Ann-Vivika!«

Wieder die Fältchen. Sie standen ihr gut, fand Knutsson.

»Das sprichwörtliche Sahnehäubchen kommt zum Schluss«, lächelte sie. »Diese künstliche Herzklappe hat eine Registrierungsnummer.«

»Das bedeutet?«, fragte Haage.

»Das ist wie ein Nummernschild an einem verdammten Auto«, brummte Knutsson zufrieden.

11

Der Schnellzug flog durch die diesige Landschaft Richtung Norden. Ingrid Nyström sah die meiste Zeit teilnahmslos aus dem Fenster. Nadelwald, verschneite Freiflächen, wieder Nadelwald. Kurz nach Linköping gönnte sie sich im Speisewagen einen Tee in einem Pappbecher. In jedem Zug, der ihnen entgegenkam, malte sie sich aus, dass Anders sitzen würde. Ohne Visum, reuevoll. Er würde sich umentschieden haben, seine Flausen vertrieben wie einen lästigen Mückenschwarm. Er würde sich entschuldigen, sich zu ihr bekennen, sie an sich ziehen und in seinen Armen halten. Fest und ganz nah. Vorsichtig hauchte sie gegen die kalte Scheibe ihres Abteils und malte mit dem Finger ein A in den flüchtigen Belag. Es dauerte keine drei Sekunden, bis der Buchstabe wieder verblasst war, ebenso ihre Hirngespinste. Natürlich würde Anders seine Entscheidung nicht revidieren. Er konnte ein sturer Bock sein, mindestens ebenso stur wie sie. Und wenn sie ehrlich zu sich selbst war, konnte sie seine Beweggründe sogar teilweise nachvollziehen. Anders hatte immer davon geträumt, eine Weile ins Ausland zu gehen, schon während des Studiums, als sie sich kennengelernt hatten. Damals war ein Austauschjahr allerdings längst nicht so verbreitet gewesen wie heute, es hatte an Geld gefehlt und irgendwann auch an Zeit. Der fordernde Berufsalltag eines jungen Pastors, die Geburt der Kinder … und irgendwann ging man dann auf die sechzig zu und fragte sich, was jetzt eigentlich noch kommen sollte. Nun, Anders schien seine Antwort auf diese Frage gefunden zu haben. Der afrikanische Kontinent hatte ihn seit jeher fasziniert. Er las afrikanische Literatur und schwärmte von Südafrikas Kampf gegen die Apartheid. Romantisierend, wie sie fand. Nelson Mandela war eines von Anders' großen Idolen. Einmal hatten sie gemeinsam den Kontinent bereist, allerdings nicht Südafrika, sondern einen kenianischen Nationalpark. Die geschnitzten Giraffen in drei verschiedenen Größen standen noch heute auf einer Anrichte im Wohnzimmer. Ihr war auf dieser Reise alles fremd und groß und beängstigend vorgekommen. Die Schönheit der exotischen Natur hatte sie kaum zu rühren vermocht, die Armut der Menschen, denen sie abseits der Touristenpfade begegnet waren, hatte wie eine unsichtbare, aber unüberwindbare Mauer zwischen ihnen gestanden. Ein Robert-Redford- / Meryl-Streep-Gefühl hatte sich nicht eingestellt. Was für eine Erwartung hatte sie auch gehabt?

Und schließlich war da noch Anders' Altruismus. Sein zwanghaftes Streben, sich in den Dienst einer guten Sache zu stellen. Menschen zu helfen. Zu geben, zu teilen, zu dienen. Das war ja auch schön und richtig. Sie liebte ihn dafür. Sie liebte ihn dafür, nachts zu einem sterbenden Alten aufzubrechen, um Trost zu spenden. Kranke zu besuchen. In zerstrittenen Partnerschaften zu vermitteln. Sie selbst war schließlich aus einem ganz ähnlichen Holz geschnitzt. Ja, dafür liebte sie ihn.

Sie verstand das alles.

Aber musste es deshalb gleich ein ganzes Jahr Tansania sein?

Irgendwann döste sie ein und wurde erst kurz vor Stockholm wieder wach. Sie straffte sich innerlich und zwang sich, alle Gedanken an Anders und Afrika beiseitezuschieben. Sie war unterwegs, um einen Fall zu lösen, in Selbstmitleid konnte sie sich später suhlen. Dazu würde sie ein ganzes Jahr Zeit haben. Nun galt es, sich auf Joakim Vestergård zu konzentrieren und den Kollegen vor Ort als kompetente, scharfsinnige und willensstarke Hauptkommissarin entgegenzutreten. Von wegen *Kling* und *Klang*. Sie trug ihre einzige Seidenbluse, einen Hosenanzug und ihre besten Schuhe – dem Wetter zum Trotz. Das war bestimmt nicht der angesagte Hauptstadtchic, aber mehr gab ihre Garderobe nicht her. Bevor der Zug in den Hauptbahnhof einfuhr, richtete sie in der Bordtoilette ihre Kurzhaarfrisur. Sie hatte sich sogar von Anna einen Lippenstift geliehen, entschied sich aber im letzten Moment, ihn nicht aufzutragen, denn der Zug wackelte auf den letzten Metern bedenklich und sie wollte dem Stockholmer Team unter keinen Umständen als Horrorclown gegenübertreten. Außerdem ist weniger manchmal mehr, dachte sie. Ein Taxi brachte sie zum Hauptpräsidium. An der Rezeption fragte sie nach Göran Jovinge. Der Hauptkommissar, der die Mordkommission III leitete, holte sie im Eingangsbereich ab. Ein großgewachsener, hagerer Mann in ihrem Alter, der sich nicht scheute, sie seinen schraubstockartigen Händedruck spüren zu lassen. Vielleicht wollte er gleich demonstrieren, wer hier der Boss war. Vielleicht war er einfach nur ein ungehobelter Klotz. Sie folgte ihm durch endlos wirkende Korridore und massierte sich hinter ihrem Rücken die Hand, die immer noch wehtat. Sie nahmen drei Stockwerke in einem Fahrstuhl, dann wieder Korridore, schließlich zwei Etagen in einem Treppenhaus. Entweder spielte Jovinge krude Machtspielchen, indem er sie zu dieser seltsamen Odyssee zwang, oder das Präsidium war schlichtweg eine architektonische Katastrophe. Im Grunde konnte es ihr egal sein. Als sie endlich sein Büro erreichten, warteten dort drei seiner Mitarbeiter, allesamt Männer zwischen Mitte vierzig und sechzig. Die Olsonbande, Sektion Stockholm, dachte sie und registrierte, dass sie am elegantesten von allen angezogen war, auch wenn sich an ihren guten Schuhen bereits Wasserränder und hässliche Spuren vom Streusalz gebildet hatten. So viel zum Thema Hauptstadtchic. Sie stellten sich der Reihe nach knapp vor. Sven Sjöfors, Lars Jönson, Uffe Wendelbos: Halbglatze, Hängebauch, Brille mit Goldrand. Auch wenn die Männer in ihren Cordhosen und Strickpullovern auf den ersten Blick nicht allzu viel hermachten, durfte sie den Trupp auf keinen Fall unterschätzen. Wären sie keine äußerst fähigen Ermittler, hätten sie es nicht bis hierhin geschafft. Jovinges Team eilte ein hervorragender Ruf voraus, seit es vor einigen Jahren eine Mordserie im Umfeld von Gangkriminalität in einem der berüchtigten Stockholmer Vororte aufgeklärt hatte und die Täter zu langjährigen Haftstrafen verurteilt worden waren. Gleichzeitig galten sie als ziemlich eingebildet.

Jovinge hatte sich an seinen Schreibtisch gelehnt und die Arme vor der Brust verschränkt.

»Eigentlich hatten wir uns auf den Växjöer Superstar gefreut«, sagte er, »Kommissarin Einauge.«

»Oder zumindest den twitternden *Superbullen*.« Der Hängebauch zeichnete mit den Fingern Anführungszeichen in die Luft und grinste.

Nyström versuchte, die Provokationen von sich abperlen zu lassen. Wenn das ein Test sein sollte, dann bitte schön.

»Euer Einsatzbezirk hat Kommissarin Forss viel zu verdanken«, sagte sie seelenruhig. Das Stadion in Södertälje, in der das Bombenattentat geplant gewesen war, lag gerade einmal 35 Kilometer von Stockholm entfernt. »Ohne ihren selbstlosen Einsatz und den eines weiteren Mitarbeiters meiner Abteilung wären wahrscheinlich mehrere Tausend Menschen nicht mehr am Leben. Wäre der Terroranschlag der Rechtsextremen geglückt, wäre Schweden nicht mehr dasselbe. Wir würden heute in einem anderen Land leben.«

Darauf entgegnete niemand etwas. Jovinge schien die Spitzen seiner Schuhe zu betrachten, die Halbglatze rieb sich über den Kopf, die Goldbrille polierte ihre Brillengläser an einem Hemdzipfel, der unter dem Feinstrickpullover herauslugte.

»Reden wir also über Joakim Vestergård«, sagte der Hängebauch.

12

Dann also der Nachtzug, dachte Stina Forss. Vor ihr lagen 1250 Kilometer Strecke, für die der Zug fünfzehn Stunden brauchen würde. Wenn alles gut ging, und die Gleise trotz der unruhigen Wetterlage im Norden frei sein würden, hatte der Schaffner erklärt.

»Und falls nicht?«, hatte sie gefragt.

»Wir halten für alle Fälle Extradecken und warme Getränke bereit«, hatte der junge Mann schmunzelnd hinzugefügt. »Aber im Ernst: Im vergangenen Monat mussten wir einen Zug wegen Schneeverwehungen evakuieren. Irgendwo im Nirgendwo. Die Passagiere sind bei minus vierzehn Grad kilometerweit entlang der Schienen ins nächste Dorf marschiert, wo sie sich im Gemeindehaus aufwärmen konnten, bis ein Bustransfer organisiert worden war.«

»Das«, hatte sie gesagt und auf ihre hochhackigen Stiefel hinabgeschaut, »kann ja heiter werden.«

13

Als Hugo Delgado aufwachte, hatte er zunächst jede zeitliche und räumliche Orientierung verloren. Es war schwarz um ihn herum, sein Schädel brummte. Dann erkannte er mehrere leuchtende Punkte in der Dunkelheit. Die Anordnung der roten LEDs verriet ihm, wo er war. Es handelte sich um die Stand-by-Anzeigen des Fernsehers und der Bausteine seiner Stereoanlage. Er befand sich auf der Couch in seinem Wohnzimmer. Wie spät war es? War er nach dem Mittagessen mit Anette Hultin eingenickt? Kein Wunder angesichts der insgesamt drei *Bloody Mary*, die er auf seinen Kater getrunken hatte. Er tastete im Liegen nach seinem Handy auf dem Couchtisch. Das Display zeigte 17.05 Uhr.

Dann vernahm er die Geräusche. Waren das Schritte im Flur? Er schreckte hoch. Im gleichen Augenblick öffnete sich die Wohnzimmertür, das unerträglich grelle Deckenlicht flammte auf und blendete ihn.

Was zum Teufel?

Aus zusammengekniffenen Augen erkannte er eine vertraute Kontur.

Linda.

Gott sei Dank.

»Meine Güte, was hast du mich erschreckt!«

Lindas Umrisse füllten sich mit Leben. In dem Maße, in dem sich seine Augen an die plötzliche Helligkeit gewöhnten, schälten sich ihre Züge aus dem Schemenhaften. Was er sah, gefiel ihm nicht. Sie sagte nichts, sie blickte ihn stumm an. Wütend. Vorwurfsvoll. Und im selben Moment fiel ihm alles wieder ein. Sein alkoholisierter Amoklauf einschließlich Knutscheinlage. Das schlechte Gewissen schlug ihm wie eine Faust ins Gesicht.

»Setz dich doch«, sagte er und nahm verunsichert zur Kenntnis, dass Linda ihren Mantel nicht ausgezogen hatte. Genauso wenig wie ihre Wollmütze und Stiefel. Das war ungewöhnlich. Das war unheilverkündend. »Nun setz dich doch endlich mal hin.«

Linda blieb stehen, die Arme vor der Brust verschränkt, ihr Mund ein einziger Strich.

Ein Klümpchen Schnee schmolz auf dem Parkett.

Sie weiß es, ging ihm durch den Kopf. Sie weiß es bereits. Er schluckte, sein Hals schmerzte. Wenn er jetzt nur einen Schluck Wasser trinken dürfte oder gleich ein ganzes Glas. Aber daran war nicht zu denken. Es stand etwas im Raum, etwas zwischen ihnen, das kein Wasser oder sonst irgendetwas außer einem Schuldeingeständnis zuließ.

Er öffnete seinen trockenen Mund, aber es kamen keine

Worte heraus. Linda wartete und starrte ihn an. Eine Minute, zwei. Dann war sie es, die sprach.

»Veronica war gestern Abend aus«, sagte sie.

Veronica, Veronica. In Delgados Kopf arbeitete es. Endlich fand er die richtige Verknüpfung. Veronica war eine von Lindas Reitstallfreundinnen. Linda hatte sie ihm einmal auf einer Party vorgestellt. Eine unscheinbare Frau mit Pferdeschwanz.

»Oh«, sagte er. Mehr brachte sein ausgetrockneter Mund nicht zustande.

»Sie war tanzen, im *de Luxe.*«

»Oh.«

»Sie hat dich gesehen, Hugo. Sie hat *euch* gesehen. Und vor einer halben Stunde rief sie mich an und fragte, seit wann du eigentlich eine neue Freundin hast.«

Lindas Mund bebte.

Delgado sagte zum dritten und letzten Mal »Oh«.

Dann machte Linda auf den Absätzen kehrt und verschwand aus der Wohnung, nicht ohne jede einzelne Tür auf ihrem Weg hinaus hinter sich zuzuknallen.

14

»So kenne ich dich gar nicht«, sagte Victor, als sie mit dem Abendessen fertig waren und er anfing, das schmutzige Geschirr in die Spülmaschine zu räumen. Wilma saß satt und zufrieden in ihrem Hochstuhl und plapperte vor sich hin.

»Wie?«, fragte Anette Hultin. »*So*?«

Victor stellte den Topf, in dem die Pastasauce gekocht hatte, in die Spüle und drehte den Wasserhahn auf.

»Ich weiß auch nicht«, murmelte er.

»Kannst du dich nicht umdrehen, wenn du mit mir redest? Ich verstehe kein Wort, wenn das Wasser so rauscht.«

Victor schloss den Wasserhahn, drehte sich zu ihr um und wischte sich die Hände an der Küchenschürze trocken.

»So aufgedreht«, sagte er, »und gleichzeitig mit den Gedanken ganz woanders.«

»Quatsch!«, protestierte Hultin, obwohl sie wusste, dass Victor recht hatte. »Ich habe den halben Nachmittag mit Wilma gespielt und anschließend haben wir uns die Küchenprospekte angesehen.«

»Die Einbauküche ist das beste Beispiel. Gut, dass du es von selbst ansprichst. Die vergangenen Wochen hast du von kaum etwas anderem als der neuen Küche gesprochen. Die Fliesen, der Induktionsherd, die Abzugshaube, das Waschbecken und die Schranktüren. Die Maße der Arbeitsplatte. Das Material der Arbeitsplatte. Die verdammte *Dicke* der Arbeitsplatte. Du hast dir über jedes noch so kleine Detail Gedanken gemacht. Du hast maßstabsgetreue Skizzen auf Millimeterpapier gezeichnet. Du hast mich in sechs verschiedene Küchenstudios geschleppt. Und heute Nachmittag, als wir uns mehr oder weniger festlegen wollten, hat dich das alles überhaupt nicht mehr richtig interessiert. Du hast zu allem Ja und Amen gesagt. Du hast den kupfernen Wasserhahn abgesegnet, obwohl du Kupfer eigentlich hasst. Du hast sogar die Idee mit der Kücheninsel wegen einer einzigen kritischen Nachfrage verworfen, obwohl sie dir am Anfang so wichtig gewesen war. Was also ist los mit dir, Anette? Du warst einen einzigen Tag wieder bei der Arbeit und bist wie ausgewechselt!«

Wilma lachte und trommelte mit einem Plastiklöffel auf der Lehne des Kinderstuhls herum.

Ja, es war in der Tat etwas geschehen. Etwas hatte sich seit gestern verändert. Victors Beobachtungen waren allesamt richtig. Nur der Ton, den er anschlug, passte ihr nicht. Überhaupt nicht. Was sollte das Vorwurfsvolle, das Anklagende darin?

»Hör mir gut zu«, sagte sie, während sie Wilma den Löffel aus der Hand nahm und gegen ein Stofftier austauschte, das denselben Zweck erfüllte, aber weniger Lärm machte. »Ich bin seit fünfzehn Monaten Mutter. Jeden Tag vierundzwanzig Stunden lang. Jede Minute, jede Sekunde. Ich gehe mit dem unterschwelligen Geruch von saurer Milch und Babykacke ins Bett und ich wache mit demselben Geruch wieder auf. Dazwischen dämmere ich jeweils einige Stunden in einem Halbschlaf, bevor die kleine Dame hier wieder Hunger verspürt. Ich füttere sie, ich wickle sie, ich singe sie in den Schlaf. Das ist alles gut und richtig so.«

»Aber ich helfe doch auch, so gut ich …«

»Stopp, Victor. Jetzt reden wir nicht über dich, sondern über mich. Ich bin seit über einem Jahr eine Vollzeitmama. Ich bin es gerne. Ich genieße es, trotz aller Erschöpfung. Ich bin damit glücklich. Aber irgendwann reicht das nicht mehr aus. Weder mir noch Wilma. Dieser Zeitpunkt ist genau jetzt gekommen. Wilma geht in die Krippe und ich zur Arbeit. Zugegeben zwei Wochen früher, als wir ursprünglich geplant hatten. Aber als die Chefin vorgestern anrief … Es war ein Geschenk des Himmels, das spüre ich jetzt. Die Arbeit hat mir gefehlt, Victor. Nun geht es endlich weiter, nun kann ich endlich beides gleichzeitig sein: Mutter und Polizistin.«

Wilma schüttelte ihr Stofftier und jauchzte.

Victor fuhr sich mit der Hand durch sein schütteres Haar.

Lange schwieg er, bevor er schließlich sagte: »Ach so. Dann ist ja gut.«

»Was hast du denn gedacht?«, fragte sie.

Er vergrub seine Hände in den Taschen der Küchenschürze. Ein Zeichen dafür, dass er verlegen war.

»Ich dachte, es könnte etwas mit deinem Ex zu tun haben. Mit Hugo. Seit gestern hast du dieses Leuchten im Gesicht.« Er lächelte schmal. »Es steht dir gut. Aber als du dann heute auch noch mit ihm zu Mittag gegessen hast, ausgerechnet im *PM,* wo das doch das Restaurant ist, in dem ich dich damals gefragt habe, ob wir heiraten wollten.«

»Ach, Victor, du Süßer.« Sie stand auf, ging auf ihn zu und nahm sein Gesicht in ihre Hände. »Du bist ja regelrecht eifersüchtig. Aber das ist völlig unnötig. Das ist nichts, gar nichts. Hugo ist ein Vollidiot, heute war er betrunken, mitten am Tag. Er ist nur einer meiner Kollegen, weiter nichts.«

Sie wunderte sich, wie leicht ihr die Worte über die Lippen gingen. Denn sie stimmten nur zum Teil.

15

Auf die Euphorie im Obduktionsraum der Pathologie war im Präsidium eine gewisse Ernüchterung gefolgt. Haage und Svensson, die sich am Computer als äußerst flink erwiesen, brauchten nicht lange, um herauszufinden, dass auf die zentrale Datenbank der Gesundheitsbehörde, bei der sämtliche Herzeingriffe einschließlich verwendeter Schrittmacher, künstlicher Klappen und Gefäßprothesen, die man bei bestimmten Bypassoperationen einsetzte, registriert waren, auch für die Polizei kein Online-Zugriff möglich war. In der Behörde, die ihren Hauptsitz in Östersund hatte, erreichten sie telefonisch nur einen Hausmeister, der ihnen nicht weiterhelfen konnte. Die Zuordnung der sichergestellten Herzklappe musste also bis Montag warten, dachte Lasse Knutsson, was angesichts des Umstands, dass der skelettierte Leichnam bereits einige Jahrzehnte verscharrt gewesen war, eigentlich kein großes Drama darstellte. Auf ein, zwei Tage mehr oder weniger kam es nun auch nicht mehr an, da war sich die Olssonbande einig. Der Chef schickte Haage und Svensson angesichts der vorgerückten Stunde nach Hause. Das Jungvolk hatte mit Sicherheit Besseres zu tun, als an einem Samstagabend im Präsidium zu hocken.

»Bleiben wir zwei alte Hasen«, konstatierte Olsson, öffnete seine Schreibtischschublade und zog eine Flasche Rum hervor. »Aus Venezuela. Das Schätzchen hat 15 Jahre in einem Fass gelagert.«

»Wir müssen doch beide noch Auto fahren.«

Achtsamkeit! In allen Lebensbereichen.

Olsson zwinkerte ihm zu.

»Ach was, ein kleines Schlückchen, um ein bisschen Wärme aufzutanken.« Aus einer anderen Schublade tauchten zwei Gläser auf. Olsson schenkte ihnen beiden fingerbreit ein. »Sieh es als Einleitung zu einem Vorschlag, den ich zu unterbreiten habe.«

Knutsson machte es sich mit dem Drink auf einem Stuhl bequem und ließ das exklusive Nass in seinem Glas fachmännisch kreisen, bevor er daran schnupperte. Wow! Das komplexe Aroma von Sherry, Tabak und Granatapfel stieg ihm in die Nase.

»Und das wäre?«

»Ich will, dass wir den Feuerteufel schnappen, und zwar noch heute Nacht.«

»Du denkst, dass er gleich wieder zuschlägt?«

Knutsson nippte an dem scharfen Getränk. Es brannte wunderbar in seinem Mund, die Aromen explodierten.

Olsson nickte.

»Ich sehe da eine Kontinuität. In der Nacht von Dienstag auf Mittwoch gab es die Zündelei neben der alten Kirche in Dädesjö. Eine Nacht später die Vorkommnisse auf dem Friedhof Hovshaga. Dann von Donnerstag auf Freitag der erste tatsächlich geglückte Kirchenbrand in Granhult. Es gibt also eine Steigerung, eine Eskalation. Wenn sich der Kerl oder die Gruppe Möchtegern-Satanisten wirklich auf vorreformatorische Gotteshäuser konzentriert und tatsächlich in die Fußstapfen dieser norwegischen Black-Metal-Bewegung treten will, bleiben in unserer Gegend noch drei mittelalterliche Kirchen übrig. Dädesjö, wo es beim ersten Mal nicht geklappt, beziehungsweise, wo dem oder den Tätern der Mut gefehlt hat, dazu noch Jät und Hemmesjö. Gestern Nacht geschah offenbar nichts, zumindest nichts, was wir mitbekommen hätten. Wahrscheinlich ist das auf die Streifen zurückzuführen, die regelmäßig an allen drei Standorten Patrouille gefahren und ausgestiegen sind, um die Umgebung mit Taschenlampen abzusuchen. Heute jedoch habe ich vor, die Überwachung in Jät und Hemmesjö abzuziehen.«

»Du cleverer Hund.« Knutsson schnalzte anerkennend mit der Zunge. »Und an der Stelle kommen wir beiden alten Haudegen ins Spiel. Wir legen uns auf die Lauer.«

»Auf uns!«, sagte Olsson und hob feierlich sein Glas.

16

Jovinge referierte. Er war der unangefochtene Boss der Abteilung, dachte Ingrid Nyström.

»Wir haben eine These, von deren Richtigkeit wir überzeugt sind.«

»Bereits nach zwei Tagen?«, fragte sie.

»Dreißig Jahre Mordkommission, da entwickelt man einen gewissen Instinkt«, entgegnete Jovinge. »Zugegeben, wir haben dieses Mal sehr von der Vorarbeit unserer Kollegen der Abteilung Wirtschaftskriminalität profitiert. Joakim Vestergård war alles andere als ein unbeschriebenes Blatt.«

Denselben Satz hatte Nyström gestern aus Delgados Mund gehört.

»Das wissen wir bereits«, sagte sie. »Der Aufstieg in der hiesigen Türsteherszene, der sukzessive Ausbau seines Sicherheitsunternehmens, ein illustrer Kundenkreis aus der landesweiten Wirtschaftselite und nicht zuletzt seine Zeit bei *Blackwater.*«

Der Hängebauch, die Halbglatze und die Brille warfen sich Blicke zu. Waren sie von Nyströms bisherigen Ermittlungsergebnissen beeindruckt? Aber warum dann dieses unterdrückte Grinsen?

»Fleißig, fleißig.« Jovinge hatte einen belustigten Unterton. »Aber ehrlich gesagt glauben wir, dass das alles Schnee von gestern ist. Ohne Frage: Sollte jemals jemand auf die Idee kommen, eine Biografie über den Mann zu schreiben, ist das durchaus alles interessant, aber für seinen Tod höchstwahrscheinlich völlig unerheblich.« Er reagierte mit einem Seufzen auf ihren misstrauischen Blick. Wie konnte er so vielversprechende Ermittlungsergebnisse einfach mit einem Handstreich beiseitewischen? »In den vergangenen Jahren hatte Vestergårds Consulting-Büro nur einen einzigen Kunden.« Er machte eine Pause, um den Effekt zu verstärken. »*Norr-Oil*.«

Nyström zuckte mit den Schultern.

»Sagt mir nichts.«

»Wie sieht es mit *Lundin-Petroleum* aus?«

Natürlich kannte sie diesen Namen. Jeder kannte den Namen. *Lundin* war das bekannteste und größte Öl- und Gasförderungsunternehmen Schwedens, mit Explorationsflächen in Norwegen, Russland, Malaysia und anderen Ländern. Die Firma kam seit einigen Monaten nicht aus den Schlagzeilen. Es ging dabei um die Erschließung von Ölfeldern im Süden Sudans Ende der Neunziger- bis zum Beginn der Zweitausenderjahre, mitten in einem umkämpften Gebiet des Bürgerkriegs, der in rund zwanzig Jahren mehr als 300.000 Tote und Millionen Vertriebene gefordert hatte. Der Kern der Anschuldigungen gegen *Lundin* bestand im Vorwurf, im Zuge der Erschließung eines neuen Fördergebiets Regierungstruppen finanziell unterstützt zu haben, um die örtliche Zivilbevölkerung, die mehrheitlich mit der Rebellenbewegung sympathisierte, zu vertreiben. Dabei sollte es den Berichten von Hilfsorganisationen zufolge zu Bombardierungen, Brandschatzungen und Massenhinrichtungen gekommen sein, denen insgesamt zwischen 10.000 und 12.000 Menschen zum Opfer fielen. Mehrere Konzernführer und Manager *Lundins* waren im vergangenen Jahr der Beihilfe zum Völkermord verdächtigt worden und die Bundesstaatsanwaltschaft hatte eine Untersuchung eingeleitet. Besonders delikat war, dass Carl Bildt, der ehemalige Ministerpräsident und spätere Außenminister zum Zeitpunkt, an dem sich die furchtbaren Geschehnisse rund um das berüchtigte Förderfeld *Block 5A* abgespielt hatten, im Aufsichtsrat des Unternehmens gesessen hatte.

»Sicher«, sagte sie. »Das ist die Ölfirma, die Dreck am Stecken hat.«

Jovinge nickte.

»Ganz genau. Und *Norr-Oil* ist eine der Firmen, die 2003 Teile des umkämpften Fördergebiets von *Lundin* übernommen haben. Ein kleines, aber sehr lukratives Unternehmen, das bis heute Öl im Südsudan fördert.«

Nyströms Gedanken ratterten. Ein Security-Fachmann mit internationaler Reputation und ein Ölunternehmen, das in einem Bürgerkriegsland mit desolater Sicherheitslage operierte. So weit, so passend.

»Schön und gut«, sagte sie. »Aber dass Vestergård für ein moralisch fragwürdiges Unternehmen beratend tätig war, heißt doch noch lange nicht, dass es seine Geschäftspartner waren, die ihn getötet haben.«

Jovinge griff hinter sich und holte ein in Leder gebundenes Büchlein hervor.

»Wir haben Vestergårds Kalender in seinem Büro sichergestellt. In der vergangenen Woche ist nur ein einziger Termin eingetragen, und zwar am Tag, an dem er starb. *N. O.* steht da hineingekritzelt. Du darfst dreimal raten, wofür das steht. *Norr-Oil* hat seinen Sitz übrigens in Malmö. Da ist es doch naheliegend, sich auf einem Parkplatz an der E 4 zwischen Ljungby und Värnamo zu verabreden, wenn man sich ungefähr in der Mitte des Weges treffen will und etwas Delikates zu besprechen hat.«

17

Mit dem Begriff *Nachtzug* hatte Stina Forss fahrlässigerweise eine romantische Kombination aus Komfort und Patina verbunden, irgendetwas Agatha-Christie-Haftes aus dem vorletzten Jahrhundert, eine Art Orientexpress vielleicht. Eingedeckte Tische und Brokatgardinen mit Goldbordüren. Versnobte Adelige und Ober im Livree. Die Wirklichkeit sah anders aus. In dem zellenartigen Abteil waren an beiden Längsseiten übereinander drei Pritschen montiert, jede kaum breiter als ihre Schultern, und sie war ein Mensch von zarter Statur. Wie die vier Monteurinnen, drei von ihnen übergewichtig, mit denen sie ihre Schlafkabine teilte, auf den schmalen Liegen Platz fanden, war ihr ein Rätsel. Das Bett, wenn man es denn so nennen wollte, das dem Aufdruck der Fahrkarte zufolge ihr zustand, war mit dem Gepäck und den ölverschmierten, neonfarbenen Arbeitsjacken ihrer Mitreisenden belegt. *Orange is the new black,* dachte sie, machte auf dem Absatz kehrt und suchte sich drei Wagons weiter einen Sitzplatz, dessen Lehne man wenigstens um einige Zentimeter nach hinten kippen konnte. »Willkommen im Polar-Circle-Express«, sagte die Lautsprecherstimme fröhlich, »das Zugrestaurant hat bis elf geöffnet, der Verzehr von mitgebrachtem Alkohol ist untersagt.« Forss schloss die Augen und döste eine Weile vor sich hin. Kurz hinter dem Bahnhof Hudiksvall bekam sie Hunger. Hier in der Nähe war sie als Kind einmal auf einem Zeltlager gewesen, fiel ihr ein. Vor der großen Katastrophe, bevor ihr Vater sich von einem rauen, aber herzlichen Kerl in ein prügelndes Monster verwandelt hatte, der ihre deutschstämmige Mutter und sie auf die Flucht nach Berlin gezwungen hatte. Natürlich war sie in der neuen Umgebung zur Außenseiterin geworden, ihr singendes, klingendes Deutsch mit den falschen Endungen mindestens ebenso seltsam wie die Narben an ihrem Hals und das hängende Augenlid. Na, wenigstens das bin ich los, dachte sie, verdrängte die schlechten Erinnerungen, zupfte an der immer noch ungewohnten Augenklappe und ging in das Zugrestaurant, wo sie ein eingeschweißtes Sandwich und zwei kleine Flaschen Rotwein erstand. Zusammen mit den Schlaftabletten würden die sie durch die Nacht bringen. Bis zum Polarkreis und darüber hinaus.

18

Ingrid Nyström saß in ihrem Hotelzimmer vor dem Laptop und dachte über das nach, was ihr Jovinge und sein Team vorgetragen hatten. Über *Lundin-Petroleum* und *Norr-Oil*. Vieles hatte plausibel geklungen. Wenn man nach der Kombination *Öl* und *Menschenrechte* googelte, taten sich Abgründe auf. Umweltkatastrophen und Kriege. Ausbeutung und Korruption. Regionale Konflikte und ethnische Säuberungen. Immer ging es um Geld, oft um Macht und Einfluss. *Shell, BP, Chevron, Gasprom.* Die Liste ließ sich endlos fortsetzen. Gab es überhaupt Unternehmen, die nachhaltig und ethischen Richtlinien folgend, fossile Brennstoffe förderten, oder bestand die gesamte Branche aus skrupellosen Akteuren, vor deren Gebaren die Öffentlichkeit die Augen verschloss, weil sie mit ihren Produkten die Weltwirtschaft am Laufen hielt? Was ging ihr selbst durch den Kopf, wenn sie bei *Statoil* oder der regionalen Kette *Johnssons* den Tank ihres Wagens füllte? Außer dem aktuellen Spritpreis nicht viel, wenn sie ehrlich war. Seufzend klappte sie den Laptop zu. Ihre oberflächliche Internetrecherche hatte einiges zu *Lundin* und *Norr-Oil* ausgespuckt, aber der Name Joakim Vestergård war dabei nicht aufgetaucht. Natürlich nicht. Was auch immer er für die Unternehmen im Südsudan getan hatte, war mit Sicherheit nichts, was man an die große Glocke hängte, zumindest nicht freiwillig. Mehrere Artikel, auf die sie gestoßen war, berichteten von engagierten Journalisten, die über *Lundins* und *Norr-Oils* Praktiken in der Region recherchiert hatten. Die Reporter waren vor Ort verhaftet worden und saßen dort monatelang im Gefängnis, bevor sie vor einiger Zeit dank dauerhaften diplomatischen Drucks freigekommen waren. Nein, sie würde den Schlüssel zu Vestergårds Tod nicht auf dem ausgebeuteten Ölfeld *Block 5A* suchen können, sondern gezwungenermaßen hier in Schweden. Beginnen musste sie bei seiner jungen Witwe, davon war sie überzeugt.

Sixten hat den Dicksten!

Sixten hat den Dicksten!

Sixten hat den Dicksten!

Sixten ließ seinen Schwanz los und roch an den Fingern. Der vertraute Geruch beruhigte ihn ein wenig. Trotzdem war seine Lage alles andere als angenehm. Auf dem windschiefen Hochsitz, auf dem er Stellung bezogen hatte, war es bitterkalt, außerdem musste er dringend pinkeln. Starke Böen wirbelten immer wieder Schnee vom Boden auf, weiße Gespenster, die über die Felder und Wiesen zogen und ihn ihren eisigen Atem spüren ließen. Wie verfluchte Dementoren, dachte er, wie diese seelenfressenden Biester aus den Harry-Potter-Filmen. Nur: Wenn diese Schneegeister reine Fantasiegeschöpfe waren, warum konnte er dann ihre zischenden Stimmen hören?

Tu es, fauchten sie.

Tu es!

Tu es!

Tu es!

Und er wollte es ja auch tun. Alles war vorbereitet. Die Benzinkanister waren zu schwer gewesen, um sie auf den wackeligen Jagdstand zu wuchten, deshalb hatte er sie zwischen niedrigen, dicht gewachsenen Tannen in der Nähe der Steinmauer versteckt, die das Gräberfeld und die alte Kirche von Jät einfriedete. In seiner Jackentasche bewahrte er mehrere Feuerzeuge auf. Außerdem trug er Handschuhe. Dass er sich einmal verbrannt hatte, reichte schließlich. Ja, er war in der Tat gut vorbereitet. Doch er musste sich weiter gedulden. Bereits in der vergangenen Nacht hatten ihm die Scheißbullen einen Strich durch die Rechnung gemacht. In unregelmäßigen Abständen waren sie immer wieder vorgefahren und hatte die ganze Umgebung mit ihren Suchscheinwerfern durchkämmt. Er hatte verdammtes Glück gehabt, dass die uniformierten Vollidioten weder ihn noch sein Benzindepot gefunden hatten. Schwachsinnige Rat-

ten! Unfähige Maden! Trotzdem musste er auf der Hut sein. Clever, wach, geduldig und unsichtbar. Wie ein Guerillakämpfer. Denn heute hatten die Bullen ihre Taktik geändert. Kein Streifenwagen, keine Suchscheinwerfer. Stattdessen stand unter der blattlosen Linde, im Schatten des spitzen Glockenturms, ein schwarzer Pick-up. Sixten hatte die eckigen Konturen des großen Wagens gerade noch rechtzeitig erkannt, bevor er sich auf den mondbeschienenen Weg zur Friedhofsmauer gemacht hatte. Beinahe wäre er in die Falle getappt. Aber der DUNKLE HERR hatte seine schützende Hand über ihn gehalten und ihn den tückischen Hinterhalt erkennen lassen. Sixten hatte sich zunächst im ersten Schreck wieder ins Dunkel des nahen Waldrands zurückgezogen, doch dann hatte er sich ein Herz gefasst, war im Schutz der Baumschatten bis auf zehn Meter an den Wagen herangeschlichen und hatte einen Blick auf den Fahrer erhaschen können. Wie konnte man auch nur so dumm sein und bei einer Observation das Autoradio laufen lassen? Sixten hatte gedämpfte Musik vernommen und im bläulichen Licht der Armaturen ein Gesicht erahnen können. Ein Fettsack mit Bart, der sich offenbar großzügig aus einer Chipstüte bediente. Vorsichtig hatte er sich wieder auf seinen Beobachtungsposten zurückgezogen. Das war jetzt etwa zwei Stunden her. Der Pick-up machte keine Anstalten, sich von der Stelle zu bewegen, während Sixten sich oben auf dem Hochstand den Arsch abfror und ihn die Schneegeister verhöhnten.

Grill die fette Ratte, flüsterten sie. Grill sie!

Zünde sie in ihrem verfluchten Wagen an und lass anschließend endlich die Kirche brennen.

Oder bist du ein Feigling?

Er?

Ein Feigling?

Er war ein Berufener, verdammt noch mal!

Mit klammen, tauben Händen kletterte er von dem Jagdstand

hinab. Geduckt huschte er von Baum zu Baum, bis er sich dem Wagen wieder auf kurze Distanz genähert hatte. Das Autoradio lief noch immer, es warf einen blauen Lichtschimmer auf das Gesicht des fetten Bartmanns. Dennoch hatte sich etwas verändert. Sixten konnte sein Glück kaum fassen. Der Bulle schlief. Ganz eindeutig. Sein Kopf war auf seine Brust gesunken, seine Augen waren geschlossen. Sixten musste nicht lange nachdenken, er tat ganz automatisch, was die Stimmen von ihm verlangten. Es dauerte keine Minute, bis er einen der Benzinkanister angeschleppt hatte. Einen konnte er entbehren, um die Ratte zu grillen. Für die Kirche des falschen Gottes blieben ihm dann immer noch sechs Kanister übrig. Sechs, das war eine gute Zahl. Und eine tote Ratte war eine gute Ratte. Er goss den Brennstoff in großzügigen Schwallen auf die Ladefläche und die Fahrkabine des Pick-ups. Im Wagen rührte sich noch immer nichts, nur das Radio spielte einen bekannten Rock-Oldie.

Sixten summte das rhythmische »Uh-Uhh« des Hintergrundchors vergnügt mit, während er eins der Feuerzeuge aus der Tasche fischte.

*Er hatte »*Sympathy For The Devil*«.*

Oh, ja, das hatte er.

SONNTAG

1

Stina Forss erwachte mit trockenem Mund. Im Bordrestaurant kaufte sie sich eine Flasche Mineralwasser, einen Schokoriegel und einen Kaffee sowie eine Packung zuckerfreier Kaugummis. Die Zahnbürste des kleinen Mannes, dachte sie und kehrte auf ihren Sitzplatz zurück. Der Zug näherte sich Kiruna. Die Sonne stand knapp über dem Horizont und schenkte den niedrigen Kiefern, Fichten und Birken einen rötlich-violetten Teint. Am azurblauen Himmel meinte sie einen kreisenden Adler auszumachen, aber vielleicht war es auch ein anderer Raubvogel. Was wusste sie schon über Tiere? Jedenfalls kam ihr der Vogel unglaublich groß vor.

Der Zug fuhr in den Bahnhof ein. Links von ihr lag die Mine. Selbst der kleine Teil, der sich über der Erdoberfläche befand, war in seinen Dimensionen überwältigend. Ein schneebedeckter Bergrücken, der sich über einige Kilometer erstreckte, die Spitzen im Laufe der vergangenen hundert Jahre abgetragen und eingeebnet. Gezähmte Wildnis. Auf und vor dem Gesteinsmassiv Nutzbauten. Gleisanlagen, auf denen sich Hunderte Wagons reihten. Forss hatte gelesen, dass das Erz mit Güterzügen zum eisfreien Hafen ins norwegische Narvik transportiert wurde. Die Mine förderte täglich genügend Eisen, um 40.000 Autos zu bauen. Oder sechsmal den Eiffelturm.

Auf der anderen Seite lag die Stadt. Zweistöckige Holzhäuser in verblichenen Pastellfarben. Viergeschossige Klinkerbauten. Falunrote Bungalows. Sie erkannte die markanten Konturen der zeltförmigen Kirche und den stählernen, verzierten Glockenturm des Rathauses. Alles das würde es in einigen Jahren an dieser Stelle nicht mehr geben. Der Stadtkern musste dem Hunger des Erzbergwerks weichen, würde abgebaut, um einige Kilometer versetzt und schließlich neu aufgebaut werden. Wie eine Legostadt, dachte Forss, als sie ausstieg. Die Luft war trocken und längst nicht so kalt, wie sie befürchtet hatte. Sie stakste auf ihren Stiefelabsätzen zum Hotel. Alle Straßen und Gehwege waren von einem grauweißen scharfkantigen Schorf überzogen, der trotz ausgestreuten Sandes und Kies an vielen Stellen glatter war, als er aussah. Mehrmals verlor sie beinahe das Gleichgewicht. Sie trug definitiv das falsche Schuhwerk und wünschte, sie hätte an ihre Doc Martens gedacht. Nachdem ihr mehrere Menschen mit untergeschnallten Spikes entgegengekommen waren, wusste sie, was ganz oben auf ihrer Besorgungsliste stand. Das Hotelzimmer war klein, aber gemütlich. Forss konnte nicht einschätzen, ob das samisch anmutende Dekor, wie die stilisierten Rentiere auf der wollenen Bettdecke, kitschig oder authentisch waren, aber vielleicht spielte das auch keine Rolle. Als Polarkreis-Tourist erwartete man wahrscheinlich irgendetwas in der Art. Wenn man nicht gleich in dem bekannten Eishotel oder einer Iglo-Lodge abstieg und an einem Husky-Schlittenausflug unter der pulsierenden *Aurora borealis* teilnahm. Sie duschte, zog sich um und ging direkt zu der Adresse, unter der Anita Birkebo gemeldet war. Ein unkonventionelles Holzhaus mit Erkern und Giebeln, im Stil der Jahrhundertwende gebaut. Wäre es besser erhalten gewesen, hätte man von einem Schmuckstück sprechen können. Doch der grüne Lack blätterte ab, das Dach wirkte unter den Schneemassen eingedrückt, im Holz der jugendstilhaften Verzierungen des Verandadachs saß die Fäule. Birkebo stand in verblichenen Buchstaben auf dem Klingelschild. Forss läutete. Nichts passierte. Sie versuchten, es noch zwei weitere Male. Keine Reaktion, im Haus blieb es still. Forss entschied, es später noch einmal zu versuchen, und ging in das Café, in dem sie später verabredet war. Es lag um die Ecke. Der Stadtplan, den sie an der Hotelrezeption eingesteckt hatte, war übersichtlich, Kiruna hatte weniger als 20.000 Einwohner. Hier lag mehr oder weniger alles um die Ecke. Sie las in Ruhe eine Zeitung, aß ein Brötchen und ein mit Sahne und Marzipan gefülltes Süßgebäck und trank Kaffee. Eine gute Stunde später betrat Rune Malmsten das *Safari*. An der Art, wie sich der ältere Mann bewegte, wie er sich umblickte und das gut besuchte Café musterte, erkannte sie den ehemaligen Kriminalpolizisten. Gunnar Berg hatte den Kontakt hergestellt, ihn und Malmsten verband eine lockere Freundschaft, seit sie vor fünfundvierzig Jahren gemeinsam die Polizeihochschule absolviert hatten. Im Gegensatz zu Berg, den ein Unfall in den vorzeitigen Ruhestand gezwungen hatte, hatte Malmsten den Polizeidienst bereits vor mehr als drei Jahrzehnten quittiert und arbeitete seitdem bei der staatlichen Minengesellschaft LKAB im Bereich Werksicherheit. Zielstrebig steuerte er auf ihren Tisch zu. Natürlich, die Augenklappe. Genauso gut konnte sie sich gleich ihren Namen auf die Stirn tätowieren. In Großbuchstaben. Malmsten hatte einen verbindlichen Händedruck und einen angenehmen nordschwedischen Zungenschlag. Nachdem sie einige Höflichkeiten ausgetauscht hatten und Malmsten ebenfalls ein Gebäckstück gegessen und an seinem Kaffee genippt hatte, kam er zur Sache.

»Wenn ich Gunnar am Telefon richtig verstanden habe, suchst du eine sehr religiöse Frau, die Anita heißt, einen Schwulentreffpunkt sowie jemanden, der sich mit dem Sprengmittel auskennt, das vor fünfundzwanzig Jahren in der Mine verwendet wurde.«

»Ja, so ungefähr.«

Malmsten nickte bedächtig, dann stellte er seinen Kaffeebecher beiseite.

»Nun, ich denke, was den letzten Punkt angeht, kann ich dir weiterhelfen.«

2

Die Wohnung der Vestergårds auf Östermalm war ein Palast, ein besserer Begriff fiel Ingrid Nyström nicht ein, als sie aus den Fenstern des großen Wohnzimmers über die Dächer des innerstädtischen Viertels schaute. In einer Lücke zwischen den Nachbarhäusern schimmerte Wasser, nicht weit von hier musste das berühmte Vasamuseum liegen. Sie löste sich von dem spektakulären Ausblick, der selbst an einem wolkenverhangenen Tag wie heute jedes Maklerprospekt aufgewertet hätte, und drehte sich zu Amanda Vestergård um, die wieder ihre Sonnenbrille trug, in einem Designer-Sessel kauerte, der für ihre schmale Gestalt klotzig und überdimensioniert wirkte, und sich an einem üppig gefüllten Cognacschwenker festhielt. Es war neun Uhr am Morgen. Eine stillende Mutter, hochprozentiger Alkohol, die Tablettenpackung auf dem Beistelltisch, die frühe Uhrzeit – in Nyströms Wertesystem passte das alles nicht zusammen, doch wer war sie schon, einen Menschen zu verurteilen, der gerade seinen Lebenspartner verloren hatte? Trotzdem war sie der Überzeugung, dass eine gute Freundin, ein Therapeut oder vielleicht sogar ein Pastor Amanda Vestergård bessere Stützen wären als Schnaps und irgendwelche Pillen. Ein Pastor? Sie biss sich auf die Unterlippe. Vielleicht doch keine so gute Idee.

Von den Säuglingen war weder etwas zu hören noch zu sehen, auch war Nyström unklar, ob sich außer der Witwe und wahrscheinlich den beiden Babys noch jemand in der weitläufigen Wohnung aufhielt. Womöglich gab es ja tatsächlich eine enge Freundin, die Beistand leistete. Oder einen engen Freund?

Amanda Vestergård schwieg, seit die Hauptkommissarin eingetroffen war. Stumm starrte sie auf ihr Cognacglas, soweit Nyström das überhaupt beurteilen konnte. Vestergårds Sonnenbrille erfüllte eine doppelte Funktion, sie verbarg nicht nur das geschwollene Auge und Hämatom der hübschen Frau, sondern baute auch eine Mauer auf zwischen ihr und dem Rest der Welt. Ich gehöre zum Rest der Welt, in der es ausgeplünderte Ölfelder in einem afrikanischen Bürgerkriegsgebiet und einen tödlichen Überfall auf einem ehemaligen Rastplatz in Småland gibt, dachte Nyström. Die Antworten, die ich suche, befinden sich jedoch auf der anderen Seite der Mauer, hinter der Sonnenbrille. Sie suchte seit den Minuten, die sie aus dem Panoramafenster geschaut hatte, nach einem Ansatzpunkt.

»Er hat dich geschlagen«, sagte sie schließlich. »Joakim hat dich geschlagen.«

Sie sagte es so, dass es wie eine Feststellung klang, nicht wie eine Frage.

Vestergårds Kinn tat einen kleinen Ruck, kaum wahrnehmbar, aber doch war es eine Regung. Obwohl alles an ihr Apathie ausstrahlte, meinte Nyström zu spüren, wie es in der Frau zu arbeiten begann. Sie sucht nach einer Antwort, dachte Nyström, nein, sie sucht nach einer Ausflucht. Irgendeine lächerliche Ausrede, wie sie für Misshandlungsopfer typisch ist. Die obligatorische Kellertreppe. Der Türrahmen. Einmal hatte ihr eine grün und blau geschlagene Ehefrau ernsthaft weismachen wollen, sie wäre auf einer Bananenschale ausgerutscht. Diese Geschichten waren teilweise von absurder Komik, wenn sie nicht gleichzeitig so unglaublich traurig gewesen wären.

»Ja«, sagte Vestergård endlich. »Ja, das hat er.«

Wenigstens war sie ehrlich.

»Wie lange ging das schon?«

»Es war nur dieses eine Mal.«

Na sicher, angeblich war es immer nur dieses eine Mal. Eine Ausnahme, eine lässliche Sünde.

»Gab es einen Streit?«

»Ich habe ihm keine andere Wahl gelassen.«

Natürlich nicht. Es war immer die Frau, die selbst Schuld an der Gewalt trug, die ihr widerfuhr. Immer hatte sie es irgendwie *verdient*. Was für ein krudes Märchen wollte Vestergård ihr hier auftischen? An welcher Stelle hatte sie sich dem perfiden Machtsystem ihres unbeherrschten Manns dieses Mal widersetzt, sodass es Schläge gehagelt, dass sie ihre wohlverdiente Strafe bekommen hatte? Das Muster war

Nyström auf ermüdende Weise vertraut. Sie konnte kaum die notwendige Wut aufbringen, die die Situation eigentlich erforderte. Warum wehrten sich diese Frauen nicht? Warum begehrten sie nicht auf? Schlugen zurück oder flohen? Warum ließen sie das mit sich machen?

»Es war nur dieses eine Mal und ich habe ihm keine andere Wahl gelassen«, wiederholte Amanda Vestergård, bevor sie ihr Cognacglass in einem Zug austrank.

»Aber …«, hob Nyström an. Es gab so vieles zu sagen, so vieles gegen diese falsche Sicht der Dinge einzuwenden, doch Vestergård unterbrach sie.

»Joakim hat etwas herausgefunden«, sagte sie. »Ein Geheimnis. Mein furchtbares Geheimnis. Eine Lüge, die wie ein Damoklesschwert über unserer Ehe gehangen hat.« Sie drehte das leere Glas zwischen den Fingern. »Joakim hat einen Test machen lassen, heimlich, hinter meinem Rücken. Er war misstrauisch, zu Recht, und ich habe befürchtet, dass er irgendwann die Wahrheit erfährt, aber dass es so bald geschehen würde, habe ich nicht kommen sehen. Vielleicht wäre ich eines Tages sogar bereit gewesen, es ihm selbst zu sagen, aber dazu wird es ja nun nicht mehr kommen.«

Sie stellte das Glas auf dem Beistelltisch ab.

»Ich verstehe immer noch nicht ganz«, sagte Nyström, obwohl sie mittlerweile zu ahnen begann, worauf die junge Mutter hinaus wollte. »Einen Test? Was hat Joakim herausgefunden?«

»Verner und Valter.« Vestergård drückte eine Tablette aus der Verpackung und legte sie sich auf die Zungenspitze. »Die Zwillinge, sie sind nicht von ihm.«

3

»Ab hier bitte keine Fotos«, sagte Malmsten, als sie die Schranken der Werkseinfahrt passierten.

Forss steckte ihr Handy ein.

»Schade«, sagte sie, »das Verwaltungsgebäude dort sieht aus wie das UN-Quartier in New York.«

»Das hat der Architekt auch so gewollt«, brummte Malmsten, der am Steuer des schweren Geländewagens saß. »LKAB wollte schon immer Modernismus verkörpern, Zukunftsglauben und Optimismus. Willkommen in der modernsten, sichersten und umweltfreundlichsten Mine der Welt.«

Das klingt wie aus einem Werbeprospekt, dachte Forss. Trotzdem spürte sie ihre Neugier.

»Und da fahren wir mit dem Auto hinein?«

»Bis auf etwa tausendzweihundert Meter Tiefe, unsere aktuelle Abbausohle. Insgesamt gibt es hier vierhundert Kilometer ausgebauter Straßen im Berg. Durchlöchert wie ein Schweizer Käse, allerdings nach einem ausgeklügelten System.«

Es war wie in einen unbeleuchteten Tunnel zu fahren, in dem es steil bergab ging.

»Warum gibt es keine Beleuchtung?«, fragte sie.

»Damit man den Gegenverkehr besser erkennt. Zum Schichtende herrscht hier geradezu Rushhour. Die Reflektoren an den Wänden reichen zur Orientierung. Trotzdem kommt es bisweilen zu Unfällen.«

Angesichts dieses Eingeständnisses nahm Malmsten die engen, abschüssigen Kurven mit ziemlichem Tempo. Forss, ansonsten alles andere als eine ängstliche Autofahrerin, klammerte sich unwillkürlich an den Griff über der Beifahrertür. Wahrscheinlich war das eine Frage der Gewohnheit, dachte sie. Die Scheinwerfer erfassten graue, verschorfte Felswände, die sich über dem Wagen zusammenwölbten.

Wie in *Moria*, dachte Forss, wie im verdammten *Herr der Ringe*.

»Gibt es hier unten einen *Balrog?*«, fragte sie im Spaß.

Malmsten lachte.

»Wir Bergleute sind abergläubig«, antwortete er. »Es gibt natürlich einen Bergtroll. Wir sind freundlich zu ihm, und er ist freundlich zu uns. Jedenfalls die meiste Zeit. Das letzte ernsthafte Unglück hier unten ist jedenfalls schon eine Zeit lang her.« Er klang durchaus stolz. »Die Bulldozer, die hier unten die gesprengten Erzbrocken bewegen, wiegen beinahe achtzig Tonnen«, erklärte er, »wenn da jemand falsch einparkt, gibt es mehr als ein paar Kratzer. Weißt du, was unsere Unfallquote enorm gesenkt hat?«

»Keine Ahnung. Vielleicht werden sie jetzt von Algorithmen gesteuert?«, riet Forss.

»Die Idee hatten wir auch, das war aber in der Umsetzung nicht praktikabel. Geholfen hat dagegen, dass wir die meisten Fahrer durch Fahrerinnen ersetzt haben. Die sind vorsichtiger, präziser und unter Stress belastbarer.«

»Clever.« Vielleicht sollte sie bei der nächsten Wahl ihr Kreuz bei der *Feministischen Initiative* machen, dachte Forss.

Sie hielten schließlich in einer hallenartigen Grotte. Malmsten drückte ihr beim Aussteigen einen weißen Schutzhelm mit dem Logo der Grubengesellschaft in die Hand.

»Ist hier Vorschrift.«

Sie durchschritten die Grotte und bogen in einen etwas niedrigeren Stollen ab. Forss war erstaunt. Zu beiden Seiten gab es hinter Glasfenstern in den Fels getriebene Büros, Laboratorien, Umkleideräume, sogar eine Art Cafeteria, in der einige Menschen in Arbeitskleidung saßen und ihre

Pausenverpflegung aßen. Malmsten blieb vor einer Tür stehen und klopfte. *Sprengmeister* las Forss auf einem kleinen Schild.

Ein großer Mann mit Vollbart und Pferdeschwanz öffnete ihnen die Tür. Malmsten stellte sie einander vor. Der etwa fünfundvierzigjährige Mann hieß Aarno Soparnen. Sein Schwedisch hatte einen finnischen, melodischen Einschlag. Forss erklärte, worum es ihr ging.

Soparnen hörte geduldig zu.

»Vor fünfundzwanzig Jahren habe ich hier noch nicht gearbeitet«, sagte er schließlich. »Aber wenn damals die Arbeitsabläufe und Sicherheitsroutinen ähnlich waren wie heute, war es für einen gewöhnlichen Grubenfahrer wie diesen Fredrik Sidenvall eigentlich unmöglich, an Sprengmittel zu gelangen.« Er warf Malmsten einen Blick zu. »Oder was meinst du?«

»Es war schon eine andere Zeit damals«, antwortete Malmsten gedehnt. »Aber natürlich gab es Vorschriften, Inventuren und alles mögliche andere, damit der Sprengstoff nicht in die falschen Hände geriet.« Er zögerte einen Moment. »Eigentlich darf man das gar nicht laut sagen, …«

»Aber?«, hakte Forss nach.

»Wenn man die richtigen Leute kannte, war da schon einiges möglich. Irgendwann um die Zeit, Ende der Achtziger, Anfang der Neunziger, flog ein Ring an Mitarbeitern auf, die in kleinen Mengen Sprengmittel abgezweigt hatten. Zum Fischen, wie sich herausstellte.«

»Zum Fischen?«

»Sprengfischen«, erklärte Malmsten. »Ziemlich krank, das Ganze, aber effektiv.«

Soparnen schüttelte missbilligend den Kopf.

»Was für Idioten«, sagte er.

»Natürlich sind die alle hochkant rausgeflogen und haben

eine Anzeige bekommen«, sagte Malmsten. »Sie sind schließlich vor Gericht mit Geldstrafen davongekommen.«

»Theoretisch hätte Sidenvall also an Sprengstoff kommen können?«, fragte Forss.

»Ich würde es jedenfalls nicht kategorisch ausschließen«, antwortete Malmsten.

Forss kramte in ihrer Umhängetasche und zog einen Pappordner heraus.

»Ich habe hier die ballistischen Berichte, die damals vom kriminaltechnischen Dienst verfasst, aber nie richtig ausgewertet worden sind«, erklärte sie Soparnen. »Ich nehme an, weil die Ermittlung damals auf den Druck der Staatsanwaltschaft hin schnell abgeschlossen werden sollte. Kannst du einmal einen Blick darauf werfen?«

Sie blätterte in der Akte und reichte ihm dann ein Papier. Soparnen setzte sich, las konzentriert und kraulte dabei den gepflegten Bart. Einmal stand er auf, nahm ein Buch aus einem Regal, schlug etwas nach und setzte sich dann wieder. Auf einem Schmierzettel machte er Notizen. Schließlich sah er zu ihr auf.

»Nein«, sagte er. »Das, was die Explosion in Hallsberg ausgelöst hat, stammt unter keinen Umständen von hier. Keiner der chemischen Parameter stimmt mit unserem Sprengmaterial überein. Du musst wissen, dass wir seit den Sechzigerjahren kein herkömmliches Dynamit mehr verwenden, sondern eine selbst entwickelte Alternative, *Kimolux,* die aus verschiedenen Gründen geeigneter für die Arbeit hier unten ist: Es hat eine teigartige Konsistenz und kann direkt in die Bohrlöcher gepumpt werden. Dazu geringere Kosten, größere Sicherheit und beim Sprengen entstehen weniger Risse im Fels. Unser Patent hat eine ganz andere chemische Signatur als das hier.« Er tippte auf den Bericht. »Dies sieht mir nach etwas völlig anderem aus.«

»Und zwar?«, fragte Forss.

»Ich würde ganz entschieden auf eine Handgranate tippen.«

4

Die beiden Frauen hatten die Plätze getauscht. Ingrid Nyström saß in einem der schweren, schalenförmigen Designer-Sessel und Amanda Vestergård hatte sich an das bodenhohe Fenster gestellt. Die Wände des modernisierten Altbaus schluckten den Großstadtlärm vollkommen, oder Stockholm befand sich an diesem Sonntagmorgen im März noch in einer Art Dämmerschlaf, dachte Nyström, jedenfalls herrschte in der Wohnung eine beinahe andächtige Stille. Vestergård blickte auf die Dächer oder das Wasser hinaus, als suche sie dort nach den richtigen Worten. Nach dem Anfang ihrer Geschichte. Was sie fand, war eine Frage.

»Bist du schon einmal Jetski gefahren?«

Nyström verneinte, von der Frage überrascht. Sie wusste ehrlich gesagt kaum, was ein Jetski war. Eine Art Ein-Mann-Schnellboot mit Sitzbank?

»Es ist ein bisschen wie Motorrad fahren, nur eben auf dem Wasser. Ein ziemlich prolliges Hobby für Männer mit Geld. Eigentlich war Joakim zu souverän für so etwas, aber irgendetwas reizte ihn daran, ich weiß es nicht genau, die Geschwindigkeit vielleicht, die Lautstärke, das Gefühl von Schwerelosigkeit, wenn man über die Wellen rast? Ein einziges Mal konnte er mich dazu überreden mitzufahren. Dabei ist es dann passiert.«

»Was passiert?«

»Dass ich ihn getroffen habe.« Vestergård drehte sich um, die Arme vor der Brust verschränkt, die Sonnenbrille ins Haar geschoben, ihr Blick war glasig. »Petter heißt er.« Sie zog die Nase hoch. »Ich muss weiter ausholen: Joakim und ich haben uns vor vier Jahren kennengelernt, ein gutes Jahr später haben wir geheiratet. Es war seine zweite Ehe. Kurz nach der Hochzeit bekam er die Diagnose. Prostatakrebs. Nicht ungewöhnlich für Männer in seinem Alter, auch nicht lebensbedrohlich, aber er musste operiert werden. Alles verlief zunächst nach Plan. Aber er litt unter den Folgen der Operation.«

Nyström spürte, wie in ihr eine Saite angeschlagen wurde. Es war einige Jahre her, dass ihr ein Tumor aus der Brust entfernt worden war. Bisher war der Krebs nicht zurückgekehrt, doch seitdem lag ein Schatten auf ihrer Seele, den ihrem Umfeld gegenüber zu verleugnen sie sich jede Mühe gab. Aber wie gut gelang ihr das? Konnte das ein Grund dafür sein, dass Anders …? Hatte sie womöglich eine unheilvolle Aura, die Gravitation eines schwarzen Lochs, das alles aufsog? War sie am Ende eine depressive Frau?

»Was waren das für Folgen?«

Sie merkte, dass ihre Stimme bebte, und hoffte, dass Vestergård es nicht wahrnahm.

»Er litt unter Potenzproblemen. Schon vor der Diagnose. Eine häufige Folge einer vergrößerten Prostata. Es war nicht so, dass wir nicht miteinander intim werden konnten, aber er hatte dabei jedes Mal große Schmerzen. Deshalb war die Diagnose zunächst wie eine Befreiung. So wie bei ihm die Dinge medizinisch lagen, sollte nach der Operation alles wieder normal funktionieren. Ein seltsamer Begriff, wenn man darüber nachdenkt. Aber das tat es nicht, im Gegenteil. Die OP war angeblich optimal verlaufen, aber nachdem der

Tumor entfernt worden war, ging bei Joakim sexuell gar nichts mehr. Er war bei mehreren Urologen, hat sich zweite und dritte Meinungen eingeholt, ist sogar zu einem renommierten Professor in die USA geflogen. Er hat Unsummen für Untersuchungen ausgegeben, eine Vielzahl an Medikamenten ausprobiert, eine zweite Operation erwogen. Es hat ihn fertiggemacht und natürlich hat es irgendwann auch unsere Beziehung belastet, auch wenn er natürlich viel mehr darunter gelitten hat als ich. Es hat sein Selbstbild infrage gestellt, seine Männlichkeit. Keine Ahnung, vielleicht hat er sich deswegen diesen dämlichen Jetski gekauft, die teuren Uhren, einen italienischen Sportwagen. Kompensation nennt man das wohl. Irgendwann hat er eingesehen, dass es kein körperliches, sondern ein Kopfproblem war. Obwohl er sich lange dagegen gewehrt hat, zu einem Seelenklempner zu gehen, wie er das genannt hat, gab er schließlich meinem Drängen nach. Ich wollte, dass es ihm besser ging, und selbstverständlich auch, dass es uns als Paar half. Er hat einen erfolgreichen Therapeuten gefunden, der psychische Erektionsprobleme zu seinem Spezialgebiet gemacht und ein entsprechendes Renommee hatte. Dieser Arzt konnte Joakim tatsächlich helfen. Es ging nicht von heute auf morgen, aber irgendwann lief es wieder im Bett. Joakim war ganz der Alte. Natürlich hat das unserer Ehe gutgetan. In der Zeit danach sind wir regelrecht aufgeblüht, haben Pläne geschmiedet, zum ersten Mal von gemeinsamen Kindern gesprochen. Wir wollten eine Familie gründen.«

»Joakims Alter?«

»Das hat mich nie interessiert. Menschen können heutzutage hundert Jahre und älter werden. Wir hatten viele, viele gute Jahre vor uns. So hab ich das gesehen.« Sie schob ihr Kinn ein Stück vor, wie aus Trotz. »Und so sehe ich das immer noch. Joakim war …, er wäre Verner und Valter ein guter Vater gewesen. Die beiden Kleinen tragen die Namen unserer Großväter.«

Amanda Vestergård fasste in ihr seidiges schwarzes Haar und wrang es wie ein feuchtes Handtuch. Eine plötzliche Geste des Schmerzes. Als begänne sie just in diesem Augenblick die Größe und Endgültigkeit ihres Verlusts zu erfassen.

Nyström ließ ihr diesen Moment.

Schließlich fragte sie behutsam: »Wer ist Petter?«

Vestergård ließ ihr Haar los und schaute Nyström an. Ein Blick, als würde sie erst jetzt bemerken, dass sich außer ihr eine weitere Person im Raum befand.

»Das ist es ja gerade«, sagte sie. »Petter ist Joakims Therapeut gewesen. Petter hat Joakim von seiner Impotenz geheilt. Um dann zum Vater seiner Kinder zu werden. Verstehst du die bittere Ironie des Ganzen?«

Nyström konnte nur stumm nicken. Es hatte ihr die Sprache verschlagen. Natürlich rechtfertigte nichts den Gewaltausbruch Joakim Vestergårds. Doch bisweilen hatte das Drehbuch des Schicksals unerwartete Wendungen in petto. Die junge Frau fuhr mit ihrer Erzählung fort.

»Petter ist anders als Joakim. Mitte vierzig, alleinstehend, ein Macho mit Medizinstudium und Psychologiediplom. Sein ganzer Therapieerfolg fußt auf diesem Männerding: Ursprünglichkeit, Dominanz, das innere Raubtier füttern, bla, bla, bla. Ein Jetski-Typ. Er hat Joakim mit seiner Leidenschaft für die PS-strotzenden Wassergefährte überhaupt erst infiziert. Ich hielt ihn auf diesem vermaledeiten Ausflug in die Schären, auf den Joakim mich bekniet hatte mitzukommen, sofort für einen idiotischen Angeber. Er sah gut aus, ohne Frage, hatte lockere Sprüche drauf und machte keinen Hehl daraus, dass er mich attraktiv fand. Joakim schien sich nichts daraus zu machen, dass Petter ununterbrochen versuchte, mit mir zu flirten, aufs Penetranteste. Vielleicht war es das. Vielleicht war Joakim sich seiner Sache so sicher. Unserer Sache. Unserer Beziehung. Wir hatten wieder Sex miteinander, wir wollten Kinder, wir hatten eine gemeinsame Zukunft. Alles lief wie am Schnürchen. Vielleicht hat er sich deshalb an diesem strahlenden Sommertag zurückgehalten. Vielleicht hat er mir nach unserer gemeinsam durchlebten harten Zeit die Komplimente eines anderen Manns gegönnt. Vielleicht wollte er einfach nur großherzig sein. Ich weiß es nicht. Aber etwas ist an diesem Tag in den Schären passiert. Etwas an Joakims mangelnder Verteidigungsbereitschaft hat mich provoziert. Du kanntest ihn ja nicht. Er konnte wie ein Löwe kämpfen, wenn er etwas wollte. *Und ich wollte, dass er mich wollte*. Ganz und gar. Ich wollte an diesem Tag, dass er um mich kämpfte. Aber das hat er nicht getan. Aus dieser winzigen, lächerlichen Verletztheit heraus bin ich irgendwann halbherzig auf Petters beständiges Werben eingegangen. Er hat mir SMS geschickt, schmeichlerische E-Mails geschrieben, irgendwann hat er mir ein Foto seines Penis geschickt. Ich fand das im Grunde alles lachhaft und schmierig, aber an dem Punkt war es bereits zu spät, um darüber mit Joakim zu sprechen. Ich hatte es bereits zu lange laufen lassen, um nicht als illoyal dazustehen. Deshalb hatte ich mich entschieden, reinen Tisch zu machen. Petter zu treffen und ihm unmissverständlich klarzumachen, dass er mich ein für alle Mal in Frieden lassen soll. Natürlich hatte er es nur auf eine solche Gelegenheit angelegt. Er hat darauf vertraut, dass die Saat, die er monatelang ausgelegt hatte, aufging. All die Komplimente, all die blumigen Worte. Und es funktionierte, unbewusst habe ich mich geschmeichelt gefühlt. Petter wusste selbstverständlich aus den Therapiegesprächen mit Joakim, dass es dürre Erde war, die er da beackerte. Auch wenn mein Mann und ich gerade wieder auf einem guten Weg waren, hatten wir doch zwei schwierige Jahre hinter uns. Ich war ein Stück weit emotional ausgehungert und es hatte sich ein großes Verlangen in mir aufgebaut. Um es kurz zu machen: Wir haben an diesem Abend nach einigen Drinks miteinander geschlafen und wie es das Schicksal wollte, bin ich ausgerechnet dann schwanger geworden.«

»Kein Irrtum möglich?«

Vestergård schüttelte mit Bestimmtheit den Kopf.

»Kein Irrtum möglich«, sagte sie.

5

Stina Forss und Rune Malmsten saßen über tausend Meter unter der Erde und tranken in der Cafeteria Orangensaft.

»Tut mir leid«, sagte Malmsten, »die Spur war zugegebenermaßen heiß. Andererseits bin ich natürlich erleichtert, dass der Sprengstoff, den dieser Irre verwendet hat, nicht von uns stammt.«

»Mmh«, machte Forss. Sie dachte über das nach, was Aarno Soparnen gesagt hatte. Eine Handgranate. Wenn der Sprengmeister tatsächlich recht hatte, war damit ein weiterer Faden gerissen, der Fredrik Sidenvall an den Massenmord in Hallsberg band. Im Hintergrund hörte sie ein dumpfes Rumpeln. »Sind das die Sprengungen?«, fragte sie.

Malmsten schüttelte den Kopf.

»Gesprengt wird ausschließlich jede Nacht um halb zwei. Die Uhrzeit ist genau berechnet, denn es dauert eine gewisse Weile, bis sich die giftigen Dämpfte verzogen haben. Die Frühschicht kann dann am Morgen mit dem Abräumen der Erzbrocken beginnen.«

»Reden wir über Schwulensex«, wechselte Forss abrupt das Thema. Sie zog das antiquarische Exemplar des *Gay Guides* aus ihrer Tasche. »Diesem Heft zufolge war Kiruna in den frühen Neunzigern nicht gerade ein Homo-Mekka.«

Sie reichte Malmsten das aufgeschlagene Magazin.

»Eine Bar, ein Park und ein Ort in der Mine, der sich *Pisspott* nannte«, zählte sie auf. Malmsten las.

»Die Bar gibt es schon seit Langem nicht mehr«, antwortete er. »Ebenso wenig den Park. Der ist der letzten Grubenerweiterung zum Opfer gefallen. Bliebe der sogenannte *Pisspott.* So hieß unter den Angestellten eine der Toiletten auf der 775-Meter-Sohle. Dort, wo in den Neunzigerjahren abgebaut wurde. Tja, der *Pisspott* hatte einen gewissen Ruf.«

»Kann ich den sehen?«

»Ich weiß ehrlich gesagt gar nicht, ob der überhaupt noch existiert. Die Toiletten hier unten sind im Grunde mobile Container, die bei Bedarf bewegt werden können. Sohle 775 steht seit fast zwanzig Jahren still, die meisten Stollen sind der Stabilisierung wegen längst wieder mit Abraum gefüllt worden. Aber wir können das natürlich überprüfen. Ich frage bei der Zentrale nach.«

Er griff nach dem Funkgerät, das sich an einem der Brustgurte seines Overalls befand. Einige kürzere Gespräche folgten, offenbar war es gar nicht so einfach, jemanden zu erreichen, der über den Verbleib des Toilettenmoduls Bescheid wusste. Irgendwann dankte Malmsten seinem unsichtbaren Gesprächspartner und lächelte Forss an. »Wie ich mir gedacht habe: ausrangiert, aber nicht entsorgt.«

Sie tranken ihren Saft aus, durchschritten den Stollen und machten sich auf die Fahrt zurück nach oben. Als der Berg sie wieder ausspuckte, brauchten Forss' Augen eine Weile, um sich an das Tageslicht zu gewöhnen. Malmstens Geländewagen brauste über das Betriebsgelände, dessen gigantische Ausmaße Forss erst jetzt in voller Gänze wahrnahm. Allein die verzweigten Gleisanlagen hätten jedem großstädtischen Bahnhof Konkurrenz machen können. Sie hielten schließlich auf einem abgelegenen Platz an der westlichen Flanke des Kiirunavaara-Bergs. Der Ort wirkte wie eine Art Friedhof für Maschinen, die der Fortschritt überflüssig gemacht hatte. Ausrangierte Bulldozer, riesenhafte Bohrer und Gerät, dessen Funktion sich Forss nicht erschloss, rosteten im Schnee vor sich hin. Vor einem Maschendrahtzaun war eine Reihe raumgroßer Kunststoffcontainer aufgereiht. Jedes Modul hatte ein Schild mit einer Nummer.

»Nr. 12«, sagte Malmsten. »Der legendäre *Pisspott.*«

»Na, dann«, sagte Forss und stieg aus.

»Viel Erfolg«, entgegnete Malmsten grinsend. »Wobei auch immer. Ich bin so frei und bleibe währenddessen im Wagen sitzen.«

Forss lächelte und warf die Autotür hinter sich zu. Die Eingangstür von Nr. 12 fehlte. Sie war abgefallen. Forss erkannte entsprechende Konturen im Schnee. Sie ging in den Container hinein. Er maß kaum mehr als drei mal fünf Meter. Ein Vorraum mit Waschbecken und verkratztem Spiegel. Um die Ecke ein Pissoir. Dazu zwei abschließbare Kabinen. Sie wusste selbst nicht, wonach genau sie suchte. Ein in die Wand geritztes Herz mit Inschrift? *Fredrik + Marcus*? Die Vorstellung war lächerlich. So viel Glück hatte kein Ermittler der Welt. Trotzdem begutachtete sie die Klokabinen. Eine Menge in den Kunststoff gekratzter oder mit Kugelschreiber hinterlassener Botschaften. Eher Pimmel als Herzen. Telefonnummern. Uhrzeiten. Bumsverabredungen.

Ficken?

Wichsen?

Blasen?

Muskelmann, 33, immer geil

Loverboy, 20, lutscht alles

Your ass is my castle

Forss musste lächeln. Der letzte Spruch war nicht schlecht. Der nächste auch nicht.

I sink you with my pink torpedo

Dazu jede Menge Hakenkreuze, Pentagramme, Anarchie- und Peacezeichen. Was man nicht alles so auf Toiletten schrieb, dachte sie. Viele Bandnamen:

A-HA

AC/DC

QUEEN

KISS

IRON MAIDEN

Und dann entdeckte sie es, in ungelenker Schrift eingekratzt in den halb erblindeten Spiegel über dem Waschbecken.

FLAMETHROWER

6

Als Ingrid Nyström in einem Taxi saß, das sie zum Haus von Petter Holmgren auf Värmdö brachte, einer der dicht besiedelten Inseln vor Stockholm, die durch eine Brücke mit dem Festland verbunden waren, aß sie einen Apfel und gab sich ihren Überlegungen hin. Amanda Vestergårds offenherziges Geständnis, was die traurigen Umstände ihrer Ehe betraf, warf ein ganz neues Licht auf den gewaltsamen Tod ihres Mannes. Das Gespräch, in dem Joakim Vestergård seine Frau mit dem Ergebnis des heimlichen Vaterschaftstests konfrontiert, in dem er die Beherrschung verloren und seine Frau mit der Faust ins Gesicht geschlagen hatte, war zwei Tage vor seiner Geschäftsreise nach Südschweden geführt worden. Nyström versuchte sich in die Gefühlslage des Manns hineinzuversetzen. Eine schwere Erkrankung und die damit einhergehende psychische Belastung lassen Vestergård impotent werden. Die Ehe mit seiner jungen, schönen Frau steht auf der Kippe. In seiner Verzweiflung wendet er sich schließlich an einen Therapeuten, der ihm tatsächlich helfen kann. Seine innere Blockade löst sich, er gewinnt seine Männlichkeit und Selbstsicherheit zurück, die angespannte Beziehung zu seiner Frau wird wieder innig und harmonisch, der gemeinsame Wunsch nach Kindern wird formuliert. Alles scheint zurück im Lot. Aber nicht nur das, gleichzeitig hat Vestergård in seinem Therapeuten einen Freund gewonnen, der ihn für ein neues Hobby begeistert. Gemeinsam rasen die beiden Männer an Sommerwochenenden auf ihren hoch motorisierten Jetskis durch den Stockholmer Schärengarten. Schließlich wird Amanda schwanger, Zwillinge, doppeltes Glück. Vestergårds Leben hat sich innerhalb weniger Monate gedreht. Er war am Boden, jetzt schwebt er auf Wolke sieben. Und doch nagt ein ungeheuerlicher Verdacht an ihm. Erst unscheinbar und weit hergeholt, ein flüchtiger Gedanke, der ihn streift, als er in den winzigen Gesichtern seiner beiden Söhne so gar nichts von sich selbst zu entdecken meint. Der Gedanke kommt wieder und wieder. Er beginnt im Internet zu recherchieren, liest sich durch urologische Fachpublikationen und Foren anderer Betroffener. Und ja, es gibt Fälle, in denen Patienten selbst nach erfolgreichen Prostataoperationen ihre Zeugungsfähigkeit verlieren, obwohl äußerlich alles zu funktionieren scheint. Aus Unbehagen wird Misstrauen. Irgendwann kann er seinen Kindern nicht mehr in die Augen schauen. Er entschließt sich zu einem radikalen Schritt. Entnimmt den Kindern und sich selbst Haarproben und schickt sie an ein spezialisiertes Privatlabor. Das Ergebnis ist niederschmetternd. Alles ist eine Lüge. Sein Leben steht Kopf. Er stellt Amanda zur Rede. Sie gesteht ihm ihre Untreue. Vestergård rast, Vestergård tobt. Seine Frau windet sich vor Scham und Schuld. »Schlag mich«, bettelt sie, »schlag mich wenigstens, dann wird alles wieder gut.« Er schlägt zu. Aber gar nichts wird wieder gut. Er sieht Amanda an und weint. Er hasst sich dafür, was er ihr gerade angetan hat. Er hat ihr längst vergeben. Seine Wut richtet sich nun ganz auf jemand anderen. Seinen Nebenbuhler, seinen vermeintlichen Freund. Der Mann, der ihn erst geheilt und dann hintergangen hat. Ausgerechnet Petter, vor dem er sich entblößt, vor dem er seelisch blankgezogen hat. Ausgerechnet dieser Mann fällt ihm in den Rücken. Setzt ihm zwei Kuckuckskinder ins Nest. Vestergård bebt vor Zorn. Er will Petter die Scheiße aus dem Leib prügeln. Er will ihn mit seinen eigenen Händen erwürgen. Er will ihn tot sehen. Aber er versucht seinen Hass zu kontrollieren. Er kann schlecht aus einem Impuls heraus nach Värmdö fahren und Petter den Kopf einschlagen. Es könnte Zeugen geben, er könnte Spuren hinterlassen. Außerdem ist ihre freundschaftliche Verbindung vielen Menschen bekannt. Nein, denkt sich Vestergård, er muss anders vorgehen. Er ist kein Dummkopf. Er hat sein Leben lang in der Sicherheitsbranche gearbeitet. Er weiß, wie die Dinge zu laufen haben. Unter einem Vorwand arrangiert er ein Treffen mit Petter. Abgelegen, ein verlassener Parkplatz an einem Seeufer im Nirgendwo. Gleichzeitig nicht weit entfernt von einer Route, auf der er geschäftlich sowieso unterwegs ist. Ein Alibi, das ihm das notwendige Zeitfenster öffnet. Doch etwas geht gehörig schief. Petter ahnt etwas. Wieso um alles in der Welt besteht Joakim auf ein Treffen auf einem ehemaligen Rastplatz irgendwo in Småland? Das kommt ihm seltsam vor. Er trifft gewisse Vorbereitungen, für alle Fälle. Er ist studierter Mediziner, er kennt sich aus. Es kann nicht allzu schwer für ihn sein, sich eine Spritze mit den entsprechenden Betäubungsmitteln zu besorgen. Dann, auf dem Parkplatz, eskalieren die Dinge tatsächlich. Joakim attackiert Petter, Petter setzt sich mithilfe einer Spritze zur Wehr. Joakim fällt unglücklich, das tragische Ergebnis ist Geschichte.

Nyström wickelte den abgeknabberten Apfelstrunk in ein Papiertaschentuch und legte es in ihren Beutel. Das Taxi überquerte die Brücke nach Värmdö. So wie sie die Dinge sah, gab es endlich einen konkreten Verdächtigen. Von wegen *Norr-Oil.* Sie freute sich bereits auf die konsternierten Gesichter von Hauptkommissar Jovinge und seinen Männern.

7

FLAMETHROWER

Der Name der kaum bekannten Göteborger Band in der als Schwulentreffpunkt berüchtigten Toilette der Eisenerzmine konnte alles bedeuten.

Oder gar nichts.

Stina Forss kam zu dem Schluss, dass es am naheliegendsten war, dass Marcus Engström dieses Signum hinterlassen hatte, er war ein Freund der Bandmitglieder gewesen, ihr Roadie, Fahrer und erster Fan. Als Ersatzteillieferant für Spezialwerkzeug hatte er regelmäßig auf der Sohle 775 zu tun gehabt, es war nicht unwahrscheinlich, dass er vom sogenannten *Pisspott* und von dessen speziellem Ruf gewusst hatte. Denkbar, dass er sich von dem Ort angezogen gefühlt hatte. Oder er war dort einfach nur aufs Klo gegangen. Beides bedeutete allerdings nicht zwangsläufig, dass er dort Fredrik Sidenvall getroffen und kennengelernt hatte. Aber es gab die begründete Möglichkeit. Marcus Engström konnte der verheimlichte Freund und Liebhaber Fredrik Sidenvalls gewesen sein. Nach Tomas Sjöö also ein zweiter möglicher persönlicher Link zwischen *Flamethrower* und dem vermeintlichen Mörder der Bandmitglieder.

Natürlich war es aber auch denkbar, dass irgendjemand anderes den Bandnamen in den Spiegel geritzt hatte. Irgendein namenloser Death-Metal-Fan. An jungen Männern, die auf harte Musik standen, hatte es unter den Angestellten des Bergwerks bestimmt nicht gemangelt. Forss sah ein, dass die mögliche Verbindung zwischen Engström und Sidenvall nicht wasserdicht zu rekonstruieren war, jedenfalls nicht anhand einer Kloinschrift. Ihre letzte Chance bestand in Anita Birkebo. Falls sie die Frau fand. Falls es ihr gelang, sie zum Reden zu bringen. Falls Fredrik Sidenvall sich ihr damals anvertraut hatte.

Das waren eine Menge Bedingungen, dachte sie, dann döste sie auf dem Hotelbett ein. Als sie wieder aufwachte, war es bereits früher Abend. Die Nacht im Zug, in der sie kaum geschlafen hatte, hatte ihren Tribut gefordert. Sie sah aus dem Fenster. In der Dunkelheit konnte sie in der Ferne zwischen den Häusern die parallelen Lichtketten ausmachen, die die Konturen des Kiirunavaara markierten. Die Vorstellung, dass sie sich vor einigen Stunden tiefer als einen Kilometer unter dem Minenberg befunden hatte, mutete schon jetzt surreal an. Nachdem sie sich frisch gemacht hatte, steuerte sie einen der Pubs an, der ein Stück weiter den

Hang hinauf lag. Sie hatte Lust auf einen Hamburger und ein Bier. Behutsam setzte sie in ihren Stiefeln einen Schritt vor den anderen, trotzdem fiel sie zweimal hin, schlug sich die Knie auf und verstauchte sich das Handgelenk. Der Untergrund bestand aus vereistem, verhärmtem Schnee, sie musste an weißgraue Walhaut denken, als wären die Stadt und der Berg ein einziger gigantischer, gestrandeter Moby Dick.

Ihr Hamburger war in Ordnung, die Pommes frites eine Spur zu salzig, dafür schmeckte ihr das Bier. Sie trank zwei und hinterher noch einen Schnaps zur Verdauung. Die Bar war für einen Sonntagabend gut gefüllt, auf mehreren Bildschirmen wurde ein Eishockeyspiel übertragen, Forss erkannte das Häuptlingskonterfei von Frölunda auf den Trikots der einen Mannschaft, die anderen waren die *Lakers*, das erfolgsverwöhnte Team ihrer Heimatstadt.

»Scheiß Växjö!«, rief ein angetrunkener Mann mit Frölunda-Schal am Nebentisch, als die *Lakers* zum wiederholten Male einnetzten. Forss' Lokalpatriotismus hielt sich in Grenzen.

»Scheiß Växjö«, wiederholte sie leise und kippte den Rest ihres Jägermeisters herunter.

Draußen rutschte und schlitterte sie durch die Straßen der Stadt. Um zum Haus von Anita Birkebo zu gelangen, musste sie nur einen kleinen Schlenker auf dem Weg zurück zum Hotel machen. Dieses Mal brannte in mehreren Zimmern Licht. Forss zögerte nicht lange. Sie schellte. Im Haus regte sich nichts. Sie schellte erneut. Wieder keine Regung. Sie zog ihren gefütterten Handschuh aus und machte Anstalten, an die Tür zu klopfen. In dem Moment klingelte ihr Handy. Sie nahm es aus der Manteltasche und blickte aufs Display. Die Nummer des Anrufers war unterdrückt.

Reden wir über Kent Vargen?

Sie musste sofort an die Postkarte denken und spürte ihr Herz klopfen.

Sie nahm das Gespräch an.

»Ja?«

Nichts. Keine Stimme, keine Antwort. Nur ein schwaches Atemgeräusch. Oder war das der kalte Wind, den sie hörte?

»Hier ist Stina Forss. Entweder sagst du jetzt etwas, oder ich lege auf.«

Sie wartete.

Einen Augenblick, zwei.

Dann begann eine Frauenstimme zu sprechen. Der Alkohol leierte jede einzelne Silbe aus.

»Komm nach Göteborg«, sagte die Mutter von Ika Villman. »Du möchtest doch über meine Tochter reden, oder nicht?«

»Ja«, sagte Forss überrumpelt, »natürlich.«

»Dreißigtausend Kronen«, nuschelte Lilian Villman, »dann sind wir im Geschäft.«

8

Vor dem Bungalow mit Bauhaus-Anlehnungen standen in der Einfahrt ein Porsche-Geländewagen der neuesten Generation sowie ein Bootsanhänger, auf dem sich unter einer schneebedeckten Persenning vage die Konturen eines Jetskis abzeichneten, jedenfalls ging Ingrid Nyström nach dem langen Gespräch mit Amanda Vestergård davon aus, dass es sich um ein solches Wassergefährt handelte. Die Fassade – Värmdö, Bauhausbungalow, protziger Stadtjeep – deutete viel Geld an. Das Geschäft mit der Therapie von erektiler Dysfunktion schien mehr als gut zu laufen, dachte sie. Sogar der Spamordner ihrer eigenen E-Mail-Adresse quoll täglich über vor Angeboten für Potenzmittel irgendwelcher zwielichtiger Internetapotheken, ohne dass sie sich erinnern konnte, jemals nach einem entsprechenden Produkt im Netz gesucht zu haben, selbst nicht in der Zeit nach ihrer Brustkrebserkrankung, in der das Liebesleben zwischen Anders und ihr für lange Zeit zum Erliegen gekommen war.

Sie bezahlte das Taxi und stieg aus. Zehn Minuten später saß sie Petter Holmgren in seiner Küche auf einem Hocker gegenüber und bekam einen formvollendeten Cappuccino serviert. Charme besaß der Mann, er wirkte weniger angeberisch, als sie ihn sich nach der Schilderung Amanda Vestergårds vorgestellt hatte, und er sah zweifellos gut aus, in dem Punkt hatte die junge Frau recht gehabt. Breitschultrig, dunkelhaarig, braune Augen. Wie groß allerdings sein schauspielerisches Talent war, darüber war sich Nyström noch nicht im Klaren. Holmgren gab den Ahnungslosen. Vom Tod Joakim Vestergårds wollte er nichts gewusst haben.

»Ich denke, ihr wart befreundet?«, fragte sie, »und drei Tage nach seinem Ableben hast du angeblich noch nichts davon gehört?«

»Wie denn auch?«, fragte er zurück und wirkte aufrichtig schockiert. »Ich meine, ja, Joakim und ich waren gelegentlich zusammen auf dem Wasser unterwegs, aber eigentlich nur im Sommer. Das letzte Mal, dass ich ihn gesehen habe, muss Monate her sein. Genau, ein Krebsessen, im August vergangenen Jahres. Joakim war eine Art Sportkumpel, mehr nicht. Eine richtige Freundschaft hätte im Übrigen auch gegen mein Berufsethos verstoßen, das Verhältnis zwischen Patienten und Therapeuten ist …«

»Was dich allerdings nicht davon abgehalten hat, seine Frau zu verführen«, unterbrach sie ihn.

»Du weißt von Amanda und mir?«

Nun wirkte Holmgren verdattert.

Nyström setzte noch einen drauf.

»Und sie zu schwängern.«

»Wie bitte?«

Holmgren ließ den Löffel, mit dem er in seiner Tasse gerührt hatte, in den Cappuccino zurückplumpsen, Milchschaum schwappte über. Sein hübscher Mund stand ein Stück weit auf, sein Kinn klappte nach unten. Entweder war er wirklich ahnungslos, oder er hatte für seine Darbietung eine Oscar-Nominierung verdient. Aber auch gute Lügner ließen sich knacken, wusste Nyström, nur dauerte das meistens seine Zeit.

»Wo warst du am Mittwoch und Donnerstag vergangener Woche?«

Überfalltaktik.

»Ich … hier. In Stockholm. In meiner Praxis.«

»Und nach Feierabend?«

»Zu Hause.«

»Allein?«

Holmgren nickte, sein Mund stand noch immer einen Spalt offen, was ihm ein ganzes Stück seiner Attraktivität nahm.

Nyström seufzte. Ja, das hier würde Zeit brauchen, keine Frage.

»Beginnen wir doch ganz von vorn«, sagte sie.

In dem Moment meldete sich ihr Handy. Es war Hugo Delgado. Sie nahm das Gespräch an, auch wenn der Zeitpunkt denkbar ungünstig war. Delgado redete hastig und die Verbindung war schlecht. Was sie verstand, war *Lasse Knutsson, Verbrennungen* und *Lebensgefahr.* Irgendetwas mit *Intensivstation, Kirchenbränden* und *Attentat.*

»Ich glaube, er wollte etwas wiedergutmachen«, sagte Delgados verzerrte Stimme. Sie klang, als würde er inmitten von Sturmböen stehen. Aber was spielte das für eine Rolle?

Die Wucht, mit der sie das Schuldgefühl traf, überraschte sie selbst.

»Ich komme«, sagte sie, »ich komme auf der Stelle.«

Er hatte es getan. Er hatte es tatsächlich getan. Er hatte die fette Ratte in dem fetten Wagen gegrillt. Brennend, schreiend, um sich schlagend hatte sich das Tier zwar noch irgendwie aus dem in Flammen stehenden Pick-up befreien können und sich wie eine durchgedrehte Wildsau im Schnee gewälzt, aber Sixten hatte sein Ziel erreicht. Die Ratte war außer Gefecht gesetzt gewesen und er hatte in aller Ruhe die alte Kirche von Jät in Brand gesteckt. Die meterhohen Flammen waren noch kilometerweit zu sehen gewesen, die niedrige Wolkendecke hatte ihr Leuchten reflektiert. Der Himmel hatte orangerot geglüht, wie ein Vulkantrichter, hatte Sixten gedacht, wie der Eingang zum Tor der Hölle. Das Heulen der Feuerwehrsirenen hatte er aus der Ferne wahrgenommen, aber natürlich waren sie viel zu spät dran gewesen. Die Kirche hatten sie nicht mehr retten können, wahrscheinlich genauso wenig wie das Leben der Polizistenratte oder ihre erbärmlichen, kleinen Maden-Seelen.

Zufrieden ruhte sich Sixten im Wagen aus. Unter der Decke war es gemütlich warm, außerdem hatte er die Klimaanlage aufgedreht, das Auto stand im Leerlauf auf einem abgelegenen Waldweg. Er aß Tankstellenbaguette mit Leberwurst und trank dazu Cola. Seinen MP3-Spieler hatte er an das Autoradio angeschlossen. In seinem Kopf war der Klang der tiefgestimmten Gitarre kein Klang, sondern eine Stimme, die zu ihm sprach. Die Stimme seines großen Bruders. »Räch mich«, sagte sie, »räch mich und die anderen.« Sixten nickte im Takt der hämmernden Musik. Niemand spielte die Gitarre so gut wie Håkan. Seinen großen Bruder, den er nie getroffen hatte. Dennoch sprachen sie jeden Tag miteinander. Es war ganz einfach. Er musste dazu nur das FLAMETHROWER-*Album anmachen.*

»Ich räche dich«, flüsterte Sixten Cajander. »Ich werde die Schlampe erledigen. Aber zuerst brennen die Kirchen von Dädesjö und Hemmesjö.« Dann folgten seine Gedanken wieder der Melodie des Songs und der kratzenden, krächzenden Stimme

von Tomas Sjöö. Der Effekt war jedes Mal aufs Neue faszinierend und verstörend zugleich: Wie konnte Tomas vor so vielen Jahren einen Text gesungen haben, den er, Sixten, sich just in diesem Moment erst ausdachte?

»They gave me pills,
They gave me thrills,
And now I'm burnin' from the inside«

Er drehte das Autoradio noch etwas lauter.

MONTAG

1

Stina Forss hatte sich den Wecker gestellt. Es war halb sieben, als sie das Hotel ohne Frühstück verließ, das Büfett öffnete erst um sieben. Sie wollte so früh dran sein wie möglich, auch wenn es nur ein Versuch war, ein Schuss ins Blaue. Der Preis, den sie dafür zahlte, war außer einem knurrenden Magen unter Umständen eine erneute Erkältung oder – noch schlimmer – eine Blasenentzündung. In der Nacht waren einige Zentimeter Neuschnee gefallen, was das Gehen auf dem rutschigen Untergrund überraschenderweise etwas erleichterte. Im Haus von Anita Birkebo brannte Licht. Forss hatte mit ihrer Vermutung richtiggelegen, wie viele Senioren war die Frau Frühaufsteherin. Sie bezog im Eingang einer dem Haus schräg gegenüberliegenden Buchhandlung Stellung und tänzelte von einem Bein aufs andere, um sich einigermaßen warm zu halten. Natürlich hätte sie einfach klingeln und an die Haustür pochen, die polterige Polizistin geben und sich auf eine wichtige Ermittlung berufen können. Ihr Ausweis legitimierte sie dazu, auch wenn sie sich tausendsechshundert Kilometer nördlich von Växjö befand. Die Kollegen aus Kiruna wussten über ihren Aufenthalt Bescheid und hatten ihr grünes Licht gegeben. Doch etwas hielt sie zurück, das gleiche unbestimmte Gefühl, das sie auch am Vorabend nach dem seltsamen Telefonat mit Lilian Villman vor Birkebos Tür hatte innehalten lassen. Bisweilen brauchten die Dinge einen anderen Zugang, bisweilen war etwas Geduld gefragt. Nicht gerade ihre stärkste Tugend. Nach etwas mehr als einer Stunde verließ die alte Frau das Haus. Forss' Füße fühlten sich mittlerweile wie Eisklumpen an, ihre Finger spürte sie kaum noch, trotz der schicken, gefütterten Rentierlederhandschuhe, die sie am Vortag in einem Touristenladen gekauft hatte. Unsicheren Schritts folgte sie Birkebo in gebührendem Abstand. Für eine 69-Jährige bewegte sich Birkebo behände, dachte Forss, dann erkannte sie, dass die Frau Spikes unter ihren Schuhen trug. Sie selbst hatte sich noch immer keine besorgt. Nach einigen Hundert Metern, auf denen sie viermal abgebogen war, erreichte Birkebo das Rathaus und betrat es, nachdem sie zwei Minuten händereibend vor dem Eingang gewartet hatte, um Punkt acht, als die Türen von innen aufgeschlossen wurden. Forss verharrte einen Moment unschlüssig auf der anderen Straßenseite an einer Bushaltestelle. Sie beobachtete, wie nach und nach Menschen im Rathaus eintrafen, wahrscheinlich städtische Angestellte. Aber Anita Birkebo? Die Frau musste längst in Pension sein. Schließlich überquerte Forss die Straße und ging ebenfalls in das kastenförmige vierstöckige Ziegelsteingebäude. Sie spürte bereits beim Eintreten, dass der von außen unspektakuläre Bau architektonisch ausgefeilt war. Sie stand nach einigen Schritten in einer Art überdachtem Atrium, das von den Strahlen der aufgehenden Sonne spektakulär beleuchtet wurde. Glas, Sichtbeton, helles Holz und rote Ziegel schufen einen offenen, harmonischen Raum. An den Wänden hing großformatige, überwiegend gegenstandslose Malerei, in den Ecken standen Skulpturen. Halb Kunstmuseum, halb Verwaltungsgebäude, gar keine so schlechte Idee, dachte sie. Die einzelnen Büros gingen vom Atrium ab, die meisten Türen standen offen. Viel mehr Bürgernähe ging nicht. Forss flanierte an der ausgestellten Kunst vorbei. Alle Exponate stammten von Stipendiaten verschiedener Jahrgänge, denen die Kommune einen Aufenthalt in der Stadt finanziert hatte. Eigentlich eine clevere Methode, um kostengünstig an eine eigene Kunstsammlung zu kommen, dachte sie.

Inmitten des hallenartigen Innenhofs war auf einem sehr großen Tisch ein maßstabsgetreues Modell der Stadt und der Minenanlage aufgebaut. Ein roter Faden visualisierte das Gebiet, das in den nächsten Jahren der Erweiterung der Abbauarbeiten zum Opfer fallen würde. Auch das Rathaus selbst war vom Abriss betroffen. Man hatte entschieden, es nicht wieder aufzubauen, sondern dem neu entstehenden Kiruna auch ein neues Wahrzeichen zu gönnen, wie eine Schautafel demonstrierte, eine Art postmodernes Ufo, gestaltet von dänischen Stararchitekten, das *Kristall* getauft worden war. Vielleicht stand das sinnbildlich für einen Prozess, der seit etwa zwei Jahrzehnten das ganze Land erfasst hatte: Weg mit dem sozialdemokratischen Funktionalismus, her mit den Stahl- und Glaspalästen der neuen, neoliberalen Zeit!

Anita Birkebo jedoch gehörte ganz entschieden der verblassenden Epoche an. Forss entdeckte die kleine, drahtige Frau in der Cafeteria, eigentlich kaum mehr als ein offener Sitzbereich mit Theke, wo sie in Schürze und Haarnetz mit einer Zange Punschrollen in der Kühlauslage platzierte. Birkebo arbeitete also ehrenamtlich für die Gemeinde oder verdiente sich ein bisschen zu ihrer Rente dazu. Wie in den meisten schwedischen Cafés galt auch hier Selbstbedienung. Forss nahm sich eine Tasse Kaffee samt Punschrolle, obwohl die giftgrünen Zuckerbomben ihr meistens Zahnschmerzen verursachten.

»Macht dreißig Kronen«, sagte Anita Birkebo.

Forss reichte ihr zwei Zwanzigkronenscheine.

Und ein Foto von Fredrik Sidenvall.

»Stimmt so«, sagte sie, lächelte und setzte sich an einen der Tische.

Punschrollen und bitteren Kaffee auf leeren Magen. Keine so gute Idee. Aber darum ging es nicht. Es ging um die Inszenierung.

Es dauerte keine Minute, bis Anita Birkebo an ihren Tisch kam.

»Nicht hier«, sagte sie. »In meiner Mittagspause, um eins, in der großen Kirche.«

2

Während Ingrid Nyström der Landstraße 23 Richtung Malmö folgte und kaum wahrnahm, wie sich die waldige Landschaft Smålands an der Grenze zu Schonen änderte und in flachhügeliges Ackerland überging, ließ sie den vergangenen Abend noch einmal Revue passieren. Nach Delgados Anruf war sie auf schnellstem Weg nach Växjö zurückgekehrt und direkt ins Krankenhaus geeilt. Lasse Knutsson befand sich auf der Intensivstation und war bewusstlos. Aber er lebte. Auf der anderen Seite der Glasscheibe, angeschlossen an Maschinen und Schläuche. Ein Arzt erklärte ihr umständlich etwas von der Infektionsgefahr nach großflächigen Verbrennungsverletzungen. Er klang wie ein medizinisches Fachlexikon. Sie konnte den komplizierten Formulierungen kaum folgen.

»Kommt er durch?«, unterbrach sie ihn ungeduldig.

»Davon gehen wir aus.«

Vor Erleichterung stiegen ihr Tränen in die Augen, die sie verschämt mit dem Handrücken wegwischte. Am Ende des Flurs, wo einige Besucherstühle standen, entdeckte sie Knutssons Frau Lisa. Die beiden Männer in den Dreißigern mussten die Söhne sein. Sie ging auf Knutssons Familie zu. Was die Angehörigen gerade durchmachten, konnte sie nur ahnen. All ihre berufliche Erfahrung und Routine mit ähnlichen Situationen schien auf wundersame Weise zu verschwinden, wenn eigene Emotionen ins Spiel kamen. Mit jedem Schritt, dem sie sich Lisa und den Söhnen näherte, wuchs ihr Schuldgefühl. Sie, nur sie allein, war für Lasses lebensbedrohliche Verletzungen verantwortlich, davon war sie überzeugt. Hätte sie ihn nicht aus ihrer Abteilung verbannt und zur Olssonbande strafversetzen lassen, wäre Lasse niemals mit der Serie von Kirchenbränden in Kontakt gekommen und hätte sich nicht der Gefahr ausgesetzt, von einem offenbar irren und skrupellosen Brandstifter beinahe umgebracht zu werden.

Lisa, Lasses kleine, kompakt gebaute Frau, flog auf sie zu und schloss sie unbeholfen in die Arme.

»Danke«, schluchzte sie, »danke, dass du hier bist. Das hätte ihm … das bedeutet uns viel. Er ist seit jeher der Meinung, du seist die beste Vorgesetzte, die man sich nur denken kann.«

»Ich …«

Nyström wusste nicht, was sie sagen sollte. Wie sie erklären sollte, dass sie es war, die Lasse überhaupt erst in diese Lage gebracht hatte. Als sie die ehrliche Dankbarkeit in Lisas tränenverschleiertem Blick zu sich durchließ, begriff sie endlich. Lasse hatte Lisa überhaupt nichts von seiner Versetzung erzählt. Er hatte die ganze demütigende Geschichte für sich behalten. Vielleicht aus Stolz, vielleicht aus Scham. Ganz bestimmt aber aus seiner sehr speziellen Lasse-Knutsson-Haftigkeit heraus. Ihr Herz brannte vor Rührung. Sie erwiderte die Umarmung mit aller Kraft und Wärme, die ihr Körper zuließ.

»Lasse ist ein Polizist mit Leib und Seele«, sagte sie endlich, als Lisa sich von ihr gelöst hatte. »Du kannst stolz auf ihn sein.«

Sie meinte dabei jedes Wort, wie sie es gesagt hatte.

Olsson, der sie vorab in groben Zügen über das Geschehen informiert hatte, wartete in der Krankenhaus-Cafeteria auf sie. Wenn sie sich schuldig fühlte, dann galt das für Olsson augenscheinlich in einem noch viel stärkeren Ausmaß. Noch nie hatte sie den Kollegen so zerknirscht und in sich gekehrt wahrgenommen. Mit versteinerter Miene rührte er Zucker in einen Kaffee.

»Das ist alles ganz allein meine Schuld«, waren die ersten Worte, die er herausbrachte. Dann begann er von seiner Idee zu erzählen, den Pyromanen, der die alten Kirchen anzündete, zu stoppen. Wie er Knutsson dazu überredet hatte. Ihrem gemeinsamen Plan, der bei einem Glas Rum in seinem Büro gereift war. Von der Falle, die sie dem Feuerteufel hatten stellen wollen, während es doch in Wirklichkeit umgekehrt gewesen sei, der Feuerteufel habe ihnen eine Falle gestellt und Knutsson sei böse erwischt worden. Olsson redete sich regelrecht in einen Rausch. Er faselte etwas von einem Nachahmungstäter, satanistischen Black-Metal-Bands, von einem norwegischen Plattenladen, der *Hölle* hieß, und Amuletten, die irgendein Verrückter aus menschlichen Schädelknochen gefertigt hatte. Es ging um eine Band namens *Mayhem*, einen Sänger, der sich *Dead* nannte, bevor er sich selbst mit einer Schrotflinte erschoss, und einen ermordeten Homosexuellen in einer Stadt namens Lillehammer. Nyström verstand nicht die Hälfte von dem, was Olsson da von sich gab. Vage meinte sie Versatzstücke der Sidenvall-Hallsberg-Ermittlung zu erkennen, aber offenbar brachte Olsson da einiges durcheinander. Wahrscheinlich stand der Kommissar unter Schock, was natürlich angesichts der Umstände mehr als verständlich war. Sie legte ihm die Hand auf die Schulter.

»Gehen wir nach Hause«, schlug sie vor. »Für Lasse können wir hier und heute nichts mehr tun. Und über deine norwegischen Satanisten unterhalten wir uns morgen in aller Ruhe.«

Also war sie nach Hause gefahren. Trotz allem, was passiert war, trotz ihrer emotionalen Aufgeriebenheit angesichts der schweren Verletzung ihres langjährigen, loyalen Mitarbeiters, spürte sie, dass sie dem Gespräch mit Anders nicht länger aus dem Weg gehen konnte und wollte.

Jetzt war die Zeit, jetzt war die Stunde.

Aber ihr Mann war nicht da.

Sie wusste nicht, ob sie lachen oder weinen sollte.

»Irgendein Opa liegt im Sterben«, erklärte Anna lapidar. »Auf einem Hof in Ormesberga. Papa hat gesagt, es könnte spät werden, wir bräuchten mit dem Essen nicht auf ihn zu warten.«

Trotzdem fühlte es sich gut an, zu Hause zu sein. Auch wenn es nur Spaghetti mit Fertigpesto waren, genoss sie das Abendessen mit Tochter, Schwiegertochter, Enkel und Mutter wie seit Langem nicht mehr. Hier war ihre Familie, mit oder ohne Anders. Als sie sich ins Bett legte, war ihr Mann noch immer nicht zurückgekehrt. Auch am Morgen war das Doppelbett neben ihr leer. Sie fand Anders schlafend auf der Couch im Wohnzimmer. So leise sie konnte, bereitete sie sich in der Küche ein leichtes Frühstück zu. Dann machte sie sich auf den Weg nach Malmö, wo sie gemeinsam mit Kommissar Jovinge und seinem Team die Konzernführung von *Norr-Oil* treffen würde.

3

Alex Thörn wirkte alles in allem nicht so, wie sich Hugo Delgado einen Soldaten mit Kampferfahrung vorgestellt hatte, der nach seiner Armeezeit Karriere bei einem privaten militärischen Dienstleister gemacht hatte. Der Mann, der etwa in seinem Alter war, wirkte auf den ersten Blick gedrungen und träge, das weit geschnittene Sweatshirt konnte den Bauchansatz nicht verbergen. Aber vielleicht war Delgados inneres Bild von einer muskelbepackten Kampfmaschine mit Bürstenhaarschnitt auch nur ein lächerliches Klischee, Anette Hultin war schließlich ebenfalls Berufssoldatin gewesen, ohne dabei die Aura des Mitglieds einer Todesschwadron zu haben. Thörn war selbstbewusst, wusste sich auszudrücken und wirkte gescheit. Wenn er wegen seiner ehemaligen oder noch lebendigen Gefühle für Hultin über Delgados Anwesenheit bei dem Treffen in einem Tankstellenstehcafé bei Ljungby überrascht war, so ließ er es sich nicht anmerken, allein sein auffällig fester Händedruck war womöglich ein Ausdruck aufflackernder Rivalität, vielleicht aber auch nur alte militärische Schule.

»*Semper Fi*«, versuchte sich Delgado daraufhin an einem Scherz, das berühmte Motto des *United States Marine Corps* zitierend, für immer treu, aber Thörn ging genauso darüber hinweg wie Hultin. In dem Moment begriff Delgado endgültig, dass er sich am besten im Hintergrund hielt, bestand seine Rolle doch ohnehin in wenig mehr, als Thörn gegenüber eine Grenze zu markieren: Hultin wollte ihrem ehemaligen Kameraden mehr oder weniger subtil, aber auf jeden Fall unmissverständlich klarmachen, dass ihre Bitte um einen Gefallen frei von jeglichen amourösen Hintergedanken war. Sie hätte zu dem Treffen im Grunde genauso gut Wilma und Victor mitschleppen können – doch die befanden sich an diesem Montagmorgen auf dem Weg in die Krabbelgruppe des Kindergartens. Während also Thörn und Hultin damit begannen, sich warm zu plaudern und über gemeinsame Bekannte und miteinander Erlebtes austauschten, zapfte Delgado drei Latte macchiato aus einem Automaten in unterdimensionierte Pappbecher und verbrühte sich die Finger bei dem Versuch, die drei Kaffee beidhändig zu dem Stehtisch zu balancieren, an dem Thörn und Hultin Konversation machten. Dabei ging ihm durch den Kopf, vor Jahren davon gehört zu haben, dass in den USA der Millionenklage einer Frau stattgegeben worden war, weil ihr in einem Schnellrestaurant vermeintlich zu heißer Kaffee serviert worden war. Aber das hätte ein schwedischer Richter höchstwahrscheinlich anders gesehen. Ihm gelang es, die Becher abzustellen, ohne dass etwas überschwappte – auf die Plastikdeckel hatte er verzichtet –, und pustend und wedelnd seine Finger abzukühlen. Er kam gerade rechtzeitig.

»Also«, sagte Hultin, »*Blackwater* und Joakim Vestergård. Konntest du etwas für mich in Erfahrung bringen?«

Für mich. Nicht *für uns.* Trotz Anstandsdame wusste Hultin anscheinend, wie sie ihre Karten auszuspielen hatte.

Thörn zog einen Mundwinkel nach oben. Delgado war unschlüssig, ob das ein Zeichen dafür war, dass er Hultins Manöver durchschaute, oder ob er die Frage an sich für eine Beleidigung seiner Intelligenz hielt.

»Lass es mich so ausdrücken«, sagte er, »einfach war es nicht. Der Erfolg der Firma fußt nicht gerade auf einer transparenten Unternehmenskultur, um es mal vorsichtig zu formulieren.«

»Aber es gab Mittel und Wege?«, hakte Hultin nach.

»Gibt es die nicht immer?« Thörns leicht teigiges Gesicht deutete ein Lächeln an. »Um es kurz zu machen: ja. Du kannst dir denken, wie so etwas läuft. Jemand schuldet einem einen Gefallen, der wiederum einen anderen an der Hand hat, der ihm einen Gefallen schuldig ist. So ging es um fünf Ecken und quer durch drei Abteilungen. Die Schwierigkeit bestand in dem kleinen Zeitfenster, das du mir gegeben hast, sowie in dem Umstand, dass alles unter dem Radar der Vorgesetzten stattfinden musste.«

»Aber für dich natürlich kein Problem.«

Flirtete Hultin etwa?

Thörn reagierte auf die Schmeichelei mit einem erneuten Hochziehen der Mundwinkel.

»Ich fürchte, meine *Intell* ist magerer, als du erwartest.«

Intell? Hatte er gerade tatsächlich *Intell* gesagt? Delgado hätte darauf gewettet, dass dieser vermeintliche Geheimdienst-Slang außerhalb von TV-Serien wie *24* oder *Homeland* gar nicht existierte. So konnte man sich irren. Oder Thörn sah einfach nur dieselben Serien wie er. Jedenfalls sollte der Begriff in diesem Zusammenhang wohl so viel wie Information bedeuten.

»Lass hören«, sagte Hultin und nippte an ihrem Latte.

Thörn nestelte einen Zettel aus der Hosentasche und schob ihn über den Tisch.

Delgado blickte Hultin über die Schulter. Auf dem Papier stand nur ein einziges Wort.

SÜDSUDAN

4

Die Architektur der rostroten Kirche orientierte sich an der Form traditioneller samischer Zelte. Das Erste, was Stina Forss wahrnahm, als sie die schweren schwarzen Flügeltüren öffnete und den düsteren Innenraum betrat, war der warme, intensive Geruch nach altem Holz. Sie hatte die Stunden, die sie auf Anita Birkebo warten musste, damit überbrückt, im *Safari* in Ruhe zu frühstücken und anschließend einem ausgeschilderten Wanderpfad durch den Schnee zu folgen, allerdings nicht ohne sich vorher in einem Sportgeschäft mit einem Satz Spikes zum Unterschnallen für ihre Stiefel zu versorgen. Ein völlig neues Gehgefühl! Der Eindruck auf der zweistündigen Wanderung war imposant gewesen. Die nördliche Flanke Kirunas, die sich von der Mine abwandte, hatte den Blick auf eine vollkommen unverbaute, wilde Landschaft geöffnet. Niedrige Kiefernwälder, schneebedeckte Ebenen, in der Ferne Gebirgszüge. Ohne das Eisenerz wäre hier draußen nichts, hatte Forss gedacht, nichts außer Natur und den verstreuten Resten eines Nomadenvolks, an dessen Kultur, soweit sie wusste, kaum mehr als die Auslagen im Souvenirgeschäft oder die Form der örtlichen Kirche erinnerten. Verschämt hatte sie ihre neu erworbenen Rentierlederhandschuhe betrachtet.

Sie betrat die Kirche und erkannte die schmale Gestalt Anita Birkebos in einer der mittleren Reihen sitzend. Ansonsten war im Halbdunkel niemand zu sehen. Forss nahm ihre Pudelmütze ab, schritt durch den Mittelgang und nahm neben der Frau Platz.

Einige Zeit saßen sie schweigend nebeneinander. Forss zog die Handschuhe aus und legte sie mit der Mütze auf die Gebetsbank vor sich.

»Ich bin von der Kriminalpolizei in Växjö, mein Name ist Stina Forss.«

Sie machte Anstalten, ihren Ausweis aus der Tasche zu holen.

Birkebo wandte ihr das Gesicht zu. Sie winkte ab. Der Blick ihrer grauen Augen war durchdringend.

»Ich habe gewusst, dass ihr irgendwann kommen würdet. Aber es ist schon Jahre her, dass ich aufgehört habe, darauf zu warten. Viele Jahre.«

Wieder war es für mehr als eine Minute still. Forss folgte ihrem Gefühl und wartete ab. Sie betrachtete das Gemälde über dem Altar. Bleiches Pastell, ein Hain Laubbäume, Sonnenstrahlen und Wolken wie in einem Comic.

»Es ist lange her«, sagte Birkebo schließlich. »Das mit Fredrik.«

»Fünfundzwanzig Jahre«, sagte Forss. »Sein Obduktionsbericht war Ewigkeiten verlegt und ist unvermittelt wieder aufgetaucht. Unserer Pathologin sind Ungereimtheiten ins Auge gefallen, seinen Suizid betreffend. Wir mussten das Grab öffnen«, Forss ließ eine Pause, um die Wirkung ihrer Worte zu verstärken, »es war leer.«

Wenn Birkebo verwundert, überrascht oder aufgebracht

war, zeigte sie es nicht. Forss meinte nur, ein kaum merkliches Nicken wahrzunehmen.

»Ich habe nie daran geglaubt«, sagte die Frau und fuhr sich durch ihr mittellanges graues Haar, das sie offen trug. »Daran, dass er sich das Leben genommen hat. Trotz ...«

Sie zögerte. » ... trotz der Dämonen, die in ihm gewütet haben.«

»Dämonen?«

Forss horchte auf. Der diffuse Begriffsnebel, der den Tod Fredrik Sidenvalls und der sechs jungen Göteborger umgab, bestand nach ihrem Geschmack viel zu sehr aus solchen Begriffen. Worte wie *Engel* und *Dämonen*, wie *Himmel* und *Hölle*. Und allem, was dazwischenlag.

Birkebo schien eine Frau mit feinen Antennen zu sein. Sie hatte Forss' Irritation wahrgenommen.

»Nimm das nicht wörtlich«, sagte sie. »Ich meine das als Bild für seine innere Aufgewühltheit. Für die Kämpfe, die er mit sich ausgefochten hat.« Wieder blickte sie Forss eindringlich an. Augen, grau wie schneeschwerer Himmel. »Sieh dich hier um. Das Kreuz, der Altar, die Kerzen, die Heiligenstatue: Metaphern, alles miteinander. Symbole für etwas vermeintlich Größeres. Der Herr und das Licht. Der Teufel als sein Widerpart, als ewige Versuchung. Dämonen, die unsere geplagten Seelen heimsuchen. Alles nur Bilder, alles nur Blendwerk.«

Blendwerk?

»Für eine Freikirchlerin sind das harsche Worte.«

Birkebo lachte auf. Eigentlich war es kaum mehr als ein Schnauben.

»Freikirchlerin«, wiederholte sie leise. »Kirche und Freiheit, als ob das jemals zusammengehört hätte.«

Forss war verblüfft.

»Aber warum ...?«

»… wir hier sind? An diesem *heiligen Ort*?« Wieder das Schnauben. »Es ist die geeignete Kulisse, um über Fredrik zu sprechen, ein wirkungsvolles Bühnenbild, mehr nicht.«

Die Verbitterung hatte mit feiner Nadel Falten um den Mund der Frau geritzt. Mit einem Mal sah sie viel älter aus als zuvor.

»Du klingst wie jemand, der seinen Glauben verloren hat«, stellte Forss fest. »Dabei warst du doch so etwas wie eine religiöse Mentorin für ihn.«

»Eine schöne Formulierung, um auszudrücken, dass du denkst, ich hätte ihn bekehrt.«

»Hast du ihn denn bekehrt? Seine Schwester war in dieser Hinsicht jedenfalls sehr unmissverständlich, was ihre Wortwahl betraf.«

Birkebo seufzte.

»Ach, Belinda. Noch so eine arme, hilflose Seele. Als ich ihren Bruder damals traf, war er ein orientierungsloses Häuflein Elend. Ein misshandelter, geprügelter Hund auf der Suche nach sich selbst.«

Forss musste daran denken, dass Belinda Davidsson eine Hundeschule betrieb. Aber nun war nicht der Zeitpunkt für tiefenpsychologische Betrachtungen.

»Wo lernt man sich in Kiruna kennen?«, fragte sie. »Ein Jüngling um die zwanzig mit Interesse an Männern und eine gläubige Frau, die doppelt so alt ist, wie er?«

»Na, wo wohl? Ich habe damals ebenfalls für LKAB gearbeitet. Die Mine führt und hält die Menschen hier zusammen. Jeder hat mit ihr zu tun, zumindest um ein, höchstens zwei Ecken. Ohne sie wäre hier nichts.«

»Ihr wart Kollegen?«

Birkebo nickte.

»Ich war über zwanzig Jahre Grubenfahrerin, ich kenne das Innere des Bergs besser als die Straßen unserer liebenswerten Stadt. Fredrik war ein scheuer Junge, der eigentlich nicht hierher gehörte, in diese raue Welt unter Tage. Die rohen Scherze, die derbe Sprache: Das hat ihm zugesetzt. Er war nur aus einem Grund hier, am Ende der zivilisierten Welt, weil er vor etwas davonlief. Es stand ihm auf der Stirn geschrieben. Er brauchte Hilfe, jemand, der ihn an die Hand nahm und ihn aus dem Labyrinth herausführte, in das er sich in seinem Fluchtinstinkt verrannt hatte.«

»Jemand, der ihn zum Glauben führte, meinst du. Jemand wie du.«

»Damals dachte ich das zumindest. Ich war eine überzeugte Christin. Vor allem von mir selbst überzeugt. Ich ruhte in mir und meinem Gottvertrauen. Das gab mir eine unvorstellbare Kraft und ein Grundvertrauen in die Welt. Alles, dachte ich, sei *seine* Fügung. Deshalb legen wir unser Schicksal in *seine* Hände. Das ist wahre Freiheit, habe ich geglaubt. Ich war eine Predigerin, ich war vielleicht sogar eine Missionarin.« Birkebo nahm ein geklöppeltes Taschentuch aus ihrer Handtasche und putzte sich die Nase. »Ich bin lutherisch erzogen worden, wie die meisten anderen auch. Aber das hat mir irgendwann nicht mehr gereicht. Ich wollte näher zu Gott, näher an sein eigentliches Wort, an seine Kernbotschaft. In der kleinen freikirchlichen Gemeinde habe ich diese Nähe gefunden. Es war mir eine Freude, andere Suchende davon zu überzeugen, zu uns zu stoßen. Die Glaubensgemeinschaft zu spüren. Gottes Kraft zu erfahren, die er uns Tag für Tag schenkt. Um auf deine Frage zu antworten: Ja, ich habe Fredrik bekehrt.«

Forss dachte an das Zeitungsfoto von der Massentaufe. Sidenvall, der in einen weißen Umhang gehüllt in einen Fluss steigt.

»Hat es ihm gutgetan?«

Die feinen Linien um Birkebos Mund gerieten in Bewegung, bevor sie antwortete.

»Eine Zeit lang schon, denke ich.« Sie schnäuzte sich erneut. »Er war neugierig, offen für unsere Botschaften. Ein dankbarer Zuhörer. Ein inniger Beter, in einem tiefen Dialog mit Gott und sich selbst. Ein guter Christ. Engagiert. Ehrlich zu sich selbst, großherzig zu anderen.«

»Aber dann ist etwas passiert.«

»Irgendwann ging etwas schief. Er hat etwas angestrebt, er hat eine innere Reinheit gesucht, die er nicht mit der Wirklichkeit, mit sich selbst in Einklang bringen konnte.«

»Die Tatsache, dass er schwul war.«

»Niemand aus der Gemeinde hat ihn dafür je verurteilt, auch wenn in den Paulusbriefen eindringlich ... Es spielte für niemanden eine Rolle. Vor Gott kann jeder als das treten, was er ist. Doch für Fredrik wurde der Widerspruch zwischen seiner sexuellen Orientierung und den Worten der Heiligen Schrift zu einer Besessenheit. Er wurde in dieser Zeit zunehmend verzweifelter. Er wandte sich an das Gemeindeoberhaupt und als das ihm nicht helfen konnte, wandte er sich an mich. Er sprach von schrecklichen Dingen, von chemischer Kastration, sogar von Selbstmord.«

»Selbstmord?«

»Ich habe ihm erklärt, dass das in Gottes Augen eine Sünde ist, viel schwerwiegender als seine Neigung. Ich hätte es nie getan, wenn er mich nicht auf Knien darum gebeten, angefleht hätte. Es war herzerweichend. Ich wollte ihm so gerne helfen, außerdem fühlte ich mich von seiner Not in die Enge getrieben. Fredrik konnte sehr bestimmt sein, wenn er etwas um jeden Preis wollte.«

»Was wollte?«, fragte Forss.

Birkebo hatte wieder ihr Spitzentaschentuch in der Hand.

Doch diesmal führte sie es nicht zur Nase, sondern tupfte sich damit Feuchtigkeit aus den Augenwinkeln.

»Geheilt werden«, sagte sie schließlich. »So hat er es genannt. Als würde er von einer Krankheit sprechen.«

»Wie?«

Die schneehimmelgrauen Augen fixierten Forss.

»Ich habe geschworen, nie darüber zu sprechen. Niemals. Aber wenn du dich fragst, wann ich meinen Glauben verloren habe: Es begann in dieser gottverfluchten Nacht.« Sie stockte. »Danach habe ich Fredrik kaum noch gesehen.«

»Aber …?«

Birkebo faltete das Taschentuch sorgfältig zusammen, legte es zurück in die Handtasche, ließ ihren Verschluss zuschnappen und erhob sich.

»Mehr habe ich dazu nicht zu sagen.«

Knopf um Knopf schloss sie ihren Wollmantel, dann trat sie an Forss vorbei in den Mittelgang und ging hallenden Schrittes aus der Kirche.

5

Es war keine Überraschung, dass *Norr-Oil* seine Konzernzentrale im jungen, prestigeträchtigen Stadtteil Västra Hamnen hatte, unweit des Malmöer Wahrzeichens *Turning Torso,* Skandinaviens höchsten Wolkenkratzers. Der großzügig bemessene Konferenzraum bot einen Panoramablick auf den Öresund, auf der anderen Seite des Wassers zeichneten sich die Konturen Kopenhagens ab. Jovinge und seine Männer hatten es sich bereits in hochlehnigen Drehstühlen bequem gemacht. Die Halbglatze, die, wenn Nyström sich nicht irrte, denselben fadenscheinigen Pullover trug wie vor zwei Tagen, schnalzte angesichts des spektakulären Ausblicks mit der Zunge, der Hängebauch bediente sich vom bereitstehenden Saft- und Wassersortiment. Man ließ sie warten. Natürlich tat man das. Psychologische Kriegsführung für Anfänger. Nyström nutzte die gewonnene Zeit und berichtete von ihrem Besuch bei Amanda Vestergård, von dem unerwarteten Bekenntnis, was die Vaterschaft der Zwillinge anging, von Petter Holmgren, seinem medizinischen Hintergrund und seinem wackeligen Alibi. Es war eine in sich schlüssige, plausible Konstruktion. Joakim Vestergårds unbändige Wut, von einem Freund hintergangen worden zu sein, der Plan, dem verhassten Rivalen an einem abgelegenen Ort eine tödliche Falle zu stellen, Petter Holmgrens Notwehr mithilfe eines starken Betäubungsmittels in einer Spritze. Fragmente, die sich nahtlos ineinander fügten. Eine tragische Geschichte. Auch wenn es natürlich noch dutzendweise offene Fragen gab. Was nun anstand, war Holmgren in einen Verhörraum zu bringen und zu einem Geständnis zu bringen. Stattdessen saßen sie hier auf schicken Bürostühlen, tranken Maracujasaft und glotzten auf den nebligen Öresund.

»Wenigstens sind es sehr bequeme Bürostühle«, war Jovinges erste Reaktion. Demonstrativ drehte er sich im Halbkreis hin und her.

»Und der Saft ist wirklich ausgezeichnet«, merkte der Hängebauch an.

»Eine schöne Geschichte ist das«, merkte Jovinge an. »Aber warum lautet Vestergårds Kalendereintrag an dem fraglichen Tag *N. O.* statt *P. H.*?«

»Weil man einen geplanten Mord wohl kaum in seinen Kalender einträgt!«, antwortete Nyström unwirsch. Die Ignoranz der Stockholmer Ermittler machte sie fassungslos. Doch bevor sie weiter ausholen konnte, ging die Tür auf und fünf Männer in nahezu identischen Anzügen platzten in den Raum. Anders war ihr Eintreten kaum zu beschreiben. Nyström musste an eine V-förmige Fliegerstaffel denken, die gerade im Begriff war, die Schallmauer zu durchbrechen. Angeführt vom Alpha-Rüden trabten die dunkelblauen, schimmernden Anzüge auf sie zu. Dynamik sollte das ausstrahlen. Dominanz. Psychologie für Dummies. Mechanisch drückte Nyström entgegengestreckte Hände. Kühle, musternde Blicke. Kaum verhohlenes Überlegenheitsgefühl. Die Anspannung war mit Händen zu greifen. Hier Jovinges zerzaustes Hyänenrudel, Meister des Understatements. Dort das Haifischquintett im Angriffsmodus. Und ich mittendrin, dachte Nyström. Na, das kann ja heiter werden. Und es wurde heiter, zumindest wenn man einen gewissen Sinn für Ironie besaß. Nachdem man sich beschnuppert und berochen hatte, Reviere abgesteckt und aufgeplustert hatte, öffnete sich auf ein unsichtbares Signal hin erneut die Tür und eine elegant gekleidete junge Sekretärin servierte Espresso. Neun Männer und zwei Frauen sind momentan in diesem Raum, dachte Nyström, und eine der beiden Frauen bedient alle anderen Menschen hier. Was sagt uns das eigentlich über das angeblich emanzipierteste Land der Welt?

Aber es wurde noch besser. Nachdem die Sekretärin wieder verschwunden war und alle ihren winzigen Kaffee geschlürft hatten, übernahm Lundgren, der CEO von *Norr-Oil,* das Kommando. Der präzise vorbereitete, multimedial eindrucksvoll unterstützte Vortrag, den er hielt, hätte auch vor den Vereinten Nationen einen guten Eindruck gemacht. Lundgren zeichnete das Bild einer Firma, die in puncto Nachhaltigkeit, Entwicklungshilfe, Umweltschutz, ja, der Menschenrechte im Allgemeinen eine eindrucksvolle Vorreiterrolle einnahm. Die Förderung fossiler Brennstoffe war eine leider notwendige Brückentechnologie, um die Welt in ein neues, fantastisches Zeitalter regenerativer Energien zu führen, eine Zukunft in Greifweite, die *Norr-Oil* durch diverse Förder- und Forschungsprogramme intensiv unterstützte. *Norr-Oil* war ein Unternehmen, das in jeder Hinsicht Verantwortung übernahm. Für seine Mitarbeiter, aber auch für die Menschen, die in den Explorationsgebieten lebten. Lundgren berichtete anschaulich von örtlichen Infrastrukturprojekten, Unterstützung der lokalen Landwirtschaft, Brunnenbau.

Brunnenbau.

Wie sollte sie nicht an Anders denken?

Sie sah ihn vor ihrem inneren Auge vor sich, einen albernen Tropenhelm auf dem Kopf, einen Spaten in der Hand, umgeben von halb nackten dunkelhäutigen Kindern, die Ringelreigen tanzen, während er schwitzend den Spaten in den dürren Boden treibt, wieder und wieder, bis schließlich eine riesige Ölfontäne emporschießt und das schwarze Gold auf ihn und die Kinder niederregnet …

Als es ihr endlich gelang, den absurden Tagtraum beiseitezuschieben, war Lundgren am Ende seines Vortrags angekommen. Jovinge hatte das Wort ergriffen und fragte nach Vestergårds Aufgabe in dem Unternehmen.

Auf Knopfdruck erschien eine Art Steckbrief Vestergårds auf der Leinwand hinter Lundgren, einschließlich erfolgter Honorarzahlungen und Arbeitsnachweise.

»Ein Fachmann für die Gegend, in der wir fördern. Einer von vielen Beratern, die wir beschäftigen. In unserer Branche ist man bisweilen auf die Expertise von außen angewiesen. Das erweitert den Horizont.«

»Gibt es Alibis für die Nacht vom vergangenen Mittwoch auf Donnerstag?«, fragte der Hängebauch.

Ein weiterer Knopfdruck. Auszüge aus fünf digitalen Kalendern erschienen. Der eine Hai war in Indien gewesen, ein anderer in Weißrussland. Ein Kinobesuch mit Frau. Ein langes Abendessen im Kollegenkreis. Lundgren selbst hatte am fraglichen Abend einen Vortrag in einem Hotel in Helsinki gehalten.

War es das? War dies das gesamte Pulver, das Jovinges legendäres Team zu verschießen hatte? Dann war es gerade völlig wirkungslos verpufft.

Jovinge räusperte sich.

Er hatte den Kalender in der Hand.

Er stand auf.

Hielt den Kalender mit ausgestrecktem Arm von sich. Ein Staatsanwalt in einem Gerichtssaal, vor sich die *Grand Jury.*

Psychologie für Anfänger, Teil 3.

»Für das fragliche Datum hatte Joakim Vestergård *N. O.* eingetragen. Ihr wart seit Monaten sein einziger Geschäftspartner. Habt ihr irgendeine Ahnung, wofür die Initialen möglicherweise stehen könnten?«

Er gab sich wirklich Mühe, sarkastisch zu klingen.

Einer der Kerle, dessen Anzugfarbe sich in einer feinen Nuance von der seiner Managerkollegen unterschied, stand grinsend auf.

Auge in Auge mit dem Kommissar sagte er:

»Für uns Segler bedeutet es Kurs auf Nordost.«

6

Knutsson schlug die Augen auf. Schmerz, Licht, Schmerz. Nicht gut, gar nicht gut. Er schloss die Augen sofort wieder.

Der Schmerz blieb, aber wenigstens war das grelle Licht verschwunden. Er versuchte den Schmerz zu lokalisieren. Aber wie sollte das gehen? Die Schmerzen waren in ihm drin, sie waren überall. Trotzdem war da auch eine Leichtigkeit. Als würde er schweben. Nicht hoch, aber immerhin einige Zentimeter über … ja, worüber überhaupt? Dem Boden, dem Bett? Wo war er eigentlich? Kurz erfasste ihn Panik. Dann beruhigte er sich wieder. Es schien keine Rolle zu spielen. Natürlich könnte er die Augen öffnen und nachsehen, aber dann wäre da wieder das grelle Licht. Nein, er entschied sich, die Augen geschlossen zu halten. Der Schmerz war auch so schlimm genug. Andererseits war das Gefühl zu schweben gar nicht so schlecht. Er, Lasse Knutsson, ein ehemaliger Hundertvierzigkilomann in der Schwerelosigkeit! Achtsamkeit, dachte er, ein Hoch auf die Achtsamkeit! Dann trieb sein Bewusstsein wieder sachte davon.

7

»Und dieser Thörn hat dich früher einmal angeturnt?«

Blöde Frage, typisch Hugo Delgado, dachte Anette Hultin, als sie den Dienstwagen auf den Parkplatz des Präsidiums lenkte.

»Hörst du mir überhaupt jemals wirklich zu?«, fragte sie aufgebracht. »Er hat mich *nie* angeturnt. Wenn, dann habe ich ihn … übrigens ein ganz schlechter Wortwitz, Hugo, ehrlich!«

Delgado grinste zufrieden.

Das ganze Gespräch war vollkommen lächerlich. Was sollte das eifersüchtige Getue? Wieso rechtfertigte sie sich überhaupt? Hugo hatte längst eine andere Freundin und sie ihren Mann.

Der Wagen kam zum Stehen und sie stiegen aus.

»*Upside down, boy you turn me …*«

Delgado trällerte den alten Diana-Ross-Hit vor sich hin. Wurde er wirklich nie erwachsen?

Es war bereits früher Nachmittag. Der Tankstellen-Hot-Dog mit Zwiebeln und Chili-Sauce, zu dem Hugo sie nach dem Gespräch mit Alex Thörn überredet hatte, lag ihr schwer im Magen. Solange sie Wilma noch nicht vollständig abgestillt hatte, sollte sie wirklich auf ihre Ernährung achten. Sie waren mit Ingrid Nyström im Präsidium verabredet. Sie trafen ihre Chefin in einer nachdenklichen, beinahe melancholischen Stimmung an. Hultin berichtete von dem Treffen mit ihrem ehemaligen Armeekameraden. Delgado summte weiterhin Diana Ross. Nyström kratzte sich am Kinn.

»Südsudan also«, sagte sie schließlich. »Vestergård war für *Blackwater* in einem Bürgerkriegsgebiet und hat bei der infrastrukturellen Erschließung von Ölfeldern geholfen. Genau diese Expertise macht ihn heutzutage für eine Firma wie *Norr-Oil* so interessant, entsprechend gut haben sie ihn entlohnt.« Sie schüttelte sachte den Kopf. »Ihr hättet diese Konzernführer erleben sollen. Ich glaube, die tragen Anzüge aus Haifischhaut oder irgendeinem anderen besonderen Material, womöglich aus der Weltraumforschung, etwas, an dem Moral, Anstand oder Gewissen vollkommen abperlen.«

»Glaub ich gern«, sagte Delgado, »trotzdem sehe ich hier den Konflikt nicht beziehungsweise das Motiv. Vestergård war aufgrund seiner Erfahrung in Afrika offenbar ein begehrter Berater für *Norr-Oil* und hat, wie du sagst, saftige Honorare eingestrichen. Beide Seiten haben voneinander profitiert. Wo war also das Problem? Warum sollten sie Vestergård aus dem Weg geräumt haben?«

»Vielleicht ein Erpressungsversuch?«, schlug Hultin vor. »Wer weiß, was *Norr-Oil* im Südsudan alles anstellt? Wenn nur ein Bruchteil von dem stimmt, was über *Lundin-Petroleum* in den vergangenen Monaten durch die Medien geisterte, gehört nicht viel Fantasie dazu, um sich vorzustellen, dass *Norr-Oil* als Folgebesitzer der alten *Lundin*-Explorationsfelder ähnlich umstrittene Methoden anwendet. Vestergård könnte damit gedroht haben, mit seinen Insider-Informationen an die Öffentlichkeit zu gehen.«

»Das ist in etwa auch die These unserer Stockholmer Kollegen«, sagte Nyström, und Hultin meinte in ihrer Stimme eine Spur Resignation zu vernehmen. »Allerdings sehe ich nicht, wie ein solches Szenario zu beweisen wäre. Diese *Norr-Oil*-Leute sind glatt wie Teflon. Außerdem gibt es da noch diese andere Geschichte.«

»Eine andere Geschichte?«, fragte Delgado.

»Ein Märchen«, sagte Nyström. »Oder eher eine spezielle Art Gute-Nacht-Geschichte. Sie beginnt, beziehungsweise endet, mit zwei Kuckuckseiern.«

»Ich verstehe nur Bahnhof«, sagte Hultin.

8

Die Probleme, die der Flughafen Kiruna mit der Enteisungsanlage gehabt hatte, waren während Stina Forss' Aufenthalt nicht gelöst worden. Also wieder der Zug. Als er sich am frühen Abend Richtung Süden in Bewegung setzte und die

Silhouette der Stadt und der Minenberge hinter sich zurückließ, spielte sie gedankenverloren mit den Eisenpellets in ihrer Manteltasche, die ihr Malmsten als Andenken mitgegeben hatte. Sie erinnerten an Glasmurmeln, dachte Forss, als sie die kleinen Kugeln zwischen den Fingern gegeneinander klackern ließ. Es hatte etwas Meditatives, merkte sie und konnte die Faszination christlicher Rosenkränze oder islamischer Gebetsketten in diesem Moment durchaus nachvollziehen. Die Begegnung mit Anita Birkebo in der Kirche wirkte noch immer nach. Eine Gläubige, die ihren Glauben verloren hatte. Interessanterweise im Zusammenhang mit Fredrik Sidenvall, wenn ihre Erzählung und ihre Andeutungen stimmten. Aber warum hätte sie Forss in dieser Sache belügen sollen? Genau das Gegenteil war bei Sten-Åke und Lotta Sjöö eingetreten, erinnerte sich Forss. Der Tod des Sohnes Tomas hatte sie erst recht in ihrem Glauben gefestigt. Hiobeffekt hatte die Tochter das genannt. Und dann gab es da noch die Tätowierung von Kristina Thulin, die immer noch um ihren Bruder Daniel trauerte.

I want to believe

Glauben, stellte Forss fest, schien wie ein Kraftzentrum dieses Falls zu sein, im Positiven wie im Negativen, als Hinwendung wie als Abkehr. Fredrik Sidenvalls blinkendes Neonkreuz in seinem Lkw und Marcus Engströms umgedrehter Kreuzohrstecker. Eine symbolträchtige weiß gewandete Taufe in einem Fluss auf der einen Seite, Belinda Davidssons Abscheu vor der Bekehrung ihres Bruders und sein Begräbnis in ungeweihter Erde auf der anderen Seite. Ein verunsicherter junger Mann, dessen dogmatische Glaubensauslegung ihn in Konflikt mit seiner eigenen Sexualität bringt, der sich daraufhin sogar *heilen* lassen will – was auch immer das genau bedeuten sollte –, und sechs tote Jugendliche, angeblich hingerichtet im Namen Gottes, weil sie düstere, vermeintlich teuflische Musik machten. Forss nahm die Hand aus der Manteltasche und betrachtete die grauen Metallpellets. Es waren sieben Stück. Die Kugeln glichen einander und doch unterschieden sie sich ganz leicht in Größe, Form und Oberflächenbeschaffenheit. Sie bewegte vorsichtig die Hand und die Pellets stießen sachte aneinander. Sie standen zueinander in Beziehung und doch existierte jede für sich. In diesem Moment begriff sie endgültig, dass Fredrik Sidenvall mit der Ermordung der Bandmitglieder nicht das Geringste zu tun hatte.

9

Ingrid Nyström wählte für den Spaziergang vom Präsidium zum Krankenhaus den Weg über den alten Tegnér-Friedhof. Sie mochte die in der Dämmerung blass schimmernde klassizistische Kapelle, weil sie sie jedes Mal an den dreiwöchigen Italienaufenthalt vor vielen Jahren erinnerte, vielleicht der romantischste Urlaub, den sie je mit Anders verbracht hatte. Das tolle Essen, die lauen Abende, der rosafarbene Himmel über dem Palatin. Jetzt war der Himmel über ihr dunkelgrau und das hektische Brummen und Dröhnen des Feierabendverkehrs jenseits der Friedhofsmauer holten sie wieder ins Hier und Jetzt zurück. Zwei Thesen, die sich widersprachen. Entweder war Joakim Vestergård wegen seines Wissens um die Machenschaften einer Ölfirma ums Leben gekommen, oder er war das Opfer einer tragischen Familiengeschichte und seines eigenen, schiefgelaufenen Racheplans. Theoretisch gab es natürlich auch noch andere Möglichkeiten. Vestergård hatte sich sein gesamtes berufliches Leben lang in einem heiklen Milieu bewegt; die Vergangenheit konnte ihn auf vielerlei Art und Weise eingeholt haben. Oder er war schlicht und ergreifend das zufällige Opfer eines Raubüberfalls geworden. Oder gar ein fehlgeschlagener Entführungsversuch? In diese Richtung hatten sie noch gar nicht gedacht. Aber wozu sollte man einen Mann wie Vestergård entführen? Wenn es um seine Vermögenswerte gegangen war, hätten seine Frau oder seine beiden Kinder doch viel weniger wehrhafte Ziele abgegeben.

Als sich die Umrisse des Krankenhauses vor dem Hintergrund des Växjösees abzeichneten, schob sie ihre Überlegungen beiseite. Die Sorge um Lasse Knutsson hatte den ganzen Tag über an ihr genagt, nun drohte sie Nyström beinahe zu überwältigen. Sie beschleunigte die Schritte.

Dieses Mal war es nicht Lasses Familie, die im Flur vor der Intensivstation ausharrte, sondern Olsson. Ein einsamer Wächter vor der Glasscheibe, den die Schuld tief in den billigen Stuhl drückte. Sie fühlte mit ihm, denn sie fühlte das Gleiche wie er. Hätte, wäre, wenn und aber. Schuldgefühl war ein Spiel mit dem Konjunktiv, aber diese Erkenntnis machte es auch nicht ertragbarer. Selbstverständlich konnte man rationalisieren. Lasse Knutsson war ein erwachsener Mann und für sein Tun und Handeln selbst verantwortlich. Er kannte die Risiken seines Berufs und setzte sich ihnen seit Jahrzehnten bewusst aus. Obendrein hatte er sich gemeinsam mit Olsson auf eine riskante Aktion eingelassen, die allen dienstlichen Protokollen widersprach. Aber machte das irgendetwas besser? Nahm es Nyström auch nur ein Gramm des Gewichts ab, das auf ihren Schultern lastete? Wusste sie doch nur zu genau, was Lasse in jener Nacht angetrieben und warum er alle Vorsichtsmaßnahmen in den Wind geschlagen hatte.

Lasse hatte etwas wiedergutmachen wollen.

Nein.

Richtig musste es heißen:

Lasse hatte *ihr gegenüber* etwas wiedergutmachen wollen.

Wortlos holte sie einen weiteren Stuhl vom Ende des Flurs und setzte sich neben Olsson. Lasses bewusstloser Körper wirkte auf der anderen Seite der Scheibe auf eine seltsame Weise schmal, die bärtigen Wangen hohl und eingefallen. Hätte sich sein Brustkorb unter der Decke nicht im Takt der maschinellen Beatmung gehoben und gesenkt, hätte man ihn für tot halten können. Ihr fiel es schwer, die Fassung zu bewahren, und sie merkte, dass es Olsson ähnlich ging. Ihr gemeinsames Schweigen schien angesichts der Situation die einzig angebrachte Form der Kommunikation zu sein. Lange saßen sie so da, in der Stille vereint. Erst als irgendwann Schritte durch den Flur hallten, deren Rhythmus, Ton und Volumen nicht zu dem fast lautlosen Quietschen des Schuhwerks des medizinischen Personals passte, löste Nyström ihren Blick von Lasses Bett und drehte den Kopf zur Seite. Es war Hampus Haage, der da angetrabt kam, einer von Olssons Jungspunden.

»Chef!«

Der Ruf riss Olsson aus seiner Agonie. Er blickte seinen Mitarbeiter an, als sähe er ihn zum ersten Mal.

»Was gibt es denn?«, brachte er schließlich zustande.

Haage wedelte aufgeregt mit einem Blatt Papier.

»Wir haben einen Namen!«

»Einen Namen?«

Olsson hatte Schwierigkeiten, seine Orientierungslosigkeit abzuschütteln.

»Endlich hat sich die Gesundheitsbehörde aus Östersund gemeldet, sie konnten die Registrierungsnummer der künstlichen Herzklappe einem Namen zuordnen.«

»Zeig mal.«

Haage reichte Olsson das Papier.

»Ein gewisser Tomas Sjöö«, las Olsson laut vor. »Wohnhaft in Göteborg. Die Herzklappe wurde 1989 operativ eingesetzt.«

Nyström stockte der Atem.

10

Knutsson wusste nicht, ob er wach war oder träumte. Aber was spielte das für eine Rolle? Er war leicht und weich wie eine Wolke. Er *war* die Wolke. Er zog über die Landschaft dahin. Unter sich sah er die Wälder und dunkelblauen Seen seiner Heimat. Die Sonne strahlte, es musste Hochsommer sein. Nur er selbst warf einen Schatten auf die Landschaft unter sich. Sein Småland, wunderschön. Dann begann sich etwas zu verändern. Er begann sich zu verändern. Die Wolke verdichtete sich, wurde schwerer, schwärzer. Er begriff. Ein Gewitter zog auf. Er *war* das Gewitter, Donner und Blitz. Die Schmerzen grollten und rollten, zuckten und durchfuhren ihn stoßweise.

»Morphin«, sagte eine Stimme, die unendlich weit weg klang. »Er braucht mehr Morphin.«

Kurz darauf ließ das Gewitter nach. Es regnete zwar noch, aber das Donnergrollen zog in die Ferne davon. Es kam ihm wie eine Erlösung vor. Schließlich ließ auch der Regen nach, gleichzeitig legte sich Dämmerung über das Land. In der einsetzenden Dunkelheit spazierte er durch einen lichten Nadelwald. Er war nun keine Wolke mehr, sondern ein

Wandersmann. Der Wald roch nach feuchter Erde und Kiefernharz. Hier und da blieb er stehen, um einen der Pilze zu pflücken, die überall zu wachsen schienen. Stattliche Steinpilze, orange leuchtende Pfifferlinge. Er aß sie roh, wie sie waren, erdig und schmackhaft. Irgendwann merkte er, dass er fröstelte. Es war dunkel und er trug nichts am Körper außer ein leichtes Nachthemd, wie man es in Krankenhäusern trug. Zum Glück entdeckte er just in diesem Augenblick seinen Wagen unter einer mächtigen Tanne. Er stieg ein und startete den Motor. Nicht mehr lange und er würde sich zu Lisa in sein warmes Bett kuscheln können. Er freute sich so auf sein eigenes Kopfkissen. Er war müde und sein Kopf war schwer. In dem Moment, in dem er den Rückwärtsgang einlegte, um zu wenden, sah er es. Ein Gesicht an der Scheibe. Weiß und wutverzerrt. Stechender Benzingeruch stieg ihm in die Nase. Aus dem Nichts flackerte ein Feuerzeug auf und plötzlich stand alles in Flammen. Nur das Gesicht nicht. Es lachte. Es lachte ihn aus.

»Flammenwerfer«, hallte es in Knutssons Kopf wider. »Flammenwerfer.«

11

Der Zug raste durch die Nacht. Obwohl Stina Forss die Erschöpfung der vergangenen Woche spürte, fand sie keine Ruhe. Dabei hatte sie dieses Mal Glück, was ihr Schlafabteil betraf. Außer einer jungen, winzigen Japanerin, die die Kunst beherrschte, sich mehr oder weniger unsichtbar zu machen, hatte Forss das Abteil für sich allein. Sie lag auf ihrer Pritsche und sah aus dem Fenster. Die vereiste Oberleitung warf elektrische Blitze in die Polarnacht, ein grünlichweißer Stroboskopeffekt, der die vorbeihuschenden Birken und Kiefern für Sekundenbruchteile aus der Dunkelheit riss. Ein hypnotischer Effekt, doch trotz Tabletten und eines doppelten Jägermeisters wollte der Schlaf nicht kommen. Sie brütete über die Worte des Sprengmeisters Aarno Soparnen nach. Wenn er mit seiner Analyse recht hatte, war der Mordkommission aus Örebro, dem verantwortlichen Staatsanwalt sowie dem kriminaltechnischen Labor in Linköping ein folgenschwerer Ermittlungsfehler unterlaufen. Die chemische Signatur des verwendeten Sprengstoffs war festgestellt, aber nicht zugeordnet worden, eine Schlamperei, die nur dadurch zu erklären war, dass die Ermittlungsergebnisse um jeden Preis zum einzigen Hauptverdächtigen zu passen hatten: Fredrik Sidenvall. Der junge Mann hatte in der nordschwedischen Erzmine gearbeitet, dort wurde mit Sprengstoff hantiert, also ergab eins das andere. *Zwei mal drei macht vier, widdewiddewitt, und drei macht neune, ich mach mir die Welt, widdewidde wie sie mir gefällt* ... Nach Soparnens Analyse, die natürlich einer weiteren Überprüfung standhalten musste, war die Sachlage jedoch eine völlig andere. Die sechs jungen Leute waren nicht mit dem *Kimolux* aus der Grube, sondern mit einer Handgranate in die Luft gesprengt worden. Wie und wo, um Gottes willen, sollte sich Sidenvall eine Handgranate besorgt haben? Wehrdienst geleistet hatte er jedenfalls nicht. Von seinem alkoholkranken Vater? Extrem unwahrscheinlich. Ein altes Jagdgewehr zu besitzen war eine Sache, eine funktionstüchtige Handgranate eine völlig andere. Und 1992 war lange vor der Zeit gewesen, in der man sich wie heutzutage mit dem entsprechenden Kleingeld und den richtigen Kontakten in der Malmöer, Göteborger oder Stockholmer Unterwelt alles nur

Denkbare aus ehemaligen jugoslawischen oder sowjetischen Militärbeständen besorgen konnte. Anfang der Neunzigerjahre brauchte es einen Profi, um an eine Handgranate zu kommen, und nichts von dem, was sie bisher über Sidenvall wussten, deutete im Entferntesten darauf hin, dass er ein Mann mit solchen Möglichkeiten gewesen war. Dazu gab es ein ganzes Fass voller weiterer Ungereimtheiten: ein auf der Schreibmaschine verfasster Abschiedsbrief. Sein angeblicher Selbstmord, ausgeführt mit einer gebrochenen Hand. Das leere Grab. Fredrik Sidenvalls Schicksal mochte in weiten Teilen noch ein Rätsel sein, dachte sie, aber es war nicht das Schicksal eines Mörders, dessen war sie sich sicher.

12

Das Gefühl, das Ingrid Nyström beherrschte, als sie die Tür ihres Zuhauses aufschloss, war am ehesten mit Betäubung zu beschreiben. Ihr war, als wären alle ihre Sinne vor Knutssons Krankenzimmer, dort, im Halbdunkeln des Flurs, auf dem unbequemen Stuhl neben Olsson, abgestumpft. Die Identifizierung von Tomas Sjöö hatte ihr den Rest gegeben. Ihr Innerstes hatte sich versteift, ihr Geist weigerte sich, die Neuigkeiten zu verarbeiten. Das alles war zu viel, es war schlicht und ergreifend mehr, als sie ertragen konnte. Anders' rücksichtsloser Alleingang, ihre Schuldgefühle Lasse Knutsson gegenüber, die Ermittlungen, die ihr über den Kopf zu wachsen drohten oder es längst getan hatten, weil sie sich kreuzten, verzweigten und einen Salto mortale nach dem anderen schlugen. Sie wollte sich nur noch ausziehen, in ihr Bett legen und schlafen. Das Haus war still. Von Anna und Hailey oder dem kleinen Albert keine Spur. Sie fand Anders im Wohnzimmer, in seinem Lieblingssessel sitzend. Der Audi in der Doppelgarage hatte ihr bereits verraten, dass er zu Hause war. Es war längst an der Zeit, sich auszusprechen; absurd, wie lange sie in den vergangenen Tagen aneinander vorbeigelebt hatten. Aber sie fand in sich keine Kraft für Worte. Weder des Vorwurfs noch der Versöhnung. Da war nur Taubheit.

»Willst du nicht erst einmal deinen Mantel ausziehen?«

Anders Stimme leierte in so ungewohnter Manier, dass es selbst in ihren Kokon drang, ob sie wollte oder nicht. Dann bemerkte sie die halb leere Brandyflasche und das Glas auf dem Beistelltisch neben ihm. Der Brandy, irgendein besonders altes Destillat, war eines der Geburtstagsgeschenke gewesen, das völlig absurde Präsent eines entfernten Vetters, denn sie trank so gut wie nie harten Alkohol. Anders ebenso wenig.

Eigentlich.

Aber nun saß er hier und war augenscheinlich angetrunken.

»Wir müssen reden«, lallte er.

Er war nicht angetrunken, begriff sie, er war sternhagelvoll.

Sie war noch nicht einmal in der Lage, richtig wütend zu werden.

»Gute Nacht«, sagte sie tonlos, stand auf und ging die Treppe hinauf in ihr Schlafzimmer. Ihren Mantel trug sie dabei immer noch.

Sixten Cajander war es nicht gelungen, eine weitere Kirche in Brand zu stecken. Sowohl in Dädesjö als auch in Hemmesjö hatten Streifenwagen die Gotteshäuser bewacht. An beiden Orten hatte er sich angeschlichen und beobachtet, stundenlang im kalten Unterholz verharrt, aber die Polizeiwagen hatten sich nicht von der Stelle bewegt, außerdem waren sie jeweils doppelt bemannt gewesen – keine Chance, sich unbemerkt zu nähern und die Bullen zu grillen wie die fette Ratte in der Nacht zuvor. Also war er unverrichteter Dinge wieder abgezogen und hatte in seinem Auto auf dem Parkplatz eines Kleinstadtsupermarkts übernachtet.

Trotz seines Scheiterns war er am nächsten Morgen guter Dinge. Scheiß auf die Kirchen, dachte er nach dem Aufwachen. Sorgfältig zeichnete er sich mit der Fingerspitze Pentagramme auf die Stirn. Eins, zwei, drei, vier, fünf, sechs. Six. Six wie in Sixten. Er grunzte zufrieden den alten Iron-Maiden-Song:

»6,6,6 – The Number Of The Beast – Hell And Fire Was Spawned To Be Released«

Er musste an Sven denken, den Aufseher seiner Wohngruppe. Dieser Flachwichser, diese Made trug beinahe jeden Tag eins dieser bescheuerten Motto-T-Shirts:

»Nicht stören, Chef bei der Arbeit.«

»Meine Eltern waren in Disneyland und alles, was sie mir mitgebracht haben, was dieses lausige T-Shirt.«

»Kampftrinker – Leistungsklasse«

Madenhumor, lächerlich.

Einmal hatte Sven ein Shirt mit dem Aufdruck »667 – Neighbour Of The Beast« angehabt.

Auch das sollte wohl irgendwie witzig gemeint gewesen sein. Sixten war ernsthaft wütend geworden. Was bildete Sven sich ein? Blasphemie war das! Eine Beleidigung des DUNKLEN HERRN! Dann hatte er nachgedacht und doch schmunzeln müssen. Sven hatte ja recht, natürlich ohne die geringste Ah-

nung davon zu haben, wie recht er hatte. Svens Dienstwohnung lag direkt neben Sixtens Zimmer. Sven war tatsächlich »Neighbour Of The Beast«!

Damit hätte Sixten gut leben können, wäre Sven nicht einen Monat später mit einem neuen Shirt aufgetaucht. »333 – Half Evil«. Wollte Sven ihn verarschen? An dem Tag hatte er der Made ins Gesicht gespuckt, was ihm eine Woche Hausarrest eingebracht hatte. Aber was hieß das schon, Hausarrest, bedeutete es doch nichts anderes, als dass er für eine Woche von seiner grenzdebilen Arbeit in der Bekloppten-Werkstatt befreit war. Eine echte Strafe sah anders aus.

Sven, die Wohngruppe, Göran und Ivar aus der Behinderten-Werkstätte, Hosenkack-Gustav und die anderen Mongos. Alles was über die vergangenen Jahre seinen Alltag bestimmt hatte, war seit ein paar Tagen in weite Ferne gerückt. Seit er zu seiner Mission aufgebrochen war. Seit sich ihm der Herr offenbart hatte, auf einer Website auf Ivars Tabletrechner. Seitdem nahmen die Dinge ihren Lauf. Er konnte alles in allem zufrieden mit sich sein. Er war ein guter Diener. Nur eine Sache fehlte noch. Die große, die wichtige Sache. Die Schlampe musste sterben.

Als der Supermarkt öffnete, stieg er aus dem Wagen, um sich mit neuen Essensvorräten einzudecken. Dosenwürstchen, Chips und Cola. Im Zeitschriftenregal blätterte er in einem Waffenmagazin. Eine eigene Knarre – das wäre es noch! So wie Breivik in Norwegen. Und dann: Bumm! Bumm! Bumm! Madenjagd. Er legte die Zeitschrift zurück. Dann entdeckte er die Tagesausgabe der Göteborgsposten. Die Zeitung hatten sie auch in der Wohngruppe. Er las sie nie, weil nur langweiliger Scheiß darin stand, aber die Cartoons auf den Schlussseiten waren nicht schlecht. Er begann zu blättern. Bis zum Abend hatte er noch jede Menge Zeit totzuschlagen. Sein eigenes Porträtfoto entdeckte er im Lokalteil. Jedes einzelne Wort des knappen Textes war ein Schlag in die Magengrube.

»Psychisch kranker Mann spurlos verschwunden …«

»… dringend auf Medikamente angewiesen.«

»… völlig wehr- und schutzlos.«

Sixten konnte sich nicht beherrschen. Er knüllte die Zeitung zusammen und warf sie auf den Boden. Eine Oma mit Einkaufswagen glotzte ihn verstört an. Sven oder Ivar oder seine bescheuerte Mutter waren also zur Polizei gegangen. Es wurde nach ihm gesucht. Nun, viel Erfolg dabei! Sie würden ihn nicht finden. Jedenfalls nicht, solange sein Werk nicht vollendet war.

DIENSTAG

1

So voll war der Tisch im Besprechungsraum schon seit Ewigkeiten nicht mehr gewesen, dachte Ingrid Nyström: Delgado, Hultin, Forss, die erst vor einigen Minuten aus dem Nachtzug gestiegen und direkt vom Bahnhof aus ins Präsidium gekommen war und entsprechend zerzaust wirkte, dazu Örkenrud, Olsson, Haage und Svensson sowie die Pressesprecherin Lukasson. Sogar Edman hatte sich dazu herabgelassen, persönlich an der Unterredung mit dem Ziel der strategischen Neuausrichtung der Ermittlung teilzunehmen. Die ganz große Runde. Nur Knutssons Stuhl war leer, wie Nyström schmerzhaft bewusst war. Irgendjemand hatte Thermoskannen mit Kaffee und Tassen bereitgestellt, doch Gebäck jeder Art fehlte – ein Umstand, der mit Knutsson niemals vorgekommen wäre und seine Abwesenheit noch einmal wie mit Rotstift unterstrich.

»Ihr habt also ein massives Problem«, begann Edman, während er seine manikürten Fingernägel betrachtete. »Oder habe ich da irgendetwas falsch verstanden?«

Dass er versuchte, die Gesprächsführung an sich zu reißen, war ebenso wenig eine Überraschung, wie seine gewohnte Strategie, sämtliche Probleme von sich fernzuhalten und Erfolge an sich zu ziehen. Ob *Ihr* oder *Wir,* hing bei Edman immer vom Ergebnis ab. Ein Chef wie aus dem Bilderbuch, dachte sie.

»*Wir alle* haben es auf jeden Fall mit einer unerwarteten Wendung zu tun«, konterte sie. »Und ja: Die neue Erkenntnislage zeigt, dass ich mich in einem wesentlichen Punkt geirrt habe. Alles scheint tatsächlich darauf hinzudeuten, dass das räumliche Zusammentreffen der Leichenfunde von Joakim Vestergård und Tomas Sjöö kein Zufall ist, wie ursprünglich von mir – wohlgemerkt vor der Identifizierung des skelettierten Leichnams – angenommen. Nun kann ich an keinen Zufall mehr glauben. Auch wenn zwischen dem Ableben der beiden Opfer ein Vierteljahrhundert liegt.« Sie seufzte. »Schaut mal bitte nach drüben.« Sie wies auf ihr Whiteboard. »Ich habe versucht, die zeitlichen Abläufe der vergangenen Tage zu rekonstruieren.« Sie holte tief Luft, Edman schien noch immer in den Anblick seiner Fingernägel versunken, die Gesichtsausdrücke der anderen wirkten konzentriert. »Vor genau einer Woche, am Dienstagmorgen, haben wir das Grab von Fredrik Sidenvall geöffnet. Durch eine, nun ja, nennen wir es Ungeschicklichkeit eines Mitarbeiters im Umgang mit den digitalen Medien ist die Neuigkeit von dem leeren Grab in kürzester Zeit zu einer Art Internet-Hit geworden und hat es landesweit auf die Online-Seiten der großen Zeitungen gebracht. Google findet momentan mehr als achttausend Treffer zu dem Thema. So weit, so schlecht. Anderthalb Tage später, in der Nacht von Mittwoch auf Donnerstag, stirbt Joakim Vestergård durch Gewalteinwirkung auf einem abgelegenen Parkplatz an einer Landstraße zwischen Ljungby und Värnamo. Den Aussagen seiner Frau zufolge ist er am Mittwochvormittag mit seinem Auto in Stockholm kurz entschlossen zu einer mehrtägigen Geschäftsreise aufgebrochen. Wohin er aufbrach, beziehungsweise wen er treffen wollte, ist ihr nicht zu entlocken, womöglich weiß sie es gar nicht. Der einzige Eintrag für diesen Tag in seinem Kalender lautet *N. O.,* was unsere Stockholmer Kollegen als *Norr-Oil* deuten, eine Ölfirma, Vestergårds letztem Auftraggeber mit Sitz in Malmö.«

»Da liegt der ehemalige Rastplatz ja beinahe auf halber Strecke«, unterbrach sie Edman, ohne den Blick von seinen gepflegten Händen zu heben.

»Zu der Einsicht sind Jovinge und seine Kollegen auch gekommen, dementsprechend steht die *Norr-Oil* auch im Fokus ihrer Ermittlung, meines Erachtens ein Fehler, aber dazu später mehr. Zunächst möchte ich zurück zu meiner Zeitschiene.« Sie atmete tief durch, bevor sie fortfuhr. »Am darauf folgenden Freitag, bei einer genaueren Untersuchung des Tatorts *Gyllene Rasten,* stößt ein Suchhund auf die sterblichen Überreste eines Menschen, der dort vor langer Zeit vergraben worden ist. Der Umstand, dass der Mann einen angeborenen Herzfehler und eine künstliche Herzklappe hatte, ermöglichte uns glücklicherweise seine Identifizierung: Es handelt sich um Tomas Sjöö, den Sänger und Kopf der Band *Flamethrower*, die 1992 durch ein Sprengattentat in Hallsberg ermordet wurde, von Fredrik Sidenvall, der sich angeblich nach der Tat selbst das Leben nahm, mit einer Schrotflinte, die er Ann-Vivikas Überzeugung nach wegen einer gebrochenen Hand überhaupt nicht hätte abfeuern können. Ihr erinnert euch: Theorins verlegter Obduktionsbericht, Ann-Vivikas Unbehagen, der Grund dafür, dass wir die Ermittlung nach so langer Zeit überhaupt erst begonnen haben. Springen wir also kurz zurück zu meinem Ausgangspunkt: Wir öffnen Sidenvalls Grab, um die Unklarheiten seines mutmaßlichen Suizids zu untersuchen, finden es leer vor, die Neuigkeit verbreitet sich im Internet mit der Geschwindigkeit eines Lauffeuers, sechsunddreißig Stunden später ist Vestergård tot und wir finden ihn keine fünfzig Meter vom provisorischen Grab Tomas Sjöös entfernt, jenem jungen Mann, den Sidenvall angeblich fünfundzwanzig Jahre zuvor in die Luft gesprengt hat und dessen Leichnam eigentlich auf einem Göteborger Friedhof ruhen sollte.«

»Worauf willst du hinaus?«, fragte Edman, jetzt endlich bei der Sache.

»Zeit und Raum: Ich will darauf hinaus, dass das eine das andere bedingen muss. Die Exhumierung Sidenvalls hat etwas ausgelöst, das zum Tod Vestergårds geführt hat. Es kann sich nur so abgespielt haben. Die zeitliche Nähe zwischen Sidenvalls erfolgloser Exhumierung und Vestergårds Tod muss irgendeine Bedeutung haben. Darüber hinaus ist da der räumliche Aspekt. Ohne einen Zusammenhang der Taten wäre Vestergård doch nie im Leben einige Meter entfernt von Sjöös vergrabenen Knochen gestorben. So ein Zufall wäre in meinen Augen unvorstellbar. Und vergessen wir nicht die symbolische Bedeutung des Orts. Wegen des verunglückten *Metallica*-Bassisten ist der Parkplatz eine Art Pilgerstätte für Metalfans aus aller Welt. *Flamethrower* war eine Metalband. Was ich sagen will: Joakim Vestergård muss etwas mit dem Tod Tomas Sjöös, dessen fünf Freunde und wahrscheinlich auch Fredrik Sidenvalls zu tun haben.«

»Aber …«, hob Edman an.

Forss unterbrach ihn im Ansatz.

»Tomas Sjöö und die anderen fünf sind nicht mit Sprengstoff aus der Mine in Kiruna getötet worden, wie der Ermittlungsbericht aus Örebro nahegelegt hat, sondern höchstwahrscheinlich durch eine Handgranate.« Sie berichtete von der Expertise des Grubensprengmeisters. »Wie soll ein junger Mann wie Sidenvall an eine Handgranate gekommen sein?«

»Wenn es tatsächlich die Knochen von Tomas Sjöö sind, die wir am Ufer des Lagan gefunden haben, heißt das, dass seine eigentliche Ruhestätte in Göteborg ebenfalls leer ist«, sagte Delgado mit belegter Stimme. »Ein zweites, leeres Grab.«

»Was hat das alles zu bedeuten?«, fragte der junge Haage.

»Ich weiß es nicht«, sagte Nyström, »aber fest steht, dass wir auch die fünf übrigen Gräber überprüfen müssen.«

»Oh, mein Gott«, flüsterte Edman.

»Wie kommt jemand nur auf die Idee, Leichen zu rauben?«, fragte Olsson.

»Satanisten«, schlug Svensson vor. »Das würde zu den Kirchenbränden passen, die ...«

»Im Fall von Fredrik Sidenvall wird es immer deutlicher«, unterbrach ihn Nyström. »Ann-Vivika hatte von Beginn an recht. Jemand wollte sämtliche Spuren eines fingierten Selbstmords aus der Welt schaffen. Aber was Tomas Sjöö und womöglich seine Kameraden angeht, dazu fällt mir bis jetzt nichts ein. Durch die verheerende Explosion wurden ihre Körper in Stücke gerissen. Ich erinnere mich an das grausige Detail der abgetrennten Hand, die erst Wochen später in der Dachrinne der Hallsberger Schule gefunden wurde.«

»Sjöös Hand«, stellte Örkenrud fest. »Daher fehlten dem skelettierten Leichnam die entsprechenden Knochen.«

»Im Grunde läuft doch alles auf eine Frage hinaus«, resümierte Nyström. »Wenn es nicht Fredrik Sidenvall war, der die Göteborger Jugendlichen getötet hat, wer war es dann?«

»Und wo ist das Motiv, wenn es nicht religiöser Fanatismus war?«, fragte Delgado.

»Sidenvall war in jedem Fall ein nützliches Bauernopfer«, sagte Forss. »Ein Sündenbock, dem man halbwegs plausibel die Schuld in die Schuhe geschoben hat.«

Edman schüttelte den Kopf.

»Vestergård, Sidenvall, diese Metalband: Mir klingt das alles viel zu sehr nach einer großen Verschwörung. Wer soll denn eurer Meinung nach der Mann oder die Organisation im Hintergrund sein, der mithilfe einer Handgranate sechs junge Leben auslöscht, die Tat dann einem religiösen Spinner zuschiebt, dessen Selbstmord vortäuscht und ein Vierteljahrhundert später einen angesehenen Sicherheitsexperten tötet? Und wozu, zum Teufel noch mal?«

»Vielleicht finden wir in den Gräbern von Daniel Thulin, Håkan Cajander, Jacob Nilsson, Marcus Engström und Ika Villman eine Antwort«, entgegnete Nyström.

»Das meinst du nicht ernst!«, rief Edman. »Den Staatsanwalt will ich sehen, der dir die Exhumierung von fünf Gräbern …«

»Die leitende Göteborger Staatsanwältin heißt Veronica Ahl-Wihborg. Ich habe bereits heute Morgen mit ihr telefoniert«, sagte Nyström. »Sie konnte meinen Argumenten aufs Wort folgen. Im Moment wird alles vorbereitet, morgen in aller Frühe rollen die Bagger. Drei der fünf liegen auf demselben Friedhof, das macht die Sache etwas einfacher.«

Edman war rot angelaufen. Er fuhr aus seinem Stuhl, dann zeigte er mit ausgestrecktem Arm abwechselnd auf Nyström und Lukasson.

»Ihr beiden verkauft das der Presse. Ich will weder meinen Namen noch den unseres Polizeibezirks lesen müssen. Ist das klar?«

Und ob das klar ist, dachte Nyström entnervt, als Edman aus dem Raum stürmte.

»Kommen wir noch einmal auf Joakim Vestergårds Tod zurück«, sagte sie. »Wie bereits erwähnt, glaubt Jovinge an die *Norr-Oil*. Obwohl seine Theorie bis jetzt jedes Motiv vermissen lässt. Nach meinem Besuch in Stockholm bei Vestergårds Witwe und ihrem ehemaligen Liebhaber schien sich meines Erachtens dagegen ein klassisches Eifersuchtsdrama abzuzeichnen. Jovinge ist meiner Argumentation wenigstens so weit gefolgt, dass er sich darauf eingelassen hat, Vestergårds Nebenbuhler zu einem Verhör einzubestellen. Wir werden sehen, was dabei herauskommt. Angesichts unserer neuesten Erkenntnisse zweifle ich allerdings meine ursprüngliche Theorie selbst an. Ich glaube, wir haben es hier mit etwas Größerem zu tun, auch wenn ich noch nicht ahne, womit.«

2

Szenarien entwerfen, hatte Ingrid Nyström vorgeschlagen, nachdem Edman wutentbrannt das Weite gesucht hatte, Szenarien entwerfen also, aber was hieß das schon? Stina Forss brauchte keine weiteren Hypothesen, sie wollte Antworten, Antworten auf die Frage, wer Tomas Sjöö und Håkan Cajander, wer Marcus Engström und Jacob Nilsson, wer Daniel Thulin, Ika Villman und Fredrik Sidenvall ermordet hatte. Sie bezweifelte, dass Gräber ihnen diese Frage beantworten könnten. Die Lebenden gaben Antworten, die Toten schwiegen. Auch wenn Ann-Vivika Kimsel das wahrscheinlich anders sah. Es gab jedoch jemanden, der ihr eine Antwort angeboten hatte, auch wenn er dreißigtausend Kronen dafür verlangte. Nun, diesen Betrag konnte Lilian Viman sich abschminken, aber Forss würde ihr ein Alternativangebot machen, das die alkoholkranke Frau nicht ablehnen konnte. Sie musste also zurück nach Göteborg. Außerdem war sie den Angehörigen etwas schuldig. Sie hatten das Recht, von der anstehenden Exhumierung von Forss persönlich zu erfahren, fand sie. Und dann gab es natürlich noch Sten-Åke und Lotta Sjöö. Wie würden sie mit der furchtbaren Benachrichtigung umgehen, dass sie wahrscheinlich mehr als zwanzig Jahre lang Blumen auf einem leeren Grab abgelegt, am falschen Ort gebetet und ihres Sohnes gedacht hatten? Die Frage nach Hiob stellte sich erneut. Wie viel konnten Menschen aushalten, ohne zu zerbrechen? Wie viel konnte ihr Glaube ertragen?

Nyström, die in ihrem Büro gesessen und bereits den Telefonhörer in der Hand gehalten hatte, um die Eltern der Göteborger Jugendlichen über die Graböffnungen zu informieren, nickte ihren Vorschlag dankbar ab. Zehn Minuten später saß sie in ihrem BMW. Der Wagen aus den Achtzigerjahren, den sie wie ihr Haus von ihrem Vater geerbt hatte, war wahrscheinlich eines der wenigen Autos in Växjö, die noch einen Kassettenspieler besaßen. Sie legte das *Flamethrower*-Tape aus dem Besitz von Marcus Engström ein. Im Takt der dreschenden Doublebass von Daniel Thulin schaffte sie die Fahrt in die Hafenstadt an der Westküste vielleicht in weniger als zweieinhalb Stunden.

3

»Szenarien entwerfen!«

Delgado ahmte treffend den Tonfall seiner Chefin nach. Hultin musste lachen, obwohl es albern war. Das war das Seltsame an ihm. Er war ein alberner Kindskopf. Da gab es seine gigantische Comic-Sammlung. Die peinlichen Walt-Disney-Sweatshirts. Seine Vorliebe für Online-Computerrollenspiele und die kindische Liebe zu einem Fußballverein. Sie *hasste* diese Seite an ihm. Es war so unerwachsen, so unreif. Und doch konnte er sie jederzeit zum Lachen bringen.

Und zum Orgasmus.

Nein! Stopp! Den letzten Gedanken strich sie sofort wieder durch. Das war vermintes Terrain. Eine absolute No-go-Area. Aber so was von. Sie waren nur Kollegen, weiter nichts.

»Dann entwirf mal ein Szenario«, neckte sie ihn und warf ihm einen Stift zu, denn Delgado hatte nicht nur Nyströms småländischen Dialekt nachgeäfft, sondern sich auch in ihre typische Pose an ihrem geliebten Whiteboard geworfen, die Hüfte eingeknickt, das Kinn auf der Brust, sich kleiner machend, als sie eigentlich war, so als schäme sie sich ihrer Körpergröße. Wieder musste Hultin lachen, andere nachmachen, das konnte er wirklich gut. Delgado fing den Stift und klopfte sich damit auf die Stirn.

»Alles schon hier drin«, sagte er. »Was wir brauchen, sind Vestergårds Arbeitskontakte zu Beginn der Neunzigerjahre. Und dank dieser Liste hier«, er hielt eine Kopie der Referenzen von Vestergårds Lebenslauf aus der *Blackwater*-Bewerbung hoch, »haben wir einen relativ detaillierten Überblick. Aber nicht nur das, ein gewisser, äußerst qualifizierter Mitarbeiter dieser Abteilung«, bei diesen Worten deutete er mit dem Stift auf seine Brust, »hat bereits vor Tagen ein Anschreiben an sämtliche dieser Firmen, so es sie denn heute noch gibt, formuliert und verschickt.«

»Wow«, sagte sie, »das muss wohl der Mitarbeiter des Monats sein.«

Warum klang das viel flirtender, als sie beabsichtigt hatte?

»Nicht wahr?«

Delgado lächelte.

»Machen wir uns also an die Arbeit.«

4

Ingrid Nyström und Rosanna Lukasson hatten gerade ihre Besprechung über die weitere Pressestrategie beendet, als Olsson mit seinen beiden jungen Mitarbeitern ihr Büro betrat.

Sie sah auf und legte ihre Unterlagen beiseite. Olssons Team war nun vollständig in die Ermittlung involviert. Sie erkannte Stolz in den Gesichtern von Haage und Svensson, Olsson selbst wirkte dagegen noch immer geknickt und derangiert.

»Nun«, sagte sie, »das ging ja flott. Zu welchen Überlegungen seid ihr gekommen?«

Sie sah Olsson erwartungsvoll an. Doch der schwieg mit verschränkten Händen und gesenktem Blick und gab mit einem knappen Nicken seinen jungen Mitarbeitern ein Zeichen.

»Wir haben da vielleicht etwas«, begann Haage.

»Vielleicht hat es überhaupt nichts mit Vestergård, Sidenvall und den anderen zu tun, aber womöglich doch.«

»Ja, was denn nun?«, fragte Nyström ungeduldig.

»Eigentlich geht es um etwas anderes«, fuhr Haage, nun leicht verunsichert fort.

»Um den Feuerteufel«, beeilte sich Svensson zu sagen. »Um den Satanisten. Um den Kirchenbrandstifter, der Lasse angegriffen hat.«

»So?«, fragte Nyström.

Die Erwähnung von Knutsson löste etwas in ihr aus. Sofort war sie milder gestimmt. Auch wenn es hier offenbar um einen völlig anderen Fall ging, war die Ergreifung des Serienbrandstifters und Beinahemörders von Knutsson natürlich denkbar wichtig.

»Wir sind nach der großen Besprechungsrunde am Vormittag über einen Fahndungsaufruf aus Göteborg gestolpert«, erklärte Haage. »Dort wird seit Tagen ein junger, psychisch äußerst labiler Mann vermisst. Paranoide Schizophrenie lautet die Diagnose, und ohne seine Medikamente kann Fremd- und Selbstgefährdung nicht ausgeschlossen werden, schreiben die Kollegen.«

»Komm zum Punkt«, mahnte Svensson.

»Jedenfalls hat dieser Mann das Auto eines Betreuers gestohlen. Die Auswertung seiner Kreditkartendaten hat ergeben, dass er sich seit Tagen in der Gegend hier aufhält. Aber nicht nur das. Er hat offenbar mehrfach an verschiedenen Tankstellen der Umgebung kanisterweise Benzin gekauft. Dazu Lebensmittel, Feuerzeuge und Campingartikel.«

»Das klingt in der Tat durchaus interessant«, sagte Nyström.

»Der Name«, feuerte Svensson seinen Kollegen an, »sag ihr den Namen.«

»Der Kerl heißt Sixten Cajander.«

»Cajander?«, fragte Nyström, mit einem Mal elektrisiert. »Aus Göteborg?«

Endlich schaltete sich Olsson ein.

»Wir haben den Namen überprüft«, sagte er. »Es handelt sich tatsächlich um den Bruder von Håkan Cajander. Um den Halbbruder, genauer gesagt. Was meinst du: Sollen wir die Göteborger Kollegen informieren, oder setzen wir hier Himmel und Hölle in Bewegung und schnappen uns diesen Mistkerl selbst?«

»Himmel und Hölle«, murmelte Nyström. Dann, mit Bestimmtheit: »Wir warten mit beidem noch. Ich habe da womöglich noch eine andere Idee.«

Sie griff zum Telefonhörer und wählte die Nummer von Stina Forss.

5

Die Besuche bei den Eltern Daniel Thulins kamen Stina Forss beinahe wie Déjà-vus vor. Arne Thulin in seinem Rektorenbüro, die Arme vor der Brust verschränkt. Diesmal bot er ihr keinen Kaffee an. Alles an ihm drückte Abwehrhaltung aus, sein Gesicht war verkniffen. Allein schon Forss' Anwesenheit schien ihm körperliches Unbehagen zu bereiten. Als er verstanden hatte, dass Daniels Grab geöffnet werden sollte, wurde aus dem sichtbaren Unbehagen Schmerz. Forss konnte ihm nicht helfen, niemand konnte das. Auf ihre Verabschiedung erwiderte er nichts.

Julia Grankvist wirkte noch eine Nuance vernachlässigter als beim vergangenen Mal. Ihre Haare waren strähnig, ihr Körpergeruch streng. Forss fiel in der staubigen, vollgestellten Wohnung das Atmen schwer. Grankvist stellte wenig Fragen, wirkte abwesend, wie in Trance. Vielleicht ist sie innerlich schon wieder bei ihren Algen, dachte Forss, an irgendetwas müssen sich die Menschen ja festhalten. Und wenn es das Sammeln, Trocknen und Weiterverarbeiten von Wasserpflanzen ist. Oder ein Kettenanhänger in Form eines Ufos. Oder die Tätowierung des Mottos aus *Akte X*.

An irgendetwas muss man sich festhalten können oder glauben: *I want to believe.* Die Schwestern Daniel Thulins konnten wegen beruflicher Verpflichtungen kein Treffen einrichten, Forss unterrichtete sie telefonisch. Aus dem jeweiligen Schweigen am anderen Ende des Hörers spürte Forss ihre Bestürzung.

Als Forss sich auf den Weg zu den Nilssons in den Vorort Hjuvik machen wollte, erreichte sie Nyströms Anruf. Sie hörte aufmerksam zu. Alles, was Nyström zu berichten hatte, ergab Sinn. Forss dachte an das Buch im Regal von Bian Cajander. Zwischen Spiderman-Comics und *Gatsby* hatte es gestanden. *Ich und mein psychisch auffälliges Kind.* Nein, damit war nicht Håkan Cajander gemeint gewesen, wegen eines frisierten Mopeds und einer Schulrangelei lasen Eltern nicht solche Ratgeber. Es ging um Sixten Cajander, verstand sie nun, den jüngeren Halbbruder, der erst nach Håkans Tod auf die Welt gekommen war. Bert Cajanders leiblichen Sohn, den er den Worten seiner Frau zufolge nie hatte annehmen können. Sixten Cajander, der seinen depressiven Vater erhängt im Keller gefunden hatte. Statt hinaus zur Küste fuhr Forss also nach Landvetter. Der kleinen Frau stand die Sorge um ihren Sohn ins Gesicht geschrieben. Sie war blass und wirkte ausgezerrt, als habe sie seit Tagen weder richtig geschlafen noch gegessen. Sie bat Forss, im Wohnzimmer Platz zu nehmen, und bereitete grünen Tee zu, den sie in Schalen servierte. Forss nahm ihn dankbar entgegen und wartete darauf, dass Bian Cajander von sich aus das Wort ergriff.

»Entschuldige meine Aufmachung«, begann sie, nachdem sie von ihrem Tee getrunken hatte. »Seit der Exhumierung von Fredrik Sidenvall, von Håkans Mörder … Ich habe mich seitdem krankschreiben lassen.« Im Gegensatz zu Julia Grankvist war Bian Cajander tadellos gekleidet und sorgfältig frisiert. Obwohl sie älter als sechzig sein musste, hatte sie das seidige ebenholzfarbene Haar einer jugendlichen Schönheit. Nur ihr müdes Gesicht war Zeuge ihres Leidens. »Am schlimmsten ist die Ungewissheit. Es ist ja nicht das erste Mal, dass Sixten weggelaufen ist. Aber das letzte Mal ist sehr lange her, und dass er den Wagen seines Sozialarbeiters gestohlen haben soll …«

»Er lebt in einer Einrichtung?«, fragte Forss vorsichtig.

»Eine betreute Wohngruppe für Menschen wie ihn, Menschen mit gewissen psychischen Auffälligkeiten.«

»Was heißt das in Sixtens Fall genau?«

»Die Ärzte sprechen von einer paranoiden Schizophrenie. Ehrlich gesagt habe ich mich mit diesem diagnostischen Schubladendenken immer schwergetan. Was ich jedoch nicht leugnen kann, sind Sixtens wahnhafte Schübe. Er hört Stimmen, hat das Gefühl, überwacht und beobachtet zu werden, und spricht davon, dass andere ihm seine Gedanken stehlen würden.«

»Wann begann das?«

»Er hatte es von Beginn an nicht einfach im Leben. Es gab Komplikationen bei der Geburt, es war damals schon von einem leichten Hirnschaden die Rede, auch wenn ich das nicht wirklich ernst genommen habe, denn er hat sich fast ebenso rasch entwickelt wie andere Kinder auch. In der Schule war er vielleicht etwas langsamer und brauchte besondere Unterstützung, aber ich habe ihn nie als geistig zurückgeblieben wahrgenommen. Besorgniserregender fand ich den Umgang seines Vaters mit ihm. Bert hat Sixten schlichtweg abgelehnt. Er hat keinen Draht zu dem Jungen gefunden – oder wollte ihn nicht finden, wie ich ihm immer vorgeworfen habe. Es tat mir so leid für Sixten. Ein Kind braucht doch seinen Vater! Ob Berts Zurückhaltung oder Desinteresse mit der nicht nachlassenden Trauer um Håkan, seiner eigenen Depression oder mehr mit Sixtens besonderer Art zu tun hatten? Ich kann das bis heute nicht beantworten. Ich hoffe um Berts und auch mein Seelenheil willen, dass es an Håkans frühem Tod lag und Berts Unfähigkeit, damit umzugehen.« Cajander trank von ihrem Tee. »Dann, als Sixten in der Pubertät war, geschah das, was nie hätte geschehen dürfen. Bert hat sich das Leben genommen, im Keller unserer damaligen Wohnung. Ihm muss klar gewesen sein, dass Sixten oder ich ihn finden. Etwas, das ich ihm bis heute nicht verzeihen kann.« Sie schluchzte. Forss reichte ihr ein Taschentuch. Cajander schnäuzte sich und tupfte sich Tränen aus den Augenwinkeln, bevor sie fortfuhr. »Dass er uns das antun konnte. Dass er seinem eigenen Sohn das antun konnte. Sixtens Veränderung begann erst zögernd, dann schubweise. Im Rückblick weiß ich, dass wahrscheinlich auch Drogen eine gewisse Rolle gespielt haben. Wer wollte es ihm verübeln, bei allem, was er durchgemacht hatte? Ein Psychiater hat mir später erklärt, dass es mutmaßlich die Kombination aus unguten Faktoren war, die Sixten so krank gemacht hat. Es fing damit an, dass er mir von seinen Unterhaltungen mit Håkan erzählt hat. In seiner Wahrnehmung führte er nächtelange Konversationen mit seinem großen, toten Bruder. Håkan wurde für ihn eine Identifikationsfigur, ein Leitbild. Alles, was wir noch an Håkans Sachen aufbewahrt hatten, hat Sixten sich zu eigen gemacht. Die Kleidung, die Bücher, vor allem die Musik. Sixten wurde zu einem Death-Metal-Jünger, zum größten Fan, den *Flamethrower* je gehabt hat. Seine Verehrung wurde manisch und ist irgendwann gekippt. Death Metal war ihm nicht mehr radikal genug. Er wandte sich anderer Musik zu, sogenanntem Black Metal, und bezeichnete sich offen als Satanisten. Der Verehrung für seinen Bruder ist er treu geblieben, aber ansonsten wurden seine Fantasien und Wahnvorstellungen immer düsterer und bedrohlicher. Er war nun seiner Meinung nach mit dem Teufel selbst im Bunde.« Wieder schluchzte sie. »Das war der Punkt, an dem mir die Verantwortung für ihn über den Kopf wuchs. Ich hatte Angst um ihn, ja, ich hatte manchmal sogar Angst *vor* ihm. Einmal, als ich von der Arbeit nach Hause kam, hatte er alle Messer, die wir haben, auf dem Küchentisch ausgebreitet und daraus ein Pentagramm geformt. Als ich ihn zur Rede gestellt habe, hat er sich ein riesiges Fleischmesser geschnappt und mich durch die Wohnung gejagt. Ich musste mich im Bad einsperren und schließlich die Polizei rufen, weil er damit begonnen hatte, mit dem Messer ein Loch in die Badezimmertür zu hacken. Nach diesem Vorfall haben sie ihn mir endgültig weggenommen. Er war vorher bereits diverse Male in therapeutischen Einrichtungen, aber nie lange. Ich hatte immer das Gefühl, die Ärzte und Therapeuten hätten mehr oder weniger ins Blaue hinein an ihm rumgedoktert. Mal wurde dieses Medikament verschrieben, mal jenes. Mal war von einer Gesprächstherapie die Rede, ein anderes Mal von einer Elektrokrampftherapie. Selten hatten wir mehr als zwei- oder dreimal mit demselben Mediziner zu tun, eine Behandlungskontinuität, eine ärztliche Bezugsperson, im Umgang mit Schizophrenen das A und O, gab es nie. So viel zu unserem Gesundheitswesen, dem angeblich besten der Welt. Im Grunde hat sich niemand wirklich für Sixten verantwortlich gefühlt, selbst nach der Messerattacke nicht. Man hat ihn lange Zeit einfach medikamentös ruhiggestellt und weggesperrt. Hätte ich nicht mithilfe eines guten Anwalts und einer dickköpfigen Sozialarbeiterin mehrere Jahre lang um ihn gekämpft, würde er wahrscheinlich heute noch von der einen lieblosen Einrichtung in die nächste geschickt werden. Die betreute Wohngruppe, in der er seit drei Jahren lebt, und die Werkstatt für Menschen mit besonderen Hilfsbedürfnissen, in der er arbeitet, sind das Resultat eines langen, bürokratischen Kampfs. Beides hat Sixten Halt und Struktur gegeben. Zweimal die Woche besuche ich ihn, meistens gehen wir dann in die Innenstadt und essen ein Eis oder wir fahren in den Zoo nach Borås. Am meisten mag er dort die Ziegen. Meine gehörnten Freunde nennt er sie.« Ein scheues Lächeln zeigte sich auf ihrem Gesicht, dann verschwand es wieder, so unvermittelt, wie es gekommen war. »Für mich kommt seine jetzige Flucht, oder wie auch immer man es nennen soll, eigentlich völlig unerwartet. Er schien so stabil in letzter Zeit, für seine Verhältnisse jedenfalls.«

»Sein Verschwinden steht in zeitlichem Zusammenhang mit den Pressemeldungen über die Graböffnung von Fredrik Sidenvall. Wenn Sixten so auf seinen großen Bruder fixiert war, wie du erzählt hast, dann könnte das doch etwas in ihm ausgelöst haben.«

Cajander sah von ihrem Tee auf und blickte Forss beinahe erstaunt an.

»Daran habe ich gar nicht gedacht, aber jetzt, wo du es sagst. Es stimmt, Sixten hatte tatsächlich einen ausgeprägten Hass auf Fredrik Sidenvall. *Den Killer* hat er ihn immer genannt und sich irgendwelchen grausamen Rachefantasien hingegeben. Ich habe das nie ernst genommen, warum auch, diese Gedankenspiele, so grausam sie auch klangen, richteten sich schließlich ins Leere, denn dieser Sidenvall ist schon genauso lange tot wie Håkan selbst.«

Cajanders Blick hatte sich von Forss gelöst und sprang unruhig durch den Raum. Sie denkt über etwas nach, verstand

Forss, etwas, das ihr Angst macht. Cajander stand mit einem Ruck auf.

»Ich bin gleich wieder da«, erklärte sie, während sie das Wohnzimmer verließ. Wenige Minuten später kam sie wieder, in der Hand ein zusammengerolltes, großformatiges Stück Papier. »Diese Zeichnung hat er vor einiger Zeit in seinen Therapiestunden angefertigt. Ich fand sie ehrlich gesagt sehr verstörend.«

Sie löste ein Gummiband und entrollte das Papier.

Die Zeichnung war mit großem handwerklichen Geschick ausgeführt, erkannte Forss auf den ersten Blick, so widerwärtig das Motiv auch war. Ein nackter, lebloser Frauenkörper, von einem riesenhaften Dolch erstochen und grausam zugerichtet. *Auge um Auge, Zahn um Zahn* stand in graffitiartiger Schrift über dem verstümmelten Leichnam. Die Tote, die dem Betrachter den Rücken zukehrte, hatte einen Schriftzug im Nacken, dessen rankenförmige Buchstaben die Originaltätowierung bemerkenswert gut trafen.

Whatever it takes

Sogar die Motivringe waren auf der Zeichnung zu erkennen, all die Drachen und Fledermäuse.

Die Tote auf dem Bild stellte Belinda Davidsson dar, Sidenvalls Schwester.

»Verdammt!«, flüsterte Forss und griff nach ihrem Handy.

6

Ein Kribbeln an den Schläfen. Licht. Schmerz. Dann ein unerträgliches Kratzen im Hals, Atemnot, Husten.

»Er wacht auf, er wacht auf!«

Asynchrones Piepen, Stimmen wie aus einer anderen Welt. Doch das Licht und der Schmerz blieben.

»Raus mit dem Intubationsschlauch!«

Knutsson hustete, röchelte, spuckte.

Gestalten schälten sich aus einem Nebel, Hände fassten nach ihm. Weiße Kittel, grüne Kittel, alle trugen Mundschutz.

»Lasse?«

Es war Lisas Stimme, es war Lisas Hand.

Jetzt roch er ihr vertrautes blumiges Parfüm.

Alles war gut.

7

»Verdammt!«

Nyström hätte den Hörer auf die Gabel geknallt, aber eine Gabel gab es bei diesen modernen Telefonen ja nicht mehr. Stattdessen stellte sie es, so ruppig es eben ging, auf den Sockel zurück. Erst jetzt wurde ihr bewusst, dass ihr ein Fluch rausgerutscht war. Zum Glück war sie allein in ihrem Büro. Es hatte etwas mehr als eine Stunde gedauert, bis Forss sich gemeldet hatte. Die Neuigkeiten klangen alles andere als beruhigend. Womöglich hatte der wahnhafte Rachefeldzug, den Sixten Cajander seit Tagen führte, ein konkretes Ziel. Wenn man der obskuren Logik folgte, die Forss Nyström nach dem Gespräch mit der Mutter des psychisch kranken Mannes dargelegt hatte, ergab die Wahl seines Opfers sogar auf eine verdrehte Art und Weise Sinn: deine Schwester für meinen Bruder. *Auge um Auge, Zahn um Zahn.* Nur dass Fredrik Sidenvall mit dem Tod Håkan Cajanders höchstwahrscheinlich nicht das Geringste zu tun hatte. Und sich die Strategien zur Wiederherstellung von Gerechtigkeit seit alttestamentarischen Zeiten um einiges geändert hatten. Zuzutrauen war Sixten Cajander eine Mordattacke auf Belinda Davidsson auf jeden Fall. Die Kirchenbrände, der lebensgefährliche Brandanschlag auf Lasse Knutsson: Cajander hatte wiederholt bewiesen, dass er ohne jeden Skrupel handelte. Beunruhigend war zudem der Umstand, dass er sich offenbar seit Jahren Vergeltungsfantasien zusammenspann und sogar über Details wie Davidssons Tätowierung im Nacken oder ihre Ringe Bescheid wusste. Womöglich hatte er sie schon vor langer Zeit ins Auge gefasst und beschattet. Keine Frage, die Frau schwebte aller Wahrscheinlichkeit nach in höchster Gefahr und brauchte dringend entsprechenden Schutz. Falls es dafür nicht schon zu spät war. Sie griff erneut nach dem Telefon und tippte Davidssons Nummer. Sie merkte, wie ihre Finger zitterten.

8

Delgado gab sich wenig Mühe, seine Frustration zu verbergen.

»Für wen halten die sich eigentlich?« Es waren jetzt bereits einige Tage vergangen, seit er seinen Fragekatalog zusammen mit einem überaus höflich formulierten Anschreiben an alle Auftraggeber gemailt hatte, die Vestergård in seiner Bewerbungsmappe aufgelistet hatte. Von den über dreißig

Unternehmen hatten sich nur fünf zurückgemeldet, drei davon mit der lapidaren Antwort, dass sie zu den vorliegenden Fragen keine Auskunft geben konnten oder wollten. »Gerade einmal zwei sind ihrer gesetzlichen Pflicht nachgekommen, die Kriminalpolizei bei einer wichtigen Mordermittlung zu unterstützen! Zwei, Anette, zwei!«

»Scheißkapitalisten!«, zog sie ihn lächelnd auf.

»Du sagst es«, entgegnete er ohne einen Funken Ironie. »Scheißkapitalisten!«

»Aber die kommunalen Wasserwerke von Umeå haben dir ebenso wenig geantwortet wie die Stadtwerke von Borlänge.«

»Ausnahmen bestätigen die Regel.«

»Dafür aber ein Rüstungsunternehmen und ein Chemiekonzern.«

»Ja, ja«, brummte Delgado missmutig.

»Kapitalismus hin oder her, Menschen sind faul, langsam und vergesslich. Deshalb hast du noch keine Antwortschreiben erhalten. Und mit denen, die wir haben, können wir nichts anfangen. Für das Rüstungsunternehmen war Vestergårds Firma erst ab 1993 tätig, für den Chemiekonzern ab 1996. Wir sollten deine Schreiben mal für einen Moment vergessen und uns ganz auf das Jahr 1992 konzentrieren.«

»Die Liste habe ich längst erstellt.«

»Zeig her.«

Delgado reichte ihr einen Ausdruck. Wie hübsch sie war, wenn sie sich konzentrierte, dachte er. Sie gingen die Aufstellung gemeinsam durch.

Vestergårds Sicherheitsfirma hatte dem Lebenslauf zufolge in dem Zeitraum fünf größere Kunden gehabt.

Eine landesweite Supermarktkette, die über 15 Jahre lang die Dienste der *Vestergårds Säkerhets AB* in Anspruch genommen hatte.

Ein Pharmaunternehmen mit Sitz in Lund.

Die bereits erwähnten Stadtwerke von Borlänge.

Eine Firma, die sich mit Radartechnik befasste und in Göteborg ansässig war.

Ein Hersteller von schwerem Spezialgerät, wie es zum Bohren von Tunneln eingesetzt wurde. Der Firmensitz war in Mora.

»Und?«, fragte Delgado.

»Zwei fallen mir ins Auge. *Echotech*, weil sie wie die Band aus Göteborg kommen. Radartechnik klingt außerdem irgendwie geheimnisvoll. Nach Militär und *Blackwater.* Und bei den Tunnelbohrern muss ich natürlich an die Mine in Kiruna denken.«

»Gut kombiniert, *Watson.*«

»Danke, *Holmes.*«

Beide lächelten gleichzeitig.

»Du nimmst dir die *Echotech* vor, ich die Tunnelbohrer?«, schlug Delgado fuhr.

Hultin nickte.

»Du Dünnbrettbohrer«, sagte sie.

Es klang irgendwie liebevoll, fand er. Dann musste er an Linda denken, seine Freundin, und bekam sofort ein schlechtes Gewissen. Wenn Linda denn überhaupt noch seine Freundin war. Wer konnte das schon mit Sicherheit sagen? Er jedenfalls nicht, denn sie hatten nach dem Debakel am Samstagnachmittag in seiner Wohnung nicht mehr miteinander gesprochen. Er verdrängte die Gedanken an sie. Lieber machte er sich auf der Stelle an die Arbeit und recherchierte die Firma, deren größter Verkaufsschlager eine atemberaubend teure Maschine war, die sich *Maulwurf 3000* nannte.

9

»Ihr wollt Jacob also wieder ausgraben?«

Dieses Mal trug Mona Nilsson eine Art Hausanzug, der auberginefarben schimmerte. Wenn sich Stina Forss nicht irrte, war er farblich exakt auf die Sofakissen abgestimmt.

»Genau genommen geht es nur darum, einen Blick in den Sarg zu werfen«, erklärte Forss die Umstände.

»Man sollte die Toten ruhen lassen, man sollte Jacob ruhen lassen.«

»Wir verstehen natürlich, dass es den Angehörigen …«

»Ach ja?«, unterbrach Nilsson sie scharf. Dann drehte sie sich von Forss weg, dem Panoramafenster zu, was einen großartigen Blick auf die Westküstenbucht in der Dämmerung bot. Weit draußen waren die Konturen eines kleinen Segelboots noch gerade so erkennbar.

»Ulf dreht seine Runden«, sagte Nilsson gegen die Scheibe gewandt, und es war unklar, ob sie zu Forss oder sich selbst sprach. »Dom Pérignon?« Wieder drehte sie sich abrupt um 180 Grad. Forss hatte es immer für ein Klischee gehalten, dass betuchte Leute bevorzugt Champagner tranken. »Der Kniff ist die richtige Trinktemperatur. Ich halte neun bis zehn Grad für angemessen, bei einem besonderen Jahrgang vielleicht sogar elf.«

»Nein, danke«, sagte Forss. »Ich trinke selten im Dienst.«

War das hier eine Art von Test, oder was wollte Nilsson von ihr?

»Und zwar wann?«, fragte Nilsson.

»Wenn der Anlass es wert ist.«

Die Atmosphäre in dem durchkonzipierten Raum war deutlich kälter als Nilssons Champagner, dachte Forss, dann ging sie.

Die Fahrt zu den Engströms dauerte keine Viertelstunde, doch konnten die Lebenswirklichkeiten kaum verschiedener sein. Hjuvik verhält sich zu Biskopsgården wie Dom Pérignon zu Dosenbier, ging es Forss durch den Kopf, als sie ihren BMW durch die Hochhausschluchten des berüchtigten Stadtteils steuerte. Einmal, als sie in den Rückspiegel schaute, fuhr ein blauer Ford Galaxy älteren Baujahrs hinter ihr her. War das derselbe Wagen, der ihr bereits zweimal aufgefallen war? Wurde sie verfolgt? Sie bog dreimal hintereinander abrupt links ab. Dann war der Wagen hinter ihr verschwunden. Nichts als ein Hirngespinst also. Das Navi brachte sie wieder auf Kurs. Hochhäuser links und rechts, ein einziges Labyrinth. Unter einer schneebedeckten Birke standen die rußigen Reste eines ausgebrannten Autos. Sie parkte eine Straße weiter. Der orientalische Basar, zu dem die Engströms ihre Wohnung umgestaltet hatten, war bereits zu riechen, als Forss aus dem Fahrstuhl stieg. Piment, Nelken, Anis. Wie Weihnachtsgebäck, dabei war es Anfang März. Wieder empfingen Jan und Elvie Engström sie herzlich, wieder servierten sie ihr Tee aus frischer Minze. Noch bevor Forss den Grund ihres erneuten Besuchs erläutern konnte, platzte es aus Jan Engström heraus.

»Gibt es gute Nachrichten, gibt es neue Ermittlungsergebnisse?«

Was sollte sie diesen herzlichen Menschen antworten?

Dass ihr Sohn möglicherweise den Namen seiner Lieblingsband in einem als Schwulentreffpunkt bekannten Klo der Eisenerzmine in Kiruna verewigt hatte? Dass er dort unter Umständen die Bekanntschaft Fredrik Sidenvalls gemacht hatte? Dass Sidenvall jedoch aller Wahrscheinlichkeit nach nichts mit Marcus' Tod zu tun hatte, sondern stattdessen möglicherweise ein anderer Mann namens Joakim Vestergård, ein Unternehmer aus der Sicherheitsbranche, dessen Leiche man vor einigen Tagen auf einem abgelegenen Parkplatz in Småland gefunden hatte, wohlgemerkt keine hundert Meter von dem Gedenkort eines der weltweit bekanntesten Metal-Musiker entfernt, der dort in den Achtzigerjahren tödlich verunglückt war? Dass man an diesem trostlosen Tatort einen Tag später zufällig auf die sterblichen Überreste von Tomas Sjöö gestoßen war, ja, genau, *dem* Tomas Sjöö, was bedeutete, dass dessen Grab – ebenso wie das von Sidenvall – leer war und dass deshalb leider auch Marcus' letzte Ruhestätte entweiht, geöffnet und untersucht werden musste? Dass diese verdrehte, verworrene und tragische Geschichte jedoch keinesfalls bei diesem Vestergård endete, denn irgendjemand musste diesen undurchsichtigen Mann schließlich umgebracht haben, womöglich derselbe Täter, der auch für die Tode von Marcus und seinen Freunden verantwortlich war? Dass sie nicht den geringsten Anhaltspunkt hatten, wer dieser Täter sein könnte? Forss schluckte.

Das waren im Groben die Ermittlungsergebnisse. Gute Nachrichten klangen beileibe anders.

Sie blies auf den heißen Tee.

»Es ist ziemlich kompliziert«, begann sie.

10

Die gute Nachricht war, dass Belinda Davidsson lebte. Als Ingrid Nyström sie auf dem Handy zu sprechen bekam, befand sich Davidsson gerade auf dem Heimweg zwischen Emmaboda und Bergkvara. Ein junger Mann mit ostasiatischen Zügen war ihr in den vergangenen Tagen nicht aufgefallen. Nyström schickte ihr sicherheitshalber das Fahndungsfoto von Sixten Cajander. Ein Polizeischutz in Bergkvara war bereits organisiert und Nyström versprach, im Laufe des weiteren Abends persönlich vorbeizukommen, um ihr zur Seite zu stehen und für ihre Sicherheit zu garantieren. So etwas wie mit Lasse Knutsson durfte nicht noch einmal geschehen, dachte Nyström. An dieser Stelle des Telefonats lachte Davidsson.

»Wir haben einen Rottweiler und einen Schäferhund, aber du bist natürlich herzlich eingeladen. Wenn du Glück hast und dich beeilst, ist noch etwas von meiner legendären Bohnensuppe übrig.«

Nachdem das Gespräch beendet war, hatte Nyström immer noch ein ungutes Gefühl im Bauch. Rottweiler hin oder her, ihrer Meinung nach nahm Davidsson die Bedrohung zu sehr auf die leichte Schulter. Die Bilder ihres von den Flammen schrecklich zugerichteten Kollegen wollten ihr genauso wenig aus dem Kopf wie das Foto der abartigen Zeichnung Cajanders, das Forss ihr gemailt hatte. Trotzdem verknüpfte sie mit der Fahrt hinaus nach Blekinge auch eine Hoffnung. Sie war davon überzeugt, dass Cajander früher oder später bei den Davidssons auftauchen würde. Eine bessere Gelegenheit, ihn zu fassen, würde sie nicht bekommen. Sie wusste, dass sie etwas gutzumachen hatte. Als sie noch mit ihrem Unbehagen rang, begannen ihr Telefon und ihr Handy gleichzeitig zu klingeln. Sie griff nach dem Telefon, denn das Display zeigte die Vorwahl Stockholms an, während es auf ihrem Smartphone Olsson war, der versuchte, sie zu erreichen. Olsson konnte warten. Es war Jovinge, der sich auf dem Festnetzanschluss meldete. Sie war überrascht, dass sich der Kommissar aus der Hauptstadt überhaupt die Mühe machte, sie persönlich über die Vernehmung der Manager von *Norr-Oil* sowie Petter Holmgrens zu informieren. Beides hatte erwartungsgemäß bisher wenig Erhellendes zutage gebracht. Die *Norr-Oil*-Führungskräfte waren nicht nur aalglatt gewesen, sondern hatten auch mehrere renommierte Anwälte im Schlepptau gehabt, was die Befragung nicht gerade angenehm gemacht hatte. Dem Therapeuten Holmgren war es gelungen, sich ansatzweise ein schlüssiges Alibi zurechtzubasteln. Seine Mobilfunkbewegungsdaten sowie das digitale Fahrtenbuch, das er wegen seines als Dienstwagen angemeldeten Porsches führte, schienen zu belegen, dass er in der fraglichen Nacht tatsächlich zu Hause auf Värmdö gewesen war. Wasserdicht war das natürlich nicht, Holmgren konnte sich selbstverständlich auch ohne sein Handy und mit einem anderen Wagen auf den Weg nach Südschweden gemacht haben.

Nyström merkte, dass Jovinges Ausführungen kaum ihr Interesse regten. Seit der Identifizierung der sterblichen Überreste Tomas Sjöös schied ihrer Meinung nach Jovinges vage Theorie um die *Norr-Oil* genauso aus wie die Dreiecksbeziehung zwischen den Vestergårds und Petter Holmgren. Oder machte sie es sich damit zu einfach? Wäre ein Ablauf der Geschehnisse denkbar, in dem es einen Zusammenhang zwischen Joakim Vestergårds Tod, dem Hallsberger Handgranatenattentat, dem wahrscheinlich fingierten Suizid Fredrik Sidenvalls *und* Vestergårds Consulting-Tätigkeit für den Ölkonzern samt dessen Agieren im Südsudan *oder* einem ehelichen Eifersuchtsdrama inklusive sogenannter Kuckuckskinder gab?

Vielleicht.

Ich muss sorgfältiger arbeiten, sagte sie sich. Ich bewerte in diesem Fall zu schnell und sortiere zu schnell aus. Ich bin ungeduldig und mache deswegen Fehler. Natürlich hatte sie eine Ahnung, woran das lag. Aber das entschuldigte nichts.

Sie war die Leiterin dieser Ermittlung. Sie musste das Große und Ganze im Auge behalten. Abwarten und abwägen. Und nicht mit einem Ungestüm agieren, das einer Stina Forss zur Ehre gereicht hätte. Sie musste gründlicher sein.

»Schick mir doch bitte die Vernehmungsprotokolle zu«, bat sie Jovinge, bevor sie das Gespräch beendete. Dann rief sie Olsson zurück. Endlich einmal gute Nachrichten: Knutsson war aus seiner Bewusstlosigkeit aufgewacht.

Ihr fiel ein Stein vom Herzen.

So laut, dass sie es poltern hörte.

Sie schloss die Augen und tat etwas, das sie lange nicht mehr getan hatte.

Ingrid Nyström faltete die Hände und sprach ein aufrichtiges Dankesgebet.

11

»Und?«, fragte Delgado.

Er hatte diesen abgekämpften, beinahe harten Gesichtsausdruck, den Hultin so mochte. Es machte ihn irgendwie … männlicher. Nachdem beide drei Stunden lang vor sich hingearbeitet hatten, gönnten sie sich eine gemeinsame Kaffeepause. Es war bereits nach sechs Uhr, sie sollte eigentlich längst zu Hause sein und Wilma das Abendessen zubereiten. Aber wozu hatte sie einen Ehemann und wozu gab es Möhren-Kartoffel-Brei aus dem Glas? Sie schrieb Victor eine Nachricht und machte sich gar nicht erst die Mühe, die Antwort abzuwarten. Jagdfieber, sie spürte es in jeder Pore ihres Körpers. Meine Güte, was hatte sie dieses Gefühl vermisst!

»Puh«, machte sie und berichtete: »Radartechnik! Das war alles andere als einfach. Die Firma, die zu ihren Hochzeiten sechzig Angestellte hatte, gibt es nämlich seit fast fünfzehn Jahren nicht mehr. Ein Teil wurde verkauft, ein anderer aufgelöst. Der verkaufte Anteil, die Forschungsabteilung, ging 2003 in einem größeren Unternehmen namens *Sjömaster AB* auf, die wiederum 2007 von einem französischen Konzern übernommen wurden, der heute vor allem Navigationsgeräte für die zivile Seefahrt herstellt. Der schwedische Standort wurde nach der Übernahme durch die Franzosen eingestampft. Ursprünglich war die *Echotech* ein traditionsreiches Familienunternehmen. Bevor man sich in den Fünfzigerjahren auf die Radartechnik konzentriert hat, arbeitete die Firma mit anderen nautischen Geräten. Ich habe mit einem Mitarbeiter des Göteborger Schifffahrtsmuseums telefoniert. Die Firmengeschichte geht offenbar bis ins 18. Jahrhundert zurück. Damals hat man unter anderem einige Schiffe der legendären Ostindien-Kompanie ausgerüstet. Das war zwar eine interessante Nachhilfestunde in schwedischer Seefahrtsgeschichte, aber ich fürchte, in Bezug auf Vestergård hilft uns das keinen Deut weiter. Dass die Franzosen noch irgendwelche Personalunterlagen oder Abrechnungen der *Echotech* aus den frühen Neunzigerjahren haben, bezweifle ich stark. Den einzig halbwegs interessanten Aspekt, auf den ich gestoßen bin, habe ich in einem Fachaufsatz über Radarfernerkundung gefunden. Bestimmte satellitengestützte Radarsysteme, in diesem Zusammenhang wurde neben anderen Firmen auch die *Echotech* genannt, können durch Langzeitbeobachtung geologische Profile und deren Veränderung erfassen. Illegale Minen oder auch Ölförderungen könnten theoretisch auf diese Weise aufgespürt werden. Aber ob das irgendetwas mit Vestergård und seinem Tod zu tun hat? Schwer zu sagen.«

»Auf Anhieb klingt es jedenfalls nicht unbedingt nach einer heißen Spur.«

»Und bei dir?«

Delgado zog eine Grimasse.

»Tendenziell habe ich noch weniger als du. *Norén-Drill* aus Mora ist eine Klitsche, die sich allerdings in ihrer Nische seit Jahrzehnten stabil am Markt hält. Seit der Gründung vor vierzig Jahren derselbe Chef. Er konnte sich gut an Vestergårds Tätigkeit für das Unternehmen erinnern. Anfang der Neunzigerjahre hatten sie eine Zeit lang Probleme mit Sabotage. Teures Werkzeug wurde gestohlen, Konstruktionszeichnungen verschwanden spurlos, einmal wurde sogar in der Fertigungshalle Feuer gelegt. Vestergårds Leute konnten den Übeltäter mithilfe von Kameraüberwachung ziemlich schnell überführen; wie sich zeigte, ein unzufriedener Ingenieur aus den eigenen Reihen, der sich nicht genügend wertgeschätzt fühlte. Das war es dann auch schon mit Vestergårds Engagement für die Firma. *Norén-Drill* hat damals wie heute Tunnelbaumaschinen hergestellt. Mit der Mine in Kiruna hatten sie allerdings nie etwas zu tun. Dem alten Familienpatriarchen zufolge liefert das Unternehmen fast ausschließlich nach Südamerika.«

»Viel haben wir also nicht«, seufzte Hultin.

»Wir haben im Grunde gar nichts. Lass uns Feierabend machen.«

»Jetzt schon?«

»Oder doch weiterarbeiten?«

Irgendetwas an Delgados Stimme klang seltsam.

Es klang einladend.

Sie zwang sich, an Wilma zu denken. Und auch ein bisschen an Victor.

»Du hast recht«, sagte sie. »Wir machen für heute Schluss. Morgen ist schließlich auch noch ein Tag.«

12

In puncto Trostlosigkeit nahmen sich Biskopsgården und Frölunda nicht viel, dachte Stina Forss, als sie ihren Wagen neben dem Hochhaus parkte, in dem Lilian Villman lebte, zumindest nicht an einem nebligen Märzabend. Dieses Mal öffnete die Mutter von Ika Villman umgehend die Tür. Natürlich, sie wollte das Geld. Den Alkoholismus erkannte man bei der Frau um die sechzig erst auf den zweiten Blick. Sie wirkte gepflegt, gut gekleidet und war sorgfältig, vielleichte einen Tick zu dramatisch, geschminkt. Die Wohnung war pedantisch sauber und aufgeräumt, auf dem Wohnzimmertisch stand eine Vase mit Schnittblumen. Aus der Küche roch es nach einer aufwendig zubereiteten Mahlzeit, Lorbeer und Rosmarin, angebratenem Fleisch und Muskat, Lasagne, tippte Forss, deren Magen knurrte, weil sie seit dem flüchtigen Frühstück im Zug nichts mehr gegessen hatte. Doch trotz allem hatte sie genügend Berufserfahrung, um die maßgeblichen Anzeichen nicht zu übersehen. Der stumpfe Blick, die trägen Bewegungen, der auffallend scharfe Pfefferminzatem, dessen künstliches Aroma nichts mit dem frisch aufgebrühten Tee der Engströms gemein hatte.

»Zuerst mein Geld.«

Eine Stimme wie aus den Absturzkneipen dieser Welt, dachte Forss. Die blitzblanke Wohnung, das wunderbar duftende Essen, die akkurate Kleidung und Kosmetik: Überkompensation, eine einzige Maskerade. So tragisch und traurig es war, spürte Forss keine Scham, das für sich auszunutzen. Sie hatte einen komplizierten Fall zu lösen und um ans Ziel zu kommen, war ihr beinahe jedes Mittel recht. Unaufgefordert hatte sie im Wohnzimmer Platz genommen.

»Du bekommst von mir keine Öre.«
Die Hände Lilian Villmans begannen leicht zu zittern.
»Was willst du dann hier?«, presste sie hervor.
»Du hast etwas für mich.«
»Ich will dreißigtausend Kronen.«
»Du bekommst das hier.«
Forss bückte sich und holte etwas aus ihrem Rucksack und stellte es auf den Couchtisch.
Eine Literflasche Wodka.
»Du willst mich wohl verarschen?«
Villmans Augen sprachen jedoch eine andere Sprache.
Forss bückte sich erneut und stellte eine zweite, dritte und vierte Flasche auf den Tisch.
»Das ist Schnaps für nicht einmal tausend Kronen!«, empörte sich Villman. »Mehr ist dir Ika nicht wert?«
Villmans Hände trommelten unkontrolliert auf der Tischplatte. Ihre Augen klebten an den Flaschen.
»Mehr bist du mir nicht wert.«
Es klang hart. Unmenschlich. Aber das sollte es auch.
»Ach, leck mich!«
Villman starrte Forss hasserfüllt an.
Mit einem schiefen Lächeln begann Forss damit, die Flaschen wieder umständlich in ihrem Rucksack zu verstauen.
»Nein!«, rief Villman, »warte!«
Agiler, als Forss es ihr zugetraut hatte, stand Villman auf und huschte aus dem Zimmer. Keine Minute später kam sie zurück, in der Hand eine Jutetasche.
»Das hier sind Dinge von Ika. Sie hat damals gesagt, ich sollte sie der Polizei übergeben, falls sie jemals danach fragt. Das muss etwa eine Woche vor ihrem Tod gewesen sein.«
Forss traute ihren Ohren kaum.
»Aber das hast du nicht getan.«
»Ich wurde nie nach Ika gefragt. Man hat mich damals bei

der Arbeit telefonisch über ihren Tod informiert. Niemand hat sich je die Mühe gemacht, herzukommen und über sie zu sprechen. Ika und ich, Leute wie wir, sind in euren Augen doch nur einen Dreck wert.«

Und vier Flaschen Fusel, dachte Forss. Ihre Müdigkeit und Erschöpfung machten sie zynischer, als sie eigentlich sein wollte. Trotzdem war ihr bewusst, wie unverantwortlich und taktlos das Vorgehen ihrer Kollegen vor fünfundzwanzig Jahren gewesen war. Vielleicht hatte es dazu beigetragen, dass vor ihr nun eine derart gebrochene Frau stand.

Sie nahm Villman Ikas Tasche aus der Hand.

»Danke. Meinen Rucksack kannst du übrigens behalten. Er eignet sich ganz ausgezeichnet dazu, Leergut zum Altglascontainer zu tragen.«

13

In der Kantine trieb Ingrid Nyström den jungen Pelle Svensson auf, der sich dazu bereit erklärte, sie zu Belinda Davidsson nach Bergkvara zu fahren. Auch wenn sie im Allgemeinen darauf achtete, möglichst verantwortungsvoll mit den begrenzten Personalressourcen umzugehen, entschied sie, dass es in diesem Augenblick notwendig war, auf einen Chauffeur zurückzugreifen. So konnte sie die beinahe zweistündige Fahrt dazu nutzen, die Vernehmungsprotokolle durchzugehen, die Jovinge ihr geschickt hatte. Außerdem hatte sie in jüngster Zeit gewisse Sichtprobleme beim Autofahren in der Dunkelheit, erst recht, wenn wie an diesem Abend noch feiner Nieselregen oder anderer Niederschlag dazukam – vielleicht war es tatsächlich Zeit für eine Brille, auch wenn sie sich das nur ungern eingestand.

Svensson erwies sich als sportlicher, aber sicherer Fahrer und, was ihr noch wichtiger war, als stoischer Schweiger. Obwohl die Innenbeleuchtung des Autos zu wünschen übrig ließ, hatte sie sich bald in die Akten vertieft. Die Befragung der Manager der *Norr-Oil* war genau jenes zähe Ringen um jeden Informationsschnipsel, als das Jovinge es am Telefon bereits beschrieben hatte. Mithilfe ihres Anwaltsteams hatten die Führungskräfte des ölfördernden Unternehmens einen wahren Schützengraben um alles gezogen, was die Details ihrer Zusammenarbeit mit Vestergård anging. Sie beriefen sich auf Betriebsgeheimnisse, spielten die Ahnungslosen und redeten um den heißen Brei herum. Es war offenbar, dass sie nicht den geringsten Willen hatten, konstruktiv zu der Ermittlung beizutragen. Schwerer war dagegen die Motivation für dieses unwürdige Versteckspiel zu durchschauen. Ging es dabei konkret um Joakim Vestergård, gar um die Geschehnisse auf dem Parkplatz am Laganufer oder allgemeiner um die fragwürdigen Praktiken der Firma im Südsudan? Hatte vielleicht sogar das eine mit dem anderen zu tun? Jovinge und seinem hochgelobten Team war es jedenfalls nicht gelungen, die Schutzwälle der *Norr-Oil*-Anwälte zu durchbrechen und die Manager in die Defensive zu drängen.

Ganz anders las sich dagegen die Vernehmung Petter Holmgrens. Seine Antworten und Erläuterungen wirkten nachvollziehbar und kooperativ. Offenbar war ihm sehr daran gelegen, wortreich und detailliert darzulegen, warum er mit dem Tod seines Wassersportkumpels und ehemaligen Patienten nichts zu tun hatte. Er holte in seinen Erklärungen weit aus, berichtete offenherzig über seinen Versuch, eine Affäre mit Amanda Vestergård einzufädeln, gab zu, dass er damit moralische Grenzen überschritten und sein Berufsethos empfindlich verletzt hatte. Er zeigte sich reumütig und schuldbewusst. Von seiner biologischen Vaterschaft der Zwillinge wollte er weiterhin nichts gewusst haben. Amanda Vestergård hatte er angeblich seit ihrem folgenreichen Tête-à-Tête nicht mehr wiedergesehen. Auf Jovinges Nachfragen hin skizzierte er auch Joakim Vestergårds Therapieverlauf, obwohl er damit im Grunde seine ärztliche Schweigepflicht brach. Vestergård war zu Beginn der therapeutischen Sitzungen offenbar extrem skeptisch gewesen, was den Behandlungserfolg anging. Holmgren zitierte ihn mit folgenden Worten: »Ich hätte vor meiner Erkrankung nie gedacht, mein Leben freiwillig in die Hände eines Arztes zu legen.« Holmgren hatte ihn daraufhin gefragt, woher sein Misstrauen gegenüber der Schulmedizin stamme. Vestergårds Antwort war gewesen, dass in jedem Mediziner und Pillendreher auch ein Sadist und Mörder stecke.

Sadist? Mörder? Nyström wunderte sich. Solche Worte aus dem Mund eines Manns, der gerade eine Krebserkrankung überstanden hatte? Ihr kam das merkwürdig vor. Möglicherweise gerade deshalb, weil sie sich wegen ihrer Brustkrebsbehandlung ein Stück weit in Vestergård gespiegelt sah. Die tödliche Bedrohung im eigenen Körper, die Angst, das Infragestellen der eigenen Sexualität. Gerade in dieser Situation hatte sie ihren behandelnden Ärzten und dem anderen medizinischen Personal gegenüber Vertrauen und Dankbarkeit gespürt. Viel schwieriger war ihr dagegen der Umgang mit der Familie, Freunden und Kollegen gefallen.

Als sie die Protokolle durchgearbeitet hatte, waren sie schon kurz vor Bergkvara. Nyström fiel es schwer zu beurteilen, ob sich ihre Mühe und Sorgfalt gelohnt hatten. Einen irgendwie gearteten Zusammenhang zu Tomas Sjöö und seinen fünf Freunden oder Fredrik Sidenvall konnte sie jedenfalls beim besten Willen nicht sehen oder konstruieren. Wenigstens beschwerte sich Pelle Svensson nicht über den späten Einsatz, im Gegenteil, er wirkte sogar gut gelaunt. Sie erkannte das Gefühl wieder: als junger Polizist an etwas Großem, Wichtigem beteiligt zu sein. Sie erreichten das Haus der Davidssons, das inmitten eines Wohngebiets stand. Nyström bedankte sich und lobte sein umsichtiges Fahren.

»Ich denke, es ist am besten, du bleibst mit einigem Abstand zum Haus im Wagen und beobachtest die Straße, auch wenn in der Auffahrt bereits ein Streifenwagen steht. Sixten Cajander kann wie aus dem Nichts aus jeder Richtung auftauchen, also sei auf der Hut! Dein geschultes Auge kann Leben retten.«

In den fünf Jahren als Abteilungsleiterin war diplomatisches Delegieren zu einer ihrer größten Stärken geworden. Svensson nickte jedenfalls beflissen und sie stieg aus.

14

Als Forss wieder in ihrem Wagen saß, atmete sie tief durch. Sie war elektrisiert. Warum, in Herrgottsnamen, hatte Ika Villman vor ihrem Tod von der Polizei gesprochen? Was war in dieser Tasche, das die Ermittlungsbehörden interessieren könnte? Hatte sie etwa das bevorstehende Attentat geahnt, ihren nahen Tod befürchtet? Hatte es Drohungen gegeben oder andere Anzeichen dafür, dass jemand ihr und ihren Freunden nach dem Leben trachtete? Ungeduldig kippte Forss den Inhalt der Jutetasche auf den Beifahrersitz. Ihre erste Reaktion: Enttäuschung.

Kein Tagebuch.
Keine versiegelten Dokumente.
Keine Beweisfotos, wovon auch immer.

Aber womit hatte Forss auch gerechnet? Sie begann, die Dinge aus dem Beutel genauer zu betrachten. Wimperntusche und Kajal. Schwarzer Lippenstift. Eine Fledermausbrosche. Death-Metal-Groupie-Accessoires, dachte Forss. Aber da waren noch andere Dinge. Ein Klappjagdmesser. Ein Jojo. Ein Tablettenportionierer voller Medikamente, wie Forss ihn vom Krankenhausbett ihres Vaters kannte. Eine Haschpfeife. Taschenbuchausgaben von *Romeo und Julia*, *Sturmhöhe* von Emily Brontë und Hesses *Steppenwolf*. Unschlüssig blätterte sie die abgegriffenen Bücher durch. Ehrlich gesagt, wusste sie nicht, was sie mit dem Plunder anfangen sollte. Denn im Moment sprach nichts dafür, dass es sich um etwas anderes handelte. Trotzdem war sie sich bewusst, dass in einer Ermittlung die banalsten Gegenstände eine frappierende Bedeutung haben konnten. Es kam immer auf den Kontext an. Aber der fehlte ihr. Sie startete den Wagen. Vielleicht konnten die Sjöös ihr weiterhelfen. Immerhin waren Tomas und Ika ein Paar gewesen.

15

Die Bohnensuppe von Belinda Davidsson war wirklich gelungen. Ingrid Nyström merkte erst beim Essen, wie hungrig sie war. Belinda und Ed, ihr kleiner, dürrer Ehemann, sahen ihr nicht ohne Belustigung dabei zu, wie sie Löffel um Löffel in sich hineinschaufelte.

»Speck und frischer Dill sind das ganze Geheimnis«, erklärte die Hundetrainerin. »Welche Bohnen man nimmt, spielt eher eine untergeordnete Rolle. Ich nehme die getrockneten weißen; frische grüne bekommt man zu dieser Jahreszeit ja nur aus Marokko.«

»Zu Preisen, bei denen einem schwindelig wird«, fügte Ed an.

»Sehr lecker!«, lobte Nyström und tupfte sich den Mund mit einer Papierserviette ab. »Danke schön!«

»Nichts zu danken«, entgegnete Belinda Davidsson. »Wo du dich extra auf den Weg von Växjö hierher gemacht hast. Und das um diese Uhrzeit. Wir kommen uns beinahe ein wenig geschmeichelt vor, nicht wahr, Ed?«

Ihr Mann grinste.

»Wie echte *V. I. P. s.* Aber ob der ganze Aufwand wirklich notwendig ist? Wir haben wie gesagt unsere Hunde.«

Nyström musste an Knutsson und seine furchtbaren Brandwunden an Armen und Beinen denken.

»Wir dürfen nicht den Fehler machen und diesen jungen Mann unterschätzen«, sagte sie. »Man mag sich kaum ausmalen, wozu er fähig ist.«

»Und dieser Psycho kann sich nicht ausmalen, wozu Alexos und Akira fähig sind«, lachte Ed.

Nyström nahm an, dass das die Namen des Rottweilers und des Schäferhundes waren.

»Würde er irgendwo da draußen rumschleichen«, sagte Belinda Davidsson, »hätten sie längst angeschlagen.«

»Bestimmt«, sagte Nyström, die nicht auf Konfrontation aus war. »Ich wollte mir trotzdem persönlich ein Bild der Lage machen. Einen Schwerverletzten hat der Verdächtige bereits auf dem Gewissen und ich möchte unter keinen Umständen, dass sich diese Bilanz noch weiter fortsetzt. Das Bedrohungsszenario ist sehr real und trotz eurer bestimmt sehr zuverlässigen und wehrhaften Hunde nicht von der Hand zu weisen.« Sie überlegte einen Augenblick, ob sie dem Ehepaar ein Foto der schockierenden Zeichnung zeigen sollte, die Sixten Cajander von Belinda Davidsson angefertigt hatte, da sie immer noch das Gefühl hatte, nicht ganz ernst genommen zu werden. Dann entschied sie sich dagegen. Sie wollte der Frau, die in ihrem Leben schon so viel durchgemacht hatte, keine Bilder in den Kopf setzen, die sie womöglich nie mehr loswerden würde.

Belinda Davidsson nickte.

»Ich will die Gefahr auch gar nicht kleinreden. Es ist beruhigend, dass du für uns einen Polizeischutz organisiert hast. Wollen wir den Kaffee im Wohnzimmer nehmen?«

Nyström willigte ein. Es würde eine lange Nacht werden und sie hatte nicht vor, auch nur ein Auge zuzutun. Im Wohnzimmer nahm sie auf einem altmodischen, aber sehr bequemen Sofa Platz. Ed servierte ihr Kaffee und Schokolade. Nyström sah sich um. Die Davidssons waren offenbar weder wohlhabend noch besonders geschmacksicher, aber trotzdem strahlte ihr Zuhause Gemütlichkeit aus. Über dem Sessel, der ihr gegenüberstand und in dem es sich Belinda bequem gemacht hatte, hingen gerahmte Bilder aus klassischen Walt-Disney-Filmen. Schneewittchen, Arielle, Baghira aus dem Dschungelbuch. Was für ein Tier stellte die schwarze Wildkatze eigentlich dar, fragte sie sich, während Ed ihr Kaffee einschenkte. Einen Panther? Einen Jaguar?

»Americano!«, sagte Ed stolz.

»Trinkt ihr denn selbst keinen?«

Die Eheleute warfen sich gegenseitig einen Blick zu.

»Wir haben unsere Gute-Nacht-Tabletten«, sagte Belinda schließlich verdruckst. »Unser Schlaf ist nicht der beste.«

Dankbar nahm Nyström einen Schluck von dem dampfenden Kaffee. Der schmeckte wirklich gut! War es die Wirkung des ungewohnten Koffeins oder machte ihr übermüdetes Hirn einen spontanen Salto rückwärts? Jedenfalls war die Frage plötzlich da, zusammengebastelt aus freier Assoziation und der Erinnerung eines winzigen Details aus der mittlerweile mehrere Zentimeter dicken Ermittlungsakte. Ein Jaguar, ein Jaguar ... Sie räusperte sich.

»Dein Bruder hatte damals einen Bekannten, einen Trainingspartner, um genau zu sein, Erik Albinzon, die beiden haben zusammen Tischtennis gespielt.«

»Richtig, Erik«, erinnerte sich Belinda Davidsson. »Ich erinnere mich. Dieser pubertierende Schleimer. Hat mir immer unverhohlen auf den Busen geglotzt. Was aus dem wohl geworden ist?«

»Er ist heute Schuhverkäufer in Kosta«, antwortete Nyström, die Forss' Gesprächs- und Vernehmungsprotokolle mit derselben Sorgfalt gelesen hatte wie die von Jovinge.

»Jedenfalls hat dieser Albinzon sich an etwas erinnert, das im Rückblick vielleicht interessant sein könnte.«

»Und zwar?«

»Albinzon hat berichtet, dass er vor oder nach einem gemeinsamen Training beobachtet hat, wie Fredrik von einem Mann in einem auffälligen Auto abgeholt oder gebracht worden ist. Einem Jaguar. Hast du eine Idee, um wen es sich dabei gehandelt haben könnte? Albinzon sagte, ein solches Auto hätte damals in Lessebo durchaus für Aufmerksamkeit gesorgt.«

Belinda Davidsson lachte.

»Dieses verschlafene Nest! Das glaube ich auf der Stelle, dass Erik beim Anblick einer solchen Protzkarre die Augen aus dem Kopf gefallen sind. Der Mann in dem Jaguar muss Fredriks Arzt gewesen sein. Ove, hieß er, wenn ich mich richtig erinnere.«

»Sein Arzt?«

»Ja, der Arzt aus Göteborg, der sein Rheuma behandelt hat.«

»Der hat ihn persönlich mit dem Auto von Lessebo nach Göteborg gefahren und wieder zurück? Das ist eine stundenlange Fahrt!«

»Nicht immer, aber es kam vor.«

»Ist das nicht ziemlich ungewöhnlich?«, wunderte sich Nyström. »Ein Arzt, ein bekannter Spezialist noch dazu, der seine Patienten in seiner Freizeit nach Hause kutschiert?«

»Was willst du damit andeuten?«, fragte Belinda Davidsson. »Dass die beiden etwas miteinander am Laufen hatten?«

»Das weiß ich selbst nicht so genau«, sagte Nyström nachdenklich, bevor sie den Rest des Kaffees austrank.

16

Die Hiobsbotschaft also. Eine weitere im Leben der Sjöös. Dieses Mal saßen sie an keiner sorgfältig eingedeckten Kaffeetafel, es gab keinen Kuchen und keinen Milchschaum, stattdessen war die Familie bei einem einfachen Abendessen: Brot, Butter, Käse und Salzgurken. Anna Sjöö und ihr Mann Bruno waren zu Besuch. Das machte alles ein Stück weit einfacher, spürte Forss. Die Anwesenheit der Tochter schien die Eltern zu erden. Es gab keine Bemerkungen über einen prüfenden Gott und ihren Glauben, der ein weiteres Mal auf die Probe gestellt wurde. Stattdessen Entsetzen. Sten-Åke hielt sich die Hand vor den Mund, Lotta weinte. Bruno nahm seine Frau in den Arm. Anna griff nach der Hand ihrer Mutter. Eine Familie, die zusammenrückte. Vielleicht die einzig angemessene Reaktion auf die kaum vorstellbare Wahrheit. Jemand hatte vor langer Zeit den Leichnam Tomas Sjöös aus dem Grab auf einem Göteborger Friedhof entwendet und ihn in einem Waldstreifen neben einem ehemaligen Rastplatz wieder verscharrt. Jemand hatte Tomas' letzte Ruhestätte geschändet. Jemand hatte dem toten jungen Mann und der trauernden Familie die Würde geraubt und jeden Respekt vor den Gefühlen der Angehörigen mit Füßen getreten.

»Was ist mit den anderen fünf?«, fragte Lotta schließlich. Ihre Stimme bebte. »Was ist mit Tomas' Freunden?«

»Das wissen wir noch nicht«, gestand Forss. »Aber wir befürchten das Schlimmste. Morgen früh werden wir die Gräber öffnen.«

»Die armen Eltern«, flüsterte Lotta. Selbst in ihrem Schmerz dachte sie noch an andere.

»Was ist mit Tomas' …?«

Sten-Åke gingen in der Mitte des Satzes die Worte aus. Vermutlich tat es zu weh, sie auszusprechen.

»… sterblichen Überresten?«, half ihm seine Tochter.

»Sobald die forensischen Untersuchungen abgeschlossen sind, könnt ihr ihn selbstverständlich wieder bestatten«, antwortete Forss. »Es kann sich dabei nur noch um einige Tage handeln. Wir bearbeiten die Sache mit höchster Priorität.«

»Wer macht so etwas?«, fragte Sten-Åke entgeistert. »Wer stiehlt die Leichen all dieser jungen Leute und zu welchem Zweck? Was ist das nur für ein Psychopath?«

Natürlich musste Forss an Sixten Cajander denken. Aber wenn Örkenrud und Kimsel mit ihren Untersuchungen recht hatten, waren die Gräber von Tomas Sjöö und Fredrik Sidenvall zu einem Zeitpunkt geöffnet worden, an dem Sixten Cajander noch nicht einmal auf der Welt gewesen war.

»Genau das wollen wir natürlich herausfinden«, sagte sie. »Womöglich könnt ihr uns dabei helfen.« Sie nahm die Jutetasche von Ika Villman und drapierte ihren Inhalt sorgfältig auf den Tisch. »Ika hat diese Dinge ihrer Mutter übergeben, bevor sie mit den fünf Jungs zu der Tournee aufgebrochen ist. Merkwürdigerweise mit dem Hinweis, die Gegenstände der Polizei zu übergeben, wenn sie jemals danach fragen sollte.«

Anna Sjöö griff nach der Fledermausbrosche.

»Ich war dabei, als Tomas die auf einem Flohmarkt gekauft hat. Es war ein Geschenk für Ika. Zu ihrem Jahrestag, glaube ich. Tomas hatte diese romantische Ader. Mich würde nicht wundern, wenn das Exemplar von *Romeo und Julia* ebenfalls von ihm stammt.« Sie lächelte. Die Erinnerung an ihren Bruder ließ ihre Augen für einen Moment feucht schimmern. »Und dies hier sieht nach seinen Tabletten aus.« Sie nahm die durchsichtige Kunststoffbox in die Hand, wo jeder Wochentag ein Fach für morgens, mittags und abends hatte. »Bei dem ganzen Zeug, das er für sein Herz und gegen die multiple Sklerose nehmen musste, konnte man leicht den Überblick verlieren. Ihm war dieser *Pillenkalender,* wie er ihn genannt hat, immer ein wenig peinlich. Er komme sich damit wie ein seniler Opa vor, hat er öfter gesagt.«

»Aber warum verwahrte Ika seine Medikamente?«, fragte Forss. »Auch wenn die beiden ein Liebespaar waren, haben sie doch bestimmt nicht vierundzwanzig Stunden am Tag miteinander verbracht. Ika war schließlich berufstätig und Tomas an der Universität.«

»Sie muss die Tabletten aus dem Krankenhaus haben. Sie war ja sozusagen Tomas' Privatkrankenschwester. Am Ende war er zweimal die Woche zur Behandlung dort, und …«

»Moment mal«, unterbrach sie Forss. »Privatkrankenschwester, wie meinst du das?«

»Als Scherz natürlich. Aber sie hat auf der Station gearbeitet, in der Tomas behandelt wurde. Auf diese Weise haben sie sich überhaupt erst kennengelernt.« Lotta Sjöö sah verwundert aus. »Wusstest du das nicht? Wir haben damals der Polizei doch stundenlang über Tomas' Leben Rede und Antwort gestanden.«

»Nein«, sagte Forss. »Das wusste ich in der Tat nicht.«

Sie fragte sich, ob sie und ihr Team die alten Akten nicht sorgfältig genug gelesen hatten oder ob die Kollegen aus Örebro damals geschlampt hatten. Die Information war alles andere als nebensächlich. Ihre Gedanken rotierten.

Tomas Sjöö

Ika Villman

Fredrik Sidenvall

Alle drei hatten Verbindungen zu derselben Station eines Göteborger Krankenhauses. Alle drei sind gewaltsam ums Leben gekommen. Sidenvall angeblich als Mörder von Sjöö und Villman und vier ihrer Freunde. Doch daran glaubte sie längst nicht mehr. Hier war etwas völlig anderes im Gange. Sie nahm die Fledermausbrosche in die Hand, die Anna zurück auf den Tisch gelegt hatte. Mit Death Metal hatte das Ganze überhaupt nichts zu tun, davon war sie nun überzeugt.

17

Das Sofa der Davidssons hatte einen Häkelüberzug und war für Ingrid Nyströms ausgestreckten Körper eigentlich zu kurz. Dennoch tat es gut, sich für einen Moment hinzulegen und sich auszuruhen. Ihre Dienstwaffe hatte sie in Griffweite auf den Couchtisch gelegt. Das orangefarbene Schimmern, das von der Straßenbeleuchtung durch die Vorhänge drang, schaffte im Wohnzimmer ein angenehmes Zwielicht. Im Obergeschoss schnarchte jemand vernehmlich. Vielleicht die Wirkung der Schlaftabletten. Wahrscheinlich Ed. Aber es konnte natürlich genauso gut Belinda sein. Oder beide im Einklang. Also reine Projektion, dachte Nyström, denn bei ihnen zu Hause war Anders der Schnarcher. Ja, Anders, ach, Anders … Sie merkte, wie die Gedanken forttrieben. Sanft wie ein Floß auf einem trägen Fluss. Weg von diesem Sofa voller Hundehaare, weg aus diesem Haus. War da ein Kläffen im Zwinger hinter der Garage? Nein, da war gar nichts. Auf dem Floß war alles ruhig. Nur ganz kurz die Augen schließen, nur für einen winzigen Moment.

Sixten Cajander hatte sich vorsichtig an das Haus herangerobbt. Der Boden war teilweise gefroren und hart, teilweise matschig, aber das machte ihm nichts. Er war ein Soldat. Er war eine gut vorbereitete Kampfmaschine. Er empfand weder Schmerz noch sonst etwas. Sein ganzes Leben war auf diesen einen Moment ausgerichtet. Rache, endlich Rache. Zur Versicherung seines Mantras kritzelte er sich mit dem Finger fünf, nein, besser gleich sechs Pentagramme auf die Stirn und fasste nach dem gezackten Jagdmesser an seinem Gürtel. Der Befehl, dem er gehorchte, ließ keinen Zweifel zu: Er würde die Hure abschlachten. Er würde sie der Länge nach aufschlitzen und ihr Rückgrat aus dem Körper schälen. Die Knochen würde er mitnehmen und daraus Amulette schnitzen. So wie es einst Euronymous getan hatte. Er würde Chaos anrichten, Mayhem, wie es auf Englisch hieß. Er würde dem DUNKLEN HERRN den Weg bereiten. Endlich würde er seinen Bruder rächen.

Als er sich durch die Hecke des Nachbargrundstücks zwang, begannen Hunde zu bellen. Verfickt und zugenäht, damit hatte er nicht gerechnet! Wenn er den Kopf zwischen den Thujastämmen vorschob, konnte er den Zwinger sogar ausmachen. Zwei richtige Bestien waren das. Sie standen aufrecht am Gitter und fixierten ihn. Lasen sie seine Gedanken? Versuchten sie die Kontrolle über ihn zu gewinnen? Sixten kritzelte Pentagramme, was das Zeug hielt. Wenigstens bellten sie jetzt nicht mehr. Aber sie wussten, dass er da war. Keine Chance, sich unbemerkt dem Haus zu nähern. Und vorne, auf der Straße waren die Polizisten, ihr Streifenwagen stand in der Einfahrt.

Fuck!

Er brauchte einen neuen Plan.

Sein fiebriges Hirn arbeitete auf Hochtouren. Dann hatte er endlich eine Idee. Nein, der schwarze Lord schenkte ihm eine EINGEBUNG. Im Wagen, den er drei Straßen weiter abgestellt hatte, befand sich alles, was er brauchte. Leere Flaschen, Lum-

pen und massenhaft Benzin. Molotow-Cocktails konnte man zwanzig, dreißig Meter weit werfen. Scheiß auf die Amulette, die räudige Hündin würde brennen. Und ihre Hunde dazu. Bei der Vorstellung bekam er eine Erektion.

MITTWOCH

1

Eine Fensterscheibe zerbarst. Krachen und Klirren. Nyström schreckte aus einem Traum hoch. Wo war sie? In einem Flammenmeer. Der Griff nach ihrer Dienstwaffe war ein Automatismus. Aber überflüssig, falsch. Flammen ließen sich nicht erschießen. Trotzdem schaltete ihr schlaftrunkenes Hirn schnell. Wasser in ausreichenden Mengen zu holen war keine Option. Es musste schneller gehen, schneller. Der Teppich! Sie stürzte sich auf den Boden, gleichzeitig rief sie, so laut sie konnte, um Hilfe. Belinda und Ed Davidsson mussten aufwachen, sofort! Die brennende Fläche auf dem Parkettboden war vielleicht drei, vier Quadratmeter groß. Noch hatte das Feuer die Möbel nicht erreicht. Sie warf sich mit dem Teppich in den Händen auf die Flammen. Qualm, Rauch, Hitze. Für einen Augenblick dachte sie, es würde nicht funktionieren. Zu heiß, zu beißend war der Qualm, der an allen Seiten unter dem Teppich hervorquoll. Sie verbrannte ihre Finger, sie roch ihr versengtes Haar. Husten, beißender Rauch, Tränen. Dann war das Feuer tatsächlich erstickt. Rauch brannte in ihren Lungen. Das Husten nahm kein Ende. Trotzdem war sie sofort wieder auf den Beinen. Sie taumelte mehr, als dass sie lief. Aus dem Wohnzimmer in den Flur, hinauf ins Obergeschoss. Sie hörte hinter sich Schritte auf der Treppe. Pelle Svensson, mit blutüberströmtem Gesicht, eine klaffende Schnittwunde auf der Stirn. Gut, dass er da war. Sie konnte jede Hilfe gebrauchen. Sie riss die Tür zum Schlafzimmer der Davidssons auf. Das Erste, was sie sah, waren die brennenden Vorhänge, die zertrümmerte Fensterscheibe, der Teppichboden, der in Flammen stand. Auf dem Bett zwei bewegungslose Körper.

»Schlaftabletten! Rauchvergiftung!«, rief sie Svensson zu.

Beide wussten in Sekundenbruchteilen, was zu tun war. Hier gab es nichts mehr zu löschen. Hier gab es nur noch Flucht vor dem sicheren Tod. Die Kommunikation mit Svensson kam ohne Worte aus. Er fasste die groß gewachsene Frau unter die Schultern, Nyström legte bei Ed den in unzähligen Lehrgängen geübten Bergungsgriff an. Irgendwie bekam sie den schlaffen Körper aus dem Bett und die Treppe hinab. Adrenalin, schmerzende Arme und Rücken, ihr Herz raste. Auch wenn Ed weder groß noch beleibt war: Ein erwachsener Mann blieb ein erwachsener Mann. Dann waren sie endlich aus dem Haus heraus, Svensson und Belinda ebenfalls. Sie legten die Davidssons mit letzter Kraft auf der gegenüberliegenden Straßenseite ab. Der Dachstuhl stand nun vollständig in Flammen, ebenso der Streifenwagen in der Einfahrt. Sie vernahm klagendes Hundejaulen und sich nähernde Feuerwehrsirenen. Dann klappte sie zusammen.

2

Die Göteborger Staatsanwaltschaft hatte aus dem medialen Desaster in Växjö ihre Lehren gezogen und die Exhumierung auf dem Westfriedhof auf 4.30 Uhr terminiert.

Staatsanwältin Veronica Ahl-Wihborg sammelte persönlich die Handys aller Beteiligten ein. Außer Forss waren das zwei Vertreter der Göteborger Stadtverwaltung, zwei Kriminalpolizisten und ein Mann der örtlichen Spurensicherung, drei Friedhofsangestellte sowie die Eltern von Marcus Engström und Daniel Thulin. Im dritten Grab war Ika Villmann bestattet worden, aber ihre Mutter ließ sich nicht blicken. Die Ruhestätten von Håkan Cajander und Jacob Nilsson befanden sich auf zwei anderen Göteborger Friedhöfen und würden im Anschluss untersucht werden. Der Bagger begann seine Arbeit beim Grab von Marcus Engström. Seine Eltern hielten sich eng umklammert. Im gleißenden Flutlicht der aufgestellten Scheinwerfer wirkte die Szene surreal. Als die Schaufel auf Holz stieß, stieg einer der Friedhofsarbeiter gemeinsam mit dem Forensiker in die entstandene Grube hinab. Forss schloss die Augen. Etwas in ihr hatte die Frage nach dem Leichnam längst beantwortet. Sie hörte ein Knirschen und ein Brechen aus der Grube.

»Er ist da«, sagte eine Stimme. »Alles ist so, wie es sein soll.«

Die Engströms schluchzten, wahrscheinlich vor Erleichterung. Trotzdem musste das unwirkliche Schauspiel für das Ehepaar Folter sein, dachte sie.

Die Männer stiegen wieder aus der Grube, der Bagger tat seine Arbeit. Am Ende wurde der Grabstein wieder aufgestellt. Achtlos, schief. Zum Glück hatten sich die Engströms bereits wieder in die Dunkelheit verabschiedet. Der restliche

Trupp zog weiter zum Grab von Daniel Thulin. Die Ketten des kleinen, wendigen Baggers knirschten auf den Kieswegen. Arne Thulin und Julia Grankvist hielten größtmöglichen Abstand voneinander. Thulin guckte verbittert, Grankvist wirkte in dem weißen Scheinwerferlicht wie ein Gespenst. Wieder wurde gegraben, wieder schloss Forss die Augen. Das Ergebnis war dasselbe wie bei Engström. Die sterblichen Überreste Daniel Thulins befanden sich an Ort und Stelle. Der Vater stapfte von dannen, ein Schulbüro und seine neue Familie warteten auf ihn, die Mutter verschwand in die andere Richtung, sie schwebte mehr, als dass sie ging, jedenfalls kam es Forss so vor.

Das Grab von Ika Villman war das ungepflegteste von allen. Das konnte auch die löchrige Schneedecke nicht verbergen. Ein drittes Mal fraß sich die Baggerschaufel in den Boden. Ein drittes Mal dasselbe Ergebnis. Auch Ika Villmans letzte Ruhestätte war unberührt geblieben.

Die Staatsanwältin kam auf Forss zu.

»Und nun?«, fragte sie. »Können wir uns Nilsson und Cajander nicht sparen? Der eine liegt in der Innenstadt, der andere auf Hissingen. Was für ein Aufwand!«

Forss schüttelte den Kopf.

»Ich brauche Gewissheit«, antwortete sie.

3

Obwohl Hugo Delgado denkbar schlecht geschlafen hatte, war er bereits hellwach, als er gegen 7.30 Uhr das Präsidium betrat, dabei hatte er noch nicht einmal seinen ersten Kaffee getrunken. Aber die Anrufe aus Bergkvara und Göteborg hatten ihre Wirkung getan. Es galt so schnell wie möglich den Fahndungsdruck auf Sixten Cajander zu erhöhen. Auch wenn die Chefin, die Davidssons und die beiden Streifenpolizisten die Brandanschläge sowie Svensson die Messerattacke, wie es aussah, allesamt überlebt hatten – bis auf Svensson und Nyström, die sich entgegen ärztlichen Rats selbst aus dem Krankenhaus entlassen hatten und sich bereits auf dem Weg zurück nach Växjö befanden, wurden die anderen Anschlagsopfer auf der Intensivstation behandelt –, häuften sich die Anklagepunkte gegen Cajander auf siebenfachen Mordversuch, mehrfache schwere Brandstiftung und Sachbeschädigung sowie Widerstands gegen die Staatsgewalt. Das Gute war, dass Svensson den jungen Mann zweifelsfrei identifiziert hatte. Die Kollegen in Blekinge hatten bereits in den frühen Morgenstunden ein engmaschiges Netz aus Straßensperren und Personenkontrollen aufgebaut – bisher erfolglos. Delgado erneuerte den dringenden Fahndungsaufruf bei allen Polizeidienststellen, informierte Flughäfen, Fährterminals und Zollstationen und auf Drängen von Erik Edman auch die Medien. Cajander war nun ein landesweit gesuchter Schwerverbrecher, psychische Erkrankung hin oder her, dachte Delgado. Sein Job war es, diesen Irren festzusetzen, über das Danach hatten Richter zu entscheiden.

Als Anette Hultin gegen neun Uhr eintraf, hatte er bereits alle nötigen Hebel in Bewegung gesetzt. Jetzt war es erfahrungsgemäß eine Frage der Zeit, bis sie Cajander schnappten. Delgado setzte Hultin über die dramatische nächtliche Entwicklung in Kenntnis, kurz darauf kam Nyström dazu. Die Hauptkommissarin sah furchtbar aus. Schwer verwundete Hände, Brandblasen im Gesicht, versengtes Haar, dazu völlig abgekämpft. Ihre Wangen glühten, Delgado war sich sicher, dass sie Fieber hatte, gleichzeitig strahlte sie eine fast unheimliche Tatkraft aus.

»Ich habe Pelle zu Hause abgesetzt«, erklärte sie. »Der arme Kerl war völlig fertig.«

Schon mal in den Spiegel geguckt, dachte Delgado, aber das sagte er natürlich nicht. Wenn die Chefin meinte, dass sie arbeitsfähig war, dann war er der Letzte, der ihr widersprach.

»Also«, sagte sie und rieb sich die verbundenen Hände, »wo fangen wir an?«

Delgado erläuterte sein Vorgehen in Bezug auf Sixten Cajander und berichtete ebenfalls von Forss' Anruf aus Göteborg. Alle fünf Gräber waren unversehrt gewesen.

»Warum also nur Fredrik Sidenvall und Tomas Sjöö?«, fragte Hultin. »Was verbindet die beiden, was die anderen fünf nicht haben?«

»Sie kannten einander«, antwortete Nyström nachdenklich. »Jedenfalls ging die Polizei damals davon aus, dass sie sich in dem Göteborger Krankenhaus begegnet sind, in dem sie beide behandelt worden sind.« Sie stockte. »Apropos Krankenhaus: Belinda Davidsson hat gestern Abend etwas Merkwürdiges erzählt. Erinnert ihr euch an den auffälligen Wagen, den Erik Albinzon Stina gegenüber erwähnt hat? Einen Jaguar? Der unbekannte Mann, der Fredrik Sidenvall zum Tischtennistraining gebracht oder von dort abgeholt hat und von dem wir dachten, es könnte sich dabei womöglich um Sidenvalls heimlichen Liebhaber handeln? Offenbar war dieser Jaguarfahrer Sidenvalls behandelnder Göteborger Arzt. Er hieß Ove, wenn sich Belinda Davidsson richtig erinnert.«

»Wie der Film«, lächelte Delgado. »*Ein Mann namens Ove.*«

»Ein Arzt, der etwas mit einem Patienten oder einer Patientin anfängt, ist nicht unbedingt ungewöhnlich«, ging

Hultin über Delgados Bemerkung hinweg. »Berufsethos hin oder her.«

»Stina hat noch etwas anderes erwähnt«, fiel Delgado daraufhin ein. »Auf ebenjener Krankenhausstation sind anscheinend nicht nur Sjöö und Sidenvall aufeinandergetroffen, sondern auch Sjöö und Villman haben sich dort kennengelernt. Sie war dort Krankenschwester.«

»Das sind ganz schön viele Gefühle für ein und dieselbe Station«, sagte Nyström. »Klingt fast nach einer TV-Schmonzette: *Das Krankenhaus der Liebe.* Ein Arzt und sein Patient, eine Krankenschwester und ein anderer Patient … dazu die Auseinandersetzungen zwischen den beiden kranken jungen Männern.«

»Das war aber noch nicht alles«, fuhr Delgado fort. »Stina zufolge hat Ika Villman ihrer Mutter eine Woche vor dem Unglück eine Tasche voller Krempel übergeben, den diese an die Polizei weiterreichen sollte, wenn jemals danach gefragt würde. Hat sie aber anscheinend nie getan. Offenbar haben sich die damals ermittelnden Kollegen nicht besonders für Lilian Villman interessiert.«

»Etwas an die Polizei weiterreichen? Das verstehe ich nicht«, sagte Nyström. »Was soll das heißen?«

Erst jetzt nahm Delgado wahr, dass von der Chefin das strenge Aroma von Ruß, Rauch und Schweiß ausging.

Delgado zuckte mit den Schultern.

»Das kann Stina wahrscheinlich am besten selbst erklären. Sie wollte spätestens gegen Mittag wieder hier sein.«

»Gut«, stellte Nyström fest. Für einen Moment sah sie völlig abwesend aus, im nächsten wieder beinahe manisch. Eine Frau am Rande des Nervenzusammenbruchs, dachte Delgado, mittlerweile doch besorgt. »Was hat eigentlich eure Recherche zu den Kunden ergeben, für die Vestergårds Firma 1992 gearbeitet hat?«

»Dem Lebenslauf zufolge hatte seine Firma in dem Jahr fünf Kunden, die er für erwähnenswert hielt, davon haben wir zwei genauer unter die Lupe genommen«, erklärte Hultin. »Ein Unternehmen, das mit Radartechnik arbeitet. Ein anderes, das riesige Bohrer herstellt, wie sie unter Tage verwendet werden.«

»Kiruna«, stellte Nyström fest.

»Genau«, sagte Delgado. »daran haben wir natürlich auch zuerst gedacht. War aber eine Sackgasse, ebenso wie die Radarfirma.«

»Was ist mit den anderen drei?«, fragte Nyström.

»Die Stadtwerke von Borlänge, eine Supermarktkette und ein kleines Pharmaunternehmen«, zählte Hultin auf.

Wieder schien Nyström lange ins Nichts zu starren.

»Ein Pharmaunternehmen«, wiederholte sie schließlich, als sich ihr Blick wieder fokussiert hatte, jede Silbe in die Länge ziehend.

4

Rastlos ging Nyström in ihrem Büro auf und ab. Den Schmerz in ihren Händen und im Gesicht spürte sie kaum, was natürlich an den Medikamenten lag, die man ihr mitgegeben hatte. Eigentlich sollte sie gar nicht hier sein. Eigentlich sollte sie in einem Krankenhausbett liegen. Oder zumindest auf dem heimischen Sofa. Ihr Mann sollte sie mit Kräutertee und Leckereien versorgen, behutsam ihre Verbände wechseln, sie verwöhnen. Aber daran war natürlich nicht zu denken. Anders wollte lieber die Welt retten. Oder sie zumindest ein kleines Stückchen lebenswerter machen. Und das wollte sie, wenn sie ehrlich war, auch. Auf ihre Weise. Nicht indem sie in Afrika Brunnen bohrte oder Schulen baute, sondern durch sorgfältiges Studieren der Unterlagen. Aktenfresserei. Sie erinnerte sich an etwas. Einen Satz, den sie irgendwo gelesen hatte, bevor gestern Nacht das große Chaos ausgebrochen war. Nun fiel es ihr wieder ein. Es war gar nicht so einfach, mit den bandagierten Händen Jovinges Vernehmungsprotokolle aus Stockholm aus ihrem Beutel zu holen, zu ihrem Schreibtisch zu balancieren und die richtige Seite aufzuschlagen. Am Ende musste sie sich weit über die Schreibtischplatte vorbeugen und ihre Zunge zur Hilfe nehmen, um die Seiten umblättern zu können, und hoffte dabei, dass in diesem Moment niemand zur Tür hineinkam und sie so sah. Schließlich hatte sie gefunden, wonach sie gesucht hatte. Ein Zitat aus der Vernehmung Holmgrens, der wiederum einen Dialog aus einer Therapiesitzung mit Vestergård wiedergegeben hatte:

Vestergård: *Ich hätte vor meiner Erkrankung nie gedacht, mein Leben freiwillig in die Hände eines Arztes zu legen.*

Holmgren: *Woher stammt dein Misstrauen gegenüber der Schulmedizin?*

Vestergård: *In jedem Mediziner und Pillendreher steckt auch ein Sadist und Mörder.*

Nyström markierte die Stelle beidhändig mit Textmarker, auch das war etwas, was sich mit den Verbänden schwierig gestaltete. Es sah aus wie eine neongelbe Kinderkritzelei. Kurz musste sie an Sidenvall denken. Die Vorstellung, dass er sich mit verbundener und gleichzeitig auch noch gebrochener Hand erschossen haben sollte, fühlte sich in diesem Moment noch absurder an als zuvor.

Sie las die kurze Passage noch einmal. Vestergårds Skepsis gegenüber Medizinern hatte sie bereits am Vortag beim ersten Lesen stutzig werden lassen. Sicher, der Mann hatte nach seiner Operation und der darauffolgenden Impotenz bereits einen wahren Ärztemarathon hinter sich gehabt, bevor er sich in Holmgrens Therapie begab, eine kostspielige und nervenaufreibende Odyssee. Dennoch hatte das Zitat etwas an sich, worüber sie bei allem Verständnis für Vestergårds damalige angespannte Situation stolperte. Es war diese eigentümliche Ballung an Nomen im letzten Satz:

Mediziner, Pillendreher, Sadist und Mörder.

Woher kam auf einmal der Begriff *Pillendreher*? Offensichtlich meinte Vestergård damit wohl kaum die gleichnamige Käfergattung. Ihrem Verständnis nach war es ein abfälliges Synonym für Apotheker. Warum nannte Vestergård an dieser Stelle Apotheker, wenn vorher von seinem Vertrauen in Ärzte die Rede war? Sprach er hier vom medizinischen Komplex im Allgemeinen? War er von den Medikamenten enttäuscht, die er ausprobiert hatte? Rührte er hier alles in einen Topf?

Noch größer war der geistige Sprung von Ärzten und Apothekern zu Sadisten und Mördern. Sicher, Nyström war empathisch genug, um nachzuvollziehen, dass Vestergård unter seinen Operationsfolgen gelitten hatte. Vielleicht war ihm seine erektile Dysfunktion wie eine Tortur vorgekommen, wie seelische und körperliche Folter. Aber der Begriff *Sadist* beinhaltete schließlich noch etwas anderes – und zwar dass ihn jemand absichtlich hatte leiden lassen. Welcher Mediziner, welcher Pharmakologe würde so etwas tun? Und warum? Und was hatte das Ganze mit einem *Mord* zu tun? Das Einzige, was sozusagen gestorben war, soweit Nyström das sah, war Vestergårds Fähigkeit zu einer Erektion gewesen. War er so tief in seiner Männlichkeit getroffen gewesen, so derart in seiner Sexualität verunsichert, dass er mit pathetischen Übertreibungen nur so um sich warf?

Möglicherweise.

Oder ging es hier um etwas vollkommen anderes?

Mediziner, Pillendreher, Sadist und Mörder.

Sie sortierte die Wörter im Kopf wie Puzzlestücke.

Schob sie hin und zurück.

Vielleicht taten auch die Opiate ihr Werk, die man ihr in Blekinge verabreicht hatte.

Plötzlich waren da andere Assoziationen, Begriffe und Zusammenhänge.

Ein Arzt.

Ein Krankenhaus.

Eine besondere Station für junge Autoimmunkranke.

Drei der Menschen, die sich dort länger und öfter aufgehalten hatten, waren einen grausamen Tod gestorben. Tomas Sjöö und Ika Villman waren ermordet worden, Fredrik Sidenvall aller Wahrscheinlichkeit nach ebenfalls.

Joakim Vestergård war auf einem abgelegenen Parkplatz ums Leben gekommen, im Hals eine abgebrochene Kanüle, im Blut starke Narkosemittel.

Medizinische Ausrüstung und ärztliches Fachwissen.

Das Ganze hatte sich keine fünfzig Meter von Tomas Sjöös provisorischem Grab abgespielt. Sjöö, Villman und ihre vier Freunde sowie Sidenvall waren 1992 ermordet worden. In diesem Jahr hatte Vestergård für ein Pharmaunternehmen gearbeitet.

Pillendreher.

Mediziner.

Sadist.

Mörder.

Nyström hatte das Gefühl, die Puzzlestücke rückten langsam an ihren Platz. Auch wenn es eine artistische Herausforderung war, schüttelte sie noch eine der überraschend wirkstarken Tabletten aus dem Kunststoffdöschen. Sicher ist sicher, dachte sie, denn Schmerzen konnte sie jetzt nicht gebrauchen.

5

Als Stina Forss in das Besprechungszimmer kam, warteten Nyström und Kimsel bereits auf sie. Ohne viel Federlesens kippte sie den Inhalt des Jutebeutels auf den ovalen Tisch. Kimsel griff sich sofort die Dosierungsbox für Medikamente.

»Dann wollen wir doch mal sehen«, sagte sie, öffnete die Verschlussklappen der einzelnen Tage und Tageszeiten und holte die Tabletten heraus. Sie unterschieden sich in Farben, Formen und Größen. Einige hatten eingeprägte oder aufgedruckte Signaturen. Herstellerbezeichnungen oder Markennamen.

»Dafür, dass sie fünfundzwanzig Jahre alt sind, sehen sie noch ganz intakt aus«, sagte Nyström.

»Ein Hoch auf die Pharmaindustrie«, äußerte Forss sarkastisch. Sie legte mehrere abgenutzte Schreibhefte auf den Tisch. »Dies hier sind handschriftliche Notizen von Tomas Sjöös Vater. Seit der Herzfehler-Diagnose in Tomas' früher Kindheit hat er eine Art Behandlungsjournal geführt. Die Aufzeichnungen eines medizinischen Laien, aber besser als gar nichts, solange wir die ärztlichen Berichte nicht zur Verfügung haben.«

»Das ist eine Riesenhilfe, Stina.« Kimsel blätterte sorgfältig in den Journalen. Forss und Nyström sahen sie erwartungsvoll an. »Daten, Therapien, Medikamente: alles da.« Kimsel blickte auf.

»Und?«, fragte Forss.

Sie hätte vor Ungeduld schreien mögen. Nyström, die dicht neben ihr stand, ging es genauso, das spürte sie.

Kimsel schien den Moment zu genießen.

»Also gut, versuchen wir mal, die Tabletten, die er in seinen letzten Lebensmonaten genommen hat, zuzuordnen.« Ihre Augen glänzten. »Also hier haben wir Nitropussid-Natrium, ACE-Hemmer und Dobutamin«, zählte sie auf. »Alle drei sind bekannte Präparate der Therapie einer Mitralklappeninsuffizienz wie die, unter der Tomas Sjöö litt. Dann gibt es ein gängiges Glutocorticoid, das entzündungshemmend wirkt und oft bei multipler Sklerose verabreicht wird, ebenso wie das Beta-Interferon, das die Krankheitsschübe verlangsamt, sowie das Schmerzmittel hier, Tramadol. Diese kleine unscheinbare Pille ist wahrscheinlich ein Muskelrelaxans oder ein schmerzdistanzierendes Antidepressivum. Ich tippe auf Ersteres. Was bedeuten würde, dass die orangefarbene Tablette das Antidepressivum wäre.«

»Ein ganz schöner Cocktail«, kommentierte Forss.

»Der arme Junge«, seufzte Nyström.

»Es bleibt nur ein Medikament übrig, das ich nicht zuordnen kann«, sagte Kimsel und legte das Journal beiseite. »Diese Kapsule hier bereitet mir Kopfzerbrechen.« Sie nahm eine weißliche zäpfchenartige Tablette und hielt sie zwischen zwei Fingern ins Licht. »Ich finde keine Entsprechung in den Unterlagen der Sjöös. Eine übliche Hartkapsel aus Gelatinemasse, die theoretisch alles Mögliche beinhalten kann. Bisweilen benutzt man solche Kapseln für Präparate, die in kleinen Mengen hergestellt werden, spezielle Rezepturen oder Wirkstoffe in der Testphase.«

»Pillendreher«, sagte Nyström.

»They gave me pills, they gave me thrills, and now I'm burnin' from the inside…«, sagte Forss leise.

»Was ist das denn für ein Spruch?«, fragte Nyström verwundert.

Forss fiel nun auf, dass die Augenbrauen und Wimpern der Hauptkommissarin versengt waren.

»Das ist ein Song von *Flamethrower*«, antwortete sie. »Das Stück heißt *On Fire.* Text und Musik: Tomas Sjöö.«

6

»Das Pharmaunternehmen mit damaligem Sitz in Lund, für das Vestergård 1992 gearbeitet hat, hieß *Panaceya Therapeutics*«, referierte Delgado. »Der Name bedeutet so viel wie *alles heilend* und ist auf Panakeia zurückzuführen, in der griechischen Mythologie die Tochter von Asklepios, dem Gott der Heilkunst. Ich bin im Netz auf zwei interessante ältere Artikel gestoßen. Das relativ kleine Unternehmen hat sich demzufolge mit der Entwicklung von Antikörpern beschäftigt, wie sie bei Autoimmunkrankheiten eingesetzt werden, um ein schwaches oder dysfunktionales Immunsystem auszubalancieren. Der damalige Forschungsleiter und Firmenchef hieß Noldi Moser, ein Schweizer. 1993 hat *Panaceya Therapeutics* mit einer größeren belgischen Firma fusioniert und ist beständig gewachsen. Heute ist der Konzern, *Santé-Panaceya,* seit Langem an der Börse etabliert und gehört zu den Marktführern im Bereich der Autoimmun-Therapien. Moser sitzt im Aufsichtsrat des Unternehmens, ein millionenschwerer Posten. Seine Forschung hat ihn zu einem reichen Mann gemacht.«

»Multiple Sklerose und Rheuma sind beides Autoimmunkrankheiten«, stellte Kimsel fest.

»Tomas Sjöö und Fredrik Sidenvall sind beide in Göteborg vom selben Spezialisten für Autoimmunkrankheiten behandelt worden«, sagte Forss. »Wohlgemerkt auf der Station, auf der auch Ika Villman gearbeitet hat.«

»Der Arzt im Jaguar«, sagte Nyström. »*Ein Mann namens Ove.*«

»Bei dem Arzt handelt es sich um Ove Linderås. Er hat es später bis zum Chefarzt gebracht und ist seit einigen Jahren pensioniert«, fügte Delgado an. »Noldi ist übrigens die Schweizer Kurzform für Arnold.«

»Ove und Noldi, Noldi und Ove«, konstatierte Nyström. »N. und O.«

»Von wegen *Norr-Oil*«, sagte Forss.

»Hugo und ich haben beim Thema Antikörper noch ein wenig tiefer gebohrt«, sagte Hultin. »Es gab da einige Jahre später einen Fall, der in England und Deutschland Schlagzeilen gemacht hat. Eine Würzburger Firma hat im Auftrag des renommierten Pharmakonzerns *Boehringer Ingelheim* einen sogenannten agonistischen monoklonalen Antikörper mit der Bezeichnung TGN1412 entwickelt, der zur Behandlung von Blutkrebs, multipler Sklerose und Rheuma vorgesehen war. Alle vorgeschriebenen Tests an Zellkulturen und Tieren sind äußerst vielversprechend verlaufen. Daraufhin ist man zur Phase-I-Studie übergegangen, wie es in Fachkreisen heißt, einem ersten Test an Menschen in einem Londoner Krankenhaus. Bei diesem gängigen Procedere bekommen die Probanten zunächst einmal nur eine minimale Menge, die eigentlich gar keine Wirkung haben kann, man spricht von einer subklinischen Dosis des zu erprobenden Stoffs. Es geht hierbei darum, eine grundsätzliche Verträglichkeit zu überprüfen. Vollkommen überraschend zeigten die sechs Versuchsteilnehmer fünf Minuten nach Einnahme des Mittels heftigste Reaktionen: hohes Fieber, Erbrechen, starke Schmerzen. Symptome einer extremen Entzündungsreaktion. Einer der Probanten gab an, er fühle sich am ganzen Körper brennend. Die betreuenden Ärzte stellten später ein multiples Organversagen fest, die Versuchsteilnehmer wurden auf die Intensivstation verlegt und schwebten tagelang in Lebensgefahr. Ein Proband lag drei Wochen im Koma. Unterm Strich hatten alle Beteiligten ein Riesenglück, dass niemand ums Leben kam. Die umfangreiche Nachuntersuchung hat schließlich ergeben, dass eine Überreaktion des Immunsystems für das Organversagen verantwortlich war. Während in den vorausgegangenen Tierversuchen, in diesem Fall an Makakenaffen, alles unauffällig blieb, wären die Menschen beinahe gestorben. Grund dafür war ein winziger Unterschied zwischen Affe und Mensch in der Aminosäuresequenz eines bestimmten T-Zellen-Bausteins.«

»Mir schwirrt vor lauter Fachausdrücken der Kopf«, sagte Nyström.

»Spannend«, befand Kimsel. »Ich erinnere mich schwach, vor langer Zeit davon gelesen zu haben.«

»Die Parallelen zu dem, was mutmaßlich in dem Göteborger Krankenhaus geschehen ist, liegen auf der Hand«, befand Forss. »Medizinische Tests, nur in unserem Fall höchstwahrscheinlich ohne Wissen und Einverständnis der Patienten.«

»Zumindest hat Sten-Åke Sjöö in seinem Journal nichts Entsprechendes notiert«, sagte Kimsel, die die letzten beschriebenen Seiten des Hefts durchblätterte. »Aber dafür steht hier etwas anderes Interessantes. Im Monat vor Tomas' Ermordung sind offenbar zwei langjährige Mitpatienten von ihm im Krankenhaus verstorben. Ein Junge und ein Mädchen, mit denen er lose befreundet war, beide etwa in seinem Alter.«

»Ika Villman muss geahnt haben, dass dort etwas Seltsames in Gange war. Daher ihr Spruch gegenüber ihrer Mutter mit der Polizei«, sagte Forss.

»Etwas Ähnliches wie in London, nur verzögert in der Wirkung«, sagte Kimsel. »Ein Vorläufer von TGN1412.«

»Etwas stimmte mit den Organen der Patienten nicht«, überlegte Nyström. »Deswegen der fingierte Selbstmord Sidenvalls, der ungewöhnliche Schuss in den Unterbauch. Die verheerende Explosion in Hallsberg.«

»Dazu die beiden leeren Gräber«, sagte Hultin, »jeder mögliche Beweis sollte verschwinden.«

Kimsel schüttelte ungläubig den Kopf.

»Sieben junge Leute wurden ermordet, um die Folgen eines fehlgeschlagenen medizinischen Experiments zu vertuschen. Zynischer geht es nicht.«

»Bis jetzt ist das alles wohlgemerkt nichts anderes als eine Hypothese«, gab Nyström zu bedenken. »Was wir brauchen, sind harte Beweise.«

Kimsel wog die nicht zuordbare Medikamentenkapsel auf ihrem Handteller.

»Wir brauchen eine fundierte pharmakologische Untersuchung«, sagte sie. »Und dann nageln wir sie fest.«

7

Die Fahndung nach Sixten Cajander lief auf Hochtouren, ein Porträtfoto war der Aufmacher aller großen Nachrichtenseiten. Bisher erfolglos. Die negativen Folgen der Aufmerksamkeit hatte Nyström kommen sehen, doch wurde sie von der Wucht der Woge erschüttert. Die Medien und vor allem die sozialen Netzwerke liefen heiß.

»*WTSHTF*«, kommentierte Delgado, der vor einem Laptop klebte.

»Was soll das nun wieder heißen?«, fragte sie. Die Wirkung der schmerzstillenden Medikamente ließ nach, was nicht eben zur Besserung ihrer Verfassung beitrug, und die letzten Tabletten, die sie noch hatte, wollte sie sicherheitshalber für die Nacht aufsparen.

»*When the shit hits the fan.* In etwa: wenn die Kacke so richtig am Dampfen ist. Den Ausdruck benutzen eigentlich *preppers,* wenn sie von der bevorstehenden Apokalypse reden. Aber ich finde, es beschreibt die Stimmung, die im Moment im Netz herrscht, ausgezeichnet.«

»Was sind bitte schön *preppers?*«, fragte Nyström noch einen Deut entnervter.

»Leute, die sich auf den Weltuntergang oder zumindest eine gigantische Katastrophe vorbereiten«, antwortete Forss. »Bunker bauen, Konserven horten, nie ohne Überlebensrucksack aus dem Haus gehen. Diese Sorte Spinner.«

»Jedenfalls geht da draußen richtig die Post ab«, sagte Delgado. »Alles wird mit allem vermischt. Hauptsache, es gibt Schlagzeilen und generiert Klicks. Satanismus und Schizophrenie. Brennende Kirchen und schwarze Magie. Sixten Cajander und *Mayhem.* Die rechtspopulistischen Erregungsmaschinen im Internet reiten natürlich auf Cajanders Migrationshintergrund herum. Eine Altersheimbewohnerin in Falun will den Jungen in der vergangenen Nacht in ihrem Zimmer gesehen haben. Gehörnt und mit Bocksfuß. Ein Teenager behauptet, ihn auf dem First unserer Domkirche balancierend gesichtet zu haben. Vermeintliche psychologische Experten geben Ferndiagnosen ab. Skrupellose Reporter sind in Cajanders Göteborger Wohngruppe eingedrungen und haben psychisch Kranke vor die Kamera gezerrt und jeden Quadratzentimeter seines Zimmers abfotografiert. Dasselbe unwürdige Spektakel in Sixtens Behindertenwerkstätte. Durch die Küchenfensterscheibe von seiner Mutter sind verdammt noch mal Steine geflogen!«

»*When the shit hits the fan*«, wiederholte Nyström leise und verfluchte innerlich Edmans undurchdachte Initiative. Mehr als eine Woche lang hatte er jede mediale Berichterstattung gefürchtet wie der Teufel das Weihwasser, dann hatte er ohne Absprache mit Rosanna Lukasson und ihr abrupt die Richtung gewechselt. Nun, wo es um fünf Schwerverletzte ging, davon drei Polizisten, wollte er um jeden Preis einen schnellen Ermittlungserfolg. Den wollte sie natürlich auch, aber sie bezweifelte, dass eine öffentliche Hexenjagd ohne Rücksicht auf Kollateralschäden der richtige Weg war.

Sie hatte sich mit Delgado und Forss in ihr Büro zurückgezogen, während Kimsel und Hultin einen Pharmakologie-Professor der Växjöer Linné-Universität aufsuchten, den die Pathologin für eine Kapazität auf seinem Fachgebiet hielt.

»Lassen wir Cajander einmal beiseite und gehen unsere Hypothese noch einmal Schritt für Schritt durch«, forderte Forss.

Die Deutschschwedin hatte recht. Es war wichtig, sich nun auf die Dinge zu konzentrieren, auf die sie Einfluss hatten. Es war wichtig, den fünfundzwanzig Jahre alten Mehrfachmord, Sidenvalls ominösen Suizid und den ungeklärten Tod Joakim Vestergårds aufzuklären. Dazu war sie jetzt und hier an Ort und Stelle, anstatt in einem Krankenhausbett oder auf der heimischen Couch zu genesen. Um Cajander kümmerte sich nun die Olssonbande beziehungsweise das, was von ihr übrig war.

»Beginnen wir von vorn oder von hinten?«, fragte Delgado.

»Lasst uns chronologisch vorgehen«, befand Nyström. »Was geschah also alles im Jahr 1992? Was trat die Lawine an Ereignissen los?«

»Ein junges Pharmaunternehmen namens *Panaceya Therapeutics* in Lund entwickelt einen Wirkstoff, der bei Autoimmunkrankheiten wie Leukämie, Rheuma oder multipler Sklerose eingesetzt werden soll, um das Immunsystem der Patienten zu stärken«, begann Forss. »Ein Vorläufer des berüchtigten TGN1412. Erste Tests an Versuchstieren verlaufen wahrscheinlich positiv, sonst wäre das Produkt nicht in die Phase-I-Studie übergegangen. Wobei man wahrscheinlich eher von einer Phase-0,5 sprechen muss, denn es liegt auf der Hand, dass das Treiben von Mosers Firma nicht genehmigt war, anders sind der Aufwand und vor allem die Skrupellosigkeit, mit denen später alles unter den Teppich gekehrt wurde, nicht zu erklären.«

»An der Stelle kommt Ove Linderås ins Spiel. Ein ambitionierter Spezialist und Oberarzt einer Krankenstation, die genau das bereithält, was *Panaceya Therapeutics* braucht: menschliches Testmaterial. Vielleicht lockt Linderås eine finanzielle Beteiligung, vielleicht wissenschaftlicher Ruhm. Wahrscheinlich eine Mischung aus beidem. Moser und Linderås entscheiden sich aus Gründen, die wir nur erahnen können, für eine Abkürzung. Wie du richtig gesagt hast, Stina, wird keine offizielle Stufe-I-Studie beantragt. Klinikleitung, Gesundheitsbehörde und vor allem die Patienten bleiben, nach allem was wir bis jetzt wissen, ahnungslos.«

»Womöglich hatte das mit der bevorstehenden Fusion von *Panaceya Therapeutics* mit einer finanzstarken Partnerfirma zu tun«, warf Delgado ein. »Moser brauchte ein begehrtes Produkt, aber nicht das Risiko negativer Schlagzeilen, die unter Umständen den Deal zum Platzen gebracht hätten.«

»Entsprechender Zeitdruck könnte ebenfalls eine Rolle gespielt haben«, sagte Nyström. »Genehmigungsverfahren können sich gefühlte Ewigkeiten hinziehen, Zeit, die Moser wahrscheinlich nicht hatte, wenn seine Firma kurz vor einer Fusion stand.«

»Statt den offiziellen Weg zu gehen, entschieden er und Linderås sich also dafür, vom Pfad der Tugend linker Hand abzubiegen«, formulierte Delgado blumig.

»*Left Hand Path*«, sagte Forss und lächelte schmal. »So heißt das erste Album von *Entombed.* Für den schwedischen Death Metal ein richtungsweisender Meilenstein.«

Nyström schluckte.

»Alles hätte so wunderbar laufen können: wissenschaftlicher Fortschritt, Heilung oder Linderung für Tausende Patienten, ein Unternehmen, das riesige Gewinne abwirft.«

»Doch das neue Produkt hat einen kleinen, aber entscheidenden Schönheitsfehler«, nahm Delgado den Faden auf. »Die unfreiwilligen Probanden sterben. Die Verschlechterung ihres Gesundheitszustands geht nicht so dramatisch schnell wie bei dem Wirkstoff TGN1412 vonstatten, aber das Ergebnis ist im Endeffekt noch tragischer. Zwei Patienten der Station kommen innerhalb eines relativ kurzen Zeitraums ums Leben.«

»Vermutlich beweist Moser und Linderås eine heimliche Obduktion, was sie längst ahnen«, nahm Forss den Faden auf. »Fatale körperliche Folgen. Das neu entwickelte Medikament hat tödliche Nebenwirkungen.«

»Sie ziehen die Notbremse«, konstatierte Nyström. »Joakim Vestergård wird aktiviert. Denn es gibt noch zwei Patienten mehr, an denen das Präparat getestet wurde. Unter keinen Umständen dürfen sie ebenfalls unter Fieber und großen Schmerzen auf der Station sterben, das gibt ihr bisheriger eher langsamer Krankheitsverlauf nicht her. Zwei

Tote lassen sich irgendwie noch erklären, aber vier? In so kurzer Zeit? Das hätte Misstrauen erregt, ihr heimliches Experiment wäre aller Wahrscheinlichkeit nach aufgeflogen. Ihre vielversprechenden Karrieren wären ruiniert gewesen, stattdessen hätten lange Haftstrafen auf sie gewartet.«

»Sie brauchen eine andere Lösung«, übernahm Forss. »Ein anderes Narrativ. Tomas Sjöö und Fredrik Sidenvall, beide längst dem Tode geweiht, mussten ein Ende finden, das mit der Behandlung von Linderås nicht das Geringste zu tun hatte. Dazu kam Ika Villman, die Stationsschwester, die langsam misstrauisch wurde, ihrem Chef falsche Fragen stellte und die Nase in Dinge steckte, die sie nichts angingen.«

»Moser, Linderås und Vestergård setzten sich zusammen und halten Kriegsrat«, sagte Nyström. »Sie schmieden einen diabolischen Plan, der die drei unliebsamen jungen Leute sowie vier Unbeteiligte in den Tod reißt. Dazu nutzen sie die vermeintliche ideologische Feindschaft zweier Subkulturen, zwischen Death und White Metal, zwischen Sjöö und Sidenvall, deren gegenseitige Abneigung auf der ganzen Station bekannt ist. Sidenvall wird zum Sündenbock des Hallsberger Attentats gemacht. In Wirklichkeit ist der Täter Joakim Vestergård. Er hat die Abgebrühtheit, die nötigen Kontakte in die damalige Kriminellenszene, um sich eine Handgranate zu besorgen, und er wird für seinen Dienst üppig entlohnt. Auch die Inszenierung des Selbstmords Sidenvalls dürfte ihm nicht schwergefallen sein.«

»Wahrscheinlich war er es auch, der die Leichname der beiden jungen Männer auf Anweisung von Moser und Linderås kurz nach ihrer Beerdigung wieder ausgegraben und woanders verscharrt hat, um jeden nur denkbaren Beweis für die medizinischen Experimente zu verschleiern«, sagte Forss.

»Im Grunde völlig überflüssig«, befand Delgado. »Wer wäre schon auf die Idee gekommen, die sterblichen Überreste der beiden zu exhumieren? Dazu gab es damals schließlich gar keinen Anlass. Aber wahrscheinlich waren die beiden Männer zu diesem Zeitpunkt schon panisch oder paranoid.«

»Oder«, überlegte Forss, »handelte Vestergård mit dem Ausgraben der Leichname auf eigene Rechnung? Um ein Druckmittel gegen Moser und Linderås in der Hinterhand zu haben? Schließlich hatte er sich auf ihr Bitten oder Drängen hin zum Auftragsmörder gemacht. Je länger ich darüber nachdenke, desto mehr bin ich davon überzeugt, dass der Pharmaunternehmer und der Arzt nicht wussten, wo Vestergård die Leichen vergraben hat. Vielleicht ging es Vestergård um mehr Geld oder um die Macht, die beiden in der Hand zu haben.«

»Einen gewissen abgründigen Sinn für Humor hat er jedenfalls dadurch bewiesen, dass er Tomas Sjöö ausgerechnet neben der Gedenkstätte eines der bekanntesten toten Metal-Musiker begraben hat«, sagte Delgado.

Für einen Moment war es still in Nyströms Büro. Die Konzentration der Ermittler war zum Greifen.

»Lasse«, sagte Stina Forss schließlich. »Es muss Lasses unüberlegter Tweet über Sidenvalls leeres Grab gewesen sein, der die Dinge ein zweites Mal in Bewegung gebracht hat. Die Meldung ging ob ihrer makabren Kuriosität durch alle Medien. Ein leeres Grab! Natürlich sind Moser und Linderås aufgerüttelt worden. Ein Schatten aus der Vergangenheit legte sich plötzlich über ihre wunderbaren Existenzen auf der Sonnenseite des Lebens. Und dann war da Vestergård, der sie in der Hand hatte. Er muss ihre Panik gewittert und noch einmal das große Geld gerochen haben. Eine letzte, saftige Zahlung, nun, wo die unrühmliche Vergangenheit durch die Exhumierung Sidenvalls wieder zu einem konkreten Risiko geworden war. Mit einem feinen Sinn für Ironie hat Vestergård die beiden ausgerechnet zu Sjöös Grab bestellt. Dort, auf dem ehemaligen Rastplatz, sind die Dinge dann aus dem Ruder gelaufen. Entweder konnten sich beide Parteien nicht einigen, oder Moser und Linderås hatten von vornherein den Plan, Vestergård für immer zum Schweigen zu bringen, jedenfalls waren sie entsprechend vorbereitet und haben es irgendwie geschafft, den routinierten Sicherheitsmann zu überrumpeln. Ob mit Absicht oder nicht, am Ende war Vestergard tot.«

Nyström nickte verbissen. Die immer stärker werdenden Schmerzen der Brandwunden zeichneten Falten in ihr Gesicht.

»Alles in allem eine sehr schöne Hypothese«, sagte sie. »Aber solange wir nicht wissen, was wirklich in dieser Kapsel …«

Das Telefon klingelte. Sie nahm das Gespräch an. Es war Kimsel. Nyström hörte zu, nickte mehrmals knapp, dann bedankte sie sich und legte wieder auf.

»Ich spreche mit dem Staatsanwalt«, sagte sie. »Ich denke, wir haben genug für zwei Haftbefehle.«

8

Ove Linderås hatte eine Göteborger Wohnung in zentraler Lage und ein Ferienhaus im nördlichen Schärengarten sowie eine Finca an der Costa del Sol. Lass ihn bitte nicht in Spanien sein, hatte Stina Forss gedacht und sich auf die Zunge gebissen, als ihr bewusst geworden war, dass das wie ein

Stoßgebet klang. Sie und die Göteborger Kollegen, die sie zur Unterstützung begleiteten, trafen in der geräumigen Altbauwohnung am Vasaplatsen Linderås' Gattin an. Eine ältere Frau im eleganten Abendkleid, die sich nach eigenen Aussagen gerade auf den Weg in die Oper machen wollte. *Die Zauberflöte.* Daraus wurde nichts. Forss ließ sie aufs Revier bringen, nicht zuletzt weil es die Gefahr gab, dass Barbro Linderås ihren Mann warnen konnte, auch wenn sie sich trotz ihres offensichtlichen Schocks kooperativ gab und bereitwillig aussagte, dass sich ihr Mann auf Öckerö befand, einer Insel, die einige Kilometer vor der Stadt lag, und im dortigen Ferienhaus an der Restaurierung seiner *Riva* arbeitete. Forss konnte mit dem Begriff nichts anfangen.

»Ein italienisches Luxusholzboot«, erklärte einer der Göteborger Kollegen. »Ein hübsches Spielzeug für Leute mit zu viel Geld.«

So sah sie also aus, Linderås' Interpretation von der Sonnenseite des Lebens. Erkauft durch eine erfolgreiche Chefarztkarriere und ein saftiges Aktienpaket von *Santé-Panaceya*, wie Delgados Recherche ergeben hatte. Schicke Wohnungen an exklusiven Orten und ein *Riva*-Boot. Sie musste an Amanda Vestergård in dem Stockholmer Penthouse denken und auch an die Nilssons in ihrem Haus mit Meerblick sowie an Petter Holmgren und Joakim Vestergård auf den rasenden Jetskis. Irgendwo dazwischen tuckerte Julia Grankvist in einem alten Ruderboot durch die Schären und zupfte Algen aus dem Wasser.

Es war kurz vor acht, als sie das Haus am Vasaplatsen verließen und sich mit Blaulicht auf zum Hafen in Hjuvik machten. Sie hatten es eilig. Um diese Uhrzeit fuhren nicht mehr viele Fähren hinaus nach Öckerö und noch weniger zurück. Obwohl die Stoßzeit des Berufsverkehrs lange vorbei war, war die Fähre voll, die Insel war ein attraktiver

Wohnort für Pendler, die in der Stadt arbeiteten und gleichzeitig Ruhe, Abgeschiedenheit und Meeresnähe suchten. Das hatte allerdings seinen Preis, erklärte einer der Göteborger Ermittler, der Immobilienmarkt war längst auch auf den ehemals armen und kargen Fischinseln vor der Stadt durch die Decke gegangen und dortige Häuser für Normalverdiener unbezahlbar.

Das rhythmische Tuckern der Dieselmotoren und die trockene Heizungsluft im engen Passagierraum machten Forss schläfrig. Das Letzte, was sie nun gebrauchen konnte. Sie entschuldigte sich bei ihren Begleitern und trat aufs offene Deck. Die See war rau, die Luft feucht und in der Dunkelheit schrien Möwen. Der eisige Westwind blies ihre Locken durcheinander. Sofort fühlte sie sich frischer und wacher, auch wenn sie wusste, dass dies nicht lange anhalten würde. Sie würde diesen Mann verhaften und verhören und sobald sie ein Geständnis hatte, würde sie hundert Jahre Schlaf nachholen.

Mindestens.

Der Charme der Insel erschloss sich Forss im Dunkeln aus dem Auto heraus nicht. Nach wenigen Minuten waren sie am Ziel. In Linderås' Haus brannte Licht. Sie stiegen aus. Im Vorhinein hatten sie sich über ihre Strategie geeinigt. Forss und einer ihrer Kollegen würden den Vordereingang übernehmen und klingeln, der andere Ermittler sicherte das felsige Grundstück von hinten ab. Alle drei waren bewaffnet. Forss rechnete nicht mit großer Gegenwehr, aber man wusste nie. Immerhin hatten Linderås und Moser wahrscheinlich einen Mann vom Kaliber Vestergårds ausgeschaltet. Als sie sich der Eingangstür näherten, hörten sie Geräusche aus der Garage, die rechts vom Haus stand. Schleifpapier auf Holz. Auch aus der Garagentür, die einen Spalt offen stand, drang Licht. Forss zog ihre Dienstwaffe. Sie verständigten sich mit

Blicken. Ihr Kollege riss die eine Seite der Flügeltür auf, Forss richtete die Sig Sauer auf den verdutzten Mann, der das Sandpapier fallen ließ und die Arme hob.

»Heilige Scheiße«, sagte Linderås, mehr zu sich selbst. Der Tonfall war bereits ein halbes Geständnis, dachte Forss. Der Rest war Routine. Sie legten dem ehemaligen Arzt Handschellen an und verfrachteten ihn in den Wagen. Von Widerstand keine Spur.

»Wer schließt denn jetzt das Haus und die Garage ab und löscht überall das Licht?«, fragte er, als alle im Auto saßen. Als wäre das noch von Belang, dachte Forss. Mord verjährte nicht. Auf den Mann Ende sechzig wartete eine lebenslange Haftstrafe. Wahrscheinlich würde er sein Schärenparadies niemals wiedersehen.

»Ich mache das«, sagte sie und ließ sich erklären, wo sich die Schlüssel befanden.

Als sie alle Lichter gelöscht und das Haus verschlossen hatte, ging sie in die Garage. Sie schaltete den Heizlüfter aus und warf einen Blick auf die *Riva*. Ein wahres Schmuckstück. Rötlich braune Mahagonibeplankung, glänzende Chromdetails, ein millionenteurer Oldtimer. Als sie den spitzen Schraubendreher auf der Werkbank entdeckte, konnte sie dem Impuls nicht widerstehen. Sie kratzte *FLAMETHROWER* in den schimmernden Lack. Dann löschte sie das Licht, verschloss sorgfältig das Garagentor und ging gemessenen Schritts zum Einsatzfahrzeug zurück.

9

Dass Jovinge und sein Team mit der Festnahme Noldi Mosers auf sie warteten, rechnete Nyström ihnen an, auch wenn die frostige Atmosphäre bei ihrem dritten Aufeinandertreffen innerhalb weniger Tage noch einmal deutlich klarmachte, dass der Männertrupp und sie in diesem Leben keine Freunde mehr werden würden. Sie traf auch dieses Mal auf dieselbe Arroganz und Hochnäsigkeit der Hauptstädter, die sie bereits zuvor als provozierend wahrgenommen hatte, dabei hatten Jovinge und seine Leute kaum mehr als einen Deut zur Aufklärung der Verbrechen beigetragen. Mosers Heim in einem der renommierten Stockholmer Vororte war mehr ein Anwesen als ein Wohnhaus. Ein postmoderner Gebäudekomplex, der Nyström vage an einen verschachtelten Stapel verschieden großer Schuhkartons erinnerte, auf einem parkartigen Gelände, dessen Dimensionen Nyström in der Dunkelheit nur erahnen konnte. Jovinge tat ihr den Gefallen und betätigte die Klingel, etwas wozu sie mit ihren bandagierten Händen kaum in der Lage war, geschweige denn, dass sie ihre Waffe benutzen konnte. Trotzdem war es wichtig, hier zu sein, Präsenz zu zeigen, dachte sie. Es war ihr Fall, Moser war ihr Hauptverdächtiger, nicht Jovinges. Handlanger, dachte sie, während sie auf ihre verbundenen Hände sah und darauf wartete, dass jemand die mächtige Eichentür öffnete, es sind nur meine Handlanger. Der Gedanke hatte etwas durchaus Befriedigendes und ließ sie sogar für einen Moment die Schmerzen der Brandwunden vergessen. Jovinge deutete auf das Bullauge einer Kamera, das sich über der Tür befand.

»Er dürfte vorgewarnt sein.« Vorausschauend hatten sie

zwei Ermittler im hinteren Garten platziert. »Aber weit wird er nicht kommen.«

In dem Moment hörten sie den Schrei. Er kam von der Rückseite des Hauses. Sie eilten um das Gebäude. Jovinges Posten hatten den Mann bereits gestellt. Wehrlos lag er in einem Rosenstrauch und hielt sich wimmernd das Bein.

»Er ist von da oben gesprungen«, berichtete der Ermittler mit der Goldbrille, die leicht beschlagen war, und wies auf einen Balkon, gut dreieinhalb Meter über ihnen.

»Hätte er mal besser die Treppe genommen«, sagte Nyström, während sie dabei zusah, wie Jovinge dem Mann mit den grauen Schläfen Handschellen anlegte.

Schneefall setzte ein und während die Stockholmer Kollegen auf einer überdachten Terrasse auf den Krankenwagen warteten, hielt sie neben dem auf dem Boden liegenden Moser die Stellung und reckte ihre pochenden Hände dem Nachthimmel entgegen.

»Eine Blasenentzündung bei einem Mann in deinem Alter kann ganz leicht chronisch werden«, sagte sie leise und spürte mit geschlossenen Augen, wie die Schneeflocken auf ihrem Gesicht schmolzen.

Sixten Cajander drückte aufs Gaspedal. Er fuhr viel zu schnell, aber was machte das schon? Er wusste genau, wohin er wollte. Niemand konnte ihn stoppen. Es gab nichts mehr zu tun, sein Werk auf Erden war vollbracht. Er stellte das Autoradio noch etwas lauter, während er über die Brücke nach Tjörn raste. Das letzte Stück auf dem Flamethrower-Album war das Beste. Das letzte Kapitel. Sein letztes Kapitel.

»Drownin' to hell«

Sein Englisch war nicht das Beste, aber er verstand auch so einigermaßen, worum es in dem Song ging. Ertrinken. Ertrinken, bis man in der Hölle landete. Dort wollte er hin, zu seinem großen Bruder, zum DUNKLEN HERRN. *Die Stelle unweit des Jachthafens, an der sie im Frühjahr immer die Boote zu Wasser gelassen hatten, kannte er noch aus seinen frühen Kindheitstagen. Die Betonrampe führte direkt ins Meer. Die Idioten hatten noch nicht einmal eine Schranke gebaut. Alles Abschaum, alles Unwürdige. Ratten und Maden, Maden und Ratten. Aber damit war nun Schluss. Ein für alle Mal. Sixten wusste, wie er zu fahren hatte. Seine innere Landkarte wies ihm den Weg. Wieder und wieder hörte er den letzten Song des Albums. Dann hatte er den Jachthafen erreicht. Er stoppte den Wagen kurz vor dem Wasser.*

Ein letztes Innehalten.

Ein letztes »Vaterunser«.

Ein letztes Pentagramm auf der Stirn.

Dann gab er Gas.

DONNERSTAG

1

Im Rückblick kamen Ingrid Nyström die vergangenen Stunden unwirklich vor. Sie schob es auf den Schlafmangel und die Wirkung der Schmerztabletten, vielleicht hatten aber auch die dramatischen Szenen im Haus der Davidssons tiefere Spuren hinterlassen, als sie sich eingestehen wollte. Mosers Verhaftung, die Fahrt mit Jovinge und dem Verdächtigen in einem Krankenwagen durchs nächtliche Stockholm, das anonyme Hotelzimmer, der morgendliche Rückflug nach Växjö. Als sie aus dem Terminal trat und auf den Taxistand zuging, spürte sie nichts als innere Leere. Es gab so viel, was zu tun war. Die Vorbereitung der Befragung von Moser und Linderås. Die Abstimmung mit den Kollegen und Staatsanwälten in Stockholm und Göteborg. Meetings mit ihrem Team, Örkenrud, Kimsel, Lukasson und Edman.

Es würde Wochen oder Monate dauern, eine wasserdichte Anklage aufzubauen. Alte Zeugen, wie zum Beispiel damalige Krankenhausangestellte oder Firmenmitarbeiter von *Panaceya Therapeutics*, mussten aufgespürt und die Angehörigen der verstorbenen Mitpatienten von Sjöö und Sidenvall gefunden und vernommen werden. Zwei weitere Exhumierungen standen an. DNA-Spuren mussten gesammelt und abgeglichen werden. Dazu kamen die Fahndung nach Sixten Cajander und die anschließende Aufarbeitung des gesamten Tatkomplexes. Sie musste wirklich dringend ins Präsidium.

Aber woher die Kraft nehmen?

Sie öffnete die Tür des nächsten Taxis und ließ sich in den Beifahrersitz fallen.

»Einmal nach Hause bitte«, sagte sie, und erst als der Fahrer nicht reagierte, sondern sie weiter abwartend ansah, fiel ihr ein, dass sie eine Adresse nennen musste.

2

Stina Forss stieg aus ihrem Wagen. Ihre Bewegungen hatten die taube Geschmeidigkeit einer Schlafwandlerin. Jeder Schritt, jeder Handgriff ein Automatismus. Den Wagen abschließen. Das Garagentor zumachen. Fünf Schritte bis zum Briefkasten. Ein vager Blick auf die Post. Werbung, Rechnungen … und eine Postkarte. Sie erkannte das vertraute Stadionmotiv sofort. Sie drehte die Karte um. Sie las.

Sprechen wir über Kent Vargen?

Darunter diesmal eine Telefonnummer.

Sie spürte ihr Herz in der Brust pochen. Unter ihrer Haut prickelte es. Eine Hitzewelle durchfuhr ihren Körper, vom Bauch in den Unterleib, dann hinauf in den Kopf. Ihre Ohrläppchen brannten. Gleichzeitig war da diese fast trotzige Müdigkeit. Sie nahm die Post, schloss die Wohnungstür auf, deaktivierte die Alarmanlage, hängte ihren Mantel an die Garderobe und kickte ihre Boots von den Füßen. Die Post legte sie auf die Anrichte im Flur. Eigentlich hatte sie seit Stunden das dringende Bedürfnis, sich die Zähne zu putzen und frische Wäsche anzuziehen, doch sie schaffte es gerade einmal, sich Jeans, Pullover und Strümpfe vom Körper zu streifen und sich auf ihr Bett fallen zu lassen. Flüchtig dachte sie an ihre wöchentliche Therapiesitzung. Keine halbe Minute später war sie eingeschlafen.

3

Sie hätte sagen können, sie hätte es nicht kommen sehen. Aber das wäre eine Lüge gewesen, genauso unaufrichtig und unwahr wie die Worte, die sie an Delgado richtete, während sie ihren Rock zurechtrückte und mit der anderen Hand ihre Frisur wieder in Ordnung brachte.

»Es war nur dieses eine Mal, Hugo! Nur dieses eine Mal!«

»Ich schwöre«, entgegnete Delgado grinsend und zog den Reißverschluss seiner Hose zu.

Hultin lauschte, bevor sie die Toilettentür öffnete. Es schien niemand Zeuge ihres hitzigen … Ja, was eigentlich? Ihr fehlten die Worte. Sie verstand sich selbst nicht. Das schlechte Gewissen quälte sie jetzt schon.

»Du wartest hier sicherheitshalber noch zwei Minuten, verstanden?«, zischte sie. »Ich will nicht, dass irgendjemand …«

»Klar«, sagte Delgado. »Ist doch klar.«

4

Alles in allem war Lasse Knutsson zufrieden. Sicher, körperlich hätte es ihm besser gehen können, die Schmerzen verschwanden nie ganz, trotz der Armada an Mitteln, die die Maschinen neben ihm kontinuierlich in ihn hineinpumpten, und der Arzt hatte ihn bereits darauf hingewiesen, dass aller Voraussicht nach hässliche Narben zurückbleiben würden. Aber was kümmerte ihn das? Er war ein Mann, der auf die sechzig zuging, und eitel war er noch nie gewesen. Wichtig waren doch ganz andere Dinge im Leben. Zum Beispiel die tolle Aussicht von seinem Krankenbett auf den Växjösee. Wichtig war, dass er überlebt hatte und gesund werden würde. Wichtig war, dass er in der Nacht vor der Kirche seinen Mann gestanden, Einsatzwille und Initiative gezeigt hatte. Wichtig war, dass Ingrid Nyström versprochen hatte, ihn wieder zurück in die Abteilung zu holen. Am Allerwichtigsten war natürlich seine Familie. Lisa saß neben seinem Bett und hielt seine Hand. Heute war außerdem sein Sohn gekommen und hatte die kleine Elsa mitgebracht. Knutssons Enkelin war vier und hatte ihm einen dieser glänzenden gasgefüllten Luftballons mitgebracht, wie sie in der Krankenhauscafeteria zu kaufen waren. An einer rosafarbenen Schnur befestigt, schwebte der bunte Ballon am Fußende seines Betts.

»Was ist das eigentlich für ein Tier, was du mir da mitgebracht hast, Elsa?«, fragte er gutmütig. »Etwa ein echtes Einhorn?«

»Neiiin, Opa«, widersprach die Kleine und lachte ihn an. »Erkennst du das denn nicht? Das ist *Katla* aus den *Brüdern Löwenherz!* Ein Drachen und er kann ganz fürchterliches Feuer spucken, wenn er will.«

5

Ingrid Nyström wurde davon geweckt, dass ihr jemand sanft die Schultern massierte. Sie spürte trotz der behutsamen Bewegungen die Kraft seiner Hände, seinen ganz eigenen Geruch, die Vertrautheit seiner Nähe. Etwas am Rande ihres Bewusstseins wollte dagegen aufbegehren, wollte hochschrecken, auf Distanz gehen und Anders konfrontieren. Die aufgestauten Vorwürfe, ihre Verletztheit, die Wut. Doch ihr Körper sprach eine andere Sprache. Sie hielt die Augen geschlossen und lächelte. Alles Harte, Versteifte in ihr wurde weich. Sie war hier, bei ihm, und alles war in diesem Moment richtig und gut.

Später, als sie zusammen vor dem Kamin saßen und ihre Teebecher umklammerten, gab Nyström sich einen Ruck. Sie hatte nach den Recherchen zu *Norr-Oil* und *Ludin-Petroleum* viel über den Südsudan und Afrika nachgedacht. Ein seit Jahrhunderten geschundener und ausgebeuteter Kontinent.

»Fahr«, sagte sie. »Fahr nach Tansania und bau deinen Brunnen. Es ist nur für ein Jahr und ich weiß, dass es dir guttun wird.«

Anders schwieg lange. Nyström sah den tanzenden Flammen im Kamin zu.

»Danke«, sagte er schließlich. »Ohne dein Einverständnis wäre es mir sehr schwer gefallen.« Dann, nach einer Unterbrechung. »Es hat nichts mit uns zu tun, im Gegenteil, ich wünschte, du könntest mitkommen. Und auch wenn das vielleicht nicht geht, kannst du mich natürlich dort besuchen.« Und nach einer erneuten Pause. »Ich glaube, ich brauche so etwas jetzt in meinem Leben, Ingrid.«

Sie löste ihren Blick vom Kaminfeuer, sah ihn an und griff nach seiner Hand.

»Ich weiß«, sagte sie, »ich weiß.«

6

Als Stina Forss aufwachte, war es draußen wieder dunkel geworden. Die Therapiestunde hatte sie längst verpasst. Sie schaltete die Lampe neben ihrem Bett an. Einer plötzlichen Eingebung folgend, zog sie die Nachttischschublade auf. Das Brillenetui war noch da. Sie griff danach, öffnete es und nahm die zwei Gegenstände heraus. Ein Schlüssel und ein Prachtorden, der nie vergeben worden war. Sie legte beides behutsam zurück.

Sprechen wir über Kent Vargen?

Sie stand auf, ging nach unten in die Küche, machte sich einen starken Kaffee, goss ihn in einen Becher und gab einen ordentlichen Schuss Rum dazu. Dann suchte sie nach ihrem Handy und der neuen Postkarte.

Dann sprechen wir also verdammt noch mal über Kent

Vargen, dachte sie und nahm einen Schluck von dem heißen Gebräu.

Sie wählte die Nummer.

Sie spürte ihren Puls klopfen.

Sie ließ es dreimal klingeln, dann entschloss sie, wieder aufzulegen.

In dem Moment nahm jemand das Gespräch an.

Eine Frauenstimme.

»Ja?«

»Hier ist Stina Forss.« Ihr Flüstern war kaum mehr als ein heiseres Kratzen. »Sprechen wir über Kent Vargen.«

Das Handy an ihrem Ohr schien zu glühen.

»Okay«, sagte die Stimme und stockte. »Ich bin seine Frau.«

FÜNFEINHALB WOCHEN SPÄTER, SAMSTAG

Eine Kostümparty?

Mit Walt-Disney-Motto?

Ernsthaft, Leute?

Wer hatte sich diesen Blödsinn nur ausdenken können, dachte Stina Forss, als sie kopfschüttelnd in ihren BMW stieg und darauf achtgab, die selbst gebastelten Micky-Maus-Ohren auf den Beifahrersitz zu bugsieren, ohne sie dabei zu zerknicken. Sie konnte ja verstehen, dass sich Lasse Knutsson zur Feier seiner Krankenhausentlassung etwas Lustiges und Fröhliches, etwas Aufheiterndes gewünscht hatte. Aber ein Verkleidungsfest? Disneyfiguren? So eine bescheuerte Idee konnte eigentlich nur von Delgado stammen, dessen Comic-Fimmel in der ganzen Abteilung berüchtigt war, und der Umstand, dass Nyström solche Mätzchen nicht nur mitmachte, sondern sogar ihr Wohnzimmer als Veranstaltungsort zur Verfügung stellte, musste mit ihrem unübersehbar schlechten Gewissen Lasse gegenüber zusammenhängen. Vielleicht kompensierte die Chefin auf diese verquere Art und Weise auch ein Stück weit, dass ihr Mann für ein Jahr zur Entwicklungshilfe nach Afrika gegangen war, wie man auf den Fluren des Präsidiums munkelte. Forss war es im Grunde egal, sie hatte die notwendige Überwindung, bei dieser lächerlichen Maskerade mitzumachen, nur aufbringen können, weil sie Lasse sehr mochte und ihn nicht enttäuschen wollte. Der wieder halbwegs Genesene selbst hatte angekündigt, als *Shrek* zu gehen, als grünhäutiger Zeichentricktroll, der eigentlich gar keine Disneyfigur war, sondern die Kreation eines anderen Filmstudios, wie Delgado anmerkte, der es mit solchen Dingen sehr genau nahm und aus seiner eigenen Verkleidung ein Riesengeheimnis machte.

Was für ein Kinderkram das alles.

Zusätzlich fühlte sie sich genötigt, an der Feier teilzunehmen, weil sie schon Nyströms Geburtstagseinladung im vergangenen Monat hatte sausen lassen. Außerdem hatte ihr Therapeut angemerkt, dass sie dringend an ihren sozialen Kompetenzen arbeiten musste, ein Ziel, das ihr, wenn sie ehrlich war, plausibel erschien. Sie wollte lernen, eine bessere Kollegin zu sein, denn auch das gehörte zu ihrem Selbstbild einer guten Polizistin, auch wenn der Preis dafür offenbar aus selbst gebastelten Pappohren bestand.

Auf der Fahrt hinaus in die kleine Ortschaft Ör, die auf der anderen Seite von Växjö lag, dachte sie an die komplizierte Nachermittlung, die ihre Abteilung in den vergangenen Wochen auf Trab gehalten hatte. Moser und Linderås saßen noch immer in Untersuchungshaft. Beide hatten zu den gegen sie erhobenen Vorwürfen zunächst beharrlich geschwiegen und es schien lange, als gäbe es bis auf die sichergestellte Medikamentenkapsel mit dem Autoimmunwirkstoff keinen stichhaltigen Beweis, der die beiden Männer mit den tödlichen Experimenten im Göteborger Krankenhaus, dem Mehrfachmord in Hallsberg sowie Sidenvalls inszeniertem Suizid in Verbindung bringen konnte. Und selbst was das Medikament betraf: Eine Durchsuchung der Firmenzentrale von *Santé-Panaceya* hatte keine Unterlagen oder sonstigen Hinweise auf die Entwicklung des gefährlichen Immun-Wirkstoffs geliefert; kein Wunder, hatte Moser schließlich fünfundzwanzig Jahre Zeit gehabt, jede Spur zu verwischen. Der lang erhoffte, erste Durchbruch war schließlich Bo Örkenrud und seinem Team in der vergangenen Woche geglückt, und zwar gleich in doppelter Hinsicht. Bei der Exhumierung der beiden ehemaligen Mitpatienten von Sjöö und Sidenvall waren die Ermittler – erwartungsgemäß – ebenfalls auf leere Gräber gestoßen. Dieses Mal hatte Örkenrud allerdings darauf bestanden, die Überreste der zum Teil verrotteten Särge im Labor zu untersuchen. Mit Erfolg: Zwischen den Holzresten eines Sargs war er auf zwei Haare gestoßen, deren Farbton nicht annähernd übereinstimmte. Das allein musste noch nichts heißen, aber eine DNA-Analyse gab seiner Vermutung recht. Die beiden Haare stammten von verschiedenen Personen. Das eine gehörte wahrscheinlich der verstorbenen jungen Frau – das andere war zweifelsfrei Joakim Vestergård zuzuordnen.

»Wenn der Kerl damals nicht auch noch nebenberuflich als Bestattungsunternehmer tätig war, dürften wir damit unseren Grabräuber überführt haben«, hatte Örkenrud zufrieden gebrummt, als die Untersuchungsergebnisse aus Linköping eingetroffen waren.

Das zweite, noch viel wichtigere Indiz war ebenfalls einem DNA-Abgleich zu verdanken. Unter den Staub- und

Schmutzresten, die Örkenrud in Vestergårds Wagen sichergestellt hatte, fanden sich Hautschuppen Mosers.

Unter der Beweislast brach der Pharmaunternehmer endlich ein. Sein erstes Geständnis las sich allerdings wie ein Ammenmärchen. In seiner Version der Geschichte war Moser ein Humanist, der sein Leben der Forschung für eine bessere Welt verschrieben hatte. Allein der finanzielle Druck durch die damalige Wirtschaftskrise, ein amoralischer, ruhmsüchtiger Arzt sowie ein skrupelloser Sicherheitsmann hatten ihn zu der beschleunigten Experimentierphase genötigt. Er selbst hätte nach dem überraschenden Tod der beiden Leukämiepatienten reinen Tisch machen und sich den Behörden stellen wollen, wäre aber durch Vestergårds Drohungen zum Schweigen gezwungen worden. Angeblich habe das Leben seiner Kinder auf dem Spiel gestanden.

Mit Mosers Aussage konfrontiert, machte auch Linderås endlich den Mund auf. Selbstverständlich war seine Geschichte – zumindest in entscheidenden Passagen – eine völlig andere. Er, der aufopferungsvolle Arzt, war auf der Suche nach einer Heilung für seine Patienten bis an seine Grenzen gegangen – und leider, auf das Drängen eines eiskalten Pharmakologen und dessen Kompagnon, einer zwielichtigen Gestalt aus der Sicherheitsbranche, darüber hinaus. Alles zum Wohl der Wissenschaft, alles im Dienste seiner leidenden Patienten. Von Hallsberg und von leeren Gräbern, darin glichen sich beide Erzählungen wiederum erstaunlicherweise in jedem Detail, wollten weder Moser noch Linderås etwas gewusst haben, die Tode von Sjöö und Sidenvall hätten sie für einen – zugegebenermaßen glücklichen – Zufall gehalten. Joakim Vestergård, der sich nicht mehr verteidigen konnte, gab in dieser Hinsicht einen wunderbaren Sündenbock ab. Dass er auf dem ehemaligen Rastplatz ums Leben gekommen war, war in den Darstellungen von Moser und Linderås eine unglückliche Mischung aus Notwehr und Unfall gewesen. Nachdem die Nachricht von Sidenvalls leerem Grab landesweit durch alle Medien gegangen war, hätte sich Vestergård nach über zwanzig Jahren Pause wieder bei ihnen gemeldet, mit dem erklärten Ziel, sie zu erpressen. Zum ersten Mal hätten sie zu diesem Zeitpunkt von Vestergård die abenteuerliche Geschichte gehört, dass er hinter dem Anschlag in Hallsberg und dem vermeintlichen Selbstmord Sidenvalls steckte und die Leichname der vier Probanden des Medikamentenversuchs ausgegraben und an anderen Orten wieder vergraben habe. Er habe, so behauptete er, seinen Auftrag ernst genommen, das illegale Experiment und damit auch die beruflichen Existenzen Mosers und Linderås' geschützt. Nun wolle er dafür endlich eine Entlohnung, die den damals notwendigen drastischen Maßnahmen angemessen sei. Er habe von ihnen eine atemberaubende Geldsumme verlangt, ansonsten hätte er zur Polizei gehen und nicht nur die illegale Testphase des Autoimmun-Wirkstoffs öffentlich machen, sondern ihnen auch die Beteiligung an der Ermordung von Sjöö und den anderen jungen Leuten unterschieben wollen. Vestergård habe gleichzeitig entschlossen und verzweifelt gewirkt, wie ein Mann, der nichts mehr zu verlieren habe und deswegen alles auf eine Karte setzte. Sie hätten daher beide den Eindruck gehabt, dass Vestergård es ernst meinte, auch wenn ein solches Geständnis seinen eigenen Untergang bedeutet hätte. Deshalb wären sie auf seine Forderung, sich zur Geldübergabe auf dem abgelegenen Parkplatz zwischen Värnamo und Ljungby zu treffen, zum Schein eingegangen. In Wirklichkeit hätten sie nie die Absicht gehabt zu zahlen, zumindest nicht die verlangte, astronomisch hohe Summe. Sie wollten Vestergård in einem persönlichen Gespräch zur Einsicht bringen und ihm als Kompromiss einen weit kleineren Geldbetrag anbieten. Die

Spritze mit den Betäubungsmitteln sei nur eine Vorsichtsmaßnahme gewesen. Bei dem Treffen auf dem ehemaligen Rastplatz habe sich Vestergård jedoch völlig uneinsichtig aufgeführt. Ein tobender, rasender Irrer, der keine Zweifel daran ließ, seine Drohungen wahrzumachen. Deshalb seien die starken Narkotika zum Einsatz gekommen. Eigentlich habe man Vestergård nur betäuben, an einen anderen Ort transportieren und ihn dort in Ruhe zur Vernunft bringen wollen. Leider sei er jedoch unglücklich gestürzt und habe sich auf fatale Weise den Kopf aufgeschlagen.

Ein tragischer Unfall.

Drei Tage lang hatte es so ausgesehen, als würden Moser und Linderås mit ihrer zweifelsohne gut abgestimmten Version tatsächlich durchkommen. Die Staatsanwaltschaft wertete die ungenehmigten Medikamentenversuche an den ahnungslosen Probanden als fahrlässige Tötung, jedoch nicht als Mord, denn Moser und Linderås hätten dabei ja nicht das Ziel gehabt, die vier Patienten zu töten, sondern lediglich das Risiko unbekannter Nebenwirkungen in Kauf genommen. Damit wäre ihr amoralisches Treiben verjährt gewesen. Eine Verbindung zu dem Attentat in Hallsberg, dem fingierten Selbstmord Sidenvalls und den leeren Gräbern konnte ihnen nicht nachgewiesen werden. So unglaubwürdig ihre Geschichte war – die Strategie, alles Vestergård in die Schuhe zu schieben, schien tatsächlich aufzugehen. Bis zwei Tage zuvor die Dinge endgültig ins Rollen gekommen waren. Das war zunächst Hugo Delgados Verdienst. Er hatte zum x-ten Mal die sichergestellten Smartphone- und Festplattendaten der beiden Verdächtigen durchkämmt, bisher jedes Mal ohne Erfolg, was kein Wunder gewesen war, denn die schiere Menge der Dateien, die sich allein auf Mosers Firmenservern befanden, war riesig. Die Suche nach der berühmten Nadel im Heuhaufen. Bis Delgado seinen genialen

Moment hatte. Es waren Namen, die ihm aufgefallen waren, Namen im Kontaktverzeichnis von Ove Linderås' Handy. Linderås war ein international vernetzter, renommierter Chefarzt gewesen, der Vorträge in aller Welt gehalten hatte. Drei Namen aus einer Liste von mehr als fünfhundert filterte Delgado heraus.

Azy Bengnalio

Ham Ericsson

Laika Kusnezow

Gestolpert war er zunächst über *Laika* Kusnezow. *Laika*. Wie die Hündin, die von den Russen in den Fünfzigerjahren in den Weltraum geschossen worden war. Natürlich konnte auch ein Mensch so heißen, dachte Delgado zumindest, aber was wusste er schon über russische Vornamen? Trotzdem juckte ihn etwas in den Fingern. Er suchte im Internet nach *Laika*, der Weltraumhündin. Natürlich gab es über sie massenhaft Informationen. Ziemlich weit vorn auf Delgados Trefferliste war ein Artikel, der weltberühmte Versuchstiere porträtierte. Wie *Ham*, den Schimpansen, den die Amerikaner einige Jahre *Laika* hinterhergeschickt hatten. Oder *Azy*, der Orang-Utan, der in den Siebzigerjahren mithilfe von Symbolen recht komplexe Konversationen führen konnte. Drei bekannte Versuchstiernamen? Zufall? Delgado probierte die zugehörigen Telefonnummern aus. Es gab sie nicht. Es gab keine davon. Aber was hatten die Zahlen dann zu bedeuten? Delgado ließ die Nullen der Vorwahl weg und spielte mit dem Rest von *Azys* Nummer aufs Geradewohl im Internet herum. Internet war bei Delgado immer eine gute Idee.

569958140029

Er traute seinen Augen kaum. Der achte Treffer, den Google ausspuckte, war aus der Rubrik *Maps*. 56 99 58 / 14 00 29. Die Zahlen waren augenscheinlich Koordinaten. Er starrte auf die Karte vor ihm. Die virtuelle Nadel steckte genau in *Gyllene Rasten,* dem ehemalige Rastplatz am Lagansee.

Dort lag das Grab von Tomas Sjöö.

Er war *Azy*.

Er war Linderås' und Mosers Versuchstier.

Die fiktiven Telefonnummern von *Ham* und *Laika* wiesen ebenfalls Koordinaten zweier abgelegener Orte aus, einer in Schonen, ein anderer im Värmland. Die örtlichen Kollegen wurden informiert und am folgenden Tag wurde man an beiden Stellen mit Hilfe von Suchhunden tatsächlich fündig: Das, was von Menschen übrig blieb, wenn sie für ein Vierteljahrhundert einen halben Meter tief im Waldboden verscharrt gewesen waren. Alle weiteren Untersuchungen und mögliche Identifizierungen der Knochenreste standen noch aus, aber niemand zweifelte daran, dass es sich um zwei der drei übrigen Probanten handelte. Rätselhaft war allerdings der Verbleib des vierten Leichnams. Delgado hatte einen ganzen Tag damit verbracht, sämtliche übrige Kontaktdaten aus Linderås' Handy zu überprüfen. Sie waren zwar nicht alle aktuell, aber sie schienen alle echt zu sein. Linderås schwieg bisher auf Anraten seines Anwalts, obwohl sein so sorgfältig konstruiertes Lügengebäude in sich zusammengefallen war. Der Arzt hatte über den Verbleib seiner toten Patienten Bescheid gewusst, Moser wahrscheinlich ebenso.

Doch den alles entscheidenden Impuls hatte die Ermittlung erst am Abend des Vortages bekommen. Vollkommen unvermittelt, in die freitagliche Feierabendstimmung hinein, war sie aufgetaucht, die Zeugenaussage. Sie besiegelte Linderås' und Mosers Schicksal endgültig. Ein echter *game changer,* dachte Forss, niemals hätte sie damit gerechnet, dass …

Ein Spurwechsel bei Tempo hundertzehn forderte für einen Moment ihre Aufmerksamkeit. Sie blinkte und machte

Anstalten, auf den Schnellstraßenring abzubiegen, der den Stadtkern Växjös umrundete. Der obligatorische Blick in den Seitenspiegel ließ sie endgültig den gedanklichen Faden verlieren. Etwa fünfzig Meter hinter ihr fuhr ein blauer Ford Galaxy älteren Baujahrs. Etwas in ihr reagierte. Vielleicht lag es daran, dass sie nun beinahe schon ihr halbes Leben Polizistin war. Das Gefühl, dass es sich um denselben Wagen handelte, den sie in den vergangenen Wochen bereits mehrmals an völlig verschiedenen Orten gesichtet hatte, verfestigte sich. Lag es an dem schmutzigen, ausgewaschen Blauton des Autos? Den Umrissen der schemenhaften Figur hinterm Steuerrad? Fragmenten des Nummernschilds, die sie in irgendeiner verstaubten Ecke ihres Hirns abgespeichert hatte? Oder bildete sie sich das alles nur ein?

Sie bremste runter auf 70 Km/h.

Der Galaxy bremste ebenfalls, hielt den Abstand ein.

Sie beschleunigte wieder. Ihr Puls beschleunigte ebenfalls. Der blaue Wagen fiel zurück, verschwand dann aus ihrem Blickfeld. Langsam beruhigte sich ihr Herzschlag wieder. Das Ganze war wahrscheinlich nur Einbildung gewesen, weiter nichts, ein Phantom in der Dämmerung. Seit Kents Tod und den Ereignissen in Södertälje gab es davon etliche. Aber was sollte sie dagegen tun? Sie ging mehr oder weniger regelmäßig zu den Therapiesitzungen und nahm brav ihre Tabletten. Sie nahm ihr Leben in die Hand und machte weiter, Tag für Tag. Um irgendwann alles, was geschehen war, zu verstehen.

Das Große, das Ganze.

Sprechen wir über Kent Vargen?

Natürlich fieberte sie dem Treffen mit der Anruferin entgegen, die sich als seine Frau ausgegeben hatte. Aus einem unbestimmten Grund glaubte sie dieser Fremden sogar, wirklich mit Kent Vargen verheiratet gewesen zu sein. Auch wenn er zu dieser Zeit mit Sicherheit einen anderen, möglicherweise seinen richtigen Namen getragen hatte. Wenn sie ehrlich war, *brannte* sie darauf, ihn zu erfahren. Und gleichzeitig fürchtete sie sich davor. Ihre Gefühle waren auch in dieser Hinsicht ambivalent, wie alles, was Kent anging. In einer guten Woche würde es soweit sein. Die Frau hatte sich geheimnistuerisch gegeben. Ängstlich, eingeschüchtert. Forss' Vorschlag nach Stockholm zu kommen, hatte sie vehement abgeblockt. Sie würde mit Sicherheit auf die ein oder andere Weise überwacht, hatte sie gesagt.

Es war in den vergangenen anderthalb Jahren viel zu viel Ungereimtes passiert, als dass Forss ihr nicht geglaubt hätte. Kents plötzliches Auftauchen. Seine falsche Identität. Das Schweigen der Polizeibehörde. Sein Hab und Gut, das auf eine anonyme Anweisung hin verbrannt worden war. Die Tatsache, dass er sie bestohlen hatte. Der ominöse Orden ihres Vaters. Der Schlüssel. Die Einbrüche in ihrem Haus. Ein blauer Ford Galaxy älteren Baujahrs …?

Ja, sie hielt es nicht für völlig unwahrscheinlich, dass die Frau recht hatte. Ihr Vorschlag war gewesen, sich am Rande einer Vertriebskonferenz zu treffen, die das Elektronikunternehmen, bei dem sie als Buchhalterin beschäftigt war, jährlich in einem riesigen, gesichtslosen Tagungshotelkomplex in Norrköping abhielt. Forss hatte sich einverstanden erklärt, was war ihr auch anderes übrig geblieben? Natürlich hatte sie versucht, über die Telefonnummer etwas über die Frau zu erfahren; eine Sackgasse, der Anschluss gehörte zu einer nicht registrierten Prepaidkarte, wie man sie an jedem Kiosk kaufen konnte. Also übte sie sich in Geduld und zählte die Tage zur Konferenz.

Mittlerweile hatte sie die L30 bis nach Ör geführt. Sie kannte die Strecke in- und auswendig, in ihren ersten Jahren in Växjö hatte sie in einer kleinen Einliegerwohnung im

Haus ihrer Cousine Maj gewohnt, das nicht weit von Ör entfernt in Moheda lag. Schmerzhaft wurde ihr bewusst, dass ihr letztes Treffen mit Maj bereits wieder Monate zurücklag, obwohl sich ihre loyale Cousine regelmäßig bei ihr meldete. Warum war sie nur so schlecht darin, die wenigen sozialen Kontakte, die sie hatte, aufrechtzuerhalten? Noch so ein Thema für ihre Therapie.

Sie bog in Nyströms breite Einfahrt ab, in der bereits Knutssons Pick-up, Hultins neuer Familienvan und Kimsels Mercedes-Cabrio standen. Bestimmt war Delgado auch schon da, der passionierte Radfahrer hatte mit Sicherheit eine Mitfahrgelegenheit aus der Stadt gefunden. Sie war spät dran, aber besser spät als nie, dachte sie, während sie die Micky-Maus-Ohren vom Beifahrersitz nahm und pflichtschuldig aufsetzte. Ausgerechnet Disney! War das wirklich euer Ernst, liebe Kollegen?

Gewappnet mit zwei Flaschen Rotwein stieg sie aus und ging auf die Haustür zu. Sie hatte nicht vor, diese schräge Party ohne Alkohol zu überstehen, auch wenn das zwangsläufig bedeutete, von der Übernachtungsmöglichkeit Gebrauch machen zu müssen, die Nyström angeboten hatte. Aber lieber auf einem schmalen Sofa pennen oder in einem ungeheizten Gästehaus, als den Abend nüchtern zu ertragen, dachte sie. Sie klingelte. Als die Tür geöffnet wurde, hatte sie für einen Augenblick das merkwürdige Gefühl, in einen Ganzkörperspiegel zu sehen. Die Frau, die ihr gegenüberstand, war klein und schmal wie sie, hatte ebenfalls eine rotbraune Lockenmähne, Sommersprossen, eine Augenklappe. Dazu Schaftstiefel, Pluderhosen, Rüschenhemd, Brokatweste. Forss verstand: Piratenlook.

»Hi«, sagte die Frau mit britischem Akzent. »Ich bin Healey«, und als sie Forss verwunderte Blicke bemerkte, fügte sie ein erklärendes »*Fluch der Karibik*« hinzu. Blut schoss ihr ins Gesicht, was ihre Sommersprossen verblassen ließ. Offenbar war sie verlegen, offenbar hatte sie niemand über Forss' verlorenes Auge aufgeklärt. Forss ahnte, dass es sich um Nyströms Schwiegertochter handeln musste, die Freundin oder Frau Annas. Das lesbische Paar lebte mitsamt Kleinkind in England, soweit auf den Flurfunk im Präsidium Verlass war.

»*Hi*«, sagte Forss, »*nice to meet you*«, und gab ihr die Hand.

Healey führte sie ins Wohnzimmer. Großes Hallo. Alle hatten Getränke in der Hand, die Stereoanlage wummerte passend zu Healeys Outfit den opulenten Soundtrack des bekannten Disney-Piratenfilms, und dann erst die Kostüme! Knutsson tatsächlich als *Shrek,* deutlich furchteinflößender als das Original, Hultin als eine halbgare Mischung aus *Daisy* und *Donald Duck*, Delgado als detailgetreue Cowboyfigur aus *Toy Story.* Kimsel war eine in die Jahre gekommene, aber nicht unattraktive *Arielle,* Anna ging als *Eiskönigin* und Ingrid Nyström, die Krönung von allen, stellte *Schneewittchen* dar. Forss konnte den mitgebrachten Wein gar nicht schnell genug entkorken. Nach dem zweiten, hastig heruntergekippten Glas löste sich ihre Verspannung ein wenig. Vielleicht war das Ganze doch gar keine so schlechte Idee. Teamgeist fördern, auf Lasse Knutssons Genesung anstoßen, ein bisschen ausgelassen sein und das seltsame Leben da draußen für einige Stunden vergessen.

Zum Takt des unvermeidlichen *Dancing Queen* wiegte Forss sich bald in den Hüften und knabberte Salzstangen. ABBA ging immer. Nyström gesellte sich zu ihr.

»Wo sind die sieben Zwerge?«, fragte Forss.

»Gute Frage. Hinter den sieben Bergen?«

Nyström lächelte. Offensichtlich war auch sie bereits nicht mehr ganz nüchtern.

»Ich habe vorhin noch einmal mit Jovinge telefoniert«, sagte sie. »Die verschwundene Akte zum Fall Sidenvall, du erinnerst dich?« Forss nickte. »Rate mal, was Moser heute zu Protokoll gegeben hat.«

Aus der Nähe waren Schneewittchens Brandwunden noch gut zu erkennen, auch wenn sie überschminkt waren.

»Es muss ja jemand aus den Reihen der Polizei gewesen sein«, überlegte Forss. »Doch wohl nicht Gunnar Berg oder jemand aus seinem alten Team?«

»Gott bewahre!«

»Keine Ahnung«, sagte Forss. »Was weiß ich, wer hier alles schon vor fünfundzwanzig Jahren im Dienst war?«

»Frank Jodenius«, sagte Nyström ohne Triumph in der Stimme, obwohl es sich um ihren Erzfeind handelte. »Damals ein blutjunger Streifenpolizist.«

»Dieser korrupte Drecksack!«

Forss schüttelte den Kopf.

»Lass uns das Essen begutachten, auf die Lösung des Falls anstoßen und den ganzen Mist hinter uns lassen«, schlug Nyström vor. »Zumindest für heute Abend.«

»Zumindest für heute Abend«, wiederholte Forss.

Sie steuerten auf das prachtvoll dekorierte Büfett, schenkten sich Wein nach und stießen miteinander an. *Shrek* drängelte sich zwischen sie, um sich seinen Teller vollzuladen, und murmelte etwas von Achtsamkeit. Forss betrachtete die Anhäufung von Köstlichkeiten. Fleischbällchen, Nudelsalat, Käsespieße. Fehlt nur noch der Mettigel, dachte sie, aber so etwas kannte man in Schweden nicht.

»Ich Idiot!«, rief Knutsson unvermittelt, schlug sich buchstäblich auf die giftgrüne Stirn und ließ den halb gefüllten Teller auf den Tisch sinken. »Ich hab die *smörgåstårta* zu Hause vergessen!«

»Ich glaube, wir werden auch so alle satt«, entgegnete Forss mit Blick auf den üppig gefüllten Tisch.

»Ich hab die extra in der Konditorei bestellt!«, insistierte Knutsson. »Mit einer speziellen Dekoration! Stichwort: brennende Kirchen!« Er zwinkerte ihr zu und lächelte. »Die rundet doch den Abend erst so richtig ab! Wir brauchen die unbedingt, und zwar sofort!« Er tastete seine Hosentaschen ab. »Wo sind meine Autoschlüssel? Ich bin in einer Viertelstunde wieder da.«

Knutssons Haus in Åby lag in der Tat nur einige Kilometer entfernt.

»Ich fürchte, ich habe dich zugeparkt«, sagte Forss.

»Ich kann doch fahren«, schlug Hailey vor, die ebenfalls zum Büfett gestoßen und sich vom Rucolasalat bedient hatte. »Ich habe jedenfalls noch keinen Tropfen Alkohol getrunken.«

Knutsson blickte schuldbewusst auf sein Bierglas.

»Warum nicht?«, sagte er. »Ich schreib Lisa einfach eine SMS, dann erwartet sie dich mit der *smörgåstårta* an der Tür und du bist ruckzuck wieder hier.«

»Du kannst meinen Wagen nehmen«, sagte Forss und kramte die Autoschlüssel aus der Hosentasche. »Falls du mit 200 PS und dem Rechtsverkehr kein Problem hast.«

»Vor Alberts Geburt bin ich Porsche gefahren«, entgegnete die Piratenbraut lässig. »Wurde mit dem Kindersitz aber ein bisschen eng. Und an euren komischen Rechtsverkehr hab ich mich schnell gewöhnt.«

Ihr Akzent war wirklich charmant.

»Na, dann«, sagte Forss. Knutsson schilderte Hailey den Weg, der wirklich einfach war. »Ich komme noch mit nach draußen«, fuhr Forss fort, »manchmal zickt das Schloss der Fahrertür ein wenig, die Karre hat mehr als 30 Jahre auf dem Buckel, aber sie fährt einwandfrei. Bayerische Qualitätsarbeit.«

»Grüß Gott«, lachte Hailey auf Deutsch und drückte Anna

beim Hinausgehen einen Kuss auf den Mund. Forss folgte ihr und schloss die Wagentür auf. Die klemmte wirklich fürchterlich. Höchste Zeit für den nächsten Werkstattbesuch, dachte sie.

Hailey bedankte sich und stieg ein. Warf die Tür zu und startete den Motor. Schaltete das Licht an und setzte rasant in der Einfahrt zurück. Kies spritzte. Forss nippte an ihrem dritten Weinglas. Ein merkwürdiges Gefühl: als sähe sie sich selbst davonfahren. Es war kühl hier draußen, ein sternenklarer Himmel, beinahe Vollmond, eine Vorahnung des Frühlings hing in der Luft. Forss fröstelte. Das vertraute Röhren des BMW-Motors entfernte sich im Halbdunkeln.

Dann geschah alles auf einmal.

Der erste Schuss, der die Nacht zerriss. Der Einschlag in der Windschutzscheibe des Wagens, etwa hundert Meter vom Haus der Nyströms entfernt, ehe er von der Straße abkam, gegen einen Baum knallte und zum Stehen kam. Der durchdringende, anhaltende Laut der Hupe. Forss begann in Richtung des Autos zu rennen, obwohl sie ahnte, dass es zu spät war. Der leichte Wind trug ihre Pappohren davon, wohin das Weinglas verschwunden war, wusste sie später nicht mehr zu sagen. Noch während sie rannte, vernahm sie den zweiten Schuss. Diesmal meinte sie, sogar das Mündungsfeuer auszumachen. Eine Anhöhe auf der anderen Seite der Landstraße, bewachsen mit dichten, niedrigen Tannen, die perfekte Tarnung im Zwielicht. Als sie sich dem BMW bis auf einige Meter genähert hatte, sah sie das Blut an den Innenseiten der Scheiben. Es war überall. Hailey war zweifellos tot, es gab nichts, was Forss noch für sie tun konnte. Atemlos warf sie sich längs hin, suchte instinktiv im Straßengraben Schutz. Ihr Körper hatte offenbar längst verstanden, was sie erst allmählich begriff. Es war sie, die hätte sterben sollen, nicht Hailey.

Da draußen, auf der Anhöhe, war jemand, der versuchte, sie zu töten. Stattdessen hatte er Nyströms Schwiegertochter erschossen.

Todesangst und Schuldgefühle pressten sie zu Boden. In Schneereste und langes, mattes Wintergras. Ihr war unfassbar kalt. Auf der Landstraße donnerte ein Lkw vorbei. Als es endlose Sekunden später wieder ruhig geworden war, vernahm sie aus Richtung der Anhöhe das Geräusch eines startenden Motors. Ein Wagen, der Mörder, fuhr davon, auf verborgenen Waldwegen, unerreichbar.

Sie raffte sich vom nassen Grund auf, doch die Eiseskälte wollte ihren Körper nicht verlassen.

EPILOG

Anita Buckebo verspürte nichts als Müdigkeit, als sie in den Zug Richtung Süden stieg, Müdigkeit und Resignation, seit vielen, vielen Jahren der Grundton, die Basslinie ihrer Lebensmelodie. Dennoch hatte sie sich aufgerafft und auf den langen Weg gemacht, warum, wusste sie selbst nicht in Worte zu fassen. Kategorien wie Moral oder Ethik lehnte sie seit langer Zeit ab, genauso wenig wie sie noch an einen Gott und seine Gesetze oder an die Wahrheit einer inneren Stimme glaubte. Und trotzdem fühlte es sich richtig an, noch einmal mit der Polizistin zu sprechen. Wie war noch gleich ihr Name gewesen? Forssell? Forsberg? Forss? Als der Zug Kiruna verließ und Fahrt aufnahm, schenkte sie sich aus einer Thermoskanne Kaffee ein, in den sie nach traditioneller Art einen speziellen Käse gab, *kahvijuusto*. Die Nacht würde lang werden, und ein Schlafabteil zu buchen war ihr zu teuer gewesen, daher versuchte sie es sich, so gut es ging, in ihrem Sitz bequem zu machen, indem sie die Lehne ein Stück nach hinten kippte. Im bläulichen Licht der Bordbeleuchtung blätterte sie in einem Buch über Wölfe, das sie in der Bibliothek geliehen hatte. Eine naturkundliche Anthologie, die die Beziehung zwischen Wolf und Mensch im Laufe der Zeit auslotete. Am Interessantesten fand sie die Illustrationen vergangener Jahrhunderte, die das Tier in den meisten Fällen als heimtückische, blutrünstige Bestie darstellten. Wie wenig wir doch verstehen, dachte sie, und wie sehr wir die Welt, die uns umgibt, zur Projektionsfläche unserer eigenen verborgenen Ängste und Begierden machen. Als nach einiger Zeit ihre Augen zu schmerzen begannen, klappte sie das Buch zu und schaltete das Leselicht über ihrem Sitz aus. Ihre Gedanken trieben davon, wie sie es im Halbdunkeln oft zu tun pflegten. Natürlich führten sie zu Fredrik, das taten sie meistens. Zurück in jene Nacht, die ihr gesamtes Leben verändert hatte.

Sie war so glücklich gewesen, bis dahin.

Glück vielleicht nicht im Sinne von Ausgeglichenheit oder Harmonie, sondern eher in Form von Sturm und Drang. Sie eiferte damals. Sie glühte von innen heraus. Sie hatte einen Auftrag. *Sein* Wort zu verkünden, es in die Welt hinauszutragen, auf das es überall zu hören sein sollte. In Bergen und Tälern, im Wald und auf der See. Natürlich war das Hybris. Niemand konnte die ganze Welt bekehren. Aber sie hatte einen kleinen abgelegenen Ort gefunden, der ihrer bedurfte. Mehr brauchte es nicht. *Sein* Licht, *seinen* Glanz, *seine* Wahrheit wahrhaftig in die Dunkelheit zu tragen, in die Stollen und Gänge der tiefen Mine, in das Herz des Berges, hier, im hohen Norden, wo die Menschen nur aus zwei Gründen verharrten: Metall und das Geld, das es generierte. Wo war *sein* Wort, *sein* Erlösungsversprechen mehr vonnöten als hier?

Sie diskutierte. Sie überzeugte. Sie rekrutierte.

Sie war eine Fischerin verlorener Seelen. Markus-Evangelium 1,16 bis 1,20:

Als Jesus am See von Galiläa entlangging, sah er Simon und Andreas, den Bruder des Simon, die auf dem See ihr Netz auswarfen; sie waren nämlich Fischer. Da sagte er zu ihnen: Kommt her, folgt mir nach! Ich werde euch zu Menschenfischern machen. Sogleich ließen sie ihre Netze liegen und folgten ihm. Als er ein Stück weiterging, sah er Jakobus, den Sohn des Zebedäus, und seinen Bruder Johannes; sie waren im Boot und richteten ihre Netze her. Sofort rief er sie und sie ließen ihren Vater Zebedäus mit seinen Tagelöhnern im Boot zurück und folgten Jesus nach.

Sie war wie Simon und Andreas, wie Jakob und Johannes, sie war eine wahre Jüngerin des Herrn.

Fredrik Sidenvall war nicht der erste Fisch in ihren Netzen und auch nicht der letzte. Aber dass er nach Orientierung suchte, dass er spiritueller Führung bedurfte, war Anita Birkebo vom ersten Moment ihrer Begegnung an klar gewesen wie bei wenig anderen vor ihm. Ein rastloser, an sich selbst verzweifelnder junger Mann. Sie wies ihm den Weg zu Christus, in die Gemeinde, nicht zuletzt zu sich selbst. Die Monate nach seiner Taufe waren vielleicht die glücklichsten in seinem kurzen Leben. Er blühte auf, engagierte sich, wurde ein gefolgsamer Jünger wie sie. Er sang in seiner Freizeit im Chor, er organisierte einen Spendenlauf zugunsten einer osteuropäischen Partnergemeinde, er half aus, wo er konnte. Fredrik war ihr Augenstern, ihr Zögling, das sichtbarste Zeichen, dass das, was sie tat, richtig und gut war. Möglicherweise, wenn sie ehrlich zu sich selbst war, war er sogar ein Stück weit der Sohn, den sie selbst nie hatte. Vielleicht war es auch die glücklichste Zeit ihres Lebens. Bis sich alles zu ändern begann. Ganz allmählich, ein schleichender Prozess, und doch konnte sie ihn nicht aufhalten. Fredriks Zweifel an sich, die kritischen Maßstäbe, die er immer weiter forcierte, das Hadern mit seiner eigenen Identität. Dass er schwul war, hatte sie schnell begriffen. Bei strenger Auslegung der Heiligen Schrift hätte sie das verurteilen müssen. Aber das tat sie nicht, niemand aus der freikirchlichen Gemeinde tat es. Sie glaubte an einen barmherzigen, verzeihenden Gott, der in jedem Menschen das Gute suchte. Sie konnte über seine Homosexualität hinwegsehen und sie war davon überzeugt, Gott tat das ebenfalls. Das Problem war Fredrik selbst. Er hatte sich beim Studieren der Bibel an mehreren Stellen festgebissen, vor allem die Aussagen in den Paulusbriefen machten ihm zu schaffen. So hieß es im Korintherbrief: *Weder Unzüchtige noch Götzendiener, weder Ehebrecher noch Lustknaben, noch Knabenschänder, noch Diebe, noch Habgierige, keine Trinker, keine Lästerer, keine Räuber werden das Reich Gottes erben.*

Lustknaben und Knabenschänder. Fredrik trug die Wörter wie ein negatives Mantra vor sich her. Er begann sich zu verschließen, sich immer weiter in sich zurückzuziehen. Sie suchte das Gespräch, bezog den Pastor der Gemeinde mit ein. Sie sprachen lange und ausführlich mit Fredrik, erklärten den theologischen Hintergrund, die Probleme der Übersetzungen aus dem griechischen Originaltext. Sie relativierten. Doch die Wirkung blieb gleich null. Alles, was sie sagten, schien kaum zu ihm durchzudringen. Anita Birkebo hatte das Gefühl, dass er ihr zwischen den Fingern hindurchglitt, hinab in eine schwere Depression. Fredrik, ein unscheinbares Samenkorn, das sie gewässert und die zarte Pflanze zu einer kurzen Blüte gebracht hatte. Nun verdorrte sie vor ihren Augen und es gab nichts, was sie dagegen tun konnte. Es brach ihr das Herz.

Die Idee der *Heilung* kam von ihm. Sie hatte sich vorher noch nie wirklich mit dem Thema Exorzismus auseinandergesetzt. Für sie war das ein anachronistisches Ritual, das sie mit Katholizismus verband, mit Weihwasser, lateinischen Beschwörungen und einem manischen Priester mit irrem Blick. Sicher, die pfingstkirchliche Bewegung kannte sogenannte *Befreiungsdienste*, die ebenfalls mit dem Vertreiben von vermeintlich dämonischem Einfluss zu tun hatten, aber dabei ging es, soweit sie wusste, eher um relativ harmlose Dinge wie Rauchen, Onanie oder das Lesen von Horoskopen.

Wie es Fredrik gelungen war, den Kontakt mit dem Exorzisten herzustellen, blieb ihr bis heute schleierhaft. Ihr war die Sache von Beginn an nicht geheuer, sie roch ihrer Meinung nach stark nach einer unguten Mischung aus Scharlatanerie und religiösem Fanatismus. Aber Fredriks Selbsthass und das Ausmaß seiner Verzweiflung erweichten sie. Sie begleitete ihn in das Hotel in der Nähe Uppsalas. Der Priester – wenn er denn überhaupt wirklich einer war – war ein unscheinbarer Mann mit Spitzbauch und klebrigem Händedruck. Spätestens als sie mitbekam, wie Fredrik dem Mann einen ansehnlichen Geldbetrag bezahlte – es musste sich um einen Großteil seiner Ersparnisse handeln –, wurde ihr klar, dass die Reise ein katastrophaler Fehler gewesen war. Aber was sollte sie tun? Fredrik war wild entschlossen. Ihre einzige Option war, ihn allein mit dem Mann in diesem vermaledeiten Hotelzimmer zurückzulassen, und das wollte sie auf keinen Fall. Also nahmen die Dinge ihren furchtbaren Lauf.

Noch mehr als fünfundzwanzig Jahre später konnte sie sich an jedes Detail des bizarren, entwürdigenden Rituals erinnern, gleichzeitig wirkte alles, was damals geschah, blass und schemenhaft, wie durch einen Schleier hindurch betrachtet. Die erstickende Hitze, die von den billigen Teelichten ausging, es mussten an die hundert gewesen sein. Fredriks langer, entblößter, hilfloser Körper. Die merkwürdigen Gebete und Litaneien, die sie noch nie zuvor gehört hatte. Das heiße Wachs, das auf Fredriks Haut, auf sein Geschlecht gegossen wurde. Seine unterdrückten Schmerzensschreie. Und schließlich die Plastiktüte irgendeiner Supermarktkette, die über seinen Kopf gezogen wurde. Spätestens zu diesem Zeitpunkt hätte sie eingreifen *müssen*, das wusste sie, aber sie konnte sich bis heute nicht erklären, was sie zurückgehalten hatte. Wohl kaum die scharfen Worte des Priesters. Eine unterschwellige Faszination? Respekt vor Fredriks Entscheidung? Sie hoffte auf Letzteres, aber wirklich sicher war sie sich, wenn sie ehrlich war, weder damals noch heute.

Es sei darum gegangen, den Dämon zu töten, der von Fredrik Besitz ergriffen hatte, rechtfertigte sich der selbst ernannte Exorzist später, doch derjenige, der um ein Haar gestorben wäre, war Fredrik selbst gewesen. Sie wusste nicht exakt, wie lange sein Hirn ohne Sauerstoffzufuhr gewesen war, aber sie war sich sicher, dass er nach klinischen Maßstäben bereits tot gewesen war. Sie hatte keinen Puls mehr gefühlt, als sie endlich den Priester beiseitegestoßen und die Plastiktüte von Fredriks Kopf gerissen hatte. Ebenso wenig wusste sie, wie lange sie mit der Herz-Lungen-Wiederbelebung weitergemacht hatte. Sie hatte über ihm gekniet und mit der Zähigkeit einer Besessenen seinen schmalen Brustkorb auf- und niedergedrückt. Minuten? Eine Viertelstunde? Länger? Ihr Begriff von Ewigkeit hatte sich jedenfalls in diesem Zeitraum verändert und ihre Auffassung vieler anderer Dinge ebenfalls. Im Krankenhaus sagten sie später, sie habe ihm das Leben gerettet, gleichzeitig stellten sie ihr eine Menge unangenehmer Fragen, auf die sie kaum zu antworten wusste. Es war Fredriks eindringlichen Appellen an die Ärzte und später auch die Polizei zu verdanken, dass keine weitere Ermittlung eingeleitet wurde. Der Priester, der für Fredriks Beinahetod verantwortlich war, war natürlich längst über alle Berge.

So glimpflich die Sache schließlich geendet war, so wenig änderte sich Fredriks Selbsthass und Verschlossenheit. Dazu kam die Krankheit. Diagnose Rheuma. Und das in seinem Alter! Bis heute wurde sie den Verdacht nicht los, dass die traumatischen Vorgänge in dem Hotelzimmer der Auslöser für die Krankheit gewesen war. Wenige Wochen nach der Diagnose kündigte er seine Stelle bei der LKAB und zog zurück in den Süden. Am meisten schmerzte sie, dass er sich nicht einmal persönlich bei ihr verabschiedete.

Ihr verlorener Sohn.

Als er sich das erste Mal telefonisch bei ihr meldete, tat ihr Herz vor Freude einen Satz. Er hatte inzwischen in seiner alten Heimat wieder Fuß gefasst. Sein schwer alkoholkranker Vater war verstorben, was für die ganze Familie eine Erleichterung bedeutete. Fredrik lebte wieder zu Hause und hatte einen Job bei einer Speditionsfirma angenommen. Seine Rheumaerkrankung hatte er einigermaßen im Griff. Er wurde von einem Spezialisten behandelt und konnte sogar weiter Sport treiben. Manchmal beteten sie gemeinsam am Telefon. Dennoch spürte sie, dass sich die Kluft zwischen ihnen weiter vergrößerte. In dem Maße, in dem Fredrik immer fester und fundamentaler in seinem Glauben wurde, schien Gott sie zu verlassen. Ihr Glaube schwand wie eine Kerze, die allmählich abbrannte. Am Ende war bis auf eine kleine, flackernde Flamme an einem verschrumpelten Docht nichts mehr übrig. Trotzdem vermisste sie Fredrik. Jeden Versuch, ein Treffen einzuleiten, blockte er ab. Als zwei Jahre vergangen waren, fasste sie den Entschluss, ihn zu besuchen. Vielleicht musste sie ihn zu seinem Glück zwingen. Damals hatte sie einen Range Rover, die Mine zahlte gut, es war der einzige Luxus, den sie sich gönnte. Die Fahrt von Kiruna nach Lessebo dauerte zwei Tage. Als sie endlich in der småländischen Ortschaft ankam, war es bereits spät, eigentlich viel zu spät, um unangemeldet vor Fredriks Tür zu stehen. Trotzdem war da dieser Drang. Etwas Starkes, Mütterliches, als müsse sie ihn vor irgendetwas beschützen. Am ehesten wohl vor sich selbst, dachte sie, während sie der kurvenreichen Schotterpiste folgte. Das Haus der Sidenvalls lag abgelegen vom Ortskern im Wald. Der elegante Wagen, der ihr unvermittelt in der Dunkelheit entgegenkam, zwang sie zu einem waghalsigen Ausweichmanöver. Warum hatten diese Idioten die Scheinwerfer ausgestellt? Waren sie lebensmüde? Mit einem weniger geländegängigen Auto wäre sie vermutlich ernsthaft verunglückt. Ihr Herz raste vor Schreck und sie musste sich einige Minuten sammeln, bevor sie weiterfahren konnte. In Erinnerung blieben ihr schemenhafte Gesichter hinter der Windschutzscheibe sowie eine chromglänzende Kühlerfigur.

Ein Jaguar.

In einem winterlichen Lärchenwald.

Mit trommelnden Schläfen fuhr sie weiter. Zehn Minuten später war sie am Ziel. Ohne detaillierte Straßenkarte hätte sie niemals durch das Gewirr der Waldwege hierher gefunden, dachte sie. Sie stieg aus. Das Erste, was sie wahrnahm, war der gedämpfte, aber trotzdem ohrenbetäubende Krach, der aus dem Haus drang, obwohl alle Fenster und Türen geschlossen waren. Ein prügelndes Schlagzeug, jaulende Gitarren, grunzender Gesang. Heavy Metal. Sie erinnerte sich daran, dass Fredrik harte Musik mochte, jedenfalls die christliche Spielart davon. Sie klingelte. Nichts regte sich. In einem der Fenster brannte eine vorweihnachtliche Lichtpyramide, ansonsten war das Haus unbeleuchtet. Sie klingelte erneut. Wieder keine Reaktion. Die brachiale Musik, der tiefe, grunzende Gesang klangen eigentlich nicht besonders christlich, fand sie. Sie probierte den Türgriff. Es war nicht abgeschlossen. Sie ging hinein. Der metallische Geruch irritierte sie, hätte sie vorwarnen können, trotzdem traf sie das, was ihr hinter der Wohnzimmertür begegnete, vollkommen unerwartet.

In den folgenden Tagen, in denen sie zurück im Norden war, und wieder ihrer täglichen Arbeit nachging, dachte sie immer wieder an diesen Moment zurück. Sicher, sie hatte unter Schock gestanden, aber hätte sie dennoch anders handeln sollen? Die Polizei informieren oder Fredriks Schwester? Aber was hätte das geändert? Jedenfalls hätte sie Fredrik nicht ins Leben zurückgeholt, nicht ein zweites Mal. Je länger sie darüber nachdachte, desto plausibler erschien ihr seine Tat. Der innere Druck, das nicht auflösbare Glaubensdilemma. Insofern war sein Suizid nur folgerichtig. Dennoch: Mit seinem Selbstmord hatte Fredrik gegen einen weiteren, viel fundamentaleren Glaubensgrundsatz verstoßen. *Du sollst nicht töten.* Auch nicht dich selbst. Und warum tauchte immer wieder das Bild von dem Jaguar mit abgeschalteten Scheinwerfern vor ihrem inneren Auge auf? Sie ertränkte die Fragen und Ungereimtheiten in ihrer Trauer. Dass Fredriks Schwester ihr den Besuch seiner Bestattung untersagte, dass sie ihrem Bruder nicht einmal ein christliches Begräbnis gestattete, tat ihr in der Seele weh. Es wühlte sie derart auf, dass sie einen radikalen Entschluss fasste. Sie fuhr erneut hinunter ins Småland. Während Fredriks Sarg in den ausgehobenen Schacht hinabgelassen wurde, stand sie in einiger Entfernung zwischen den Bäumen und sprach ein Gebet für ihn. Es war das letzte Mal in ihrem Leben, dass sie betete, und sie tat es allein für ihn, denn sie selbst glaubte nicht mehr einen Deut an den Wert ihrer Worte. Sie wartete die Dunkelheit ab. Der Schandacker war nicht der richtige Ort für seine letzte Ruhe. Das hätte er nicht gewollt. Sie holte einen Spaten aus dem Auto. Sie schuldete ihm einen letzten Gefallen.

Er sollte an einem anderen Ort seinen Frieden finden.

In geweihter Erde.